STS

STS

山田
STS
社

STS

山田社

重音版

新日檢
絕對合格

N1 N2 N3
N4 N5

單字大全

內附
MP3

吉松由美・田中陽子
西村惠子・千田晴夫 合著

山田社

前言

一口流利的日文+沒有掌握重音＝日本人馬上聽出您是外國人

一口流利的日文+掌握重音＝日本人聽不出您是外國人

掌握重音，口說能力、聽力與閱讀力，快速升級

想說一口自然流利的日文，想馬上聽得懂日本人說什麼，重音扮演著極為重要的角色。就溝通而言，音調與聲調比起正確地發出每個音節要來得重要多了。因此，從學會單字音調的高低開始，首先就能輕易區別「發音一樣，但重音不同，意思也不一樣」的單字。不僅如此，在閱讀上就能馬上掌握文章的意思，進而提升閱讀的速度。也就是能幫您更有自信的訓練日語口說能力、聽力與閱讀力。

為此，山田社以親切的畫線方式，加上重音的《重音版 新日檢 絕對合格 N1,N2,N3,N4,N5單字大全》隆重出版了！這不僅是一本新日檢N1～N5的必考單字書，也是一本「連日本人都天天在用的日語[單字+短句]大全集」。特色有：

1.單字王─本書參考日本國際交流基金、日本國際教育協會編寫的《日本語能力測試出題基準》及近十五年的考古題，也結合作者多年的日語教學經驗的第一手實況，綜合彙整出N1～N5所有級別的必考單字，親切加上音調高低標示，將近10000字，超大容量坊間無人能比！

2.短句王─其實背單字，就要跟句子一起背，其實，配合單字的句子，只要短短的。日本人從小學日語也是由短句開始。翻開日本的辭典，配合的例句，幾乎都是短句。單字配合的短句，只要搭配得當，看短句就像看舞台短劇，單字一看就永生難忘。

3.例句王─每級單字×同級動詞，三倍擴充單字量！針對每級單字，精心整理同級程度必背中譯，強化記憶！例句精選該單字常接續的詞彙、常使用的場合、常見的表現，還有時事、職場、生活等內容貼近所需程度等等。從例句來記單字，大大加深了對單字的理解。讓您新日檢考試、日語程度，滿分、滿分再滿分！！！

4.聽力王─合格最短距離：新制日檢考試，把聽力的分數提高了，合格最短距離就是加強聽力學習。為此，書中還附贈光碟，幫助您熟悉日籍教師的標準發音及語調、重音，讓您累積聽力實力。

本書廣泛地適用於一般的日語初學者、大學生、碩士博士生、參加N1～N5日語能力考試的考生，以及赴日旅遊、生活、研究、進修人員，也可以作為日語翻譯、日語教師的參考書。也就是只要這一本，就可以從入門用到高階，就可以全方位提升您日文聽說讀寫能力，可說是一生受用，人手一本的單字終極寶典。

本書音調標示方法

　　什麼是音調？是指詞語發音的高低、強弱變化。日語叫「アクセント」，一般譯為音調或聲調。日語標示音調的方法，除了在假名上畫線的方法以外，還有好多種。本書採用的即是劃線標音法。

　　劃線標音法，要先掌握音調「核」。什麼是音調核？是指音調由高調轉到低調的地方，也就是音調下降之處。一個單字，只要知道音調從第幾個音節之後轉為低調，就可以確定它的調型。因此，只要用劃線標出音調核的位置，也就是最後一個高調音節，就很容易知道單字的調型了。以同樣概念標示重音的還有數字標調法，不同之處在於數字標調法僅將高讀（重音）的音節以數字方式呈現。劃線標音法舉例如下：

◎ 以下劃線方式表示第一個假名低讀，後面的假名音調升高，如果後接助詞也要高接。因為沒有音調核（由高調轉低調的地方），所以劃線如下：

い｜す（椅子）　　　　　　　　い｜すを（椅子を）
わ｜たし（私）　　　　　　　　わ｜たしは（私は）

◎ 以下劃線方式表示第一個假名高讀，後面的假名音調要降低，如果後接助詞等也要低接。因為音調核在第一音節，所以劃線如下：

あ｜せ（汗）　　　　　　　　　あ｜せを（汗を）
に｜もつ（荷物）　　　　　　　に｜もつを（荷物を）

◎ 以下劃線方式表示第二個假名高讀，前後的假名音調要降低，如果後接助詞等也要低接。因為音調核在第二音節，所以劃線如下：

あ｜な｜た　　　　　　　　　　あ｜な｜たは
み｜み｜（耳）　　　　　　　　み｜み｜を（耳を）

◎ 以下劃線方式表示第二、三個假名高讀，前後的假名要降低，如果後接助詞等也要低接。因為音調核在第三音節，所以劃線如下：

あ｜たま｜（頭）　　　　　　　あ｜たま｜が（頭が）
や｜まざ｜くら（山桜）　　　　や｜まざ｜くらは（山桜は）

◎ 以下劃線方式表示第二、三、四個假名要高讀，前後的假名要降低，如果後接助詞等也要低接。因為音調核在第四個音節，所以劃線如下：

い｜もうと｜（妹）　　　　　　い｜もうとは（妹は）
後面，以此類推。

新制對應手冊！

一、什麼是新日本語能力試驗呢

1. 新制「日語能力測驗」

從2010年起，將實施新制「日語能力測驗」（以下簡稱為新制測驗）。

1－1 實施對象與目的

新制測驗與現行的日語能力測驗（以下簡稱為舊制測驗）相同，原則上，實施對象為非以日語作為母語者。其目的在於，為廣泛階層的學習與使用日語者舉行測驗，以及認證其日語能力。

1－2 改制的重點

此次改制的重點有以下四項：

1 測驗解決各種問題所需的語言溝通能力

新制測驗重視的是結合日語的相關知識，以及實際活用的日語能力。因此，擬針對以下兩項舉行測驗：一是文字、語彙、文法這三項語言知識；二是活用這些語言知識解決各種溝通問題的能力。

2　由四個級數增為五個級數

新制測驗由舊制測驗的四個級數（1級、2級、3級、4級），增加為五個級數（N1、N2、N3、N4、N5）。新制測驗與舊制測驗的級數對照，如下所示。最大的不同是在舊制測驗的2級與3級之間，新增了N3級數。

N1	難易度比舊制測驗的1級稍難。合格基準與舊制測驗幾乎相同。
N2	難易度與舊制測驗的2級幾乎相同。
N3	難易度介於舊制測驗的2級與3級之間。（新增）
N4	難易度與舊制測驗的3級幾乎相同。
N5	難易度與舊制測驗的4級幾乎相同。

「N」代表「Nihongo（日語）」以及「New（新的）」。

3　施行「得分等化」

由於在不同時期實施的測驗，其試題均不相同，無論如何慎重出題，每次測驗的難易度總會有或多或少的差異。因此在新制測驗中，導入「等化」的計分方式後，便能將不同時期的測驗分數，於共同量尺上相互比較。因此，無論是在什麼時候接受測驗，只要是相同級數的測驗，其得分均可予以比較。目前全球幾種主要的語言測驗，均廣泛採用這種「得分等化」的計分方式。

4　提供「日語能力測驗Can-do List」（暫稱）作參考

為了瞭解通過各級數測驗者的實際日語能力，新制測驗經過調查後，提供「日語能力測驗Can-do List」（暫稱）。本表列載通過測驗認證者的實際日語能力範例。希望通過測驗認證者本人以及其他人，皆可藉由本表更加具體明瞭測驗成績代表的意義。

報的播報順序等。除此以外，尚須能從播報的各地氣象中，分辨出哪一則是東京的天氣。

　　如上所述的「運用包含文字、語彙、文法的語言知識做語言溝通，進而具備解決各種問題所需的語言溝通能力」，在新制測驗中稱為「解決各種問題所需的語言溝通能力」。

　　新制測驗將「解決各種問題所需的語言溝通能力」分成以下「語言知識」、「讀解」、「聽解」等三個項目做測驗。

語言知識	各種問題所需之日語的文字、語彙、文法的相關知識。
讀　解	運用語言知識以理解文字內容，具備解決各種問題所需的能力。
聽　解	運用語言知識以理解口語內容，具備解決各種問題所需的能力。

　　作答方式與舊制測驗相同，將多重選項的答案劃記於答案卡上。此外，並沒有直接測驗口語或書寫能力的科目。

2. 認證基準

　　新制測驗共分為N1、N2、N3、N4、N5五個級數。最容易的級數為N5，最困難的級數為N1。

　　與舊制測驗最大的不同，在於由四個級數增加為五個級數。以往有許多通過3級認證者常抱怨「遲遲無法取得2級認證」。為因應這種情況，於舊制測驗的2級與3級之間，新增了N3級數。

　　新制測驗級數的認證基準，如表1的「讀」與「聽」的語言動作所示。該表雖未明載，但應試者也必須具備為表現各語言動作所需的語言知識。

　　N4與N5主要是測驗應試者在教室習得的基礎日語的理解程度；N1與N2是測驗應試者於現實生活的廣泛情境下，對日語理解程度；至於新增的N3，則是介於N1與N2，以及N4與N5之間的「過渡」級數。關於各級數的「讀」與「聽」的具體題材（內容），請參照表1。

■ 表1 新「日語能力測驗」認證基準

級數	認證基準 各級數的認證基準，如以下【讀】與【聽】的語言動作所示。各級數亦必須具備為表現各語言動作所需的語言知識。
N1	能理解在廣泛情境下所使用的日語 【讀】・可閱讀話題廣泛的報紙社論與評論等論述性較複雜及較抽象的文章，且能理解其文章結構與內容。 ・可閱讀各種話題內容較具深度的讀物，且能理解其脈絡及詳細的表達意涵。 【聽】・在廣泛情境下，可聽懂常速且連貫的對話、新聞報導及講課，且能充分理解話題走向、內容、人物關係、以及說話內容的論述結構等，並確實掌握其大意。
N2	除日常生活所使用的日語之外，也能大致理解較廣泛情境下的日語 【讀】・可看懂報紙與雜誌所刊載的各類報導、解說、簡易評論等主旨明確的文章。 ・可閱讀一般話題的讀物，並能理解其脈絡及表達意涵。 【聽】・除日常生活情境外，在大部分的情境下，可聽懂接近常速且連貫的對話與新聞報導，亦能理解其話題走向、內容、以及人物關係，並可掌握其大意。
N3	能大致理解日常生活所使用的日語 【讀】・可看懂與日常生活相關的具體內容的文章。 ・可由報紙標題等，掌握概要的資訊。 ・於日常生活情境下接觸難度稍高的文章，經換個方式敘述，即可理解其大意。 【聽】・在日常生活情境下，面對稍微接近常速且連貫的對話，經彙整談話的具體內容與人物關係等資訊後，即可大致理解。

困
難

* 容 易 ↓	N4	能理解基礎日語 【讀】‧可看懂以基本語彙及漢字描述的貼近日常生活相關話題的文章。 【聽】‧可大致聽懂速度較慢的日常會話。
	N5	能大致理解基礎日語 【讀】‧可看懂以平假名、片假名或一般日常生活使用的基本漢字所書寫的固定詞句、短文、以及文章。 【聽】‧在課堂上或周遭等日常生活中常接觸的情境下，如為速度較慢的簡短對話，可從中聽取必要資訊。

＊N1最難，N5最簡單。

3. 測驗科目

新制測驗的測驗科目與測驗時間如表2所示。

■ 表2　測驗科目與測驗時間 ＊①

級數	測驗科目 （測驗時間）			
N1	語言知識（文字、語彙、文法）、 讀解 （110分）		聽解 （60分）　→	測驗科目為 「 語 言 知 識 （ 文 字 、 語 彙 、 文 法 ）、 讀解」；以及
N2	語言知識（文字、語彙、文法）、 讀解 （105分）		聽解 （50分）　→	「聽解」共2科 目。
N3	語言知識 （文字、語彙） （30分）	語言知識 （文法）、讀解 （70分）	聽解 （40分）　→	測驗科目為 「 語 言 知 識 （ 文 字 、 語
N4	語言知識 （文字、語彙） （30分）	語言知識 （文法）、讀解 （60分）	聽解 （35分）　→	彙 ）」； 「 語 言 知 識 （ 文 法 ）、 讀
N5	語言知識 （文字、語彙） （25分）	語言知識 （文法）、讀解 （50分）	聽解 （30分）　→	解 」； 以 及 「聽解」共3科 目。

　　N1與N2的測驗科目為「語言知識（文字、語彙、文法）、讀解」以及「聽解」共2科目；N3、N4、N5的測驗科目為「語言知識（文字、語彙）」、「語言知識（文法）、讀解」、「聽解」共3科目。

　　由於N3、N4、N5的試題中，包含較少的漢字、語彙、以及文法項目，因此當與N1、N2測驗相同的「語言知識（文字、語彙、文法）、讀解」科目時，有時會使某幾道試題成為其他題目的提示。為避免這個情況，因此將「語言知識（文字、語彙、文法）、讀解」，分成「語言知識（文字、語彙）」和「語言知識（文法）、讀解」施測。

＊①：聽解因測驗試題的錄音長度不同，致使測驗時間會有些許差異。

4. 測驗成績

4-1　量尺得分

舊制測驗的得分，答對的題數以「原始得分」呈現；相對的，新制測驗的得分以「量尺得分」呈現。

「量尺得分」是經過「等化」轉換後所得的分數。以下，本手冊將新制測驗的「量尺得分」，簡稱為「得分」。

4-2　測驗成績的呈現

新制測驗的測驗成績，如表3的計分科目所示。N1、N2、N3的計分科目分為「語言知識（文字、語彙、文法）」、「讀解」、以及「聽解」3項；N4、N5的計分科目分為「語言知識（文字、語彙、文法）、讀解」以及「聽解」2項。

會將N4、N5的「語言知識（文字、語彙、文法）」和「讀解」合併成一項，是因為在學習日語的基礎階段，「語言知識」與「讀解」方面的重疊性高，所以將「語言知識」與「讀解」合併計分，比較符合學習者於該階段的日語能力特徵。

■ 表3　各級數的計分科目及得分範圍

級數	計分科目	得分範圍
N1	語言知識（文字、語彙、文法）	0～60
	讀解	0～60
	聽解	0～60
	總分	0～180
N2	語言知識（文字、語彙、文法）	0～60
	讀解	0～60
	聽解	0～60
	總分	0～180
N3	語言知識（文字、語彙、文法）	0～60
	讀解	0～60
	聽解	0～60
	總分	0～180

N4	語言知識（文字、語彙、文法）、讀解	0～120
	聽解	0～60
	總分	0～180
N5	語言知識（文字、語彙、文法）、讀解	0～120
	聽解	0～60
	總分	0～180

　　各級數的得分範圍，如表3所示。N1、N2、N3的「語言知識（文字、語彙、文法）」、「讀解」、「聽解」的得分範圍各為0～60分，三項合計的總分範圍是0～180分。「語言知識（文字、語彙、文法）」、「讀解」、「聽解」各占總分的比例是1：1：1。

　　N4、N5的「語言知識（文字、語彙、文法）、讀解」的得分範圍為0～120分，「聽解」的得分範圍為0～60分，二項合計的總分範圍是0～180分。「語言知識（文字、語彙、文法）、讀解」與「聽解」各占總分的比例是2：1。還有，「語言知識（文字、語彙、文法）、讀解」的得分，不能拆解成「語言知識（文字、語彙、文法）」與「讀解」二項。

　　除此之外，在所有的級數中，「聽解」均占總分的三分之一，較舊制測驗的四分之一為高。

4－3　合格基準

　　舊制測驗是以總分作為合格基準；相對的，新制測驗是以總分與分項成績的門檻二者作為合格基準。所謂的門檻，是指各分項成績至少必須高於該分數。假如有一科分項成績未達門檻，無論總分有多高，都不合格。新制測驗設定各分項成績門檻的目的，在於綜合評定學習者的日語能力。

　　總分與各分項成績的門檻的合格基準相關細節，將於2010年公布。

＊以上內容摘譯自「國際交流基金日本國際教育支援協會」的
「新しい『日本語能力試験』ガイドブック」。

N4 N3 N2 N1

N5

01 ‐ 01

□ ああ　　　　　　　　　あ あ

[感]（表示驚訝等）啊，唉呀；哦

ああ、そうですか／啊！是嗎！

□ 会う　　　　　　　　　あ う

[自五] 見面，遇見，碰面

両親に会う／跟父母親見面。

□ 青　　　　　　　　　　あ お

[名] 青，藍；綠色

青空が好きだ／喜歡青天。

□ 青い　　　　　　　　あ お い

[形] 藍色（的）；青色（的）；綠色
（的）

海は青い／湛藍的海。

□ 赤　　　　　　　　　　あ か

[名] 紅，紅色

色は赤だ／顏色是紅的。

□ 赤い　　　　　　　　あ か い

[形] 紅色（的）

赤い花／紅色的花。

□ 明るい　　　　　　あ か る い

[形] 明亮，光明的；鮮明；爽朗

部屋が明るい／明亮的房間。

□ 秋　　　　　　　　　　あ き

[名] 秋，秋天，秋季

読書の秋／適合閱讀的秋天。

□ 開く　　　　　　　　　あ く

[自五] 打開，開（著）

窓が開く／窗戶打開了。

□ 開ける　　　　　　　あ け る

[他下一] 打開

ふたを開ける／打開蓋子。

□ 上げる／挙げる　　あ げ る

[他下一] 送給；舉起

手を上げる／舉手。

□ 朝　　　　　　　　　　あ さ

[名] 早上，早晨

朝になる／天亮。

□ 朝ご飯　　　あ さ ご は ん

[名] 早餐

朝ご飯を食べる／吃早餐。

□ 明後日　　　　　　あ さ っ て

[名] 後天

明後日帰る／後天回去。

□ 足　　　　　　　　　　あ し

[名] 腳；腿

足で踏む／用腳踩。

□ 明日　　　　　　　　あ し た

[名] 明天

明日の朝／明天早上。

□ あそこ　　　　あそこ

[代] 那邊

あそこにある／在那裡。

□ 遊ぶ　　　　　あそぶ

[自五] 遊玩；遊覽，消遣

京都で遊ぶ／遊京都。

□ 暖かい／温かい

　　　　　　あたたかい

[形] 暖，暖和（的）；溫暖（的）

暖かい天気／天氣溫暖。

□ 頭　　　　　　あたま

[名] 頭，腦；頭髮；（物體的）頂部

頭がいい／聰明。

□ 新しい　　　あたらしい

[形] 新的；新鮮的

新しい家／新家。

□ あちら　　　　あちら

[代] 那兒，那裡；那位，那個

あちらへ行く／去那裡。

□ 厚い　　　　　あつい

[形] 厚（的）

厚いコート／厚的外套。

□ 暑い　　　　　あつい

[形]（天氣）熱，炎熱

部屋が暑い／房間很熱。

□ 熱い　　　　　あつい

[形]（溫度）熱的，燙的

熱いお茶／熱茶。

□ あっち　　　　あっち

[代] 那兒，那裡；那位，那個

あっち行け／滾到那邊去。

□ 後　　　　　　あと

[名]（時間）以後；（地點）後面
；（距現在）以前；（次序）之後

後から行く／隨後就去。

□ 貴方　　　　　あなた

[代] 你，您；老公

貴方に会う／跟你見面。

□ 兄　　　　　　あに

[名] 哥哥；家兄；姐夫

兄と喧嘩する／跟哥哥吵架。

□ 姉　　　　　　あね

[名] 姊姊；家姊；嫂子

姉は忙しい／姊姊很忙。

□ あの　　　　　あの

[連體]（表第三人稱，離說話雙方都距
離遠的）那裡，那個，那位

あの店／那家店。

□ あのう　　　　　あ|の|う

[感] 喂，啊；嗯（招呼人時，說話躊躇或不能馬上說出下文時）

あのう、落し物ですよ／喂，你東西掉了。

□ アパート　　　ア|パ|ー|ト

[名]【apartment house】之略。公寓

アパートに住む／住公寓。

□ 浴びる　　　　あ|び|る

[他上一] 淋，浴，澆

シャワーを浴びる／淋浴。

□ 危ない　　　　あ|ぶ|な|い

[形] 危險，不安全；（形勢，病情等）危急

命が危ない／命在旦夕。

□ 甘い　　　　　あ|ま|い

[形] 甜的；甜蜜的

甘い菓子／甜的點心。

□ 余り　　　　　あ|ま|り

[副]（後接否定）不太…，不怎麼…

あまり高くない／不太貴。

□ 雨　　　　　　あ|め

[名] 雨；下雨；雨天；雨量

雨が止む／雨停。

□ 飴　　　　　　あ|め

[名] 糖果；麥芽糖

飴をしゃぶる／含糖塊吃。

□ 洗う　　　　　あ|ら|う

[自五] 沖洗，清洗

顔を洗う／洗臉。

□ 在る／有る　　あ|る

[自五] 在，存在；有

台所にある／在廚房。

□ 歩く　　　　　あ|る|く

[自五] 走路，步行

歩いていく／走去。

□ あれ　　　　　あ|れ

[代] 那，那個；那時；那裡

あれがほしい／想要那個。

□ 良い／良い　い|い・よ|い

[形] 好，佳，良好；可以

良い人／好人。

□ いいえ　　　　い|い|え

[感]（用於否定）不是，不對，沒有

いいえ、まだです／不，還沒有。

□ 言う　　　　　い|う

[他五] 說，講；說話，講話

お礼を言う／道謝。

□ 家 　　　　　　　　いえ

[名] 房子，屋；（自己的）家，家庭

家を建てる／蓋房子。

□ 如何 　　　　　　いかが

[副·形動] 如何，怎麼樣

お一ついかが／來一個如何？

□ 行く／行く　いく・ゆく

[自五] 去

会社へ行く／去公司。

□ 幾つ 　　　　　　　いくつ

[名] 多少，幾個；幾歲

いくつもない／沒有幾個。

□ 幾ら 　　　　　　　いくら

[副] 多少（錢，價格，數量等）

いくらですか／多少錢?

□ 池 　　　　　　　　　　いけ

[名] 池塘，池子；（庭院中的）水池

池で釣りをする／在池塘釣魚。

□ 医者 　　　　　　　いしゃ

[名] 醫生，大夫

医者にかかる／看病。

□ 椅子 　　　　　　　　いす

[名] 椅子

椅子にかける／坐在椅子上。

□ 忙しい 　　いそがしい

[形] 忙，忙碌

仕事が忙しい／工作繁忙。

□ 痛い 　　　　　　　いたい

[形] 疼痛；（因為遭受打擊而）痛苦

お腹が痛い／肚子痛。

□ 頂きます　いただきます

[寒暄] 我要開動了；那就不客氣了

「いただきます」と言ってご飯を食べ
る／說聲「我開動了」就吃起飯了。

□ 一 　　　　　　　　　いち

[名] 一；首先，最初；第一

月に一度／一個月一次。

□ 一々 　　　　　　いちいち

[副] 一一，一個一個；全部；詳細

いちいち聞く／一一詢問。

□ 一日 　　　　　　いちにち

[名]（每月）一日，一號 ；一整天，
一天

一日が過ぎた／過了一天。

□ 一番 　　　　　　いちばん

[副] 最初，第一；最好；最優秀

一番安い／最便宜。

01 ▸ 02

□ 何時　　　　　　いつ

[代] 何時，幾時，什麼時候

いつ来る／什麼時候來?

□ 五日　　　　　　いつか

[名]（每月）五日，五號；五天

五日間／五天之間

□ 一緒　　　　　　いっしょ

[名] 一起，一塊；同時

一緒に行く／一起去。

□ 一体　　　　　　いったい

[副] 到底

一体どうしたの／到底怎麼回事？

□ 五つ　　　　　　いつつ

[名] 五個；五歲；第五

五つになる／長到五歲。

□ 何時も　　　　　いつも

[副] 經常，隨時，無論何時

いつも家にいない／經常不在家。

□ 犬　　　　　　　いぬ

[名] 狗，犬

犬が吠える／狗吠。

□ 今　　　　　　　いま

[名] 現在，此刻；（表最近的將來）
馬上

今の若者／時下的年輕人

□ 意味　　　　　　いみ

[名]（詞句等）意思，含意

意味を調べる／查意思。

□ 妹　　　　　　　いもうと

[名] 妹妹；小姑；弟妹

かわいい妹／妹妹很可愛

□ 嫌　　　　　　　いや

[形動] 討厭，不喜歡，不願意；厭煩

いやな奴／討人厭的傢伙。

□ いらっしゃい（ませ）
いらっしゃい／いらっしゃいませ

[寒暄] 請來、歡迎

いらっしゃいませ／歡迎光臨。

□ 入り口　　　　　いりぐち

[名] 入口，門口

入り口から入る／從入口進入。

□ 居る　　　　　　いる

[自上一]（人或動物的存在）有，在

子供がいる／有小孩。

□ 要る　　　　　　いる

[自五] 要，需要，必要

時間がいる／需要花時間。

□ 入れる　　　　　いれる

[他下一] 放入，裝進

箱に入れる／放入箱內。

□ 色 ^{いろ}　　　　い ろ

[名] 顔色，彩色；色彩

色^{いろ}が薄^{うす}い／顏色很淡。

□ 色々 ^{いろいろ}　　い ろ い ろ

[形動] 各種各樣，各式各樣，形形色色

いろいろな物^{もの}／各式各樣的物品

□ 岩 ^{いわ}　　　　　い わ

[名] 礦物；岩石

岩^{いわ}を掘^ほる／挖岩石。

□ 上 ^{うえ}　　　　　う え

[名]（位置）上面，上部

上^{うえ}を向^むく／往上看。

□ 後ろ ^{うし}　　　　う し ろ

[名] 後面；背面

後^{うし}ろを見^みる／看後面。

□ 薄い ^{うす}　　　　う す い

[形] 薄，淡，淺

薄^{うす}い紙^{かみ}／薄紙。

□ 歌 ^{うた}　　　　　う た

[名] 歌，歌曲

歌^{うた}が上手^{じょうず}だ／擅長唱歌。

□ 歌う ^{うた}　　　　う た う

[他五] 唱歌；歌頌

歌^{うた}を歌^{うた}う／唱歌。

□ 家 ^{うち}　　　　　う ち

[名] 家，家庭；房子；自己的家裡

家^{うち}へ帰^{かえ}る／回家。

□ 生まれる ^う　　う ま れ る

[自下一] 出生

子供^{こども}が生^うまれる／孩子出生。

□ 海 ^{うみ}　　　　　う み

[名] 海，海洋

海^{うみ}を渡^{わた}る／渡海。

□ 売る ^う　　　　　う る

[他五] 賣，販賣

商品^{しょうひん}を売^うる／販賣商品。

□ 煩い ^{うるさ}　　　う る さ い

[形] 吵鬧；煩人

うるさいやつ／討厭的傢伙。

□ 上着 ^{うわぎ}　　　う わ ぎ

[名] 外衣，外套；上衣

上着^{うわぎ}を脱^ぬぐ／脫外套。

□ 絵 ^え　　　　　　え

[名] 畫，圖畫，繪畫

絵^えを描^かく／畫圖。

□ 映画 ^{えいが}　　　え い が

[名] 電影

映画^{えいが}が始^{はじ}まる／電影開始播放。

□ 映画館　　えいがかん

[名] 電影院
映画館で見る／在電影院看。

□ 英語　　　えいご

[名] 英語，英文
英語ができる／會說英語。

□ ええ　　　　ええ

[感]（用降調表示肯定）是的；（用升調表示驚訝）哎呀

ええ、そうです／嗯，是的。

□ ええと　　　ええと

[感] 嗯，啊

ええと、どっちかな／嗯！哪一個呢？

□ 駅　　　　　えき

[名]（鐵路的）車站
駅で待ち合わせる／約在車站等候。

□ エレベーター

　　　　　エレベーター

[名]【elevator】電梯，升降機
エレベーターに乗る／搭電梯。

□ ～円　　　　えん

[名・接尾] 日圓（日本的貨幣單位）
一万円／一萬元日圓

□ 鉛筆　　　えんぴつ

[名] 鉛筆
鉛筆で書く／用鉛筆寫。

□ 御～／御～　　お・おん

[接頭] 放在字首，表示尊敬語及美化語
お友達／朋友

□ 美味しい　　おいしい

[形] 美味的，可口的，好吃的
美味しい料理／佳餚。

□ 多い　　　　おおい

[形] 多，多的
宿題が多い／功課很多。

□ 大きい　　　おおきい

[形]（數量，體積等）大，巨大；（程度，範圍等）大，廣大
非常に大きい／非常大。

□ 大きな　　　おおきな

[連體] 大，巨大
大きな荷物／大件行李。

□ 大勢　　　　おおぜい

[名] 很多（人），大批（人），一群人；（人數）眾多
大勢の家族／大家族

020

□ お母さん　　おかあさん

[名]（敬稱）母親；您母親，令堂

お母さんが大好きだ／我最喜歡母親。

□ お菓子　　おかし

[名] 點心，糕點

お菓子を作る／做點心。

□ お金　　おかね

[名] 錢，貨幣

お金を貯める／存錢。

□ 起きる　　おきる

[自上一]（倒著的東西）起來，立起來；起床

六時に起きる／六點起床。

□ 置く　　おく

[他五] 放，放置

テーブルにおく／放在桌上。

□ 奥さん　　おくさん

[名]（敬稱）太太，夫人；（女主人、年紀稍長）太太

奥さんによろしく／代我向您夫人問好。

□ お酒　　おさけ

[名] 酒（"酒"的鄭重説法）；清酒

お酒を注ぐ／倒酒。

□ お皿　　おさら

[名] 盤子（"皿"的鄭重説法）

お皿を洗う／洗盤子。

□ お祖父さん　　おじいさん

[名] 祖父；外公

お祖父さんから聞く／從祖父那裡聽來的。

□ 教える　　おしえる

[他下一] 指導，教導；教訓；指教，告訴

日本語を教える／教日語。

□ 伯父さん／叔父さん　　おじさん

[名]（敬稱）伯伯，叔叔，舅舅，姑丈

伯父さんは厳しい人だ／伯伯人很嚴格。

□ 押す　　おす

[他五] 推，擠，壓，按

ボタンを押す／按按鈕。

□ 遅い　　おそい

[形]（速度上）慢，遲緩；（時間上）遲，晚；趕不上

足が遅い／走路慢。

□ お茶　　おちゃ

[名] 茶，茶葉；茶道

お茶を飲む／喝茶。

021

□ お手洗い　おてあらい

[名] 廁所，洗手間，盥洗室

お手洗いに行く／去洗手間。

□ お父さん　おとうさん

[名] (敬稱) 父親；您父親，令尊

お父さんは元気ですか／您父親一切可好。

01-03

□ 弟　おとうと

[名] 弟弟

弟に負ける／輸給弟弟。

□ 男　おとこ

[名] 男性，男人，男子；公的；傢伙

男の友達／男性朋友。

□ 男の子　おとこのこ

[名] 男孩；兒子；年輕小伙子

男の子が生まれた／生了男孩。

□ 一昨日　おととい

[名] 前天

一昨日の朝／前天早上。

□ 一昨年　おととし

[名] 前年

一昨年の春／前年春天。

□ 大人　おとな

[名] 大人，成年人

大人になる／變成大人。

□ お腹　おなか

[名] 肚子；腸胃

お腹が痛い／肚子痛。

□ 同じ　おなじ

[形動] 相同的，一樣的，同等的；同一個

同じ考え／同樣的想法。

□ お兄さん　おにいさん

[名] (敬稱) 哥哥；您哥哥，令兄

お兄さんは格好いい／哥哥很酷。

□ お姉さん　おねえさん

[名] (敬稱) 姊姊；姊姊，令姊

お姉さんはやさしい／姊姊很溫柔。

□ お願いします　おねがいします

[寒暄] 請多多指教。

「窓を開けましょうか」「お願いします」／「開個窗戶吧」「麻煩了」。

□ お祖母さん　おばあさん

[名] 祖母；外婆

お祖母さんは元気だ／祖母身體很好。

□ お早うございます　おはようございます

[寒暄] 早安，早

先生、おはようございます／老師，早安！

□ 伯母さん／叔母さん

おばさん

[名]（敬稱）姨媽，舅媽，姑媽

伯母さんが嫌いだ／我討厭姨媽。

□ お風呂　　　　おふろ

[名] 浴缸，澡盆；洗澡；洗澡熱水

お風呂に入る／洗澡。

□ お弁当　　おべんとう

[名] 便當

お弁当を作る／做便當。

□ 覚える　　　おぼえる

[他下一] 記住，記得

単語を覚える／背單字。

□ お巡りさん　おまわりさん

[名]（俗稱）警察，巡警

お巡りさんに聞く／問警察先生。

□ 重い　　　　おもい

[形]（份量）重，沉重

荷物はとても重い／行李很重。

□ 面白い　　おもしろい

[形] 好玩，有趣；新奇，別有風趣

漫画が面白い／漫畫很有趣。

□ 泳ぐ　　　　およぐ

[自五]（人，魚等在水中）游泳

海で泳ぐ／在海中游泳。

□ 降りる　　　おりる

[自上一] 下來，降落；（從交通工具）下，下來

バスから降りる／從公車上下來。

□ 終わる　　　おわる

[自五] 完畢，結束，終了

一日が終わる／一天結束了。

□ 音楽　　　おんがく

[名] 音樂

音楽を習う／學音樂。

□ 女　　　　おんな

[名] 女性，女人，女子

女は強い／女人很堅強。

□ 女の子　おんなのこ

[名] 女孩；少女

女の子がほしい／想生女孩子。

□ ～回　　　　かい

[名・接尾] 次數；回，次

何回も言う／說了好幾次。

□ ～階　　　　かい

[名・接尾] 階梯；（建築物的）樓，層

二階まで歩く／走到二樓。

□ 外国　　　がいこく

[名] 外國，外洋

外国に住む／住在國外。

□ 外国人　　がいこくじん

[名] 外國人，外籍人

外国人が増える／外國人增多。

□ 会社　　かいしゃ

[名] 公司；商社

会社に行く／去公司。

□ 階段　　かいだん

[名] 樓梯，階梯，台階

階段を上がる／上樓梯。

□ 買い物　　かいもの

[名] 購物，買東西；要買的東西

買い物をする／買東西。

□ 買う　　かう

[他五] 購買

本を買う／買書。

□ 返す　　かえす

[他五] 還，歸還，退還；送回（原處）

借金を返す／還債。

□ 帰る　　かえる

[自五] 回來，回去；回歸；歸還

家に帰る／回家。

□ 顔　　かお

[名] 臉，面；表情

顔が広い／交友廣闊。

□ 掛かる　　かかる

[自五] 懸掛，掛上；覆蓋；花費

壁に掛かる／掛在牆上。

□ 鍵　　かぎ

[名] 鑰匙，鎖頭

鍵をかける／上鎖。

□ 書く　　かく

[他五] 寫，書寫；作（畫）；寫作（文章等）

手紙を書く／寫信。

□ 描く　　かく

[他五] 畫，繪製；描寫，描繪

絵を描く／畫圖。

□ 学生　　がくせい

[名] 學生（主要指大專院校的學生）

学生を教える／教學生。

□ ～ヶ月　　かげつ

[接尾] …個月

三ヶ月／三個月

□ 掛ける　　かける

[他下一] 掛在（牆壁）；戴上（眼鏡）

眼鏡をかける／戴眼鏡。

□ 掛ける　　かける

[他下一] 把某種動作加在別人身上

電話をかける／打電話。

□ 傘　　　　　　　　かさ

[名] 雨傘
傘をさす／撐傘。

□ 貸す　　　　　　　かす

[他五] 借出，借給；出租
お金を貸す／借錢給別人。

□ 風　　　　　　　　かぜ

[名] 風
風が吹く／風吹。

□ 風邪　　　　　　　かぜ

[名] 感冒，傷風
風邪を引く／得感冒。

□ 家族　　　　　　　かぞく

[名] 家人，家族，家屬
家族が多い／家人眾多。

□ 〜方　　　　　　　がた

[接尾]（前接人稱代名詞，表對複數的
敬稱）們，各位
先生方／各位老師

□ 片仮名　　　　　　かたかな

[名] 片假名
片仮名で書く／用片假名寫。

□ 〜月　　　　　　　がつ

[接尾] …月
九月／九月

□ 学校　　　　　　　がっこう

[名] 學校
学校に行く／去學校。

□ カップ　　　　　　カップ

[名]【cup】（有把的）茶杯
コーヒーカップ／咖啡杯

□ 家庭　　　　　　　かてい

[名] 家庭
家庭を持つ／成家。

□ 角　　　　　　　　かど

[名] 角；（道路的）拐角，角落
角を曲がる／轉彎。

□ 鞄　　　　　　　　かばん

[名] 皮包，提包，書包，公事包
かばんを開ける／打開皮包。

□ 花瓶　　　　　　　かびん

[名] 花瓶
花瓶に花を生ける／花瓶插花。

□ 被る　　　　　　　かぶる

[他五] 戴（帽子等）；（從頭上）蒙，
蓋（被子）；（從頭上）套，穿
帽子をかぶる／戴帽子。

□ 紙　　　　　　　　かみ

[名] 紙
紙に書く／寫在紙上。

025

□ カメラ【camera】 カメラ

[名] 照相機；攝影機

カメラを買う／買相機。

□ 火曜日 かようび

[名] 禮拜二，星期二

火曜日に帰る／星期二回去。

01 - 04

□ 辛い からい

[形] 辣的

辛い料理／辣的菜。

□ 体 からだ

[名] 身體；身材；體質；健康

体を壊す／生病。

□ 借りる かりる

[他上一] 借（進來）；借助；租用，租借

本を借りる／借書。

□ 軽い かるい

[形] 輕的，輕巧的；（程度）輕微的

軽い荷物／輕的行李。

□ カレー カレー

[名]【curry】咖哩

カレー料理が好き／喜歡咖哩料理。

□ カレンダー カレンダー

[名]【calendar】日曆

今年のカレンダー／今年的日曆。

□ 川／河 かわ

[名] 河，河川，河流

川が流れる／河水流過。

□ ～側 がわ

[接尾] …邊，…側；…方面，立場；周圍，旁邊

左側／左邊

□ 可愛い かわいい

[形] 可愛，討人喜愛

人形がかわいい／娃娃很可愛。

□ 漢字 かんじ

[名] 漢字

漢字を学ぶ／學漢字。

□ 木 き

[名] 樹，樹木；木材；木柴

木を植える／種樹。

□ 黄色 きいろ

[名] 黃色

黄色のチョーク／黃色的粉筆。

□ 黄色い きいろい

[形] 黃色（的）

黄色くなる／轉黃。

□ 消える　　　　き￨える

［自下一］（燈，火等）熄滅；（雪等）融化；消失，看不見
火が消える／火熄滅。

□ 聞く　　　　き￨く

［他五］聽；聽説，聽到；聽從
話を聞く／聽對方講話。

□ 北　　　　き￨た

［名］北，北方，北邊
北向き／朝北

□ ギター　　　ギ￨ター

［名］【guitar】吉他
ギターを弾く／彈吉他。

□ 汚い　　　き￨たない

［形］骯髒
手が汚い／手很髒。

□ 喫茶店　　き￨っさてん

［名］咖啡店
喫茶店を開く／開咖啡店。

□ 切手　　　き￨って

［名］郵票
切手を貼る／貼郵票。

□ 切符　　　き￨っぷ

［名］票，車票
切符を買う／買票。

□ 昨日　　　き￨のう

［名］昨天
昨日は雨だ／昨天下雨。

□ 九／九　　きゅう／く

［名］九；九個
九から三を引く／用九減去三。

□ 牛肉　　　ぎゅ￨うにく

［名］牛肉
牛肉を煮る／燉牛肉。

□ 牛乳　　ぎゅ￨うにゅう

［名］牛奶
牛乳を飲む／喝牛奶。

□ 今日　　　きょ￨う

［名］今天
今日は晴れだ／今天天晴。

□ 教室　　　きょ￨うしつ

［名］教室；研究室
教室で授業する／在教室上課。

□ 兄弟　　　きょ￨うだい

［名］兄弟；兄弟姊妹；情同兄弟的人
兄弟げんか／兄弟吵架。

□ 去年　　　きょ￨ねん

［名］去年
去年の今日／去年的今天

□ 嫌い　　　　き<ruby>ら<rt>ら</rt></ruby>い

[形] 嫌惡，厭惡，不喜歡
勉強が嫌い／討厭唸書。

□ 切る　　　　き<ruby>る<rt></rt></ruby>

[他五] 切，剪，裁剪；切傷
髪を切る／剪頭髮。

□ 着る　　　　き<ruby>る<rt></rt></ruby>

[他上一]（穿）衣服
上着を着る／穿外套。

□ 綺麗　　　　き<ruby>れ<rt></rt></ruby>い

[形動] 漂亮，好看；整潔，乾淨
きれいな花／漂亮的花朵

□ キロ（グラム）
　　　　キロ／キログラム

[名]【(法) kilo(gramme)】千克，公斤
10キロを超える／超過10公斤。

□ キロ（メートル）
　　　　キロ／キロメートル

[名]【(法)kilo(mètre)】一千公尺，一
公里
10キロを歩く／走10公里。

□ 銀行　　　　ぎんこう

[名] 銀行
銀行に預ける／存在銀行。

□ 金曜日　　　きんようび

[名] 禮拜五，星期五
金曜日から始まる／星期五開始。

□ 薬　　　　　くすり

[名] 藥，藥品
薬を飲む／吃藥。

□ 下さい　　　ください

[補助]（表請求對方作）請給（我）；
請…
手紙をください／請寫信給我。

□ 果物　　　　くだもの

[名] 水果，鮮果
果物を取る／採摘水果。

□ 口　　　　　くち

[名] 嘴；出入口；口味
口に合う／合胃口。

□ 靴　　　　　くつ

[名] 鞋，鞋子
靴を脱ぐ／脱鞋子。

□ 靴下　　　　くつした

[名] 襪，襪子
靴下を洗う／洗襪子。

□ 国　　　　　くに

[名] 國家；國土；故鄉
国へ帰る／回國。

□ 曇り　　　　　く も り

[名] 陰，陰天

曇りのち晴れ／陰轉晴。

□ 曇る　　　　　く も る

[自五] 變陰，轉陰；朦朧；鬱悶

空が曇る／天色變陰。

□ 暗い　　　　　く ら い

[形] 暗，黑暗；發暗

部屋が暗い／房間陰暗。

□ ～位／～位

　　　　　　く ら い／ぐ ら い

[副助] …左右

一時間ぐらい／一個小時左右。

□ クラス　　　　ク ラ ス

[名]【class】階級，等級（學校的）班級

クラスを分ける／分班。

□ グラス　　　　グ ラ ス

[名]【glass】玻璃杯

グラスに注ぐ／倒入玻璃杯中。

□ グラム　　　　グ ラ ム

[名]【(法)gramme】公克

牛肉を500グラム買う／買500公
克的牛肉。

□ 来る　　　　　く る

[カ變]（空間，時間上的）來，到來

電車が来る／電車抵達。

□ 車　　　　　　く る ま

[名] 車子，汽車

車を運転する／開車。

□ 黒　　　　　　く ろ

[名] 黑，黑色

黒が嫌いだ／我不喜歡黑色。

□ 黒い　　　　　く ろ い

[形] 黑色（的）

腹が黒い／心黑險惡。

□ 警官　　　　　け い か ん

[名] 警官，警察

警官を呼ぶ／叫警察。

□ 今朝　　　　　け さ

[名] 今天早上

今朝届く／今天早上送達。

□ 消す　　　　　け す

[他五] 熄掉，撲滅；關掉，弄滅；消
失，抹去

電気を消す／關電燈。

□ 結構　　　　けっこう

[形動] 很好，漂亮；可以，足夠；（表示否定）不要

結構な物／好東西。

□ 結婚　　　　けっこん

[名・自サ] 結婚

結婚を祝う／祝賀結婚。

□ 月曜日　　げつようび

[名] 禮拜一，星期一

月曜日の朝／星期一的早晨。

□ 玄関　　　　げんかん

[名]（建築物的）正門，前門，玄關

玄関につく／到了玄關。

□ 元気　　　　げんき

[形動] 精神，朝氣；健康

元気を出しなさい／拿出精神來。

□ ～個　　　　　　こ

[接尾] 個

六個ください／給我六個。

01
｜
05

□ 五　　　　　　ご

[名] 五

五分の一／五分之一。

□ ～語　　　　　ご

[接尾] …語

日本語／日語

□ 公園　　　　こうえん

[名] 公園

公園で遊ぶ／在公園玩。

□ 交差点　　こうさてん

[名] 十字路口

交差点を渡る／過十字路口。

□ 紅茶　　　　こうちゃ

[名] 紅茶

紅茶を入れる／泡紅茶。

□ 交番　　　　こうばん

[名] 派出所

交番で聞く／在派出所詢問。

□ 声　　　　　　こえ

[名]（人、動物）聲音，嗓音

やさしい声で／用溫柔的聲音

□ コート　　　　コート

[名]【coat】外套，大衣；（西裝）上衣

コートがほしい／想要有件大衣。

□ コーヒー　　コーヒー

[名]【(荷)koffie】咖啡

コーヒーを飲む／喝咖啡。

□ 此処　　　　　ここ

[代] 這裡；（表程度，場面）此，如今；（表時間）近來，現在

ここに置く／放這裡。

□ 午後　　　　　　　　　ご｜ご

[名] 下午，午後，後半天

午後につく／下午到達。

□ 九日　　　　　　こ｜このか

[名]（每月）九日，九號；九天

五月九日に／在五月九號

□ 九つ　　　　　こ｜この｜つ

[名] 九個；九歲

九つになる／九歲。

□ ご主人　　　　ご｜しゅじん

[名] 您的先生，您的丈夫；主人；老闆

ご主人のお仕事は／您先生從事什麼行業？

□ 午前　　　　　　　　ご｜ぜん

[名] 上午，午前

午前中／上午之間。

□ 答える　　　こ｜た｜え｜る

[自下一] 回答，答覆，解答

疑問に答える／解答疑問。

□ こちら　　　　　　こ｜ちら

[代] 這邊，這裡，這方面；這位；我，我們（こっち）

どうぞこちらへ／請往這邊走。

□ こっち　　　　　こ｜っち

[代] 這邊，這裡，這方面；這位；我，我們（こちら）

みんなこっちを見て／大家看這邊。

□ コップ　　　　　コ｜ッ｜プ

[名]【(荷) kop】杯子，玻璃杯，茶杯

コップで飲む／用杯子喝。

□ 今年　　　　　　こ｜と｜し

[名] 今年

今年は結婚する／今年要結婚。

□ 言葉　　　　　　こ｜と｜ば

[名] 語言，詞語

言葉が通じた／語言能通。

□ 子供　　　　　　こ｜ど｜も

[名] 兒女；小孩，孩子，兒童

子どもを産む／生孩子。

□ 此の　　　　　　　こ｜の

[連體] 這…，這個…

このほか／這個以外

□ ご飯　　　　　　ご｜は｜ん

[名] 米飯，飯食，餐

ご飯を食べる／吃飯。

□ コピー　　　　　コ｜ピー

[名・他サ]【copy】拷貝，複製，副本

コピーをする／影印。

031

□ 困る　　　　　　　こまる

[自五] 感到傷腦筋，困擾；難受，苦
惱；沒有辦法

返事に困る／難以回覆。

□ 御免なさい

　　　　　　ごめんなさい

[連語] 對不起，請原諒，請別見怪

本当にごめんなさい／真的很對不起。

□ 此れ　　　　　　　これ

[代] 這個，此；這人；現在，此時

これからの日本／今後的日本

□ ～頃／～頃　ころ・ごろ

[名・接尾]（表示時間）左右，時候，
時期；正好的時候

そのころ／那段期間

□ 今月　　　　　　こんげつ

[名] 這個月

今月の売り上げ／本月營業額

□ 今週　　　　　　こんしゅう

[名] 本週，這星期，這禮拜

今週も忙しい／這禮拜也忙。

□ こんな　　　　　　こんな

[連體] 這樣的，這種的

こんな時に／在這種情況之下

□ 今晩　　　　　　こんばん

[名] 今天晚上，今夜

今晩は泊まる／今天晚上住下。

□ さあ　　　　　　　さあ

[感]（表示勸誘，催促）來；表躊躇，
遲疑的聲音

さあ、行こう／來，走吧。

□ ～歳　　　　　　　さい

[接尾] 歲，歲數

25歳で結婚する／25歲結婚。

□ 財布　　　　　　さいふ

[名] 錢包，錢袋

財布を落とす／弄丟錢包。

□ 魚　　　　　　　さかな

[名]（動物）魚，魚類；（食物）魚，
魚肉

魚を釣る／釣魚。

□ 先　　　　　　　　さき

[名] 先，早；頂端，尖端；前頭，最
前端

先に着く／先到。

□ 咲く　　　　　　　さく

[自五] 開（花）

花が咲く／開花。

□ 作文　　　　さくぶん

[名] 作文

作文を書く／寫作文。

□ 差す　　　　さす

[他五] 撑（傘等）；（用手指等）指，

指示

傘をさす／撑傘。

□ ～冊　　　　さつ

[接尾] 本，冊

本を五冊買う／買五本書。

□ 雑誌　　　　ざっし

[名] 雑誌，期刊

雑誌を読む／閱讀雑誌。

□ 砂糖　　　　さとう

[名] 砂糖

砂糖をつける／沾砂糖。

□ 寒い　　　　さむい

[形]（天氣）冷，寒冷

冬は寒い／冬天寒冷。

□ 再来年　　　さらいねん

[名] 後年

再来年まで勉強します／讀到後年。

□ 三　　　　　さん

[名] 三；第三

三から数える／從三開始數。

□ 散歩　　　　さんぽ

[名・自サ] 散步，隨便走走

公園を散歩する／在公園散步。

□ 四／四　　　し・よん

[名] 四；四個；四次

四を押す／按四。

□ ～時　　　　じ

[接尾] …點，…時

六時／六點

□ 塩　　　　　しお

[名] 鹽，食鹽

塩をかける／灑鹽。

□ 然し　　　　しかし

[接續] 然而，但是，可是

この店のラーメンはおいしい。

しかし、あの店のラーメンはまずい

／這家店的拉麵很好吃，但是那一家

的很難吃。

□ 時間　　　　じかん

[名] 時間，功夫；時刻，鐘點

時間に遅れる／遲到。

□ ～時間　　　じかん

[名] …小時，…點鐘

二十四時間／二十四小時

□ 仕事　　　　　し ご と

[名] 工作；職業

仕事を休む／工作請假。

□ 辞書　　　　　じ し ょ

[名] 字典，辭典

辞書を調べる／查字典。

□ 静か　　　　　し ず か

[形動] 靜止；平靜，沈穩

静かになる／變安靜。

□ 下　　　　　　し た

[名]（位置的）下，下面，底下；年紀小

いすの下に／在椅子下面

□ 七　　　　　　し ち

[名] 七；七個

七五三／七五三（日本習俗，祈求兒童能健康成長。）

□ 質問　　　　　し つ も ん

[名・自サ] 提問，問題，疑問

質問に答える／回答問題。

□ 自転車　　　　じ て ん し ゃ

[名] 腳踏車

自転車を漕ぐ／踩腳踏車。

□ 自動車　　　　じ ど う し ゃ

[名] 車，汽車

自動車で運ぶ／開車搬運。

□ 死ぬ　　　　　し ぬ

[自五] 死亡；停止活動

交通事故で死ぬ／因交通事故死亡。

□ 字引　　　　　じ び き

[名] 字典，辭典

字引を引く／查字典。

□ 自分　　　　　じ ぶ ん

[名] 自己，自身，本人

自分でやる／自己做。

□ 閉まる　　　　し ま る

[自五] 關閉

ドアが閉まる／門關了起來。

□ 閉める　　　　し め る

[他下一] 關閉，合上；繫緊，束緊

窓を閉める／關窗戶。

□ 締める　　　　し め る

[他下一] 勒緊；繫著

ネクタイを締める／打領帶。

□ じゃ／じゃあ　　　じ ゃ ／ じ ゃ あ

[接續] 那麼（就）

じゃ、さようなら／那麼，再見。

□ 写真　　　　　し ゃ し ん

[名] 照片，相片，攝影

写真を撮る／照相。

01
-
06

□ シャツ　　　　シャツ

[名]【shirt】襯衫，西裝襯衫

シャツに着替える／換穿襯衫。

□ シャワー　　　シャワー

[名]【shower】淋浴

シャワーを浴びる／淋浴。

□ 十　　　　　じゅう

[名] 十；第十

十まで数える／算到十。

□ ～中　　　　じゅう

[接尾] 整個，全

世界中／全世界。

□ ～週間　　しゅうかん

[名] 星期，週；（活動）週

週間天気予報／一週的天氣預報

□ 授業　　　じゅぎょう

[名] 上課，教課，授課

授業に出る／上課。

□ 宿題　　　しゅくだい

[名] 作業，家庭作業

宿題をする／寫作業。

□ 上手　　　じょうず

[形動]（某種技術的）擅長，高明，厲害

料理が上手だ／很會作菜。

□ 丈夫　　　じょうぶ

[形動]（身體）健壯，健康；堅固，結實

体が丈夫になる／身體變強壯。

□ 醤油　　　しょうゆ

[名] 醬油

醤油を入れる／加醬油。

□ 食堂　　　しょくどう

[名] 食堂，餐廳，飯館

食堂に行く／去食堂。

□ 知る　　　　しる

[他五] 知道，得知；理解；認識；學會

何も知りません／什麼都不知道。

□ 白　　　　　しろ

[名] 白，白色

白のスカート／白色的裙子

□ 白い　　　　しろい

[形] 白色（的）；空白

色が白い／顔色白。

□ ～人　　　　じん

[接尾] …人

外国人／外國人

□ 新聞　　　しんぶん

[名] 報紙

新聞を読む／看報紙。

□ 水曜日　　　　すいようび

[名] 禮拜三，星期三
水曜日が休みだ／星期三休息。

□ 吸う　　　　　すう

[他五] 吸，抽；啜；吸收
煙草を吸う／抽煙。

□ スカート　　　スカート

[名]【skirt】裙子
スカートを穿く／穿裙子。

□ 好き　　　　　すき

[形動] 喜好，愛好；愛，產生感情
運動が好きだ／喜歡運動。

□ 直ぐ　　　　　すぐ

[副] 馬上，立刻；輕易；（距離）很近
すぐ行く／馬上去。

□ 少ない　　　　すくない

[形] 少，不多
友達が少ない／朋友很少。

□ 少し　　　　　すこし

[副] 一下子；少量，稍微，一點
もう少し／再一點點。

□ 涼しい　　　　すずしい

[形] 涼，涼快，涼爽
風が涼しい／風很涼爽。

□ ～ずつ　　　　ずつ

[副助]（表示均攤）每～，各…；表示
反覆多次
一日に三回ずつ／每天各三次。

□ ストーブ　　　ストーブ

[名]【stove】火爐，暖爐
ストーブをつける／開暖爐。

□ スプーン　　　スプーン

[名]【spoon】湯匙
スプーンで食べる／用湯匙吃。

□ スポーツ　　　スポーツ

[名]【sports】運動
室内スポーツ／室內運動。

□ ズボン　　　　ズボン

[名]【(法) jupon】西裝褲
ズボンを脱ぐ／脱褲子。

□ 住む　　　　　すむ

[自五] 住，居住；（動物）棲息，生存
アパートに住む／住公寓。

□ スリッパ　　　スリッパ

[名]【slipper】（室內）拖鞋
スリッパを履く／穿拖鞋。

□ する　　　　　する

[他サ] 做，進行
料理をする／做料理。

□ 座る　　　　す**わ**る

[自五] 坐，跪座
床に座る／坐在地板上。

□ 千　　　　せん

[名]（一）千；比喩數量多
千に一つ／千中之一。

□ 背／背　　　せ・せい

[名] 身高，個子；脊樑
背が高い／身材高大。

□ 先月　　　せんげつ

[名] 上個月
先月10日に／上個月10號

□ 生徒　　　せいと

[名]（小學、中學、高中）學生
生徒が増える／學生增加。

□ 先週　　　せんしゅう

[名] 上週，上星期
先週末／上週末

□ セーター　　セーター

[名]【sweater】毛衣
セーターを編む／編織毛衣。

□ 先生　　　せんせい

[名] 老師，師傅；醫生，大夫
先生になる／當老師。

□ 石鹼　　　せっけん

[名] 香皂，肥皂
石鹼を塗る／抹香皂。

□ 洗濯　　　せんたく

[名・他サ] 洗衣服，清洗，洗滌
洗濯をする／洗衣服。

□ 背広　　　せびろ

[名]（男）西裝
背広を作る／訂做西裝。

□ 全部　　　ぜんぶ

[名] 全部，總共
全部答える／全部回答。

□ 狭い　　　せまい

[形] 狹窄，狹小，狹隘
部屋が狭い／房間很窄小。

□ そう　　　そう

[感]（回答）是，不錯；那樣地，那麼
私もそう思う／我也是那麼想。

□ ゼロ　　　ゼロ

[名]【zero】（數）零；沒有，光得一乾二淨
ゼロから出発する／從零開始。

□ 掃除　　　そうじ

[名・他サ] 打掃，清掃，掃除
庭を掃除する／清掃庭院。

□ 其処　　　　　そこ

[代] 那兒，那邊

そこで待つ／在那邊等。

□ そして／そうして
　　　　　そして、／そうして

[接續] 然後，而且；於是；以及

このパンはおいしい。そして、あの
パンもおいしい／這麵包好吃，還
有，那麵包也好吃。

□ そちら　　　　そちら

[代] 那兒，那裡；那位，那個；府
上，貴處（そっち）

そちらへ伺う／到府上拜訪。

□ そっち　　　　そっち

[代] 那兒，那裡；那位，那個；府上，
貴處（そちら）

そっちへ行こう／到那裡吧！

□ 外　　　　　　そと

[名] 外面，外邊；戶外

外で遊ぶ／在外面玩。

□ 其の　　　　　その

[連體] 那…，那個…

その時／那個時候

□ 側／傍　　　　そば

[名] 旁邊，側邊；附近

そばに置く／放在身邊。

□ 空　　　　　そら　01｜07

[名] 天，天空，空中

空を飛ぶ／在天空飛翔。

□ 其れ　　　　それ

[代] 那，那個；那時，那裡；那樣

それを見せてください／給我看那
個。

□ 其れから　　それから

[接續] 然後；其次，還有；（催促對方
談話時）後來怎樣

風呂に入って、それから寝ました／
先洗了澡，然後就睡了。

□ 其れでは　　それでは

[接續] 如果那樣；那麼，那麼説

それでは良いお年を／那麼，希望有
個美好的一年。

□ ～台　　　　だい

[接尾] 台，輛，架

エアコンが2台ある／有兩台冷氣。

□ 大学　　　だいがく

[名] 大學

大学に入る／進大學。

□ 大使館　　たいしかん

[名] 大使館

大使館に連絡する／聯絡大使館。

□ **大丈夫**　だいじょうぶ

[形動] 牢固，可靠；放心；沒問題，沒關係

食べても**大丈夫**／可放心食用。

□ **大好き**　だいすき

[形動] 非常喜歡，最喜好

甘いものが**大好きだ**／最喜歡甜食。

□ **大切**　たいせつ

[形動] 重要，重視；心愛，珍惜

大切にする／珍惜。

□ **大抵**　たいてい

[副] 大體，差不多；（下接推量）多半

大抵分かる／大概都知道。

□ **台所**　だいどころ

[名] 廚房

台所で料理する／在廚房煮菜。

□ **大変**　たいへん

[形動] 重大，嚴重，不得了

大変な雨だった／不得了的大雨。

□ **高い**　たかい

[形]（價錢）貴；高，高的

値段が**高い**／價錢昂貴。

□ **沢山**　たくさん

[副・形動] 很多，大量；足夠，不再需要

たくさんある／有很多。

□ **タクシー**　タクシー

[名]【taxi】計程車

タクシーを拾う／攔計程車。

□ **～だけ**　だけ

[副助] 只…

一人**だけ**／只有一個人。

□ **出す**　だす

[他五] 拿出，取出；伸出；寄

お金を**出す**／出錢。

□ **～達**　たち

[接尾]（表示人的複數）們，…等

私**たち**／我們

□ **立つ**　たつ

[自五] 站立；冒，升；出發

電柱が**立つ**／立著電線桿。

□ **縦**　たて

[名] 縱，豎

縦に書く／豎著寫。

□ **建物**　たてもの

[名] 建築物，房屋

建物を建てる／蓋建築物。

□ **楽しい**　たのしい

[形] 快樂，愉快，高興

楽しい時間／歡樂的時間

039

□ 頼む　　　　たのむ

[他五] 請求，要求；委託，託付；依靠

用事を頼む／拜託事情。

□ 煙草　　　　たばこ

[名] 香煙；煙草

煙草を吸う／抽煙。

□ 多分　　　　たぶん

[副] 大概，或許，應該；恐怕

たぶん大丈夫だろう／應該沒問題吧。

□ 食べ物　　　たべもの

[名] 食物，吃的東西

食べ物を売る／販賣食物。

□ 食べる　　　たべる

[他下一] 吃，喝

ご飯を食べる／吃飯。

□ 卵　　　　　たまご

[名] 蛋，卵；鴨蛋，雞蛋

卵を割る／打雞蛋。

□ 誰　　　　　だれ

[代] 誰，哪位

誰もいない／沒有人。

□ 誰か　　　　だれか

[代] 誰啊，某人

誰か来た／有誰來了。

□ 誕生日　　たんじょうび

[名] 生日，生辰，壽辰

誕生日プレゼント／生日禮物。

□ 段々　　　　だんだん

[副] 逐漸，漸漸地，慢慢地

だんだん暖かくなる／

漸漸地變暖和。

□ 小さい　　　ちいさい

[形] 小的；微少，輕微；幼小的

小さい子供／年幼的孩子

□ 小さな　　　ちいさな

[連體] 小，微小

小さな時計／小錶

□ 近い　　　　ちかい

[形]（距離，時間）近，接近；靠近；

相似

駅に近い／離車站近。

□ 違う　　　　ちがう

[自五] 不同，差異；錯誤；違反，不符

習慣が違う／習慣不同。

□ 近く　　　　ちかく

[名] 附近，近旁；（時間上）近期，

靠近

近くにある／在附近。

□ 地下鉄　　　ちかてつ

[名] 地下鐵

地下鉄に乗る／搭地鐵。

□ 地図　　　　　　ちず

[名] 地圖

地図を書く／畫地圖。

□ 父　　　　　　　ちち

[名] 爸爸，父親；家父

父に似ている／像爸爸。

□ 茶色　　　　ちゃいろ

[名] 茶色，咖啡色

茶色が好きだ／喜歡茶色。

□ 茶碗　　　　ちゃわん

[名] 茶杯，飯碗

茶碗に盛る／盛到碗裡。

□ ～中　　　　　ちゅう

[接尾] 期間，正在…當中；在…之中

午前中／上午期間

□ 丁度　　　　ちょうど

[副] 剛好，正好；正，整；剛剛

ちょうどいい／剛剛好。

□ 一寸　　　　ちょっと

[副] 稍微；一下子

ちょっと待って／等一下。

□ 一日　　　　ついたち

[名] （每月）一日，一號

一日から学ぶ／一號開始學。

□ 使う　　　　　つかう

[他五] 使用

頭を使う／動腦。

□ 疲れる　　　つかれる

[自下一] 疲倦，疲勞

体が疲れる／身體疲累。

□ 次　　　　　　　つぎ

[名] 下次，下回，接下來；第二

次の駅／下一站

□ 着く　　　　　　つく

[自五] 到，到達，抵達；寄到

目的地に着く／到達目的地。

□ 机　　　　　　つくえ

[名] 桌子，書桌

机にむかう／坐在書桌前。

□ 作る　　　　　つくる

[他五] 做，造；創造；寫，創作

文章を作る／寫文章。

□ 点ける　　　　つける

[他下一] 點（火），點燃；扭開（開關），打開

火をつける／點火。

041

□ 勤める　　　　つとめる

[自下一] 工作，任職；擔任（某職務）

会社に勤める／在公司上班。

□ 詰まらない　つまらない

[形] 無趣，沒意思；無意義

テレビがつまらない／電視很無趣。

□ 冷たい　　　　つめたい

[形] 冷，涼；冷淡

冷たい風／冷風。

□ 強い　　　　　つよい

[形] 強，有勁；強壯，健壯；強烈

力が強い／力量大。

□ 手　　　　　　て

[名] 手，手掌；手臂；人手

手をあげる／舉手。

□ テープ　　　　テープ

[名]【tape】膠布；錄音帶，卡帶

テープを貼る／黏膠帶。

□ テーブル　　　テーブル

[名]【table】桌子；餐桌，飯桌

テーブルにつく／入座。

□ テープレコーダー

テープレコーダー

[名]【tape recorder】磁帶錄音機

テープレコーダーで聞く／用錄音機收聽。

□ 出かける　　　でかける 01 ↓ 08

[自下一] 出門

旅行に出かける／出外旅行。

□ 手紙　　　　　てがみ

[名] 信，書信，函

手紙を書く／寫信。

□ 出来る　　　　できる

[自上一] 能，可以，辦得到；做好，做完

支度ができる／準備完畢。

□ 出口　　　　　でぐち

[名] 出口

出口を出る／走出出口。

□ テスト　　　　テスト

[名]【test】考試，試驗，檢查

テストを受ける／應考。

□ では　　　　　では

[感] 那麼，這麼說，要是那樣

では、失礼します／那麼，先告辭了。

□ デパート　　デパート

[名]【department store】百貨公司

デパートに行く／去百貨公司。

□ でも　　でも

[接續] 可是，但是，不過；就算

昨日はとても楽しかった。でも、疲れた／昨天實在玩得很開心，不過，也累壞了。

□ 出る　　でる

[自下一] 出來，出去，離開

電話に出る／接電話。

□ テレビ　　テレビ

[名]【television】電視

テレビを見る／看電視。

□ 天気　　てんき

[名] 天氣；好天氣

天気がいい／天氣好。

□ 電気　　でんき

[名] 電力；電燈；電器

電気をつける／開燈。

□ 電車　　でんしゃ

[名] 電車

電車で行く／搭電車去。

□ 電話　　でんわ

[名] 電話

電話が鳴る／電話鈴響。

□ 戸　　と

[名] 門；大門；窗戶

戸を閉める／關門。

□ ～度　　ど

[接尾] …次；…度（溫度，穩度等單位）

零度／零度

□ ドア　　ドア

[名]【door】門

ドアを開ける／開門。

□ トイレ　　トイレ

[名]【toilet】廁所，洗手間，盥洗室

トイレを流す／沖馬桶。

□ どう　　どう

[副] 如何；（勸誘、問候）怎麼樣

どう、気に入った／如何，喜歡嗎？

□ どうして　　どうして

[副] 如何，怎麼辦，怎樣；為什麼，為何

どうして休んだの／為什麼沒來呢？

□ どうぞ　　　　　どうぞ

[副]（表勸誘，請求，委託）請；（表承認，同意）可以，請

どうぞこちらへ／請往這邊走。

□ 動物　　　　　どうぶつ

[名]（生物學）動物；（人類以外）動物，獸

動物が好きだ／喜歡動物。

□ どうも　　　　　どうも

[副] 怎麼也，總是，實在；實在，太，謝謝

どうもすみません／實在對不起。

□ 十　　　　　　　とお

[名] 十；十個；十歲

お皿が十ある／有十個盤子。

□ 遠い　　　　　とおい

[形]（距離）遠；（關係）遠，疏遠；（時間間隔）久遠

学校に遠い／離學校遠。

□ 十日　　　　　とおか

[名]（每月）十日，十號；十天

十日間かかる／花十天時間。

□ 時　　　　　　とき

[名] 時，時候

本を読むとき／讀書的時候。

□ 時々　　　　　ときどき

[副] 有時，偶而

曇り時々雨／陰時多雲偶陣雨

□ 時計　　　　　とけい

[名] 鐘錶，手錶

時計が止まる／手錶停止不動。

□ 何処　　　　　どこ

[代] 何處，哪兒，哪裡

どこへ行く／要去哪裡？

□ 所　　　　　　ところ

[名]（所在的）地方，地點

便利な所／方便的地方。

□ 年　　　　　　とし

[名] 年；年紀

年をとる／上了年紀。

□ 図書館　　　としょかん

[名] 圖書館

図書館で勉強する／在圖書館唸書。

□ 何方　　　　　どちら

[代]（方向，地點，事物，人等）哪裡，哪個，哪位（どっち）

どちらでも良い／哪一個都好。

☐ 何方　　　　　　　ど<ruby>っ<rt>っ</rt></ruby>ち
[代]（方向，地點，事物，人等）哪
裡，哪個，哪位（どちら）
どっちがいい／哪一個好？

☐ とても　　　　　　と<ruby>て<rt></rt></ruby>も
[副] 很，非常
とても面白い／非常有趣。

☐ どなた　　　　　　ど<ruby>な<rt></rt></ruby>た
[代] 哪位，誰
どなた様ですか／請問是哪位？

☐ 隣　　　　　　　　と<ruby>な<rt></rt></ruby>り
[名] 鄰居，鄰家；隔壁，旁邊；鄰近，
附近
隣に住む／住在隔壁。

☐ どの　　　　　　　ど<ruby>の<rt></rt></ruby>
[連體] 哪個，哪…
どの方／哪一位？

☐ 飛ぶ　　　　　　　と<ruby>ぶ<rt></rt></ruby>
[自五] 飛，飛行，飛翔
鳥が飛ぶ／鳥飛。

☐ 止まる　　　　　　と<ruby>ま<rt></rt></ruby>る
[自五] 停，停止，停靠；停息，停頓
時計が止まる／時鐘停了。

☐ 友達　　　　　　　と<ruby>も<rt></rt></ruby>だち
[名] 朋友，友人
友達になる／交朋友。

☐ 土曜日　　　　　　ど<ruby>よ<rt></rt></ruby>うび
[名] 禮拜六，星期六
土曜日は暇だ／星期六有空。

☐ 鳥　　　　　　　　と<ruby>り<rt></rt></ruby>
[名] 鳥，禽類（總稱）；雞
鳥が飛ぶ／鳥飛翔。

☐ 鳥肉　　　　　　　と<ruby>り<rt></rt></ruby>にく
[名] 雞肉；鳥肉
鳥肉を揚げる／炸雞肉。

☐ 取る　　　　　　　と<ruby>る<rt></rt></ruby>
[他五] 拿取，執，握；採取，摘；（用
手）操控
辞書を取ってください／請拿辭典。

☐ 撮る　　　　　　　と<ruby>る<rt></rt></ruby>
[他五] 拍照，拍攝
写真を撮る／照相。

☐ どれ　　　　　　　ど<ruby>れ<rt></rt></ruby>
[代] 哪個
どれがいいか／哪一個比較好？

□ どんな　　　　　どんな

[連體] 什麼樣的；不拘什麼樣的

どんな時も／無論何時

□ 無い　　　　　ない

[形] 沒，沒有；無，不在

お金がない／沒錢。

□ ナイフ　　　　　ナイフ

[名]【knife】刀子，小刀，餐刀

ナイフで切る／用刀切開。

□ 中　　　　　なか

[名] 裡面，內部

中に入る／進去裡面。

□ 長い　　　　　ながい

[形]（時間、距離）長，長久，長遠

スカートを長くする／把裙子放長。

□ 乍ら　　　　　ながら

[接助] 邊…邊…，一面…一面…

歩きながら考える／邊走邊想。

□ 鳴く　　　　　なく

[自五]（鳥，獸，虫等）叫，鳴

鳥が鳴く／鳥叫。

□ 無くす　　　　　なくす

[他五] 丟失，喪失

財布をなくす／弄丟錢包。

□ 何故　　　　　なぜ

[副] 為何，為什麼

なぜ怒るのか／為什麼生氣？

□ 夏　　　　　なつ

[名] 夏，夏天，夏季

夏が来る／夏天來臨。

□ 夏休み　　　　　なつやすみ

[名] 暑假

夏休みが始まる／放暑假。

□ ～等　　　　　など

[副助]（表示概括，列舉）…等

赤や黄色など／紅色、黃色等等。

□ 七つ　　　　　ななつ

[名] 七，七個；七歲

七つにわける／分成七個。

□ 何／何　　　　　なに／なん

[代] 什麼；任何；表示驚訝

これは何ですか／這是什麼？

□ 七日　　　　　なのか

[名]（每月）七日，七號；七天

七日間／七天之間

□ 名前　　　　　なまえ

[名]（事物與人的）名字，名稱

名前を書く／寫名字。

01
-
09

□ 習う　　　　　　　なら**う**

[他五] 學習，練習
先生に習う／向老師學習。

□ 並ぶ　　　　　　　なら**ぶ**

[自五] 並排，並列，對排
横に並ぶ／排在旁邊。

□ 並べる　　　　　なら**べる**

[他下一] 排列，陳列，擺，擺放
靴を並べる／擺放靴子。

□ 為る　　　　　　　　な**る**

[自五] 成為，變成；當（上）
金持ちになる／變成有錢人。

□ 二　　　　　　　　　　　に

[名] 二；兩個；第二；不同
一石二鳥／一石二鳥。

□ 賑やか　　　　　　に**ぎ**やか

[形動] 熱鬧，繁華，繁盛
にぎやかな町／熱鬧的大街。

□ 肉　　　　　　　　　　に**く**

[名] 肉
肉料理／肉類菜餚

□ 西　　　　　　　　　　に**し**

[名] 西，西邊，西方
西に曲がる／轉向西方。

□ 日曜日　　　　　に**ち**よう**び**

[名] 禮拜天，星期天，星期日
日曜日も休めない／星期天也沒辦法休息。

□ 荷物　　　　　　　　に**も**つ

[名] 行李，貨物
荷物を運ぶ／搬行李。

□ ニュース　　　　　ニュー**ス**

[名]【news】新聞，消息
ニュースを見る／看新聞。

□ 庭　　　　　　　　　　に**わ**

[名] 庭院，院子，院落
庭で遊ぶ／在院子裡玩。

□ ～人　　　　　　　　　にん

[接尾] …人
五人／五個人

□ 脱ぐ　　　　　　　　ぬ**ぐ**

[他五] 脫去，脫掉，摘掉
靴を脱ぐ／脫鞋子。

□ 温い　　　　　　　　ぬ**る**い

[形] 微溫，不涼不熱
風呂が温い／浴池的水不夠熱。

□ ネクタイ　　　　　ネ**ク**タイ

[名]【necktie】領帶
ネクタイを締める／繫領帶。

□ 猫　　　　　　ねこ
[名] 貓
猫を飼う／養貓。

□ 寝る　　　　　ねる
[自下一] 睡覺，就寢；躺，臥
よく寝る／睡得好。

□ ノート　　　　ノート
[名]【notebook】筆記本，備忘錄
ノートを取る／寫筆記。

□ 登る　　　　　のぼる
[自五] 登，上，攀登（山）
山に登る／爬山。

□ 飲み物　　　　のみもの
[名] 飲料
飲み物をください／請給我飲料。

□ 飲む　　　　　のむ
[他五] 喝，呑，嚥，吃（藥）
薬を飲む／吃藥。

□ 乗る　　　　　のる
[自五] 騎乘，坐；登上
車に乗る／坐車。

□ 歯　　　　　　は
[名] 牙，牙齒；（器具）齒
歯を磨く／刷牙。

□ パーティー　パーティー
[名]【party】（社交性的）集會，宴會，舞會
パーティーを開く／舉辦派對。

□ はい　　　　　はい
[感] 有，是
はい、そうです／是，沒錯。

□ ～杯／～杯　はい／ぱい
[接尾] 杯；（記量單位）碗，杯，匙；發音有「はい、ばい、ぱい」
一杯どう／喝杯如何？

□ 灰皿　　　　はいざら
[名] 煙灰缸
灰皿を取る／拿煙灰缸。

□ 入る　　　　　はいる
[自五] 進，進入，裝入
耳に入る／聽到。

□ 葉書　　　　　はがき
[名] 明信片
葉書を出す／寄明信片。

□ 穿く／履く　　はく
[他五] 穿（鞋，襪；褲子等）
靴を履く／穿鞋子。

□ 箱　　　　　　　　は こ

[名] 箱盒，箱，匣；車廂

箱に入れる／放入箱子。

□ 箸　　　　　　　　は し

[名] 筷子，箸

箸で挟む／用筷子夾。

□ 橋　　　　　　　　は し

[名] 橋，橋樑

橋を渡る／過橋。

□ 始まる　　　は じ まる

[自五] 開始，開頭；發生

授業が始まる／開始上課。

□ 初めて　　　は じ めて

[副] 最初，初次，第一次

初めてのデート／初次約會。

□ 始める　　　は じ める

[他下一] 開始，開創

仕事を始める／開始工作。

□ 走る　　　　　　は し る

[自五]（人，動物）跑步，奔跑；

（車，船等）行駛

一生懸命に走る／拼命地跑。

□ バス　　　　　　バ ス

[名]【bus】巴士，公車

バスを待つ／等公車。

□ バター　　　　バ ター

[名]【butter】奶油

バターを塗る／塗奶油。

□ 二十歳　　　　は たち

[名] 二十歲

二十歳を迎える／迎接二十歲的到

來。

□ 働く　　　　は たらく

[自五] 工作，勞動，做工

会社で働く／在公司上班。

□ 八　　　　　　　は ち

[名] 八；八個

八キロもある／有八公斤。

□ 二十日　　　　は つか

[名] 二十日；二十天

二十日に出発する／二十號出發。

□ 花　　　　　　　は な

[名] 花；櫻花

花が咲く／花開。

□ 鼻　　　　　　　は な

[名] 鼻，鼻子

鼻が高い／得意洋洋。

□ 話　　　　　　は な し

[名] 話，說話，講話

話を始める／開始說話。

□ 話す　　　　　　　は|な|す

[他五] 說，講；告訴（別人），敘述
英語で話す／用英語說。

□ 母　　　　　　　　　は|は

[名] 媽媽，母親；家母
母に叱られる／挨母親罵。

□ 早い　　　　　　　は|や|い

[形]（時間等）迅速，早
早く起きる／早起。

□ 速い　　　　　　　は|や|い

[形] 快，迅速；急的
速く走る／快跑。

□ 春　　　　　　　　　は|る

[名] 春，春天，春季
春になる／到了春天。

□ 貼る　　　　　　　　は|る

[他五] 貼上，糊上，黏上
切手を貼る／貼郵票。

□ 晴れ　　　　　　　　は|れ

[名] 晴，晴天
晴れのち曇り／晴時多雲

□ 晴れる　　　　　　は|れ|る

[自下一]（天氣）放晴；（雨，雪）停止
空が晴れる／天氣放晴。

□ 晩　　　　　　　　　ば|ん

[名] 晚，晚上
朝から晩まで／從早到晚。

□ ～番　　　　　　　　ば|ん

[接尾] 輪班；守衛；（順序）第；（號碼）號
一番が難しい／第一題最難。

□ パン　　　　　　　　パ|ン

[名] 【(葡)pão】 麵包
パンを焼く／烤麵包。

□ ハンカチ　　　　ハ|ン|カ|チ

[名] 【handkerchief】 手帕
ハンカチを洗う／洗手帕。

□ 番号　　　　　　　ば|ん|ご|う

[名] 號碼，號數
番号を調べる／查號碼。

□ 晩ご飯　　　　　ば|ん|ご|は|ん

[名] 晚餐
晩ご飯を作る／做晚餐。

□ 半分　　　　　　は|ん|ぶ|ん

[名] 半，一半，二分之一
半分に切る／切成兩半。

□ 東　　　　　　　　ひ|が|し

[名] 東，東方，東邊
東を向く／朝向東方。

01
|
10

□ ～匹／～匹　　**ひき/ぴき**

[接尾]（魚，獸，鳥，蟲）匹，頭，
隻，條；發音有「ひき、びき、ぴき」
犬を一匹飼っている／養了一隻狗。

□ 引く　　　　　　　　**ひく**

[他五] 拉，拖；翻查；感染
線を引く／拉線。

□ 弾く　　　　　　　　**ひく**

[他五] 彈，彈奏，彈撥
ピアノを弾く／彈鋼琴。

□ 低い　　　　　　　**ひくい**

[形] 低，矮
背が低い／個子矮小。

□ 飛行機　　　　　**ひこうき**

[名] 飛機
飛行機に乗る／搭飛機。

□ 左　　　　　　　　**ひだり**

[名] 左，左邊；左手
左へ曲がる／向左轉。

□ 人　　　　　　　　　**ひと**

[名] 人，人類；個人；別人；人品
人が多い／人很多。

□ 一つ　　　　　　　**ひとつ**

[名] 一；一個；一歲
一つを選ぶ／選一個。

□ 一月　　　　　　**ひとつき**

[名] 一個月
一月休む／休息一個月。

□ 一人　　　　　　　**ひとり**

[名] 一人，一個人；獨自
一人で悩む／單獨一人煩惱。

□ 暇　　　　　　　　　**ひま**

[名・形動] 時間，功夫；空閒時間，暇餘
暇がある／有空。

□ 百　　　　　　　　**ひゃく**

[名] 一百；一百歲
百まで生きる／活到百歲。

□ 病院　　　　　　**びょういん**

[名] 醫院
病院に行く／去醫院看病。

□ 病気　　　　　　　**びょうき**

[名] 生病，疾病
病気が治る／生病痊癒。

□ 平仮名　　　　　**ひらがな**

[名] 平假名
平仮名で書く／用平假名寫。

□ 昼　　　　　　　　　**ひる**

[名] 中午；白天，白晝；午飯
昼休み／午休

051

□ 昼ご飯　　ひるごはん

[名] 午餐

昼ご飯を買う／買午餐。

□ 広い　　ひろい

[形]（面積・空間）廣闊、寬廣、廣大；（範圍）廣

庭が広い／庭院很大。

□ フィルム　　フィルム

[名]【film】底片，膠片；影片；電影

フィルムを入れる／放入軟片。

□ 封筒　　ふうとう

[名] 信封，封套

封筒を開ける／拆信。

□ プール　　プール

[名]【pool】游泳池

プールで泳ぐ／在泳池内游泳。

□ フォーク　　フォーク

[名]【fork】叉子，餐叉

フォークを使う／使用叉子。

□ 服　　ふく

[名] 衣服，西服

服を買う／買衣服。

□ 吹く　　ふく

[自五]（風）刮，吹；（緊縮嘴唇）吹氣

風が吹く／颱風。

□ 二つ　　ふたつ

[名] 二；兩個；兩歲；兩方

二つに割る／破裂成兩個。

□ 豚肉　　ぶたにく

[名] 豬肉

豚肉を食べる／吃豬肉。

□ 二人　　ふたり

[名] 兩人，兩個人；一對（夫妻等）

二人でお酒を飲む／兩人一起喝酒。

□ 二日　　ふつか

[名]（每月）二日，二號；兩天

二日酔い／宿醉。

□ 太い　　ふとい

[形] 粗，肥胖

線が太い／線條粗。

□ 冬　　ふゆ

[名] 冬，冬天，冬季

冬を過ごす／過冬。

□ 降る　　ふる

[自五] 落，下，降（雨，雪，霜等）

雨が降る／下雨。

□ 古い　　ふるい

[形] 以往；老舊，年久，老式

古い話／古老的故事

□ 風呂　　　　　　　　ふろ

[名] 浴缸，澡盆；洗澡；洗澡熱水

風呂に入る／洗澡。

□ 〜分　　　　　　　　ふん

[接尾]（時間）〜分；（角度）分

1時15分／1點15分

□ 文章　　　　　　ぶんしょう

[名] 文章

文章を書く／寫文章。

□ ページ　　　　　　ページ

[名・接尾]【page】頁

ページを開く／翻開內頁。

□ 下手　　　　　　　　へた

[名・形動]（技術等）不高明，不擅長，
笨拙

字が下手だ／寫字不好看。

□ ベッド　　　　　　ベッド

[名]【bed】床，床舖

ベッドに寝る／睡在床上。

□ ペット　　　　　　ペット

[名]【pet】寵物

ペットを飼う／養寵物。

□ 部屋　　　　　　　　へや

[名] 房間；屋子

部屋を予約する／預約房間。

□ 辺　　　　　　　　　へん

[名] 附近，一帶；程度，大致

この辺／這一帶。

□ ペン　　　　　　　　ペン

[名]【pen】筆，原子筆，鋼筆

ペンで書く／用鋼筆寫。

□ 勉強　　　　　　べんきょう

[名・自サ] 努力學習，唸書

勉強ができる／會讀書。

□ 便利　　　　　　　　べんり

[形動] 方便，便利

便利な道具／方便的道具。

□ 方　　　　　　　　　ほう

[名]（用於並列或比較屬於哪一）部
類，類型

大きい方がいい／大的比較好。

□ 帽子　　　　　　　　ぼうし

[名] 帽，帽子

帽子をかぶる／戴帽子。

□ ボールペン　　　ボールペン

[名]【ball-point pen】原子筆，鋼珠筆

ボールペンで書く／用原子筆寫。

□ 他／外　　　　　　　ほか

[名] 其他，另外；旁邊，外部

ほかの物を買う／買別的東西。

□ ポケット　　ポケット

[名]【pocket】（衣服）口袋，衣袋

ポケットに入_いれる／放入口袋。

□ 欲_ほしい　　ほしい

[形] 想要

彼女_{かのじょ}がほしい／想要有女朋友。

□ ポスト　　ポスト

[名]【post】郵筒，信箱

ポストに入_いれる／投入郵筒。

□ 細_{ほそ}い　　ほそい

[形] 細，細小；狹窄；微少

体_{からだ}が細_{ほそ}い／身材纖細。

□ ボタン　　ボタン

[名]【(葡)botão/button】扣子，鈕釦；按鍵

ボタンをはめる／扣釦子。

□ ホテル　　ホテル

[名]【hotel】（西式）飯店，旅館

ホテルに泊_とまる／住飯店。

□ 本_{ほん}　　ほん

[名] 書，書籍

本_{ほん}を読_よむ／看書。

□ 〜本_{ほん}　　ほん

[接尾]（細長的）枝，瓶，條，棵

ビール二本_{にほん}／兩瓶啤酒

□ 本棚_{ほんだな}　　ほんだな

[名] 書架，書櫥，書櫃

本棚_{ほんだな}に並_{なら}べる／擺在書架上。

□ 本当_{ほんとう}　　ほんとう

[名・形動] 真正

その話_{はなし}は本当_{ほんとう}だ／這話是真的。

□ 本当_{ほんとう}に　　ほんとうに

[副] 真正，真實

本当_{ほんとう}にありがとう／真的很謝謝您。

□ 〜枚_{まい}　　まい

[接尾]（平薄的）張，幅，片，扇

ハンカチを二枚_{にまい}持_もっている／有兩條手帕。

□ 毎朝_{まいあさ}　　まいあさ

[名] 每天早上

毎朝散歩_{まいあささんぽ}する／每天早上散步。

□ 毎月_{まいげつ}／毎月_{まいつき}　　まいげつ／まいつき

[名] 每個月

毎月_{まいつき}の生活費_{せいかつひ}／每月的生活費

□ 毎週_{まいしゅう}　　まいしゅう

[名] 每週，每個星期，每個禮拜

毎週三回_{まいしゅうさんかい}／每週三次

01 ↓ 11

□ 毎年／毎年
まいとし／まいねん
[名] 每年
毎年咲く／每年都綻放。

□ 毎日　　　　　まいにち
[名] 每天，每日，天天
毎日 出勤する／天天上班。

□ 毎晩　　　　　まいばん
[名] 每天晚上
毎晩帰りが遅い／每晚都晚歸。

□ 前　　　　　　まえ
[名]（空間的）前，前面
前に進む／往前進。

□ 前　　　　　　まえ
[名]（時間的）～前，之前
二日前／兩天前

□ 曲がる　　　　まがる
[自五] 彎曲；拐彎
左に曲がる／左轉。

□ 不味い　　　　まずい
[形] 不好吃的，難吃的
食事がまずい／菜很難吃。

□ 又　　　　　　また
[副] 還，又，再；也，亦；而
また会おう／再見。

□ 未だ　　　　　まだ
[副] 還，尚；仍然；才，不過；並且
まだ来ない／還沒來。

□ 町　　　　　　まち
[名] 城鎮；街道；町
町を歩く／走在街上。

□ 待つ　　　　　まつ
[他五] 等候，等待；期待，指望
バスを待つ／等公車。

□ 真っ直ぐ　　　まっすぐ
[副·形動] 筆直，不彎曲
まっすぐな道／筆直的道路

□ マッチ　　　　マッチ
[名]【match】火柴
マッチをつける／點火柴。

□ 窓　　　　　　まど
[名] 窗戶
窓を開ける／開窗戶。

□ 丸い／円い　　まるい
[形] 圓形，球形
月が丸い／月圓。

□ 万　　　　　　まん
[名] 萬
1千万／一千萬日圓

□ 万年筆　　まんねんひつ

[名] 鋼筆

万年筆を使う／使用鋼筆。

□ 磨く　　　みがく

[他五] 刷洗，擦亮，研磨，琢磨

歯を磨く／刷牙。

□ 右　　　　みぎ

[名] 右，右側，右邊，右方

右へ行く／往右走。

□ 短い　　みじかい

[形]（時間）短少；（距離，長度等）
短，近

髪が短い／頭髮短。

□ 水　　　　みず

[名] 水

水を飲む／喝水。

□ 店　　　　みせ

[名] 店，商店，店鋪，攤子

店を開ける／商店開門。

□ 見せる　　みせる

[他下一] 讓…看，給…看；表示，顯示

定期券を見せる／出示月票。

□ 道　　　　みち

[名] 路，道路

道に迷う／迷路。

□ 三日　　　みっか

[名]（每月）三日，三號；三天

三日に一度／三天 一次

□ 三つ　　　みっつ

[名] 三；三個；三歲

三つに分かれる／分成三個。

□ 緑　　　　みどり

[名] 綠色 ，翠綠；嫩芽

みどりの窓口／日本JR販票窗口。

□ 皆さん　　みなさん

[代] 大家，各位，諸位

皆さん、お静かに／請大家肅靜。

□ 南　　　　みなみ

[名] 南，南方，南邊

南へ行く／往南走。

□ 耳　　　　みみ

[名] 耳，耳朵；耳垂

耳に入る／聽到。

□ 見る　　　みる

[他上一] 看，觀看，察看；照料；參觀

テレビを見る／看電視。

□ 皆　　　　みんな

[代] 大家，全部，全體

みんなのもの／大家的東西

□ 六日　　　　むいか

[名]（毎月）六日，六號；六天
六日も経つ／過了六天。

□ 向こう　　　むこう

[名] 對面，正對面；另一側；那邊
向こうに着く／到那邊。

□ 難しい　　むずかしい

[形] 難，困難，難辦；麻煩；複雜
問題が難しい／問題很難。

□ 六つ　　　　むっつ

[名] 六；六個；六歲
六つ上の兄／比我大六歲的哥哥。

□ 村　　　　　　むら

[名] 村子
村に行く／到村子去。

□ 目　　　　　　　　め

[名] 眼，眼睛；眼珠；眼神
目がいい／視力好。

□ メートル　　メートル

[名]【mètre】公尺，米
長さ100メートルです／長100公尺。

□ 眼鏡　　　　めがね

[名] 眼鏡
眼鏡をかける／戴眼鏡。

□ もう　　　　　もう

[副] 另外，再
もう少し／再一下子。

□ 申す　　　　もうす

[他五] 叫做，稱；説，告訴
山田と申します／（我）叫做山田。

□ 木曜日　　もくようび

[名] 禮拜四，星期四
木曜日が一番疲れる／星期四最累。

□ もしもし　もしもし

[感]（打電話）喂
もしもし、田中です／喂，我是田中。

□ 持つ　　　　　もつ

[他五] 拿，帶，持，攜帶
荷物を持つ／拿行李。

□ もっと　　　もっと

[副] 更，再，進一步，更稍微
もっとください／請再給我多一些。

□ 物　　　　　　もの

[名]（有形、無形的）物品，東西
物を売る／賣東西。

□ 門　　　　　　もん

[名] 門，大門
門を叩く／敲門。

N5

□ 問題　　　　もんだい

[名] 問題；（需要研究，處理，討論
的）事項
問題に答える／回答問題。

□ 〜屋　　　　や

[接尾] …店，商店或工作人員
八百屋／蔬果店

□ 八百屋　　　やおや

[名] 蔬果店，菜舖
八百屋に行く／去蔬果店。

□ 野菜　　　　やさい

[名] 蔬菜，青菜
野菜を炒める／炒菜。

□ 易しい　　　やさしい

[形] 簡單，容易，易懂
やさしい本／簡單易懂的書

□ 安い　　　　やすい

[形] 便宜，（價錢）低廉
値段が安い／價錢便宜。

□ 休み　　　　やすみ

[名] 休息，假日；休假，停止營業
休みを取る／請假。

□ 休む　　　　やすむ

[自五] 休息，歇息；停歇；睡，就寢；
請假
カフェで休もうか／去咖啡廳休息一
下吧。

□ 八つ　　　　やっつ

[名] 八；八個；八歲
八つの子／八歲的小孩。

□ 山　　　　　やま

[名] 山
山に登る／爬山。

□ やる　　　　やる

[他五] 做，幹；派遣，送去；給，給予
維持生活；開業
手紙をやる／寫信（給某人）。

□ 夕方　　　　ゆうがた

[名] 傍晚
夕方になる／到了傍晚。

□ 夕飯　　　　ゆうはん

[名] 晚飯
夕飯をとる／吃晚飯。

□ 郵便局　　ゆうびんきょく

[名] 郵局
郵便局で働く／在郵局工作。

01
↓
12

□ 夕べ　　　　　　ゆうべ

[名] 昨天晚上，昨夜

夕べから熱がある／從昨晚就開始發燒。

□ 有名　　　　　ゆうめい

[形動] 有名，聞名，著名

有名なレストラン／有名的餐廳

□ 雪　　　　　　　ゆき

[名] 雪；白髮；雪白，浩白

雪が降る／下雪。

□ ゆっくり　　　ゆっくり

[副] 慢慢，安穩地；安靜；充裕

ゆっくり食べる／慢慢吃。

□ 八日　　　　　ようか

[名]（每月）八日，八號；八天

八日かかる／需花八天時間。

□ 洋服　　　　　ようふく

[名] 西服，西裝

洋服を作る／做西裝。

□ 良く／好く　　　よく

[副] 充分，好好地；經常，常常

よく考える／充分考慮。

□ 横　　　　　　　よこ

[名] 橫、寬；側面；旁邊

花屋の横／花店相鄰

□ 四日　　　　　よっか

[名]（每月）四日，四號；四天

三泊四日／四天三夜

□ 四つ　　　　　よっつ

[名] 四；四個；四歲

四つの季節／四個季節

□ 呼ぶ　　　　　　よぶ

[他五] 呼叫，招呼；喚來，叫來；叫做，稱為

タクシーを呼ぶ／叫計程車。

□ 読む　　　　　　よむ

[他五] 閱讀，看；念，朗讀 帶

小説を読む／看小説。

□ 夜　　　　　　　よる

[名] 晚上，夜裡

夜になる／晚上了。

□ 弱い　　　　　　よわい

[形] 弱的，不擅長

体が弱い／身體虛弱。

□ 来月　　　　　らいげつ

[名] 下個月

来月から始まる／下個月開始。

□ 来週　　　　　らいしゅう

[名] 下週，下星期，下禮拜

来週の天気／下週的天氣

□ 来年　　　らいねん

[名] 明年

来年の冬／明年冬天

□ ラジオ　　　ラジオ

[名]【radio】收音機；無線電

ラジオをつける／打開收音機。

□ ラジカセ／ラジオカセット

ラジカセ／ラジオカセット

[名]【(和)radio＋cassette】收錄音機

ラジカセを聞く／聽收音機。

□ 立派　　　りっぱ

[形動] 了不起，出色，優秀；漂亮，美觀，氣派

立派な建物／氣派的建築物。

□ 留学生　　　りゅうがくせい

[名] 留學生

留学生と交流する／和留學生交流。

□ 両親　　　りょうしん

[名] 父母，雙親

両親に会う／見父母。

□ 料理　　　りょうり

[名] 菜餚，飯菜；做菜，烹調

料理をする／做菜。

□ 旅行　　　りょこう

[名・自サ] 旅行，旅遊，遊歷

世界を旅行する／環遊世界。

□ 零　　　れい

[名]（數）零；沒有

気温は零度／氣溫零度

□ 冷蔵庫　　　れいぞうこ

[名] 冰箱，冷藏室，冷藏庫

冷蔵庫に入れる／放入冰箱。

□ レコード　　　レコード

[名]【record】黑膠唱片

レコードを聴く／聽唱片。

□ レストラン　　　レストラン

[名]【(法) restaurant】西餐廳

レストランで食事する／在餐廳用餐。

□ 練習　　　れんしゅう

[名・自サ] 練習，反覆學習

練習を重ねる／反覆練習。

□ 廊下　　　ろうか

[名] 走廊

廊下を走る／在走廊上奔跑。

□ 六　　　　　　　　ろく

[名] 六；六個

六時間をかける／花六個小時。

□ ワイシャツ　ワイシャツ

[名]【white shirt】（男）白襯衫

ワイシャツを着る／穿白襯衫。

□ 若い　　　　　　わかい

[形] 年輕，年紀小，有朝氣

若く見える／看起來年輕。

□ 分かる　　　　　わかる

[自五] 知道，明白，懂，會，瞭解

意味がわかる／明白意思。

□ 忘れる　　　　わすれる

[他下一] 忘記，忘掉；忘懷，忘卻；遺忘

宿題を忘れる／忘記寫功課。

□ 私　　　　　　わたし

[代] 我（更謙卑的説法是「わたくし」）

私が行く／我去。

□ 渡す　　　　　わたす

[他五] 交給，交付

書類を渡す／交付文件。

□ 渡る　　　　　わたる

[自五] 渡，過（河）；（從海外）渡來

道を渡る／過馬路。

□ 悪い　　　　　わるい

[形] 壞，不好；有害，惡劣、不對，

錯誤；不佳，不吉利

頭が悪い／頭腦差。

N5　N3　N2　N1

N4

01-13

□ ああ　　　　　　　　あ|あ

[副] 那樣，那種

ああ言えばこう言う／強詞奪理。

□ 挨拶　　　　　あ|い|さ|つ

[名・自サ] 寒暄；致詞；拜訪

帽子をとって挨拶する／脫帽致意。

□ 間　　　　　　　あ|い|だ

[名] 間隔；中間；期間；之間

間を隔てる／阻隔。

□ 合う　　　　　　　　あ|う

[自五] 合適；合；一致；正確

意見が合う／意見一致。

□ 赤ちゃん　　　あ|か|ちゃ|ん

[名] 嬰兒

赤ちゃんを預ける／為我照看嬰兒。

□ 上がる　　　　　　あ|が|る

[自五] 上漲；上昇，昇高

値段が上がる／漲價。

□ 赤ん坊　　　あ|か|ん|ぼう

[名] 嬰兒

赤ん坊みたいだ／像嬰兒似的。

□ 空く　　　　　　　　あ|く

[自五] 空著；閒著；有空；空隙

ポストが空く／空出職位。

□ アクセサリー　ア|ク|セ|サ|リ

[名]【accessary】飾品，裝飾品

アクセサリーをつける／戴上飾品。

□ あげる　　　　　　あ|げ|る

[他下一] 給；送

子供にお小遣いをあげる／給孩子零
用錢。

□ 浅い　　　　　　　あ|さ|い

[形] 淺的

見識が浅い／見識淺。

□ 朝寝坊　　　あ|さ|ね|ぼう

[名・自サ] 睡懶覺；賴床；愛賴床的人

宵っぱりの朝寝坊／夜間熬夜早晨起
不來的（人），夜貓族

□ 味　　　　　　　　　あ|じ

[名] 味道

味がいい／好吃，美味；富有情趣。

□ アジア　　　　　　　ア|ジ|ア

[名]【Asia】亞洲

アジアに広がる／擴大至亞州。

□ 味見　　　　　　あ|じ|み

[名・自サ] 試吃，嚐味道

スープの味見をする／嚐嚐湯的味
道。

□ 明日 　　　　　あす

[名] 明天

明日の朝／明天早上

□ 遊び 　　　　　あそび

[名] 遊戲；遊玩，玩耍；間隙

子供の遊び／小孩的遊戲。

□ あ（っ） 　　　　あっ

[感] 啊（突然想起、吃驚的樣子）哎

呀；（打招呼）喂

あっ、雪だ／啊！下雪了。

□ 集まる 　　　　あつまる

[自五] 集合；聚集

視線が集まる／視線集中。

□ 集める 　　　　あつめる

[他下一] 收集

切手を集める／收集郵票。

□ 宛先 　　　　　あてさき

[名] 收件人姓名地址，送件地址

あて先を記す／寫上收件人姓名資料。

□ アドレス 　　　　アドレス

[名]【address】住址，地址；（電子

信箱）地址

アドレスを変更する／變更電子郵件

信箱地址。

□ アフリカ 　　　　アフリカ

[名]【Africa】非洲

アフリカに遊びに行く／去非洲玩。

□ アメリカ 　　　　アメリカ

[名]【America】美國

アメリカへ行く／去美國。

□ 謝る 　　　　　あやまる

[自五] 道歉；謝罪

君に謝る／向你道歉。

□ アルコール 　　アルコール

[名]【alcohol】酒精

アルコールを飲む／喝酒。

□ アルバイト 　　アルバイト

[名]【(德) arbeit】打工

書店でアルバイトする／在書店打工。

□ 暗証番号

　　　　あんしょうばんごう

[名] 密碼

暗証番号を間違えた／記錯密碼。

□ 安心 　　　　　あんしん

[名・自サ] 安心

ひとまず安心する／暫時鬆一口氣。

□ 安全 　　　　　あんぜん

[名・形動] 安全

安全が脅かされる／安全受到威脅。

□ あんな　　　　あんな
［連體］那樣的
あんな結果になる／變成那樣的結果。

□ 案内　　　　あんない
［名・他サ］陪同遊覽，帶路
案内を頼む／請人帶路。

□ 以下　　　　いか
［名・接尾］以下；之後
能力は君以下だ／能力在你之下。

□ 以外　　　　いがい
［名］除…之外，以外
学生以外入場禁止／除學生以外禁止進入。

□ 医学　　　　いがく
［名］醫學
医学博士／醫學博士

□ 生きる　　　　いきる
［自上一］活著；謀生；充分發揮
生きて帰る／生還。

□ いくら〜ても　　　いくら〜ても
［副］即使…也
いくら説明してもわからない／無論怎麼說也不明白。

□ 意見　　　　いけん
［名］意見；勸告
意見が合う／意見一致。

□ 石　　　　いし
［名］石頭
石で作る／用石頭做的。

□ 苛める　　　　いじめる
［他下一］欺負，虐待
動物を苛める／虐待動物。

□ 以上　　　　いじょう
［名］…以上
百人以上で参加した／百人以上參加了。

□ 急ぐ　　　　いそぐ
［自五］急忙，快走
急いで逃げる／趕緊逃跑。

□ 致す　　　　いたす
［自他五］（「する」的謙恭說法）做，辦；致…
私がいたします／由我來做。

□ 頂く／戴く　　　いただく
［他五］接收，領取；吃，喝
遠慮なくいただきます／那我就不客氣拜領了。

□ 一度　　　　　　　いちど

[名] 一次，一回

一生に一度／一生一次。

□ 一生懸命

　　　　いっしょうけんめい

[副・形動] 拼命

一生懸命に働く／拼命地工作。

□ 行って参ります

　　　　いってまいります

[寒暄] 我走了

では、行って参ります／那我走了。

□ いってらっしゃい

　　　　いってらっしゃい

[寒暄] 慢走，好走

気をつけていってらっしゃい／小心
慢走。

□ 一杯　　　　　　いっぱい

[副] 全部；滿滿地；很多

コップいっぱいの水／杯子裝滿了
水。

□ 一般　　　　　　いっぱん

[名・形動] 一般

一般の大衆／一般的大衆。

□ 一方通行

　　　いっぽうつうこう

[名] 單行道；單向傳達

一方通行の道／單行道

□ 糸　　　　　　　　いと

[名] 線；（三弦琴的）弦

糸をほぐす／把線解開。

□ 以内　　　　　　いない

[名] 不超過…；以內

一時間以内で行ける／一小時內可以
到。

□ 田舎　　　　　　いなか

[名] 鄉下

田舎に帰る／回家鄉。

□ 祈る　　　　　　いのる

[自五] 祈禱；祝福

成功を祈る／祈求成功。

□ イヤリング　イヤリング

[名]【earring】耳環

イヤリングをつける／戴耳環。

□ いらっしゃる

　　　　いらっしゃる

[自五] 來，去，在（尊敬語）

先生がいらっしゃった／老師來了。

□ ～員　　　　　　　　　　いん

[名] 人員

職員／職員

□ インストール
　　　　　　　インストール

[名・他サ]【install】安裝（電腦軟體）

ソフトをインストールする／安裝軟
體。

□ （インター）ネット
　　インターネット／ネット

[名]【internet】網際網路

インターネットの普及／網際網路的
普及。

□ インフルエンザ
　　　　　インフルエンザ

[名]【influenza】流行性感冒

インフルエンザにかかる／得了流
感。

□ 植える　　　　　　うえる

[他下一] 種植；培養

木を植える／種樹。

□ 伺う　　　　　　うかがう

[自五] 拜訪

お宅に伺う／拜訪您的家。

□ 伺う　　　　　　うかがう

[他五] 請教；詢問

ちょっと伺いますが／不好意思，請
問…

□ 受付　　　　　　うけつけ

[名] 接受；詢問處；受理

受付期間／受理期間

□ 受ける　　　　　うける

[他下一] 接受；受；領得

被害を受ける／受害。

□ 動く　　　　　　うごく

[自五] 動，移動；運動；作用

手が痛くて動かない／手痛得不能動。

□ 嘘　　　　　　　　うそ

[名] 謊言，說謊

嘘をつく／說謊。

□ 内　　　　　　　　うち

[名] …之中；內，以內

内からかぎをかける／從裡面上鎖。

□ 内側　　　　　うちがわ

[名] 內部，內側，裡面

内側へ開く／往裡開。

□ 打つ　　　　　　　うつ

[他五] 打擊，打

くぎを打つ／釘釘子。

□ 美しい　　　うつくしい
[形] 美麗，好看
美しい山河／錦繡山河

□ 写す　　　　うつす
[他五] 抄；照相；描寫，描繪
ノートを写す／抄筆記。

□ 映る　　　　うつる
[自五] 映照
水に映る／倒映水面。

□ 移る　　　　うつる
[自五] 遷移；轉移；推移；傳染
心が移る／變心。

□ 腕　　　　　うで
[名] 胳臂；本領
腕を組む／挽著胳臂。

□ 美味い／上手い　うまい
[形] 拿手；好吃
字がうまい／字寫得漂亮。

□ 裏　　　　　うら
[名] 背面；裡面，背後
裏を見る／看背面。

□ 売り場　　　うりば
[名] 售票處；賣場
売り場へ行く／去賣場。

□ 嬉しい　　　うれしい
[形] 歡喜的，高興，喜悅
嬉しくて物も言えない／高興得話都
說不出來。

□ うん　　　　うん
[感] 對，是
うんと返事する／嗯了一聲作為回
答。

□ 運転　　　　うんてん
[名・他サ] 運轉；開車；周轉
運転を習う／學開車。

□ 運転手　　うんてんしゅ
[名] 駕駛員；司機
トラックの運転手／卡車司機

□ 運転席　　うんてんせき
[名] 駕駛座
運転席を設置する／設置駕駛座。

□ 運動　　　　うんどう
[名・自サ] 運動；活動
毎日運動する／每天運動。

□ 英会話　　　えいかいわ
[名] 英語會話
英会話を身につける／學會英語會
話。

□ エスカレーター

エスカレーター

[名]【escalator】電扶梯；自動手扶梯

エスカレーターに乗る／搭乘手扶梯。

□ 枝　　　　　え だ

[名] 樹枝；分枝

枝が伸びる／長出樹枝。

□ 選ぶ　　　　え ら ぶ

[他五] 選擇

代表を選ぶ／選代表。

□ 宴会　　　　え ん か い

[名] 宴會，酒宴

宴会を開く／擺桌請客。

□ 遠慮　　　　え ん りょ

[名・自他サ] 客氣；謝絕

遠慮がない／不客氣，不拘束。

□ お医者さん　おいしゃさん

[名] 醫生

彼はお医者さんです／他是醫生。

□ お出でになる

おいでになる

[自五] 來，去，在（尊敬語）

よくおいでになりました／難得您
來，歡迎歡迎。

□ お祝い　　　お いわい

[名] 慶祝，祝福

お祝いを述べる／致賀詞，道喜。

□ 応接間　　　お う せ つ ま

[名] 會客室

応接間に通す／請到客廳。

□ 横断歩道

お う だ ん ほ ど う

[名] 斑馬線

横断歩道を渡る／跨越斑馬線。

□ 大匙　　　　お お さ じ

[名] 大匙，湯匙

大匙二杯の塩／兩大匙的鹽。

□ オートバイ　オ ー ト バ イ

[名]【(和) auto+bicycle】摩托車

オートバイを飛ばす／飆機車。

□ オーバー　　オ ー バ ー

[名]【over (coat)】外套；大衣

オーバーを着る／穿大衣。

□ 御蔭　　　　お かげ

[名] 多虧

あなたのおかげで助かった／多虧您
使我得救了。

□ お蔭様で　おかげさまで

[寒暄] 託福，多虧

おかげさまで元気です／托你的福，我很好。

□ 可笑しい　　おかしい

[形] 奇怪，可笑；不正常

胃の調子がおかしい／胃不太舒服。

□ お金持ち　おかねもち

[名] 有錢人

お金持ちになる／變成有錢人

□ ～置き　　　おき

[接尾] 每隔…

一ヵ月おきに／每隔一個月

□ 億　　　　　おく

[名]（單位）億

10億を数える／數到十億。

□ 屋上　　おくじょう

[名] 屋頂

屋上に上がる／爬上屋頂。

□ 贈り物　おくりもの

[名] 贈品，禮物

贈り物をする／送禮。

□ 送る　　　おくる

[他五] 寄送；送行

商品を送る／寄送商品。

□ 遅れる　　おくれる

[自下一] 耽誤；遲到；緩慢

学校に遅れる／上學遲到。

□ お子さん　おこさん

[名] 令郎；您孩子

お子さんはおいくつですか／您的孩子幾歲了呢？

□ 起こす　　おこす

[他五] 喚醒；扶起；叫醒；引起

問題を起こす／鬧出問題。

□ 行う／行なう　おこなう

[他五] 舉行，舉辦

研究を行う／進行研究。

□ 怒る　　　おこる

[自五] 生氣；斥責

かっと怒る／勃然大怒。

□ 押し入れ／押入れ　おしいれ

[名] 壁櫥

押入れにしまう／收入壁櫥。

□ お嬢さん　おじょうさん

[名] 令嬡；您女兒；小姐；千金小姐

かわいいお嬢さん／令千金很可愛。

□ お大事に　　おだいじに

[寒暄] 珍重，保重

風邪が早く治るといいですね。お大事に／希望你感冒能快好起來。　多保重啊！

□ お宅　　おたく

[名] 府上；您府上，貴宅

お宅はどちらですか？／請問您家在哪？

□ 落ちる　　おちる

[自上一] 落下；掉落；降低，下降

二階から落ちる／從二樓摔下來。

□ 仰る　　おっしゃる

[他五] 說，講，叫

お名前はなんとおっしゃいますか？／怎麼稱呼您呢？

□ 夫　　おっと

[名] 丈夫

夫に死なれる／死了丈夫成為寡婦。

□ おつまみ　　おつまみ

[名] 下酒菜，小菜

おつまみを作る／作下酒菜。

□ 御釣り　　おつり

[名] 找零

お釣りを下さい／請找我錢。

□ 音　　おと

[名] 聲音；（物體發出的）聲音

音が消える／聲音消失。

□ 落とす　　おとす

[他五] 使…落下；掉下；弄掉

財布を落とす／掉了錢包。

□ 踊り　　おどり

[名] 舞蹈

踊りがうまい／舞跳得好。

□ 踊る　　おどる

[自五] 跳舞，舞蹈

音楽に合わせて踊る／隨著音樂節奏起舞。

□ 驚く　　おどろく

[自五] 吃驚，驚奇

大いに驚く／大吃一驚。

□ おなら　　おなら

[名] 屁

おならをする／放屁。

□ 叔母　　おば

[名] 伯母，姨母，舅媽，姑媽

おばに会う／和伯母見面。

□ オフ　　オフ

[名] 【off】（開關）關；休賽；休假；折扣

25パーセントオフ／打七五折。

01
-
15

□ お待たせしました
　　　おまたせしました

[寒暄] 久等了

お待たせしました。これが新発売の次世代プリンターです／讓您久等了。這是最新發售的新世代印表機。

□ 御祭り　　　おまつり

[名] 廟會；慶典，祭典

お祭り気分になる／充滿節日氣氛。

□ 御見舞い　　おみまい

[名] 慰問品；探望

お見舞いに行く／去探望。

□ 御土産　　　おみやげ

[名] 當地名產；禮物

お土産を買う／買當地名產。

□ お目出度うございます
　　おめでとうございます

[寒暄] 恭喜

ご結婚おめでとうございます／結婚恭喜恭喜！

□ 思い出す　　おもいだす

[他五] 想起來，回想

青春時代を思い出す／憶起青春往事。

□ 思う　　　　おもう

[自五] 認為；覺得，感覺

私もそう思う／我也這麼想。

□ 玩具　　　　おもちゃ

[名] 玩具

玩具を買う／買玩具。

□ 表　　　　　おもて

[名] 表面；正面

表を飾る／裝飾外表。

□ おや　　　　おや

[感] 哎呀

おや、雨だ／哎呀！下雨了！

□ 親　　　　　おや

[名] 父母

親を失う／失去雙親。

□ 下りる／降りる　おりる

[自上一] 降；下來；下車；退位

山を下りる／下山。

□ 折る　　　　おる

[他五] 折

骨を折る／骨折。

□ 居る　　　　おる

[自五]（謙讓語）有

社長は今おりません／社長現在不在。

□ 御礼　　　　おれい

[名] 謝辭，謝禮

お礼を言う／道謝。

□ 折れる　　　おれる

[自下一] 轉彎；折彎；折斷

風で枝が折れる／樹枝被風吹斷。

□ 終わり　　　おわり

[名] 結束，最後

おわりを告げる／告終。

□ ～家　　　　か

[接尾] …家

読書家／愛讀書的人

□ カーテン　　カーテン

[名]【curtain】窗簾

カーテンを開ける／打開窗簾。

□ ～会　　　　かい

[接尾] …會

音楽会へ行く／去聽音樂會。

□ 海岸　　　かいがん

[名] 海岸

海岸で遊ぶ／在海邊玩。

□ 会議　　　かいぎ

[名] 會議

会議が始まる／會議開始。

□ 会議室　　かいぎしつ

[名] 會議室

会議室に入る／進入會議室。

□ 会場　　　かいじょう

[名] 會場

会場に入る／進入會場。

□ 外食　　　がいしょく

[名・自サ] 外食，在外用餐

外食をする／吃外食。

□ 会話　　　かいわ

[名] 對話；會話

会話が下手だ／不擅長與人對話。

□ 帰り　　　かえり

[名] 回家；回家途中

帰りを急ぐ／急著回去。

□ 変える　　かえる

[他下一] 改變；變更

主張を変える／改變主張。

□ 科学　　　かがく

[名] 科學

科学用語／科學用語

□ 鏡　　　　かがみ

[名] 鏡子

鏡を見る／照鏡子。

□ 学部　　　がくぶ

[名] …系，…科系；…院系

理学部／理學院

□ 欠ける　　　　　　か｜け｜る

[自下一] 缺損；缺少

歯が欠ける／缺牙。

□ 駆ける／駈ける　　か｜け｜る

[自下一] 奔跑，快跑

急いで駆ける／急急忙忙地跑。

□ 飾る　　　　　　　か｜ざ｜る

[他五] 擺飾，裝飾

部屋を飾る／裝飾房間。

□ 火事　　　　　　　　か｜じ

[名] 火災

火事にあう／遇到火災。

□ 畏まりました

　　　　か｜し｜こ｜ま｜り｜ま｜し｜た

[寒暄] 知道，了解（「わかる」謙讓語）

はい、かしこまりました／ 好，知

道了。

□ ガス　　　　　　　ガ｜ス

[名] 【gas】瓦斯

ガスが漏れる／漏煤氣。

□ ガス焜炉　　　ガ｜ス｜こ｜ん｜ろ

[名] 【(荷) gas+こんろ】瓦斯爐，煤氣

爐

ガスコンロを使う／使用瓦斯爐。

□ ガソリン　　　　ガ｜ソ｜リ｜ン

[名] 【gasoline】汽油

ガソリンが切れる／汽油耗盡。

□ ガソリンスタンド

　　　ガ｜ソ｜リ｜ン｜ス｜タ｜ン｜ド

[名] 【(和) gasoline+ stand】加油站

ガソリンスタンドでバイトする／在

加油站打工。

□ ～方　　　　　　　　か｜た

[接尾] …方法

作り方を学ぶ／學習做法。

□ 固い／硬い／堅い　か｜た｜い

[形] 堅硬

鉄のように硬い／如鋼鐵般堅硬。

□ 形　　　　　　　　か｜た｜ち

[名] 形狀；形

形が変わる／變形。

□ 片付ける　　　か｜た｜づ｜け｜る

[他下一] 整理；收拾，打掃；解決

本を片付ける／整理書籍。

□ 課長　　　　　　か｜ちょ｜う

[名] 課長，股長

課長になる／成為課長。

□ 勝つ　　　　　　　　か｜つ

[自五] 贏，勝利；克服

選挙に勝つ／選舉獲勝，當選。

□ 格好／恰好　　　かっこう

[名] 樣子，適合；外表，裝扮

はでな格好で出かける／打扮得花枝招展的出門了。

□ 家内　　　かない

[名] 妻子

家内に相談する／和妻子討論。

□ 悲しい　　　かなしい

[形] 悲傷，悲哀

悲しい思いをする／感到悲傷。

□ 必ず　　　かならず

[副] 必定；一定，務必，必須

かならず来る／一定會來。

□ （お）金持ち　　　おかねもち／かねもち

[名] 有錢人

お金持ちになる／變成有錢人。

□ 彼女　　　かのじょ

[名] 她；女朋友

彼女ができる／交到女友。

□ 花粉症　　　かふんしょう

[名] 花粉症，因花粉而引起的過敏鼻炎

花粉症に効く／對花粉症有效。

□ 壁　　　かべ

[名] 牆壁；障礙

壁を破る／破牆。

□ 構う　　　かまう

[自他五] 介意；在意，理會；逗弄

どうぞおかまいなく／請別那麼張羅。

□ 髪　　　かみ

[名] 頭髮

髪型が変わる／髮型變了。

□ 咬む／噛む　　　かむ

[他五] 咬

舌を噛む／咬舌頭。

□ 通う　　　かよう

[自五] 來往，往來，通勤

学校に通う／上學。

□ ガラス　　　ガラス

[名]【(荷) glas】玻璃

ガラスを割る／打破玻璃。

□ 彼　　　かれ

[代・名] 他；男朋友

それは彼の物だ／那是他的東西。

□ 彼氏　　　かれし

[代・名] 男朋友；他

彼氏がいる／我有男朋友。

□ 彼等　　　　　かれら

[代] 他們

彼らは兄弟だ／他們是兄弟。

□ 代わり　　　　かわり

[名] 代替，替代；交換

代わりの物を使う／使用替代物品。

□ 代わりに　　　かわりに

[副] 代替，替代；交換

米の代わりになる食料／取代米食的
食物。

□ 変わる　　　　かわる

[自五] 變化，改變

顔色が変わった／臉色變了。

□ 考える　　　かんがえる

[他下一] 思考，考慮

深く考える／深思，思索。

□ 関係　　　　かんけい

[名] 關係；影響

関係がある／有關係；有影響；發生關
係。

□ 歓迎会　　かんげいかい

[名] 歡迎會，迎新會

歓迎会を開く／開歡迎會

□ 看護師　　　かんごし

[名] 護士

看護師になる／成為護士。

□ 簡単　　　　かんたん

[形動] 簡單，容易

簡単に述べる／簡單陳述。

□ 頑張る　　　がんばる

[自五] 努力，加油；堅持

最後まで頑張るぞ／要堅持到底啊。

□ 気　　　　　　　き

[名] 氣；氣息；心思

気に入る／喜歡、中意。

□ 機会　　　　きかい

[名] 機會

機会を得る／得到機會。

□ 機械　　　　きかい

[名] 機械，機器

機械を動かす／發動機器。

□ 危険　　　　きけん

[名・形動] 危險

危険が伴う／伴隨著危險性。

□ 聞こえる　　きこえる

[自下一] 聽得見

聞こえなくなる／（變得）聽不見
了。

□ 汽車　　　　きしゃ

[名] 火車

汽車に乗る／搭火車。

□ 技術　　　　ぎじゅつ

[名] 技術

技術を身につける／學習技術。

□ 季節　　　　きせつ

[名] 季節

季節の変わり目に／季節變化之際。

□ 規則　　　　きそく

[名] 規則，規定

規則を作る／訂立規則。

□ 喫煙席　　きつえんせき

[名] 吸煙席，吸煙區

喫煙席を設ける／設置吸菸區。

□ 屹度　　　　きっと

[副] 一定，必定，務必

きっと来てください／請務必前來。

□ 絹　　　　　きぬ

[名] 絲織品；絲

絹織物／絲織物

□ 厳しい　　きびしい

[形] 嚴峻的；嚴格；嚴重

厳しい批判／嚴厲的批評

□ 気分　　　　きぶん

[名] 心情；情緒；身體狀況；氣氛

気分転換する／轉換心情。

□ 決まる　　きまる

[自五] 決定

会議は10日に決まった／會議訂在10
號。

□ 君　　　　　きみ

[名] 您；你（男性對同輩以下的親密
稱呼）

君にあげる／給你。

□ 決める　　きめる

[他下一] 決定；規定；認定

家賃を10万円と決めた／房租定為10
萬日圓。

□ 気持ち　　きもち

[名] 心情；（身體）狀態

気持ちが悪い／感到噁心。

□ 着物　　　　きもの

[名] 衣服；和服

着物を脱ぐ／脫衣服。

□ 客　　　　　きゃく

[名] 客人；顧客

客を迎える／迎接客人。

□ 急　　　　　きゅう

[名・形動] 急；突然

急な用事／急事。

□ 急行　　　　きゅうこう
[名・自サ] 急行；快車
現場に急行する／急奔到現場。

□ 急に　　　　きゅうに
[副] 急迫；突然
温度が急に下がった／溫度突然下降。

□ 教育　　　　きょういく
[名] 教育
教育を受ける／接受教育。

□ 教会　　　　きょうかい
[名] 教會
教会へ行く／到教堂去。

□ 競争　　　　きょうそう
[名・自サ] 競爭
競争に負ける／競爭失敗。

□ 興味　　　　きょうみ
[名] 興趣
興味がない／沒興趣。

□ 禁煙席　　　きんえんせき
[名] 禁煙席，禁煙區
禁煙席に座る／坐在禁煙區。

□ 近所　　　　きんじょ
[名] 附近
近所に住んでいる／住在這附近。

□ 具合　　　　ぐあい
[名] 情況；（健康等）狀況，方法
具合がよくなる／情況好轉。

□ 空気　　　　くうき
[名] 空氣；氣氛
空気が悪い／空氣不好。

□ 空港　　　　くうこう
[名] 機場
空港に到着する／抵達機場。

□ 草　　　　　くさ
[名] 草
草が生える／長草。

□ 下さる　　　くださる
[他五] 給我；給，給予
先生が下さった本／老師給我的書。

□ 首　　　　　くび
[名] 脖子；頸部
首を回す／轉頭。

□ 雲　　　　　くも
[名] 雲朵
雲が流れる／雲朵飄過。

□ 比べる　　　くらべる
[他下一] 比較
A書とB書との特徴を比べる／比較A書和B書的特徴。

□ クリック　　　　クリック

[名・他サ]【click】喀嚓聲；按下（按鍵）

ボタンをクリックする／按按鍵。

□ （クレジット）カード
　　クレジットカード／カード

[名]【credit card】信用卡

クレジットカードで支払う／用信用
卡支付。

□ 呉れる　　　　　くれる

[他下一] 給我

兄が本をくれる／哥哥給我書。

□ 暮れる　　　　　くれる

[自下一] 天黑；日暮；年終

秋が暮れる／秋暮。

□ ～君　　　　　　くん

[接尾]（接於同輩或晚輩姓名下，略表
敬意）…先生，…君；君主

山田君が来る／山田君來了。

□ 毛　　　　　　　け

[名] 毛髮，頭髮；毛線，毛織物

毛が縮れる／捲髮。

□ 計画　　　　　けいかく

01
-
17

[名・他サ] 計畫

計画を立てる／制定計畫。

□ 経験　　　　　けいけん

[名・他サ] 經驗

経験から学ぶ／從經驗中學習。

□ 経済　　　　　けいざい

[名] 經濟

経済の安定を図る／謀求經濟的安
定。

□ 経済学　　　けいざいがく

[名] 經濟學

経済学部の学生／經濟系的學生。

□ 警察　　　　　けいさつ

[名] 警察；警察局

警察を呼ぶ／叫警察。

□ 携帯電話　けいたいでんわ

[名] 手機，行動電話

携帯電話を使う／使用手機。

□ ケーキ　　　　　ケーキ

[名]【cake】蛋糕

ケーキを作る／做蛋糕。

□ 怪我　　　　　　けが

[名・自サ] 受傷

怪我がない／沒有受傷。

□ 景色　　　　　けしき

[名] 景色，風景

景色がよい／景色宜人。

□ 消しゴム　けしゴム
[名]【けしgum】橡皮擦
消しゴムで消す／用橡皮擦擦掉。

□ 下宿　げしゅく
[名・自サ] 公寓；寄宿，住宿
下宿を探す／尋找公寓。

□ 決して　けっして
[副] 決定；（後接否定）絕對（不）
決して学校に遅刻しない／上學絕不遲到。

□ けれども　けれども
[接助] 然而；但是
読めるけれども書けません／可以讀但是不會寫。

□ 県　けん
[名] 縣
神奈川県へ行く／去神奈川縣。

□ ～軒　けん
[接尾] …棟，…間，…家
右から三軒目／右邊數來第三間

□ 原因　げんいん
[名] 原因
原因となる／成為…的原因。

□ 喧嘩　けんか
[名・自サ] 吵架
喧嘩が始まる／開始吵架。

□ 研究　けんきゅう
[名・他サ] 研究
文学を研究する／研究文學。

□ 研究室　けんきゅうしつ
[名] 研究室
M教授研究室／M教授的研究室

□ 言語学　げんごがく
[名] 語言學
言語学者／語言學家

□ 見物　けんぶつ
[名・他サ] 觀光，參觀
見物に出かける／外出遊覽。

□ 件名　けんめい
[名] 項目名稱；類別；（電腦）郵件主旨
件名目録を入れる／放入目錄。

□ 子　こ
[名] 小孩；孩子
子を生む／生小孩。

□ 御～　ご
[接頭] 表示尊敬用語；（接在跟對方有關的事物，動作的漢字詞前）表示尊敬語，謙讓語
ご両親はご健在ですか／令尊令堂都健在嗎?

081

□ こう　　　　　　　　こう

[副] 如此；這樣，這麼

こうなるとは思わなかった／沒想到
會變成這樣。

□ 郊外　　　　　　　こうがい

[名] 郊外
郊外に住む／住在城外。

□ 後期　　　　　　　こうき

[名] 後期，下半期，後半期
江戸後期の文学／江戸後期的文學

□ 講義　　　　　　　こうぎ

[名] 講義；上課
講義に出る／上課。

□ 工業　　　　　　こうぎょう

[名] 工業
工業を盛んにする／振興工業。

□ 公共料金
　　　　こうきょうりょうきん

[名] 公共費用
公共料金を支払う／支付公共費用。

□ 高校／高等学校
　　こうこう/こうとうがっこう

[名] 高中
高校一年生／高中一年級生

□ 高校生　　　こうこうせい

[名] 高中生
高校生を対象とする／以高中生為對象。

□ 合コン　　　　　ごうコン

[名] 聯誼（「合同コンパ」之略）
合コンに誘われる／被邀請參加聯誼。

□ 工事中　　　こうじちゅう

[名] 施工中；（網頁）建製中
工事中となる／施工中。

□ 工場　　　　　こうじょう

[名] 工廠
工場を経営する／經營工廠。

□ 校長　　　　　こうちょう

[名] 校長
校長室／校長室

□ 交通　　　　　こうつう

[名] 交通
交通を改善する／改善交通。

□ 講堂　　　　　こうどう

[名] 大禮堂；禮堂
講堂を開放する／開放禮堂。

□ 公務員　　　こうむいん

[名] 公務員
公務員を目指す／立志做公務員。

□ **国際** こくさい
[名] 國際
国際空港に着く／抵達國際機場。

□ **答え** こたえ
[名] 回答；答覆；答案
答えが合う／答案正確。

□ **国内** こくない
[名] 該國內部，國內
国内旅行／國內旅遊

□ **御馳走** ごちそう
[名・他サ] 盛宴；請客；豐盛佳餚
ご馳走になる／被請吃飯。

□ **心** こころ
[名] 心；內心；心情
心にかける／擔心。

□ **事** こと
[名] 事情
一番大事な事／最重要的事

□ **〜ご座います** ございます
[特殊形] 在，有；（「ございります」的音變）表示尊敬
おめでとうございます／恭喜恭喜。

□ **小鳥** ことり
[名] 小鳥
小鳥を飼う／養小鳥。

□ **小匙** こさじ
[名] 小匙，茶匙
小匙一杯分の砂糖／一茶匙的砂糖

□ **この間** このあいだ
[名・副] 最近；前幾天
この間の夜／幾天前的晚上

□ **故障** こしょう
[名・自サ] 故障
機械が故障した／機器故障。

□ **この頃** このごろ
[名] 近來
この頃の若者／時下的年輕人

□ **子育て** こそだて
[名] 養育小孩，育兒
子育ての問題をかかえる／有養育孩子的問題。

□ **細かい** こまかい
[形] 細小；詳細；無微不至
細かく述べる／詳細敘述。

□ **御存知** ごぞんじ
[名] 你知道；您知道（尊敬語）
ご存知のとおり／如您所知

□ **塵／芥** ごみ
[名] 垃圾
燃えるごみ／可燃垃圾

□ 米　　　　　　　　　　　こめ

[名] 米

米ができる／產米。

□ ご覧になる　ごらんになる

[他五]（尊敬語）看，觀覽，閱讀

展覧会をごらんになる／看展。

□ これから　　　　　これから

[副] 從今以後

これからどうしようか／接下來該怎麼辦呢？

□ 怖い　　　　　　　　　こわい

[形] 可怕，害怕

怖い目にあう／受了一場驚。

□ 壊す　　　　　　　　　こわす

[他五] 毀壞；弄碎；破壞

茶碗を壊す／把碗打碎。

□ 壊れる　　　　　　こわれる

[自下一] 壞掉，損壞；故障

電話が壊れている／電話壞了。

□ コンサート　コンサート

[名]【concert】音樂會

コンサートを開く／開演唱會。

□ 今度　　　　　　　　　こんど

[名] 這次；下次；以後

今度の日曜／下一個星期天

□ コンピューター

　　　　　コンピューター

[名]【computer】電腦

コンピューターを使う／使用電腦。

□ 今夜　　　　　　　　こんや

[名] 今夜，今天晚上

今夜はホテルに泊まる／今晚住飯店。

□ 最近　　　　　　　さいきん

[名] 最近

彼は最近結婚した／他最近結婚了。

□ 最後　　　　　　　　さいご

[名] 最後

最後まで戦う／戰到最後。

□ 最初　　　　　　　さいしょ

[名] 最初，首先

最初に出会った人／首次遇見的人

□ 坂　　　　　　　　　　さか

[名] 斜坡

坂を下りる／下坡。

□ 探す／捜す　　　　さがす

[他五] 尋找，找尋

読みたい本を探す／尋找想看的書。

□ 下がる　　　　　　　さがる

[自五] 下降

気温が下がる／氣溫下降。

□ 盛ん　　　　　さかん

[形動] 興盛；繁盛

盛んに宣伝する／大肆宣傳。

□ 下げる　　　　さげる

[他下一] 降下；降低，向下；掛；收走

頭を下げる／低下頭。

□ 差し上げる　さしあげる

[他下一] 奉送；給（「あげる」謙讓語）

これをあなたに差し上げます／這個
奉送給您。

□ 差出人　　さしだしにん

[名] 發信人，寄件人

差出人の住所／寄件人地址

□ さっき　　　　　さっき

[副] 剛才

さっきから待っている／從剛才就在
等著你；已經等你一會兒了。

□ 寂しい　　　　さびしい

[形] 孤單；寂寞

一人で寂しい／一個人很寂寞。

□ ～様　　　　　さま

[接尾] 先生，小姐

こちらが木村様です／這位是木村先
生。

□ 再来月　　　さらいげつ

[名] 下下個月

再来月また会う／下下個月再見

□ 再来週　　　さらいしゅう

[名] 下下星期

再来週までに／下下週為止

□ サラダ　　　　サラダ

[名] 【salad】沙拉

サラダを作る／做沙拉。

□ 騒ぐ　　　　　さわぐ

[自五] 吵鬧，騷動，喧囂

胸が騒ぐ／心慌意亂。

□ 触る　　　　　さわる

[自五] 碰觸，觸摸；接觸

顔に触った／觸摸臉。

□ 産業　　　　　さんぎょう

[名] 產業

通信産業／電信産業

□ サンダル　　　サンダル

[名] 【sandal】拖鞋，涼鞋

サンダルを履く／穿涼鞋。

□ サンドイッチ

　　　　　　サンドイッチ

[名] 【sandwich】三明治

ハムサンドイッチ／火腿三明治

□ 残念（ざんねん）　ざんねん
[形動] 遺憾，可惜
残念に思う（ざんねんにおもう）／感到遺憾。

□ 市（し）　し
[名] …市
台北市（タイペイシ）／台北市

□ 字（じ）　じ
[名] 文字
字が見にくい（じがみにくい）／字看不清楚；字寫得難看

□ 試合（しあい）　しあい
[名] 比賽
試合が終わる（しあいがおわる）／比賽結束。

□ 仕送り（しおくり）　しおくり
[名・自他サ] 匯寄生活費或學費
家に仕送りする（いえにしおくりする）／給家裡寄生活費。

□ 仕方（しかた）　しかた
[名] 方法，做法
料理の仕方が異なる（りょうりのしかたがことなる）／做菜方法不同。

□ 叱る（しかる）　しかる
[他五] 責備，責罵
先生に叱られた（せんせいにしかられた）／被老師罵了。

□ ～式（しき）　しき
[接尾] 儀式；典禮
卒業式へ行く（そつぎょうしきへいく）／去參加畢業典禮。

□ 試験（しけん）　しけん
[名] 考試
試験がうまくいく（しけんがうまくいく）／考試順利，考得好。

□ 事故（じこ）　じこ
[名] 意外，事故
事故が起こる（じこがおこる）／發生事故。

□ 地震（じしん）　じしん
[名] 地震
地震が発生する（じしんがはっせいする）／發生地震。

□ 時代（じだい）　じだい
[名] 時代；潮流；歷史
時代が違う（じだいがちがう）／時代不同。

□ 下着（したぎ）　したぎ
[名] 內衣，貼身衣物
下着を取り替える（したぎをとりかえる）／換貼身衣物。

□ 支度（したく）　したく
[名・自サ] 準備
支度ができる（したくができる）／準備好。

□ しっかり　しっかり
[副・自サ] 結實，牢固；（身體）健壯；用力的，好好的；可靠
しっかり覚える（しっかりおぼえる）／牢牢地記住。

□ 失敗（しっぱい）　しっぱい
[名・自サ] 失敗
失敗を許す（しっぱいをゆるす）／原諒失敗。

□ **失礼** <ruby>しつれい<rt></rt></ruby>　　　し　つ　れ　い

[名・形動・自サ] 失禮，沒禮貌；失陪

<ruby>失礼<rt>しつれい</rt></ruby>なことを<ruby>言<rt>い</rt></ruby>う／說失禮的話。

□ **指定席** <ruby>していせき<rt></rt></ruby>　　し　て　い　せ　き

[名] 劃位座，對號入座

<ruby>指定席<rt>していせき</rt></ruby>を<ruby>予約<rt>よやく</rt></ruby>する／預約對號座位。

□ **辞典** <ruby>じてん<rt></rt></ruby>　　　　　じ　て　ん

[名] 辭典；字典

<ruby>辞典<rt>じてん</rt></ruby>を<ruby>引<rt>ひ</rt></ruby>く／查字典。

□ **品物** <ruby>しなもの<rt></rt></ruby>　　　し　な　も　の

[名] 物品，東西；貨品

<ruby>品物<rt>しなもの</rt></ruby>を<ruby>取<rt>と</rt></ruby>り<ruby>替<rt>か</rt></ruby>える／退換商品。

□ **暫く** <ruby>しばらく<rt></rt></ruby>　　　し　ば　ら　く

[副] 暫時，一會兒；好久

<ruby>暫<rt>しばら</rt></ruby>くお<ruby>待<rt>ま</rt></ruby>ちください／請稍候。

□ **島** <ruby>しま<rt></rt></ruby>　　　　　　　　し　ま

[名] 島嶼

<ruby>島<rt>しま</rt></ruby>へ<ruby>渡<rt>わた</rt></ruby>る／遠渡島上。

□ **市民** <ruby>しみん<rt></rt></ruby>　　　　　し　み　ん

[名] 市民，公民

<ruby>市民<rt>しみん</rt></ruby>の<ruby>生活<rt>せいかつ</rt></ruby>を<ruby>守<rt>まも</rt></ruby>る／捍衛市民的生

活。

□ **事務所** <ruby>じむしょ<rt></rt></ruby>　　じ　む　し　ょ

[名] 辦事處；辦公室

<ruby>事務所<rt>じむしょ</rt></ruby>を<ruby>持<rt>も</rt></ruby>つ／設有辦事處。

□ **社会** <ruby>しゃかい<rt></rt></ruby>　　　し　ゃ　か　い

[名] 社會

<ruby>社会<rt>しゃかい</rt></ruby>に<ruby>出<rt>で</rt></ruby>る／出社會。

□ **社長** <ruby>しゃちょう<rt></rt></ruby>　　し　ゃ　ち　ょ　う

[名] 總經理；社長；董事長

<ruby>社長<rt>しゃちょう</rt></ruby>になる／當上社長。

□ **邪魔** <ruby>じゃま<rt></rt></ruby>　　　　じ　ゃ　ま

[名・形動・他サ] 妨礙，阻擾，打擾

<ruby>邪魔<rt>じゃま</rt></ruby>になる／阻礙，添麻煩。

□ **ジャム**　　　　　　　ジ　ャ　ム

[名] 【jam】 果醬

パンにジャムをつける／在麵包上塗

果醬。

□ **自由** <ruby>じゆう<rt></rt></ruby>　　　　　じ　ゆ　う

[名・形動] 自由，隨便

<ruby>自由<rt>じゆう</rt></ruby>がない／沒有自由。

□ **習慣** <ruby>しゅうかん<rt></rt></ruby>　　し　ゅ　う　か　ん

[名] 習慣

<ruby>習慣<rt>しゅうかん</rt></ruby>が<ruby>変<rt>か</rt></ruby>わる／習慣改變；習俗特別。

□ **住所** <ruby>じゅうしょ<rt></rt></ruby>　　じ　ゅ　う　し　ょ

[名] 地址

<ruby>住所<rt>じゅうしょ</rt></ruby>を<ruby>変更<rt>へんこう</rt></ruby>する／變更住址。

□ **自由席** <ruby>じゆうせき<rt></rt></ruby>　じ　ゆ　う　せ　き

[名] 自由座

<ruby>自由席<rt>じゆうせき</rt></ruby>を<ruby>購入<rt>こうにゅう</rt></ruby>する／購買無對號座位。

□ 終電　　しゅうでん

[名] 最後一班電車，末班車

終電に乗り遅れる／沒趕上末班車。

□ 柔道　　じゅうどう

[名] 柔道

柔道をやる／練柔道。

□ 十分　　じゅうぶん

[副・形動] 十分；充分，足夠

十分に休む／充分休息。

□ 主人　　しゅじん

[名] 老公，（我）丈夫，先生

主人の役を務める／扮演丈夫的職
責。

□ 受信　　じゅしん

[名・他サ]（郵件、電報等）接收；收聽

衛星放送を受信する／接收衛星轉播。

□ 出席　　しゅっせき

[名・自サ] 參加；出席

出席を取る／點名。

□ 出発　　しゅっぱつ

[名・自サ] 出發；起步

出発が遅れる／出發延遲。

□ 趣味　　しゅみ

[名] 興趣；嗜好

趣味が多い／興趣廣泛。

□ 準備　　じゅんび

01-19

[名・他サ] 籌備；準備

準備が足りない／準備不夠。

□ 紹介　　しょうかい

[名・他サ] 介紹／自我介紹

両親に紹介する／介紹給父母。

□ 正月　　しょうがつ

[名] 正月，新年

正月を迎える／迎新年。

□ 小学校　　しょうがっこう

[名] 小學

小学校に上がる／上小學。

□ 小説　　しょうせつ

[名] 小說

小説を書く／寫小說。

□ 招待　　しょうたい

[名・他サ] 邀請

招待を受ける／接受邀請。

□ 承知　　しょうち

[名・他サ] 知道，了解，同意

互いに承知の上で／在彼此同意之
下。

□ 将来　　しょうらい

[名] 未來；將來

近い将来／最近的將來

□ 食事　　しょくじ

[名・自サ] 用餐，吃飯

食事が終わる／吃完飯。

□ 食料品　しょくりょうひん

[名] 食品

食料品の店／食品店

□ 初心者　しょしんしゃ

[名] 初學者

テニスの初心者／網球初學者

□ 女性　　じょせい

[名] 女性

女性的な男／女性化的男子

□ 知らせる　しらせる

[他下一] 通知，讓對方知道

警察に知らせる／報警。

□ 調べる　しらべる

[他下一] 查閱，調查

辞書で調べる／查字典。

□ 新規作成

しんきさくせい

[名・他サ] 新作，從頭做起；（電腦檔案）開新檔案

ファイルを新規作成する／開新檔案。

□ 人口　　じんこう

[名] 人口

人口が多い／人口很多。

□ 信号無視　しんごうむし

[名] 違反交通號誌，闖紅（黃）燈

信号無視をする／違反交通號誌。

□ 神社　　じんじゃ

[名] 神社

神社に参る／參拜神社。

□ 親切　　しんせつ

[名・形動] 親切，客氣

親切になる／變得親切。

□ 心配　　しんぱい

[名・自サ] 擔心；照顧

心配でたまらない／非常不安。

□ 新聞社　しんぶんしゃ

[名] 報社

新聞社に勤める／在報社上班。

□ 水泳　　すいえい

[名] 游泳

水泳が上手だ／擅長游泳。

□ 水道　　すいどう

[名] 自來水；自來水管

水道を引く／安裝自來水。

□ 随分　　　　ずいぶん

[副] 相當地
随分よくなった／好很多。

□ 数学　　　　すうがく

[名] 數學
数学の教師／數學老師

□ スーツ　　　　スーツ

[名]【suit】套裝
スーツを着る／穿套裝。

□ スーツケース
　　　　スーツケース

[名]【suitcase】行李箱；手提旅行箱
スーツケースを買う／買行李箱。

□ スーパー　　　　スーパー

[名]【supermarket】之略，超級市場
スーパーへ買い物に行く／去超市買東西。

□ 過ぎる　　　　すぎる

[自上一] 超過；過於；經過
冗談が過ぎる／玩笑開得過火。

□ ～過ぎる　　　　すぎる

[接尾] 過於…
食べすぎる／吃太多。

□ 空く　　　　すく

[自五] 有縫隙；（內部的人或物）變少，稀疏；飢餓；有空閒；（心情）舒暢
電車はすいていた／電車沒什麼人。

□ 直ぐに　　　　すぐに

[副] 馬上
すぐに帰る／馬上回來。

□ スクリーン　スクリーン

[名]【screen】螢幕
スクリーンの前に立つ／出現在銀幕上。

□ すごい　　　　すごい

[形] 厲害
すごい人気だった／超人氣。

□ 進む　　　　すすむ

[自五] 進展
仕事が進む／工作進展下去。

□ スタートボタン
　　　　スタートボタン

[名]【start button】（微軟作業系統的）開機鈕
スタートボタンを押す／按開機鈕。

□ すっかり　　　　すっかり

[副] 完全，全部
すっかり変わる／徹底改變。

090

□ ずっと　　　　　ず**っ**と

[副] 更，一直

ずっと家にいる／一直待在家。

□ ステーキ　　　ス**テ**ーキ

[名]【steak】牛排

ステーキを食べる／吃牛排。

□ 捨てる　　　　す**て**る

[他下一] 丟掉，拋棄；放棄

権利を捨てる／棄權。

□ ステレオ　　　ス**テ**レオ

[名]【stereo】音響；立體聲

ステレオを設置する／安裝音響。

□ ストーカー　ス**ト**ーカー

[名]【stalker】跟蹤狂

ストーカー事件が起こる／發生跟蹤
事件。

□ 砂　　　　　　す**な**

[名] 沙子

砂が目に入る／沙子掉進眼睛裡。

□ 素晴らしい　す**ば**らし**い**

[形] 了不起；出色，很好

素晴らしい効果がある／成效極佳。

□ 滑る　　　　　す**べ**る

[自下一] 滑（倒）；滑動；（手）滑

道が滑る／路滑。

□ 隅／角　　　　す**み**

[名] 角落

隅から隅まで探す／找遍了各個角
落。

□ 済む　　　　　す**む**

[自五]（事情）完結，結束；過得去，
沒問題；（問題）解決，（事情）了結

用事が済んだ／辦完事了。

□ 掏摸　　　　　す**り**

[名] 扒手

すりに財布をやられた／錢包被扒手
扒走了。

□ すると　　　　す**る**と

[接續] 於是；這樣一來，結果

すると突然まっ暗になった／突然整
個變暗。

□ ～製　　　　　　　せ**い**

[接尾] 製品；…製

台湾製の靴を買う／買台灣製的鞋
子。

□ 生活　　　　　せ**い**かつ

[名・自サ] 生活

生活に困る／無法維持生活。

□ 請求書　　　せ**い**きゅうしょ

[名] 帳單，繳費單

請求書が届く／收到繳費通知單。

□ 生産　　　せいさん

[名・他サ] 生産

生産を高める／提高生產。

□ 政治　　　せいじ

[名] 政治

政治に関係する／參與政治。

□ 西洋　　　せいよう

[名] 西洋，西方，歐美

西洋文明／西方文明

□ 世界　　　せかい

[名] 世界；天地

世界に知られている／聞名世界。

□ 席　　　せき

[名] 席位；座位；職位

席を譲る／讓位。

□ 説明　　　せつめい

[名・他サ] 說明

説明がたりない／解釋不夠充分。

□ 背中　　　せなか

[名] 背脊；背部

背中をたたく／拍肩膀；搥背。

□ 是非　　　ぜひ

[副] 務必；好與壞

ぜひおいでください／請一定要來。

□ 世話　　　せわ

[名・他サ] 照顧，照料

世話になる／受到照顧。

□ 線　　　せん

01 - 20

[名] 線

線を引く／畫條線。

□ 全然　　　ぜんぜん

[副]（接否定）完全不…，一點也不…；根本

全然気にしていない／一點也不在乎。

□ 戦争　　　せんそう

[名・自サ] 戰爭

戦争になる／開戰。

□ 先輩　　　せんぱい

[名] 前輩；學姐，學長；老前輩

大先輩／老前輩

□ 専門　　　せんもん

[名] 專業；攻讀科系

歴史学を専門にする／專攻歷史學。

□ 送信　　　そうしん

[名・自サ]（電）發報，播送，發射；發送（電子郵件）

緊急信号を送信する／發送緊急訊號。

□ 相談　　　　そうだん

[名・自他サ] 商量

相談で決める／通過商討決定。

□ 挿入　　　　そうにゅう

[名・他サ] 插入，裝入

イラストを挿入する／插入插圖。

□ 送別会　　そうべつかい

[名] 送別會

送別会に参加する／參加送別會。

□ 育てる　　　そだてる

[他下一] 養育；撫育，培植；培養

選手を育てる／培育選手。

□ 卒業　　　　そつぎょう

[名・他サ] 畢業

大学を卒業する／大學畢業。

□ 卒業式　　そつぎょうしき

[名] 畢業典禮

卒業式に参加する／參加畢業典禮。

□ 外側　　　　そとがわ

[名] 外部，外面，外側

塀の外側を歩く／沿著牆外走。

□ 祖父　　　　そふ

[名] 祖父，外祖父

祖父に会う／和祖父見面。

□ ソフト　　　　ソフト

[名・形動]【soft】柔軟，軟的；軟體

ソフトな感じ／柔和的感覺。

□ 祖母　　　　そぼ

[名] 祖母，奶奶，外婆

祖母が亡くなる／祖母過世。

□ それで　　　　それで

[接] 後來，那麼

それでどうした／然後呢？

□ それに　　　　それに

[接] 而且，再者

晴れだし、それに風もない／晴朗而
且無風。

□ それはいけませんね
　　　　それはいけませんね

[寒暄] 那可不行

それはいけませんね。お大事にして
ね／（生病啦）那可不得了了。多保重
啊！

□ それ程　　　それほど

[副] 那種程度，那麼地

それ程寒くない／沒有那麼冷。

□ そろそろ　　　そろそろ

[副] 漸漸地；快要，不久；緩慢

そろそろ帰ろう／差不多回家了吧。

□ 存じ上げる　ぞんじあげる

[他下一] 知道（自謙語）

お名前は存じ上げております／久仰大名。

□ そんな　　　　　そんな

[連體] 那樣的

そんなことはない／不會，哪裡。

□ そんなに　　　そんなに

[副] 那麼，那樣

そんなに騒ぐな／別鬧成那樣。

□ ～代　　　　　　だい

[接尾] 年代，（年齡範圍）…多歲

十代の若者／十幾歲的年輕人。

□ 退院　　　　　たいいん

[名・自サ] 出院

退院を許される／允許出院。

□ 大学生　だいがくせい

[名] 大學生

大学生になる／成為大學生。

□ 大嫌い　　だいきらい

[形動] 極不喜歡，最討厭

大嫌いな食べ物／最討厭的食物。

□ 大事　　　　　だいじ

[形動] 重要的，保重，重要

お体お大事に／請保重身體。

□ 大体　　　　　だいたい

[名・副] 大部分；大致，大概

内容は大体理解した／大致理解內容。

□ タイプ　　　　　タイプ

[名]【type】款式；類型；打字

タイプを分類する／分幾個類型。

□ 大分　　　　　だいぶ

[副] 大約，相當地

大分暖かくなった／相當暖和了。

□ 台風　　　　たいふう

[名] 颱風

台風に遭う／遭遇颱風。

□ 倒れる　　　たおれる

[自下一] 倒塌，倒下；垮台；死亡

家が倒れる／房屋倒塌。

□ だから　　　　　だから

[接續] 所以，因此

だから友達がたくさんいる／正因為那樣才有許多朋友。

□ 確か　　　　　たしか

[形動・副] 的確，確實

確かな証拠／確切的證據。

□ 足す　　　　　　　　た|す

[他五] 足夠，補足，增加

すこし塩を足してください／請再加

一點鹽巴。

□ ～出す　　　　　　　だ|す

[接尾] 開始…；…起來

泣き出す／哭了起來。

□ 訪ねる　　　　　た|ず|ね|る

[他下一] 拜訪，訪問

旧友を訪ねる／拜訪故友。

□ 尋ねる　　　　　た|ず|ね|る

[他下一] 問，打聽；尋問

道を尋ねる／問路。

□ 唯今／只今　　　た|だ|い|ま|

[感・副] 馬上，剛才；我回來了

ただいまの時刻／現在的時間

□ 正しい　　　　　た|だ|し|い

[形] 正確；端正

正しい答え／正確的答案

□ 畳　　　　　　　　た|た|み

[名] 塌塌米

畳を敷く／鋪草蓆。

□ 立てる　　　　　　た|て|る

[他下一] 直立，立起，訂立

本を立てる／把書立起來。

□ 建てる　　　　　　た|て|る

[他下一] 建立，建造

家を建てる／蓋房子。

□ 例えば　　　　　た|と|え|ば

[副] 例如

これは例えばの話だがね／這只是個

比喻而已。

□ 棚　　　　　　　　　た|な

[名] 架子，棚架

棚に上げる／擺到架上；佯裝不知。

□ 楽しみ　　　　　た|の|し|み

[名] 期待，快樂

釣りを楽しみとする／以釣魚為樂。

□ 楽しむ　　　　　た|の|し|む

[他五] 享受，欣賞，快樂；以…為消

遣；期待，盼望

音楽を楽しむ／欣賞音樂。

□ 食べ放題　た|べ|ほ|う|だ|い

[名] 吃到飽，盡量吃，隨意吃

食べ放題に誘う／邀去吃吃到飽。

□ 偶に　　　　　　　た|ま|に

[副] 偶然，偶爾

偶にバスケットをする／偶爾打籃球。

□ 為　　　　　　　た**め**

[名] 為了…由於；（表目的）為了；
（表原因）因為
病気のために休む／因為有病而休息。

□ 駄目　　　　　　だ**め**

[名] 不行；沒用；無用
だめと諦める／認為沒希望而放棄。

□ 足りる　　　　た**りる**

[自上一] 足夠；可湊合
お金は十分足りる／錢很充裕。

□ 男性　　　　　だ**んせい**

[名] 男性
男性ホルモン／男性荷爾蒙

□ 暖房　　　　　だ**んぼう**

[名] 暖氣
暖房を点ける／開暖氣。

□ 血　　　　　　　　　ち

[名] 血液，血；血緣
血を吐く／吐血。

□ チェック　　　チ**ェック**

[名]【check】檢查
チェックが厳しい／檢驗嚴格。

□ 近道　　　　　ち**かみち**

[名] 捷徑，近路
近道をする／抄近路。

□ 力　　　　　　ち**から**

[名] 力量，力氣；能力
力になる／幫助；有依靠。

□ 痴漢　　　　　ち**かん**

[名] 色情狂
痴漢が出没する／色情狂出沒。

□ 些とも　　　ち**っとも**

[副] 一點也不…
ちっとも疲れていない／一點也不
累。

□ ～ちゃん　　　ち**ゃん**

[接尾]（表親暱稱謂）小…，表示親愛
（「さん」的轉音）
健ちゃん、ここに来て／小健，過來
這邊。

□ 注意　　　　ち**ゅうい**

[名] 注意，小心
注意を引く／吸引注意。

□ 中学校　　ち**ゅうがっこう**

[名] 國中
中学校に入る／上中學。

□ 中止　　　　ち**ゅうし**

[名・他サ] 中止
交渉中止／停止交涉

01
-
21

□ 注射　　　　ちゅうしゃ

[名] 注射，打針

予防注射／打預防針

□ 駐車違反

ちゅうしゃいはん

[名] 違規停車

駐車違反を取り締まる／取締違規停

車。

□ 駐車場　ちゅうしゃじょう

[名] 停車場

駐車場を探す／找停車場。

□ 町　　　　　　ちょう

[名・漢造] 鎮

町長になる／當鎮長。

□ 地理　　　　　ちり

[名] 地理

地理を研究する／研究地理。

□ （に）就いて　　ついて

[連語] 關於

日本の風俗について研究する／研究

日本風俗。

□ 通行止め　つうこうどめ

[名] 禁止通行，無路可走

通行止めにする／禁止通行。

□ 通帳記入

つうちょうきにゅう

[名] 補登錄存摺

通帳記入をする／補登錄存摺。

□ 捕まえる　　つかまえる

[他下一] 逮捕，抓；握住

犯人を捕まえる／捉犯人。

□ 月　　　　　　つき

[名] 月亮

月がのぼった／月亮升起來了。

□ 月　　　　　　つき

[名] …個月

月に一度集まる／一個月集會一次。

□ 点く　　　　　つく

[自五] 點亮，點上，（火）點著

電灯が点いた／電燈亮了。

□ 付ける　　　　つける

[他下一] 裝上，附上；塗上

壁に耳をつける／把耳朵貼在牆上。

□ 漬ける　　　　つける

[他下一] 浸泡；醃

梅を漬ける／醃梅子。

□ 都合　　　　　つごう

[名] 情況，方便度

都合が悪い／不方便。

□ 伝える　　つたえる

[他下一] 傳達，轉告；傳導

命令を伝える／傳達命令。

□ 続く　　　つづく

[自五] 繼續；接連；跟著

いいお天気が続く／好天氣將持續下去。

□ 続ける　　つづける

[他下一] 持續，繼續；接著

話を続ける／繼續講。

□ 包む　　　つつむ

[他五] 包圍，包住，包起來；隱藏

体をタオルで包む／用浴巾包住身體。

□ 妻　　　　つま

[名] 妻子，太太（自稱）

妻を娶る／娶妻。

□ 爪　　　　つめ

[名] 指甲

爪を切る／剪指甲。

□ 積もり　　つもり

[名] 打算，企圖；估計，預計；（前接動詞過去形）（本不是那樣）就當作…

彼に会うつもりはありません／不打算跟他見面。

□ 積もる　　つもる

[自五・他五] 堆積

塵が積もる／堆積灰塵。

□ 釣る　　　つる

[他五] 釣，釣魚；引誘

甘い言葉で釣る／用動聽的話語引誘。

□ 連れる　　つれる

[他下一] 帶領，帶著

連れて行く／帶去。

□ 丁寧　　　ていねい

[名・形動] 對事物的禮貌用法；客氣；仔細

丁寧に読む／仔細閱讀。

□ テキスト　テキスト

[名]【text】課本，教科書

英語のテキスト／英文教科書

□ 適当　　　てきとう

[名・自サ・形動] 適當；適度；隨便

適当な機会に／在適當的機會。

□ 出来るだけ　できるだけ

[剛] 盡可能

出来るだけの援助をする／盡量提供救援。

□ ～でございます

でございます

[自・特殊形]「だ」、「です」、「である」的鄭重説法
いいお天気でございます／真是好天氣。

□ ～てしまう　　　てしまう

[補動] 強調某一狀態或動作；懊悔
食べてしまう／吃完。

□ デスクトップ（パソコン）

デスクトップ

[名]【desktop personal computer】之略，桌上型電腦
デスクトップを買う／購買桌上型電腦。

□ 手伝い　　　　て つ だ い

[名] 幫助；幫手；幫傭
手伝いを頼む／請求幫忙。

□ 手伝う　　　　て つ だ う

[自他五] 幫忙
掃除を手伝う／幫忙打掃。

□ テニス　　　　　　テ ニ ス

[名]【tennis】網球
テニスをやる／打網球。

□ テニスコート

テ ニ ス コ ー ト

[名]【tennis court】網球場
テニスコートでテニスをやる／在網球場打網球。

□ 手袋　　　　　て ぶ く ろ

[名] 手套
手袋を取る／拿下手套。

□ 手前　　　　　　て ま え

[名・代] 眼前；靠近自己這一邊；（當著…的）面前；（謙）我，（藐）你
手前にある箸を取る／拿起自己面前的筷子。

□ 手元　　　　　　て も と

[名] 身邊，手頭；膝下；生活，生計
手元にない／手邊沒有。

□ 寺　　　　　　　　て ら

[名] 寺院
寺に参る／拜佛。

□ 点　　　　　　　　て ん

[名] 分數；點；方面；（得）分
点を取る／得分。

□ 店員　　　　　て ん い ん

[名] 店員
店員を呼ぶ／叫喚店員。

□ **天気予報**　てんきよほう

[名] 天氣預報
ラジオの天気予報を聞く／聽收音機
的氣象預報。

□ **電灯**　でんとう

[名] 電燈
電灯を取り付ける／安裝電燈。

□ **添付**　てんぷ

[名・他サ] 添上，附上；（電子郵件）附
加檔案
領収書を添付する／附上收據。

□ **天ぷら**　てんぷら

[名] 天婦羅
天ぷらを食べる／吃天婦羅。

□ **電報**　でんぽう

[名] 電報
電報が来る／打來電報。

□ **展覧会**　てんらんかい

[名] 展覽會
美術展覧会を開く／舉辦美術展覽。

□ **道具**　どうぐ

[名] 道具；工具；手段
道具を使う／使用道具。

□ **到頭**　とうとう

[副] 終於，到底，終究
とうとう現れた／終於出現了。

□ **動物園**　どうぶつえん

[名] 動物園
動物園に行く／去動物園。

□ **登録**　とうろく

[名・他サ] 登記；（法）登記，註冊；記錄
新入生を登録する／新生註冊。

□ **遠く**　とおく

[名] 遠處；很遠
遠くから人が来る／有人從遠處來。

□ **通り**　とおり

[名] 馬路；通行
広い通りに出る／走到大馬路。

□ **通る**　とおる

[自五] 經過；通過；合格；暢通
鉄橋を通る／通過鐵橋。

□ **特に**　とくに

[副] 特地，特別
特に用事はない／沒有特別的事。

01
-
22

□ **特売品**　とくばいひん

[名] 特賣商品，特價商品
特売品を買う／買特價商品。

□ **特別**　　　　とくべつ

[名・形動] 特別，特殊

特別扱い／特殊照顧，特別待遇

□ **床屋**　　　　とこや

[名] 理髪店；理髪師

床屋へ行く／去理髪廳。

□ **途中**　　　　とちゅう

[名] 半路上，中途；半途

途中で帰る／中途返回。

□ **特急**　　　　とっきゅう

[名] 火速；特急列車；特快

特急で東京へたつ／坐特快車到東

京。

□ **届ける**　　　とどける

[他下一] 送達；送交，遞送

書類を届ける／把文件送到。

□ **泊まる**　　　とまる

[自五] 住宿，過夜；（船）停泊

ホテルに泊まる／住飯店。

□ **止める**　　　とめる

[他下一] 關掉，停止

車を止める／把車停下。

□ **取り替える**　とりかえる

[他下一] 交換；更換

帽子を取り替える／互換帽子。

□ **泥棒**　　　　どろぼう

[名] 偷竊；小偷，竊賊

泥棒を捕まえた／捉住了小偷。

□ **どんどん**　　どんどん

[副] 連續不斷，接二連三；（炮鼓等

連續不斷的聲音）咚咚；（進展）順

利；（氣勢）旺盛

水がどんどん流れる／水嘩啦嘩啦不

斷地流。

□ **ナイロン**　　ナイロン

[名]【nylon】尼龍

ナイロン製品／尼龍製品

□ **直す**　　　　なおす

[他五] 修理；改正；治療

欠点を直す／改正缺點。

□ **治る**　　　　なおる

[自五] 變好；改正；治癒

傷が治る／治好傷口。

□ **直る**　　　　なおる

[自五] 復原；修理；治好

悪癖が直る／改掉壞習慣。

□ **中々**　　　　なかなか

[副] 相當；（後接否定）總是無法

なかなか面白い／很有趣。

□ 泣く　　　　　　な く

[自五] 哭泣

_{おおごえ}大声で_な泣く／大聲哭泣。

□ 亡くなる　　　な く な る

[自五] 死去，去世，死亡

_{せんせい}先生が_な亡くなる／老師過世。

□ 無くなる　　　な く な る

[自五] 不見，遺失；用光了

_{こめ}米が_な無くなった／沒米了。

□ 投げる　　　　　な げ る

[他下一] 拋擲，丟，拋；放棄

_{しあい}試合を_な投げる／（認為贏不了而）放棄參加比賽。

□ 為さる　　　　　な さ る

[他五] 做「なす、する」的敬語

_{けんきゅう}研究をなさる／做研究。

□ 生ごみ　　　　な ま ご み

[名] 廚餘，有機垃圾，有水分的垃圾

_{なま}生ごみをリサイクルする／回收廚餘。

□ 鳴る　　　　　　な る

[自五] 響，叫

_{かみなり}雷が_な鳴る／雷鳴。

□ なるべく　　　な る べ く

[副] 盡可能，盡量

なるべく_{しゃっきん}借金をしない／盡量不借錢。

□ 成る程　　　な る ほ ど

[感・副] 原來如此

なるほど、_{おもしろ}面白い_{ほん}本だ／果然是本有趣的書。

□ 慣れる　　　　な れ る

[自下一] 習慣

_{あたら}新しい_{しごと}仕事に_な慣れる／習慣新的工作。

□ 匂い　　　　　に お い

[名] 氣味；味道；風貌

_{にお}匂いがする／發出味道。

□ 苦い　　　　　に が い

[形] 苦；痛苦，苦楚的

_{にが}苦くて_た食べられない／苦得難以下嚥。

□ 二階建て　　に か い だ て

[名] 二層建築

_{にかいだ}二階建ての_{いえ}家／兩層樓的家。

□ ～難い　　　　に く い

[接尾] 難以，不容易

_い言いにくい／難以開口。

□ 逃げる　　　　に げ る

[自下一] 逃走，逃跑

_{もんだい}問題から_に逃げる／迴避問題。

□ 日記　　　　　に っ き

[名] 日記

_{にっき}日記に_か書く／寫入日記。

□ 入院　　　　にゅういん

[名] 住院

入院費／住院費

□ 入学　　　　にゅうがく

[名・自サ] 入學

大学に入学する／上大學。

□ 入門講座

　　　　にゅうもんこうざ

[名] 入門課程，初級課程

入門講座を終える／結束入門課程。

□ 入力　　　　にゅうりょく

[名・自サ] 輸入（功率）；輸入數據

パソコンにデータを入力する／輸入
數據到電腦中。

□ ～に拠ると　　によると

[連語] 根據，依據

聞くところによると／據說

□ 似る　　　　　　にる

[自上一] 相似；相像，類似

性格が似ている／個性相似。

□ 人形　　　　にんぎょう

[名] 洋娃娃，人偶

人形を作る／製作人偶。

□ 盗む　　　　　ぬすむ

[他五] 偷盜，盜竊

お金を盗む／偷錢。

□ 塗る　　　　　　ぬる

[他五] 塗抹，塗上

色を塗る／上色。

□ 濡れる　　　　ぬれる

[自下一] 濡溼，淋濕

雨に濡れる／被雨淋濕。

□ 値段　　　　　ねだん

[名] 價格

値段を上げる／提高價格。

□ 熱　　　　　　ねつ

[名] 高溫；熱；發燒

熱がある／發燒。

□ 熱心　　　　ねっしん

[名・形動] 專注，熱衷

仕事に熱心だ／熱衷於工作。

□ 寝坊　　　　ねぼう

[名・自サ・形動] 睡懶覺，貪睡晚起的人

寝坊して会社に遅れた／睡過頭，上
班遲到。

□ 眠い　　　　ねむい

[形] 睏，想睡覺

眠くなる／想睡覺。

□ 眠たい　　　　　ねむたい

[形] 昏昏欲睡，睏倦

眠たくてあくびが出る／想睡覺而打哈欠。

□ 眠る　　　　　　ねむる

[自五] 睡覺

暑くて眠れない／太熱睡不著。

□ ノートパソコン　　ノートパソコン

[名]【notebook personal computer】之略，筆記型電腦

ノートパソコンを買う／買筆電。

□ 残る　　　　　　のこる

[自五] 留下，剩餘，剩下

お金が残る／錢剩下來。

□ 喉　　　　　　　のど

[名] 喉嚨

のどが渇く／口渴。

□ 飲み放題　　のみほうだい

[名] 喝到飽，無限暢飲

ビールが飲み放題だ／啤酒無限暢飲。

□ 乗り換える　　のりかえる

[他下一] 轉乘，換車

別のバスに乗り換える／改搭別的公車。

□ 乗り物　　　　　のりもの

[名] 交通工具

乗り物に乗る／乘車。

□ 葉　　　　　　　　は

[名] 葉子，樹葉

葉が落ちる／葉落。

□ 場合　　　　　　ばあい

[名] 場合，時候；狀況，情形

泣いている場合ではない／這不是哭的時候。

□ バーゲン　　　　バーゲン

[名]【bargain sale】之略，特價商品，出清商品；特賣

バーゲンセールで買った／在特賣會購買的。

□ パート　　　　　パート

[名]【part】打工；部分，篇，章；職責，（扮演的）角色；分得的一份

パートで働く／打零工。

□ ～倍　　　　　　ばい

[接尾] 倍，加倍

三倍になる／成為三倍。

01
-
23

□ 拝見　　　　　はいけん

[名・他サ]（謙讓語）看，拜讀，拜見

お手紙拝見しました／已拜讀貴函。

□ 歯医者　　　　は いしゃ

[名] 牙科，牙醫

歯医者に行く／看牙醫。

□ ～ばかり　　　　ばかり

[副助]（接數量詞後，表大約份量）左右；（排除其他事情）僅，只；僅少，微小；（表排除其他原因）只因，只要…就

漫画ばかり読んでいる／老愛看漫畫。

□ 運ぶ　　　　は こぶ

[他五] 運送，搬運；進行

乗客を運ぶ／載客人。

□ 場所　　　　ば しょ

[名] 地方，場所；席位，座位；地點，位置

火事のあった場所／發生火災的地方

□ 筈　　　　は ず

[形式名詞] 應該；會；確實

明日きっと来るはずだ／明天一定會來。

□ 恥ずかしい　は ずかしい

[形] 羞恥，丟臉，害羞；難為情

恥ずかしくなる／感到害羞。

□ パソコン　　　　パ ソコン

[名]【personal computer】之略，個人電腦

パソコンを活用する／活用電腦。

□ 発音　　　　は つおん

[名] 發音

発音がはっきりする／發音清楚。

□ はっきり　　　　は っきり

[副] 清楚

はっきり（と）見える／清晰可見。

□ 花見　　　　は なみ

[名] 賞花

花見に出かける／外出賞花。

□ 林　　　　は やし

[名] 樹林；（轉）事物集中貌

林の中の小道を散歩する／在林間小道上散步。

□ 払う　　　　は らう

[他五] 付錢；除去

お金を払う／付錢。

□ 番組　　　　ば んぐみ

[名] 節目

番組が始まる／節目開始播放（開始的時間）。

□ 番線　　　　ば んせん

[名] 軌道線編號，月台編號

5番線の列車／五號月台的列車。

□ 反対　　　　はんたい

[名・自サ] 相反；反對

あくまで反対する／堅決反對。

□ ハンドバッグ

　　　　　　ハンドバッグ

[名]【handbag】手提包

ハンドバッグを買う／買手提包。

□ ハンバーグ　ハンバーグ

[名]【hamburg】漢堡肉

ハンバーグを食べる／吃漢堡肉。

□ 日　　　　　　　　　ひ

[名] 天數；天，日子；太陽

日が昇った／太陽升起。

□ 火／灯　　　　　　　ひ

[名] 火

火が消える／火熄滅。

□ ピアノ　　　　　ピアノ

[名]【piano】鋼琴

ピアノを弾く／彈鋼琴。

□ 冷える　　　　　ひえる

[自下一] 感覺冷；變冷；變冷淡

体が冷える／身體感到寒冷。

□ 光　　　　　　　ひかり

[名] 光亮，光線；（喻）光明，希望；威力，光榮

光を発する／發光。

□ 光る　　　　　　ひかる

[自五] 發光，發亮；出眾

星が光る／星光閃耀。

□ 引き出し　　　ひきだし

[名] 抽屜

引き出しを開ける／拉開抽屜。

□ 髭　　　　　　　　ひげ

[名] 鬍鬚

ひげをそる／刮鬍子。

□ 飛行場　　　ひこうじょう

[名] 飛機場

飛行場へ迎えに行く／去接機。

□ 久しぶり　　ひさしぶり

[名] 好久

久しぶりですね／好久不見。

□ 美術館　　　びじゅつかん

[名] 美術館

美術館を作る／蓋美術館。

□ 非常に　　　ひじょうに

[副] 非常，很

非常に疲れている／累極了。

□ 吃驚　　　　　びっくり

[副・自サ] 驚嚇，吃驚

びっくりして口もきけない／嚇得說不出話來。

□ **引っ越す**　ひっこす
［自サ］搬家
京都へ引っ越す／搬去京都。

□ **必要**　ひつよう
［名・形動］必要
必要がある／有必要。

□ **酷い**　ひどい
［形］殘酷，無情；過分；非常
ひどい目に遭う／倒大楣。

□ **開く**　ひらく
［他五］開放；綻放；拉開
内側へ開く／往裡開。

□ **ビル**　ビル
［名］【building】之略，大樓，大廈
駅前のビル／車站前的大樓。

□ **昼間**　ひるま
［名］白天
昼間働いている／白天都在工作。

□ **昼休み**　ひるやすみ
［名］午休
昼休みを取る／午休。

□ **拾う**　ひろう
［他五］撿拾；叫車
財布を拾う／撿到錢包。

□ **ファイル**　ファイル
［名］【file】文件夾；合訂本，卷宗；（電腦）檔案
ファイルをコピーする／影印文件；備份檔案。

□ **増える**　ふえる
［自下一］增加
体重が増える／體重增加。

□ **深い**　ふかい
［形］深
仲が深い／關係深。

□ **複雑**　ふくざつ
［名・形動］複雜
複雑になる／變得複雜。

□ **復習**　ふくしゅう
［名・他サ］復習
復習が足りない／復習做得不夠。

□ **部長**　ぶちょう
［名］經理，部長
部長になる／成為部長。

□ **普通**　ふつう
［名・形動］普通，平凡
私は普通9時に寝る／我平時九點睡覺。

□ 葡萄　　　　　ぶどう

[名] 葡萄

葡萄酒／葡萄酒

□ 武道　　　　　ぶどう

[名] 武術

武道を習う／學習武術。

□ 太る　　　　　ふとる

[自五] 胖，肥胖

運動不足で太る／因運動不足而肥
胖。

□ 布団　　　　　ふとん

[名] 被子，棉被

布団を掛ける／蓋被子。

□ 舟／船　　　　ふね

[名] 舟，船

船に酔う／暈船。

□ 不便　　　　　ふべん

[形動] 不方便

この辺は交通が不便だ／這附近交通
不方便。

□ 踏む　　　　　ふむ

[他五] 踩住，踩到

人の足を踏む／踩到別人的腳。

□ プレゼント　プレゼント

[名]【present】禮物

プレゼントをもらう／收到禮物。

□ ブログ　　　　ブログ

[名]【blog】部落格

ブログに写真を載せる／在部落格裡
貼照片。

□ 文化　　　　　ぶんか

[名] 文化；文明

文化水準が高い／文化水準高。

□ 文学　　　　ぶんがく

[名] 文學

文学を楽しむ／欣賞文學。

□ 文法　　　　ぶんぽう

[名] 文法

文法に合う／合乎語法。

□ 別　　　　　　べつ

[名・形動] 別外，別的；區別

別の機会／別的機會。

□ 別に　　　　　べつに

[副] 分開；額外；除外；（後接否
定）（不）特別，（不）特殊

別に予定はない／沒甚麼特別的行程。

01
-
24

□ ベル　　　　　　ベル
[名]【bell】鈴聲
ベルを押す／按鈴。

□ ヘルパー　　　ヘルパー
[名]【helper】幫傭；看護
ホームヘルパー／家庭看護

□ 変　　　　　　　へん
[形動] 反常；奇怪，怪異；意外
変な話／奇怪的話。

□ 返事　　　　　　へんじ
[名・自サ] 回答，回覆
返事をしなさい／回答我啊。

□ 返信　　　　　　へんしん
[名・自サ] 回信，回電
返信を待つ／等待回信。

□ 貿易　　　　　ぼうえき
[名・自サ] 貿易
貿易を行う／進行貿易。

□ 放送　　　　　ほうそう
[名・自サ] 廣播；播映，播放
中継放送／轉播

□ 法律　　　　　ほうりつ
[名] 法律
法律を定める／制定法律。

□ 僕　　　　　　　ぼく
[名] 我（男性用）
僕の本／我的書

□ 星　　　　　　　ほし
[名] 星星
星がある／有星星。

□ 保存　　　　　　ほぞん
[名・自サ] 保存；儲存（電腦檔案）
文化財を保存する／保存文化資產。

□ 程　　　　　　　ほど
[副助] 程度，分寸；情況
冗談にもほどがある／開完笑也該有

個限度。

□ 殆ど　　　　　ほとんど
[副] 大部份；幾乎
殆ど意味がない／幾乎沒有意義。

□ 褒める　　　　ほめる
[他下一] 稱讚，誇獎
勇気ある行為を褒める／讚揚勇敢的

行為。

□ 翻訳　　　　　ほんやく
[名・他サ] 翻譯
翻訳が出る／出譯本。

□ 参る　　　　　　まいる
[自五] 來，去（「行く、来る」的謙讓語）
ただいま参ります／我馬上就去。

□ 漫画　　　　　　まんが
[名] 漫畫
漫画を見る／看漫畫。

□ 負ける　　　　　まける
[自下一] 輸；屈服
戦争に負ける／戦敗。

□ 回る　　　　　　まわる
[自他五] 巡視
あちこちを回る／四處巡視。

□ 真面目　　　　　まじめ
[名・形動] 認真的
真面目な人／認真的人

□ 真ん中　　　　　まんなか
[名] 正中央
真ん中に当たる／打中中心。

□ 先ず　　　　　　まず
[副] 首先，總之
まず一安心だ／總算暫時放心了。

□ 見える　　　　　みえる
[自下一] 看見；看得見；看起來
星が見える／看得見星星。

□ 又は　　　　　　または
[接續] 或是，或者
鉛筆またはボールペンを使う／使用
鉛筆或原子筆。

□ 湖　　　　　　　みずうみ
[名] 湖，湖泊
大きい湖／廣大的湖。

□ 味噌　　　　　　みそ
[名] 味噌／味噌湯
みそ汁を作る／做味噌湯。

□ 間違える　　　　まちがえる
[他下一] 錯；弄錯
計算を間違える／計算錯誤。

□ 見付かる　　　　みつかる
[自五] 被看到；發現了；找到
落とし物が見つかる／找到遺失物品。

□ 間に合う　　　　まにあう
[自五] 來得及，趕得上；夠用
飛行機に間に合う／趕上飛機。

□ 見付ける　　　　みつける
[他下一] 發現，找到；目睹
仕事を見つける／找工作。

□ ～まま　　　　　まま
[名] 如實，照舊；隨意
思ったままを書く／照心中所想寫出。

□ 皆　　　　みな

[代・副] 大家；全部
皆が集まる／大家齊聚一堂。

□ 港　　　　みなと

[名] 港口，碼頭
港に寄る／停靠碼頭。

□ 向かう　　むかう

[自五] 面向
鏡に向かう／對著鏡子。

□ 迎える　　むかえる

[他下一] 迎接
客を迎える／迎接客人。

□ 昔　　　　むかし

[名] 以前；十年，一如往昔的
昔の同僚／以前的同事。

□ 虫　　　　むし

[名] 昆蟲
虫が刺す／蟲子叮咬。

□ 息子　　　むすこ

[名] 兒子，令郎；男孩
彼の一人息子／他唯一的兒子

□ 娘　　　　むすめ

[名] 女兒，令嬡，令千金
お宅の娘さん／您家的千金

□ 無理　　　むり

[形動] 不可能，不合理；勉強；逞強；強求
無理を言うな／別無理取鬧。

□ ～目　　　め

[接尾] 第…
二行目を見てください／請看第二行。

□ メール　　メール

[名]【mail】郵政，郵件；郵船，郵車
メールを送る／送信。

□ （メール）アドレス
メールアドレス／アドレス

[名]【mail address】電子信箱地址，電子郵件地址
メールアドレスを交換する／互換電子郵件地址。

□ 召し上がる　めしあがる

[他五]（敬）吃，喝
コーヒーを召し上がる／喝咖啡。

□ 珍しい　めずらしい

[形] 罕見的，少見，稀奇
珍しい出来事／罕見的事

□ 申し上げる　もうしあげる

[他下一] 說（「言う」的謙讓語）
お礼を申し上げます／向您致謝。

111

□ もう直ぐ　　　　もうすぐ

[副] 不久，馬上

もうすぐ春が来る／春天馬上就要到來。

□ もう一つ　　　もうひとつ

[連語] 更；再一個

迫力がもう一つだ／再更有魄力一點。

□ 燃えるゴミ　　もえるゴミ

[名] 可燃垃圾

燃えるゴミを収集する／收可燃垃圾。

□ 若し　　　　　　　もし

[副] 如果，假如

もし雨が降ったら／如果下雨的話。

□ 勿論　　　　　もちろん

[副] 當然

もちろんあなたは正しい／當然你是對的。

□ 持てる　　　　　もてる

[自下一] 能拿，能保持；受歡迎，吃香

学生にもてる俳優／受學生歡迎的演員。

□ 戻る　　　　　　もどる

[自五] 返回，回到；回到手頭；折回

家に戻る／回到家。

□ 木綿　　　　　　もめん

[名] 棉花；棉，棉質

木綿のシャツ／棉質襯衫

□ 貰う　　　　　　もらう

[他五] 接受，收到，拿到

お小遣いを貰う／拿到零用錢。

□ 森　　　　　　　　もり

[名] 樹林

森に入る／走進森林。

□ 焼く　　　　　　　やく

[他五] 焚燒；烤

魚を焼く／烤魚。

□ 約束　　　　　やくそく

[名・他サ] 約定，商訂；規定，規則；（有）指望，前途

約束を守る／守約。

□ 役に立つ　　やくにたつ

[慣用句] 有益處，有幫助，有用

役に立つ道具／有用的道具。

□ 焼ける　　　　　やける

[自下一] 著火，烤熟；（被）烤熟

肉が焼ける／肉烤熟。

□ 優しい　　　　やさしい

[形] 優美的，溫柔，體貼

人にやさしくする／殷切待人。

01-25

□ ～やすい　　　　やすい

[接尾] 容易…

わかりやすい／易懂。

□ 痩せる　　　　や せ る

[自下一] 瘦；貧瘠

病気で痩せる／因生病而消瘦。

□ やっと　　　　や っ と

[副] 終於，好不容易

やっと問題が解けた／問題終於解開了。

□ やはり　　　　や は り

[副] 依然，仍然

子供はやはり子供だ／小孩終究是小孩。

□ 止む　　　　　や む

[自五] 停止

風が止む／風停了。

□ 止める　　　　や め る

[他下一] 停止

たばこをやめる／戒煙。

□ 遣る　　　　　や る

[他五] 給，給與

手紙を遣る／寄信。

□ 柔らかい　　　や わ ら か い

[形] 柔軟的

柔らかい毛布／柔軟的毛毯

□ 湯　　　　　　ゆ

[名] 開水，熱水

お湯に入る／入浴，洗澡。

□ ユーモア　　　ユ ー モ ア

[名]【humor】幽默，滑稽，詼諧

ユーモアの分かる人／懂幽默的人

□ 輸出　　　　　ゆ し ゅ つ

[名・他サ] 輸出，出口

輸出を伸ばす／發展出口貿易。

□ 輸入　　　　　ゆ に ゅ う

[名・他サ] 進口

食糧を輸入する／進口食糧。

□ 指　　　　　　ゆ び

[名] 手指

ゆびで指す／用手指。

□ 指輪　　　　　ゆ び わ

[名] 戒指

指輪をはめる／戴戒指。

□ 夢　　　　　　ゆ め

[名] 夢

夢を見る／做夢。

□ 揺れる　　　　ゆ れ る

[自下一] 搖動；動搖

車が揺れる／車子晃動。

□ 用　　　　よう

[名] 事情，工作

用がすむ／工作結束。

□ 用意　　　ようい

[名・他サ] 準備

夕食の**用意**をしていた／在準備晚餐。

□ ようこそ　　ようこそ

[寒暄] 歡迎

ようこそ、おいで下さいました／衷心歡迎您的到來。

□ 用事　　　ようじ

[名] 工作，有事

用事がある／有事。

□ よくいらっしゃいました
　　よくいらっしゃいました

[寒暄] 歡迎光臨

暑いのに、**よくいらっしゃいました**ね／這麼熱，感謝您能蒞臨。

□ 汚れる　　よごれる

[自下一] 弄髒，髒污；齷齪

空気が**汚れた**／空氣被汙染了。

□ 予習　　　よしゅう

[名・他サ] 預習

明日の数学を**予習する**／預習明天的數學。

□ 予定　　　よてい

[名] 預定

予定が変わる／改變預定計劃。

□ 予約　　　よやく

[名・他サ] 預約

予約を取る／預約。

□ 寄る　　　よる

[自五] 順路，順道去…；接近

近くに**寄って**見る／靠近看。

□ 喜ぶ　　　よろこぶ

[自五] 喜悅，高興

成功を**喜ぶ**／為成功而喜悅。

□ 宜しい　　よろしい

[形] 好，可以

どちらでも**よろしい**／哪一個都好，怎樣都行。

□ ラップ　　　ラップ

[名] 【rap】饒舌樂，饒舌歌

ラップを聞く／聽饒舌音樂。

□ ラップ　　　ラップ

[名・他サ] 【wrap】包裝紙；保鮮膜

野菜を**ラップする**／用保鮮膜將蔬菜包起來。

□ ラブラブ　　　ラ ブ ラ ブ

[形動]【love】（情侶，愛人等）甜蜜、如膠似漆

彼氏とラブラブ／與男朋友甜甜密密

□ 理由　　　　　り ゆ う

[名] 理由，原因

理由がある／有理由。

□ 利用　　　　　り よ う

[名・他サ] 利用

機会を利用する／利用機會。

□ 両方　　　　　り ょ う ほ う

[名] 兩方，兩種，雙方

両方の意見を聞く／聽取雙方意見。

□ 旅館　　　　　り ょ か ん

[名] 旅館

旅館に泊まる／住旅館。

□ 留守　　　　　る す

[名・他サ] 不在家；看家

家を留守にする／看家。

□ 冷房　　　　　れ い ぼ う

[名・他サ] 冷氣

冷房を点ける／開冷氣。

□ 歴史　　　　　れ き し

[名] 歴史

歴史を作る／創造歴史。

□ レジ　　　　　レ ジ

[名]【register】收銀台

レジで勘定する／到收銀台結帳。

□ レポート　　　レ ポ ー ト

[名・他サ]【report】報告

レポートにまとめる／整理成報告。

□ 連絡　　　　　れ ん ら く

[名・自他サ] 聯繫，聯絡

連絡を取る／取得連繫。

□ ワープロ　　　ワ ー プ ロ

[名]【word processor】之略文字處理機

ワープロを打つ／打文字處理機。

□ 沸かす　　　　わ か す

[他五] 使…沸騰，煮沸；使沸騰

お湯を沸かす／把水煮沸。

□ 別れる　　　　わ か れ る

[自下一] 分別，分開

手を振って別れる／揮手而別。

□ 沸く　　　　　わ く

[自五] 煮沸騰，沸，煮開；興奮

お湯が沸く／熱水沸騰。

□ 訳　　　　　　わ け

[名] 道理，原因，理由；意思

訳が分かる／知道意思；知道原因；明白事理。

□ 忘れ物　　　わすれもの

[名] 遺忘物品，遺失物

忘れ物をする／遺失東西。

□ 笑う　　　　わらう

[自五] 笑；譏笑

笑ってごまかす／以笑蒙混過去。

□ 割合　　　　わりあい

[名] 比，比例

割合が増える／比率增加。

□ 割合に　　　わりあいに

[副] 比較

値段の割合に品が良い／照價錢來看
東西相對是不錯的。

□ 割れる　　　われる

[自下一] 破掉，破裂

花瓶が割れる／花瓶破了。

N5 N4 N2 N1

N3

01
-
26

□ 愛　　　　　　　　あい

[名・漢造] 愛，愛情；友情，恩情；愛好，熱愛；喜愛；喜歡；愛惜

愛を注ぐ／傾注愛情。

□ 相変わらず　あいかわらず

[副] 照舊，仍舊，和往常一樣

相変わらずお元気ですか／你最近身體還好嗎？

□ 合図　　　　　　あいず

[名・自サ] 信號，暗號

合図がある／有信號。

□ アイスクリーム

　　　　　アイスクリーム

[名] 【icecream】冰淇淋

アイスクリームを食べる／吃冰淇淋。

□ 相手　　　　　　あいて

[名] 夥伴，共事者；對方，敵手；對象

相手がいる／有伙伴。

□ アイディア　　アイディア

[名] 【idea】主意，想法，構想；（哲）觀念

アイディアが浮かんだ／想出點子。

□ アイロン　　　アイロン

[名] 【iron】熨斗，烙鐵

アイロンをかける／用熨斗燙。

□ 合う　　　　　　あう

[自五] 正確，適合；一致，符合；對，準；合得來；合算

時間が合う／有時間，時間允許。

□ 飽きる　　　　　きる

[自上一] 夠，滿足；厭煩，煩膩

飽きることを知らない／貪得無厭。

□ 空く　　　　　　あく

[自五] 空閒；缺額；騰出，移開

席が空く／座席無人。

□ 握手　　　　　あくしゅ

[名・自サ] 握手；和解，言和；合作，妥協

握手をする／握手合作。

□ アクション　　アクション

[名] 【action】行動，動作；（劇）格鬥等演技

アクションドラマが人気だ／動作片很紅。

□ 空ける　　　　あける

[他下一] 倒出，空出；騰出（時間）

会議室を空ける／空出會議室。

□ 明ける　　　　あける

[自下一] （天）明，亮；過年；（期間）結束，期滿

夜が明ける／天亮。

□ 揚げる　　　　あげる

[他下一] 炸，油炸；舉，抬；提高；進步
天ぷらを揚げる／炸天婦羅。

□ 顎　　　　　　あご

[名]（上、下）顎；下巴
二重あごになる／長出雙下巴。

□ 麻　　　　　　あさ

[名]（植物）麻，大麻；麻紗，麻布，
麻纖維
麻でできた布／麻質的布

□ 浅い　　　　　あさい

[形]（水等）淺的；（顔色）淡的；
（程度）膚淺的，少的，輕的；（時
間）短的
思慮が浅い／思慮不周到。

□ 足首　　　　あしくび

[名] 腳踝
足首を捻挫する／扭到腳踝。

□ 明日　　　　　あす

[名] 明天；（最近的）將來
明日に備える／為將來準備。

□ 預かる　　　あずかる

[他五] 收存，（代人）保管；擔任，管
理，負責處理；保留，暫不公開
金を預かる／保管錢。

□ 預ける　　　あずける

[他下一] 寄放，存放；委託，託付
荷物を預ける／寄放行李。

□ 与える　　　あたえる

[他下一] 給予，供給；授與；使蒙受；
分配
機会を与える／給予機會。

□ 暖まる　　　あたたまる

[自五] 暖，暖和；感到溫暖；手頭寬裕
部屋が暖まる／房間暖和起來。

□ 温まる　　　あたたまる

[自五] 暖，暖和；感到心情溫暖
体が温まる／身體暖和。

□ 暖める　　　あたためる

[他下一] 使溫暖；重溫，恢復；擱置不
發表
手足を暖める／焐手腳取暖。

□ 温める　　　あたためる

[他下一] 溫，熱
ご飯を温める／熱飯菜。

□ 辺り／辺　　あたり

[名・造語] 附近，一帶；之類，左右
あたりを見回す／環視周圍。

119

□ 当たり前　　　　あたりまえ

[名] 當然，應然；平常，普通

借金を返すのは当たり前だ／借錢就
要還。

□ 当（た）る　　　　　あたる

[自五・他五] 碰撞；擊中；合適；太陽照
射；取暖，吹（風）；接觸；（大
致）位於；當…時候；（粗暴）對待

日が当たる／陽光照射。

□ あっという間（に）
　　　　　　　あっというまに

[感] 一眨眼的功夫

あっという間の7週間／七個星期一
眨眼就結束了。

□ アップ　　　　　　アップ

[名・他サ]【up】增高，提高

年収アップ／提高年收。

□ 集まり　　　　　あつまり

[名] 集會，會合；收集（的情況）

客の集まりが悪い／上門顧客不多。

□ 宛名　　　　　　あてな

[名] 收信（件）人的姓名住址

宛名を書く／寫收件人姓名。

□ 当てる　　　　　あてる

[他下一] 碰撞，接觸；命中；猜，預
測；貼上，放上；測量；對著，朝向

年を当てる／猜中年齡。

□ アドバイス　　アドバイス

[名・他サ]【advice】勸告，提意見；建議

アドバイスをする／提出建議。

□ 穴　　　　　　　あな

[名] 孔，洞，窟窿；坑，穴，窩；礦
井；藏匿處；缺點；虧空

穴に入る／鑽進洞裡。

□ アナウンサー
　　　　　　アナウンサー

[名]【announcer】廣播員，播報員

アナウンサーになる／成為播報員。

□ アナウンス　　アナウンス

[名・他サ]【announce】廣播；報告；
通知

到着時刻をアナウンスする／廣播到站。

□ アニメ　　　　　アニメ

[名]【animation】卡通，動畫片

アニメが放送される／播映卡通。

□ 油　　　　　　　あぶら

[名] 脂肪，油脂

油で揚げる／油炸。

□ 脂　　　　　　　あぶら

[名] 脂肪，油脂；（喻）活動力，幹勁

脂汗が出る／流汗。

□ アマチュア　　アマチュア

[名]【amateur】業餘愛好者；外行

アマチュアの空手選手／業餘空手道
選手。

□ 粗　　　　　　　　あら

[名] 缺點，毛病

粗を探す／雞蛋裡挑骨頭。

□ 争う　　　　　あらそう

[他五] 爭奪；爭辯；奮鬥，對抗，競爭

裁判で争う／為訴訟糾紛爭論。

□ 表す　　　　　あらわす

[他五] 表現出，表達；象徵，代表

言葉で表せない／無法言喻。

□ 現す　　　　　あらわす

[他五] 現，顯現，顯露

頭角を現す／嶄露頭角。

□ 表れる　　　あらわれる

[自下一] 出現，出來；表現，顯出

成果が表れる／成果展現。

□ 現れる　　　あらわれる

[自下一] 出現，呈現，顯露

態度に現れる／表現在態度上。

□ アルバム　　　アルバム

[名]【album】相簿，記念冊

記念アルバムを作る／編作記念冊。

□ あれ　　　　　　　あれ

[感] 哎呀

あれ，どうしたの／哎呀，怎麼了呢？

□ 合わせる　　あわせる

[他下一] 合併；核對，對照；加在一
起，混合；配合，調合

力を合わせる／聯手，合力。

□ 慌てる　　　あわてる

[自下一] 驚慌，急急忙忙，匆忙，不穩定

慌てて逃げる／驚慌逃走。

□ 案外　　　　　あんがい

[副・形動] 意想不到，出乎意外

案外やさしかった／出乎意料的簡單。

□ アンケート　　アンケート

[名]【(法)enquête】（以同樣內容對
多數人的）問卷調查，民意測驗

アンケートをとる／問卷調查

□ 位　　　　　　　　い

[接尾] 位；身分，地位

一位になる／成為第一。

□ いえ　　　　　　　　　いえ

[感] 不，不是

いえ、違_{ちが}います／不，不是那樣。

01
-
27

□ 意外_{い がい}　　　　　　　　いがい

[名・形動] 意外，想不到，出乎意料

意外_{い がい}に思_{おも}う／感到意外。

□ 怒_{いか}り　　　　　　　　いかり

[名] 憤怒，生氣

怒_{いか}りがこみ上_あげる／怒氣沖沖。

□ 行_いき／行_ゆき　　いき／ゆき

[名] 去，往

東京行_{とうきょう い}きの列車_{れっしゃ}／開往東京的列車

□ 以後_{い ご}　　　　　　　　　いご

[名] 今後，以後，將來；（接尾語用法）（在某時期）以後

以後_{い ご}気_きをつけます／以後會多加小心一點。

□ イコール　　　　　イコール

[名] 【equal】相等；（數學）等號

AイコールB／A等於B

□ 医師_{い し}　　　　　　　　　いし

[名] 醫師，大夫

医師_{い し}の診断_{しんだん}／醫生的診斷

□ 異常気象_{い じょう き しょう}

いじょうきしょう

[名] 氣候異常

異常気象_{い じょう き しょう}が続_{つづ}いている／氣候異常正持續著。

□ 意地悪_{い じ わる}　　　　いじわる

[名・形動] 使壞，刁難，作弄

意地悪_{い じ わる}な人_{ひと}／壞心眼的人

□ 以前_{い ぜん}　　　　　　　　いぜん

[名] 以前；更低階段（程度）的；（某時期）以前

以前_{い ぜん}の通_{とお}りだ／和以前一樣

□ 急_{いそ}ぎ　　　　　　　　いそぎ

[名・副] 急忙，匆忙，緊急

急_{いそ}ぎの旅_{たび}／匆忙的旅程

□ 悪戯_{いたずら}　　　　　　いたずら

[名・形動] 淘氣，惡作劇；玩笑，消遣

いたずらがすぎる／惡作劇過度。

□ 痛_{いた}める／傷_{いた}める　いためる

[他下一] 使（身體）疼痛，損傷；使（心裡）痛苦

足_{あし}を痛_{いた}める／把腳弄痛。

□ 一度_{いち ど}に　　　　　いちどに

[副] 同時地，一塊地，一下子

一度_{いち ど}にどっと笑_{わら}い出_だす／一齊哄堂大笑。

122

□ **一列** いちれつ
[名] 一列，一排
一列に並ぶ／排成一列。

□ **一昨日** いっさくじつ
[名] 前天
一昨日のこと／前天的事情

□ **一昨年** いっさくねん
[造語] 前年
一昨年のこと／前年的事情

□ **一生** いっしょう
[名] 一生，終生，一輩子
一生独身で通す／終生不娶 (或嫁)。

□ **一体** いったい
[名・副] 一體，同心合力；一種體裁；
根本，本來；大致上；到底，究竟
夫婦一体となって働く／夫妻同心協
力工作。

□ **行ってきます** い
いってきます
[寒暄] 我出門了
挨拶に行ってきます／去打聲招呼。

□ **何時の間にか** いつ ま
いつのまにか
[副] 不知不覺地，不知什麼時候
いつの間にか春が来た／不知不覺春
天來了。

□ **従兄弟／従姉妹** いとこ
[名] 堂表兄弟姊妹
従兄弟同士／堂表兄弟姊妹關係

□ **命** いのち
[名] 生命，命；壽命
命が危ない／性命垂危。

□ **居間** いま
[名] 起居室
居間を掃除する／清掃客廳。

□ **イメージ** イメージ
[名・他サ] 【image】影像，形象，印象
イメージが浮ぶ／形象浮現在腦海裡

□ **妹さん** いもうとさん
[名] 妹妹，令妹 (「妹」的鄭重說法)
妹さんはおいくつですか／你妹妹多
大年紀？

□ **否** いや
[感] 不；沒什麼
いや、それは違う／不，不是那樣的。

□ **苛々** いらいら
[名・副・他サ] 情緒急躁、不安；焦急，
急躁
連絡がとれずいらいらする／聯絡不
到對方焦躁不安。

□ 衣料費　　　　いりょうひ

[名] 服装費

子供の衣料費／小孩的治裝費

□ 医療費　　　　いりょうひ

[名] 治療費，醫療費

医療費を支払う／支付醫療費。

□ 祝う　　　　　　いわう

[他五] 祝賀，慶祝；祝福；送賀禮；致賀詞

新年を祝う／賀新年。

□ インキ　　　　　インキ

[名]【ink】墨水

万年筆のインキがなくなる／鋼筆的墨水用完。

□ インク　　　　　インク

[名]【ink】墨水，油墨（也寫作「インキ」）

インクをつける／醮墨水。

□ 印象　　　　　いんしょう

[名] 印象

印象が薄い／印象不深。

□ インスタント

　　インスタント／インスタント

[名・形動]【instant】即席，稍加工即可的，速成

インスタントコーヒーを飲む／喝即溶咖啡。

□ インターネット

　　　　インターネット

[名]【Internet】網際網路

イターネットに接続する／連接網路。

□ インタビュー

　　　　インタビュー

[名・自サ]【interview】會面，接見；訪問，採訪

インタビューを始める／開始採訪。

□ 引力　　　　いんりょく

[名] 物體互相吸引的力量

万有引力の法則／引力定律

□ ウイルス　　　ウイルス

[名]【virus】病毒，濾過性病毒

ウイルスに感染する／被病毒感染。

□ ウール　　　　　ウール

[名]【wool】羊毛，毛線，毛織品

ウールのセーター／毛料的毛衣

□ ウェーター／ウェイター

　　ウェーター／ウェイター

[名]【waiter】（男）服務生，（餐廳等的）侍者

ウェーターを呼ぶ／叫服務生。

□ ウェートレス／ウェイトレス
ウェートレス／ウェイトレス
[名]【waitress】女服務生，（餐廳等的）女侍者
ウェートレスを募集する／招募女服務生。

□ 動かす　　　　　うごかす
[他五] 移動，挪動，活動；搖動，搖撼；給予影響，使其變化，感動
体を動かす／活動身體。

□ 牛　　　　　　　うし
[名] 牛
牛を飼う／養牛。

□ うっかり　　　　うっかり
[副・自サ] 不注意，不留神；發呆，茫然
うっかりと秘密をしゃべる／不小心把秘密説出來。

□ 写す　　　　　　うつす
[他五] 照相；摹寫
ノートを写す／抄寫筆記。

□ 移す　　　　　　うつす
[他五] 移，搬；使傳染；度過時間
住まいを移す／遷移住所。

□ 写る／映る　　　うつる
[自五] 映，照；顯得，映入；相配，相稱；照相，映現
目に映る／映入眼簾。

□ 移る　　　　　　うつる
[自五] 移動；推移；沾到
時が移る／時間推移；時代變遷。

□ 饂飩　　　　　　うどん
[名] 烏龍麵條，烏龍麵
鍋焼きうどん／鍋燒烏龍麵

□ 馬　　　　　　　うま
[名] 馬
馬に乗る／騎馬。

□ 美味い　　　　　うまい
[形] 味道好，好吃；想法或做法巧妙，擅於；非常適宜，順利
空気がうまい／空氣新鮮。

□ 埋まる　　　　　うまる
[自五] 被埋上；填滿，堵住；彌補，補齊
雪に埋まる／被雪覆蓋住。

□ 生む　　　　　　うむ
[他五] 產生，產出
誤解を生む／產生誤解。

□ 産む　　　　　　　　うむ

[他五] 生，産
女の子を産む／生女兒。

□ 埋める　　　　　うめる

[他下一] 埋，掩埋；填補，彌補；佔滿
金を埋める／把錢埋起來。

□ 羨ましい　　うらやましい

[形] 羨慕，令人嫉妒，眼紅
あなたがうらやましい／（我）羨慕你。

01
-
28

□ 得る　　　　　　　　うる

[他下二] 得到；領悟
得るところが多い／獲益良多。

□ 噂　　　　　　　　うわさ

[名・自サ] 議論，閒談；傳說，風聲
噂を立てる／散布謠言。

□ 運賃　　　　　　うんちん

[名] 運費，票價
運賃を払う／付運費。

□ 運転士　　　うんてんし

[名] 司機；駕駛員，船員
運転士をしている／當司機。

□ 運転手　　うんてんしゅ

[名] 司機
タクシーの運転手／計程車司機

□ エアコン　　　　エアコン

[名]【air conditioning】空調；溫度調節器
エアコンつきの部屋を探す／找附有冷氣的房子。

□ 影響　　　　　　えいきょう

[名・自サ] 影響
影響が大きい／影響很大。

□ 栄養　　　　　　えいよう

[名] 營養
栄養が足りない／營養不足。

□ 描く　　　　　　　えがく

[他五] 畫，描繪；以…為形式，描寫；想像
人物を描く／畫人物。

□ 駅員　　　　　　えきいん

[名] 車站工作人員，站務員
駅員に聞く／詢問站務員。

□ SF　　　　　　　エスエフ

[名]【science fiction】科學幻想小說
SF映画を見る／看科幻電影。

□ エッセー　　　　エッセー

[名]【essay】小品文，隨筆；（隨筆式的）短論文
エッセーを出版する／出版小品文。

□ **エネルギー** エ|ネ|ル|ギー

[名]【(德)energie】能量，能源，精力，氣力

エネルギーが不足する／能源不足。

□ **襟** え|り

[名]（衣服的）領子；脖頸，後頸；（西裝的）硬領

襟を立てる／立起領子。

□ **得る** え|る

[他下一] 得，得到；領悟，理解；能夠

利益を得る／獲得利益。

□ **～園** え|ん

[接尾]園

弟は幼稚園に通っている／弟弟上幼稚園。

□ **演歌** え|ん|か

[名]演歌（現多指日本民間特有曲調哀愁的民謠）

演歌歌手になる／成為演歌歌手。

□ **演劇** え|ん|げ|き

[名]演劇，戲劇

演劇の練習をする／排演戲劇。

□ **エンジニア** エ|ン|ジ|ニ|ア

[名]【engineer】工程師，技師

エンジニアを目指している／立志成為工程師。

□ **演奏** え|ん|そう

[名・他サ]演奏

音楽を演奏する／演奏音樂。

□ **おい** お|い

[感]（對同輩或晚輩使用）打招呼的喂，唉；（表示輕微的驚訝），呀！啊！

おい、大丈夫か／喂！你還好吧。

□ **老い** お|い

[名]老；老人

体の老いを感じる／感到身體衰老。

□ **追い越す** お|い|こ|す

[他五]超過，趕過去

先頭の人を追い越す／追趕前面的人。

□ **応援** お|う|え|ん

[名・他サ]援助，支援；聲援，助威

試合の応援／為比賽加油

□ **多く** お|お|く

[名・副]多數，許多；多半，大多

多くなる／變多。

□ **オーバー（コート）**
オ|ー|バー／オ|ー|バー|コ|ー|ト

[名]【overcoat】大衣，外套，外衣

オーバーを着る／穿大衣。

□ オープン　　　　オープン

[名・自他サ・形動]【open】開放，公開；
無蓋，敞篷；露天，野外
3月にオープンする／於三月開幕。

□ お帰り　　　　おかえり

[寒暄]（你）回來了
「ただいま」「お帰り」／「我回來
了」「回來啦」。

□ お帰りなさい

　　　　　　　おかえりなさい

[寒暄] 回來了
「ただいま」「お帰りなさい」／
「我回來了」「你回來啦。」

□ おかけください

　　　　　　　おかけください

[敬] 請坐
どうぞ、おかけください／請坐下。

□ 可笑しい　　　　おかしい

[形] 奇怪，可笑；不正常
胃の調子がおかしい／胃不太舒服。

□ お構いなく　おかまいなく

[敬] 不管，不在乎，不介意
どうぞ、お構いなく／請不必客氣。

□ 起きる　　　　おきる

[自上一]（倒著的東西）起來，立起
來；起床；不睡；發生
ずっと起きている／一直都是醒著。

□ 奥　　　　　　おく

[名] 裡頭，深處；裡院；盡頭
洞窟の奥／洞窟深處

□ 遅れ　　　　おくれ

[名] 落後，晚；畏縮，怯懦
郵便に二日の遅れが出ている／郵件
延遲兩天送達。

□ お元気ですか

　　　　　　　おげんきですか

[寒暄] 你好嗎？
ご両親はお元気ですか／請問令尊與
令堂安好嗎？

□ 起こす　　　　おこす

[他五] 扶起；叫醒；引起
疑いを起こす／起疑心。

□ 起こる　　　　おこる

[自五] 發生，鬧；興起，興盛；（火）
著旺
事件が起こる／發生事件。

128

□ 奢る　　　　おごる

[自五・他五] 奢侈，過於講究；請客，作東
おごった生活をしている／過著奢侈的生活。

□ 押さえる　　おさえる

[他下一] 按，壓；扣住，勒住；控制，阻止；捉住；扣留；超群出眾
耳を押さえる／搗住耳朵。

□ お先に　　おさきに

[敬] 先離開了，先告辭了
お先に、失礼します／我先告辭了。

□ 教え　　　おしえ

[名] 教導，指教，教誨；教義
神の教えを守る／謹守神的教誨。

□ お辞儀　　おじぎ

[名・自サ] 行禮，鞠躬，敬禮；客氣
お辞儀をする／行禮。

□ お喋り　　おしゃべり

[名・自サ・形動] 閒談，聊天；愛說話的人，健談的人；愛說話
おしゃべりに夢中になる／熱中於閒聊。

□ お邪魔します　　おじゃまします

[敬] 打擾了
「いらっしゃいませ」「お邪魔します」／「歡迎光臨」「打擾了」

□ お洒落　　おしゃれ

[名・形動] 打扮漂亮，愛漂亮的人
お洒落をする／打扮。

□ お世話になりました　　おせわになりました

[敬] 受您照顧了
いろいろと、お世話になりました／感謝您多方的關照。

□ 教わる　　おそわる

[他五] 受教，跟…學習
パソコンの使い方を教わる／學習電腦的操作方式。

□ お互い　　おたがい

[名] 彼此，互相
お互いに愛し合う／彼此相愛。

□ お玉じゃくし　　おたまじゃくし

[名] 圓杓，湯杓；蝌蚪
お玉じゃくしでスープをすくう／用湯杓舀湯。

□ おでこ　　おでこ

[名] 凸額，額頭突出（的人）；額頭，額骨
おでこをぶつける／撞到額頭。

□ 大人しい　　　おとなしい

〔形〕老實，溫順；（顏色等）樸素，雅致

おとなしい人／老實人

□ オフィス　　　　オフィス

〔名〕【office】辦公室，辦事處；公司；政府機關

オフィスにいる／在辦公室。

□ オペラ　　　　　オペラ

〔名〕【opera】歌劇

オペラを観る／觀看歌劇。

□ お孫さん　　　お孫さん

〔名〕孫子，孫女，令孫（「孫」的鄭重說法）

お孫さんは何人いますか／您孫子（女）有幾位？

□ お待ちください

　　　　　おまちください

〔敬〕請等一下

少々、お待ちください／請等一下。

□ お待ちどおさま

　　　　おまちどおさま

〔敬〕久等了

お待ちどうさま、こちらへどうぞ／久等了，這邊請。

□ おめでとう　　おめでとう

〔寒暄〕恭喜

大学合格、おめでとう／恭喜你考上大學。

□ お目に掛かる

　　　　おめにかかる

〔慣用句〕〔謙讓語〕見面，拜會

社長にお目に掛かりたい／想拜會社長。

□ 思い　　　　　おもい

〔名〕（文）思想，思考；感覺，情感；想念，思念；願望，心願

思いにふける／沈浸在思考中。

□ 思い描く　　おもいえがく

〔他五〕在心裡描繪，想像

将来の生活を思い描く／在心裡描繪未來的生活。

□ 思い切り　　おもいきり

〔名・副〕斷念，死心；果斷，下決心；狠狠地，盡情地，徹底的

思い切り遊びたい／想盡情地玩。

□ 思い付く　　おもいつく

〔自他五〕（突然）想起，想起來

いいことを思いついた／我想到了一個好點子。

□ 思い出　　　　おもいで

[名] 回憶，追憶，追懷；紀念

思い出になる／成為回憶。

□ 思いやる　　　おもいやる

[他五] 體諒，表同情；想像，推測

不幸な友を思いやる／同情不幸的朋友。

□ 思わず　　　　おもわず

[副] 禁不住，不由得，意想不到地，
下意識地

思わず殴る／不由自主地揍了下去。

□ お休み　　　　おやすみ

[寒暄] 休息；晚安

「お休み」「お休みなさい」／「晚
安！」「晚安！」

□ お休みなさい

　　　　　　おやすみなさい

[寒暄] 晚安

もう寝るよ。お休みなさい／我要睡
了，晚安。

□ 親指　　　　　おやゆび

[名]（手腳的）的拇指

手の親指／手的大拇指

□ 下りる　　　　おりる

[自上一] 下來；下車；退位

階段を下りる／下樓梯。

□ オリンピック

　　　　　　オリンピック

[名] 奧林匹克

オリンピックに出る／參加奧運。

□ オレンジ　　　オレンジ

[名]【orange】柳橙，柳丁

オレンジ色／橘黃色

□ 下ろす／降ろす　おろす

[他五]（從高處）取下，拿下，降下，
弄下；開始使用（新東西）；砍下

車から荷物を降ろす／從卡車上卸下貨。

□ 御　　　　　　おん

[接頭] 表示敬意

御礼申し上げます／致以深深的謝意。

□ 音楽家　　　おんがくか

[名] 音樂家

音楽家になる／成為音樂家。

□ 温度　　　　　おんど

[名]（空氣等）溫度，熱度

温度が下がる／溫度下降。

□ 課　　　　　　　か

[名·漢造]（教材的）課；課業；（公司
等）課，科

会計課で納付する／到會計課繳納。

□ ～日 _か　　　　　　か

［漢造］表示日期或天數

四月二十日／四月二十日

□ ～下 _か　　　　　　か

［漢造］下面；屬下；低下；下，降

支配下／在支配之下。

□ 化 _か　　　　　　　か

［漢造］化學的簡稱；變化

小説を映画化する／把小說改成電影。

□ 科 _か　　　　　　　か

［名・漢造］（大專院校）科系；（區分種類）科

英文科の学生／英文系的學生

□ 家 _か　　　　　　　か

［漢造］家庭；家族；專家

芸術家にあこがれる／嚮往當藝術家。

□ 歌 _か　　　　　　　か

［漢造］唱歌；歌詞

流行歌を歌う／唱流行歌。

□ カード　　　　　カード

［名］【card】卡片；撲克牌；圖表

カードを切る／洗牌。

□ カーペット　　カーペット

［名］【carpet】地毯

カーペットを敷く／撲地毯。

□ 会 _{かい}　　　　　　かい

［名］會議，集會；會；相會；集會；領會；時機

会に入る／入會。

□ 会 _{かい}　　　　　　かい

［漢造］…會

展覧会が終わる／展覽會結束。

□ 解決 _{かいけつ}　　　かいけつ

［名・自他サ］解決，處理

疑問が解決する／疑點得到解決。

□ 介護士 _{かいごし}　　かいごし

［名］專門照顧身心障礙者日常生活的專門技術人員

介護士の仕事内容／看護的工作內容

□ 改札口 _{かいさつぐち}　かいさつぐち

［名］（火車站等）剪票口

改札口で改札する／在剪票口剪票。

□ 会社員 _{かいしゃいん}　かいしゃいん

［名］公司員工

会社員になる／當公司職員。

□ 解釈 _{かいしゃく}　　かいしゃく

［名・他サ］解釋，理解，說明

正しく解釈する／正確的解釋。

□ 回数券　　　かいすうけん

[名] 票本（為省去零張購買而將票券裝訂成的本子）；（車票等的）回數票

回数券を買う／買回數票。

□ 快速　　　　かいそく

[名・形動] 快速，高速度

快速電車に乗る／搭乘快速電車。

□ 懐中電灯

　　　　　　かいちゅうでんとう

[名] 手電筒

懐中電灯が必要だ／需要手電筒。

□ 飼う　　　　　　　かう

[他五] 飼養（動物等）

豚を飼う／養豬。

□ 替える／換える／代える
　／変える　　　かえる

[他下一] 改變；變更，交換

円をドルに代える／日圓換美金。

□ 返る　　　　　　かえる

[自五] 復原，返回；回應

貸したお金が返る／收回借出去的錢。

□ 画家　　　　　　がか

[名] 畫家

画家になる／成為畫家。

□ 化学　　　　　がく

[名] 化學

化学を専攻する／主修化學。

□ 化学反応　かがくはんのう

[名] 化學反應

化学反応が起こる／起化學反應。

□ 踵　　　　　　かかと

[名] 腳後跟

踵がはれる／腳後跟腫起來。

□ 罹る　　　　　かかる

[自五] 生病；遭受災難

病気にかかる／生病。

□ 書留　　　　かきとめ

[名] 掛號郵件

書留で郵送する／用掛號信郵寄。

□ 書き取り　　かきとり

[名・自サ] 抄寫，記錄；聽寫，默寫

書き取りのテスト／聽寫測驗

□ 各～　　　　　かく

[接頭] 各，每人，每個，各個

各国を周遊する／周遊列國。

□ 掻く　　　　　かく

[他五]（用手或爪）搔，撥；拔，推；攪拌，攪和

頭を掻く／搔起頭來。

□ 嗅ぐ　　　　　　　かぐ

[他五]（用鼻子）聞，嗅

花の香りをかぐ／聞花香。

□ 家具　　　　　　　かぐ

[名]家具

家具を置く／放家具。

□ 各駅停車

　　　　かくえきていしゃ

[名]指列車每站都停，普通車

各駅停車の電車に乗る／搭乘各站停車的列車。

□ 隠す　　　　　　　かくす

[他五]藏起來，隱瞞，掩蓋

過ちを隠す／掩飾自己的錯誤。

□ 確認　　　　　　　かくにん

[名・他サ]證實，確認，判明

確認を取る／加以確認。

□ 学費　　　　　　　がくひ

[名]學費

アルバイトで学費を稼ぐ／打工賺取學費。

□ 学歴　　　　　　　がくれき

[名]學歷

学歴が高い／學歷高。

□ 隠れる　　　　　かくれる

[自下一]躲藏，隱藏；隱遁；不為人知，潛在的

隠れた才能／被隱沒的才能

□ 歌劇　　　　　　　かげき

[名]歌劇

歌劇に夢中になる／沈迷於歌劇。

□ 掛け算　　　　　かけざん

[名]乘法

九九の掛け算表／九九乘法表

□ 掛ける　　　　　かける

[他下一・接尾]坐；懸掛；蓋上，放上；放在…之上；提交；澆；開動；花費；寄託；鎖上；（數學）乘

椅子に掛ける／坐下。

□ 囲む　　　　　　かこむ

[他五]圍上，包圍；圍攻；下（圍棋）

自然に囲まれる／沐浴在大自然之中。

□ 重ねる　　　　　かさねる

[他下一]重疊堆放；再加上，蓋上；反覆，重複，屢次

本を3冊重ねる／把三本書疊起來。

□ 飾り　　　　　　かざり

[名]裝飾（品）

飾りをつける／加上裝飾。

01
-
30

□ 貸し　　　　　　かし

[名] 借出，貸款；貸方；給別人的恩惠
貸しがある／有借出的錢。

□ 貸し賃　　　　かしちん

[名] 租金，賃費
貸し賃が高い／租金昂貴。

□ 歌手　　　　　　かしゅ

[名] 歌手，歌唱家
歌手になりたい／我想當歌手。

□ 箇所　　　　　　かしょ

[名・接尾]（特定的）地方；（助數詞）處
一箇所間違える／一個地方錯了。

□ 数　　　　　　　かず

[名] 數，數目；多數，種種
数が多い／數目多。

□ ガス料金　ガスりょうきん

[名] 瓦斯費
ガス料金を払う／付瓦斯費。

□ カセット　　　カセット

[名]【cassette】小暗盒；（盒式）錄音磁帶，錄音帶
カセットに入れる／錄進錄音帶。

□ 数える　　　　かぞえる

[他下一] 數，計算；列舉，枚舉
人数を数える／數人數。

□ 肩　　　　　　　かた

[名] 肩，肩膀；（衣服的）肩
肩が凝る／肩膀痠痛。

□ 型　　　　　　　かた

[名] 模子，形，模式；樣式
型をとる／模壓成型。

□ 固い／堅い／硬い　かたい

[形] 硬的，堅固的；堅決的；生硬的；嚴謹的，頑固的；一定，包准；可靠的
頭が固い／死腦筋。

□ 課題　　　　　　かだい

[名] 提出的題目；課題，任務
課題を仕上げる／完成作業。

□ 片付く　　　　かたづく

[自五] 收拾，整理好；得到解決，處裡好；出嫁
仕事が片付く／做完工作。

□ 片付け　　　　かたづけ

[名] 整理，整頓，收拾
片付けをする／整理。

□ 片付ける　　かたづける

[他下一] 收拾，打掃；解決
教室を片付ける／整理教室。

□ 片道　　　　　かたみち
[名] 單程，單方面
片道の電車賃／單程的電車費。

□ 勝ち　　　　　かち
[名] 勝利
勝ちを得る／獲勝。

□ かっこいい　　かっこいい
[連語] 真棒，真帥（年輕人用語）
かっこいい人／很帥的人

□ カップ　　　　カップ
[名]【cup】杯子；（有把手的）茶
杯；獎盃
カップで飲む／用杯子喝。

□ カップル　　　カップル
[名]【couple】一對；一對男女，一對
情人，一對夫妻
お似合いなカップル／相配的一對

□ 活躍　　　　　かつやく
[名・自サ] 活躍
試合で活躍する／在比賽中很活躍。

□ 家庭科　　　　かていか
[名]（中小學學科一）家事，家政
家庭科を学ぶ／學家政課。

□ 家電製品　　かでんせいひん
[名] 家用電器
家電製品であふれる／充滿過多的家
電用品。

□ 悲しみ　　　　かなしみ
[名] 悲哀，悲傷，憂愁，悲痛
悲しみを感じる／感到悲痛。

□ 金槌　　　　　かなづち
[名] 釘錘，榔頭；旱鴨子
金槌で釘を打つ／用榔頭敲打釘子。

□ かなり　　　　かなり
[名・形動・副] 相當，頗
かなり疲れる／相當疲憊。

□ 金　　　　　　かね
[名] 金屬；錢，金錢
金がかかる／花錢。

□ 可能　　　　　かのう
[名・形動] 可能
可能な範囲で／在可能的範圍內。

□ 黴　　　　　　かび
[名] 霉
かびが生える／發霉。

136

□ 構う　　　　　　　　**かまう**

[自他五] 介意，顧忌，理睬；照顧，招待；調戲，逗弄；放逐

服装_{ふくそう}**に構**_{かま}**わない**／不修邊幅。

□ 我慢　　　　　　　　**がまん**

[名・他サ] 忍耐，克制，將就，原諒；（佛）饒恕

我慢_{がまん}**ができない**／不能忍受。

□ 我慢強い　　**がまんづよい**

[形] 忍耐性強，有忍耐力

本当_{ほんとう}**にがまん強**_{づよ}**い**／有耐性。

□ 髪の毛　　　　**かみのけ**

[名] 頭髮

髪_{かみ}**の毛**_け**を切**_き**る**／剪髮。

□ ガム　　　　　　　　**ガム**

[名]【(荷)gom】口香糖；樹膠

ガムを噛_か**む**／嚼口香糖。

□ カメラマン　　**カメラマン**

[名]【cameraman】攝影師；（報社、雜誌等）攝影記者

アマチュアカメラマン／業餘攝影師。

□ 画面　　　　　　　　**がめん**

[名]（繪畫的）畫面；照片，相片；（電影等）畫面，鏡頭

画面_{がめん}**を見**_み**る**／看畫面。

□ かもしれない

　　　　　かもしれない

[連語] 也許，也未可知

あなたの言_い**う通**_{とお}**りかもしれない**／或許如你說的。

□ 粥　　　　　　　　　**かゆ**

[名] 粥，稀飯

粥_{かゆ}**を炊**_た**く**／煮粥。

□ 痒い　　　　　　　　**かゆい**

[形] 癢的

頭_{あたま}**が痒**_{かゆ}**い**／頭部發癢。

□ カラー　　　　　　　**カラー**

[名]【color】色，彩色；（繪畫用）顏料

地域_{ちいき}**のカラーを出**_だ**す**／有地方特色。

□ 借り　　　　　　　　**かり**

[名] 借，借入；借的東西；欠人情；怨恨，仇恨

借_か**りを返**_{かえ}**す**／還人情。

□ 歌留多／加留多　　**かるた**

[名] 紙牌，撲克牌；寫有日本和歌的紙牌

歌留多_{かるた}**で遊**_{あそ}**ぶ**／玩日本紙牌。

□ 皮　　　　　　　　　**かわ**

[名] 皮，表皮；皮革

皮_{かわ}**をむく**／剝皮。

□ 乾かす　　　　かわかす

[他五] 曬乾；晾乾；烤乾
洗濯物を乾かす／曬衣服。

□ 乾く　　　　かわく

[自五] 乾，乾燥
土が乾く／地面乾。

□ 渇く　　　　かわく

[自五] 渴，乾渴；渴望，內心的要求
のどが渇く／口渴。

□ 代わる　　　　かわる

[自五] 代替，代表，代理
運転を代わる／交替駕駛。

□ 替わる　　　　かわる

[自五] 更換；交替
石油に替わる燃料／替代石油的燃料。

□ 換わる　　　　かわる

[自五] 更換，更替
教室が換わる／換教室。

□ 変わる　　　　かわる

[自五] 變化；與眾不同；改變時間地
點，遷居，調任
考えが変わる／改變想法。

□ 缶　　　　かん

[名] 罐子
缶詰にする／做成罐頭。

□ 刊　　　　かん

[漢造] 刊，出版
朝刊と夕刊／早報跟晚報

□ 間　　　　かん

[名·接尾] 間，機會，間隙
五日間の旅行／五天的旅行

□ 館　　　　かん

[漢造] 旅館；大建築物或商店
博物館を見学する／參觀博物館。

01
-
31

□ 感　　　　かん

[名·漢造] 感覺，感動；感
解放感に包まれる／充滿開放感。

□ 観　　　　かん

[名·漢造] 觀感，印象，樣子；觀看；觀點
人生観が変わる／改變人生觀。

□ 巻　　　　かん

[名·漢造] 卷，書冊；（書畫的）手卷；
卷曲
全三巻の書物／共三冊的書

□ 考え　　　　かんがえ

[名] 思考，想法，念頭，意見，主意；觀
念，信念；考慮；期待，願望；決心
考えが甘い／想法天真。

□ 環境　　　　かんきょう

[名] 環境
環境が変わる／環境改變。

□ 観光　　　　　かんこう

[名・他サ] 観光，遊覽，旅遊

観光の名所／観光勝地

□ 看護師　　　　かんごし

[名] 護士，看護

看護師を目指す／以當護士為目標。

□ 感謝　　　　　かんしゃ

[名・自他サ] 感謝

心から感謝する／衷心感謝。

□ 感じる／感ずる

かんじる／かんずる

[自上一] 感覺，感到；感動，感觸，有
所感

痛みを感じる／感到疼痛。

□ 感心　　　　　かんしん

[名・形動・自サ] 欽佩；贊成；（貶）令人
吃驚

皆さんの努力に感心した／大家的努
力令人欽佩。

□ 完成　　　　　かんせい

[名・自他サ] 完成

完成に近い／接近完工。

□ 完全　　　　　かんぜん

[名・形動] 完全，完整完美，圓滿

完全な勝利／完美的獲勝

□ 感想　　　　　かんそう

[名] 感想

感想を聞く／聽取感想。

□ 缶詰　　　　　かんづめ

[名] 罐頭；不與外界接觸的狀態；擁
擠的狀態

缶詰を開ける／打開罐頭。

□ 感動　　　　　かんどう

[名・自サ] 感動，感激

感動を受ける／深受感動。

□ 期　　　　　　　　き

[漢造] 時期；時機；季節；（預定的）
時日

入学の時期／開學時期

□ 機　　　　　　　　き

[名・接尾・漢造] 時機；飛機；（助數詞用
法）架；機器

機が熟す／時機成熟。

□ キーボード　　キーボード

[名]【keyboard】（鋼琴、打字機
等）鍵盤

キーボードを弾く／彈鍵盤（樂器）。

□ 着替える　　　きがえる

[他下一] 換衣服

着物を着替える／換衣服。

□ **期間**　　　　き|かん

[名] 期間，期限內

期間が過ぎる／過期。

□ **効く**　　　　き|く

[自五] 有效，奏效；好用，能幹；可以，能夠；起作用

よく効く薬／有效的藥

□ **期限**　　　　き|げん

[名] 期限

期限になる／到期。

□ **帰国**　　　　き|こく

[名・自サ] 回國，歸國；回到家鄉

夏に帰国する／夏天回國。

□ **記事**　　　　き|じ

[名] 報導，記事

新聞記事／報紙報導。

□ **記者**　　　　き|しゃ

[名] 執筆者，筆者；（新聞）記者，編輯

記者が質問する／記者發問。

□ **奇数**　　　　き|すう

[名] （數）奇數

奇数を使う／使用奇數。

□ **帰省**　　　　き|せい

[名・自サ] 歸省，回家（省親），探親

お正月に帰省する／元月新年回家探親。

□ **帰宅**　　　　き|たく

[名・自サ] 回家

会社から帰宅する／從公司回家。

□ **きちんと**　　　　き|ちんと

[副] 整齊，乾乾淨淨；恰好，恰當；如期，準時；好好地，牢牢地

きちんとしている／井然有序。

□ **キッチン**　　　　キ|ッチン

[名]【kitchen】廚房

ダイニングキッチン／廚房兼飯廳。

□ **きっと**　　　　き|っと

[副] 一定，必定；（神色等）嚴厲地，嚴肅地

きっと晴れるでしょう／一定會放晴。

□ **希望**　　　　き|ぼう

[名・他サ] 希望，期望，願望

希望を持つ／懷抱希望。

□ **基本**　　　　き|ほん

[名] 基本，基礎，根本

基本を学ぶ／學習基礎東西。

□ **基本的（な）**　　　　き|ほんてきな

[形動] 基本的

基本的な使い方／基本使用方式

□ 決まり　　　　　き|まり

[名] 規定，規則；習慣，常規，慣例，終結；收拾整頓

決まりを守る／遵守規則。

□ 客室乗務員
きゃ|くしつじょうむ|いん

[名]（車、飛機、輪船上）服務員

客室乗務員になる／成為空服人員。

□ 休憩　　　　　きゅ|うけい

[名・自サ] 休息

休憩する暇もない／連休息的時間也沒有。

□ 急行　　　　　きゅ|うこう

[名・自サ] 急忙前往，急趕；急行列車

急行に乗る／搭急行電車。

□ 休日　　　　　きゅ|うじつ

[名] 假日，休息日

休日が続く／連續休假。

□ 丘陵　　　　　きゅ|うりょう

[名] 丘陵

丘陵を散策する／到山岡散步。

□ 給料　　　　　きゅ|うりょう

[名] 工資，薪水

給料が上がる／提高工資。

□ 教　　　　　　きょう

[漢造] 教，教導；宗教

宗教を信仰する／信仰宗教。

□ 行　　　　　　ぎ|ょう

[名・漢造]（字的）行；（佛）修行；行書

行を改める／改行。

□ 業　　　　　　ぎ|ょう

[名・漢造] 業，職業；事業；學業

家の業を継ぐ／繼承家業。

□ 教員　　　　　きょ|ういん

[名] 教師，教員

教員になる／當上教職員。

□ 教科書　　　きょ|うか|しょ

[名] 教科書，教材

歴史の教科書／歷史教科書。

□ 教師　　　　　きょ|うし

[名] 教師，老師

家庭教師／家教老師

□ 強調　　　　　きょ|うちょう

[名・他サ] 強調；權力主張；（行情）看漲

特に強調する／特別強調。

□ 共通　　　　　きょ|うつう

[名・形動・自サ] 共同，通用

共通の趣味がある／有同樣的嗜好。

□ **協力**　　　　　**きょうりょく**

[名・自サ] 共同努力，配合，合作，協力，協助

みんなで協力する／大家通力合作。

□ **曲**　　　　　　**きょく**

[名・漢造] 曲調；歌曲；彎曲

歌詞に曲をつける／為歌詞譜曲。

□ **距離**　　　　　**きょり**

[名] 距離，間隔，差距

距離が遠い／距離遙遠。

□ **切らす**　　　　**きらす**

[他五] 用盡，用光

名刺を切らす／名片用完。

□ **ぎりぎり**　　　**ぎりぎり**

[名・副・他サ] （容量等）最大限度，極限；（摩擦的）嘎吱聲

期限ぎりぎりまで待つ／等到最後的期限。

□ **切れる**　　　　**きれる**

[自下一] 斷；用盡

糸が切れる／線斷掉。

□ **記録**　　　　　**きろく**

[名・他サ] 記錄，記載，（體育比賽的）紀錄

記録をとる／做記錄。

□ **金**　　　　　　**きん**

[名・漢造] 黃金，金子；金錢

金メダルを獲得する／獲得金牌。

□ **禁煙**　　　　　**きんえん**

[名・自サ] 禁止吸菸；禁菸，戒菸

車内禁煙／車內禁止抽煙

□ **銀行員**　　　　**ぎんこういん**

[名] 銀行行員

銀行員になる／成為銀行行員。

01
-
32

□ **禁止**　　　　　**きんし**

[名・他サ] 禁止

立ち入り禁止／禁止進入

□ **近所**　　　　　**きんじょ**

[名] 附近，左近，近郊

近所付き合い／與鄰居來往

□ **緊張**　　　　　**きんちょう**

[名・自サ] 緊張

緊張をほぐす／舒緩緊張。

□ **句**　　　　　　**く**

[名] 字，字句；俳句

句を詠む／吟詠俳句。

□ **クイズ**　　　　**クイズ**

[名] 【quiz】回答比賽，猜謎；考試

クイズ番組に参加する／參加益智節目。

□ 空　　　　　　　　　くう

[名・形動・漢造] 空中，空間；空虚

空に消える／消失在空中

□ クーラー　　　　　クーラー

[名] 【cooler】冷氣設備

クーラーをつける／開冷氣。

□ 臭い　　　　　　　くさい

[形] 臭

臭い匂い／臭味。

□ 腐る　　　　　　　くさる

[自五] 腐臭，腐爛；金屬鏽，爛；墮
落，腐敗；消沉，氣餒

金魚鉢の水が腐る／金魚魚缸的水發臭。

□ 櫛　　　　　　　　　くし

[名] 梳子

櫛で髪を梳く／用梳子梳頭髮。

□ 籤　　　　　　　　　くじ

[名] 籤；抽籤

籤で決める／用抽籤方式決定。

□ 薬代　　　　　　　くすりだい

[名] 藥費；醫療費，診察費

薬代が高い／醫療費昂貴。

□ 薬指　　　　　くすりゆび

[名] 無名指

薬指に指輪をはめる／在無名指上戴
戒指。

□ 癖　　　　　　　　　くせ

[名] 癖好，脾氣，習慣；（衣服的）
摺線；頭髮亂翹

癖がつく／養成習慣。

□ 下り　　　　　　　くだり

[名] 下降的；下行列車

下りの列車に乗る／搭乗南下的列
車。

□ 下る　　　　　　　くだる

[自五] 下降，下去；下野，脱離公職；
由中央到地方；下達；往河的下游去

川を下る／順流而下。

□ 唇　　　　　　　　くちびる

[名] 嘴唇

唇が青い／嘴唇發青。

□ ぐっすり　　　　　ぐっすり

[副] 熟睡，酣睡

ぐっすり寝る／睡得很熟。

□ 首　　　　　　　　　くび

[名] 頸部

首が痛い／脖子痛。

□ 工夫　　　　　　　くふう

[名・自サ] 設法

工夫をこらす／找竅門。

□ 区役所　　　くやくしょ

[名]（東京與日本六大都市所屬的）區公所

区役所で働く／在區公所工作。

□ 悔しい　　　くやしい

[形] 令人懊悔的，遺憾

悔しい思いをする／覺得遺憾不甘。

□ クラシック　クラシック

[名]【classic】經典作品，古典作品，古典音樂；古典的

クラシックのレコード／古典音樂唱片。

□ 暮らす　　　くらす

[自他五] 生活，度日

楽しく暮らす／過著快樂的生活。

□ クラスメート

　　　　　クラスメート

[名]【classmate】同班同學

クラスメートに会う／與同班同學見面。

□ 繰り返す　　くりかえす

[他五] 反覆，重覆

失敗を繰り返す／重蹈覆轍。

□ クリスマス　クリスマス

[名]【christmas】聖誕節

クリスマスおめでとう／聖誕節快樂。

□ グループ　　　グループ

[名]【group】（共同行動的）集團，夥伴；組，幫，群；團體

グループを作る／分組。

□ 苦しい　　　くるしい

[形] 艱苦；困難；難過；勉強

苦しい家計／艱苦的家計。

□ 暮れ　　　　くれ

[名] 日暮，傍晚；季末，年末

日の暮れが早まる／日落得早。

□ 黒　　　　　くろ

[名] 黑，黑色；犯罪，罪犯

黒に染める／染成黑色。

□ 詳しい　　　くわしい

[形] 詳細；精通，熟悉

事情に詳しい／深知詳情。

□ ～家　　　　け

[接尾] 家，家族

将軍家の一族／將軍一家(普通指德川一家)

□ 計　　　　　けい

[名] 計畫，計；總計，合計

一年の計は元旦にあり／一年之計在於春。

□ 敬意　　　　　　けいい
けい い
[名] 尊敬對方的心情，敬意
けい い　　ひょう
敬意を表する／表達敬意。

□ 経営　　　　　　けいえい
けいえい
[名・他サ] 經營，管理
かいしゃ　　けいえい
会社を経営する／經營公司。

□ 敬語　　　　　　けいご
けい ご
[名] 敬語
けい ご　　つか
敬語を使いこなす／熟練掌握敬語。

□ 蛍光灯　　　けいこうとう
けいこうとう
[名] 螢光燈，日光燈
けいこうとう　ちょうし　　わる
蛍光灯の調子が悪い／日光燈的壞了。

□ 警察官　　　けいさつかん
けいさつかん
[名] 警察官，警官
けいさつかん　だま
警察官を騙す／欺騙警官。

□ 警察署　　　けいさつしょ
けいさつしょ
[名] 警察署，警局
けいさつしょ　　つ　　い
警察署に連れて行かれる／被帶去警局。

□ 計算　　　　　　けいさん
けいさん
[名・他サ] 計算，演算；估計，算計，考慮
けいさん　はや
計算が早い／計算得快。

□ 芸術　　　　　　げいじゅつ
げいじゅつ
[名] 藝術
げいじゅつ
芸術がわからない／不懂藝術。

□ 携帯　　　　　　けいたい
けいたい
[名・他サ] 攜帶
けいたいでん わ　　も
携帯電話を持つ／攜帶手機。

□ 契約　　　　　　けいやく
けいやく
[名・自他サ] 契約，合同
けいやく　　むす
契約を結ぶ／立合同。

□ 経由　　　　　　けいゆ
けい ゆ
[名・自サ] 經過，經由
しんじゅくけい ゆ　とう きょう　い
新宿経由で東京へ行く／經新宿到東京。

□ ゲーム　　　　　　ゲーム
[名] 【game】 遊戲，娛樂；比賽
ま
ゲームで負ける／遊戲比賽比輸。

□ 劇場　　　　　　げきじょう
げきじょう
[名] 劇院，劇場，電影院
げきじょう　い
劇場へ行く／去劇場。

□ 下旬　　　　　　げじゅん
げ じゅん
[名] 下旬
ご がつ　　げ じゅん
五月の下旬／五月下旬。

□ 化粧　　　　　　けしょう
け しょう
[名・自他サ] 化妝，打扮；修飾，裝飾，
裝潢
け しょう　なお
化粧を直す／補妝。

□ 桁 　　　　　け̄た

[名]（房屋、橋樑的）横樑，桁架；算盤的主柱；數字的位數

桁を間違える／弄錯位數。

□ けち 　　　　　け̄ち

[名·形動] 吝嗇、小氣（的人）；卑賤，簡陋，心胸狹窄，不值錢

けちな性格／小氣的人。

□ ケチャップ 　　ケ̄チャップ

[名]【ketchup】蕃茄醬

ケチャップをつける／沾蕃茄醬。

□ 血液 　　　　　け̄つえき

[名] 血，血液

血液を採る／抽血。

□ 結果 　　　　　け̄っか

[名·自他サ] 結果，結局

結果から見る／從結果上來看。

□ 欠席 　　　　　け̄っせき

[名·自サ] 缺席

授業を欠席する／上課缺席。

□ 月末 　　　　　げ̄つまつ

[名] 月末，月底

料金は月末払いにします／費用於月底支付。

□ 煙 　　　　　け̄むり

[名] 煙

煙にむせる／被煙嗆得喘不過氣來。

□ 蹴る 　　　　　け̄る

[他五] 踢；沖破（浪等）；拒絕，駁回

ボールを蹴る／踢球。

□ 〜軒／〜軒 　　け̄ん／げ̄ん

[接尾] 軒昂，高昂；屋簷；表房屋數量，書齋，商店等雅號

薬屋が３軒ある／有三家藥局。

□ 健康 　　　　　け̄んこう

[形動] 健康，健全

健康を保つ／保持健康。

□ 検査 　　　　　け̄んさ

[名·他サ] 檢查，檢驗

検査に通る／通過檢查。

□ 現代 　　　　　げ̄んだい

[名] 現代，當代；（歷史）現代（日本史上指二次世界大戰後）

現代社会の抱える問題／現代社會所面臨的問題

□ 建築家 　　　　け̄んちくか

[名] 建築師

有名な建築家が設計する／由名建築師設計。

□ 県庁　　　　けんちょう

[名] 縣政府

県庁を訪問する／訪問縣政府。

□ （自動）券売機

じどうけんばいき

[名]（門票、車票等）自動售票機

自動券売機で買う／於自動販賣機購買。

□ 小～　　　　こ

[接頭] 小，少；左右；稍微

小雨が降る／下小雨。

□ ～湖　　　　こ

[接尾] 湖

琵琶湖／琵琶湖

□ 濃い　　　　こい

[形] 色或味濃深；濃稠，密

化粧が濃い／化著濃妝。

□ 恋人　　　　こいびと

[名] 情人，意中人

恋人ができた／有了情人。

□ 高　　　　　こう

[名・漢造] 高；高處，高度；（地位等）高

高層ビルを建築する／蓋摩天大樓。

□ 校　　　　　こう

[漢造] 學校；校對；（軍銜）校；學校

校則を守る／遵守校規。

□ 港　　　　　こう

[漢造] 港口

船が出港した／船出港了。

□ 号　　　　　ごう

[名・漢造]（學者等）別名；（雜誌刊物等）期號

雑誌の一月号を買う／買一月號的雜誌。

□ 行員　　　　こういん

[名] 銀行職員

銀行の行員／銀行職員

□ 効果　　　　こうか

[名] 效果，成效，成績；（劇）效果

効果が上がる／效果提升。

□ 後悔　　　　こうかい

[名・他サ] 後悔，懊悔

犯した罪を後悔する／對犯下的過錯感到後悔。

□ 合格　　　　ごうかく

[名・自サ] 及格；合格

試験に合格する／考試及格。

□ 交換　　　　こうかん

[名・他サ] 交換；交易

物々交換／以物換物。

□ 航空便　　　こうくうびん

[名] 航空郵件；坐飛機前往，班機

航空便で送る／用空運運送。

147

□ 広告　　　　こうこく

[名・他サ] 廣告；作廣告，廣告宣傳
広告を出す／拍廣告。

□ 交際費　　　こうさいひ

[名] 應酬費用
交際費を増やす／增加應酬費用。

□ 工事　　　　こうじ

[名・自サ] 工程，工事
工事が長引く／因施工產生噪音。

□ 交通費　　　こうつうひ

[名] 交通費，車馬費
交通費を抑える／降低交通費。

□ 光熱費　　　こうねつひ

[名] 水電費
光熱費を払う／繳水電費。

□ 後輩　　　　こうはい

[名] 晚輩，後生；後來的同事，（同一學校）後班生
後輩を叱る／責罵後生晚輩。

□ 後半　　　　こうはん

[名] 後半，後一半
三十代後半の主婦／超過三十五歲的家庭主婦。

□ 幸福　　　　こうふく

[名・形動] 沒有憂慮，非常滿足的狀態
幸福な人生／幸福的人生

□ 興奮　　　　こうふん

[名・自サ] 興奮，激昂；情緒不穩定
興奮を鎮める／使激動的心情鎮定下來。

□ 公民　　　　こうみん

[名] 公民
公民の自由／國民的自由

□ 公民館　　　こうみんかん

[名] （市村町等的）文化館，活動中心
公民館で茶道の教室がある／公民活動中心裡設有茶道的課程。

□ 高齢　　　　こうれい

[名] 高齢
彼は百歳の高齢まで生きた／他活到百歲的高齡。

□ 高齢者　　　こうれいしゃ

[名] 高齡者，年高者
高齢者の人数が増える／高齡人口不斷增加。

□ 越える／超える　こえる

[自下一] 越過；度過；超出，超過
国境を越える／穿越國境。

□ ご遠慮なく

ごえんりょなく

[敬] 請不用客氣

どうぞ、ご遠慮なく／請不用客氣。

□ コース　　　　コース

[名]【course】路線，（前進的）路徑；跑道

コースを変える／改變路線。

□ 氷　　　　　こおり

[名] 冰

氷が溶ける／冰融化。

□ 誤解　　　　ごかい

[名・他サ] 誤解，誤會

誤解が生じる／產生誤會。

□ 語学　　　　ごがく

[名] 外語的學習，外語，外語課

語学の天才／外語的天才

□ 故郷　　　こきょう

[名] 故郷，家郷，出生地

故郷が懐かしい／懷念故郷。

□ 国　　　　　こく

[漢造] 國；政府；國際，國有

国民の権利／國民的權利

□ 国語　　　こくご

[名] 一國的語言；本國語言；（學校的）國語（課），語文（課）

国語の教師になる／成為國文老師。

□ 国際的な　こくさいてきな

[形動] 國際的

国際的な会議に参加する／參加國際會議。

□ 国籍　　　こくせき

[名]（法）國籍

国籍を変更する／變更國籍。

□ 黒板　　　こくばん

[名] 黑板

黒板を拭く／擦黑板。

□ 腰　　　　　こし

[名・接尾] 腰；（衣服、裙子等的）腰身

腰が痛い／腰痛。

□ 胡椒　　　こしょう

[名] 胡椒

胡椒を入れる／灑上胡椒粉。

□ 個人　　　こじん

[名] 個人

個人的な問題／私人的問題。

149

□ 小銭　　　　　　　こぜに

[名] 零錢；零用錢；少量資金

1000円札を小銭に替える／將千元鈔兌換成硬幣。

□ 小包　　　　　　こづつみ

[名] 小包裏；包裏

小包を出す／寄包裏。

□ コットン　　　　コットン

[名]【cotton】棉，棉花；木棉，棉織品

コットン生地の肌着／純棉內衣。

□ ～毎　　　　　　　ごと

[接尾] 每

月ごとの支払い／每月支付。

□ ～共　　　　　　　ごと

[接尾]（表示包含在內）一共，連同

リンゴを皮ごと食べる／蘋果帶皮一起吃。

□ 断る　　　　　　ことわる

[他五] 預先通知，事前請示；謝絕

借金を断られる／借錢被拒絕。

□ コピー　　　　　　コピー

[名]【copy】抄本，謄本，副本；（廣告等的）文稿

書類をコピーする／影印文件。

□ 溢す　　　　　　こぼす　⓪¹/34

[他五] 灑，漏，溢（液體），落（粉末）；發牢騷，抱怨

コーヒーを溢す／咖啡溢出來了。

□ 零れる　　　　　こぼれる

[自下一] 溢出，掉出，灑落，流出，漾出；（花）掉落

涙が零れる／灑淚。

□ コミュニケーション

　　　　コミュニケーション

[名]【communication】通訊，報導，信息；（語言、思想、精神上的）交流，溝通

コミュニケーションを大切にする／注重溝通。

□ 込む　　　　　　　こむ

[自五・接尾] 擁擠，混雜；費事，精緻，複雜；表進入的意思；表深入或持續到極限

電車が込む／電車擁擠。

□ ゴム　　　　　　　ゴム

[名]【(荷)gom】樹膠，橡皮，橡膠

輪ゴムでしばる／用橡皮筋綁起來。

□ コメディー　　コメディー

[名]【comedy】喜劇

コメディー映画が好きだ／喜歡看喜劇電影。

□ ごめんください　ご<u>めんください</u>

[連語・感]（道歉、叩門時）對不起；有人在嗎？

ごめんください、おじゃまします／對不起，打擾了。

□ 小指　こ<u>ゆび</u>

[名] 小指頭

小指に怪我をする／小指頭受傷。

□ 殺す　こ<u>ろす</u>

[他五] 殺死，致死，抑制，忍住，消除；埋沒；浪費，犧牲，典當；殺，（棒球）使出局

虫を殺す／殺蟲。

□ 今後　こ<u>んご</u>

[名] 今後，以後，將來

今後のことを考える／為今後作打算。

□ 混雑　こ<u>んざつ</u>

[名・自サ] 混亂，混雜，混染

混雑を避ける／避免混亂。

□ コンタクト　コ<u>ンタクト</u>

[名]【contact lens之略】隱形眼鏡；接觸

コンタクトがずれる／隱形眼鏡戴歪了。

□ 今日は　こ<u>んにちは</u>

[感] 您好

「こんにちは」と挨拶する／打招呼說「您好」。

□ コンビニ（エンスストア）　コ<u>ンビニ</u>

[名]【convenience store之略】，便利商店

コンビニで買う／在便利商店買。

□ 最～　さい

[漢造・接頭] 最

最大の敵／最大的敵人。

□ 祭　さい

[漢造] 祭祀，祭禮；節日，節日的狂歡

祭礼が行われる／舉行祭祀儀式。

□ 在学　ざ<u>いがく</u>

[名・自サ] 在校學習，上學

在学中のことが懐かしい／懷念求學時的種種。

□ 最高　さ<u>いこう</u>

[名・形動]（高度、位置、程度）最高，至高無上；頂，極，最

最高に面白い映画だ／最有趣的電影。

□ 最低　さ<u>いてい</u>

[名・形動] 最低，最差，最壞

最低の男／差勁的男人

□ 裁縫　さ<u>いほう</u>

[名・自サ] 裁縫，縫紉

裁縫を習う／學習縫紉。

151

□ 坂　　　　　　　さか

[名] 斜面，坡道；（比喻人生或工作的關鍵時刻）大關，陡坡
坂を上る／爬上坡。

□ 下がる　　　　さがる

[自五] 後退；下降
後ろに下がる／往後退。

□ 昨　　　　　　さく

[漢造] 昨天；前一年，前一季；以前，過去
昨年の正月／去年過年

□ 昨日　　　　　さくじつ

[名] （「きのう」的鄭重說法）昨日，昨天
昨日の出来事／昨天的報紙。

□ 削除　　　　　さくじょ

[名・他サ] 刪掉，刪除，勾消，抹掉
名前を削除する／刪除姓名。

□ 昨年　　　　　さくねん

[名・副] 去年
昨年と比べる／跟去年相比。

□ 作品　　　　　さくひん

[名] 製成品；（藝術）作品，（特指文藝方面）創作
作品を批判する／批評作品。

□ 桜　　　　　　さくら

[名] （植）櫻花，櫻花樹；淡紅色
桜が咲く／櫻花開了。

□ 酒　　　　　　さけ

[名] 酒（的總稱），日本酒，清酒
酒に酔う／酒醉。

□ 叫ぶ　　　　　さけぶ

[自五] 喊叫，呼叫，大聲叫；呼喊，呼籲
急に叫ぶ／突然大叫。

□ 避ける　　　　さける

[他一] 躲避，避開，逃避；避免，忌諱
問題を避ける／迴避問題。

□ 下げる　　　　さげる

[他下一] 向下，掛；收走
コップを下げる／收走杯子。

□ 刺さる　　　　ささる

[自五] 刺在…在，扎進，刺入
指にガラスの破片が刺さる／手指被玻璃碎片刺傷。

□ 刺す　　　　　さす

[他五] 刺，穿，扎；螫，咬，釘；縫綴，衲；捉住，黏捕
蜂に刺される／被蜜蜂螫。

□ 指す　　　　　さす
[他五] 指，指示；使，叫，令，命令做…
契約者を指している／指的是簽約的
雙方。

□ 誘う　　　　　さそう
[他五] 邀約，勸誘；引起，促使；誘惑
涙を誘う／引人落淚。

□ 作家　　　　　さっか
[名] 作家，作者，文藝工作者；藝術
家，藝術工作者
作家が小説を書いた／作家寫了小說。

□ 作曲家　　　さっきょくか
[名] 作曲家
作曲家になる／成為作曲家。

□ 様々　　　　　さまざま
[名・形動] 種種，各式各樣的，形形色
色的
様々な原因を考えた／想到了各種原因。

□ 冷ます　　　　さます
[他五] 冷卻，弄涼；（使熱情、興趣）
降低，減低
熱湯を冷ます／把熱湯放涼。

□ 覚ます　　　　さます
[他五] （從睡夢中）弄醒，喚醒；（從
迷惑、錯誤中）清醒，醒酒；使清
醒，使覺醒
目を覚ました／醒了。

□ 冷める　　　　さめる
[自下一] （熱的東西）變冷，涼；（熱
情、興趣等）降低，減退
スープが冷めてしまった／湯冷掉了。

□ 覚める　　　　さめる
[自下一] （從睡夢中）醒，醒過來；（從迷
惑、錯誤、沉醉中）醒悟，清醒
目が覚めた／醒過來了。

□ 皿　　　　　　さら
[名] 盤子；盤形物；（助數詞）一碟等
料理を皿に盛る／把菜放到盤子裡。

□ 再来月　　　さらいげつ
[名] 下下個月
再来月旅行しに行く／下下個月要去
旅行。

□ 再来週　　　さらいしゅう
[名] 下下週
再来週出張する／下下星期要出差。

□ 再来年　　　さらいねん
[名] 後年
再来年留学する／後年去留學。

□ サラリーマン
　　　　　　サラリーマン
[名]【salariedman】薪水階級，職員
サラリーマン階級／薪水階級

□ 騒ぎ　　　　　さわぎ

[名] 吵鬧，吵嚷；混亂，鬧事；轟動
一時（的事件），激動，振奮
騒ぎが起こった／引起騷動。

□ ～山　　　　　　さん

[接尾] 山；寺院，寺院的山號
富士山に登る／爬富士山。

□ 産　　　　　　　さん

[名・漢造] 生產，分娩；（某地方）出
生；財產
日本産の車／日產汽車

□ 参加　　　　　さんか

[名・自サ] 參加，加入
参加を申し込む／報名參加。

□ 三角　　　　　さんかく

[名] 三角形；（數）三角學
三角にする／畫成三角。

□ 残業　　　　ざんぎょう

[名・自サ] 加班
残業して仕事を片付ける／加班把工
作做完。

□ 算数　　　　さんすう

[名] 算數，初等數學；計算數量
算数が苦手だ／不擅長算數。

□ 賛成　　　　さんせい

[名・自サ] 贊成，同意
提案に賛成する／贊成這項提案。

□ サンプル　　　サンプル

[名・他サ] 【sample】樣品，樣本
サンプルを見て作る／依照樣品來製作。

□ 紙　　　　　　　し

[漢造] 報紙的簡稱；紙；文件，刊物
表紙を作る／製作封面。

□ 詩　　　　　　　し

[名・漢造] 詩，漢詩，詩歌
詩を作る／作詩。

□ 寺　　　　　　　じ

[漢造] 寺
寺院に詣でる／參拜寺院。

□ 幸せ　　　　　しあわせ

[名・形動] 運氣，機運；幸福，幸運
幸せになる／變得幸福、走運。

□ シーズン　　　シーズン

[名] 【season】（盛行的）季節，時期
受験シーズン／考季

□ CDドライブ　CDドライブ

[名] 【CD drive】CD機，光碟機
CDドライブが起動しません／光碟
機沒有辦法起動。

□ ジーンズ　　　ジーンズ

[名]【jeans】牛仔褲

ジーンズをはく／穿牛仔褲。

□ 自営業　　じえいぎょう

[名] 獨立經營，獨資

自営業で商売する／獨資經商。

□ ジェット機　　ジェットき

[名]【jetき】噴氣式飛機，噴射機

ジェット機に乗る／乘坐噴射機。

□ 四角　　　　　しかく

[名] 四角形，四方形，方形

四角の面積／四方形的面積

□ 資格　　　　　しかく

[名] 資格，身份；水準

資格を持つ／擁有資格。

□ 時間目　　　じかんめ

[接尾] 第…小時

二時間目の授業／第二節課

□ 資源　　　　　しげん

[名] 資源

資源が少ない／資源不足。

□ 事件　　　　　じけん

[名] 事件，案件

事件が起きる／發生案件。

□ 死後　　　　　しご

[名] 死後；後事

死後の世界／冥界

□ 事後　　　　　じご

[名] 事後

事後の処理を誤った／事後處理錯誤。

□ 四捨五入　ししゃごにゅう

[名・他サ] 四捨五入

小数点第三位を四捨五入する／四捨五入取到小數點後第二位。

□ 支出　　　　ししゅつ

[名・他サ] 開支，支出

支出を抑える／減少支出。

□ 詩人　　　　　しじん

[名] 詩人

詩人になる／成為詩人。

□ 自信　　　　　じしん

[名] 自信，自信心

自信を持つ／有自信。

□ 自然　　　　　しぜん

[名・形動・副] 自然，天然；大自然，自然界；自然地

自然が豊かだ／擁有豐富的自然資源。

□ 事前　　　　　じぜん

[名] 事前

事前に話し合う／事前討論。

155

□ 舌　　　　　　　　した

[名] 舌頭；說話；舌狀物

舌が長い／愛說話。

□ 親しい　　　　したしい

[形]（血緣）近；親近，親密；不稀奇

親しい友達／很要好的朋友

□ 質　　　　　　　しつ

[名] 質量；品質，素質；質地，實質；抵押品；真誠，樸實

質がいい／品質良好。

□ 日　　　　　　　じつ

[漢造] 太陽；日，一天，白天；每天

翌日に到着する／在隔日抵達。

□ 失業　　　　しつぎょう

[名・自サ] 失業

会社が倒産して失業した／公司倒閉而失業了。

□ 湿気　　　　　しっけ

[名] 濕氣

湿気を防ぐ／防潮濕。

□ 実行　　　　　じっこう

[名・他サ] 實行，落實，施行

実行に移す／付諸實行。

□ 湿度　　　　　しつど

[名] 濕度

湿度が高い／濕度很高。

□ じっと　　　　　じっと

[副・自サ] 保持穩定，一動不動；凝神，聚精會神；一聲不響地忍住；無所做為，呆住

相手の顔をじっと見つめる／凝神注視對方的臉。

□ 実は　　　　　じつは

[副] 說真的，老實說，事實是，說實在的

実は私がやったのです／老實說是我做的。

□ 実力　　　　じつりょく

[名] 實力，實際能力

実力がつく／具有實力。

□ 失礼します

　　　　　しつれいします

[連語]（道歉）對不起；（先行離開）先走一步

お先に失礼します／我先失陪了。

□ 自動　　　　　じどう

[名] 自動（不單獨使用）

自動販売機で飲み物を買う／在自動販賣機買飲料。

□ しばらく　　　しばらく

[副] 好久；暫時

しばらく会社を休む／暫時向公司請假。

□ **地盤** **じばん**

[名] 地基，地面；地盤，勢力範圍

地盤がゆるい／地基鬆軟。

□ **死亡** **しぼう**

[名・他サ] 死亡

事故で死亡する／死於意外事故。

□ **縞** **しま**

[名]（布的）條紋，格紋，條紋布

縞模様を描く／織出條紋。

□ **縞柄** **しまがら**

[名] 條紋花樣

この縞柄が気に入った／喜歡這種條

紋花樣。

□ **縞模様** **しまもよう**

[名] 條紋花樣

縞模様のシャツを持つ／有條紋襯衫。

□ **自慢** **じまん**

[名・他サ] 自滿，自誇，自大，驕傲

成績を自慢する／以成績為傲。

□ **地味** **じみ**

[形動] 素氣，樸素，不華美；保守

地味な人／樸素的人

□ **氏名** **しめい**

[名] 姓與名，姓名

氏名を詐称する／謊報姓名。

□ **締め切り** **しめきり**

[名]（時間、期限等）截止，屆滿；封

死，封閉；截斷，斷流

締め切りが迫る／臨近截稿日期。

□ **車** **しゃ**

[名・接尾・漢造] 車；(助數詞) 車，輛，車廂

電車に乗る／搭電車。

□ **者** **しゃ**

[漢造] 者，人；（特定的）事物，場所

筆者に原稿を依頼する／請作者寫稿。

□ **社** **しゃ**

[名・漢造] 公司，報社（的簡稱）；社會

社員になる／成為公司職員。

□ **市役所** **しやくしょ**

[名] 市政府，市政廳

市役所へ行く／去市公所。

□ **ジャケット** **ジャケット**

[名]【jacket】外套，短上衣；唱片封面

ジャケットを着る／穿外套。

□ **車掌** **しゃしょう**

[名] 乘務員，車掌

車掌が検札に来た／乘務員來查票。

□ **ジャズ** **ジャズ**

[名・自サ]【jazz】（樂）爵士音樂

ジャズのレコードを収集する／收集

爵士唱片。

□ しゃっくり　　しゃっくり

[名・自サ] 打嗝

しゃっくりが出る／打嗝。

□ 杓文字　　しゃもじ

[名] 杓子，飯杓

しゃもじにご飯粒がついている／
飯匙上沾著飯粒。

□ 手　　しゅ

[漢造] 手；親手；專家；有技藝或資格
的人

助手を呼んでくる／請助手過來。

□ 酒　　しゅ

[漢造] 酒

葡萄酒を飲む／喝葡萄酒。

□ 週　　しゅう

[名・漢造] 星期；一圈

週に一回運動する／每周運動一次。

□ 州　　しゅう

[名] 大陸，州

州の法律／州的法律

□ 集　　しゅう

[名・漢造] (詩歌等的)集；聚集

作品を全集にまとめる／把作品編輯
成全集。

□ 重　　じゅう

[名・漢造] (文)重大；穩重；重要

重要な役割を担う／擔任重要角色。

□ 宗教　　しゅうきょう

[名] 宗教

宗教を信仰する／信仰宗教。

□ 住居費　　じゅうきょひ

[名] 住宅費，居住費

住居費が高い／住宿費用很高。

□ 就職　　しゅうしょく

[名・自サ] 就職，就業，找到工作

地元の企業に就職する／在當地的企
業就業。

□ ジュース　　ジュース

[名] 【juice】果汁，汁液，糖汁，肉
汁

ジュースを飲む／喝果汁。

□ 渋滞　　じゅうたい

[名・自サ] 停滯不前，進展不順利，不流通

道が渋滞している／路上塞車。

□ 絨毯　　じゅうたん

[名] 地毯

絨毯を敷く／鋪地毯。

□ 週末　　　　　**しゅうまつ**

[名] 週末

週末に運動する／每逢週末就會去運動。

□ 重要　　　　　**じゅうよう**

[名・形動] 重要，要緊

重要な仕事をする／從事重要的工作。

□ 修理　　　　　**しゅうり**

[名・他サ] 修理，修繕

車を修理する／修繕車子。

□ 修理代　　　　**しゅうりだい**

[名] 修理費

修理代を支払う／支付修理費。

□ 授業料　　　**じゅぎょうりょう**

[名] 學費

授業料が高い／授課費用很高。

□ 手術　　　　　**しゅじゅつ**

[名・他サ] 手術

手術して治す／進行手術治療。

□ 主人　　　　　**しゅじん**

[名] 家長，一家之主；丈夫，外子；
主人；東家，老闆，店主

隣家の主人／鄰居的男主人

□ 手段　　　　　**しゅだん**

[名] 手段，方法，辦法

手段を選ばない／不擇手段。

□ 出場　　　　**しゅつじょう**

[名・自サ]（參加比賽）上場，入場；出
站，走出場

コンクールに出場する／參加比賽。

□ 出身　　　　　**しゅっしん**

[名] 出生（地），籍貫；出身；畢業於…

東京の出身／出生於東京

□ 種類　　　　　**しゅるい**

[名] 種類

種類が多い／種類繁多。

□ 巡査　　　　　**じゅんさ**

[名] 警察，警官

巡査に逮捕される／被警察逮捕。

□ 順番　　　　　**じゅんばん**

[名] 輪班（的次序），輪流，依次交替

順番を待つ／依序等待。

□ 初　　　　　　**しょ**

[漢造] 初，始；首次，最初

彼とは初対面だ／和他是初次見面。

□ 所　　　　　　**しょ**

[漢造] 處所，地點；特定地

次の場所へ移動する／移動到下一個地方。

□ 諸　　　　　　**しょ**

[漢造] 諸

欧米諸国を旅行する／旅行歐美各國。

159

□ 女　　　　　　　　じょ

[名・漢造]（文）女兒；女人，婦女

かわいい少女を見た／看見一位可愛的少女。

□ 助　　　　　　　　じょ

[漢造] 幫助；協助

資金を援助する／出資幫助。

□ 省　　　　　　　　しょう

[名・漢造] 省掉；(日本內閣的) 省，部

新しい省をつくる／建立新省。

□ 商　　　　　　　　しょう

[名・漢造] 商，商業；商人；(數) 商；商量

商店を営む／經營商店。

□ 勝　　　　　　　　しょう

[漢造] 勝利；名勝

勝利を得た／獲勝。

□ 状　　　　　　　　じょう

[名・漢造]（文）書面，信件；情形，狀況

現状を報告する／報告現況。

□ 場　　　　　　　　じょう

[名・漢造] 場，場所；場面

会場を片付ける／整理會場。

□ 畳　　　　　　　　じょう

[接尾・漢造]（助數詞）(計算草蓆、席墊) 塊，疊；重疊

6畳の部屋／六疊室

□ 小学生　　　しょうがくせい

[名] 小學生

小学生になる／上小學。

□ 定規　　　　　　　じょうぎ

[名]（木工使用）尺，規尺；(轉) 標準

定規で線を引く／用尺畫線。

□ 消極的　　　しょうきょくてき

[形動] 消極的

消極的な態度をとる／採取消極的態度。

□ 賞金　　　　　　　しょうきん

[名] 賞金；獎金

賞金をかせぐ／賺取賞金。

□ 条件　　　　　　　じょうけん

[名] 條件；條文，條款

条件を決める／決定條件。

□ 正午　　　　　　　しょうご

[名] 正午

正午になった／到了中午。

□ 上司　　　　じょうし

[名] 上司；上級

上司に従う／遵從上司。

□ 正直　　　しょうじき

[名・形動・副] 正直，老實

正直な人／正直的人。

□ 上旬　　　じょうじゅん

[名] 上旬

来月上旬に旅行する／下個月的上旬
要去旅行。

□ 少女　　　しょうじょ

[名] 少女，小姑娘

かわいい少女／可愛的少女

□ 症状　　　しょうじょう

[名] 症狀

病気の症状／病情症狀。

□ 小数　　　しょうすう

[名] 很小的數目；（數）小數

小数点以下は、四捨五入する／小數
點以下，要四捨五入。

□ 少数　　　しょうすう

[名] 少數

賛成者は少数だった／少數贊成者。

□ 小数点　　しょうすうてん

[名] 小數點

小数点以下は、書かなくてもいい／
小數點以下的數字可以不必寫出來。

□ 状態　　　じょうたい

[名] 狀態，情況

こんな状態になった／變成這種情況了。

□ 冗談　　　じょうだん

[名] 戲言，笑話，詼諧，玩笑

冗談を言うな／不要亂開玩笑。

□ 衝突　　　しょうとつ

[名・自サ] 撞，衝撞，碰上；矛盾，不一
致；衝突

壁に衝突した／撞上了牆壁。

□ 少年　　　しょうねん

[名] 少年

少年の頃に戻る／回到年少時期。

□ 商売　　　しょうばい

[名・自サ] 經商，買賣，生意；職業，行業

商売が繁盛する／生意興隆。

□ 消費　　　しょうひ

[名・他サ] 消費，耗費

ガソリンを消費する／消耗汽油。

□ 商品　　　しょうひん

[名]（經）商品，貨品

商品が揃う／商品齊備。

161

01
-
37

□ 情報　　　　じょうほう

[名] 情報，信息
情報を得る／獲得情報。

□ 消防署　　しょうぼうしょ

[名] 消防局，消防署
消防署に通報する／通知消防局。

□ 証明　　　　しょうめい

[名・他サ] 證明
身分を証明する／證明身分。

□ 正面　　　　しょうめん

[名] 正面；對面；直接，面對面
正面から立ち向かう／正面面對。

□ 省略　　　しょうりゃく

[名・副・他サ] 省略，從略
説明を省略する／省略說明。

□ 使用料　　しようりょう

[名] 使用費
会場使用料を支払う／支付場地租用費。

□ 色　　　　　しょく

[漢造] 顏色；臉色，容貌；色情；景象
顔色を失う／花容失色。

□ 食後　　　　しょくご

[名] 飯後，食後
食後に薬を飲む／藥必須在飯後服用。

□ 食事代　　しょくじだい

[名] 餐費，飯錢
母が食事代をくれた／媽媽給了我飯錢。

□ 食前　　　　しょくぜん

[名] 飯前
食前にちゃんと手を洗う／飯前把手洗乾淨。

□ 職人　　　　しょくにん

[名] 工匠
職人になる／成為工匠。

□ 食費　　　　しょくひ

[名] 每日飯食所需費用，膳費，伙食費
食費を抑える／控制伙食費。

□ 食料　　　しょくりょう

[名] 食品，食物；食費
食料を配る／分配食物。

□ 食糧　　　しょくりょう

[名] 食糧，糧食
食糧を蓄える／儲存糧食。

□ 食器棚　　しょっきだな

[名] 餐具櫃，碗廚
食器棚に皿を置く／把盤子放入餐具櫃裡。

□ ショック　　　　ショック

[名]【shock】震動，刺激，打撃；（手術或注射後的）休克

ショックを受けた／受到打撃。

□ 書物　　　　しょもつ

[名]（文）書，書籍，圖書

書物を読む／閲讀書籍。

□ 女優　　　　じょゆう

[名] 女演員

女優になる／成為女演員。

□ 書類　　　　しょるい

[名] 文書，公文，文件

書類を送る／寄送文件。

□ 知らせ　　　　しらせ

[名] 通知；預兆，前兆

知らせが来た／通知送來了。

□ 尻　　　　しり

[名] 屁股，臀部；（移動物體的）後方，後面；末尾，最後；（長物的）末端

しりが痛くなった／屁股痛了起來。

□ 知り合い　　　　しりあい

[名] 熟人，朋友

知り合いになる／相識。

□ シルク　　　　シルク

[名]【silk】絲，絲綢；生絲

シルクのドレスを買った／買了一件絲綢的洋装。

□ 印　　　　しるし

[名] 記號，符號；象徵（物），標記；徽章；（心意的）表示；紀念（品）；商標

印をつける／做記號。

□ 白　　　　しろ

[名] 白，皎白，白色；清白

容疑者は白だった／嫌疑犯是清白的。

□ 新　　　　しん

[名・漢造] 新；剛收穫的；新暦

新旧交代の時期／新舊交替時期

□ 進学　　　　しんがく

[名・自サ] 升學；進修學問

大学に進学する／念大學。

□ 進学率　　　　しんがくりつ

[名] 升學率

あの高校は進学率が高い／那所高中升學率很高。

□ 新幹線　　　　しんかんせん

[名] 日本鐵道新幹線

新幹線に乗る／搭新幹線。

n5 n4 n3 n2 n1

□ 信号　　　　　　しんごう

[名・自サ] 信號，燈號；（鐵路、道路
等的）號誌；暗號

信号が変わる／燈號改變。

□ 寝室　　　　　　しんしつ

[名] 寢室

寝室で休んだ／在臥房休息。

□ 信じる／信ずる

しんじる／しんずる

[他上一] 信，相信；確信，深信；信
賴，可靠；信仰

あなたを信じる／信任你。

□ 申請　　　　　　しんせい

[名・他サ] 申請，聲請

証明書を申請する／申請證明書。

□ 新鮮　　　　　　しんせん

[名・形動]（食物）新鮮；清新乾淨；新
穎，全新

新鮮な果物を食べる／吃新鮮的水果。

□ 身長　　　　　　しんちょう

[名] 身高

身長が伸びる／長高。

□ 進歩　　　　　　しんぽ

[名・自サ] 進步

技術が進歩する／技術進步。

□ 深夜　　　　　　しんや

[名] 深夜

深夜まで営業する／營業到深夜。

□ 酢　　　　　　　す

[名] 醋

酢で和える／用醋拌。

□ 水滴　　　　　　すいてき

[名]（文）水滴；（注水研墨用的）
硯水壺

水滴が落ちた／水滴落下來。

□ 水筒　　　　　　すいとう

[名]（旅行用）水筒，水壺

水筒を持参する／自備水壺。

□ 水道代　　　　すいどうだい

[名] 自來水費

水道代を節約する／節省水費。

□ 水道料金

すいどうりょうきん

[名] 自來水費

水道料金を支払う／支付自來水費。

□ 炊飯器　　　　すいはんき

[名] 電子鍋

炊飯器でご飯を炊く／用電鍋煮飯。

□ 随筆　　　　　　ずいひつ

[名] 隨筆，漫畫，小品文，散文，雜文

随筆を書く／寫散文。

164

□ 数字　　　　　　すうじ
[名] 數字；各個數字
数字で示す／用數字表示。

□ スープ　　　　　スープ
[名]【soup】西餐的湯
スープを飲む／喝湯。

□ スカーフ　　　スカーフ
[名]【scarf】圍巾，披肩；領結
スカーフを巻く／圍上圍巾。

□ スキー　　　　　スキー
[名]【ski】滑雪；滑雪橇，滑雪板
スキーに行く／去滑雪。

□ 過ぎる　　　　　すぎる
[自上一] 超過；過於；經過
5時を過ぎた／已經五點多了。

□ 少なくとも　すくなくとも
[副] 至少，對低，最低限度
少なくとも3時間はかかる／至少要花三個小時。

□ 凄い　　　　　　すごい
[形] 可怕的，令人害怕的；意外的好，好的令人吃驚，了不起；（俗）非常，厲害
すごい嵐になった／轉變成猛烈的暴風雨了。

□ 少しも　　　　すこしも
[副]（下接否定）一點也不，絲毫也不
お金には、少しも興味がない／金錢這東西，我一點都不感興趣。

□ 過ごす　　　　　すごす
[他五・接尾] 度（日子、時間），過生活；過渡過量；放過，不管
休日は家で過ごす／假日在家過。

□ 進む　　　　　　すすむ
[自五・接尾] 進，前進；進步，先進；進展；升級，進級；升入，進入，到達；繼續…下去
ゆっくりと進んだ／緩慢地前進。

□ 進める　　　　すすめる
[他下一] 使向前推進，使前進；推進，發展，開展；進行，舉行；提升，晉級；增進，使旺盛
計画を進める／進行計畫。

□ 勧める　　　　すすめる
[他下一] 勸告；勸，敬；（煙、酒、茶、座位等）
入会を勧める／勸說加入會員。

□ 薦める　　　　すすめる
[他下一] 勸告，勸誘；勸，敬（煙、酒、茶、座等）
A大学を薦める／推薦A大學。

01 38 □ 裾　　　　　　　　すそ

[名]（和服的）下擺，下襟；山腳；（靠近頸部的）頭髮

ジーンズの裾が汚れた／牛仔褲的褲腳髒了。

□ スター　　　　　　スター

[名]【star】星狀物，星；（影劇）明星，主角

スーパースターになる／成為超級巨星。

□ スチュワーデス

　　　　　　スチュワーデス

[名]【stewardess】飛機上的女服務員；（客輪的）女服務員

スチュワーデスを目指す／想當空姐。

□ ずっと　　　　　　ずっと

[副] 更；一直

ずっと待っている／一直等待著。

□ 酸っぱい　　　　すっぱい

[形] 酸，酸的

口を酸っぱくして／反覆叮嚀

□ ストーリー　　ストーリー

[名]【story】故事，小說；（小說、劇本等的）劇情，結構

ストーリーを語る／說故事。

□ ストッキング

　　　　　　ストッキング

[名]【stocking】長筒襪；絲襪

ナイロンのストッキング／尼龍絲襪。

□ ストライプ　ストライプ

[名]【strip】條紋；條紋布

制服は白と青のストライプです／制服上面印有白和藍條紋圖案。

□ ストレス　　　　ストレス

[名]【stress】（語）重音；（理）壓力；（精神）緊張狀態

ストレスがたまる／累積壓力。

□ 即ち　　　　　　すなわち

[接] 即，換言之；即是，正是；則，彼時；乃，於是

１ポンド，すなわち100ペンス／一磅也就是100英鎊。

□ スニーカー　　スニーカー

[名]【sneakers】球鞋，運動鞋

スニーカーを買う／買球鞋。

□ スピード　　　　スピード

[名]【speed】速度；快速，迅速

スピードを上げる／加速，加快。

□ 図表　　　　　　ずひょう

[名] 圖表

図表にする／製成圖表。

166

□ スポーツ選手
　　　　スポーツせんしゅ

[名]【sports せんしゅ】運動選手
スポーツ選手になりたい／想成為了
運動選手。

□ スポーツ中継
　　　　スポーツちゅうけい

[名] 體育（競賽）直播，轉播
スポーツ中継を見た／看了現場直播
的運動比賽。

□ 済ます　　　　すます

[他五・接尾] 弄完，辦完；償還，還清；
對付，將就，湊合；（接在其他動詞
連用形下面）表示完全成為…
用事を済ました／辦完事情。

□ 済ませる　　　すませる

[他五・接尾] 弄完，辦完；償還，還清；
將就，湊合
手続きを済ませた／辦完手續。

□ すまない　　　すまない

[連語] 對不起，抱歉；（做寒暄語）對
不起
すまないと言ってくれた／向我道了歉。

□ すみません　　すみません

[連語] 抱歉，不好意思
お待たせしてすみません／讓您久
等，真是抱歉。

□ 擦れ違う　　　すれちがう

[自五] 交錯，錯過去；不一致，不吻
合，互相分歧；錯車
彼女と擦れ違った／與她擦身而過。

□ 性　　　　　　せい

[名・漢造] 性別；幸運；本性
性の区別なく／不分性別。

□ 性格　　　　　せいかく

[名]（人的）性格，性情；（事物的）
性質，特性
性格が悪い／性格惡劣。

□ 正確　　　　　せいかく

[名・形動] 正確，準確
正確に記録する／正確記錄下來。

□ 生活費　　　　せいかつひ

[名] 生活費
生活費を稼ぐ／賺生活費。

□ 世紀　　　　　せいき

[名] 世紀，百代；時代，年代；百年
一現，絕世
世紀の大発見／世紀大發現

□ 税金　　　　　ぜいきん

[名] 稅金，稅款
税金を納める／繳納稅金。

□ 清潔　　　　せいけつ

[名・形動] 乾淨的，清潔的；廉潔；純潔
せいけつ な へ や
清潔な部屋／乾淨的房間。

□ 成功　　　　せいこう

[名・自サ] 成功，成就，勝利；功成名
就，成功立業
じっけん　せいこう
実験に成功した／實驗成功了。

□ 生産　　　　せいさん

[名・他サ] 生產，製造；創作（藝術品
等）；生業，生計
こめ　せいさん
米を生産する／生產米。

□ 清算　　　　せいさん

[名・他サ] 計算，清算；結帳；清理財
產；結束
しゃっきん　せいさん
借金を清算した／還清了債務。

□ 政治家　　　せいじか

[名] 政治家（多半指議員）
せいじか　しじ
どの政治家を支持しますか／你支持
哪位政治家呢？

□ 性質　　　　せいしつ

[名] 性格，性情；（事物）性質，特性
せいしつ
性質がよい／性質很好。

□ 成人　　　　せいじん

[名・自サ] 成年人；成長，（長大）成人
せいじん　はたら　で
成人して働きに出る／長大後外出工作。

□ 整数　　　　せいすう

[名]（數）整數
こた　せいすう
答えは整数だ／答案為整數。

□ 生前　　　　せいぜん

[名] 生前
かれ　せいぜんあいよう　つくえ
彼が生前愛用した机／他生前愛用的
桌子

□ 成長　　　　せいちょう

[名・自サ]（經濟、生產）成長，增長，
發展；（人、動物）生長，發育
こども　せいちょう
子供が成長した／孩子長大成人了。

□ 青年　　　　せいねん

[名] 青年，年輕人
かん　せいねん
感じのよい青年／感覺很好的青年

□ 生年月日　せいねんがっぴ

[名] 出生年月日，生日
せいねんがっぴ　か
生年月日を書く／填上出生年月日。

□ 性能　　　　せいのう

[名] 性能，機能，效能
せいのう　わる
性能が悪い／性能不好。

□ 製品　　　　せいひん

[名] 製品，產品
せいひん　ひんしつ　ほしょう
製品の品質を保証する／保證產品的
品質。

□ **制服**　　　せいふく

[名] 制服
制服を着る／穿制服。

□ **生物**　　　せいぶつ

[名] 生物
生物がいる／有生物生存。

□ **整理**　　　せいり

[名・他サ] 整理，收拾，整頓；清理，處理；捨棄，淘汰，裁減
部屋を整理する／整理房間。

□ **席**　　　せき

[名・漢造] 席，坐墊；席位，坐位
席を譲る／讓座。

□ **責任**　　　せきにん

[名] 責任，職責
責任を持つ／負責任。

□ **世間**　　　せけん

[名] 世上，社會上；世人；社會輿論；（交際活動的）範圍
世間を広げる／交遊廣闊。

□ **積極的**　　　せっきょくてき

[形動] 積極的
積極的に仕事に取り組む／積極地致力於工作。

□ **絶対**　　　ぜったい

[名・副] 絕對，無與倫比；堅絕，斷然，一定
絶対に面白いよ／一定很有趣喔。

□ **セット**　　　セット

[名・他サ] 【set】一組，一套；舞台裝置，布景；（網球等）盤，局；組裝，裝配；梳整頭髮
ワンセットで売る／整組來賣。

□ **節約**　　　せつやく

[名・他サ] 節約，節省
交際費を節約する／節省應酬費用。

□ **瀬戸物**　　　せともの

[名] 陶瓷品
瀬戸物を収集する／收集陶瓷器。

□ **是非**　　　ぜひ

[名・副] 是非，善惡；務必，一定
是非お電話ください／請一定打電話給我。

□ **世話**　　　せわ

[名・他サ] 援助，幫助；介紹，推薦；照顧，照料；俗語，常言
子どもの世話をする／照顧小孩。

□ **戦**　　　せん

[漢造] 戰爭；決勝負，體育比賽；發抖
選挙の激戦区／選舉中競手最激烈的地區

01 | 39 □ 全 　　　　　ぜん

[漢造] 全部，完全；整個；完整無缺

全世界／全世界

□ 前 　　　　　ぜん

[漢造] 前方，前面；（時間）早；預先；從前

前首相／前首相

□ 選挙 　　　　せんきょ

[名·他サ] 選舉，推選

議長を選挙する／選出議長。

□ 洗剤 　　　　せんざい

[名] 洗滌劑，洗衣粉（精）

洗剤で洗う／用洗滌劑清洗。

□ 先日 　　　　せんじつ

[名] 前天；前些日子

先日、田中さんに会った／前些日子，遇到了田中小姐。

□ 前日 　　　　ぜんじつ

[名] 前一天

入学式の前日は緊張した／參加入學典禮的前一天非常緊張。

□ 洗濯機 　　　せんたくき

[名] 洗衣機

洗濯機で洗う／用洗衣機洗。

□ センチ 　　　　せんち

[名] 【centimeter】厘米，公分

1センチ右にずれる／往右偏離了一公分。

□ 宣伝 　　　　せんでん

[名·自他サ] 宣傳，廣告；吹噓，鼓吹，誇大其詞

自社の製品を宣伝する／宣傳自己公司的產品。

□ 前半 　　　　ぜんはん

[名] 前半，前一半

前半の戦いが終わった／上半場比賽結束。

□ 扇風機 　　　せんぷうき

[名] 風扇，電扇

扇風機を止める／關上電扇。

□ 洗面所 　　　せんめんじょ

[名] 化妝室，廁所

洗面所で顔を洗った／在化妝室洗臉。

□ 専門学校 　せんもんがっこう

[名] 專科學校

専門学校に行く／進入專科學校就讀。

□ 総 　　　　　そう

[漢造] 總括；總覽；總，全體；全部

総員50名だ／總共有五十人。

□ 掃除機　　　　　　そうじき
[名] 除塵機，吸塵器
掃除機をかける／用吸塵器清掃。

□ 想像　　　　　　　そうぞう
[名・他サ] 想像
想像もつきません／真叫人無法想
像。

□ 早朝　　　　　　　そうちょう
[名] 早晨，清晨
早朝に勉強する／在早晨讀書。

□ 草履　　　　　　　ぞうり
[名] 草履，草鞋
草履を履く／穿草鞋。

□ 送料　　　　　　　そうりょう
[名] 郵費，運費
送料を払う／付郵資。

□ ソース　　　　　　ソース
[名]【sauce】（西餐用）調味汁
ソースを作る／調製醬料。

□ 足　　　　　　　　そく
[接尾・漢造]（助數詞）雙；足；足夠；添
靴下を二足買った／買了兩雙襪子。

□ 速達　　　　　　　そくたつ
[名・自他サ] 快遞，快件
速達で送る／寄快遞。

□ 速度　　　　　　　そくど
[名] 速度
速度を上げる／加快速度。

□ 底　　　　　　　　そこ
[名] 底，底子；最低處，限度；底
層，深處；邊際，極限
海の底に沈んだ／沉入海底。

□ そこで　　　　　　そこで
[接續] 因此，所以；（轉換話題時）那
麼，下面，於是
そこで、私は意見を言った／於是，
我說出了我的看法。

□ 育つ　　　　　　　そだつ
[自五] 成長，長大，發育
元気に育っている／健康地成長著。

□ ソックス　　　　　ソックス
[名]【socks】短襪
ソックスを履く／穿襪子。

□ そっくり　　　　　そっくり
[形動・副] 全部，完全，原封不動；一模
一樣，極其相似
私と母はそっくりだ／我和媽媽長得
幾乎一模一樣。

□ そっと　　　　　　そっと
[副] 悄悄地，安靜地；輕輕的；偷偷
地；照原樣不動的
そっと教えてくれた／偷偷地告訴了我。

171

□ 袖　　　　　　　　　そで

[名] 衣袖；（桌子）兩側抽屜，（大門）兩側的廳房，舞台的兩側，飛機（兩翼）

半袖を着る／穿短袖。

□ その上　　　　　そのうえ

[接] 又，而且，加之，兼之

質がいい。その上値段も安い／不只品質佳，而且價錢便宜。

□ その内　　　　　そのうち

[副・連語] 最近，過幾天，不久；其中

兄はその内帰ってくるから、暫く待ってください／我哥哥就快要回來了，請稍等一下。

□ 蕎麦　　　　　　　　そば

[名] 蕎麥；蕎麥麵

蕎麦を植える／種植蕎麥。

□ ソファー　　　　ソファー

[名]【sofa】沙發

ソファーに座る／坐在沙發上。

□ 素朴　　　　　　そぼく

[名・形動] 樸素，純樸，質樸；（思想）純樸

素朴な考え方／單純的想法

□ それぞれ　　　それぞれ

[副] 每個（人），分別，各自

それぞれの性格が違う／每個人的個性不同。

□ それで　　　　　それで

[接] 因此；後來

それで、いつまでに終わるの／那麼，什麼時候結束呢？

□ それとも　　　それとも

[接] 還是，或者

コーヒーにしますか、それとも紅茶にしますか／您要咖啡還是紅茶？

□ 揃う　　　　　　そろう

[自五]（成套的東西）備齊；成套；一致，（全部）一樣，整齊；（人）到齊，齊聚

全員が揃った／全員到齊。

□ 揃える　　　　そろえる

[他下一] 使…備齊；使…一致；湊齊，弄齊，使成對

必要なものを揃える／準備好必需品。

□ 尊敬　　　　　　そんけい

[名・他サ] 尊敬

両親を尊敬する／尊敬雙親。

172

□ 対　　　　　　　　たい

[名・漢造] 對比，對方；同等，對等；
相對，相向；（比賽）比；面對
1対1で引き分けです／一比一平手。

□ 代　　　　　　　　だい

[名・漢造] 代，輩；一生，一世；代價
代がかわる／世代交替。

□ 第　　　　　　　　だい

[漢造] 順序；考試及格，錄取；住宅，
宅邸
第1番／第一名

□ 題　　　　　　　　だい

[名・自サ・漢造] 題目，標題；問題；題辭
作品に題をつける／給作品題上名。

□ 退学　　　　　　たいがく

[名・自サ] 退學
退学して仕事を探す／退學後去找工作。

□ 大学院　　　だいがくいん

[名]（大學的）研究所
大学院に進む／進研究所唸書。

□ 大工　　　　　　だいく

[名] 木匠，木工
大工を頼む／雇用木匠。

□ 退屈　　　　　　たいくつ

[名・自サ・形動] 無聊，鬱悶，寂，厭倦
退屈な日々／無聊的生活

□ 体重　　　　　　たいじゅう

[名] 體重
体重が落ちる／體重減輕。

□ 退職　　　　　　たいしょく

[名・自サ] 退職
退職してゆっくり生活したい／退休
後想休閒地過生活。

□ 大体　　　　　　だいたい

[副] 大部分；大致；大概
**この曲はだいたい弾けるようになっ
た**／大致會彈這首曲子了。

□ 態度　　　　　　たいど

[名] 態度，表現；舉止，神情，作風
態度が悪い／態度惡劣。

□ タイトル　　　タイトル

[名]【title】（文章的）題目，（著述
的）標題；稱號，職稱
タイトルを獲得する／獲得頭銜。

□ ダイニング　　ダイニング

[名]【dining】吃飯，用餐；餐廳（ダイ
ニングルーム之略）；西式餐館
ダイニングルームで食事をする／在
西式餐廳用餐。

□ 代表　　　　　　だいひょう

[名・他サ] 代表
代表となる／作為代表。

01
・
40

173

□ タイプ　　　　　タイプ

[名・他サ]【type】型，形式，類型；典型，榜樣，樣本，標本；（印）鉛字，活字；打字（機）

このタイプの服にする／決定穿這種樣式的服裝。

□ 大分　　　　　だいぶ

[名・形動・副] 很，頗，相當的

だいぶ日が長くなった／白天變得比較長了。

□ 題名　　　　　だいめい

[名]（圖書、詩文、戲劇、電影等的）標題，題名

題名をつける／題名。

□ ダイヤ　　　　　ダイヤ

[名]【diagram】之略 列車時刻表；圖表，圖解

大雪でダイヤが混乱した／交通因大雪而陷入混亂。

□ ダイヤ（モンド）
　　　　　ダイヤ／ダイヤモンド

[名]【diamond】鑽石

ダイヤモンドを買う／買鑽石。

□ 太陽　　　　　たいよう

[名] 太陽

太陽の光／太陽的光

□ 体力　　　　　たいりょく

[名] 體力

体力がない／沒有體力。

□ ダウン　　　　　ダウン

[名・自他サ]【down】下，倒下，向下，落下；下降，減退；（棒）出局；（拳擊）擊倒

風邪でダウンする／因感冒而倒下。

□ 絶えず　　　　　たえず

[副] 不斷地，經常地，不停地，連續

絶えず水が湧き出す／水源源不絕湧出。

□ 倒す　　　　　たおす

[他五] 倒，放倒，推倒，翻倒；推翻，打倒；毀壞，拆毀；打敗，擊敗；殺死，擊斃；賴帳，不還債

敵を倒す／打倒敵人。

□ タオル　　　　　タオル

[名]【towel】毛巾；毛巾布

タオルを洗う／洗毛巾。

□ 互い　　　　　たがい

[名・形動] 互相，彼此；雙方；彼此相同

互いに協力する／互相協助。

□ 高まる　　　　　た**か**ま**る**

[自五] 高漲，提高，增長；興奮

気分が高まる／情緒高漲。

□ 高める　　　　　た**か**め**る**

[他下一] 提高，抬高，加高

安全性を高める／加強安全性。

□ 炊く　　　　　　た**く**

[他五] 點火，燒著；燃燒；煮飯，燒菜

ご飯を炊く／煮飯。

□ 抱く　　　　　　だ**く**

[他五] 抱；孵卵；心懷，懷抱

赤ちゃんを抱く／抱小嬰兒。

□ タクシー代　タ**ク**シー**だい**

[名]【taxi だい】計程車費

タクシー代が上がる／計程車的車資漲價。

□ タクシー料金

　　　　　　タ**ク**シー**りょうきん**

[名]【taxi りょうきん】計程車費

タクシー料金が値上げになる／計程車的費用要漲價。

□ 宅配便　　　　た**く**はいびん

[名] 宅急便，送到家中的郵件

宅配便が届く／收到宅配包裹。

□ 炊ける　　　　　た**け**る

[自下一] 燒成飯，做成飯

ご飯が炊けた／飯已經煮熟了。

□ 確か　　　　　　た**し**か

[副]（過去的事不太記得）大概，也許

確か言ったことがある／好像曾經有說過。

□ 確かめる　　　た**し**かめ**る**

[他下一] 查明，確認，弄清

真偽を確かめる／確認真假。

□ 足し算　　　　た**し**ざん

[名] 加法

足し算の教材／加法的教材。

□ 助かる　　　　た**す**か**る**

[自五] 得救，脫險；有幫助，輕鬆；節省（時間、費用、麻煩等）

全員助かりました／全都得救了。

□ 助ける　　　　た**す**け**る**

[他下一] 幫助，援助；救，救助；輔佐；救濟，資助

命を助ける／救人一命。

□ ただ　　　　　　た**だ**

[名·副] 免費，不要錢；普通，平凡；只有，只是（促音化為「たった」）

ただで入場できる／能夠免費入場。

□ ただいま　　　た だ いま

[名·副] 現在；馬上；剛才；我回來了

ただいま帰りました／我回來了。

□ 叩く　　　　た た く

[他五] 敲，叩；打；詢問，徵求；拍，鼓掌；攻擊，駁斥；花完，用光

太鼓をたたく／敲打大鼓。

□ 畳む　　　　た た む

[他五] 疊，折；關，闔上；關閉，結束；藏在心裡

布団を畳む／折棉被。

□ 経つ　　　　た つ

[自五] 經，過；（炭火等）燒盡

月日が経つ／歲月流逝。

□ 建つ　　　　た つ

[自五] 蓋，建

新居が建つ／蓋新房。

□ 発つ　　　　た つ

[自五] 立，站；冒，升；離開；出發；奮起；飛，飛走

9時の列車で発つ／坐九點的火車離開。

□ 縦長　　　　た てなが

[名] 矩形，長形

縦長の封筒／長方形的信封。

□ 立てる　　　た て る

[他下一] 立起；訂立

計画を立てる／訂定計畫。

□ 建てる　　　た て る

[他下一] 建造，蓋

家を建てる／蓋房子。

□ 棚　　　　た な

[名]（放置東西的）隔板，架子，棚

棚に置く／放在架子上。

□ 楽しみ　　　た のしみ

[名] 期待，快樂

楽しみにしている／很期待。

□ 頼み　　　　た のみ

[名] 懇求，請求，拜託；信賴，依靠

頼みがある／有事想拜託你。

□ 球　　　　た ま

[名] 球

球を打つ／打球。

□ 騙す　　　　だ ま す

[他五] 騙，欺騙，誆騙，矇騙；哄

人を騙す／騙人。

□ 溜まる　　　た まる

[他五] 事情積壓；積存，囤積，停滯

ストレスが溜まっている／累積了不少壓力。

□ 黙る　　　　　　**だまる**

[自五] 沉默，不說話；不理，不聞不問

黙って命令に従う／默默地服從命令。

□ 溜める　　　　　**ためる**

[他下一] 積，存，蓄；積壓，停滯

記念切手を溜める／收集紀念郵票。

□ 短　　　　　　　**たん**

[名・漢造] 短；不足，缺點

飽きっぽいのが短所です／容易厭倦
是短處。

□ 団　　　　　　　**だん**

[漢造] 團，圓團；團體

記者団／記者團

□ 弾　　　　　　　**だん**

[漢造] 砲彈

弾丸のように速い／如彈丸一般地快。

□ 短期大学　　**たんきだいがく**

[名] （兩年或三年制的）短期大學

短期大学で勉強する／在短期大學裡
就讀。

□ ダンサー　　　　**ダンサー**

[名] 【dancer】舞者；舞女；舞蹈家

ダンサーを目指す／想要成為一位舞者。

□ 誕生　　　　　**たんじょう**

[名・自サ] 誕生，出生；成立，創立，創辦

誕生日のお祝いをする／慶祝生日。

□ たんす　　　　　**たんす**

[名] 衣櫥，衣櫃，五斗櫃

たんすにしまった／收入衣櫃裡。

□ 短大　　　　　**たんだい**

[名] 短期大學

短大で勉強する／在短期大學裡就讀。

□ 団体　　　　　**だんたい**

[名] 團體，集體

団体を解散する／解散團體。

□ チーズ　　　　　**チーズ**

[名] 【cheese】起司，乳酪

チーズを買う／買起司。

□ チーム　　　　　**チーム**

[名] 【team】組，團隊；（體育）隊

チームを作る／組織團隊。

□ チェック　　　　**チェック**

[名・他サ] 【check】支票；號碼牌；格
子花紋；核對，打勾

メールをチェックする／檢查郵件。

□ 地下　　　　　　**ちか**

[名] 地下；陰間；（政府或組織）地
下，秘密（組織）

地下に潜る／進入地底。

01
-
41

177

□ 違い　　　　　ちがい

[名] 不同，差別，區別；差錯，錯誤，差異

違いが出る／出現差異。

□ 近付く　　　　ちかづく

[自五] 臨近，靠近；接近，交往；幾乎，近似

目的地に近付く／接近目的地。

□ 近付ける　　ちかづける

[他五] 使…接近，使…靠近

人との関係を近づける／與人的關係更緊密。

□ 近道　　　　ちかみち

[名] 近路，捷徑

学問に近道はない／學問沒有捷徑。

□ 地球　　　　ちきゅう

[名] 地球

地球上のあらゆる生物／地球上的所有生物

□ 地区　　　　ちく

[名] 地區

東北地区で生産された／產自東北地區。

□ チケット　　チケット

[名] 【ticket】票，券；車票；入場券；機票

チケットを買う／買票。

□ 遅刻　　　　ちこく

[名・自サ] 遲到，晚到

待ち合わせに遅刻する／約會遲到。

□ チケット代　チケットだい

[名] 【ticket だい】票錢

チケット代を払う／付買票的費用。

□ 知識　　　　ちしき

[名] 知識

知識を得る／獲得知識。

□ 縮める　　　ちぢめる

[他下一] 縮小，縮短，縮減；縮回，捲縮，起皺紋

首を縮める／縮回脖子。

□ チップ　　　チップ

[名] 【chip】（削木所留下的）片削；洋芋片

ポテトチップを食べる／吃洋芋片。

□ 地方　　　　ちほう

[名] 地方，地區；（相對首都與大城市而言的）地方，外地

地方へ転勤する／調派到外地上班。

□ 茶　　　　　ちゃ

[名・漢造] 茶；茶樹；茶葉；茶水

茶を入れる／泡茶。

□ チャイム　　　　チャイム

[名]【chime】組鐘；門鈴

チャイムが鳴った／門鈴響了。

□ 茶色い　　　　ちゃいろい

[形] 茶色

茶色い紙／茶色紙張

□ 着　　　　　　　ちゃく

[名・接尾・漢造] 到達，抵達；（計算衣服
的單位）套；（記數順序或到達順序）
著，名；穿衣；黏貼；沉著；著手

東京着3時／三點抵達東京。

□ 中学　　　　ちゅうがく

[名] 中學，初中

中学生になった／上了國中。

□ 中華なべ　　ちゅうかなべ

[名] 中華鍋（炒菜用的中式淺底鍋）

中華なべで野菜を炒める／用中式淺
底鍋炒菜。

□ 中高年　　ちゅうこうねん

[名] 中年和老年，中老年

中高年に人気だ／受到中高年齡層觀
眾的喜愛。

□ 中旬　　　　ちゅうじゅん

[名]（一個月中的）中旬

6月の中旬に戻る／在6月中旬回來。

□ 中心　　　　ちゅうしん

[名] 中心，當中；中心，重點，焦
點；中心地，中心人物

Aを中心とする／以A為中心。

□ 中年　　　　ちゅうねん

[名] 中年

中年になった／已經是中年人了。

□ 注目　　　　ちゅうもく

[名・他サ・自サ] 注目，注視

人に注目される／引人注目。

□ 注文　　　　ちゅうもん

[名・他サ] 點餐，訂貨，訂購；希望，要
求，願望

パスタを注文した／點了義大利麵。

□ 庁　　　　　　ちょう

[漢造] 官署；行政機關的外局

官庁に勤める／在政府機關工作。

□ 兆　　　　　　ちょう

[名・漢造] 徵兆；（數）兆

日本の国家予算は80兆円だ／日本的
國家預算有80兆日圓。

□ 町　　　　　　ちょう

[名・漢造]（市街區劃單位）街，巷；
鎮，街

町長に選出された／當上了鎮長。

□ 長　　　　　　　　ちょう

[名・漢造] 長，首領；長輩；長處
一家の長／一家之主

□ 帳　　　　　　　　ちょう

[漢造] 帳幕；帳本
銀行の預金通帳／銀行存款簿。

□ 朝刊　　　　　　ちょうかん

[名] 早報
朝刊を読む／讀早報。

□ 調査　　　　　　ちょうさ

[名・他サ] 調查
調査が行われる／展開調查。

□ 調子　　　　　　ちょうし

[名] (音樂) 調子，音調；語調，聲調，口氣；格調，風格；情況，狀況
調子が悪い／情況不好。

□ 長女　　　　　　ちょうじょ

[名] 長女，大女兒
長女が生まれる／長女出生。

□ 挑戦　　　　　　ちょうせん

[名・自サ] 挑戰
世界記録に挑戦する／挑戰世界紀錄。

□ 長男　　　　　　ちょうなん

[名] 長子，大兒子
長男が生まれる／長男出生。

□ 調理師　　　　ちょうりし

[名] 烹調師，廚師
調理師の免許を持つ／具有廚師執照。

□ チョーク　　　　チョーク

[名] 【chalk】粉筆
チョークで黒板に書く／用粉筆在黑板上寫字。

□ 貯金　　　　　　ちょきん

[名・自他サ] 存款，儲蓄
毎月決まった額を貯金する／每個月定額存錢。

□ 直後　　　　　　ちょくご

[名・副] (時間，距離) 緊接著，剛…之後，…之後不久
退院した直後だ／才剛出院。

□ 直接　　　　　　ちょくせつ

[名・副・自サ] 直接
会って直接話す／見面直接談。

□ 直前　　　　　　ちょくぜん

[名] 即將…之前，眼看就要…的時候；(時間，距離) 之前，跟前，眼前
テストの直前に頑張って勉強する／在考前用功讀書。

□ 散らす　　　　　ちらす

[他五・接尾] 把…分散開，驅散；吹散，灑散；散佈，傳播；消腫
火花を散らす／吹散煙火。

□ 治療　　　　　　ちりょう

[名・他サ] 治療，醫療，醫治

ちりょうほうしん き
治療方針が決まった／決定治療的方式。

□ 治療代　　　　ちりょうだい

[名] 治療費，診察費

は ちりょうだい たか
歯の治療代が高い／治療牙齒的費用
很昂貴。

□ 散る　　　　　　ちる

[自五] 凋謝，散漫，落；離散，分散；
遍佈；消腫；渙散

さくら ち
桜が散った／櫻花飄落了。

□ つい　　　　　　つい

[副]（表時間與距離）相隔不遠，就在
眼前；不知不覺，無意中；不由得，
不禁

かさ まちが
つい傘を間違えた／不小心拿錯了傘。

□ 遂に　　　　　　ついに

[副] 終於；竟然；直到最後

つい あらわ
遂に現れた／終於出現。

□ 通　　　　　　　つう

[名・形動・接尾・漢造] 精通，內行，專家；
通曉人情世故，通情達理；暢通；
（助數詞）封，件，紙；穿過；往
返；告知；貫徹始終

かれ にほんつう
彼は日本通だ／他是個日本通。

□ 通勤　　　　　つうきん

[名・自サ] 通勤，上下班

つうきん
マイカーで通勤する／開自己的車上班。

□ 通じる　　　　つうじる

[上一・他上一] 通；相通，通到，通往；
通曉，精通；明白，理解；使…通；
在整個期間內

でん わ つう
電話が通じる／通電話。

□ 通訳　　　　　つうやく

[名・他サ] 口頭翻譯，口譯；翻譯者，譯員

かれ つうやく
彼は通訳をしている／他在擔任口譯。

□ 捕まる　　　　つかまる

[自五] 抓住，被捉住，逮捕；抓緊，揪住

けいさつ つか
警察に捕まった／被警察抓到了。

□ 掴む　　　　　つかむ

[他五] 抓，抓住，揪住，握住；掌握
到，瞭解到

てくび つか
手首を掴んだ／抓住了手腕。

□ 疲れ　　　　　つかれ

[名] 疲勞，疲乏，疲倦

つか で
疲れが出る／感到疲勞。

□ 付き　　　　　つき

[接尾]（前接某些名詞）樣子；附屬

つ ていしょく
デザート付きの定食／附甜點的套餐

01
-
42

181

□ 付き合う　　つきあう

[自五] 交際，往來；陪伴，奉陪，應酬

彼女と付き合う／與她交往。

□ 突き当たり　　つきあたり

[名] 衝突，撞上；（道路的）盡頭

廊下の突き当たり／走廊的盡頭

□ 次々　　つぎつぎ

[副] 一個接一個，接二連三地，絡繹不絕的，紛紛；按著順序，依次

次々と事件が起こる／案件接二連三發生。

□ 次々に　　つぎつぎに

[副] 接二連三；絡繹不絕；相繼；按次序，依次

友人が次々に結婚した／朋友們一個個結婚了。

□ 付く　　つく

[自五] 附著，沾上；長，添增；跟隨，隨從，聽隨；偏坦；設有；連接著

ご飯粒が付く／沾到飯粒。

□ 点ける　　つける

[他下一] 打開（家電類）；點燃

クーラーをつける／開冷氣。

□ 付ける／附ける／着ける　　つける

[他下一・接尾] 掛上，裝上，穿上，配戴；寫上，記上；定（價），出（價）；抹上，塗上

値段をつける／定價。

□ 伝える　　つたえる

[他下一] 傳達，轉告；傳導

彼に伝える／轉告他。

□ 続き　　つづき

[名] 接續，繼續；接續部分，下文；接連不斷

続きがある／有後續。

□ 続く　　つづく

[自五] 續續，延續，連續；接連發生，接連不斷；隨後發生，接著；連著，通到，與…接連；接得上，夠用；後繼，跟上；次於，居次位

晴天が続く／持續著幾天的晴天。

□ ～続ける　　つづける

[接尾]（接在動詞連用形後，複合語用法）繼續…，不斷地…

テニスを練習し続ける／不斷地練習打網球。

□ 包む　　つつむ

[他五] 包裹，打包，包上；蒙蔽，遮蔽，籠罩；藏在心中，隱瞞；包圍

プレゼントを包む／包裝禮物。

□ 繋がる　　　　つながる

[自五] 相連，連接，聯繫；（人）排隊，排列；有（血緣、親屬）關係，牽連

電話が繋がった／電話接通了。

□ 繋ぐ　　　　つなぐ

[他五] 拴結，繫；連起，接上；延續，維繫（生命等），連接

犬を繋ぐ／拴上狗。

□ 繋げる　　　　つなげる

[他下一] 連接，維繫

船を岸に繋げる／把船綁在岸邊。

□ 潰す　　　　つぶす

[他五] 毀壞，弄碎；熔毀，熔化；消磨，消耗；宰殺；堵死，填滿

会社を潰す／讓公司倒閉。

□ 爪先　　　　つまさき

[名] 腳指甲尖端

爪先で立つ／用腳尖站立。

□ つまり　　　　つまり

[名・副] 阻塞，困窘；到頭，盡頭；總之，說到底；也就是說，即…

つまり、こういうことです／也就是說，是這個意思。

□ 詰まる　　　　つまる

[自五] 擠滿，塞滿；堵塞，不通；窘困，窘迫；縮短，緊縮；停頓，擱淺

排水パイプが詰まった／排水管塞住了。

□ 積む　　　　つむ

[自五・他五] 累積，堆積；裝載；積蓄，積累

トラックに積んだ／裝到卡車上。

□ 爪　　　　つめ

[名] （人的）指甲，腳指甲；（動物的）爪；指尖；（用具的）鉤子

爪を伸ばす／指甲長長。

□ 詰める　　　　つめる

[自下一] 裝入；填塞

ごみを袋に詰める／將垃圾裝進袋中。

□ つもり　　　　つもり

[名] 打算；當作

そう説明するつもりだ／打算那樣說明。

□ 積もる　　　　つもる

[自五・他五] 積，堆積；累積；估計；計算；推測

雪が積もる／積雪。

□ 梅雨　　　　つゆ

[名] 梅雨；梅雨季

梅雨が明ける／梅雨期結束。

□ 強まる　　　　つよまる

[自五] 強起來，加強，增強

嵐が強まった／暴風雨逐漸增強。

□ 強める　　　　つよめる

[他下一] 加強，增強

規制を強める／加強限制。

□ で　　　　　　で

[接續] 那麼；（表示原因）所以

台風で学校が休みだ／因為颱風所以學校放假。

□ 出会う　　　　であう

[自五] 遇見，碰見，偶遇；約會，幽會；（顏色等）協調，相稱

彼女に出会った／與她相遇了。

□ 低　　　　　　てい

[名・漢造]（位置）低；（價格等）低；變低

低温で殺菌する／低溫殺菌。

□ 提案　　　　　ていあん

[名・他サ] 提案，建議

提案を受け入れる／接受建議。

□ ティーシャツ　　　　ティーシャツ

[名]【T-shirt】圓領衫，T恤

ティーシャツを着る／穿T恤。

□ DVDデッキ　　　DVDデッキ

[名]【DVD deck】DVD播放機

DVDデッキが壊れた／DVD播映機壞了。

□ DVDドライブ　　　DVDドライブ

[名]【DVD drive】（電腦用的）DVD機

DVDドライブを取り外す／把DVD磁碟機拆下來。

□ 定期　　　　　ていき

[名] 定期，一定的期限

定期点検を行う／舉行定期檢查。

□ 定期券　　　　ていきけん

[名] 定期車票，月票

定期券を申し込む／申請定期車票。

□ ディスプレイ　　　ディスプレイ

[名]【display】陳列，展覽，顯示；（電腦的）顯示器

ディスプレイをリサイクルに出す／把顯示器送去回收。

□ 停電　　　　　ていでん

[名・自サ] 停電，停止供電

台風で停電した／因為颱風所以停電了。

□ 停留所　　　ていりゅうじょ

[名] 公車站；電車站

バスの停留所で待つ／在公車站等車。

184

□ データ　　　　　　データ

[名]【data】論據，論證的事實；材料，資料；數據

データを<ruby>集<rt>あつ</rt></ruby>める／收集情報。

□ デート　　　　　　デート

[名・自サ]【date】日期，年月日；約會，幽會

<ruby>私<rt>わたし</rt></ruby>とデートする／跟我約會。

□ テープ　　　　　　テープ

[名]【tape】窄帶，線帶，布帶；卷尺；錄音帶

テープに<ruby>録音<rt>ろくおん</rt></ruby>する／在錄音帶上錄音。

□ テーマ　　　　　　テーマ

[名]【theme】（作品的）中心思想，主題；（論文、演說的）題目，課題

<ruby>論文<rt>ろんぶん</rt></ruby>のテーマを<ruby>考<rt>かんが</rt></ruby>える／思考論文的標題。

□ <ruby>的<rt>てき</rt></ruby>　　　　　　　てき

[接尾・形動型]（前接名詞）關於，對於；表示狀態或性質

<ruby>悲劇的<rt>ひげきてき</rt></ruby>な<ruby>生涯<rt>しょうがい</rt></ruby>／悲劇的一生

□ <ruby>出来事<rt>できごと</rt></ruby>　　　　　できごと

[名]（偶發的）事件，變故

<ruby>悲惨<rt>ひさん</rt></ruby>な<ruby>出来事<rt>できごと</rt></ruby>に<ruby>遭<rt>あ</rt></ruby>う／遇到悲慘的事件。

01
-
43

□ <ruby>適当<rt>てきとう</rt></ruby>　　　　　　てきとう

[名・形動・自サ]適當；適度；隨便

<ruby>適当<rt>てきとう</rt></ruby>な<ruby>例<rt>れい</rt></ruby>を<ruby>挙<rt>あ</rt></ruby>げる／舉出適當了例子。

□ できる　　　　　　できる

[自上一]完成；能夠

1<ruby>週間<rt>しゅうかん</rt></ruby>でできる／一星期內完成。

□ <ruby>手首<rt>てくび</rt></ruby>　　　　　　てくび

[名]手腕

<ruby>手首<rt>てくび</rt></ruby>を<ruby>怪我<rt>けが</rt></ruby>した／手腕受傷了。

□ デザート　　　　　デザート

[名]【dessert】（西餐正餐後的）甜食點心，水果，冰淇淋

デザートを<ruby>食<rt>た</rt></ruby>べる／吃甜點。

□ デザイナー　　　デザイナー

[名]【designer】（服裝、建築等）設計師，圖案家

デザイナーになる／成為設計師。

□ デザイン　　　　　デザイン

[名・自他サ]【design】設計（圖），（製作）圖案

<ruby>制服<rt>せいふく</rt></ruby>をデザインする／設計制服。

□ デジカメ　　　　　デジカメ

[名]【digital camera】數位相機

デジカメを<ruby>買<rt>か</rt></ruby>った／買了數位相機。

□ デジタル　　　　　デジタル

[名]【digital】數位的，數字的，計量的

デジタル<ruby>製品<rt>せいひん</rt></ruby>を<ruby>使<rt>つか</rt></ruby>う／使用數位電子製品。

□ 手数料　　てすうりょう

[名] 手續費；回扣

手数料がかかる／要付手續費。

□ 手帳　　てちょう

[名] 筆記本，雜記本，手冊

手帳に書き込む／寫入筆記本。

□ 鉄鋼　　てっこう

[名] 鋼鐵

鉄鋼業が盛んだ／鋼鐵業興盛。

□ 徹底　　てってい

[名・自サ] 徹底；傳遍，普遍，落實

命令を徹底する／落實命令。

□ 徹夜　　てつや

[名・自サ] 通宵，熬夜，徹夜

徹夜で看病する／通宵照顧病人。

□ 手の甲　　てのこう

[名] 手背

手の甲を怪我した／手背受傷了。

□ 掌　　てのひら

[名] 手掌

掌に載せて持つ／放在手掌上托著。

□ テレビ番組　　テレビばんぐみ

[名]【television ばんぐみ】電視節目

テレビ番組を制作する／製作電視節目。

□ 点　　てん

[名] 點；方面；（得）分

その点について／關於那一點

□ 電気スタンド　　でんきスタンド

[名]【でんき stand】檯燈

電気スタンドを点ける／打開檯燈。

□ 電気代　　でんきだい

[名] 電費

電気代が高い／電費很貴。

□ 電球　　でんきゅう

[名] 電燈泡

電球が切れた／電燈泡壞了。

□ 電気料金　　でんきりょうきん

[名] 電費

電気料金が値上がりする／電費上漲。

□ 伝言　　でんごん

[名・自他サ] 傳話，口信；帶口信

伝言がある／有留言。

□ 電車代　　でんしゃだい

[名]（坐）電車費用

電車代がかかる／花費不少電車費。

□ 電車賃　　でんしゃちん

[名]（坐）電車費用

電車賃は250円だ／電車費是二百五十日圓。

□ 天井　　てんじょう

[名] 天花板

天井の高いホール／天花板很高的大廳

□ 電子レンジ　てんしレンジ

[名]【でんしrange】微波爐

電子レンジで調理する／用微波爐烹調。

□ 点数　　てんすう

[名]（評分的）分數

点数を計算する／計算點數。

□ 電卓　　でんたく

[名] 電子計算機

電卓で計算する／用計算機計算。

□ 電池　　でんち

[名]（理）電池

電池がいる／需要電池。

□ テント　　テント

[名]【tent】帳篷

テントを張る／搭帳篷。

□ 電話代　　でんわだい

[名] 電話費

今月の電話代／這個月的電話費

□ ～度　　　ど

[接尾] 尺度；程度；溫度；次數，回數；規則，規定；氣量，氣度

昨日より５度ぐらい高い／今天開始溫度比昨天高五度。

□ ～等　　　とう

[接尾] 等等；（助數詞用法，計算階級或順位的單位）等（級）

フランス、ドイツ等のEU諸国／法、德等歐盟各國。

□ ～頭　　　とう

[接尾]（牛、馬等）頭

牛一頭／一隻牛

□ 同　　　どう

[名] 同樣，同等；（和上面的）相同

同社／該公司

□ 倒産　　とうさん

[名・自サ] 破產，倒閉

合併か倒産か／與其他公司合併，或是宣布倒閉

□ どうしても　どうしても

[副]（後接否定）怎麼也，無論怎樣也；務必，一定，無論如何也要

どうしても行きたい／無論如何我都要去。

□ 同時に　　　　　どうじに

[連語] 同時，一次；馬上，立刻

ドアを開けると同時に／就在我開門的同一時刻

□ 当然　　　　　　とうぜん

[形動・副] 當然，理所當然

当然の結果／必然的結果

□ 道庁　　　　　どうちょう

[名]「北海道庁」的略稱，北海道的地方政府

道庁は札幌市にある／北海道道廳（地方政府）位於札幌市。

□ 東洋　　　　　　とうよう

[名]（地）亞洲；東洋，東方（亞洲東部和東南部的總稱）

東洋文化／東洋文化

□ 道路　　　　　　どうろ

[名] 道路

道路が混雑する／道路擁擠。

□ 通す　　　　　　とおす

[他五・接尾] 穿通，貫穿；滲透，透過；連續，貫徹；（把客人）讓到裡邊；一直，連續，…到底

そでに手を通す／把手伸進袖筒。

□ トースター　　　トースター

[名]【toaster】烤麵包機

トースターで焼く／以烤箱加熱。

□ 通り　　　　　　とおり

[名] 種類；套，組

やり方は三通りある／作法有三種方法。

□ 通り　　　　　　とおり

[名] 大街，馬路；通行，流通

広い通りに出る／走到大馬路。

□ 通り越す　　　とおりこす

[自五] 通過，越過

バス停を通り越す／錯過了下車的公車站牌。

□ 通る　　　　　　とおる

[自五] 經過；穿過；合格

左側を通る／往左側走路。

□ 溶かす　　　　　とかす

[他五] 溶解，化開，溶入

完全に溶かす／完全溶解。

□ どきどき　　　　どきどき

[副・自サ]（心臓）撲通撲通地跳，七上八下

心臓がどきどきする／心臟撲通撲通地跳。

□ ドキュメンタリー

ドキュメンタリ

[名]【documentary】紀錄，紀實；
紀錄片

ドキュメンタリー映画/紀錄片

□ 特 とく

[漢造] 特，特別，與眾不同
特異体質/特殊體質。

□ 得 とく

[名・形動] 利益；便宜
まとめて買うと得だ/一次買更划算。

□ 溶く とく

[他五] 溶解，化開，溶入
お湯に溶く/用熱開水沖泡。

□ 解く とく

[他五] 解開，打開（衣服）；取消，解
除（禁令等）；消除，平息；解答
結び目を解く/把扣解開。

□ 得意 とくい

[名・形動]（店家的）主顧；得意，滿
意；自滿，得意洋洋；拿手，擅長
得意先を回る/拜訪老主顧。

□ 読書 どくしょ

[名・自サ] 讀書
兄は読書家だ/哥哥是個愛讀書的人。

□ 独身 どくしん

[名] 單身
独身の生活/單身生活

□ 特徴 とくちょう

[名] 特徵，特點
特徴のある髪型/有特色的髮型。

□ 特別急行

とくべつきゅうこう

[名] 特別快車，特快車
「特急」は特別急行の略称/「特
急」是特快車的簡稱唷。

□ 溶ける とける

[自下一] 溶解，融化
水に溶けません/不溶於水。

□ 解ける とける

[自下一] 解開，鬆開（綁著的東西）；
消，解消（怒氣等）；解除（職責、
契約等）；解開（疑問等）
靴ひもが解ける/鞋帶鬆開。

□ どこか どこか

[連語] 哪裡是，豈止，非但
どこか暖かい国へ行きたい/想去暖
活的國家。

□ 所々 ところどころ

[名] 處處，各處，到處都是
所々に間違いがある/有些地方錯了。

□ 都市　　　　と<u>し</u>

[名] 都市，城市
都市計画の情報／都市計畫的情報

□ 年上　　　　と<u>しうえ</u>

[名] 年長，年歲大（的人）
年上の人／長輩

□ 図書　　　　と<u>しょ</u>

[名] 圖書
図書館で勉強する／在圖書館唸書。

□ 途上　　　　と<u>じょう</u>

[名]（文）路上；中途
通学の途上、祖母に会った／去學校的途中遇到奶奶。

□ 年寄り　　　と<u>しより</u>

[名] 老人；（史）重臣，家老；（史）村長；（史）女管家；（相撲）退休的力士，顧問
年寄りをいたわる／照顧老年人。

□ 閉じる　　　と<u>じる</u>

[自上一] 閉，關閉；結束
戸が閉じた／門關上了。

□ 都庁　　　　と<u>ちょう</u>

[名] 東京都政府（「東京都庁」之略）
都庁行きのバス／往東京都政府的巴士。

□ 特急　　　　と<u>っきゅう</u>

[名] 特快，特快車；火速，趕快
特急で東京へたつ／坐特快車前往東京。

□ 突然　　　　と<u>つぜん</u>

[副] 突然
突然怒り出す／突然生氣。

□ トップ　　　<u>ト</u>ップ

[名]【top】尖端；（接力賽）第一棒；領頭，率先；第一位，首位，首席
成績がトップ／名列前茅

□ 届く　　　　と<u>ど</u>く

[自五] 及，達到；（送東西）到達；周到；達到（希望）
手紙が届いた／收到信。

□ 届ける　　　と<u>どける</u>

[他下一] 送達；送交；報告
忘れ物を届ける／把遺失物送回來。

□ ～殿　　　　どの

[接尾]（前接姓名等）表示尊重
校長殿／校長先生

□ 飛ばす　　　と<u>ばす</u>

[他五・接尾] 使…飛，使飛起；（風等）吹起，吹跑；飛濺，濺起
バイクを飛ばす／飆摩托車。

□ 跳ぶ　　　　　　　　とぶ

[自五] 跳，跳起；跳過（順序、號碼等）

跳び箱を跳ぶ／跳過跳箱。

□ ドライブ　　　ドライブ

[名・自サ]【drive】開車遊玩；兜風

ドライブに出かける／開車出去兜風。

□ ドライヤー　　ドライヤー

[名]【drier】吹風機，乾燥機

ドライヤーをかける／用吹風機吹。

□ トラック　　　トラック

[名]【track】（操場、運動場、賽馬場的）跑道

競技用トラック／比賽用的跑道。

□ ドラマ　　　　　ドラマ

[名]【drama】劇；戲劇；劇本；戲劇文學；（轉）戲劇性的事件

大河ドラマ／大河劇

□ トランプ　　　トランプ

[名]【trump】撲克牌

トランプを切る／洗牌。

□ 努力　　　　　どりょく

[名・自サ] 努力

努力が実った／努力而取得成果。

□ トレーニング

　　　　　トレーニング

[名・他サ]【training】訓練，練習

トレーニングに勤しむ／忙於鍛鍊。

□ ドレッシング

　　　　　ドレッシング

[名]【dressing】調味料，醬汁

さっぱりしたドレッシング／口感清爽的調味醬汁。

□ トン　　　　　　　トン

[名]【ton】（重量單位）噸，公噸，一千公斤

一万トンの船／一萬噸的船隻

□ どんなに　　　どんなに

[副] 怎樣，多麼，如何；無論如何…也

どんなにがんばっても、うまくいかない／不管你再怎麼努力，事情還是不能順利發展。

□ 丼　　　　　　どんぶり

[名] 大碗公；大碗蓋飯，大碗

鰻丼／鰻魚蓋飯

□ 内　　　　　　　　ない

[漢造] 內，裡頭；家裡；內部

校内で走るな／校內嚴禁奔跑。

□ 内容　　　　　　　　ないよう

[名] 内容
手紙の内容／信的內容

□ 直す　　　　　　　　なおす

[接尾]（前接動詞連用形）重做…
やり直す／從頭來。

□ 直す　　　　　　　　なおす

[他五] 修理；改正；治療
自転車を直す／修理腳踏車。

□ 治す　　　　　　　　なおす

[他五] 醫治，治療
虫歯を治す／治療蛀牙。

□ 仲　　　　　　　　　なか

[名] 交情；（人和人之間的）聯繫關係
仲がいい／交情很好。

□ 流す　　　　　　　　ながす

[他五] 使流動，沖走；使漂走；流
（出）；放逐；使流產；傳播；洗掉
（汙垢）；不放在心上
水を流す／沖水。

□ 中身　　　　　　　　なかみ

[名] 裝在容器裡的內容物，內容
中身がない／沒有內容。

□ 中指　　　　　　　　なかゆび

[名] 中指
中指でさすな／別用中指指人。

□ 流れる　　　　　　　ながれる

[自下一] 流動；漂流；飄動；傳布；流
逝；流浪；（壞的）傾向；流產；作
罷；瀰漫；降落
汗が流れる／流汗。

□ 亡くなる　　　　　　なくなる

[他五] 死，喪
おじいさんが亡くなった／爺爺過世了。

□ 殴る　　　　　　　　なぐる

[他五] 毆打，揍；草草了事
人を殴る／打人。

□ 何故なら（ば）　　　なぜなら

[接續] 因為，原因是
もういや、なぜなら彼はひどい／我
投降了，因為他太惡劣了。

□ 納得　　　　　　　　なっとく

[名・他サ] 理解，領會；同意，信服
納得がいく／信服。

□ 斜め　　　　　　　　ななめ

[名・形動] 斜，傾斜；不一般，不同往常
斜めになっていた／歪了。

□ 何か　　　　　　　　なにか

[連語・副] 什麼；總覺得
何か飲みたい／想喝點什麼。

□ 鍋　　　　　　　なべ

[名] 鍋子；火鍋

鍋<ruby>鍋<rt>なべ</rt></ruby>で炒<ruby>炒<rt>いた</rt></ruby>める／用鍋炒。

□ 生　　　　　　　なま

[名・形動]（食物沒有煮過、烤過）生的；直接的，不加修飾的；不熟練，不到火候；生鮮的東西

<ruby>生<rt>なま</rt></ruby>で食<ruby>食<rt>た</rt></ruby>べる／生吃。

□ 涙　　　　　　　なみだ

[名] 涙，眼涙；哭泣；同情

<ruby>涙<rt>なみだ</rt></ruby>があふれる／涙如泉湧。

□ 悩む　　　　　　なやむ

[自五] 煩惱，苦惱，憂愁；感到痛苦

<ruby>悩<rt>なや</rt></ruby>むことはない／沒有煩惱。

□ 鳴らす　　　　　ならす

[他五] 鳴，啼，叫；（使）出名；嘮叨；放響屁

<ruby>鐘<rt>かね</rt></ruby>を<ruby>鳴<rt>な</rt></ruby>らす／敲鐘。

□ 鳴る　　　　　　なる

[自五] 響，叫；聞名

ベルが<ruby>鳴<rt>な</rt></ruby>る／鈴聲響起。

□ ナンバー　　　　ナンバー

[名]【number】數字，號碼；（汽車等的）牌照

<ruby>自動車<rt>じどうしゃ</rt></ruby>のナンバー／汽車牌照。

□ 似合う　　　　　にあう

[他五] 合適，相稱，調和

<ruby>君<rt>きみ</rt></ruby>によく<ruby>似合<rt>にあ</rt></ruby>う／很適合你。

01・45

□ 煮える　　　　　にえる

[自下一] 煮熟，煮爛；水燒開；固體融化（成泥狀）；發怒，非常氣憤

<ruby>芋<rt>いも</rt></ruby>は<ruby>煮<rt>に</rt></ruby>えました／芋頭已經煮熟了。

□ 苦手　　　　　　にがて

[名・形動] 棘手的人或事；不擅長的事物，不擅長

<ruby>苦手<rt>にがて</rt></ruby>な<ruby>科目<rt>かもく</rt></ruby>／不擅長的科目。

□ 握る　　　　　　にぎる

[他五] 握，抓；握飯團或壽司；掌握，抓住；（圍棋中決定誰先下）抓棋子

<ruby>手<rt>て</rt></ruby>を<ruby>握<rt>にぎ</rt></ruby>る／握拳。

□ 憎らしい　　　　にくらしい

[形] 可憎的，討厭的，令人憎恨的

あの<ruby>男<rt>おとこ</rt></ruby>が<ruby>憎<rt>にく</rt></ruby>らしい／那男人真是可恨啊。

□ 偽　　　　　　　にせ

[名] 假，假冒；贋品

<ruby>偽<rt>にせ</rt></ruby>の<ruby>1万円札<rt>まんえんさつ</rt></ruby>／萬圓偽鈔

□ 似せる　　　　　にせる

[他下一] 模仿，仿效；偽造

<ruby>本物<rt>ほんもの</rt></ruby>に<ruby>似<rt>に</rt></ruby>せる／與真物非常相似。

□ 入国管理局 にゅうこくかんりきょく

[名] 入國管理局

入国管理局にビザを申請する／在入國管理局申請了簽證。

□ 入場料 にゅうじょうりょう

[名] 入場費，進場費

入場料が高い／門票很貴呀。

□ 煮る にる

[自五] 煮，燉，熬

豆を煮る／煮豆子。

□ 人気 にんき

[名] 人緣，人望

あのタレントは人気がある／那位藝人很受歡迎。

□ 縫う ぬう

[他五] 縫，縫補；刺繡；穿過，穿行；（醫）縫合（傷口）

服を縫った／縫衣服。

□ 抜く ぬく

[自他五・接尾] 抽出，拔去；選出，摘引；消除，排除；省去，減少；超越

空気を抜いた／放了氣。

□ 抜ける ぬける

[自下一] 脫落，掉落；遺漏；脫；離，離開，消失，散掉；溜走，逃脫

スランプを抜けた／越過低潮。

□ 濡らす ぬらす

[他五] 浸濕，淋濕，沾濕

濡らすと壊れる／碰到水，就會故障。

□ 温い ぬるい

[形] 微溫，不溫不涼；不夠熱；（處置）溫和

温いやり方／不夠嚴厲的處理辦法。

□ 値上がり ねあがり

[名・自サ] 價格上漲，漲價

土地の値上がり／地價高漲。

□ ネックレス ネックレス

[名]【necklace】項鍊

ネックレスをつける／戴上項鍊。

□ 熱中 ねっちゅう

[名・自サ] 熱中，專心；酷愛，著迷於

ゲームに熱中する／沉迷於電玩。

□ 眠る ねむる

[自五] 睡覺；埋藏

薬で眠らせた／用藥讓他入睡。

□ 狙い　　　　　　ねらい

[名] 目標，目的；瞄準，對準

狙いを明確にする／目標明確。

□ 年始　　　　　　ねんし

[名] 年初；賀年，拜年

年末年始／歲暮年初時節

□ 年生　　　　　　ねんせい

[接尾] …年級生

3年生に編入された／被分到三年級。

□ 年末年始　ねんまつねんし

[名] 年底與新年

年末年始に旅行する／在年底到新年
去旅行。

□ 農家　　　　　　のうか

[名] 農民，農戶；農民的家

農家で育つ／生長在農家。

□ 農業　　　　　　のうぎょう

[名] 農耕；農業

機械化された農業／機械化農業。

□ 濃度　　　　　　のうど

[名] 濃度

放射能濃度が高い／輻射線濃度高。

□ 能力　　　　　　のうりょく

[名] 能力；（法）行為能力

能力を発揮する／發揮才能。

□ 鋸　　　　　　のこぎり

[名] 鋸子

のこぎりで板を引く／用鋸子鋸木板。

□ 残す　　　　　　のこす

[他五] 留下，剩下；存留；遺留；（相
撲頂住對方的進攻）開腳站穩

メモを残す／留下紙條。

□ 乗せる／載せる　　のせる

[他下一] 放在高處，放到…；裝載；使
搭乘；使參加；騙人，誘拐；記載，
刊登；合著音樂的拍子或節奏

棚に載せる／放在架上。

□ 望む　　　　　　のぞむ

[他五] 遠望，眺望；指望，希望；仰
慕，景仰

成功を望む／期望成功。

□ 後　　　　　　のち

[名] 後，之後；今後，未來；死後，
身後

晴れのち曇り／晴後陰。

□ ノック　　　　　ノック

[名・他サ]【knock】敲打；（來訪者）
敲門；打球

ノックの音が聞こえる／聽見敲門聲。

□ 伸ばす　　　　　　　のばす
[他五] 伸展，擴展，放長；延緩（日期），推遲；發展，發揮；擴大，增加；稀釋；打倒
手を伸ばす／伸手。

□ 伸びる　　　　　　　のびる
[自上一]（長度等）變長，伸長；（皺摺等）伸展；擴展，到達；（勢力、才能等）擴大，增加，發展
背が伸びる／長高了。

□ 上り　　　　　　　　のぼり
[名]（「のぼる」的名詞形）登上，攀登；上坡（路）；上行列車（從地方往首都方向的列車）；進京
上り電車／上行的電車

□ 上る　　　　　　　　のぼる
[自五] 進京；晉級，高昇；（數量）達到，高達
階段を上る／爬樓梯。

□ 昇る　　　　　　　　のぼる
[自五] 上升
太陽が昇る／太陽升起。

□ 乗り換え　　　　　のりかえ
[名] 換乘，改乘，改搭
電車の乗り換え／電車轉乘。

□ 乗り越し　　　　のりこし
[名・自サ]（車）坐過站
乗り越しの方／坐過站的乘客。

□ のんびり　　　　　のんびり
[副・自サ] 舒適，逍遙，悠然自得，悠閒自在
のんびり暮らす／悠閒度日。

□ バーゲンセール
　　　　　　バーゲンセール
[名]【bargainsale】廉價出售，大拍賣，簡稱為（「バーゲン」）
バーゲンセールが始まった／開始大拍賣囉。

□ パーセント　　パーセント
[名] 百分率
手数料が3パーセントかかる／手續費要三個百分比。

□ パート　　　　　　　パート
[名]【parttime】之略（按時計酬）打零工
パートに出る／出外打零工。

□ ハードディスク
　　　　　　ハードディスク
[名]【harddisk】（電腦）硬碟
ハードディスクが壊れた／硬碟壞了。

□ パートナー　　パートナー

[名]【partner】伙伴，合作者，合夥人；舞伴

いいパートナー／很好的工作伙伴

□ 灰　　　　　　　　　はい

[名] 灰

タバコの灰／煙灰。

□ 倍　　　　　　　　　ばい

[名・漢造・接尾] 倍，加倍；（數助詞的用法）倍

賞金を倍にする／獎金加倍。

□ 灰色　　　　　　はいいろ

[名] 灰色

灰色の壁／灰色的牆

□ バイオリン　　バイオリン

[名]【violin】（樂）小提琴

バイオリンを弾く／拉小提琴。

□ ハイキング　　ハイキング

[名]【hiking】健行，遠足

鎌倉へハイキングに行く／到鎌倉去健行。

□ バイク　　　　　　バイク

[名]【bike】腳踏車；摩托車

バイクで旅行したい／想騎機車旅行。

□ 売店　　　　　　ばいてん

[名]（車站等）小賣店

駅の売店／車站的小賣店。

□ バイバイ　　　　バイバイ

[寒暄]【bye-bye】再見，拜拜

バイバイ、またね／掰掰，再見。

□ ハイヒール　　ハイヒール

[名]【highheel】高跟鞋

ハイヒールをはく／穿高跟鞋。

01
|
46

□ 俳優　　　　　　はいゆう

[名] 演員

映画俳優／電影演員

□ パイロット

パイロット／パイロット

[名]【pilot】領航員；飛行駕駛員；實驗性的飛行員

パイロットを志す／以當飛行員為志向。

□ 生える　　　　　　はえる

[自下一]（草，木）等生長

雑草が生えてきた／雜草長出來了。

□ 馬鹿　　　　　　　ばか

[名・接頭] 愚蠢，糊塗

ばかなまねはするな／別做傻事。

197

□ ～泊／～泊　　　はく／ぱく

[名・漢造] 宿，過夜；停泊

京都に一泊する／在京都住一晚。

□ 拍手　　　　　　はくしゅ

[名・自サ] 拍手，鼓掌

拍手を送った／一起報以掌聲。

□ 博物館　　　はくぶつかん

[名] 博物館，博物院

博物館を楽しむ／到博物館欣賞。

□ 歯車　　　　　　はぐるま

[名] 齒輪

機械の歯車／機器的齒輪

□ 激しい　　　　　はげしい

[形] 激烈，劇烈；（程度上）很高，
厲害；熱烈

競争が激しい／競爭激烈。

□ 鋏　　　　　　　はさみ

[名] 剪刀；剪票鉗

はさみで切る／用剪刀剪。

□ 端　　　　　　　はし

[名] 開端，開始；邊緣；零頭，片
段；開始，盡頭

道の端／路的兩旁

□ 始まり　　　　はじまり

[名] 開始，開端；起源

近代医学の始まり／近代醫學的起源。

□ 始め　　　　　はじめ

[名・接尾] 開始，開頭；起因，起源；以
…為首

年の始め／年初。

□ 派出所　　　はしゅつじょ

[名] 派出所；辦事處，事務所

派出所に届ける／送到派出所。

□ 柱　　　　　　はしら

[名・接尾]（建）柱子；支柱；（轉）靠山

柱が倒れた／柱子倒下。

□ 外す　　　　　はずす

[他五] 摘下，解開，取下；錯過，錯
開；落後，失掉，避開，躲過

眼鏡を外す／摘下眼鏡。

□ バス代　　　　バスだい

[名]【busだい】公車（乘坐）費

バス代を払う／付公車費。

□ パスポート　　パスポート

[名]【passport】護照；身分證

パスポートを出す／取出護照。

□ **バス料金　バスりょうきん**

[名]【busりょうきん】公車（乘坐）費

大阪までのバス料金／搭到大阪的公車費用。

□ **外れる　　　　はずれる**

[自下一] 脱落，掉下；（希望）落空，不合（道理）；離開（某一範圍）

ボタンが外れる／鈕釦脱落。

□ **旗　　　　　　はた**

[名] 旗，旗幟；（佛）幡

旗をかかげる／掛上旗子。

□ **畑　　　　　　はたけ**

[名] 田地，旱田；專業的領域

畑を耕す／耕地。

□ **働き　　　　　はたらき**

[名] 勞動，工作；作用，功效；功勞，功績；功能，機能

妻が働きに出る／妻子外出工作。

□ **はっきり　　　はっきり**

[副・自サ] 清楚；直接了當

はっきり言いすぎた／說得太露骨了。

□ **バッグ　　　　バック**

[名]【bag】手提包

バッグに財布を入れる／把錢包放入包包裡。

□ **発見　　　　　はっけん**

[名・他サ] 發現

死体を発見した／發現了屍體。

□ **発達　　　　　はったつ**

[名・自サ]（身心）成熟，發達；擴展，進步；（機能）發達，發展

技術の発達／技術的發展

□ **発明　　　　　はつめい**

[名・他サ] 發明

機械を発明した／發明機器。

□ **派手　　　　　はで**

[名・形動]（服裝等）鮮艷的，華麗的；（為引人注目而動作）誇張，做作

派手な服を着る／穿華麗的衣服。

□ **花柄　　　　　はながら**

[名] 花的圖樣

花柄のワンピース／有花紋圖樣的連身洋裝。

□ **話し合う　　　はなしあう**

[自五] 對話，談話；商量，協商，談判

楽しく話し合う／相談甚歡。

□ **離す　　　　　はなす**

[他五] 使…離開，使…分開；隔開，拉開距離

目を離す／轉移視線。

□ 花模様　　　　　は<u>な</u>も<u>よ</u>う

[名] 花的圖樣

花模様のハンカチ／綴有花樣的手帕。

□ 離れる　　　　　は<u>な</u>れ<u>る</u>

[自下一] 離開，分開；離去；距離，相隔；脫離（關係），背離

故郷を離れる／離開家鄉。

□ 幅　　　　　　　は<u>ば</u>

[名] 寬度，幅面；幅度，範圍；勢力；伸縮空間

幅を広げる／拓寬。

□ 歯みがき　　　　は<u>み</u>がき

[名] 刷牙；牙膏，牙膏粉；牙刷

毎食後に歯みがきをする／每餐飯後刷牙。

□ 場面　　　ば<u>めん</u>／ば<u>めん</u>

[名] 場面，場所；情景，（戲劇、電影等）場景，鏡頭；市場的情況，行情

場面が変わる／轉換場景。

□ 生やす　　　　　は<u>やす</u>

[他五] 使生長；留（鬍子）

髭を生やす／留鬍鬚。

□ 流行る　　　　　は<u>や</u>る

[自五] 流行，時興；興旺，時運佳

ヨガダイエットが流行っている／流行瑜珈減肥。

□ 腹　　　　　　　は<u>ら</u>

[名] 肚子；心思，內心活動；心情，情緒；心胸，度量；胎內，母體內

腹がいっぱい／肚子很飽。

□ バラエティ　　バ<u>ラ</u>エティ

[名]【variety】多樣化，豐富多變；綜藝節目（「バラエティーショー」之略）

バラエティ番組／綜藝節目。

□ ばらばら（な）　ば<u>らばら</u>

[形動・副] 分散貌；凌亂，支離破碎的；（雨點）等連續降落

時計をばらばらにする／把表拆開。

□ バランス　　　　バ<u>ラ</u>ンス

[名]【balance】平衡，均衡，均等

バランスを取る／保持平衡。

□ 張る　　　　　　は<u>る</u>

[自五・他五] 延伸，伸展；覆蓋；膨脹，負擔過重；展平，擴張；設置，布置

池に氷が張る／池塘都結了一層薄冰。

□ バレエ　　　　　バ<u>レ</u>エ

[名]【ballet】芭蕾舞

バレエを習う／學習芭蕾舞。

□ バン　　　　　　バ<u>ン</u>

[名]【van】大篷貨車

新型のバンがほしい／想要有一台新型貨車。

□ **番** <ruby>番<rt>ばん</rt></ruby> ばん

[名・接尾・漢造] 輪班；看守，守衛；（表順序與號碼）第…號；（交替）順序

店の番をする／照看店鋪。

□ **範囲** <ruby>範囲<rt>はんい</rt></ruby> はんい

[名] 範圍，界線

予算の範囲でやる／在預算範圍內做。

□ **反省** <ruby>反省<rt>はんせい</rt></ruby> はんせい

[名・他サ] 反省，自省（思想與行為）；重新考慮

深く反省している／深深地反省。

□ **反対** <ruby>反対<rt>はんたい</rt></ruby> はんたい

[名・自サ] 相反；反對

道の反対側／道路的相對一側。

□ **パンツ** パンツ

[名]【pants】（男性與兒童的）褲子；西裝褲；長運動褲，內褲

パンツをはく／穿褲子。

□ **犯人** <ruby>犯人<rt>はんにん</rt></ruby> はんにん

[名] 犯人

犯人を逮捕する／逮捕犯人。

□ **パンプス** パンプス

[名]【pumps】女用的高跟皮鞋，淑女包鞋

パンプスをはく／穿淑女包鞋。

□ **パンフレット** パンフレット

[名]【pamphlet】小冊子

詳しいパンフレット／詳細的小冊子。

□ **非** ひ

[漢造] 非，不是

非を認める／承認錯誤。

□ **費** ひ

[漢造] 消費，花費；費用

経費／經費

□ **ピアニスト** ピアニスト

[名]【pianist】鋼琴師，鋼琴家

ピアニストの方／鋼琴家。

□ **ヒーター** ヒーター

[名]【heater】暖氣裝置；電熱器，電爐

ヒーターをつける／裝暖氣。

□ **ビール** ビール

[名]【(荷)bier】啤酒

ビールを飲む／喝啤酒。

□ **被害** <ruby>被害<rt>ひがい</rt></ruby> ひがい

[名] 受害，損失

被害がひどい／受災嚴重。

□ 引き受ける　　ひきうける

[他下一] 承擔，負責；照應，照料；應付，對付；繼承

事業を引き受ける／繼承事業。

□ 引き算　　ひきざん

[名]（數）減法

引き算を習う／學習減法。

□ ピクニック

ピクニック／ピクニック

[名]【picnic】郊遊，野餐

ピクニックに行く／去野餐。

□ 膝　　ひざ

[名] 膝，膝蓋

膝を曲げる／曲膝。

□ 肘　　ひじ

[名] 肘，手肘

肘つきのいす／帶扶手的椅子。

□ 美術　　びじゅつ

[名] 美術

美術の研究／研究美術

□ 非常　　ひじょう

[名・形動] 非常，很，特別；緊急，緊迫

非常の場合／緊急的情況

□ 美人　　びじん／びじん

[名]（文）美人，美女

美人薄命／紅顏薄命。

□ 額　　ひたい

[名] 前額，額頭；物體突出部分

額に汗して働く／汗流滿面地工作。

□ 引っ越し　　ひっこし

[名] 搬家，遷居

引っ越しをする／搬家。

□ ぴったり　　ぴったり

[副・自サ] 緊緊地，嚴實地；恰好，正適合；說中，猜中，剛好合適

ぴったり寄り添う／緊緊偎靠在一起。

□ ヒット　　ヒット

[名・自サ]【hit】大受歡迎，最暢銷；（棒球）安打

ヒットソング／暢銷流行曲。

□ ビデオ【video】　　ビデオ

[名] 影像，錄影；錄影機；錄影帶

ビデオを再生する／播放錄影帶。

□ ビデオデッキ

ビデオデッキ

[名]【videodeck】錄影帶播放機

ビデオデッキを使う／用錄影帶播放機。

□ 人差し指　　ひとさしゆび

[名] 食指

人差し指を立てる／豎起食指。

□ ビニール　　　　ビニール

[名]【vinyl】（化）乙烯基；乙烯基樹脂；塑膠

ビニール袋／塑膠袋

□ 皮膚　　　　ひふ／ひふ

[名] 皮膚

皮膚が荒れる／皮膚粗糙。

□ 秘密　　　　　　ひみつ

[名・形動] 秘密，機密

秘密を明かす／透漏秘密。

□ 紐　　　　　　　　ひも

[名]（布、皮革等的）細繩，帶

靴ひもを結ぶ／繫鞋帶。

□ 冷やす　　　　　ひやす

[他五] 使變涼，冰鎮；（喻）使冷靜

冷蔵庫で冷やす／放在冰箱冷藏。

□ 秒　　　　　　　びょう

[名・漢造]（時間單位）秒

タイムを秒まで計る／以秒計算。

□ 標語　　　　　ひょうご

[名] 標語

交通安全の標語／交通安全的標語

□ 美容師　　　　びようし

[名] 美容師

人気の美容師／極受歡迎的美髮設計師。

□ 表情　　　ひょうじょう

[名] 表情

表情が暗い／神情陰鬱。

□ 標本　　　　ひょうほん

[名] 標本；（統計）樣本；典型

動物の標本／動物的標本

□ 表面　　　　ひょうめん

[名] 表面

表面だけ飾る／只裝飾表面。

□ 評論　　　　ひょうろん

[名・他サ] 評論，批評

評論家として／以評論家的身分

□ ビラ　　　　　　ビラ

[名]【bill】（宣傳、廣告用的）傳單

ビラをまく／發傳單。

□ 開く　　　　　　ひらく

[自五・他五] 綻放；開，拉開

花が開く／花兒綻放開來。

□ 広がる　　　　ひろがる

[自五] 開放，展開；（面積、規模、範圍）擴大，蔓延，傳播

事業が広がる／擴大事業。

□ 広げる　　　　ひろげる

[他下一] 打開,展開;(面積、規模、範圍)擴張,發展

捜査の範囲を広げる/擴大搜查範圍。

□ 広さ　　　　ひろさ

[名] 寬度,幅度

広さは3万坪ある/有三萬坪的寬度。

□ 広まる　　　　ひろまる

[自五](範圍)擴大;傳播,遍及

話が広まる/事情漸漸傳開。

□ 広める　　　　ひろめる

[他下一] 擴大,增廣;普及,推廣;披漏,宣揚

知識を広める/普及知識。

□ 瓶　　　　びん

[名] 瓶,瓶子

瓶を壊す/打破瓶子。

□ ピンク　　　　ピンク

[名]【pink】桃紅色,粉紅色;桃色

ピンク色のセーター/粉紅色的毛衣

□ 便箋　　　　びんせん

[名] 信紙,便箋

便箋と封筒/信紙和信封

□ 不　　　　ふ

[漢造] 不;壞;醜;笨

不思議/不可思議

□ 部　　　　ぶ

[名・漢造] 部分;部門;冊

営業部/業務部

□ 無　　　　ぶ

[漢造] 無,沒有,缺乏

無難/無事

□ ファーストフード

　　　　ファーストフード

[名]【fastfood】速食

ファーストフードを食べすぎた/吃太多速食。

□ ファスナー　　　ファスナー

[名]【fastener】(提包、皮包與衣服上的)拉鍊

ファスナーがついている/有附拉鍊。

□ ファックス　　　ファックス

[名]【fax】傳真

地図をファックスする/傳真地圖。

□ 不安　　　　ふあん

[名・形動] 不安,不放心;擔心;不穩定

不安をおぼえる/感到不安。

□ 風俗　　　　ふうぞく

[名] 風俗;服裝,打扮;社會道德

土地の風俗/當地的風俗

□ **夫婦**　ふうふ　ふ|う|ふ

[名] 夫婦，夫妻
夫婦になる／成為夫妻。

□ **不可能（な）**　ふか|のう

[形動] 不可能的，做不到的
不可能な要求／不可能達成的要求

□ **深まる**　ふ|か|ま|る

[自五] 加深，變深
秋が深まる／秋深。

□ **深める**　ふ|か|め|る

[他下一] 加深，加強
知識を深める／增進知識。

□ **普及**　ふ|きゅう

[名・自サ] 普及
テレビが普及している／電視普及。

□ **拭く**　ふ|く

[他五] 擦，抹
雑巾で拭く／用抹布擦拭。

□ **副**　ふ|く

[名・漢造] 副本，抄件；副；附帶
副社長／副社長。

□ **含む**　ふ|く|む

[他五・自四] 含（在嘴裡）；帶有包含；
瞭解，知道；含蓄；懷（恨）；鼓
起；（花）含苞
目に涙を含む／眼裡含淚。

□ **含める**　ふ|く|め|る

[他下一] 包含，含括；囑咐，告知，指導
子供を含めて三百人だ／包括小孩在
內共三百人。

□ **袋**　ふ|く|ろ

[名] 口袋；腰包
袋に入れる／裝入袋子。

□ **更ける**　ふ|け|る

[自下一]（秋）深；（夜）闌
夜が更ける／三更半夜。

□ **不幸**　ふ|こ|う

[名] 不幸，倒楣；死亡，喪事
不幸を嘆く／哀嘆不幸。

□ **符号**　ふ|ご|う

[名] 符號，記號；（數）符號
数学の符号／數學符號。

□ **不思議**　ふ|し|ぎ

[名・形動] 奇怪，難以想像，不可思議
不思議なこと／不可思議的事。

□ **不自由**　ふ|じゅう

[名・形動・自サ] 不自由，不如意，不充
裕；（手腳）不聽使喚；不方便
金に不自由しない／不缺錢。

01-48

205

□ **不足** ふそく

[名・形動・自サ] 不足，不夠，短缺；缺
乏，不充分；不滿意，不平

不足を補う／彌補不足。

□ **蓋** ふた

[名]（瓶、箱、鍋等）的蓋子；（貝類
的）蓋，蓋子

蓋をする／蓋上。

□ **舞台** ぶたい

[名] 舞台；大顯身手的地方

舞台に立つ／站上舞台。

□ **再び** ふたたび

[副] 再一次，又，重新再

再びやってきた／捲土重來。

□ **二手** ふたて

[名] 兩路

二手に分かれる／兵分兩路。

□ **不注意（な）** ふちゅうい

[形動] 不注意，疏忽，大意

不注意な発言／失言。

□ **府庁** ふちょう

[名] 府辦公室

府庁所在地／府辦公室所在地。

□ **物** ぶつ

[名・漢造] 大人物；物，東西

紛失物／遺失物品

□ **物価** ぶっか

[名] 物價

物価が上がった／物價上漲。

□ **ぶつける** ぶつける

[他下一] 扔，投；碰，撞，（偶然）碰
上，遇上；正當，恰逢；衝突，矛盾

車をぶつける／撞上了車。

□ **物理** ぶつり

[名]（文）事物的道理；物理（學）

物理変化／物理變化

□ **船便** ふなびん

[名] 船運通航

船便で送る／用船運過去。

□ **不満** ふまん

[名・形動] 不滿足，不滿，不平

不満をいだく／心懷不滿。

□ **踏切** ふみきり

[名]（鐵路的）平交道，道口；（轉）
決心

踏切を渡る／過平交道。

□ **麓** ふもと

[名] 山腳

富士山の麓／富士山下

□ **増やす** ふやす

[他五] 繁殖；增加，添加

人手を増やす／增加人手。

□ フライ返し　フライがえし
[名]【fry がえし】炒菜鏟
使いやすいフライ返し／好用的炒菜鏟。

□ プライバシー

プライバシー
[名]【privacy】私生活，個人私密
プライバシーに関する情報／關於個人隱私的相關資訊。

□ フライパン

フライパン
[名]【frypan】煎鍋，平底鍋
フライパンで焼く／用平底鍋烤。

□ ブラインド　　ブラインド
[名]【blind】百葉窗，窗簾，遮光物
ブラインドを掛ける／掛百葉窗。

□ ブラウス　　　ブラウス
[名]【blouse】（婦女穿的）寬大的罩衫，襯衫，女襯衫
ブラウスを洗濯する／洗襯衫。

□ プラス　　　　プラス
[名・他サ]【plus】（數）加號；正數；利益，好處，盈餘
プラスになる／有好處。

□ プラスチック

プラスチック
[名]【plastic;plastics】（化）塑膠，塑料
プラスチック製の車／塑膠製的車子。

□ プラットホーム

プラットホーム
[名]【platform】月台
プラットホームを出る／走出月台。

□ ブランド　　　ブランド
[名]【brand】（商品的）牌子；商標
ブランド品／名牌商品。

□ 振り　　　　　ぶり
[造語] 樣子，狀態
勉強振り／學習狀況

□ 振り　　　　　ぶり
[造語] 相隔
五年振りの来日／相隔五年的訪日。

□ プリペイドカード

プリペイドカード
[名]【prepaidcard】預先付款的卡片（電話卡、影印卡等）
国際電話用のプリペイドカード／撥打國際電話的預付卡

□ プリンター　　プリンター
[名]【printer】印表機；印相片機
新しいプリンター／新的印表機

□ 古　　　　　　ふる
[名・漢造] 舊東西；舊，舊的
古本屋さん／二手書店

□ 振る　　　　　ふる
[他五] 揮，搖；撒，丟；（俗）放棄，
犧牲（地位等）；謝絕，拒絕；派
分；在漢字上註假名
手を振る／揮手。

□ フルーツ　　　フルーツ
[名]【fruits】水果
フルーツジュース／果汁

□ ブレーキ　　　ブレーキ
[名]【brake】煞車；制止，控制，潑
冷水
ブレーキをかける／踩煞車。

□ 風呂（場）　　ふろば
[名] 浴室，洗澡間，浴池
風呂に入る／泡澡。

□ 風呂屋　　　　ふろや
[名] 浴池，澡堂
風呂屋に行く／去澡堂。

□ ブログ　　　　ブログ
[名]【blog】部落格
ブログを作る／架設部落格。

□ プロ　　　　　プロ
[名]【professional之略】職業選手，
專家，專業
プロになる／成為專家。

□ 分　　　　　　ぶん
[名・漢造] 部分；份；本分；地位
減った分を補う／補充減少部分。

□ 分数　　　　　ぶんすう
[名]（數學的）分數
分数を習う／學分數。

□ 文体　　　　　ぶんたい
[名]（某時代特有的）文體；（某作家
特有的）風格
漱石の文体をまねる／模仿夏目漱石
的文章風格。

□ 文房具　　　　ぶんぼうぐ
[名] 文具，文房四寶
文房具屋さん／文具店

□ 平気　　　　　へいき
[名・形動] 鎮定，冷靜；不在乎，不介
意，無動於衷
平気な顔／冷靜的表情

□ 平均　　　　　へいきん

[名・自サ・他サ] 平均；（數）平均值；平衡，均衡

平均所得／平均收入

□ 平日　　　　　へいじつ

[名]（星期日、節假日以外）平日；平常，平素

平日ダイヤで運行する／以平日的火車時刻表行駛。

□ 兵隊　　　　　へいたい

[名] 士兵，軍人；軍隊

兵隊に行く／去當兵。

□ 平和　　　　　へいわ

[名・形動] 和平，和睦

平和に暮らす／過和平的生活。

□ 臍　　　　　　へそ

[名] 肚臍；物體中心突起部分

へそを曲げる／不聽話。

□ 別　　　　　　べつ

[名・形動・漢造] 分別，區分；分別

別の方法を考える／想別的方法

□ 別に　　　　　べつに

[副]（後接否定）不特別

別に忙しくない／不特別忙。

□ 別々　　　　　べつべつ

[形動] 各自，分別，各別

別々に研究する／分別研究。

□ ベテラン　　　ベテラン

[名]【veteran】老手，內行

ベテラン選手がやめる／老將辭去了。

□ 部屋代　　　　へやだい

[名] 房間費

部屋代を払う／支付房租。

□ 減らす　　　　へらす

[他五] 減，減少；削減，縮減；空（腹）

体重を減らす／減輕體重。

□ ベランダ　　　ベランダ

[名]【veranda】陽台；走廊

ベランダの花／陽台上的花。

□ 経る　　　　　へる

[自下一]（時間、空間、事物）經過、通過

3年を経た／經過了三年。

□ 減る　　　　　へる

[自五]（肚子）餓

腹が減った／肚子餓。

□ 減る　　　　　へる

[自五] 減，減少；磨損

収入が減る／收入減少。

01
-
49

209

□ ベルト　　　　ベルト

[名]【belt】皮帶；（機）傳送帶；
（地）地帶

ベルトの締め方/繫皮帶的方式。

□ ヘルメット　　ヘルメット

[名]【helmet】安全帽；頭盔，鋼盔

ヘルメットをかぶる/戴安全帽。

□ 偏　　　　　　へん

[名・漢造] 漢字的（左）偏旁；偏，偏頗
衣偏/衣部（部首）

□ 編　　　　　　へん

[名・漢造] 編，編輯；（詩的）卷
編集者/編輯人員。

□ 変化　　　　　へんか

[名・自サ] 變化，改變；（語法）變形，
活用
変化に乏しい/平淡無奇。

□ ペンキ　　　　ペンキ

[名]【pek】油漆
ペンキが乾いた/油漆乾了。

□ 変更　　　　　へんこう

[名・他サ] 變更，更改，改變
計画を変更する/變更計畫。

□ 弁護士　　　　べんごし

[名] 律師
弁護士になる/成為律師。

□ ベンチ　　　　ベンチ

[名]【bench】長椅，長凳；（棒球）
教練，選手席板凳

ベンチに腰掛ける/坐到長椅上。

□ 弁当　　　　　べんとう

[名] 便當，飯盒
弁当を作る/做便當。

□ 歩/歩　　　　ほ/ぽ

[名・漢造] 步，步行；（距離單位）步
前へ、一歩進む/往前一步。

□ 保育園　　　ほいくえん

[名] 幼稚園，保育園
2歳から保育園に行く/從兩歲起就
讀育幼園。

□ 保育士　　　　ほいくし

[名] 幼教師
保育士になる/成為幼教老師。

□ 防　　　　　　ぼう

[漢造] 防備，防止；堤防
予防医療/預防醫療

□ 報告　　　　　ほうこく

[名・他サ] 報告，匯報，告知
事件を報告する/報告案件。

□ 包帯　　　　　ほうたい

[名・他サ]（醫）繃帶
包帯を換える/更換包紮帶。

□ 包丁　　　　　　ほうちょう

[名] 菜刀；廚師；烹調手藝

包丁で切る／用菜刀切。

□ 方法　　　　　　ほうほう

[名] 方法，辦法

方法を考え出す／想出辦法。

□ 訪問　　　　　　ほうもん

[名・他サ] 訪問，拜訪

家庭を訪問する／家庭訪問。

□ 暴力　　　　　　ぼうりょく

[名] 暴力，武力

暴力禁止法案／嚴禁暴力法案

□ 頬／頬　　　　　ほお／ほほ

[名] 頰，臉蛋

ほおが赤い／臉蛋紅通通的。

□ ボーナス　　　　ボーナス

[名]【bonus】特別紅利，花紅；獎金，額外津貼，紅利

ボーナスが出る／發獎金。

□ ホーム　　　　　ホーム

[名]【platform之略】月台

ホームを出る／走出月台。

□ ホームページ

　　　　　　　　ホームページ

[名]【homepage】（網站的）首頁

ホームページを作る／架設網站。

□ ホール　　　　　ホール

[名]【hall】大廳；舞廳；（有舞台與觀眾席的）會場

新しいホール／嶄新的大廳

□ ボール　　　　　ボール

[名]【ball】球；（棒球）壞球

サッカーボール／足球

□ 保健所　　　　　ほけんじょ

[名] 保健所，衛生所

保健所の人／衛生中心的人員

□ 保健体育　　　ほけんたいいく

[名]（國高中學科之一）保健體育

保健体育の授業／健康體育課

□ ほっと　　　　　ほっと

[副・自サ] 嘆氣貌；放心貌

ほっと息をつく／鬆了一口氣。

□ ポップス　　　　ポップス

[名]【pops】流行歌，通俗歌曲（「ポピュラーミュージック」之略）

80年代のポップス／八〇年代的流行歌。

□ 骨　　　　　　　ほね

[名] 骨頭；費力氣的事

骨が折れる／費力氣。

□ ホラー　　　　　　　ホラー

[名]【horror】恐怖，戰慄

ホラー映画／恐怖電影

□ ボランティア

ボランティア

[名]【volunteer】志願者，自願參加者；志願兵

ボランティア活動／志工活動

□ ポリエステル

ポリエステル

[名]【polyethylene】（化學）聚乙稀，人工纖維

ポリエステルの服／人造纖維的衣服。

□ ぼろぼろ（な）　　ぼろぼろ

[名・形動・剛]（衣服等）破爛不堪；（粒狀物）散落貌

ぼろぼろな財布／破破爛爛的錢包

□ 本日　　　　　　　ほんじつ

[名] 本日，今日

本日のお薦めメニュー／今日的推薦菜單。

□ 本代　　　　　　　ほんだい

[名] 買書錢

本代がかなりかかる／買書的花費不少。

□ 本人　　　　　　　ほんにん

[名] 本人

本人が現れた／當事人現身了。

□ 本年　　　　　　　ほんねん

[名] 本年，今年

本年もよろしく／今年還望您繼續關照。

□ ほんの　　　　　　ほんの

[連體] 不過，僅僅，一點點

ほんの少し／只有一點點

□ 毎　　　　　　　　まい

[接頭] 毎

毎朝、牛乳を飲む／每天早上，喝牛奶。

□ マイク　　　　　　マイク

[名]【mike】麥克風

マイクを通じて話す／透過麥克風說話。

□ マイクロホン

マイクロホン

[名・自他サ]【microphone】麥克風，話筒

マイクロホンの前に立つ／站在麥克風前。

□ マイナス　　　　　マイナス

[名・他サ]【minus】（數）減，減法；減號，負數；負極；（溫度）零下

マイナスになる／變得不好。

□ マウス　　　　　　マウス

[名]【mouse】老鼠：（電腦）滑鼠

マウスを移動する／移動滑鼠。

□ 前もって　　　　まえもって
[副] 預先，事先
前もって知らせる／事先知會。

□ 任せる　　　　まかせる
[他下一] 委託，託付；聽任，隨意；盡
力，盡量
運を天に任せる／聽天由命。

□ 巻く　　　　　まく
[自五・他五] 形成漩渦；喘不上氣來；
捲；纏繞；上發條；捲起；包圍；
（登山）迂迴繞過險處；（連歌，俳
諧）連吟
紙を筒状に巻く／把紙捲成筒狀。

□ 枕　　　　　　まくら
[名] 枕頭
枕につく／就寢，睡覺。

□ 負け　　　　　まけ
[名] 輸，失敗；減價；（商店送給客
戶的）贈品
私の負け／我輸了。

□ 曲げる　　　　まげる
[他下一] 彎，曲；歪，傾斜；扭曲，歪
曲；改變，放棄；（當舖裡的）典
當；偷，竊
腰を曲げる／彎腰。

□ 孫　　　　　　まご
[名・漢造] 孫子
孫ができた／抱孫子了。

□ まさか　　　　まさか
[副]（後接否定語氣）絕不…，總不會
…，難道；萬一，一旦該不會
まさかの時に備える／以備萬一。

□ 混ざる　　　　まざる
[自五] 混雜，夾雜
米に砂が混ざっている／米裡面夾帶
著沙。

□ 交ざる　　　　まざる
[自五] 混雜，交雜，夾雜
不良品が交ざっている／摻進了不良品。

□ まし（な）　　　まし
[形動] 強，勝過
ましな番組／像樣一些的電視節目

□ 雑じる　　　　まじる
[自五] 夾雜，混雜；加入，交往，交際
酒に水が雑じる／酒裡摻水。

□ マスコミ　　　マスコミ
[名]【masscommunication】之略
（透過報紙、廣告、電視或電影等向
群眾進行的）大規模宣傳；媒體
マスコミに追われている／蜂擁而上
的採訪媒體。

□ マスター　　　マスター

[名・他サ]【master】老闆；精通

日本語をマスターしたい／我想精通日語。

□ 益々　　　ますます

[副] 越發，益發，更加

ますます強くなる／更加強大了。

□ 混ぜる　　　まぜる

[他下一] 混入；加上，加進；攪，攪拌

ビールとジュースを混ぜる／將啤酒和果汁加在一起。

□ 間違い　　　まちがい

[名] 錯誤，過錯；不確實

間違いを直す／改正錯誤。

□ 間違う　　　まちがう

[自五・他五] 做錯，搞錯；錯誤，弄錯

計算を間違う／算錯了。

□ 間違える　　　まちがえる

[他下一] 弄錯，搞錯，做錯

人の傘と間違える／跟別人的傘弄錯了。

□ 真っ暗　　　まっくら

[名・形動] 漆黑；（前途）黯淡

真っ暗になる／變得漆黑。

□ 真っ黒　　　まっくろ

[名・形動] 漆黑，烏黑

日差しで真っ黒になった／被太陽晒得黑黑的。

□ まつ毛　　　まつげ

[名] 睫毛

まつ毛が抜ける／掉睫毛。

□ 真っ青　　　まっさお

[名・形動] 蔚藍，深藍；（臉色）蒼白

真っ青な顔をしている／變成鐵青的臉。

□ 真っ白　　　まっしろ

[名・形動] 雪白，淨白，皓白

頭の中が真っ白になる／腦中一片空白。

□ 真っ白い　　　まっしろい

[形] 雪白的，淨白的，皓白的

真っ白い雪が降ってきた／下起雪白的雪來了。

□ 全く　　　まったく

[副] 完全，全然；實在，簡直；（後接否定）絕對，完全

まったく違う／全然不同。

□ 祭り　　　まつり

[名] 祭祀；祭日，廟會祭典

祭りに出かける／去參加節日活動。

□ 纏まる　　　　まとまる

[自五] 解決，商訂，完成，談妥；湊
齊，湊在一起；集中起來，概括起
來，有條理
意見がまとまる／意見一致。

□ 纏める　　　　まとめる

[他下一] 解決，結束，總結，概括；匯
集，收集；整理，收拾
意見をまとめる／整理意見。

□ 間取り　　　　まどり

[名]（房子的）房間佈局，採間，平面
佈局
間取りがいい／隔間還不錯。

□ マナー　　　　マナー

[名]【manner】禮貌，規矩；態度舉
止，風格
食事のマナー／用餐禮儀

□ まな板　　　　まないた

[名] 切菜板
木材のまな板／木材砧板。

□ 間に合う　　　　まにあう

[自五] 來得及，趕得上；夠用
電車に間に合う／趕上電車。

□ 間に合わせる　　　　まにあわせる

[連語] 臨時湊合，就將；使來得及，趕
出來
締切に間に合わせる／在截止期限之
前繳交。

□ 招く　　　　まねく

[他五]（搖手、點頭）招呼；招待，宴
請；招聘，聘請；招惹，招致
パーティーに招かれた／受邀參加派對。

□ 真似る　　　　まねる

[他下一] 模效，仿效，模仿
上司の口ぶりを真似る／仿效上司的
說話口吻。

□ 眩しい　　　　まぶしい

[形] 耀眼，刺眼的；華麗奪目的，鮮
豔的，刺目
太陽が眩しかった／太陽很刺眼。

□ 瞼　　　　まぶた

[名] 眼瞼，眼皮
瞼を閉じる／闔上眼瞼。

□ マフラー　　　　マフラー

[名]【muffler】圍巾；（汽車等的）
滅音器
暖かいマフラーをくれた／人家送了
我暖和的圍巾。

215

□ 守る　　　　　まもる
[他五] 保衛，守護；遵守，保守；保持
（忠貞）；（文）凝視
秘密を守る／保密。

□ 回り　　　　　まわり
[名·接尾] 轉動；蔓延；走訪，巡迴；周
圍；周，圈
火の回りが速い／火蔓延得快。

□ 眉毛　　　　　まゆげ
[名] 眉毛
まゆげが長い／眉毛很長。

□ 周り　　　　　まわり
[名] 周圍，周邊
周りの人／周圍的人

□ 迷う　　　　　まよう
[自五] 迷，迷失；困惑；迷戀；（佛）
執迷；（古）（毛線、線繩等）絮
亂，錯亂
道に迷う／迷路。

□ マンション　　マンション
[名]【mansion】公寓大廈；（高級）
公寓
高級マンションに住む／住高級大
廈。

□ 真夜中　　　　まよなか
[名] 三更半夜，深夜
真夜中に目が覚めた／深夜醒來。

□ 満足　　　　　まんぞく
[名·自他サ·形動] 滿足，令人滿意的，心滿
意足；滿足，符合要求；完全，圓滿
満足に暮らす／美滿地過日子。

□ マヨネーズ　　マヨネーズ
[名]【mayonnaise】美乃滋，蛋黃醬
低カロリーのマヨネーズ／低熱量的
美奶滋。

□ 見送り　　　　みおくり
[名] 送行，送別；靜觀，觀望；（棒
球）放過好球不打
盛大な見送りを受けた／獲得盛大的
送行。

□ 丸　　　　　　まる
[名·造語·接頭·接尾] 圓形，球狀；句點；
完全
丸を書く／畫圈圈。

□ 見掛ける　　　みかける
[他下一] 看到，看出，看見；開始看
よく駅で見かける人／那個人常在車
站常看到。

□ まるで　　　　まるで
[副]（後接否定）簡直，全部，完全；
好像，宛如，恰如
まるで夢のようだ／宛如作夢一般。

□ 味方　　　　　　　み かた

[名・自サ] 我方，自己的這一方；夥伴

いつも君の味方だ／我永遠站在你這邊。

□ ミシン　　　　　　　ミ シン

[名]【sewingmachine】縫紉機

ミシンで着物を縫い上げる／用縫紉機縫好一件和服。

□ ミス　　　　　　　　ミ ス

[名]【Miss】小姐，姑娘

ミス日本／日本選美小姐。

□ ミス　　　　　　　　ミ ス

[名・自サ]【miss】失敗，錯誤；失誤

ミスを犯す／犯錯誤。

□ 水玉模様　み ずたまも よう

[名] 小圓點圖案

水玉模様の洋服／圓點圖案的衣服

□ 味噌汁　　　　　　み そ しる

[名] 味噌湯

味噌汁を作る／煮味噌湯。

□ ミュージカル

　　　　　　　ミュージカル

[名]【musical】音樂的，配樂的；音樂劇

ミュージカルが好きだ／喜歡看歌舞劇。

□ ミュージシャン

　　　　　　　ミュージシャン

[名]【musician】音樂家

ミュージシャンになった／成為音樂家了。

□ 明　　　　　　　　　み ょう

[接頭]（相對於「今」而言的）明

明日のご予定は／你明天的行程是？

□ 明後日

　　　　　　みょうごにち

[名] 後天

明後日に延期する／延到後天。

□ 明後年　　　みょうごねん

[名] 後年

明後年は創立50周年だ／後年是創立五十週年。

□ 名字／苗字　　　みょうじ

[名] 姓，姓氏

名字が変わる／改姓。

□ 明年　　　　　　みょうねん

[名] 明年

明年、祖母は100歳になる／祖母明年就一百歲了。

□ 未来　　　　　　　み らい

[名] 將來，未來；（佛）來世

未来を予測する／預測未來。

01
-
51

□ ミリ　　　　　　　ミリ
[造語・名]【(法)millimetre之略】毫，千分之一；毫米，公厘
1時間100ミリの豪雨／一小時下100毫米的雨。

□ 診る　　　　　　　みる
[他上一] 診察
患者を診る／看診。

□ ミルク　　　　　　ミルク
[名]【milk】牛奶；煉乳
ミルクチョコレート／牛奶巧克力

□ 民間　　　　　　みんかん
[名] 民間；民營，私營
民間人／民間老百姓

□ 民主　　　　　　みんしゅ
[名] 民主，民主主義
民主主義／民主主義

□ 向かい　　　　　むかい
[名] 正對面，對面
駅の向かいにある／在車站的對面。

□ 迎え　　　　　　むかえ
[名] 迎接；去迎接的人；接，請
迎えに行く／迎接。

□ 向き　　　　　　　むき
[名] 方向；適合，合乎；認真，慎重其事；傾向，趨向；（該方面的）人，人們
向きが変わる／轉變方向。

□ 向く　　　　　　　むく
[他五・自五] 朝，向，面；傾向，趨向；適合；面向
気の向くままにやる／隨心所欲地做。

□ 剥く　　　　　　　むく
[他五] 剝，削
りんごを剥く／削蘋果皮。

□ 向ける　　　　　むける
[自他下一] 向，朝，對；差遣，派遣；撥用，用在
銃を男に向けた／槍指向男人。

□ 剥ける　　　　　むける
[自下一] 剝落，脫落
鼻の皮がむけた／鼻子的皮脫落了。

□ 無地　　　　　　　むじ
[名] 素色
無地の着物／素色的和服

□ 蒸し暑い　　　むしあつい
[形] 悶熱的
昼間は蒸し暑い／白天很悶熱。

□ 蒸す　　　　　　　むす
[他五・自五] 蒸，熱（涼的食品）；（天
氣）悶熱
肉まんを蒸す／蒸肉包。

□ 無数　　　　　　　むすう
[名・形動] 無數
無数の星／無數的星星

□ 息子さん　　　　むすこさん
[名]（尊稱他人的）令郎
息子さんのお名前は／請教令郎的大
名是？

□ 結ぶ　　　　　　　むすぶ
[他五・自五] 連結，繫結；締結關係，結
合，結盟；（嘴）閉緊，（手）握緊
契約を結ぶ／簽合約。

□ 無駄　　　　　　　むだ
[名・形動] 徒勞，無益；浪費，白費
無駄な努力／白費力氣

□ 夢中　　　　　　　むちゅう
[名・形動] 夢中，在睡夢裡；不顧一切，
熱中，沉醉，著迷
夢中になる／入迷。

□ 胸　　　　　　　　むね
[名] 胸部；內心
胸が痛む／胸痛；痛心。

□ 紫　　　　　　　むらさき
[名] 紫，紫色；醬油；紫丁香
好みの色は紫です／喜歡紫色

□ 名～　　　　　　　めい
[接頭] 知名的
名選手／知名選手。

□ ～名　　　　　　　めい
[接尾]（計算人數）名，人
三名一組／三個人一組

□ 姪　　　　　　　　めい
[名] 姪女，外甥女
今日は姪の誕生日／今天是姪子的生日。

□ 名刺　　　　　　　めいし
[名] 名片
名刺を交換する／交換名片。

□ 命令　　　　　　　めいれい
[名・他サ] 命令，規定；（電腦）指令
命令に背く／違背命令。

□ 迷惑　　　　　　　めいわく
[名・自サ] 麻煩，囉唆；困惑，為難；討
厭，妨礙
迷惑をかける／添麻煩。

□ 目上　　　　　　　めうえ
[名] 上司；長輩
目上の人／長輩

219

□ 捲る　　　　　　　めくる

[他五] 翻，翻開；揭開，掀開

雑誌をめくる／翻閱雜誌。

□ メッセージ　　　メッセージ

[名]【message】電報，消息，口信；
致詞，祝詞；（美國總統）咨文

祝賀のメッセージを送る／寄送賀詞。

□ メニュー　　　　メニュー

[名]【menu】菜單

レストランのメニュー／餐廳的菜單。

□ メモリー　　　　メモリー

[名]【memory】記憶，記憶力；懷
念；紀念品；（電腦）記憶體

メモリーが不足している／記憶體空
間不足。

□ 綿　　　　　　　　めん

[名・漢造] 棉，棉線；棉織品；綿長；詳
盡；棉，棉花

綿のシャツを着る／穿棉襯衫。

□ 免許　　　　　　めんきょ

[名・他サ]（政府機關）批准，許可；許
可證，執照；傳授秘訣

車の免許／汽車駕照

□ 面接　　　　　　めんせつ

[名・自サ]（為考察人品、能力而舉行
的）面試，接見，會面

面接を受ける／接受面試。

□ 面倒　　　　　　めんどう

[名・形動] 麻煩，費事；麻煩事；繁雜，
棘手；（用「~を見る」的形式）照
顧、照料

面倒を見る／照料。

□ 申し込む
　　　もうしこむ／もうしこむ

[他五] 提議，提出；申請；報名；訂
購；預約

結婚を申し込む／求婚。

□ 申し訳ない
　　　　　　　　もうしわけない

[寒暄] 實在抱歉，非常對不起，十分對
不起

申し訳ない気持ちで一杯だ／心中充
滿歉意。

□ 毛布　　　　　　もうふ

[名] 毛毯，毯子

毛布をかける／蓋上毛毯。

□ 燃える　　　　　もえる

[自下一] 燃燒，起火；（轉）熱情洋
溢，滿懷希望；（轉）顏色鮮明

怒りに燃える／怒火中燒。

□ 目的　　　　　　もくてき

[名] 目的，目標

目的を達成する／達成目的。

□ 目的地　　　もくてきち
もくてき ち

[名] 目的地
もくてき ち つ
目的地に着く／抵達目的地。

□ もしかしたら
もしかしたら

[連語・副] 或許，萬一，可能，說不定
ゆうしょう
もしかしたら優勝するかも／也許會
獲勝也說不定。

□ もしかして　もしかして

[連語・副] 或許，可能
い とう
もしかして伊藤さんですか／您該不
會是伊藤先生吧？

□ もしかすると
もしかすると

[副] 也許，或，可能
しゅじゅつ
もしかすると手術をすることにな
るかもしれない／說不定要動手術。

□ ～持ち　　　　もち
も

[接尾] 負擔，持有，持久性
かれ さい し も
彼は妻子持ちだ／他有家室。

□ もったいない
もったいない

[形] 可惜的，浪費的；過份的，惶恐
的，不敢當
もったいないことに／真是浪費

□ 戻り　　　　もどり
もど

[名] 恢復原狀；回家；歸途
もど なん じ
お戻りは何時ですか／幾點回來呢？

□ 揉む　　　　もむ
も

[他五] 搓，揉；捏，按摩；（很多人）
互相推擠；爭辯；（被動式型態）錘
鍊，受磨練
かた
肩をもんであげる／我幫你按摩肩膀。

□ 股／腿　　もも／もも
もも もも

[名] 股，大腿
もも きんにく
腿の筋肉／腿部肌肉

□ 燃やす　　　もやす
も

[他五] 燃燒；（把某種情感）燃燒起
來，激起
お ば も
落ち葉を燃やす／燒落葉。

□ 問　　　　　もん
もん

[接尾]（計算問題數量）題
もん もん せいかい
五問のうち四問は正解だ／五題中對
四題

□ 文句　　　もんく
もん く

[名] 詞句，語句；不平或不滿的意
見，異議
もん く い
文句を言う／抱怨。

□ 夜間　　　　やかん
や かん

[名] 夜間，夜晚
や かんえいぎょう
夜間営業／夜間營業。

221

□ 訳す　　　　　　　やくす

（01–52）

[他五] 翻譯；解釋

英語を日本語に訳す／英譯日。

□ 役立つ　　　　　　やくだつ

[自五] 有用，有益

実際に役立つ／對實際有用。

□ 役立てる　　　　　やくだてる

[他下一]（供）使用，使…有用

何とか役立てたい／我很想幫上忙。

□ 役に立てる　　　やくにたてる

[慣用句]（供）使用，使…有用

社会の役に立てる／對社會有貢獻。

□ 家賃　　　　　　　やちん

[名] 房租

家賃が高い／房租貴。

□ やっぱり　　　　　やっぱり

[副]（やはり的轉變）仍然，還是；
也，同樣；畢竟還是；（雖然）…但
仍；果然

やっぱり思ったとおりだ／果然跟我
想的一樣。

□ 家主　　　　やぬし／やぬし

[名] 戶主；房東，房主

家主に家賃を払う／付房東房租。

□ 屋根　　　　　　　やね

[名] 屋頂

屋根から落ちる／從屋頂掉下來。

□ 破る　　　　　　　やぶる

[他五] 弄破；破壞；違反；打敗；打破
（記錄）

ドアを破って入った／破門而入。

□ 破れる　　　　　　やぶれる

[自下一] 破損，損傷；破壞，破裂，被
打破；失敗

紙が破れる／紙破了。

□ 辞める　　　　　　やめる

[他下一] 辭職；休學

仕事を辞める／辭掉工作。

□ 稍　　　　　　　　やや

[副] 稍微，略；片刻，一會兒

やや短すぎる／有點太短。

□ やり取り　　　　　やりとり

[名・他サ] 交換，互換，授受

手紙のやり取り／通信

□ やる気　　　　　　やるき

[名] 幹勁，想做的念頭

やる気はある／幹勁十足。

□ 夕刊　　　　　　　ゆうかん

[名] 晚報

夕刊を購読する／訂閱晚報。

□ **勇気** ゆうき
[形動] 勇敢，勇氣
勇気を出す／提起勇氣。

□ **優秀** ゆうしゅう
[名・形動] 優秀
優秀な人材／優秀的人才

□ **友人** ゆうじん
[名] 友人，朋友
友人と付き合う／和友人交往。

□ **郵送** ゆうそう
[名・他サ] 郵寄
原稿を郵送する／郵寄稿件。

□ **郵送料** ゆうそうりょう
[名] 郵費
郵送料が高い／郵資貴。

□ **郵便** ゆうびん
[名] 郵政；郵件
郵便が来る／寄來郵件。

□ **郵便局員**
ゆうびんきょくいん
[名] 郵局局員
郵便局員として働く／從事郵差先生
的工作。

□ **有利** ゆうり
[形動] 有利
有利な情報／有利的情報。

□ **床** ゆか
[名] 地板
床を拭く／擦地板。

□ **愉快** ゆかい
[名・形動] 愉快，暢快；令人愉快，討
人喜歡；令人意想不到
愉快に楽しめる／愉快的享受。

□ **譲る** ゆずる
[他五] 讓給，轉讓；謙讓，讓步；出
讓，賣給；改日，延期
道を譲る／讓路。

□ **豊か** ゆたか
[形動] 豐富，寬裕；豐盈；十足，足夠
豊かな生活／富裕的生活

□ **茹でる** ゆでる
[他下一] （用開水）煮，燙
よく茹でる／煮熟。

□ **湯飲み** ゆのみ
[名] 茶杯，茶碗
湯飲み茶碗／茶杯

□ **夢** ゆめ
[名] 夢；夢想
甘い夢／美夢

223

□ 揺らす　　　　　ゆらす

[他五] 搖擺，搖動
揺りかごを揺らす／推晃搖籃。

□ 許す　　　　　ゆるす

[他五] 允許，批准；寬恕；免除；容
許；承認；委託；信賴；疏忽，放
鬆；釋放
面会を許す／許可會面。

□ 揺れる　　　　　ゆれる

[自下一] 搖晃，搖動；躊躇
船が揺れる／船在搖晃。

□ 夜　　　　　　　よ

[名] 夜、夜晚
夏の夜は短い／夏夜很短。

□ 良い　　　　　　よい

[形] 好的，出色的；漂亮的；（同意）可以
良い友に恵まれる／遇到益友。

□ よいしょ　　　　よいしょ

[感]（搬重物等吆喝聲）嗨喲
「よいしょ」と立ち上がる／一聲
「嘿咻」就站了起來。

□ 様　　　　　　　よう

[造語・漢造] 樣子，方式；風格；形狀
様子／樣子

□ 幼児　　　　　ようじ

[名] 幼兒，幼童
幼児教育を研究する／研究幼兒教育。

□ 曜日　　　　　ようび

[名] 星期
今日、何曜日／今天星期幾？

□ 洋服代　　　ようふくだい

[名] 服裝費
子供たちの洋服代／添購小孩們的衣
物費用。

□ 翌　　　　　　　よく

[漢造] 次，翌，第二
翌日は休日／隔天是假日

□ 翌日　　　　　よくじつ

[名] 隔天，第二天
翌日の準備／隔天出門前的準備。

□ 寄せる　　　　　よせる

[自下一・他下一] 靠近，移近；聚集，匯
集，集中；加；投靠，寄身
意見をお寄せください／集中大家的
意見。

□ 予想　　　　　よそう

[名・自サ] 預料，預測，預計
予想が当たった／預料命中。

□ 世の中　　　　よのなか

[名] 人世間，社會；時代，時期；男女之情

世の中の動き／社會的變化

□ 予防　　　　よぼう

[名・他サ] 預防

病気の予防／預防疾病

□ 読み　　　　よみ

[名] 唸，讀；訓讀；判斷，盤算

読み方／念法

□ 寄る　　　　よる

[自五] 順道去；接近

喫茶店に寄る／順道去咖啡店。

□ 慶び／喜び／悦び／歓び　　よろこび

[名] 高興，歡喜，喜悅；喜事，喜慶事；道喜，賀喜

慶びの言葉を述べる／致賀詞。

□ 弱まる　　　　よわまる

[自五] 變弱，衰弱

体が弱まっている／身體變弱。

□ 弱める　　　　よわめる

[他下一] 減弱，削弱

過労は体を弱める／過勞使身體衰弱。

□ 等　　　　ら

[接尾] （表示複數）們；(同類型的人或物）等

君らは何年生／你們是幾年級？

□ 来　　　　らい

[結尾] 以來

10年来／10年以來

□ ライター　　　ライター

[名]【lighter】打火機

ライターで火をつける／用打火機點火。

□ ライト　　　ライト

[名]【light】燈，光

ライトを点ける／點燈。

□ 楽　　　　らく

[名・形動・漢造] 快樂，安樂，快活；輕鬆，簡單；富足，充裕舒適

楽に暮らす／輕鬆地過日子。

□ 落第　　　らくだい

[名・自サ] 不及格，落榜，沒考中；留級

彼は落第した／他落榜了。

□ ラケット　　　ラケット

[名]【racket】（網球、乒乓球等的）球拍

ラケットを張りかえた／重換網球拍。

□ ラッシュ　　ラッシュ

[名]【rush】（眾人往同一處）湧現；蜂擁，熱潮

帰省ラッシュ／返鄉人潮

□ ラッシュアワー

ラッシュアワー

[名]【rushhour】尖峰時刻，擁擠時段

ラッシュアワーに遇う／遇上交通尖峰。

□ ラベル　　ラベル

[名]【label】標籤，籤條

警告用のラベル／警告用標籤

□ ランチ　　ランチ

[名]【lunch】午餐

ランチ（タイム）／午餐時間

□ 乱暴　　らんぼう

[名·形動·自サ] 粗暴，粗魯；蠻橫，不講理；胡來，胡亂，亂打人

言い方が乱暴だ／說話方式很粗魯。

□ リーダー　　リーダー

[名]【leader】領袖，指導者，隊長

登山隊のリーダー／登山隊的領隊

□ 理科　　りか

[名] 理科（自然科學的學科總稱）

理科系に進むつもりだ／準備考理科。

□ 理解　　りかい

[名·他サ] 理解，領會，明白；體諒，諒解

理解しがたい／難以理解。

□ 離婚　　りこん

[名·自サ]（法）離婚

二人は協議離婚した／兩個人是調解離婚的。

□ リサイクル　　リサイクル

[名]【recycle】回收，（廢物）再利用

牛乳パックをリサイクルする／回收牛奶盒。

□ リビング　　リビング

[名]【living】生活；客廳的簡稱

リビング用品／生活用品

□ リボン　　リボン

[名]【ribbon】緞帶，絲帶；髮帶；蝴蝶結

リボンを付ける／繫上緞帶。

□ 留学　　りゅうがく

[名·自サ] 留學

アメリカに留学する／去美國留學。

□ 流行　　りゅうこう

[名·自サ] 流行，時髦，時興；蔓延

去年はグレーが流行した／去年是流行灰色。

□ **両** りょう

[漢造] 雙，兩

橋の両側／橋樑兩側

□ **料** りょう

[接尾] 費用，代價

入場料／入場費用

□ **領** りょう

[名・接尾・漢造] 領土；脖領；首領

北方領土／北方領土

□ **両替** りょうがえ

[名・他サ] 兌換，換錢，兌幣

円とドルの両替／日圓和美金的兌換。

□ **両側** りょうがわ

[名] 兩邊，兩側，兩方面，雙方

道の両側に寄せる／使靠道路兩旁。

□ **漁師** りょうし

[名] 漁夫，漁民

漁師の仕事／漁夫的工作

□ **力** りょく

[名]（也唸「りく」）力量

実力がある／有實力。

□ **ルール** ルール

[名]【rule】規章，章程；尺，界尺

交通ルール／交通規則

□ **留守番** るすばん

[名] 看家，看家人

留守番をする／看家。

□ **礼** れい

[名・漢造] 禮儀，禮節，禮貌；鞠躬；道謝，致謝；敬禮；禮品

礼を欠く／欠缺禮貌。

□ **例** れい

[名・漢造] 慣例；先例；例子

前例のない快挙／破例的壯舉

□ **例外** れいがい

[名] 例外

例外として扱う／特別待遇。

□ **礼儀** れいぎ

[名] 禮儀，禮節，禮法，禮貌

礼儀正しい青年／有禮的青年

□ **レインコート** レインコート

[名]【raincoat】雨衣

レインコートを忘れた／忘了帶雨衣。

□ **レシート** レシート

[名]【receipt】收據，收條

レシートをもらう／拿收據。

□ **列** れつ

[名・漢造] 列，隊列；排列；行，級，排

列に並ぶ／排成一排。

227

□ 列車　　　　　　れっしゃ

［名］列車，火車

列車が着く／列車到站。

□ レベル　　　　　レベル

［名］【level】水平，水準；水平線，水平面；水平儀，水平器

レベルが向上する／水準提高。

□ 恋愛　　　　　　れんあい

［名・自サ］戀愛

恋愛に陥った／墜入愛河。

□ 連続　　　　　　れんぞく

［名・他サ・自サ］連續，接連

3年連続黒字／連續了三年的盈餘

□ レンタル　　　　レンタル

［名］【rental】出租，出賃；租金

車をレンタルする／租車。

□ レンタル料　レンタルりょう

［名］【rental りょう】租金

ウエディングドレスのレンタル料／結婚禮服的租借費。

□ 老人　　　　　　ろうじん

［名］老人，老年人

老人になる／老了。

□ ローマ字　　　　じ

　　　　　ローマじ／ローマじ

［名］【Roma じ】羅馬字，拉丁字母

ローマ字表／羅馬字表

□ 録音　　　　　　ろくおん

［名・他サ］錄音

彼は録音のエンジニアだ／他是錄音工程師。

□ 録画　　　　　　ろくが

［名・他サ］錄影

大河ドラマを録画した／錄下大河劇了。

□ ロケット

　　　　　ロケット／ロケット

［名］【rocket】火箭發動機；（軍）火箭彈；狼煙火箭

ロケットで飛ぶ／乘火箭飛行。

□ ロッカー　　　　ロッカー

［名］【locker】（公司、機關用可上鎖的）文件櫃；（公共場所用可上鎖的）置物櫃，置物箱，櫃子

ロッカーに入れる／放進置物櫃裡。

□ ロック　　　　　ロック

［名・他サ］【lock】鎖，鎖上，閉鎖

ロックが壊れた／門鎖壞掉了。

□ ロボット　　　　ロボット

[名]【robot】機器人；自動裝置；傀儡

家事をしてくれるロボット／會幫忙做家事的機器人。

□ 論　　　　　　　　ろん

[名] 論，議論

その論の立て方はおかしい／那一立論方法很奇怪。

□ 論じる／論ずる

　　　　ろんじる／ろんずる

[他上一] 論，論述，闡述

事の是非を論じる／論述事情的是與非。

□ 羽　　　　　　　　わ

[接尾]（數鳥或兔子）隻

鶏が一羽いる／有一隻雞。

□ 和　　　　　　　　わ

[名] 和，人和；停止戰爭，和好

平和主義／和平主義。

□ ワイン　　　　　ワイン

[名]【wine】葡萄酒；水果酒；洋酒

ワイングラスを傾ける／酒杯傾斜。

□ 我が　　　　　　わが

[連體] 我的，自己的，我們的

我が国／我國

□ わがまま　　わがまま

[名・形動] 任性

わがままを言う／說任性的話。

□ 若者　　　　　わかもの

[名] 年輕人，青年

若者たちの間／年輕人間

□ 別れ　　　　　わかれ

[名] 別，離別，分離；分支，旁系

別れが悲しい／傷感離別。

□ 分かれる　　わかれる

[自下一] 分裂；分離，分開；區分，劃分；區別

意見が分かれる／意見產生分歧。

□ 沸く　　　　　　わく

[自五] 煮沸，煮開；興奮

会場が沸く／會場熱血沸騰。

□ 分ける　　わける／わける

[他下一] 分，分開；區分，劃分；分配，分給；分開，排開，擠開，分類

等分に分ける／均分。

□ わざと　　　　わざと

[副] 故意地，有意，存心；特意地，有意識地

わざととぼける／故意裝傻。

□ 僅か　　　　　　わずか

[副・形動]（數量、程度、時間等）很

少，僅僅；一點也（後加否定）僅

わずかに覚えている／略微記得。

□ 詫び　　　　　　わび

[名] 賠不是，道歉，表示歉意

丁寧なお詫びの言葉／畢恭畢敬的賠禮。

□ 笑い　　　　　　わらい

[名] 笑；笑聲；嘲笑，譏笑，冷笑

笑いを含む／含笑。

□ 割り／割　　　　わり

[造語] 分配；（助數詞用）十分之一，

一成；比例；得失

4割引き／打了四折。

□ 割合　　　　　　わりあい

[名] 比例；比較起來

空気の主要成分の割合を求める／算

出空氣中主要成分的比例。

□ 割り当て　　　　わりあて

[名] 分配，分擔

仕事の割り当てをする／分派工作。

□ 割り込む　　　　わりこむ

[自五] 擠進，插隊；闖進；插嘴

列に割り込んできた／插隊進來了。

□ 割り算　　　　　わりざん

[名]（算）除法

割り算は難しい／除法很難。

□ 割る　　　　　　わる

[他五] 打，劈開；用除法計算

卵を割る／打破蛋。

□ 湾　　　　　　　わん

[名] 灣，海灣

東京湾／東京灣

□ 碗／椀　　　　わん／わん

[名] 碗，木碗；（計算數量）碗

一碗の吸い物／一碗湯

N5　N4　N3　N1

N2

01
·
54

□ あ（っ）　　　　　あっ

[感]（吃驚、感嘆、非常危急時的發聲）啊！呀！唉呀

あっという間に／一眨眼的時間。

□ 愛情　　　　　あいじょう

[名] 愛，愛情

愛情を持つ／有熱情。

□ 愛する　　　　　あいする

[他サ] 愛，愛慕；喜愛，有愛情，疼愛，愛護；喜好

あなたを愛している／愛著你。

□ 生憎　　　　　あいにく

[副・形動] 不巧，偏偏

あいにく先約があります／不巧，我有約了。

□ 曖昧　　　　　あいまい

[形動] 含糊，不明確，曖昧，模稜兩可；可疑，不正經

曖昧な態度／模稜兩可的態度。

□ 遭う　　　　　あう

[自五] 遭遇，碰上

事故に遭う／碰上事故。

□ アウト　　　　　アウト

[名]【out】外，外邊；出界；出局

アウトになる／出局。

□ 扇ぐ　　　　　あおぐ

[自・他五]（用扇子）扇（風）；煽動

うちわで扇ぐ／用團扇扇。

□ 青白い　　　　　あおじろい

[形]（臉色）蒼白的；青白色的

青白い月の光／青白色的月光。

□ 明かり　　　　　あかり

[名] 燈，燈火；光，光亮；消除嫌疑的證據，證明清白的證據

明かりをつける／點燈。

□ 上がる　　　　　あがる

[自五・他五・接尾] 上，登，進入；上漲；提高；加薪；吃，喝，吸（煙）；表示完了

値段が上がる／漲價。

□ 明るい　　　　　あかるい

[形] 明亮的，光明的；開朗的，快活的；精通，熟悉

明るくなる／發亮。

□ 空き　　　　　あき

[名] 空隙，空白；閒暇；空額

空きを作る／騰出空間。

□ 明らか　　　　　あきらか

[形動] 顯然，清楚，明確；明亮

明らかになる／變得清楚。

□ 諦める　　　あきらめる

[他下一] 死心，放棄；想開

諦めきれない／不放棄。

□ 呆れる　　　あきれる

[自下一] 吃驚，愕然，嚇呆，發愣

呆れて物が言えない／嚇得說不出話來。

□ 開く　　　　あく

[自五] 開，打開；開始；（店舖）開始
營業

幕が開く／開幕。

□ アクセント　　アクセント

[名]【accent】重音；重點，強調之點；
語調；（服裝或圖案設計上）突出點，
著眼點

文章にアクセントをつける／在文章
上標示重音。

□ 欠伸　　　あくび

[名・自サ] 哈欠

あくびが出る／打哈欠。

□ 悪魔　　　あくま

[名] 惡魔，魔鬼

悪魔を払う／驅逐魔鬼。

□ 飽くまで　　あくまで

[副] 徹底，到底

あくまで頑張る／堅持努力到底。

□ 明くる　　　あくる

[連體] 次，翌，明，第二

明くる朝／第二天早上。

□ 明け方　　　あけがた

[名] 黎明，拂曉

明け方まで勉強する／開夜車通宵讀
書。

□ 上げる　　　あげる

[他下一・自下一] 舉起，抬起，揚起，懸
掛；（從船上）卸貨；增加；升遷；
送入；表示做完；表示自謙

温度を上げる／提高溫度。

□ 憧れる　　　あこがれる

[自下一] 嚮往，憧憬，愛慕；眷戀

スターに憧れる／崇拜明星偶像。

□ 足跡　　　あしあと

[名] 腳印；（逃走的）蹤跡；事蹟，
業績

足跡を残す／留下足跡。

□ 足下／足元　　あしもと

[名] 腳下；腳步；身旁，附近

足下にも及ばない／望塵莫及。

□ 味わう　　　あじわう

[他五] 品嚐；體驗，玩味，鑑賞

味わって食べる／邊品嚐邊吃。

□ 足を運ぶ　　あしをはこぶ

[慣] 去，前往拜訪

何度も足を運ぶ／多次前往拜訪。

□ 汗　　　　　　　あせ

[名] 汗

汗をかく／流汗。

□ あそこ　　　　あそこ

[代] 那裡；那種程度；那種地步

彼の病気があそこまで悪いとは思わなかった／沒想到他的病會那麼嚴重。

□ 暖かい　　あたたかい

[形] 溫暖，暖和；熱情，熱心；和睦；充裕，手頭寬裕

懐が暖かい／手頭寬裕。

□ 当（た）り　　あたり

[名] 命中，打中；感覺，觸感；猜中；中獎；如願，成功

[接尾] 每，平均

当たりが出る／中獎了。

□ あちこち　　あちこち

[代] 這兒那兒，到處

あちこちにある／到處都有。

□ あちらこちら　あちらこちら

[代] 到處，四處；相反，顛倒

あちらこちらに散らばっている／四處散亂著。

□ 熱い　　　　　あつい

[形] 熱的，燙的；熱情的，熱烈的

熱いものがこみあげてくる／激起一股熱情。

□ 扱う　　　　あつかう

[他五] 操作，使用；對待，待遇；調停，仲裁

大切に扱う／認真的對待。

□ 厚かましい　あつかましい

[形] 厚臉皮的，無恥

厚かましいお願い／不情之請。

□ 圧縮　　　　あっしゅく

[名・他サ] 壓縮；（把文章等）縮短

大きいファイルを圧縮する／壓縮大的檔案

□ 当てはまる　あてはまる

[自五] 適用，適合，合適，恰當

条件に当てはまる／符合條件。

□ 当てはめる　あてはめる

[他下一] 適用；應用

規則に当てはめる／適用規則。

□ 後　　　　　　あと

[名]（地點、位置）後面，後方；（時間上）以後；（距現在）以前；（次序）之後，其後；以後的事；結果，後果；其餘，此外；子孫，後人

後を付ける／跟蹤。

□ 跡　　　　　**あと**
[名] 印，痕跡；遺跡；跡象；行蹤下落；家業；後任，後繼者
跡を絶つ／絕跡。

□ 暴れる　　　**あばれる**
[自下一] 胡鬧；放蕩，橫衝直撞
大いに暴れる／橫衝直撞。

□ 浴びる　　　**あびる**
[他上一] 洗，浴；曬，照；遭受，蒙受
シャワーを浴びる／淋浴。

□ 炙る／焙る　　**あぶる**
[他五] 烤；烘乾；取暖
海苔をあぶる／烤海苔。

□ 溢れる　　　**あふれる**
[自下一] 溢出，漾出，充滿
涙があふれる／淚眼盈眶。

□ 甘い　　　　**あまい**
[形] 甜的；淡的；寬鬆，好說話；鈍，鬆動；藐視；天真的；樂觀的；淺薄的；愚蠢的
敵を甘く見る／小看了敵人。

□ 雨戸　　　　**あまど**
[名]（為防風防雨而罩在窗外的）木板套窗，滑窗
雨戸を開ける／拉開木板套窗。

□ 甘やかす　　**あまやかす**
[他五] 嬌生慣養，縱容放任；嬌養，嬌寵
甘やかして育てる／嬌生慣養。

□ 余る　　　　**あまる**
[自五] 剩餘；超過，過分，承擔不了
目に余る／令人看不下去。

□ 編み物　　　**あみもの**
[名] 編織；編織品
編み物をする／編織。

□ 編む　　　　**あむ**
[他五] 編，織；編輯，編纂
お下げを編む／編髮辮。

□ 飴　　　　　**あめ**
[名] 糖，麥芽糖
飴をしゃぶらせる／（為了討好，欺騙等而）給（對方）些甜頭。

□ 危うい　　　**あやうい**
[形] 危險的；令人擔憂，靠不住
危ういところを助かる／在危急之際得救了。

□ 怪しい　　　**あやしい**
[形] 奇怪的，可疑的；靠不住的，難以置信；奇異，特別；笨拙；關係曖昧的
動きが怪しい／行徑可疑的。

01
│
55

□ 誤り　　　　　　あやまり

[名] 錯誤

誤りを犯す／犯錯。

□ 誤る　　　　　　あやまる

[自五・他五] 錯誤，弄錯；耽誤

道を誤る／走錯路。

□ あら　　　　　　　あら

[感]（女）（出乎意料或驚訝時發出的
聲音）唉呀！唉唷

あら、大変／哎呀，可不得了!

□ 荒い　　　　　　あらい

[形] 凶猛的；粗野的，粗暴的；濫用

呼吸が荒い／呼吸急促。

□ 粗い　　　　　　あらい

[形] 大；粗糙

目の粗い籠／縫大的簍子。

□ 嵐　　　　　　　あらし

[名] 風暴，暴風雨

嵐の前の静けさ／暴風雨前的寧靜。

□ 粗筋　　　　　あらすじ

[名] 概略，梗概，概要

物語のあらすじ／故事大綱

□ 新た　　　　　　あらた

[形動] 重新；新的，新鮮的

決意を新たにする／重下決心。

□ 改めて　　　あらためて

[副] 重新；再

改めてお伺いします／再來拜訪。

□ 改める　　　あらためる

[他下一] 改正，修正，革新；檢查

行いを改める／改正行為。

□ あらゆる　　　あらゆる

[連體] 一切，所有

あらゆる可能性／所有的可能性

□ 現れ／表れ　　あらわれ

[名]（為「あらわれる」的名詞形）表
現；現象；結果

努力の現れ／努力的結果。

□ 有り難い　　ありがたい

[形] 難得，少有；值得感謝，感激，值
得慶幸

ありがたく頂戴する／拜領了。

□ （どうも）ありがとう
　　　　　どうもありがとう

[感] 謝謝

（どうも）ありがとうございます／
非常感謝。

□ 或る　　　　　　ある

[連體]（動詞「あり」的連體形轉變，
表示不明確、不肯定）某，有

ある程度／某種程度上

□ 有る　　　　　　　　ある

[自五] 有；持有，具有；舉行，發生；
有過；在

二度あることは三度ある／禍不單
行。

□ 或いは　　　　　　あるいは

[接・副] 或者，或是，也許；有的，有時

父あるいは母が出席する／父親或母
親出席。

□ 彼此／彼是　　　　あれこれ

[名] 這個那個，種種

あれこれと考える／東想西想。

□ あれ(っ)　　　　　　あれっ

[感]（驚訝、恐怖、出乎意料等場合發
出的聲音）呀！唉呀？

あれっ、今日どうしたの／唉呀！今
天怎麼了？

□ 荒れる　　　　　　　あれる

[自下一] 天氣變壞；（皮膚）變粗糙；
荒廢，荒蕪；暴戾，胡鬧；秩序混亂

肌が荒れる／皮膚變粗糙。

□ 泡　　　　　　　　　あわ

[名] 泡，沫，水花

泡が立つ／起泡泡。

□ 慌ただしい　あわただしい

[形] 匆匆忙忙的，慌慌張張的

あわただしい毎日／匆匆忙忙的每一
天。

□ 哀れ　　　　　　　あわれ

[名・形動] 可憐，憐憫；悲哀，哀愁；情
趣，風韻

哀れなやつ／可憐的傢伙

□ 案　　　　　　　　　あん

[名] 計畫，提案，意見；預想，意料

案を立てる／草擬計畫。

□ 安易　　　　　　　あんい

[名・形動] 容易，輕而易舉；安逸，舒
適，遊手好閒

安易に考える／想得容易。

□ 暗記　　　　　　　あんき

[名・他サ] 記住，背誦，熟記

丸暗記／死記硬背

□ 安定　　　　　　あんてい

[名・自サ] 安定，穩定；（物體）安穩

安定を図る／謀求安定。

□ アンテナ　　　　アンテナ

[名]【antenna】天線

アンテナを張る／搜集情報。

□ あんなに　　　　あんなに

[副] 那麼地，那樣地

被害があんなにひどいとは思わな

かった／沒想到災害會如此嚴重。

□ あんまり　　　　あんまり

[形動・副] 太，過於，過火

あんまりなことを言う／說過分的話。

□ 位　　　　　　　　　　い

[漢造] 位；身分，地位；(對人的敬稱)位

高い地位に就く／坐上高位。

□ 胃　　　　　　　　　　い

[名] 胃

胃が悪い／胃不好。

□ 言い出す　　　いいだす

[他五] 開始說，說出口

言い出しにくい／難以啟齒的。

□ 言い付ける　　いいつける

[他下一] 吩咐；命令；告狀；說慣，常說

用事を言い付ける／吩咐事情。

□ 委員　　　　　　いいん

[名] 委員

委員会／委員會

□ 息　　　　　　　　いき

[名] 呼吸，氣息；步調

息をつく／喘口氣。

□ 意気　　　　　　　いき

[名] 意氣，氣概，氣勢，氣魄

意気投合する／意氣相投。

□ 意義　　　　　　　いぎ

[名] 意義，意思；價值

人生の意義／人生意義。

□ 生き生き　　いきいき

[副・自サ] 活潑，生氣勃勃，栩栩如生

生き生きとした表情／生動的表情。

□ 勢い　　　　　いきおい

[名] 勢，勢力；氣勢，氣焰

勢いを増す／勢頭增強。

□ 行き成り　　いきなり

[副] 突然，冷不防，馬上就…

いきなり泣き出す／突然哭了起來。

□ 生き物　　　いきもの

[名] 生物，動物；有生命力的東西，活

的東西

生き物を殺す／殺生。

□ 幾　　　　　　　　いく

[接頭] 表數量不定，幾，多少；表數

量、程度很大

幾千万人／幾千萬人

□ 育児　　　　　　いくじ

[名] 養育兒女

育児に追われる／忙於撫育兒女。

□ 幾分　　　　　いくぶん
[副・名] 一點，少許，多少；（分成）
幾分；（分成幾分中的）一部分
寒さがいくぶん和らいだ／寒氣緩和
了一些。

□ いけない　　　いけない
[形・連語] 不好，糟糕；沒希望，不行；
不能喝酒，不能喝酒的人；不許，不
可以
いけない子／壞孩子

□ 生け花　　　いけばな
[名] 生花，插花
生け花を習う／學插花。

□ 異見　　　　いけん
[名・他サ] 不同的意見，不同的見解，異議
異見を唱える／持異議。

□ 以降　　　　いこう
[名] 以後，之後
明治以降／明治以後

□ 勇ましい　　いさましい
[形] 勇敢的，振奮人心的；活潑的；
（俗）有勇無謀
勇ましく立ち向かう／勇往直前。

□ 意志　　　　いし
[名] 意志，志向，心意
意志が弱い／意志薄弱。

□ 維持　　　　いじ
[名・他サ] 維持，維護
健康を維持する／維持健康。

□ 石垣　　　　いしがき
[名] 石牆
石垣のある家／有石牆的房子。

□ 意識　　　　いしき
[名・他サ]（哲學的）意識；知覺，神
智；自覺，意識到
意識を失う／失去意識。

□ 異常　　　　いじょう
[名・形動] 異常，反常，不尋常
異常が見られる／發現有異常。

□ 衣食住　　いしょくじゅう
[名] 衣食住
衣食住に困らない／不愁吃穿住。

□ 泉　　　　　いずみ
[名] 泉，泉水；泉源；話題
知識の泉／知識之泉

□ 何れ　　　　いずれ
[代・副] 哪個，哪方；反正，早晚，歸
根到底；不久，最近，改日
いずれ劣らぬ／不分軒輊。

□ 板　　　　　いた
[名] 木板；薄板；舞台
床に板を張る／地板鋪上板子。

239

01
·
56

□ 遺体　　　　　　　　　いたい

[名] 遺體

遺体を埋葬する／埋葬遺體。

□ 偉大　　　　　　　　　いだい

[形動] 偉大的，魁梧的

偉大な人物／偉人

□ 抱く　　　　　　　　　いだく

[他五] 抱；懷有，懷抱

疑問を抱く／抱持疑問。

□ 痛み　　　　　　　　　いたみ

[名] 痛，疼；悲傷，難過；損壞；（水果因碰撞而）腐爛

痛みを訴える／訴說痛苦。

□ 痛む　　　　　　　　　いたむ

[自五] 疼痛；苦惱；損壞

心が痛む／傷心。

□ 至る　　　　　　　　　いたる

[自五] 到，來臨；達到；周到

至る所／到處

□ 位置　　　　　　　　　いち

[名・自サ] 位置，場所；立場，遭遇；位於

位置を占める／占據位置。

□ 一応　　　　　　　　　いちおう

[副] 大略做了一次，暫，先，姑且

一応目を通す／大略看過。

□ 苺　　　　　　　　　　いちご

[名] 草莓

苺を栽培する／種植草莓。

□ 一時　　　　　　　　　いちじ

[造語・副] 某時期，一段時間；那時；暫時；一點鐘；同時，一下子

一時の出来心／一時的衝動

□ 一段と　　　　　　　いちだんと

[副] 更加，越發

一段と美しくなった／變得更加美麗。

□ 市場　　　　　　　　　いちば

[名] 市場，商場

魚市場／魚市場

□ 一部　　　　　　　　　いちぶ

[名] 一部分，（書籍、印刷物等）一冊，一份，一套

一部始終を話す／述說（不好的）事情來龍去脈。

□ 一流　　　　　　　　いちりゅう

[名] 一流，頭等；一個流派；獨特

一流になる／成為第一流。

□ 何時か　　　　　　　　いつか

[副] 未來的不定時間，改天；過去的不定時間，以前；不知不覺

願い事はいつかは叶う／願望總有一天會實現。

□ **一家**　<ruby>いっか<rt>いっか</rt></ruby>　　**いっか**

[名] 一所房子；一家人；一個團體；
一派
一家の大黒柱／一家之主

□ **一種**　　　　　　**いっしゅ**

[名] 一種；獨特的；（說不出的）某種，
稍許
彼は一種の天才だ／他是某種天才。

□ **一瞬**　　　　　**いっしゅん**

[名] 一瞬間，一刹那
一瞬の出来事／一刹那間發生的事。

□ **一斉に**　　　　**いっせいに**

[副] 一齊，一同
一斉に立ち上がる／一同起立。

□ **一層**　　　　　　**いっそう**

[副] 更，越發
一層寒くなった／更冷了。

□ **一旦**　　　　　　**いったん**

[副] 一旦，既然；暫且，姑且
一旦約束したこと／一旦約定了的事…。

□ **一致**　　　　　　**いっち**

[名・自サ] 一致，相符
指紋が一致する／指紋相符。

□ **一定**　　　　　　**いってい**

[名・自他サ] 一定；規定，固定
一定した人気／有一定程度的人氣。

□ **何時でも**　　　　**いつでも**

[副] 無論什麼時候，隨時，經常，總是
勘定はいつでもよろしい／哪天付款
都可以。

□ **一方**　　　　　　**いっぽう**

[名・副助・接] 一個方向；一個角度；一
面，同時；（兩個中的）一個；只
顧，愈來愈…；從另一方面說
一方通行／單向通行

□ **何時までも**　　　**いつまでも**

[副] 到什麼時候也…，始終，永遠
いつまでも忘れない／永遠不會忘記。

□ **移転**　　　　　　**いてん**

[名・自他サ] 轉移位置；搬家；（權力
等）轉交，轉移
移転通知／搬遷通知

□ **遺伝子**　　　　　**いでんし**

[名] 基因
遺伝子組み換え食品／基因改造食品。

□ **井戸**　　　　　　**いど**

[名] 井
井戸水／井水

☐ 緯度　　　　　　　　いど

[名] 緯度

緯度が高い／緯度高。

☐ 移動　　　　　　　　いどう

[名・自他サ] 移動，轉移

部隊を移動する／部隊轉移。

☐ 稲　　　　　　　　　いね

[名] 水稻，稻子

稲刈り／割稻

☐ 居眠り　　　　　　　いねむり

[名・自サ] 打瞌睡，打盹兒

居眠り運転／開車打瞌睡。

☐ 威張る　　　　　　　いばる

[自五] 誇耀，逞威風

部下に威張る／對部下擺架子。

☐ 違反　　　　　　　　いはん

[名・自サ] 違反，違犯

交通違反／違反交通規則

☐ 衣服　　　　　　　　いふく

[名] 衣服

衣服を整える／整裝。

☐ 今に　　　　　　　　いまに

[副] 就要，即將，馬上；至今，直到
現在

今に追い越される／即將要被超越。

☐ 今にも　　　　　　　いまにも

[副] 馬上，不久，眼看就要

今にも雨が降りそうだ／眼看就要下
雨。

☐ 嫌がる　　　　　　　いやがる

[他五] 討厭，不願意，逃避

嫌がる相手／厭惡的對象

☐ 愈々　　　　　　　　いよいよ

[副] 愈發；果真；終於；即將要；緊要
關頭

いよいよ夏休みだ／終於要放暑假了。

☐ 以来　　　　　　　　いらい

[名] 以來，以後；今後，將來

生まれて以来／出生以來

☐ 依頼　　　　　　　　いらい

[名・自他サ] 委託，請求，依靠

依頼人／委託人

☐ 医療　　　　　　　　いりょう

[名] 醫療

医療機関／醫療機構

☐ 衣料品　　　　　　　いりょうひん

[名] 衣料；衣服

衣料品店を営む／經營服飾店。

☐ 煎る　　　　　　　　いる

[他五] 炒，煎

豆を煎る／炒豆子。

242

□ 入れ物　　　　　い**れ**もの

[名] 容器，器皿

油の入れ物／油罐

□ 祝い　　　　　　い**わ**い

[名] 祝賀，慶祝；賀禮；慶祝活動

お祝いを述べる／致賀詞。

□ 言わば　　　　　い**わ**ば

[副] 譬如，打個比方，說起來

これはいわば一種の宣伝だ／這可說是一種宣傳。

□ 所謂　　　　　　い**わ**ゆる

[連體] 所謂，一般來說，大家所說的，常說的

いわゆる君子／所謂的君子

□ 印刷　　　　　　い**ん**さつ

[名・自他サ] 印刷

印刷物／印刷品

□ 引退　　　　　　い**ん**たい

[名・自サ] 隱退，退職

引退声明／辭職聲明

□ 引用　　　　　　い**ん**よう

[名・自他サ] 引用

引用文献／引用文獻

□ ウィスキー　　ウ**ィ**スキー

[名]【whisky】威士忌（酒）

スコッチウィスキー／蘇格蘭威士忌

□ ウーマン　　　　ウ**ー**マン

[名]【woman】婦女，女人

キャリアウーマン／職業婦女

□ 植木　　　　　　う**え**き

[名] 植種的樹；盆景

植木を植える／種樹。

□ 飢える　　　　　う**え**る

[自下一] 飢餓，渴望

愛情に飢える／渴望愛情。

□ 魚　　　　　　　う**お**

[名] 魚

うお座／雙魚座

□ 嗽　　　　　　　う**が**い

[名・自サ] 漱口

うがい薬／漱口水

□ 浮かぶ　　　　　う**か**ぶ

[自五] 漂，浮起；想起，浮現，露出；（佛）超度；出頭，擺脫困難

名案が浮かぶ／想出好方法。

□ 浮かべる　　　　う**か**べる

[他下一] 浮，泛；露出；想起

涙を浮かべる／熱淚盈眶。

01
-
57

□ 浮く　　　　　　　　　うく

[自五] 飄浮；動搖，鬆動；高興，愉快；結餘，剩餘；輕薄

浮かない顔／陰沈的臉。

□ 承る　　　　　うけたまわる

[他五] 聽取；遵從，接受；知道，知悉；傳聞

ご注文承りました／收到訂單了。

□ 受け取り　　　　　うけとり

[名] 收領；收據；計件工作（的工錢）

受け取りをもらう／拿收據。

□ 受け取る　　　　　うけとる

[他五] 領，接收，理解，領會

給料を受け取る／領薪。

□ 受け持つ　　　　　うけもつ

[他五] 擔任，擔當，掌管

一年A組を受け持つ／擔任一年A班的導師。

□ 兎　　　　　　　　　うさぎ

[名] 兔子

ウサギの登り坂／事情順利進行。

□ 失う　　　　　　　うしなう

[他五] 失去，喪失；改變常態；喪，亡；迷失；錯過

気を失う／意識不清。

□ 薄暗い　　　　　うすぐらい

[形] 微暗的，陰暗的

薄暗い部屋／微暗的房間

□ 薄める　　　　　うすめる

[他下一] 稀釋，弄淡

水で薄める／摻水稀釋。

□ 疑う　　　　　　　うたがう

[他五] 懷疑，疑惑，不相信，猜測

目を疑う／感到懷疑。

□ 打ち合わせ　　　うちあわせ

[名・他サ] 事先商量，碰頭

打ち合わせをする／事先商量。

□ 打ち合わせる

　　　　　　　　うちあわせる

[他下一] 使…相碰，（預先）商量

出発時間を打ち合わせる／商量出發時間。

□ 打ち消す　　　　　うちけす

[他五] 否定，否認；熄滅，消除

事実を打ち消す／否定事實。

□ 宇宙　　　　　　　うちゅう

[名] 宇宙；（哲）天地空間；天地古今

宇宙旅行／太空旅行

244

□ 映す　　　　　　うつす

[他五] 映，照；放映

<ruby>姿<rt>すがた</rt></ruby>を<ruby>映<rt>うつ</rt></ruby>す／映照出姿態。

□ 訴える　　　　うったえる

[他下一] 控告，控訴，申訴；求助於；
感動，打動

<ruby>警察<rt>けいさつ</rt></ruby>に<ruby>訴<rt>うった</rt></ruby>える／向警察控告。

□ 頷く　　　　　うなずく

[自五] 點頭同意，首肯

<ruby>軽<rt>かる</rt></ruby>くうなずく／輕輕地點頭。

□ 唸る　　　　　うなる

[自五] 呻吟；（野獸）吼叫；發出鳴
聲；吟，哼；贊同，喝彩

うなり<ruby>声<rt>こえ</rt></ruby>を<ruby>上<rt>あ</rt></ruby>げる／發出呻吟聲。

□ 奪う　　　　　うばう

[他五] 剝奪；強烈吸引；除去

<ruby>命<rt>いのち</rt></ruby>を<ruby>奪<rt>うば</rt></ruby>う／奪去性命。

□ 生まれ　　　　うまれ

[名] 出生；出生地；門第，出生

<ruby>生<rt>う</rt></ruby>まれ<ruby>変<rt>か</rt></ruby>わる／脫胎換骨。

□ 有無　　　　　うむ

[名] 有無；可否，願意與否

<ruby>欠席者<rt>けっせきしゃ</rt></ruby>の<ruby>有無<rt>うむ</rt></ruby>を<ruby>確<rt>たし</rt></ruby>かめる／確認有無
缺席者。

□ 梅　　　　　　うめ

[名] 梅花，梅樹；梅子

<ruby>梅<rt>うめ</rt></ruby>と<ruby>桜<rt>さくら</rt></ruby>／（比喻）互相媲美

□ 敬う　　　　　うやまう

[他五] 尊敬

<ruby>師<rt>し</rt></ruby>を<ruby>敬<rt>うやま</rt></ruby>う／尊師。

□ 裏返す　　　うらがえす

[他五] 翻過來；通敵，叛變

<ruby>裏返<rt>うらがえ</rt></ruby>して<ruby>言<rt>い</rt></ruby>えば／反過來說

□ 裏切る　　　　うらぎる

[他五] 背叛，出賣，通敵；辜負，違背

<ruby>期待<rt>きたい</rt></ruby>を<ruby>裏切<rt>うらぎ</rt></ruby>る／辜負期待。

□ 裏口　　　　　うらぐち

[名] 後門，便門；走後門

<ruby>裏口入学<rt>うらぐちにゅうがく</rt></ruby>／走後門入學

□ 占う　　　　　うらなう

[他五] 占卜，占卦，算命

<ruby>身<rt>み</rt></ruby>の<ruby>上<rt>うえ</rt></ruby>を<ruby>占<rt>うらな</rt></ruby>う／算命。

□ 恨み　　　　　うらみ

[名] 恨，怨，怨恨

<ruby>恨<rt>うら</rt></ruby>みを<ruby>買<rt>か</rt></ruby>う／招致怨恨。

□ 恨む　　　　　うらむ

[他五] 抱怨，恨；感到遺憾，可惜；雪
恨，報仇

<ruby>親<rt>おや</rt></ruby>を<ruby>恨<rt>うら</rt></ruby>む／抱怨父母親。

245

□ 羨む　　　　　うらやむ

[他五] 羨慕，嫉妒

人を羨む／羨慕別人。

□ 売り上げ　　　うりあげ

[名]（一定期間的）銷售額，營業額

売り上げが伸びる／銷售額增加。

□ 売り切れ　　　うりきれ

[名] 賣完

本日売り切れ／今日已全部售完

□ 売り切れる　　うりきれる

[自下一] 賣完，賣光

切符が売り切れる／票賣光了

□ 売れ行き　　　うれゆき

[名]（商品的）銷售狀況，銷路

売れ行きが悪い／銷路不好。

□ 売れる　　　　うれる

[自下一] 商品賣出，暢銷；變得廣為人
知，出名，聞名

名が売れる／馳名。

□ うろうろ　　　うろうろ

[副・自サ] 徘徊；不知所措，慌張失措

慌ててうろうろする／慌張得不知所措。

□ 上　　　　　　うわ

[造語]（位置的）上邊，上面，表面；
（價值、程度）高；輕率，隨便

上着／上衣

□ 植わる　　　　うわる

[自五] 栽上，栽植

桃が植わっている／種著桃樹。

□ 運　　　　　　うん

[名] 命運，運氣

運がいい／運氣好。

□ 運河　　　　　うんが

[名] 運河

運河を開く／開運河。

□ うんと　　　　うんと

[副] 多，大大地；用力，使勁地

うんと殴る／狠揍。

□ 云々　　　　　うんぬん

[名・他サ] 云云，等等；說長道短

会の運営云々のことは後にして／本
會的營運等等事項稍後再談。

□ 運搬　　　　　うんぱん

[名・他サ] 搬運，運輸

木材を運搬する／搬運木材。

□ 運用　　　　　うんよう

[名・他サ] 運用，活用

有効に運用する／有效的運用。

□ え(っ)　　　　えっ

[感]（表示驚訝、懷疑）啊！怎麼？

えっ、何ですって／啊，你說甚麼?

□ 永遠　　　　　　　　えいえん
えいえん
[名] 永遠，永恆，永久
永遠の眠り／長眠
えいえん　ねむ

□ 永久　　　　　　　えいきゅう
えいきゅう
[名] 永遠，永久
永久不変／永遠不變
えいきゅう　ふ　へん

□ 営業　　　　　　えいぎょう
えいぎょう
[名・自他サ] 營業，經商
営業マン／推銷員
えいぎょう

□ 衛生　　　　　　　えいせい
えいせい
[名] 衛生
環境衛生／環境衛生
かんきょうえいせい

□ 英文　　　　　　　えいぶん
えいぶん
[名] 用英語寫的文章；「英文學」、
「英文學科」的簡稱
英文解釈／對英文的解釋（理解）
えいぶんかいしゃく

□ 英和　　　　　　　　えいわ
えい　わ
[名] 英日辭典
英和対訳／英日對譯
えい　わ　たいやく

□ 笑顔　　　　　　　　えがお
え　がお
[名] 笑臉，笑容
笑顔を作る／強顏歡笑。
え　がお　つく

□ 描く　　　　　　　　えがく
えが
[他五] 畫，描繪；以…為形式，描寫；
想像
夢を描く／描繪夢想。
ゆめ　えが

□ 液体　　　　　　　えきたい
えきたい
[名] 液體
液体に浸す／浸泡在液體之中。
えきたい　ひた

□ 餌　　　　　　　　　　えさ
えさ
[名] 飼料，飼食
鳥に餌をやる／餵鳥飼料。
とり　えさ

□ エチケット　　エチケット
[名]【etiquette】禮節，禮儀，（社
交）規矩
エチケットを守る／遵守社交禮儀。
まも

□ 絵の具　　　　　　　えのぐ
え　　ぐ
[名] 顏料，水彩
絵の具を塗る／著色。
え　　ぐ　ぬ

□ 絵葉書　　　　　　えはがき
え　は　がき
[名] 圖畫明信片，照片明信片
絵葉書を出す／寄明信片。
え　は　がき　だ

□ エプロン　　　　エプロン
[名]【apron】圍裙
エプロンをつける／圍圍裙。

□ 偉い　　　　　　　　えらい
えら
[形] 偉大，卓越，了不起；（地位）高，
（身分）高貴；（出乎意料）嚴重
えらい目にあった／吃了苦頭。
め

□ 円　　　　　　　　え｜ん

[名]（幾何）圓，圓形；（明治後日本
貨幣單位）日圓
円を描く／畫圓。

01
↓
58
□ 延期　　　　　　え｜ん｜き

[名・他サ] 延期
会議を延期する／會議延期。

□ 演技　　　　　　え｜ん｜ぎ

[名・自サ]（演員的）演技，表演；做戲
演技派の俳優／演技派演員

□ 園芸　　　　　　え｜ん｜げ｜い

[名] 園藝
園芸家／園藝家

□ 園児　　　　　　え｜ん｜じ

[名] 幼園童
園児が多い／有很多幼園童。

□ 円周　　　　　　え｜ん｜しゅ｜う

[名]（數）圓周
円周率／圓周率

□ 演習　　　　　　え｜ん｜しゅ｜う

[名・自サ] 演習，實際練習；（大學內
的）課堂討論，共同研究
軍事演習／軍事演習

□ 援助　　　　　　え｜ん｜じょ

[名・他サ] 援助，幫助
援助を受ける／接受援助

□ エンジン　　　エ｜ン｜ジン

[名]【engine】發動機，引擎
エンジンがかかる／引擎啟動。

□ 演説　　　　　　え｜ん｜ぜ｜つ

[名・自サ] 演說
演説を行う／舉行演說。

□ 遠足　　　　　　え｜ん｜そ｜く

[名・自サ] 遠足，郊遊
遠足に行く／去遠足。

□ 延長　　　　　　え｜ん｜ちょ｜う

[名・自他サ] 延長，延伸，擴展；全長
期間を延長する／延長期限。

□ 煙突　　　　　　え｜ん｜と｜つ

[名] 煙囪
煙突が立ち並ぶ／煙囪林立。

□ 甥　　　　　　　お｜い

[名] 姪子，外甥
叔父甥の間柄／叔姪的關係

□ 追い掛ける　　お｜い｜か｜け｜る

[他下一] 追趕；緊接著
流行を追いかける／追求流行。

□ 追い付く　　　お｜い｜つ｜く

[自五] 追上，趕上；達到；來得及
成績が追いつく／追上成績。

248

□ オイル　　　　　　　　**オイル**

[名]【oil】油，油類；油畫，油畫顏料；
石油

オイル漏れ／漏油

□ 王　　　　　　　　　　**おう**

[名] 帝王，君王，國王；首領，大
王；（象棋）王將

百獣 の王／百獸之王，獅子

□ 追う　　　　　　　　　**おう**

[他五] 追；趕走；逼催，忙於；趨趕；
追求；遵循，按照

理想を追う／追尋理想。

□ 王様　　　　　　　　　**おうさま**

[名] 國王，大王

裸の王様／國王的新衣

□ 王子　　　　　　　　　**おうじ**

[名] 王子；皇族的男子

第二王子／二王子

□ 王女　　　　　　　　　**おうじょ**

[名] 公主；皇族的女子

王女に仕える／侍奉公主。

□ 応じる／応ずる

　　　　　　おうじる／おうずる

[自上一] 響應；答應；允應，滿足；適應

希望に応じる／滿足希望。

□ 旺盛　　　　　　　　　**おうせい**

[形動] 旺盛

食欲が旺盛だ／食慾很旺盛。

□ 応接　　　　　　　　　**おうせつ**

[名・自サ] 接待，應接

客に応接する／接見客人。

□ 応対　　　　　　　　　**おうたい**

[名・他サ] 應對，接待，應酬

電話の応対／電話的應對

□ 横断　　　　　　　　　**おうだん**

[名・他サ] 橫斷；橫渡，橫越

道路を横断する／橫越馬路。

□ 凹凸　　　　　　　　　**おうとつ**

[名] 凹凸，高低不平

凹凸が激しい／非常崎嶇不平。

□ 往復　　　　　　　　　**おうふく**

[名・自サ] 往返，來往；通行量

往復切符／來回車票

□ 欧米　　　　　　　　　**おうべい**

[名] 歐美

欧米諸国／歐美各國

□ 応用　　　　　　　　　**おうよう**

[名・他サ] 應用，運用

応用がきかない／無法應用。

□ 終える　　　　おえる

[他下一・自下一] 做完，完成，結束

仕事を終える／工作結束。

□ 大　　　　　　おお

[造語]（形狀、數量）大，多；（程度）非常，很；大體，大概

大騒ぎ／大吵大鬧、大混亂

□ 大いに　　　　おおいに

[副] 很，頗，大大地，非常地

大いに感謝している／非常感謝。

□ 覆う　　　　　おおう

[他五] 覆蓋，籠罩；掩飾；籠罩，充滿；包含，蓋擴

顔を覆う／蒙面。

□ オーケストラ

オーケストラ

[名]【orchestra】管絃樂團；樂池，樂隊席

オーケストラを結成する／組成管弦樂。

□ 大雑把　　　おおざっぱ

[形動] 草率，粗枝大葉；粗略，大致

大雑把な見積もり／大致的估計。

□ 大通り　　　おおどおり

[名] 大街，大馬路

大通りを横切る／横過馬路。

□ オートメーション

オートメーション

[名]【automation】自動化，自動控制裝置，自動操縱法

オートメーションに切り替える／改為自動化。

□ 大家　　　　　おおや

[名] 房東；正房，上房，主房

大家さん／房東

□ 大凡　　　　おおよそ

[副] 大體，大概，一般；大約，差不多

事件のおおよそ／事件的大致狀況

□ 丘　　　　　　おか

[名] 丘陵，山崗，小山

丘を越える／越過山岡。

□ お数／お菜　　おかず

[名] 菜飯，菜餚

ご飯のおかず／配菜、菜餚

□ 拝む　　　　　おがむ

[他五] 叩拜；合掌作揖；懇求，央求；瞻仰，見識

神様を拝む／拜神。

□ お代わり　　おかわり

[名・自サ]（酒、飯等）再來一杯、一碗

ご飯をお代わりする／再來一碗飯。

□ 沖　　　　　　　　おき

[名]（離岸較遠的）海面，海上；湖心；（日本中部方言）寬闊的田地、原野

沖に出る／出海。

□ 補う　　　　　おぎなう

[他五] 補償，彌補，貼補

欠員を補う／補足缺額。

□ お気の毒に　おきのどくに

[連語·感] 令人同情；過意不去，給人添麻煩

お気の毒に思う／覺得可憐。

□ 屋外　　　　　　おくがい

[名] 戶外

屋外運動／戶外運動

□ 奥様　　　　　おくさま

[名] 尊夫人，太太

奥様はお元気ですか／尊夫人別來無恙?

□ 送り仮名　おくりがな

[名] 漢字訓讀時，寫在漢字下的假名；用日語讀漢文時，在漢字右下方寫的假名

送り仮名を付ける／寫上送假名。

□ 贈る　　　　　　おくる

[他五] 贈送，餽贈；授與，贈給

記念品を贈る／贈送紀念品。

□ お元気で　　おげんきで

[寒暄] 請保重

では、お元気で／那麼，請您保重。

□ 怠る　　　　　おこたる

[他五] 怠慢，懶惰；疏忽，大意

注意を怠る／疏忽大意。

□ 幼い　　　　　おさない

[形] 幼小的，年幼的；孩子氣，幼稚的

幼い子供／幼小的孩子

□ 収める　　　おさめる

[他下一] 接受；取得；收藏，收存；收集，集中；繳納；供應，賣給；結束

勝利を手中に収める／勝券在握。

□ 治める　　　おさめる

[他下一] 治理；鎮壓

国を治める／治國。

□ 惜しい　　　　おしい

[形] 遺憾；可惜的，捨不得；珍惜

時間が惜しい／珍惜時間。

□ （お）知らせ　おしらせ

[名] 通知，訊息

お知らせが届く／消息到達。

□ 汚染　　　　　　おせん

[名·自他サ] 污染

大気汚染／大氣污染

□ 恐らく　　　　おそらく

[他五] 恐怕，或許，很可能

おそらく無理だ／恐怕沒辦法。

□ 恐れる　　　　おそれる

[自下一] 害怕，恐懼；擔心

恐れるものがない／天不怕地不怕。

01
｜
59

□ 恐ろしい　　　おそろしい

[形] 可怕；驚人，非常，厲害

恐ろしい経験／恐怖的經驗

□ お互い様　　おたがいさま

[名] 彼此，互相

お互い様です／彼此彼此。

□ 穏やか　　　　おだやか

[形動] 平穩；溫和，安詳；穩定

穏やかな天気／溫和的天氣

□ 落ち着く　　　おちつく

[自五]（心神，情緒等）冷靜，鎮定；
鎮靜，安詳；（長時間）定居；有頭
緒；淡雅，協調

落ち着いた人／穩重沈著的人

□ お出掛け　　　おでかけ

[名] 出門，正要出門

お出かけ用の靴／出門用的鞋子

□ お手伝いさん

　　　　おてつだいさん

[名] 傭人

お手伝いさんを雇う／雇傭人。

□ 脅かす　　　　おどかす

[他五] 威脅，逼迫；嚇唬

脅かさないで／別逼迫我

□ 男の人　　　おとこのひと

[名] 男人，男性

男の人に会う／跟男性會面。

□ 落とし物　　　おとしもの

[名] 不慎遺失的東西

落とし物を届ける／送交遺失物。

□ 躍り出る　　　おどりでる

[自下一] 躍進到，跳到

トップに躍り出る／一躍而居冠。

□ 劣る　　　　　おとる

[自五] 劣，不如，不及，比不上

昨日に劣らず暑い／不亞於昨天的
熱。

□ 驚かす　　　おどろかす

[他五] 使吃驚，驚動；嚇唬；驚喜；使
驚覺

世間を驚かす／震驚世人。

□ 鬼　　　　　　　　おに

[名・接頭] 鬼，鬼怪；窮凶惡極的人；
鬼形狀的；死者的靈魂；狠毒的，冷
酷無情的；大型的，突出的
鬼に金棒／如虎添翼。

□ 各々　　　　　　おのおの

[名・副] 各自，各，諸位
各々の考え／各自的想法

□ お化け　　　　　おばけ

[名] 鬼
お化け屋敷に入る／進到鬼屋。

□ 帯　　　　　　　　おび

[名]（和服裝飾用的）衣帶，腰帶；
「帶紙」的簡稱
帯を巻く／穿衣帶。

□（お）昼　　　　　おひる

[名] 白天；中飯，午餐
お昼の献立／午餐的菜單。

□ 溺れる　　　　　おぼれる

[自下一] 溺水，淹死；沉溺於，迷戀於
川で溺れる／在河裡溺水。

□ お参り　　　　　おまいり

[名・自サ] 參拜神佛或祖墳
神社にお参りする／到神社參拜。

□ お前　　　　　　おまえ

[代・名] 你；神前，佛前
お前の彼女／你的女友

□（お）神輿／（お）御輿
　　　　　　　　　おみこし

[名] 神轎；（俗）腰
神輿を担ぐ／扛神轎。

□（お）目出度い
　　　　　　　　　おめでたい

[形] 恭喜，可賀
おめでたい話／可喜可賀的事

□ 思い掛けない
　　　　　　　　おもいがけない

[形] 意想不到的，偶然的，意外的
思いがけない出来事／意想不到的事

□ 思い込む　　　おもいこむ

[自五] 確信不疑，深信；下決心
できないと思い込む／一直認為無法
達成。

□ 思いっきり　おもいっきり

[名・副] 死心；下決心；狠狠地，徹底的
思いっきり悪口を言う／痛罵一番。

□ 思い遣り　　　おもいやり

[名] 同情心，體貼
思い遣りのある言葉／富有同情心的
話語。

□ 重たい　　　　おもたい

[形]（份量）重的，沉的；心情沉重

重たい荷物／沈重的行李

□ 面長　　　　おもなが

[名・形動] 長臉，橢圓臉

面長の人／臉長的人

□ 主に　　　　おもに

[副] 主要，重要；（轉）大部分，多半

〜を主に取り扱う／以…為重點處
理。

□ 親子　　　　おやこ

[名] 父母和子女

仲の良い親子／感情融洽的親子

□ 御八つ　　　　おやつ

[名]（特指下午二到四點給兒童吃的）
點心，零食

おやつを食べる／吃零食。

□ 泳ぎ　　　　およぎ

[名] 游泳

泳ぎを習う／學習游泳。

□ 凡そ　　　　およそ

[名・形動・副] 大概，概略；（一句話之
開頭）凡是，所有；大概，大約；完
全，全然

およそ1トンのカバ／大約一噸重的河
馬。

□ 及ぼす　　　　およぼす

[他五] 波及到，影響到，使遭到，帶來

被害を及ぼす／帶來危害。

□ オルガン　　　　オルガン

[名]【organ】風琴

電子オルガン／電子風琴

□ 卸す　　　　おろす

[他五] 批發，批售，批賣

薬品を卸す／批發藥品。

□ お詫び　　　　おわび

[名・自サ] 道歉

お詫びを言う／道歉。

□ 終わる　　　　おわる

[自五・他五] 完畢，結束，告終；做完，完
結；（接於其他動詞連用形下）……完

夢で終わる／以夢告終。

□ 音　　　　おん

[名] 聲音，響聲；發音

ノイズ音を低減する／減低噪音。

□ 恩　　　　おん

[名] 恩情，恩

恩を売る／賣人情。

□ 恩恵　　　　おんけい

[名] 恩惠，好處，恩賜

恩恵を受ける／領受恩典。

□ 温室　　　　　**おんしつ**

[名] 溫室，暖房
温室効果／溫室效應

□ 温泉　　　　　**おんせん**

[名] 溫泉
温泉卵／溫泉蛋

□ 温帯　　　　　**おんたい**

[名] 溫帶
温帯気候／溫帶氣候

□ 温暖　　　　　**おんだん**

[名・形動] 溫暖
地球温暖化／地球暖化

□ 御中　　　　　**おんちゅう**

[名]（用於寫給公司、學校、機關團體等的書信）敬啟
株式会社丸々商事　御中／丸丸商事株式會社 敬啟

□ 女の人　　　　**おんなのひと**

[名] 女人
女の人に嫌われる／被女人討厭。

□ 可　　　　　　**か**

[名] 可，可以；及格
持ち込み可／可攜帶物品進入

□ 蚊　　　　　　**か**

[名] 蚊子
蚊の鳴くような声／如蚊子般的嗡嗚聲

□ 課　　　　　　**か**

[名・漢造]（教材的）課；課業；（公司等）科
第三課を予習する／預習第三課。

□ 日　　　　　　**か**

[漢造] 表示日期或天數
二日かかる／需要兩天。

□ 家　　　　　　**か**

[漢造] 專家
専門家／專家

□ 歌　　　　　　**か**

[漢造] 唱歌；歌詞
和歌を一首詠んだ／朗誦了一首和歌。

□ カー　　　　　**カー**

[名]【car】車，車的總稱，狹義指汽車
マイカー通勤／開自用車上班

□ カーブ　　　　**カーブ**

[名・自サ]【curve】彎曲；（棒球、曲棍球）曲線球
急カーブを曲がる／急轉彎。

□ ガールフレンド

ガールフレンド

[名]【girlfriend】女友

ガールフレンドとデートに行く／和
女友去約會。

□ 貝 _{かい}　　　　かい

[名] 貝類

貝を拾う／撿貝殼。

□ 害 _{がい}　　　　がい

[名・漢造] 為害，損害；災害；妨礙

健康に害がある／對健康有害。

□ 外 _{がい}　　　　がい

[接尾・漢造] 以外，之外；外側，外面，

外部；妻方親戚；除外

予想外の答え／意料之外的答案

□ 会員 _{かいいん}　　　かいいん

[名] 會員

会員制／會員制

□ 開演 _{かいえん}　　　かいえん

[名・自他サ] 開演

七時に開演する／七點開演。

□ 絵画 _{かいが}　　　かいが

[名] 繪畫，畫

抽象絵画／抽象畫

01
｜
60

□ 開会 _{かいかい}　　　かいかい

[名・自他サ] 開會

司会者のあいさつで開会する／司儀
致詞宣布會議開始。

□ 海外 _{かいがい}　　　かいがい

[名] 海外，國外

海外で暮らす／居住海外。

□ 改革 _{かいかく}　　　かいかく

[名・他サ] 改革

改革を進める／進行改革。

□ 会館 _{かいかん}　　　かいかん

[名] 會館

市民会館／市民會館

□ 会計 _{かいけい}　　　かいけい

[名・自サ] 會計；付款，結帳

会計を済ます／結帳。

□ 会合 _{かいごう}　　　かいごう

[名・自サ] 聚會，聚餐

会合を重ねる／多次聚會。

□ 外交 _{がいこう}　　　がいこう

[名・自サ] 外交；對外事務，外勤人員

外交関係を絶つ／斷絕外交關係。

□ 改札 _{かいさつ}　　　かいさつ

[名・自サ]（車站等）的驗票

改札を抜ける／通過驗票口。

256

□ 解散　　　　　かいさん
[名・自他サ] 散開，解散，（集合等）散會
現地解散／就地解散

□ 開始　　　　　かいし
[名・自他サ] 開始
試合開始／比賽開始

□ 解釈　　　　　かいしゃく
[名・他サ] 解釋，理解，說明
解釈を間違える／弄錯了解釋。

□ 外出　　　　　がいしゅつ
[名・自サ] 出門，外出
外出を控える／減少外出。

□ 海水浴　　　　かいすいよく
[名] 海水浴場
海水浴場／海水浴場

□ 回数　　　　　かいすう
[名] 次數，回數
回数を重ねる／三番五次。

□ 快晴　　　　　かいせい
[名] 晴朗，晴朗無雲
天気は快晴／天氣晴朗無雲。

□ 改正　　　　　かいせい
[名・他サ] 修正，改正
規則を改正する／修改規定。

□ 解説　　　　　かいせつ
[名・他サ] 解說，說明
ニュース解説／新聞解說

□ 改善　　　　　かいぜん
[名・他サ] 改善，改良，改進
改善を図る／謀求改善。

□ 改造　　　　　かいぞう
[名・他サ] 改造，改組，改建
内閣改造／內閣改組

□ 開通　　　　　かいつう
[名・自他サ]（鐵路、電話線等）開通，
通車，通話
トンネルが開通する／隧道通車。

□ 快適　　　　　かいてき
[形動] 舒適，暢快，愉快
快適な空間／舒適的空間

□ 回転　　　　　かいてん
[名・自サ] 旋轉，轉動，迴轉；轉彎，轉
換（方向）；（表次數）周，圈；
（資金）週轉
頭の回転が速い／腦筋轉動靈活。

□ 回答　　　　　かいとう
[名・自サ] 回答，答覆
回答を渋る／遲遲不答覆。

□ 解答　　　　かいとう

[名・自サ] 解答

数学の問題に解答する／解答數學問題。

□ 外部　　　　がいぶ

[名] 外面，外部

外部に漏らす／洩漏出去。

□ 回復　　　　かいふく

[名・自他サ] 恢復，康復；挽回，收復

景気が回復する／景氣回升。

□ 開放　　　　かいほう

[名・他サ] 打開，敞開；開放，公開

市場を開放する／開放市場。

□ 解放　　　　かいほう

[名・他サ] 解放，解除，擺脫

奴隷を解放する／解放奴隸。

□ 海洋　　　　かいよう

[名] 海洋

海洋観測船／海洋觀測船

□ 街路樹　　　がいろじゅ

[名] 行道樹

街路樹がきれいだ／行道樹很漂亮。

□ 概論　　　　がいろん

[名] 概論

経済学概論／經濟學概論

□ 帰す　　　　かえす

[他五] 讓…回去，打發回家

家に帰す／讓…回家。

□ 却って　　　かえって

[副] 反倒，相反地，反而

かえって足手まといだ／反而礙手礙腳。

□ 家屋　　　　かおく

[名] 房屋，住房

家屋が立ち並ぶ／房屋羅列。

□ 香り　　　　かおり

[名] 芳香，香氣

香りを付ける／讓…有香氣。

□ 抱える　　　かかえる

[他下一] (雙手)抱著，夾(在腋下)；擔當，負擔；雇傭

頭を抱える／抱頭(思考或發愁等)。

□ 価格　　　　かかく

[名] 價格

商品の価格／商品價格

□ 輝く　　　　かがやく

[自五] 閃光，閃耀；洋溢；光榮，顯赫

希望に輝く未来／前途光明的未來。

□ 係／係り　　　　　かかり

[名] 負責擔任某工作的人；關聯，牽聯

案内係／招待員

□ 係わる　　　　　かかわる

[自五] 關係到，涉及到；有牽連，有瓜葛；拘泥

命に係わる／攸關性命。

□ 垣根　　　　　　かきね

[名] 籬笆，柵欄，圍牆

垣根を取り払う／拆除籬笆。

□ 限り　　　　　　かぎり

[名] 限度，極限；（接在表示時間、範圍等名詞下）只限於…，以…為限，在…範圍內

限りある命／有限的生命

□ 限る　　　　　　かぎる

[自他五] 限定，限制；限於；以…為限；不限，不一定，未必

今日に限る／限於今日。

□ 学　　　　　　　がく

[名] 知識，學問，學識

学がある／有學問。

□ 額　　　　　　　がく

[名] 名額，數額；匾額，畫框

予算の額／預算額度。

□ 架空　　　　　　かくう

[名] 空中架設；虛構的，空想的

架空の人物／虛擬人物

□ 覚悟　　　　　　かくご

[名・自他サ] 精神準備，決心；覺悟

覚悟を決める／堅定決心。

□ 各自　　　　　　かくじ

[名] 每個人，各自

各自で用意する／每人各自準備。

□ 確実　　　　　　かくじつ

[形動] 確實，準確；可靠

確実な情報／可靠的情報

□ 学者　　　　　　がくしゃ

[名] 學者；科學家

著名な学者／著名的學者

□ 拡充　　　　　　かくじゅう

[名・他サ] 擴充

工場を拡充する／擴大工廠。

□ 学習　　　　　　がくしゅう

[名・他サ] 學習

英語を学習する／學習英文。

□ 学術　　　　　　がくじゅつ

[名] 學術

学術雑誌／學術雜誌

259

□ 拡大　　　　　かくだい

[名・自他サ] 擴大，放大

規模が拡大する／擴大規模。

□ 各地　　　　　かくち

[名] 各地

各地を巡る／巡迴各地。

□ 拡張　　　　　かくちょう

[名・他サ] 擴大，擴張

領土を拡張する／擴大領土。

□ 角度　　　　　かくど

[名] （數學）角度；（觀察事物的）立場

あらゆる角度から分析する／從各種

角度來分析。

□ 学年　　　　　がくねん

[名] 學年（度）；年級

学年末試験／學期末考試

01
- 61

□ 格別　　　　　かくべつ

[名・形動・副] 特別，顯著，格外；姑且

不論

今日の寒さは格別だ／今天格外寒

冷。

□ 学問　　　　　がくもん

[名・自サ] 學業，學問；科學，學術；見

識，知識

学問を修める／求學。

□ 確率　　　　　かくりつ

[名] 機率，概率

確率が高い／機率高。

□ 学力　　　　　がくりょく

[名] 學習實力

学力が高まる／提高學習實力。

□ 陰　　　　　かげ

[名] 日陰，背影處；背面；背地裡，

暗中

陰で糸を引く／暗中操縱。

□ 影　　　　　かげ

[名] 影子；倒影；蹤影，形跡

影が薄い／不受重視。

□ 可決　　　　　かけつ

[名・他サ] （提案等）通過

法案が可決する／通過法案。

□ 駆け回る　　　　かけまわる

[自五] 到處亂跑

子犬が駆け回る／小狗到處亂跑。

□ 加減　　　　　かげん

[名・他サ] 加法與減法；調整，斟酌；程

度，狀態；（天氣等）影響；身體狀

況；偶然的因素

手加減がわからない／不知道斟酌力

道。

□ 過去　　　　　　　　かこ
[名] 過去，往昔；（佛）前生，前世
過去を顧みる／回顧往事。

□ 籠　　　　　　　　　かご
[名] 籠子，筐，籃
かごの鳥／籠中鳥（喻失去自由的人）

□ 下降　　　　　　　　かこう
[名・自サ] 下降，下沉
パラシュートが下降する／降落傘下降。

□ 火口　　　　　　　　かこう
[名]（火山）噴火口；（爐灶等）爐口
火口からマグマが噴出する／從火山口噴出岩漿。

□ 火災　　　　　　　　かさい
[名] 火災
火災に遭う／遭遇火災。

□ 重なる　　　　　　かさなる
[自五] 重疊，重複；（事情、日子）趕在一起
用事が重なる／很多事情趕在一起。

□ 火山　　　　　　　　かざん
[名] 火山
火山が噴火する／火山噴火。

□ 菓子　　　　　　　　かし
[名] 點心，糕點，糖果
菓子職人／點心師傅

□ 家事　　　　　　　　かじ
[名] 家事，家務；家裡（發生）的事
家事の分担／分擔家務

□ 賢い　　　　　　　かしこい
[形] 聰明的，周到，賢明的
賢いやり方／聰明的作法

□ 貸し出し　　　　かしだし
[名]（物品的）出借，出租；（金錢的）貸放，借出
本の貸し出し／書籍出租

□ 過失　　　　　　　かしつ
[名] 過錯，過失
（重大な）過失を犯す／犯下（重大）過錯。

□ 果実　　　　　　　かじつ
[名] 果實，水果
果実が実る／結出果實。

□ 貸間　　　　　　　かしま
[名] 出租的房間
貸間を探す／找出租房子。

□ 貸家　　　　　　　かしや
[名] 出租的房子
貸家の広告／出租房屋的廣告

261

□ 箇所　　　　　　　　かしょ

[名・接尾]（特定的）地方；（助數詞）處

故障の箇所／故障的地方

□ 過剰　　　　　　　　かじょう

[名・形動] 過剰，過量

過剰な反応／過度的反應

□ 齧る　　　　　　　　かじる

[他五] 咬，啃；一知半解

木の実をかじる／啃樹木的果實。

□ 貸す　　　　　　　　かす

[他五] 借出，出借；出租；提出策劃

部屋を貸す／房屋租出。

□ 課税　　　　　　　　かぜい

[名・自サ] 課税

輸入品に課税する／課進口貨物税。

□ 稼ぐ　　　　　　　　かせぐ

[名・他五]（為賺錢而）拼命的勞動；
（靠工作、勞動）賺錢；爭取，獲得

点数を稼ぐ／爭取（優勝）分數。

□ 風邪薬　　　　　　　かぜぐすり

[名] 感冒藥

風邪薬を飲む／吃感冒藥。

□ カセットテープ

　　　　　　カセットテープ

[名] 錄音帶

カセットテープを聞く／聽錄音帶。

□ 下線　　　　　　　　かせん

[名] 下線，字下畫的線，底線

下線を引く／畫底線。

□ 加速　　　　　　　　かそく

[名・自他サ] 加速

アクセルを踏んで加速する／踩油門
加速。

□ 加速度　　　　　　　かそくど

[名] 加速度；加速

進歩に加速度がつく／加快速度進
步。

□ 方々　　　　　　　　かたがた

[名・代・副]（敬）大家；您們；這個那
個，種種；各處；總之

父兄の方々／各位父兄長輩

□ 刀　　　　　　　　　かたな

[名] 刀的總稱

腰に刀を差す／刀插在腰間。

□ 塊　　　　　　　　　かたまり

[名・接尾] 塊狀，疙瘩；集團；極端…的人

欲の塊／貪得無厭

□ 固まる　　　　　かたまる

[自五]（粉末、顆粒、黏液等）變硬，凝固；固定，成形；集在一起，成群；熱中，篤信（宗教等）

粘土が固まる／把黏土捏成一塊。

□ 傾く　　　　　かたむく

[自五] 傾斜；有…的傾向；（日月）偏西；衰弱，衰微

賛成に傾く／傾向贊成。

□ 偏る／片寄る　　かたよる

[自五] 偏於，不公正，偏袒；失去平衡

栄養が偏る／營養不均。

□ 語る　　　　　かたる

[他五] 說，陳述；演唱，朗讀

真実を語る／陳述事實。

□ 価値　　　　　かち

[名] 價值

価値がある／有價值。

□ ～勝ち　　　　がち

[接尾] 往往，容易，動輒；大部分是

病気がち／容易感冒，常常感冒

□ 学科　　　　　がっか

[名] 科系

建築学科／建築系

□ 学会　　　　　がっかい

[名] 學會，學社

学会に出席する／出席學會。

□ がっかり　　　　がっかり

[副・自サ] 失望，灰心喪氣；筋疲力盡

がっかりさせる／令人失望。

□ 活気　　　　　かっき

[名] 活力，生氣；興旺

活気にあふれる／充滿活力。

□ 学期　　　　　がっき

[名] 學期

学期末試験／期末考試

□ 楽器　　　　　がっき

[名] 樂器

楽器を奏でる／演奏樂器。

□ 学級　　　　　がっきゅう

[名] 學級，年級，班級

学級担任／班導

□ 担ぐ　　　　　かつぐ

[他五] 扛，挑；推舉，擁戴；迷信；受騙

荷物を担ぐ／搬行李。

□ 括弧　　　　　かっこ

[名] 括號；括起來

括弧でくくる／括在括弧裡。

□ 各国　　　　　かっこく

[名] 各國

各国の代表が集まる／各國代表齊聚。

□ 活字　　　　　かつじ

[名] 鉛字，活字

活字を読む／閱讀。

□ 合唱　　　　　がっしょう

[名・他サ] 合唱，一齊唱；同聲高呼

合唱部に入る／參加合唱團。

□ 勝手　　　　　かって

[名・形動] 任意，任性，隨便

勝手な行動／任意行動

□ 活動　　　　　かつどう

[名・自サ] 活動，行動

野外活動を行う／舉辦野外活動。

□ 活用　　　　　かつよう

[名・他サ] 活用，利用，使用

知識を活用する／活用知識。

□ 活力　　　　　かつりょく

[名] 活力，精力

活力を与える／給予活力。

□ 仮定　　　　　かてい

[名・字サ] 假定，假設

仮定に基づく／根據假設。

□ 過程　　　　　かてい

[名] 過程

過程を経る／經過過程。

□ 課程　　　　　かてい

[名] 課程

教育課程／教育課程

□ 悲しむ　　　　かなしむ

[他五] 感到悲傷，痛心，可歎

別れを悲しむ／為離別感傷。

□ 仮名遣い　　　かなづかい

[名] 假名的拼寫方法

歴史的仮名遣い／歷史的假名拼寫方式

□ 必ずしも　　　かならずしも

[副] 不一定，未必

必ずしも正しいとは限らない／未必一定正確。

□ 鐘　　　　　　かね

[名] 鐘，吊鐘

鐘をつく／敲鐘。

□ 兼ね備える　　かねそなえる

[他下一] 兩者兼備

知性と美貌を兼ね備える／兼具智慧與美貌。

□ 加熱　　　　　かねつ

[名・他サ] 加熱，高溫處理

加熱装置／加熱裝置

□ 兼ねる　　　　　かねる

[他下一・接尾] 兼備；不能，無法

趣味と実益を兼ねる／興趣與實利兼
具。

□ カバー　　　　　カバー

[名・他サ]【cover】罩，套；補償，補
充；覆蓋

欠点をカバーする／補償缺陷。

□ 過半数　　　　かはんすう

[名] 過半數，半數以上

過半数に達する／超過半數。

□ 株　　　　　　　かぶ

[名・接尾] 株，顆；（樹的）殘株；股
票；（職業等上）特權；擅長；地位

株価が上がる／股票上漲。

□ 被せる　　　　かぶせる

[他下一] 蓋上；（用水）澆沖；戴上（帽
子等）；推卸

帽子を被せる／戴上帽子。

□ 窯　　　　　　　かま

[名] 窯，爐；鍋爐

窯で焼く／在窯裡燒。

□ 構いません　かまいません

[寒暄] 沒關係，不在乎

私は構いません／我沒關係。

□ 上　　　　　　　かみ

[名] 上邊，上方，上游，上半身；以
前，過去；開始，起源於；統治者，
主人；京都；上座；（從觀眾）舞台
右側

上座に座る／坐上位。

□ 神　　　　　　　かみ

[名] 神，神明，上帝，造物主；（死
者的）靈魂

神に祈る／向神禱告。

□ 紙屑　　　　　かみくず

[名] 廢紙，沒用的紙

紙くずを拾う／撿廢紙。

□ 神様　　　　　かみさま

[名]（神的敬稱）上帝，神；（某方面
的）專家，活神仙，（接在某方面技
能後）…之神

神様を信じる／信神。

□ 剃刀　　　　　かみそり

[名] 剃刀，刮鬍刀；頭腦敏銳（的人）

剃刀の頭脳／頭腦敏銳的人

□ 雷　　　　　　かみなり

[名] 雷；雷神；大發雷霆的人

雷が鳴る／雷鳴。

□ 科目　　　　　かもく

[名] 科目，項目；（學校的）學科，課程

選択科目／選修科目

265

□ 貨物　　　　　　　　かもつ

[名] 貨物；貨車

貨物を輸送する／送貨。

□ 歌謡　　　　　　　　かよう

[名] 歌謠，歌曲

歌謡曲を歌う／唱歌謠。

□ 空　　　　　　　　　から

[名] 空的；空，假，虛

空にする／騰出；花淨。

□ 殻　　　　　　　　　から

[名] 外皮，外殻

殻を脱ぐ／脱殻，脱皮。

□ 柄　　　　　　　　　がら

[名・接尾] 身材；花紋，花樣；性格，人品，身分；表示性格，身分，適合性

柄に合わない／不合身分。

□ カラー　　　　　　　カラー

[名]【color】色，彩色；（繪畫用）顏料

カラーコピーをとる／彩色影印。

□ からかう　　　　　からかう

[他五] 嘲弄，逗弄，調戲

子供をからかう／逗小孩。

□ からから　　　　　からから

[副・自サ] 乾的、硬的東西相碰的聲音

からから音がする／鏗鏗作響。

□ がらがら　　　　がらがら

[名・副・自サ・形動] 手搖鈴玩具；硬物相撞聲；直爽；很空

赤ちゃんのがらがら／嬰兒的手搖鈴玩具。

□ 空っぽ　　　　　からっぽ

[名・形動] 空，空洞無一物

頭の中が空っぽだ／腦袋空空。

□ 空手　　　　　　　からて

[名] 空手道

空手の達人／空手道高人。

□ 刈る　　　　　　　　かる

[他五] 割，剪，剃

草を刈る／割草。

□ 枯れる　　　　　　かれる

[自下一] 枯萎，乾枯；老練，造詣精深；（身材）枯瘦

作物が枯れる／作物枯萎。

□ カロリー　　　　　カロリー

[名]【calorie】（熱量單位）卡，卡路里；（食品營養價值單位）卡，大卡

カロリーが高い／熱量高。

□ 可愛がる　　　　かわいがる

[他五] 喜愛，疼愛；嚴加管教，教訓

子供を可愛がる／疼愛小孩。

□ 可哀相／可哀想

かわいそう

[形動] 可憐

かわいそうな境遇／可憐的處境

□ 可愛らしい　かわいらしい

[形] 可愛的，討人喜歡；小巧玲瓏

可愛らしい猫／可愛的貓

□ 為替　かわせ

[名] 匯款，匯兌

為替で支払う／用匯款支付。

□ 瓦　かわら

[名] 瓦；無價值的東西

瓦で屋根を葺く／用瓦鋪屋頂。

□ 勘　かん

[名] 直覺，第六感；領悟力

勘が鈍い／反應遲鈍，領悟性低。

□ 感　かん

[名・漢造] 感覺，感動；感

隔世の感／恍如隔世

□ 間隔　かんかく

[名] 間隔，距離

間隔を取る／保持距離。

□ 感覚　かんかく

[名・他サ] 感覺

感覚が鋭い／感覺敏銳。

□ 換気　かんき

[名・自他サ] 換氣，通風，使空氣流通

窓を開けて換気する／打開窗戶使空氣流通。

□ 観客　かんきゃく

[名] 觀眾

観客層を広げる／擴大觀眾層。

□ 歓迎　かんげい

[名・他サ] 歡迎

歓迎を受ける／受歡迎。

□ 感激　かんげき

[名・他サ] 感激，感動

感激を与える／使人感慨。

□ 関西　かんさい

[名] 日本關西地區（以京都、大阪及神戶為中心的地帶）

関西地方／關西地區

□ 観察　かんさつ

[名・他サ] 觀察

植物を観察する／觀察植物。

□ 感じ　かんじ

[名] 知覺，感覺；印象

感じがいい／感覺良好。

□ 元日　がんじつ

[名] 元旦

元日から営業／從元旦開始營業

267

□ 患者　　　　　　かんじゃ

[名] 病人，患者

患者を診る／診察患者。

□ 鑑賞　　　　　　かんしょう

[名・他サ] 鑑賞，欣賞

映画を鑑賞 する／鑑賞電影。

□ 勘定　　　　　　かんじょう

[名・他サ] 計算；算帳；（會計上的）帳目，戶頭，結帳；考慮，估計

勘定を済ます／付完款，算完帳。

□ 感情　　　　　　かんじょう

[名] 感情，情緒

感情を抑える／壓抑情緒。

□ 関心　　　　　　かんしん

[名] 關心，感興趣

関心を持つ／關心，感興趣。

□ 関する　　　　　かんする

[自サ] 關於，與…有關

政治に関する問題／關於政治問題

□ 間接　　　　　　かんせつ

[名] 間接

間接的に影響する／間接影響。

□ 乾燥　　　　　　かんそう

[名・自他サ] 乾燥；枯燥無味

空気が乾燥している／空氣乾燥。

□ 観測　　　　　　かんそく

[名・他サ] 觀察（事物），（天體，天氣等）觀測

天体を観測する／觀測天體。

□ 寒帯　　　　　　かんたい

[名] 寒帶

寒帯気候／寒帶氣候

□ 元旦　　　　　　がんたん

[名] 元旦

元旦に初詣に行く／元旦去新年參拜。

□ 勘違い　　　　　かんちがい

[名・自サ] 想錯，判斷錯誤，誤會

君と勘違いした／誤以為是你。

□ 官庁　　　　　　かんちょう

[名] 政府機關

官庁に勤める／在政府機關工作。

□ 缶詰　　　　　　かんづめ

[名] 罐頭；不與外界接觸的狀態；擁擠的狀態

缶詰にする／關起來。

□ 乾電池　　　　　かんでんち

[名] 乾電池

アルカリ乾電池／鹼性電池

01
|
63

□ 関東　　　　　かんとう

[名] 日本關東地區（以東京橫濱為中心的地帶）

関東地方／關東地區

□ 監督　　　　　かんとく

[名・他サ] 監督，督促；監督者，管理人；（影劇）導演；（體育）教練

野球チームの監督／棒球隊教練

□ 観念　　　　　かんねん

[名・自他サ] 觀念；決心；斷念，不抱希望

時間の観念がない／沒有時間觀念。

□ 乾杯　　　　　かんぱい

[名・自サ] 乾杯

乾杯の音頭を取る／首先帶頭乾杯。

□ 看板　　　　　かんばん

[名] 招牌；牌子，幌子；（店舖）關門，停止營業時間

看板にする／打著招牌；以…為榮；商店打烊。

□ 看病　　　　　かんびょう

[名・他サ] 看護，護理病人

病人を看病する／護理病人。

□ 冠　　　　　　かんむり

[名] 冠，冠冕；字頭，字蓋；有點生氣

草かんむり／草字頭

□ 管理　　　　　かんり

[名・他サ] 管理，管轄；經營，保管

品質を管理する／品質管理。

□ 完了　　　　　かんりょう

[名・自他サ] 完了，完畢；（語法）完了，完成

工事が完了する／結束工程。

□ 関連　　　　　かんれん

[名・自サ] 關聯，有關係

関連が深い／關係深遠。

□ 漢和　　　　　かんわ

[名] 漢語和日語；中日辭典的簡稱

漢和辞典／漢和辭典

□ 期　　　　　　き

[名] 時期；時機；季節；（預定的）時日

入学の時期が訪れる／又到開學期了。

□ 器　　　　　　き

[名] 有才能，有某種才能的人；器具，器皿；起作用的，才幹

食器を片付ける／收拾碗筷。

□ 機　　　　　　き

[名・接尾・漢造] 時機；飛機；（助數詞用法）架；機器

時機を待つ／等待時機。

269

□ 気圧　　　　　　きあつ

[名] 氣壓；（壓力單位）大氣壓

高気圧／高氣壓

□ 議員　　　　　　ぎいん

[名]（國會，地方議會的）議員

議員を辞する／辭去議員職位。

□ 記憶　　　　　　きおく

[名・他サ] 記憶，記憶力；記性

記憶に新しい／記憶猶新。

□ 気温　　　　　　きおん

[名] 氣溫

気温が下がる／氣溫下降。

□ 器械　　　　　　きかい

[名] 機械，機器

器械体操／器械體操

□ 議会　　　　　　ぎかい

[名] 議會，國會

議会を解散する／解散國會。

□ 着替え　　　　　きがえ

[名] 換衣服；換的衣服

着替えを持つ／攜帶換洗衣物。

□ 着替える　　　　きがえる

[他下一] 換衣服

着物を着替える／換衣服。

□ 気がする　　　　きがする

[慣] 好像；有心

見たことがあるような気がする／好像有看過。

□ 機関　　　　　　きかん

[名]（組織機構的）機關，單位；（動力裝置）機關

行政機関／行政機關

□ 機関車　　　　きかんしゃ

[名] 機車，火車

蒸気機関車／蒸汽火車

□ 企業　　　　　　きぎょう

[名] 企業；籌辦事業

企業を起こす／創辦企業。

□ 飢饉　　　　　　ききん

[名] 飢饉，飢荒；缺乏，…荒

飢饉に見舞われる／鬧飢荒。

□ 器具　　　　　　きぐ

[名] 器具，用具，器械

器具を使う／使用工具。

□ 期限　　　　　　きげん

[名] 期限

期限が切れる／期滿，過期。

□ 機嫌　　　　　　きげん

[名] 心情，情緒

機嫌を取る／討好，取悅。

□ 気候　　　　　き こう
きこう
[名] 氣候，天氣
気候が暖かい／天氣溫暖。
きこう　あたた

□ 記号　　　　　き ごう
きごう
[名] 符號，記號
記号をつける／標上記號。
きごう

□ 刻む　　　　　き ざむ
きざ
[他五] 切碎；雕刻；分成段；銘記，牢記
文字を刻む／刻上文字。
もじ　きざ

□ 岸　　　　　　き し
きし
[名] 岸，岸邊；崖
岸を離れる／離岸。
きし　はな

□ 生地　　　　　き じ
きじ
[名] 本色，素質，本來面目；布料；
（陶器等）毛坯
ドレスの生地／洋裝布料
きじ

□ 技師　　　　　ぎ し
ぎし
[名] 技師，工程師，專業技術人員
レントゲン技師／X光技師
ぎし

□ 儀式　　　　　ぎ しき
ぎしき
[名] 儀式，典禮
儀式を行う／舉行儀式。
ぎしき　おこな

□ 基準　　　　　き じゅん
きじゅん
[名] 基礎，根基；規格，準則
基準 に達する／達到基準。
きじゅん　たっ

□ 起床　　　　　き しょう
きしょう
[名・自サ] 起床
起床時間／起床時間
きしょうじかん

□ 傷　　　　　　き ず
きず
[名] 傷口，創傷；缺陷，瑕疵
傷を負う／受傷。
きず　お

□ 着せる　　　　き せる
き
[他下一] 給穿上（衣服）；鍍上；嫁
禍，加罪
罪を着せる／嫁禍罪名。
つみ　き

□ 基礎　　　　　き そ
きそ
[名] 基石，基礎，根基；地基
基礎を固める／鞏固基礎。
きそ　かた

□ 期待　　　　　き たい
きたい
[名・他サ] 期待，期望，指望
期待を裏切る／違背期望。
きたい　うらぎ

□ 気体　　　　　き たい
きたい
[名] （理）氣體
気体燃料／氣體燃料
きたいねんりょう

□ 基地　　　　　き ち
きち
[名] 基地，根據地
基地を建設する／建設基地。
きち　けんせつ

□ 貴重　　　　　き ちょう
きちょう
[名・形動・他サ] 貴重，寶貴，珍貴
貴重な体験／寶貴的經驗。
きちょう　たいけん

271

□ 議長　　　　　ぎちょう

[名] 會議主席，主持人；（聯合國，
國會）主席
議長を務める／擔任會議主席。

□ きつい　　　　　きつい

[形] 嚴厲的，嚴苛的；剛強，要強；
緊的，瘦小的；強烈的；累人的，費
力的
仕事がきつい／費力的工作。

□ 切っ掛け　　　　きっかけ

[名] 開端，動機，契機
きっかけを作る／製造機會。

□ 気付く　　　　　きづく

[自五] 察覺，注意到，意識到；（神志
昏迷後）甦醒過來
誤りに気付く／意識到錯誤。

□ 喫茶　　　　　　きっさ

[名] 喝茶，喫茶，飲茶
喫茶店／茶館，咖啡店

01
｜
64

□ ぎっしり　　　　ぎっしり

[副]（裝或擠的）滿滿的
ぎっしりと詰める／塞滿，排滿。

□ 気に入る　　　　きにいる

[連語] 稱心如意，喜歡，寵愛
プレゼントを気に入る／喜歡禮物。

□ 気にする　　　　きにする

[慣] 介意，在乎
失敗を気にする／對失敗耿耿於懷。

□ 気になる　　　　きになる

[慣] 擔心，放心不下
外の音が気になる／在意外面的聲
音。

□ 記入　　　　　　きにゅう

[名・他サ] 填寫，寫入，記上
必要事項を記入する／記上必要事
項。

□ 記念　　　　　　きねん

[名・他サ] 紀念
記念品をもらう／收到紀念品。

□ 記念写真　　きねんしゃしん

[名] 紀念照
七五三の記念写真／七五三的紀念照

□ 機能　　　　　　きのう

[名・自サ] 機能，功能，作用
機能を果たす／發揮作用。

□ 気の所為　　　　きのせい

[連語] 神經過敏；心理作用
気のせいかもしれない／可能是我神
經過敏吧。

272

□ 気の毒　　　　きのどく
[名・形動] 可憐的，可悲；可惜，遺憾；過意不去，對不起
気の毒な境遇／悲惨的處境

□ 牙　　　　　　きば
[名] 犬齒，獠牙
ライオンの牙／獅子的尖牙

□ 基盤　　　　　きばん
[名] 基礎，底座，底子；基岩
基盤を固める／鞏固基礎。

□ 寄付　　　　　きふ
[名・他サ] 捐贈，捐助，捐款
寄付を募る／募捐。

□ 気分転換　きぶんてんかん
[連語・名] 轉換心情
気分転換に散歩に出る／出門散步換個心情。

□ ～気味　　　　　きみ
[接尾] 感觸，感受，心情；有一點兒，稍稍
風邪気味／有點感冒

□ 気味が悪い／気味悪い
　　　　　　　きみがわるい
[形] 毛骨悚然的；令人不快的
気味が悪い家／可怕的房子。

□ 奇妙　　　　きみょう
[形動] 奇怪，出奇，奇異，奇妙
奇妙な現象／奇怪的現象

□ 義務　　　　　ぎむ
[名] 義務
義務を果たす／履行義務。

□ 疑問　　　　ぎもん
[名] 疑問，疑惑
疑問に答える／回答疑問。

□ 逆　　　　　ぎゃく
[名・形動・漢造] 反，相反，倒；叛逆
逆にする／弄反過來。

□ 客席　　　きゃくせき
[名] 觀賞席；宴席，來賓席
客席を見渡す／遠望觀眾席。

□ 虐待　　　きゃくたい
[名・他サ] 虐待
児童虐待は深刻な問題だ／虐待兒童是很嚴重的問題。

□ 客間　　　きゃくま
[名] 客廳
客間に通す／請到客廳。

□ キャプテン　　キャプテン
[名]【captain】團體的首領；船長；隊長；主任
キャプテンに従う／服從隊長。

273

□ ギャング ギャング

[名]【gang】持槍強盜團體，盜伙

ギャングに襲われる／被盜匪搶劫。

□ キャンパス キャンパス

[名]【campus】（大學）校園，校內

大学のキャンパス／大學校園。

□ キャンプ キャンプ

[名・自サ]【camp】露營，野營；兵

營，軍營；登山隊基地；（棒球等）

集訓

渓谷でキャンプする／在溪谷露營。

□ 旧 きゅう

[名・漢造] 陳舊；往昔，舊日；舊曆，農

曆；前任者

旧正月／舊曆年

□ 級 きゅう

[名・漢造] 等級，階段；班級，年級；頭

英検一級／英檢一級

□ 球 きゅう

[名・漢造] 球；（數）球體，球形

球の体積／球的體積

□ 休暇 きゅうか

[名]（節假日以外的）休假

休暇を取る／請假。

□ 休業 きゅうぎょう

[名・自サ] 停課

都合により本日休業します／由於私

人因素，本日休息。

□ 急激 きゅうげき

[形動] 急遽

急激な変化／急遽的變化。

□ 休校 きゅうこう

[名・自サ] 停課

地震で休校になる／因地震而停課。

□ 休講 きゅうこう

[名・自サ] 停課

授業が休講になる／停課。

□ 吸収 きゅうしゅう

[名・他サ] 吸收

知識を吸収する／吸收知識。

□ 救助 きゅうじょ

[名・他サ] 救助，搭救，救援，救濟

人命救助／救命

□ 休診 きゅうしん

[名・他サ] 停診

日曜休診／週日停診

□ 旧跡 きゅうせき

[名] 古蹟

京都の名所旧跡を訪ねる／造訪京都

的名勝古蹟。

か

□ **休息**　きゅうそく　きゅうそく

[名・自サ] 休息

休息を取る／休息。

□ **急速**　きゅうそく　きゅうそく

[名・形動] 迅速，快速

急速な変化／迅速的變化

□ **給与**　きゅうよ　きゅうよ

[名・他サ] 供給（品），分發，待遇；工資，津貼

給与をもらう／領薪水。

□ **休養**　きゅうよう　きゅうよう

[名・自サ] 休養

休養を取る／休養。

□ **清い**　きよ　きよい

[形] 清徹的，清潔的；（內心）暢快的，問心無愧的；正派的，光明磊落；乾脆

清い関係／清白的關係

□ **器用**　きよう　きよう

[名・形動] 靈巧，精巧；手藝巧妙；精明

彼は手先が器用だ／他手很巧。

□ **強化**　きょうか　きょうか

[名・他サ] 強化，加強

警備を強化する／加強警備。

□ **境界**　きょうかい　きょうかい

[名] 境界，疆界，邊界

境界線を引く／劃上界線。

□ **競技**　きょうぎ　きょうぎ

[名・自サ] 競賽，體育比賽

競技に出る／參加比賽。

□ **行儀**　ぎょうぎ　ぎょうぎ

[名] 禮儀，禮節，舉止

行儀が悪い／沒有禮貌。

□ **供給**　きょうきゅう　きょうきゅう

[名・他サ] 供給，供應

供給を断つ／斷絕供給。

□ **共産**　きょうさん　きょうさん

[名] 共產；共產主義

共産党／共產黨

□ **行事**　ぎょうじ　ぎょうじ

[名]（按慣例舉行的）儀式，活動

行事を行う／舉行儀式。

□ **教授**　きょうじゅ　きょうじゅ

[名・他サ] 教授；講授，教

書道を教授する／教書法。

□ 恐縮　　きょうしゅく
[名・自サ]（對對方的厚意感覺）惶恐
（表感謝或客氣）；（給對方添麻煩
表示）對不起，過意不去；（感覺）
不好意思，羞愧，慚愧
恐縮ですが…／（給對方添麻煩，表示）
對不起，過意不去。

□ 共同　　きょうどう
[名・自サ] 共同
共同で経営する／一起經營。

□ 恐怖　　きょうふ
[名・自サ] 恐怖，害怕
恐怖に襲われる／感到害怕、恐怖。

□ 強風　　きょうふう
[名] 強風
強風が吹く／強風吹拂。

□ 教養　　きょうよう
[名] 教育，教養，修養；（專業以外
的）知識學問
教養を身につける／提高素養。

□ 強力　　きょうりょく
[名・形動] 力量大，強力，強大
強力な味方／強大的夥伴

□ 行列　　ぎょうれつ
[名・自サ] 行列，隊伍，列隊；（數）矩陣
行列のできる店／有排隊人潮的店
家。

□ 許可　　きょか
[名・他サ] 許可，批准
許可が出る／批准。

01
｜
65

□ 漁業　　ぎょぎょう
[名] 漁業，水產業
漁業の盛んな港／漁業興盛的港口

□ 局　　きょく
[名・接尾] 房間，屋子；（官署，報
社）局，室；特指郵局，廣播電臺；
局面，局勢；（事物的）結局
郵便局／郵局

□ 曲　　きょく
[名・漢造] 曲調；歌曲；彎曲
曲を演奏する／演奏曲子。

□ 曲線　　きょくせん
[名] 曲線
曲線を描く／畫曲線。

□ 巨大　　きょだい
[形動] 巨大
巨大な船体／巨大的船體

□ 嫌う　　きらう
[他五] 嫌惡，厭惡；憎惡；區別
世間から嫌われる／被世間所厭惡。

□ きらきら　　きらきら
[副・自サ] 閃耀
星がきらきら光る／星光閃耀。

□ ぎらぎら　　　　ぎらぎら

[副・自サ] 閃耀（程度比きらきら還強）
太陽がぎらぎら照りつける／陽光照
得刺眼。

□ 気楽　　　　きらく

[名・形動] 輕鬆，安閒，無所顧慮
気楽に暮らす／悠閒度日。

□ 霧　　　　きり

[名] 霧，霧氣；噴霧
霧が晴れる／霧散。

□ 規律　　　　きりつ

[名] 規則，紀律，規章
規律を守る／遵守紀律。

□ 切る　　　　きる

[接尾]（接助詞運用形）表示達到極
限；表示完結
疲れきる／疲乏至極。

□ 斬る　　　　きる

[他五] 砍；切
人を斬る／砍人。

□ 切れ　　　　きれ

[名] 衣料，布頭，碎布
余ったきれでハンカチを作る／用剩
布做手帕。

□ 綺麗／奇麗　　　　きれい

[形] 好看，美麗；乾淨；完全徹底；
清白，純潔；正派，公正
部屋をきれいにする／把房間打掃乾
淨。

□ 議論　　　　ぎろん

[名・他サ] 爭論，討論，辯論
議論を交わす／進行辯論。

□ 気を付ける　　　　きをつける

[慣用句] 當心，留意
忘れ物をしないように気を付ける／
注意有無遺忘物品。

□ 銀　　　　ぎん

[名] 銀，白銀；銀色
銀の世界／一片銀白的雪景

□ 金額　　　　きんがく

[名] 金額
莫大な金額／巨大的金額

□ 金魚　　　　きんぎょ

[名] 金魚
金魚すくいが楽しい／撈金魚很有
趣。

□ 金庫　　　　きんこ

[名] 保險櫃；（國家或公共團體的）
金融機關，國庫
金を金庫にしまう／錢收在金庫裡。

□ 金銭　　　　　きんせん

[名] 錢財，錢款；金幣

金銭に細かい／錙銖計較。

□ 金属　　　　　きんぞく

[名] 金屬，五金

金属アレルギー／對金屬敏感

□ 近代　　　　　きんだい

[名] 近代，現代（日本則意指明治維新之後）

近代化を進める／推行近代化。

□ 筋肉　　　　　きんにく

[名] 肌肉

筋肉を鍛える／鍛鍊肌肉。

□ 金融　　　　　きんゆう

[名] 金融，通融資金

金融機関／金融機構

□ 区域　　　　　くいき

[名] 區域

危険区域／危險地區

□ 食う　　　　　くう

[他五]（俗）吃，（蟲）咬

飯を食う／吃飯。

□ 空　　　　　くう

[名・形動・漢造] 空中，空間；空虛；沒用，白費

努力が空に帰す／努力落空。

□ 偶数　　　　　ぐうすう

[名] 偶數，雙數

偶数と奇数／偶數與奇數

□ 偶然　　　　　ぐうぜん

[名・形動・副] 偶然，偶而；（哲）偶然性

偶然の一致／偶然的一致

□ 空想　　　　　くうそう

[名・他サ] 空想，幻想

空想にふける／沈溺於幻想。

□ 空中　　　　　くうちゅう

[名] 空中，天空

空中ブランコ／空中盪鞦韆

□ 釘　　　　　くぎ

[名] 釘子

釘を刺す／再三叮嚀。

□ 区切る　　　　くぎる

[他四]（把文章）斷句，分段

区切って話す／分段說。

□ 鎖　　　　　くさり

[名] 鎖鏈，鎖條；連結，聯繫；（喻）段，段落

鎖につなぐ／拴在鎖鏈上。

□ 嚏　　　　　くしゃみ

[名] 噴嚏

くしゃみが出る／打噴嚏。

□ **苦情** <ruby>く<rt>く</rt></ruby><ruby>情<rt>じょう</rt></ruby>　　　く｜じょう

[名] 不平，抱怨
苦情を訴える／抱怨。

□ **苦心** <ruby>苦<rt>く</rt></ruby><ruby>心<rt>しん</rt></ruby>　　　く｜しん

[名・自サ] 苦心，費心
苦心が実る／苦心總算得到成果。

□ **屑** くず　　　く｜ず

[名] 碎片；廢物，廢料（人）；（挑選後剩下的）爛貨
人間のくず／無用的人

□ **崩す** くず　　　く｜ず｜す

[他五] 拆毀，粉碎
体調を崩す／把身體搞壞。

□ **愚図つく** ぐず　　　ぐ｜ず｜つく

[自五] 陰天；動作遲緩拖延
天気が愚図つく／天氣總不放晴。

□ **崩れる** くず　　　く｜ず｜れ｜る

[自下一] 崩潰；散去，潰敗，粉碎
天気が崩れる／天氣變天。

□ **管** くだ　　　く｜だ

[名] 細長的筒，管
管を通す／疏通管子。

□ **具体** ぐたい　　　ぐ｜たい

[名] 具體
具体例を示す／以具體的例子表示。

□ **砕く** くだ　　　く｜だ｜く

[他五] 打碎，弄碎
敵の野望を砕く／粉碎敵人的野心。

□ **砕ける** くだ　　　く｜だ｜け｜る

[自下一] 破碎，粉碎
コップが粉々に砕ける／杯子摔成碎片。

□ **草臥れる** くたび　　　く｜た｜び｜れ｜る

[自下一] 疲勞，疲乏
人生にくたびれる／對人生感到疲乏。

□ **下らない** くだ　　　く｜だ｜ら｜ない

[連語・形] 無價值，無聊，不下於…
くだらない冗談／無聊的笑話

□ **口** くち　　　く｜ち

[名] 口，嘴；用嘴說話；口味；人口，人數
口がうまい／花言巧語，善於言詞。

□ **口紅** くちべに　　　く｜ち｜べ｜に

[名] 口紅，脣膏
口紅をつける／擦口紅。

□ **苦痛** くつう　　　く｜つう

[名] 痛苦
苦痛を感じる／感到痛苦。

279

□ くっ付く　　くっつく

[自五] 緊貼在一起，附著；支持

敵方にくっつく／支持敵方。

□ くっ付ける　くっつける

[他下一] 把…粘上，把…貼上，使靠近

のりでくっ付ける／用膠水黏上。

□ くどい　　　くどい

[形] 冗長乏味的，（味道）過於膩的

表現がくどい／表現過於繁複。

□ 句読点　　くとうてん

[名] 句號，逗點；標點符號

句読点を打つ／標上標點符號。

□ 区分　　　くぶん

[名・他サ] 區分，分類

時代区分／時代區分

□ 区別　　　くべつ

[名・他サ] 區別，分清

区別が付く／分辨清楚。

□ 窪む／凹む　くぼむ

[自五] 凹下，塌陷

目がくぼむ／眼窩深陷。

□ 組　　　　くみ

[名] 套，組，隊；班，班級；（黑道）幫

組に分ける／分成組。

□ 組合　　　くみあい

[名] （同業）工會，合作社

労働組合／工會

□ 組み合わせ　くみあわせ　01 / 66

[名] 組合，配合，編配

組み合わせが決まる／決定編組。

□ 組み立てる　くみたてる

[他下一] 組織，組裝

模型を組み立てる／組裝模型。

□ 汲む　　　くむ

[他五] 打水，取水

バケツに水を汲む／用水桶打水。

□ 組む　　　くむ

[他五] 把…交叉起來；編制（計劃等）

足を組む／蹺腳。

□ 曇る　　　くもる

[自五] 天氣陰；朦朧

鏡が曇る／鏡子模糊。

□ 悔やむ　　くやむ

[他五] 懊悔的，後悔的

過去の過ちを悔やむ／後悔過去錯誤的作為。

□ **位** くらい

[名]（數）位數；皇位，王位；官職，地位；（人或藝術作品的）品味，風格

位が上がる／升級。

□ **暮らし** くらし

[名] 度日，生活；生計，家境

暮らしを立てる／謀生。

□ **クラブ** クラブ

[名]【club】俱樂部，夜總會；（學校）課外活動，社團活動

ナイトクラブ／夜總會

□ **グラフ** グラフ

[名]【graph】圖表，圖解，座標圖；畫報

グラフを書く／畫圖表

□ **グランド** グランド

[造語]【grand】大型，大規模；崇高；重要

グランドセール／大拍賣

□ **クリーニング**

クリーニング

[名・他サ]【cleaning】（洗衣店）洗滌

クリーニングに出す／送去洗衣店洗。

□ **クリーム** クリーム

[名]【cream】鮮奶油，奶酪；膏狀化妝品；皮鞋油；冰淇淋

シュークリーム／泡芙

□ **狂う** くるう

[自五] 發狂，發瘋，失常，不準確，有毛病；落空，錯誤；過度著迷，沉迷

気が狂う／發瘋。

□ **苦しい** くるしい

[形] 艱苦；困難；難過；勉強

家計が苦しい／生活艱苦。

□ **苦しむ** くるしむ

[自五] 感到痛苦，感到難受

理解に苦しむ／難以理解。

□ **苦しめる** くるしめる

[他下一] 使痛苦，欺負

持病に苦しめられる／受宿疾折磨。

□ **包む** くるむ

[他五] 包，裹

風呂敷でくるむ／以方巾包覆。

□ **くれぐれも** くれぐれも

[副] 反覆，周到

くれぐれも気をつけて／請多多留意。

□ **苦労** くろう

[名・自サ] 辛苦，辛勞

苦労をかける／讓…擔心。

□ 加える　　　　くわえる

[他下一] 加，加上

メンバーに新人を加える／會員有新人加入。

□ 銜える　　　　くわえる

[他一] 叼，銜

楊枝をくわえる／叼著牙籤。

□ 加わる　　　　くわわる

[自五] 加上，添上

新しい要素が加わる／增添新的因素。

□ 訓　　　　　　くん

[名]（日語漢字的）訓讀（音）（對義詞為「音読み」）

訓読み／訓讀（用日本固有語言讀漢字的方法）。

□ 軍　　　　　　ぐん

[名] 軍隊；（軍隊編排單位）軍

軍を率いる／率領軍隊。

□ 郡　　　　　　ぐん

[名]（地方行政區之一）郡

西多摩郡／西多摩郡

□ 軍隊　　　　　ぐんたい

[名] 軍隊

軍隊に入る／入伍當軍人。

□ 訓練　　　　　くんれん

[名・他サ] 訓練

訓練を受ける／接受訓練。

□ 下　　　　　　げ

[名] 下等；（書籍的）下卷

下の下／下下等

□ 形／型　　　　けい

[漢造] 型，模型；樣版，典型，模範；樣式；形成，形容

模型を作る／製作模型。

□ 景気　　　　　けいき

[名]（事物的）活動狀態，活潑，精力旺盛；（經濟的）景氣

景気が回復する／景氣好轉。

□ 稽古　　　　　けいこ

[名・自他サ]（學問、武藝等的）練習，學習；（演劇、電影、廣播等的）排演，排練

けいこをつける／訓練。

□ 傾向　　　　　けいこう

[名]（事物的）傾向，趨勢

傾向がある／有…的傾向。

□ 警告　　　　　けいこく

[名・他サ] 警告

警告を受ける／受到警告。

282

□ 刑事　　　　　けいじ
［名］刑事；刑事警察
刑事責任を問われる／被追究刑事責任。

□ 掲示　　　　　けいじ
［名・他サ］牌示，佈告
掲示が出る／貼出告示。

□ 形式　　　　　けいしき
［名］手續，程序；形式，樣式；方式
正当な形式をふむ／走正當程續。

□ 継続　　　　　けいぞく
［名・自他サ］繼續，繼承
連載を継続する／繼續連載。

□ 毛糸　　　　　けいと
［名］毛線
毛糸で編む／以毛線編織。

□ 経度　　　　　けいど
［名］（地）經度（對義詞為「緯度」）
経度を調べる／調查經度。

□ 系統　　　　　けいとう
［名］系統，體系
系統を立てる／建立系統。

□ 芸能　　　　　げいのう
［名］（戲劇，電影，音樂，舞蹈等的總
稱）演藝，文藝，文娛
芸能人／演藝圈人士

□ 競馬　　　　　けいば
［名］賽馬
競馬場／賽馬場

□ 警備　　　　　けいび
［名・他サ］警備，戒備
警備に当たる／負責戒備。

□ 形容詞　　　けいようし
［名］形容詞
適切な形容詞／恰當的形容詞

□ 形容動詞　けいようどうし
［名］形容動詞
形容動詞の活用形／形容動詞的活用

□ ケース　　　　ケース
［名］【case】盒，箱，袋；場合，情
形，事例
ケースに入れる／裝入盒裡。

□ 外科　　　　　げか
［名］（醫）外科
外科医／外科醫生

□ 毛皮　　　　　けがわ
［名］毛皮
毛皮のコート／毛皮大衣

□ 劇　　　　　　げき
［名］劇，戲劇；（接尾）引人注意的事件
劇を演じる／演戲。

283

□ 激増　　　　　げきぞう

[名・自サ] 激増，劇增

人口が激増する／人口激增。

□ 下車　　　　　げしゃ

[名・自サ] 下車

途中下車／中途下車

□ 下水　　　　　げすい

[名] 汚水，髒水，下水；下水道的簡稱

下水処理場／污水處理場

□ 削る　　　　　けずる

[他五] 削，刨，刮；刪減，削去，削減

鉛筆を削る／削鉛筆。

□ 下駄　　　　　げた

[名] 木屐；（慣用句有「下駄を履かせる（虛報數量）」的說法）

下駄を履く／穿木屐。

□ 血圧　　　　　けつあつ

[名] 血壓

血圧が上がる／血壓上升。

□ 欠陥　　　　　けっかん

[名] 缺陷，致命的缺點

欠陥商品／瑕疵商品。

□ 月給　　　　　げっきゅう

[名] 月薪，工資

月給が上がる／調漲工資。

□ 結局　　　　　けっきょく

[名・副] 結果，結局；最後，最終，終究

結局だめになる／結果最後失敗。

□ 傑作　　　　　けっさく

[名] 傑作

傑作が生まれる／創作出傑作。

□ 決心　　　　　けっしん

[名・自他サ] 決心，決意

決心がつく／下定決心。

□ 決断　　　　　けつだん

[名・自他サ] 果斷明確地做出決定，決斷

決断を下す／下決定。

□ 決定　　　　　けってい

[名・自他サ] 決定，確定

決定を待つ／等待決定。

□ 欠点　　　　　けってん

[名] 缺點，欠缺，毛病

欠点を改める／改正缺點。

□ 結論　　　　　けつろん

[名・自サ] 結論

結論が出る／得出結論。

□ 気配　　　　　けはい

[名] 跡象，苗頭，氣息

気配がない／沒有跡象。

01
-
67

284

□ **下品** 　　　　げひん

[形動] 卑鄙，下流，低俗，低級

下品な趣味／庸俗的興趣

□ **煙い** 　　　　けむい

[形] 煙撲到臉上使人無法呼吸，嗆人

タバコが煙い／煙薰嗆人。

□ **険しい** 　　　けわしい

[形] 陡峭，險峻；險惡，危險；（表情等）嚴肅，可怕，粗暴

険しい山道／山路險惡

□ **券** 　　　　　けん

[名] 票，証，券

入場券／入場券

□ **権** 　　　　　けん

[名・漢造] 權力；權限

兵馬の権を握る／握有兵權。

□ **現** 　　　　　げん

[名・漢造] 現，現在的

現社長が会長に就任する／現在的社長就任為會長。

□ **見解** 　　　　けんかい

[名] 見解，意見

見解が違う／看法不同。

□ **限界** 　　　　げんかい

[名] 界限，限度，極限

限界を超える／超過極限。

□ **見学** 　　　　けんがく

[名・他サ] 參觀

工場見学／參觀工廠

□ **謙虚** 　　　　けんきょ

[形動] 謙虛

謙虚に反省する／虛心地反省。

□ **現金** 　　　　げんきん

[名]（手頭的）現款，現金；（經濟的）現款，現金

現金で支払う／以現金支付。

□ **言語** 　　　　げんご

[名] 言語

言語に絶する／無法形容。

□ **原稿** 　　　　げんこう

[名] 原稿

原稿を書く／撰稿。

□ **現在** 　　　　げんざい

[名] 現在，目前，此時

現在に至る／到現在。

□ **原産** 　　　　げんさん

[名] 原產

原産地／原產地

☐ 原始　　　　　げんし

[名] 原始；自然

原始林／原始森林

☐ 現実　　　　　げんじつ

[名] 現實，實際

現実に起こる／發生在現實中。

☐ 研修　　　　　けんしゅう

[名・他サ] 進修，培訓

研修を受ける／接受培訓。

☐ 厳重　　　　　げんじゅう

[形動] 嚴重的，嚴格的，嚴厲的

厳重に取り締まる／嚴格取締。

☐ 現象　　　　　げんしょう

[名] 現象

自然現象／自然現象

☐ 現状　　　　　げんじょう

[名] 現狀

現状を維持する／維持現狀。

☐ 建設　　　　　けんせつ

[名・他サ] 建設

建設が進む／工程有進展。

☐ 謙遜　　　　　けんそん

[名・形動・自サ] 謙遜，謙虛

謙遜の文化／謙虛文化

☐ 建築　　　　　けんちく

[名・他サ] 建築，建造

木造建築／木造建築

☐ 限度　　　　　げんど

[名] 限度，界限

限度を超える／超過限度。

☐ 見当　　　　　けんとう

[名] 推想，推測；大體上的方位，方向；
(接尾) 表示大致數量，大約，左右

見当がつく／推測出。

☐ 検討　　　　　けんとう

[名・他サ] 研討，探討；審核

検討を重ねる／反覆地檢討。

☐ 現に　　　　　げんに

[副] 做為不可忽略的事實，實際上，
親眼

現にこの目で見た／親眼看到。

☐ 現場　　　　　げんば

[名] (事故等的) 現場；(工程等的)
現場，工地

工事現場／工地現場

☐ 顕微鏡　　　　けんびきょう

[名] 顯微鏡

電子顕微鏡／電子顯微鏡

□ 憲法　　　　けんぽう

[名] 憲法

憲法に違反する／違反憲法。

□ 懸命　　　　けんめい

[形動] 拼命，奮不顧身，竭盡全力

懸命にこらえる／拼命忍耐。

□ 権利　　　　けんり

[名] 權利

権利を持つ／具有權力。

□ 原理　　　　げんり

[名] 原理；原則

てこの原理／槓桿原理

□ 原料　　　　げんりょう

[名] 原料

石油を原料とするプラスチック／塑膠是以石油為原料做出來的。

□ 碁　　　　ご

[名] 圍棋

碁を打つ／下圍棋。

□ 恋　　　　こい

[名・自他サ] 戀，戀愛；眷戀

恋に落ちる／墜入愛河。

□ 恋しい　　　　こいしい

[副] 思慕的，眷戀的，懷戀的

ふるさとが恋しい／思念故鄉。

□ 校　　　　こう

[名] 校對

校を重ねる／多次校對。

□ 請う　　　　こう

[他五] 請求，希望

許しを請う／請求原諒。

□ 工員　　　　こういん

[名] 工廠的工人，（產業）工人

工員の求人／招募工人

□ 強引　　　　ごういん

[形動] 強行，強制，強勢

強引なやり方／強勢的做法

□ 幸運　　　　こううん

[名・形動] 幸運，僥倖

幸運をつかむ／抓住機遇。

□ 講演　　　　こうえん

[名・自サ] 演說，講演

環境問題について講演する／演講有關環境問題。

□ 講演会　　　　こうえんかい

[名] 演講會

講演会が開かれる／舉行演講會。

□ 高価　　　　こうか

[名・形動] 高價錢

高価な贈り物／昂貴的禮物

□ 硬貨　　　　　　　こうか
[名] 硬幣，金屬貨幣
硬貨で支払う／以硬幣支付。

□ 校歌　　　　　　　こうか
[名] 校歌
校歌を歌う／唱校歌。

□ 豪華　　　　　　　ごうか
[形動] 奢華的，豪華的
豪華な衣装／奢華的服裝

□ 公害　　　　　　　こうがい
[名]（污水、噪音等造成的）公害
公害を出す／造成公害。

□ 効果的　　　　　こうかてき
[形動] 有效的
効果的なやり方／有效的做法

□ 高気圧　　　　　こうきあつ
[名] 高氣壓
南の海上に高気圧が発生した／南方
海面上形成高氣壓。

□ 好奇心　　　　　こうきしん
[名] 好奇心
好奇心が強い／好奇心很強。

□ 高級　　　　　　こうきゅう
[名・形動]（級別）高，高級；（等級程
度）高
高級な料理／高級料理

□ 公共　　　　　　こうきょう
[名] 公共
公共の建物／公共的建築物

□ 航空　　　　　　こうくう
[名] 航空；「航空公司」的簡稱
航空会社／航空公司

□ 光景　　　　　　こうけい
[名] 景象，情況，場面，樣子
悲惨な光景／悲慘的景象。

□ 工芸　　　　　　こうげい
[名] 工藝
工芸品を扱う店／賣工藝品的商店。

□ 合計　　　　　　ごうけい
[名・他サ] 共計，合計，總計
合計を求める／算出總計。

□ 攻撃　　　　　　こうげき
[名・他サ] 攻擊，進攻；抨擊，指責，責
難；（棒球）擊球
攻撃を受ける／遭到攻擊。

□ 貢献　　　　　　こうけん
[名・自サ] 貢獻
優勝に貢献する／對獲勝做出貢獻。

□ 孝行　　　　　　こうこう
[名・自サ・形動] 孝敬，孝順
孝行を尽くす／盡孝心。

01
-
68

288

□ 交差　　　　　こうさ
[名・自他サ] 交叉
道路が交差する／道路交叉。

□ 交際　　　　　こうさい
[名・自サ] 交際，交往，應酬
交際がひろい／交際廣。

□ 講師　　　　　こうし
[名]（高等院校的）講師；演講者
講師を務める／擔任講師。

□ 公式　　　　　こうしき
[名・形動] 正式；（數）公式
公式に認める／正式承認。

□ 口実　　　　　こうじつ
[名] 藉口，口實
口実を作る／編造藉口。

□ 後者　　　　　こうしゃ
[名] 後來的人；（兩者中的）後者
後者の場合は／後者的情況之下…

□ 校舎　　　　　こうしゃ
[名] 校舍
校舎を建て替える／改建校社。

□ 公衆　　　　　こうしゅう
[名] 公眾，公共，一般人
公衆の前で演説する／在大眾面前演講。

□ 香水　　　　　こうすい
[名] 香水
香水をつける／擦香水。

□ 公正　　　　　こうせい
[名・形動] 公正，公允，不偏
公正な判断／公正的判斷

□ 構成　　　　　こうせい
[名・他サ] 構成，組成，結構
番組を構成する／組織節目。

□ 功績　　　　　こうせき
[名] 功績
功績を残す／留下功績。

□ 光線　　　　　こうせん
[名] 光線
太陽光線／太陽光線

□ 高層　　　　　こうそう
[名] 高空，高氣層；高層
高層ビル／高樓大廈

□ 構造　　　　　こうぞう
[名] 構造，結構
構造を分析する／分析結構。

□ 高速　　　　　こうそく
[名] 高速
高速道路／高速公路

□ 交替　　　　こうたい

[名・自サ] 換班，輪流，替換，輪換

当番を交替する／輪流值班。

□ 耕地　　　　こうち

[名] 耕地

耕地面積／耕地面積

□ 交通機関　こうつうきかん

[名] 交通機關，交通設施

交通機関を利用する／乘坐交通工

具。

□ 肯定　　　　こうてい

[名・他サ] 肯定，承認

肯定的な意見／肯定的意見

□ 校庭　　　　こうてい

[名] 學校的庭園，操場

校庭で遊ぶ／在操場玩。

□ 高度　　　　こうど

[名・形動]（地）高度，海拔；（地平線

到天體的）仰角；（事物的水平）高

度，高級

高度を下げる／降低高度。

□ 高等　　　　こうとう

[名・形動] 高等，上等，高級

高等裁判所／高等裁判所

□ 行動　　　　こうどう

[名・自サ] 行動，行為

行動を起こす／採取行動。

□ 強盗　　　　ごうとう

[名] 強盗；行搶

強盗を働く／行搶。

□ 合同　　　　ごうどう

[名・自他サ] 合併，聯合；（數）全等

二国の軍隊が合同演習を行う／兩國

的軍隊舉行聯合演習。

□ 工場　　　　こうば

[名] 工廠，作坊

工場で働く／在工廠工作。

□ 公表　　　　こうひょう

[名・他サ] 公布，發表，宣布

公表をはばかる／害怕被公布。

□ 鉱物　　　　こうぶつ

[名] 礦物

豊かな鉱物資源に恵まれる／豐富的

礦資源。

□ 公平　　　　こうへい

[名・形動] 公平，公道

公平に扱う／公平對待。

□ 候補　　　　　　こうほ

[名] 候補，候補人；候選，候選人

候補に上がる／被提名為候補。

□ 公務　　　　　　こうむ

[名] 公務，國家及行政機關的事務

公務員／公務員

□ 項目　　　　　　こうもく

[名] 文章項目，財物項目；（字典的）詞條，條目

項目別に分ける／以項目來分類。

□ 紅葉　　　　　　こうよう

[名・自サ] 紅葉；變成紅葉

紅葉を見る／賞楓葉。

□ 合理　　　　　　ごうり

[名] 合理

合理性に欠ける／缺乏合理性。

□ 交流　　　　　　こうりゅう

[名・自サ] 交流，往來；交流電

交流を深める／深入交流。

□ 合流　　　　　　ごうりゅう

[名・自サ]（河流）匯合，合流；聯合，合併

本隊に合流する／與主力部隊會合。

□ 考慮　　　　　　こうりょ

[名・他サ] 考慮

相手の立場を考慮する／站在對方的立場考量。

□ 効力　　　　　　こうりょく

[名] 効力，効果，效應

効力を生じる／生效。

□ 肥える　　　　　こえる

[自下一] 肥，胖；土地肥沃；豐富；（識別力）提高，（鑑賞力）強

口が肥える／講究吃。

□ コース　　　　　コース

[名]【course】路線，（前進的）路徑；跑道，路線

出世コースを歩む／平步青雲的升遷。

□ コーチ　　　　　コーチ

[名・他サ]【coach】教練，技術指導；教練員

ピッチングをコーチする／指導投球的技巧。

□ コード　　　　　コード

[名]【cord】（電）電線，軟線

テレビのコードを差し込む／插入電視的電線。

291

□ コーラス　　　　　コーラス

[名]【chorus】合唱；合唱團；合唱曲
コーラス部に入る／參加合唱團。

□ ゴール　　　　　　ゴール

[名]【goal】（體）決勝點，終點；球門；跑進決勝點，射進球門；奮鬥的目標
ゴールに到達する／抵達終點。

□ 焦がす　　　　　こがす

[他五] 弄糊，烤焦，燒焦；（心情）焦急，焦慮；用香薰
ご飯を焦がす／把飯煮糊。

□ 呼吸　　　　　　こきゅう

[名・自他サ] 呼吸，吐納；（合作時）步調，拍子，節奏；竅門，訣竅
呼吸がとまる／停止呼吸。

□ 漕ぐ　　　　　　こぐ

[他五] 划船，搖櫓，蕩槳；蹬（自行車），打（鞦韆）
自転車をこぐ／踩自行車。

□ 極　　　　　　　ごく

[副] 非常，最，極，至，頂
極親しい関係／極親關係。

□ 国王　　　　　　こくおう

[名] 國王，國君
国王に会う／謁見國王。

□ 克服　　　　　　こくふく

[名・他サ] 克服
病を克服する／戰勝病魔。

□ 国民　　　　　　こくみん

[名] 國民
国民の義務／國民的義務

□ 穀物　　　　　　こくもつ

[名] 五穀，糧食
穀物を輸入する／進口五穀。

□ 国立　　　　　　こくりつ

[名] 國立
国立公園／國家公園

□ ご苦労様　　　ごくろうさま

[名・形動]（表示感謝慰問）辛苦，受累，勞駕
ご苦労様と声をかける／說聲「辛苦了」。

□ 焦げる　　　　　こげる

[自下一] 烤焦，燒焦，焦，糊；曬褪色
茶色に焦げる／燒焦成茶色。

□ 凍える　　　　　こごえる

[自下一] 凍僵
手足が凍える／手腳凍僵。

□ 心当たり　　　こころあたり

[名] 想像，（估計、猜想）得到；線索，苗頭
心当たりがある／有線索。

01
-
69

□ 心得る　　　　こころえる
[他下一] 懂得，領會，理解；有體驗；
答應，應允記在心上的
事情を心得る／充分理解事情。

□ 腰　　　　　　こし
[名·接尾] 腰；（衣服、裙子等的）腰身
腰が抜ける／站不起來；嚇得腿軟。

□ 腰掛け　　　　こしかけ
[名] 凳子；暫時棲身之處，一時落腳處
腰掛けOL／（婚前）暫時於此工作的
女性。

□ 腰掛ける　　　こしかける
[自下一] 坐下
ベンチに腰掛ける／坐長板凳。

□ 五十音　　　　ごじゅうおん
[名] 五十音
五十音順／五十音的順序

□ 拵える　　　　こしらえる
[他下一] 做，製造；籌措，張羅；捏
造，虛構；化妝，打扮
金をこしらえる／湊錢。

□ 越す／超す　　　こす
[自他五] 越過，跨越，渡過；超越，勝
於；過，度過；遷居，轉移
山を越す／翻越山嶺。

□ 擦る　　　　　こする
[他五] 擦，揉，搓；摩擦
目を擦る／揉眼睛。

□ 固体　　　　　こたい
[名] 固體
固体に変わる／變成固體。

□ ご馳走様　　　ごちそうさま
[連語] 承蒙您的款待了，謝謝
ごちそうさまと言って箸を置く／說
「謝謝款待」後，就放下筷子。

□ 国家　　　　　こっか
[名] 國家
国家試験／國家考試

□ 国会　　　　　こっかい
[名] 國會，議會
国会を解散する／解散國會。

□ 小遣い　　　　こづかい
[名] 零用錢
小遣いをあげる／給零用錢。

□ 国境　　　　　こっきょう
[名] 國境，邊境，邊界
国境を越える／越過國境。

□ コック　　　　コック
[名]【(荷) kok】廚師
コックになる／成為廚師。

□ 骨折　　　　　こっせつ

[名・自サ] 骨折

足を骨折する／腳骨折。

□ こっそり　　　こっそり

[副] 悄悄地，偷偷地，暗暗地

こっそりと忍び込む／悄悄地進入。

□ 古典　　　　　こてん

[名] 古書，古籍；古典作品

古典音楽を楽しむ／欣賞古典音樂。

□ 琴　　　　　　こと

[名] 古琴，箏

琴を習う／學琴。

□ 言付ける／託ける
　　　　　　　ことづける

[他下一] 託帶口信，託付

手紙を言付ける／託付帶信。

□ 異なる　　　　ことなる

[自五] 不同，不一樣

習慣が異なる／習慣不同。

□ 言葉遣い　　　ことばづかい

[名] 說法，措辭，表達

丁寧な言葉遣い／有禮貌的言辭。

□ 御免　　　　　ごめん

[名・感] 原諒；表拒絕

御免なさい／對不起。

□ 諺　　　　　　ことわざ

[名] 諺語，俗語，成語，常言

ことわざに曰く／俗話說…。

□ 断る　　　　　ことわる

[他五] 預先通知，事前請示；謝絕

借金を断られる／借錢被拒絕。

□ 粉　　　　　　こな

[名] 粉，粉末，麵粉

粉になる／變成粉末。

□ 好み　　　　　このみ

[名] 愛好，喜歡，願意

好みに合う／合口味。

□ 好む　　　　　このむ

[他五] 愛好，喜歡，願意；挑選，希望；流行，時尚

甘いものを好む／喜愛甜食。

□ ご無沙汰　　　ごぶさた

[名・自サ] 久疏問候，久未拜訪，久不奉函

久しくご無沙汰しています／久疏問候（寫信時致歉）。

□ 小麦　　　　　こむぎ

[名] 小麥

小麦粉をこねる／揉麵粉糰。

□ 御免　　　　　　　ごめん

[名・感] 原諒；表拒絕
御免なさい／對不起。

□ 小屋　　　　　　　こや

[名] 簡陋的小房，茅舍；（演劇、馬戲等的）棚子；畜舍
小屋を建てる／蓋小屋。

□ 堪える　　　　　こらえる

[他下一] 忍耐，忍受；忍住，抑制住；容忍，寬恕
怒りをこらえる／忍住怒火。

□ 娯楽　　　　　　　ごらく

[名] 娛樂，文娛
娯楽施設／娛樂設施

□ ご覧　　　　　　　ごらん

[名]（敬）看，觀覽；（親切的）請看；（接動詞連用形）試試看
ご覧に入れる／請看…。

□ 凝る　　　　　　　こる

[自五] 凝固，凝集；（因血行不周、肌肉僵硬等）酸痛；狂熱，入迷；講究，精緻
肩が凝る／肩膀酸痛。

□ コレクション
　　　　　　コレクション

[名]【collection】蒐集，收藏；收藏品
切手のコレクション／郵票的收藏

□ これら　　　　　　これら

[代] 這些
これらの商品／這些商品

□ 転がす　　　　　ころがす

[他五] 滾動，轉動；開動（車），推進；轉賣；弄倒，搬倒
ボールを転がす／滾動球。

□ 転がる　　　　　ころがる

[自五] 滾動，轉動；倒下，躺下；擺著，放著，有
ボールが転がる／球滾動。

□ 転ぶ　　　　　　ころぶ

[自五] 跌倒，倒下；滾轉；趨勢發展，事態變化
滑って転ぶ／滑倒。

□ 怖がる　　　　　こわがる

[自五] 害怕
お化けを怖がる／懼怕妖怪。

□ 今　　　　　　　　こん

[漢造] 現在；今天；今年
今日の日本／如今的日本

295

□ 紺　　　　　　　　こん

[名] 深藍，深青

紺色のズボン／深藍色的褲子

□ 今回　　　　　　こんかい

[名] 這回，這次，此番

今回の訪問／這次的訪問

□ コンクール　　コンクール

[名]【(法) concours】競賽會，競演會，會演

合唱コンクール／合唱比賽

□ コンクリート

　　　　　　　コンクリート

[名]【concrete】混凝土；具體的

コンクリートが固まる／水泥凝固。

□ 混合　　　　　　こんごう

[名・自他サ] 混合

砂と小石を混合する／混合砂和小石子。

□ コンセント　　コンセント

[名]【consent】電線插座

コンセントを差す／插插座。

□ 献立　　　　　　こんだて

[名] 菜單

献立を作る／安排菜單。

□ こんなに　　　こんなに

[副] 這樣，如此

こんなに沢山の～／這麼多的…

□ 困難　　　　　　こんなん

[名・形動] 困難，困境；窮困

困難に打ち勝つ／克服困難。

□ 今日　　　　　　こんにち

[名] 今天，今日；現在，當今

今日に至る／直到今日。

□ 今晩は　　　こんばんは

[寒暄] 晚安，你好

こんばんは、寒くなりましたね／你好，變冷了呢。

□ 婚約　　　　　　こんやく

[名・自サ] 訂婚，婚約

婚約を発表する／宣佈訂婚訊息。

□ 混乱　　　　　　こんらん

[名・自サ] 混亂

混乱が起こる／發生混亂。

□ 差　　　　　　　　　さ

[名] 差別，區別，差異；差額，差數

差が著しい／差別明顯。

□ サークル　　　サークル

[名]【circle】伙伴，小組；周圍，範圍

文学のサークル／文學研究社

□ サービス　　　サービス

[名・自他サ]【service】售後服務；服務,
接待,侍候；（商店）廉價出售,附帶
贈品出售

サービスをしてくれる／得到（減
價）服務。

□ 際 ^{さい}　　　さい

[名・漢造] 時候,時機,在…的狀況下；
彼此之間,交接；會晤；邊際

この際／在這個時候

□ 再 ^{さい}　　　さい

[漢造] 再,又一次

再チャレンジする／再挑戰一次。

□ 再開 ^{さいかい}　　　さいかい

[名・自他サ] 重新進行

電車が運転を再開する／電車重新運
駛。

□ 在校 ^{ざいこう}　　　ざいこう

[名・自サ] 在校

在校生代表が祝辞を述べる／在校生
代表致祝賀詞。

□ 再三 ^{さいさん}　　　さいさん

[副] 屢次,再三

再三注意する／屢次叮嚀。

□ 財産 ^{ざいさん}　　　ざいさん

[名] 財產；文化遺產

財産を継ぐ／繼承財產。

□ 祭日 ^{さいじつ}　　　さいじつ

[名] 節日；日本神社祭祀日；宮中舉
行重要祭祀活動日；祭靈日

日曜祭日は会社が休み／節假日公司
休息。

□ 最終 ^{さいしゅう}　　　さいしゅう

[名] 最後,最終,最末；（略）末班車

最終に間に合う／趕上末班車。

□ 最終的 ^{さいしゅうてき}　　　さいしゅうてき

[形動] 最後

最終的にやめることにした／最後決
定不做。

□ 催促 ^{さいそく}　　　さいそく

[名・他サ] 催促,催討

返事を催促する／催促答覆。

□ 最中 ^{さいちゅう}　　　さいちゅう

[名] 動作進行中,最頂點,活動中

話の最中／正在談話中

□ 採点 ^{さいてん}　　　さいてん

[名・他サ] 評分數

採点が甘い／給分寬鬆。

□ 災難 ^{さいなん}　　　さいなん

[名] 災難,災禍

災難に遭う／遭遇災難。

297

□ 才能　　　　さいのう

[名] 才能，才幹

才能に恵まれる／很有才幹。

□ 裁判　　　　さいばん

[名・他サ] 裁判，評斷，判斷；（法）審判，審理

裁判を受ける／接受審判。

□ 再訪　　　　さいほう

[名・他サ] 再訪，重遊

大阪を再訪する／重遊大阪。

□ 材木　　　　ざいもく

[名] 木材，木料

材木を選ぶ／選擇木材。

□ 材料　　　　ざいりょう

[名] 材料，原料；研究資料，數據

材料がそろう／備齊材料。

□ サイレン　　　サイレン

[名]【siren】警笛，汽笛

サイレンを鳴らす／鳴放警笛。

□ 幸い　　　　さいわい

[名・形動・副] 幸運，幸福；幸虧，好在；對…有幫助，對…有利，起好影響

不幸中の幸い／不幸中的大幸。

□ サイン　　　　サイン

[名・自サ]【sign】簽名，署名，簽；記號，暗號，信號，作記號

サインを送る／送暗號。

□ 境　　　　さかい

[名] 界線，疆界，交界；境界，境地；分界線，分水嶺

生死の境をさまよう／在生死之間徘徊。

□ 逆さ　　　　さかさ

[名]（「さかさま」的略語）逆，倒，顛倒，相反

上下が逆さになる／上下顛倒。

□ 逆様　　　　さかさま

[名・形動] 逆，倒，顛倒，相反

裏表を逆さまに着る／穿反。

□ 遡る　　　　さかのぼる

[自五] 溯，逆流而上；追溯，回溯

流れをさかのぼる／回溯。

□ 酒場　　　　さかば

[名] 酒館，酒家，酒吧

酒場の主人／酒吧的主人。

□ 逆らう　　　　さからう

[自五] 逆，反方向；違背，違抗，抗拒，違拗

歴史の流れに逆らう／違抗歷史潮流。

□ 盛り　　　　　　さかり

[名・接尾] 最旺盛時期，全盛狀態；壯
年；（動物）發情；（接動詞連用
形）表正在最盛的時候
盛りを過ぎる／全盛時期已過。

□ 一昨昨日　　さきおととい

[名] 大前天，前三天
一昨昨日の出来事／大前天的事情

□ 先程　　　　　さきほど

[副] 剛才，方才
先程お見えになりました／剛才蒞臨
的。

□ 作業　　　　　さぎょう

[名・自サ] 工作，操作，作業，勞動
作業を進める／進行作業。

□ 裂く　　　　　　　さく

[他五] 撕開，切開；扯散；分出，擠
出，勻出；破裂，分裂
二人の仲を裂く／兩人關係破裂。

□ 索引　　　　　さくいん

[名] 索引
索引をつける／附加索引。

□ 作者　　　　　さくしゃ

[名] 作者
本の作者／書的作者。

□ 作成　　　　　さくせい

[名・他サ] 寫，作，造成（表、件、計
畫、文件等）；製作，擬制
報告書を作成する／寫報告。

□ 作製　　　　　さくせい

[名・他サ] 製造
カタログを作製する／製作型錄。

□ 作物　　　　　さくもつ

[名] 農作物；庄嫁
園芸作物／園藝作物

□ 探る　　　　　　さぐる

[他五]（用手腳等）探，摸；探聽，試
探，偵查；探索，探求，探訪
手で探る／用手摸。

□ 支える　　　　ささえる

[他下一] 支撐；維持，支持；阻止，防止
暮らしを支える／維持生活。

□ 囁く　　　　　ささやく

[自五] 低聲自語，小聲說話，耳語
耳元でささやく／附耳私語。

□ 匙　　　　　　　　さじ

[名] 匙子，小杓子
匙ですくう／用匙舀。

□ 座敷　　　　　ざしき
[名] 日本式客廳；酒席，宴會，應
酬；宴客的時間；接待客人
座敷に通す／到客廳。

□ 差し支え　　さしつかえ
[名] 不方便，障礙，妨礙
日常生活に差し支えありません／生
活上沒有妨礙。

□ 差し引く　　さしひく
[他五] 扣除，減去；抵補，相抵（的餘
額）；（潮水的）漲落，（體溫的）
升降
月給から税金を差し引く／從月薪中
扣除税金。

□ 刺身　　　　さしみ
[名] 生魚片
刺身は苦手だ／不敢吃生魚片。

□ 差す　　　　さす
[他五·助動·五型] 指，指示；使，叫，
令，命令做…
西日が差す／夕陽照射。

□ 流石　　　　さすが
[副·形動] 真不愧是，果然名不虛傳；雖
然，不過還是；就連…也都，甚至
さすがに寂しい／果然很荒涼。

□ 座席　　　　ざせき
[名] 座位，座席，乘坐，席位
座席に着く／就座。

□ 札　　　　　さつ
[名·漢造] 紙幣，鈔票；（寫有字的）木
牌，紙片；信件；門票，車票
お札を数える／數鈔票。

□ 撮影　　　　さつえい
[名·他サ] 攝影，拍照；拍電影
屋外で撮影する／在屋外攝影。

□ 雑音　　　　ざつおん
[名] 雜音，噪音
都会の雑音／城市的噪音

□ 作曲　　　　さっきょく
[名·他サ] 作曲，譜曲，配曲
交響曲を作曲する／作交響曲。

□ さっさと　　さっさと
[副]（毫不猶豫、毫不耽擱時間地）趕
緊地，痛快地，迅速地
さっさと帰る／趕快回去。

□ 早速　　　　さっそく
[副] 立刻，馬上，火速，趕緊
早速とりかかる／火速處理。

□ ざっと　　　　　ざっと

[副] 粗略地，簡略地，大體上的；（估計）大概，大略；潑水狀

ざっと拝見します／大致上已讀過。

□ さっぱり　　　　さっぱり

[名・他サ] 整潔，俐落，瀟灑；（個性）直爽，坦率；（感覺）爽快，病癒；（味道）清淡

さっぱりした味／清淡的味道

□ さて　　　　　　さて

[副・接・感] 一旦，果真；那麼，卻說，於是；（自言自語，表猶豫）到底，那可…

さて、本題に入ります／接下來，我們來進入主題。

□ 砂漠　　　　　さばく

[名] 沙漠

砂漠に生きる／在沙漠生活。

□ 錆　　　　　　さび

[名]（金屬表面因氧化而生的）鏽；（轉）惡果；（慣用句有「身から出た錆（自作自受）」的說法）

金属が錆付く／金屬生鏽。

□ 錆びる　　　　さびる

[自上一] 生鏽，長鏽；（聲音）蒼老

包丁が錆びる／菜刀生鏽。

□ 座布団　　　　ざぶとん

[名]（舖在席子上的）棉坐墊

座布団を敷く／舖上坐墊。

□ 差別　　　　　さべつ

[名・他サ] 區別，輕視

差別が激しい／差別極為明顯。

□ 作法　　　　　さほう

[名] 禮法，禮節，禮貌，規矩；（詩、小說等文藝作品的）作法

作法をしつける／進行禮節教育。

□ 様　　　　　　さま

[名・代・接尾] 樣子，狀態；姿態；表示尊敬

様になる／像樣。

□ 妨げる　　　　さまたげる

[他下一] 阻礙，防礙，阻攔，阻撓

交通を妨げる／妨礙交通。

□ 寒さ　　　　　さむさ

[名] 寒冷

寒さで震える／冷得發抖。

□ 左右　　　　　さゆう

[名・他サ] 左右方；身邊，旁邊；左右其詞，支支吾吾；（年齡）大約，上下；掌握，支配，操縱

命運を左右する／支配命運。

301

n5 n4 n3 n2 n1

□ 皿　　　　　　　さら

[名] 盤子；盤形物；（助數詞）一碟等

目を皿のようにする／睜大雙眼。

□ 更に　　　　　さらに

[副] 更加，更進一步；並且，還；
再，重新；（下接否定）一點也不，
絲毫不

更に事態が悪化する／事情更進一步
惡化。

□ 去る　　　　　さる

[自五・他五・連體] 離開；經過，結束；（空
間、時間）距離；消除，去掉

世を去る／逝世。

□ 猿　　　　　　さる

[形] 猴子，猿猴

猿も木から落ちる／智者千慮必有一
失。

□ 騒がしい　　さわがしい

[形] 吵鬧的，吵雜的，喧鬧的；（社
會輿論）議論紛紛的，動盪不安的

教室が騒がしい／教室吵雜。

□ 爽やか　　　さわやか

[形動]（心情、天氣）爽朗的，清爽
的；（聲音、口齒）鮮明的，清楚
的，巧妙的

爽やかな朝／清爽的早晨。

□ 産　　　　　　さん

[名] 生產，分娩；（某地方）出生；財產

お産をする／生產。

□ 参考　　　　さんこう

[名・他サ] 參考，借鑑

参考になる／可供參考。

□ 酸性　　　　さんせい

[名]（化）酸性

酸性雨／酸雨

□ 酸素　　　　さんそ

[名]（理）氧氣

酸素ボンベ／氧氣筒

□ 産地　　　　さんち

[名] 產地；出生地

織物の産地／紡織品的產地。

□ 参入　　　　さんにゅう

[名・自サ] 進入；進宮

市場に参入する／投入市場。

□ 山林　　　　さんりん

[名] 山上的樹林；山和樹林

山林に交わる／出家。

302

□ 氏　　　　　　　し

[代・接尾・漢造]（做代詞用）這位，他；
（接人姓名表示敬稱）先生；氏，姓
氏；家族，氏族

オバマ氏が大統領になる／歐巴馬成
為總統。

□ 仕上がる　　しあがる

[自五] 做完，完成；做成的情形

論文が仕上がる／完成論文。

□ 明明後日　　しあさって

[名] 大後天

しあさっての試合／大後天的比賽。

□ シーツ　　　　シーツ

[名]【sheet】床單

シーツを洗う／洗床單。

□ 寺院　　　　　じいん

[名] 寺院

寺院に参拝する／參拜寺院。

□ シーンと　　しいんと

[副・自サ] 安靜，肅靜，平靜，寂靜

教室がシーンとなる／教室安靜無聲。

□ 自衛　　　　　じえい

[名・他サ] 自衛

自衛手段をとる／採取自衛手段。

□ 塩辛い　　しおからい

[形] 鹹的

塩辛い漬物／鹹味重的醬菜

□ 司会　　　　しかい

[名・自他サ] 司儀，主持會議（的人）

司会を務める／擔任司儀。

□ 四角い　　しかくい

[形] 四角的，四方的

四角い窓／四角窗

□ 仕方がない　しかたがない

[連語] 沒有辦法；沒有用處，無濟於
事，迫不得已；受不了，…得不得
了；不像話

仕方がないと思う／覺得沒有辦法。

□ 直に　　　　じかに

[副] 直接地，親自地；貼身

肌に直に着る／貼身穿上。

□ しかも　　　しかも

[接] 而且，並且；而，但，卻；反
而，竟然，儘管如此還…

安くてしかも美味い／便宜又好吃。

□ 時間割　　じかんわり

[名] 時間表

時間割を組む／安排課表。

303

□ 四季　　　　　しき

[名] 四季

四季折々の花／四季應時的花朵。

□ 式　　　　　　しき

[名・漢造] 儀式，典禮，（特指）婚禮；
方式；樣式，類型，風格；做法；算
式，公式

式を挙げる／舉行儀式（婚禮）。

□ 直　　　　　　じき

[名・副] 直接；（距離）很近，就在眼
前；（時間）立即，馬上

雨が直にやむ／雨馬上會停。

□ 時期　　　　　じき

[名] 時期，時候；期間；季節

時期が重なる／時期重疊。

□ 仕来り　　　しきたり

[名] 慣例，常規，成規，老規矩

古い仕来りを捨てる／捨棄古老成規。

□ 敷地　　　　しきち

[名] 建築用地，地皮；房屋地基

施設の敷地／設施用地

□ 支給　　　　しきゅう

[名・他サ] 支付，發給

旅費を支給する／支付旅費。

□ 至急　　　　しきゅう

[名・副] 火速，緊急；急速，加速

至急の用件／緊急事件

□ 頻りに　　しきりに

[副] 頻繁地，再三地，屢次；不斷
地，一直地；熱心，強烈

警笛がしきりに鳴る／警笛不停地
響。

□ 敷く　　　　　しく

[自五・他五] 撲上一層，（作接尾詞用）
鋪滿，遍佈，落滿鋪墊，鋪設；布
置，發佈

座布団を敷く／鋪坐墊。

□ しくじる　　しくじる

[他五] 失敗，失策；（俗）被解雇

試験にしくじる／考壞了。

□ 刺激　　　　しげき

[名・他サ]（物理的，生理的）刺激；
（心理的）刺激，使興奮

景気を刺激する／刺激景氣。

□ 茂る　　　　しげる

[自五]（草木）繁茂，茂密

雑草が茂る／雑草茂密。

□ 時刻　　　　じこく

[名] 時刻，時候，時間

時刻どおりに来る／遵守時間來。

□ 自殺　　　　　じさつ
[名・自サ] 自殺，尋死
自殺を図る／企圖自殺。

□ 持参　　　　　じさん
[名・他サ] 帶來（去），自備
弁当を持参する／自備便當。

□ 指示　　　　　しじ
[名・他サ] 指示，指點
指示に従う／聽從指示。

□ 事実　　　　　じじつ
[名]事實；（作副詞用）實際上
事実を認める／承認事實。

□ 死者　　　　　ししゃ
[名]死者，死人
災害で死者が出る／災害導致有人死
亡。

□ 磁石　　　　　じしゃく
[名]磁鐵；指南針
磁石で紙を固定する／用磁鐵固定紙
張。

□ 始終　　　　　しじゅう
[名・副]開頭和結尾；自始至終；經常，不
斷，總是
事件の始終を語る／敘述事件的始
末。

□ 自習　　　　　じしゅう
[名・他サ] 自習，自學
自学自習／自學

□ 事情　　　　　じじょう
[名]狀況，內情，情形；（局外人所
不知的）原因，緣故，理由
事情が変わる／情況有所變化。

□ 自身　　　　　じしん
[名・接尾]自己，本人；本身
自分自身／自己

□ 静まる　　　　しずまる
[自五]變平靜；平靜，平息；減弱；平
靜的（存在）
風が静まる／風平息下來。

□ 沈む　　　　　しずむ
[自五]沉沒，沈入；西沈，下山；消
沈，落魄，氣餒；沈淪
太陽が沈む／日落。

□ 姿勢　　　　　しせい
[名]（身體）姿勢；態度
姿勢をとる／採取…姿態。

□ 自然科学　　　しぜんかがく
[名]自然科學
自然科学を研究する／研究自然科學。

□ 思想　　　　　しそう

[名] 思想
啓蒙思想／啟蒙思想

□ 時速　　　　　じそく

[名] 時速
制限時速／限速

□ 子孫　　　　　しそん

[名] 子孫；後代
子孫の繁栄を願う／祈求多子多孫。

□ 死体　　　　　したい

[名] 屍體
白骨死体／骨骸

□ 次第　　　　　しだい

[名・接尾] 順序，次序；依序，依次；
經過，緣由；任憑，取決於
事の次第を話す／敘述事情的經過。

□ 事態　　　　　じたい

[名] 事態，情形，局勢
事態が悪化する／事態惡化。

□ 従う　　　　　したがう

[自五] 跟隨；服從，遵從；按照；順
著，沿著；隨著，伴隨
意向にしたがう／按照意圖。

□ 下書き　　　　したがき

[名・他サ] 試寫；草稿，底稿；打草稿；
試畫，畫輪廓
下書きに手を加える／在底稿上加工。

□ 従って　　　　したがって

[他五] 因此，從而，因而，所以
線からはみ出ました。したがってアウト
です／跑出線了，所以是出局。

□ 自宅　　　　　じたく

[名] 自己家，自己的住宅
自宅待機／家中待命

□ 下敷き　　　　したじき

[名] 墊子；樣本
体験を下敷きにして書く／根據經驗
撰寫。

□ 下町　　　　　したまち

[名]（普通百姓居住的）小工商業區；
（都市中）低窪地區
下町育ち／於庶民（工商業者）居住區
長大

□ 自治　　　　　じち

[名] 自治，地方自治
地方自治／地方自治

□ 室　　　　　　しつ

[漢造] 房屋，房間；（文）夫人，妻
室；家族；窖，洞；鞘
職員室／職員室

□ 実感　　　　じっかん

[名・他サ] 真實感，確實感覺到；真實的
感情

実感がない／沒有真實感。

□ 実技　　　　じつぎ

[名] 實際操作

実技試験で不合格になる／實際操作
測驗不合格。

□ 実験　　　　じっけん

[名・他サ] 實驗，實地試驗；經驗

実験が失敗する／實驗失敗。

□ 実現　　　　じつげん

[名・自他サ] 實現

実現を望む／期望能實現。

□ しつこい　　しつこい

[形]（色香味等）過於濃的，油膩；執
拗，糾纏不休

しつこい味／味道濃厚

□ 実際　　　　じっさい

[名・副] 實際；事實，真面目；確實，
真的，實際上

実際は難しい／實際上很困難。

□ 実施　　　　じっし

[名・他サ]（法律、計畫、制度的）實
施，實行

実施に移す／付諸行動。

□ 実習　　　　じっしゅう

[名・他サ] 實習

病院で実習する／在醫院實習。

□ 実績　　　　じっせき

[名] 實績，實際成績

実績が上がる／提高實際成績。

□ 実に　　　　じつに

[副] 確實，實在，的確；（驚訝或感
慨時）實在是，非常，很

実に頼もしい／實在很可靠。

□ 執筆　　　　しっぴつ

[名・他サ] 執筆，書寫，撰稿

執筆を依頼する／請求（某人）撰
稿。

□ 実物　　　　じつぶつ

[名] 實物，實在的東西，原物；（經）
現貨

実物そっくりの模型／和原物一樣的
模型。

□ 尻尾　　　　しっぽ

[名] 尾巴；末端，末尾；尾狀物

しっぽを出す／露出馬腳。

□ 失望　　　　しつぼう

[名・他サ] 失望

失望を禁じえない／感到非常失望。

307

□ 実用　　　　　　じつよう

[名・他サ] 實用

実用的なもの／實用的東西。

□ 実例　　　　　　じつれい

[名] 實例

実例を挙げる／舉出實例。

□ 失恋　　　　　　しつれん

[名・自サ] 失戀

失恋して落ち込む／因失戀而消沉。

□ 指定　　　　　　してい

[名・他サ] 指定

時間を指定する／指定時間。

□ 私鉄　　　　　　してつ

[名] 私營鐵路

私鉄に乗る／搭乘私鐵。

□ 支店　　　　　　してん

[名] 分店

支店を出す／開分店。

□ 指導　　　　　　しどう

[名・他サ] 指導；領導，教導

指導を受ける／接受指導。

□ 児童　　　　　　じどう

[名] 兒童

児童虐待／虐待兒童

□ 品　　　　　　しな

[名・接尾] 物品，東西；商品，貨物；（物品的）質量，品質；品種，種類；情況，情形

よい品を揃えた店／好貨一應俱全的店家。

□ しなやか　　　　しなやか

[形動] 柔軟，和軟；巍巍顫顫，有彈性；優美，柔和，溫柔

しなやかな竹／柔軟的竹子

□ 支配　　　　　　しはい

[名・他サ] 指使，支配；統治，控制，管轄；決定，左右

支配を受ける／受到控制。

□ 芝居　　　　　　しばい

[名] 戲劇；假裝，花招；劇場

芝居がうまい／演技好。

□ しばしば　　　　しばしば

[副] 常常，每每，屢次，再三

しばしば起こる／屢次發生。

□ 芝生　　　　　　しばふ

[名] 草皮，草地

芝生に寝転ぶ／睡在草地上。

□ 支払い　　　　　しはらい

[名] 付款，支付(金錢)

支払いを済ませる／付清。

01
-
73

308

□ 支払う　　　しはらう
[他五] 支付，付款
料金を支払う／支付費用。

□ 縛る　　　　しばる
[他五] 綁，捆，縛；拘束，限制；逮捕
時間に縛られる／受時間限制。

□ 地盤　　　　じばん
[名] 地基，地面；地盤，勢力範圍
地盤を固める／堅固地基。

□ 痺れる　　　しびれる
[自下一] 麻木；（俗）因強烈刺激而興奮
足がしびれる／腳麻。

□ 自分勝手　　じぶんかって
[形動] 任性，恣意妄為
あの人は自分勝手だ／那個人很任性。

□ 紙幣　　　　しへい
[名] 紙鈔
一万円紙幣を両替する／將萬元鈔票換掉（成小鈔）。

□ 萎む／凋む　　しぼむ
[自五] 枯萎，凋謝；扁掉
花がしぼむ／花兒凋謝。

□ 絞る　　　　しぼる
[他五] 扭，搾；引人（流淚）；拼命發出（高聲），絞盡（腦汁）；剝削，勒索；拉開（幕）
タオルを絞る／擰毛巾。

□ 資本　　　　しほん
[名] 資本
資本主義経済／資本主義經濟

□ 仕舞い　　　しまい
[名] 終了，末尾；停止，休止；閉店；賣光；化妝，打扮
おしまいにする／打烊。結束。

□ 姉妹　　　　しまい
[名] 姉妹
三人姉妹／姉妹三人

□ 仕舞う　　　しまう
[自五・他五・補動] 結束，完了，收；收拾起來；關閉；表不能恢復原狀
ナイフをしまう／把刀子收拾起來。

□ しまった　　しまった
[連語・感] 糟糕，完了
しまったと気付く／發現糟糕了。

□ 染み　　　　しみ
[名] 汙垢；玷汙
服に醤油の染みが付く／衣服沾上醬油。

309

□ しみじみ　　しみじみ

[副] 痛切，深切地；親密，懇切；仔
細，認真的

しみじみと感じる／痛切地感受到。

□ 事務　　　　じむ

[名] 事務（多為處理文件、行政等庶
務工作）

事務に追われる／忙於處理事務。

□ 締め切る　　しめきる

[他五]（期限）屆滿，截止，結束

今日で締め切る／今日截止。

□ 示す　　　　しめす

[他五] 出示，拿出來給對方看；表示，表
明；指示，指點，開導；呈現，顯示

道を示す／指路。

□ 占めた　　　しめた

[連語・感]（俗）太好了，好極了，正中
下懷

しめたと思う／心想太好了。

□ 占める　　　しめる

[他下一] 占有，佔據，佔領；（只用於
特殊形）表得到（重要的位置）

過半数を占める／佔有半數以上。

□ 湿る　　　　しめる

[自五] 濕，受潮，濡濕；（火）熄滅，
（勢頭）漸消

湿ったふとん／受潮的棉被

□ 地面　　　　じめん

[名] 地面，地表；土地，地皮，地段

地面がぬれる／地面溼滑。

□ 霜　　　　　しも

[名] 霜；白髮

霜が降りる／降霜。

□ ジャーナリスト

　　　　　ジャーナリスト

[名]【journalist】記者

ジャーナリスト志望／想當記者。

□ シャープペンシル

　　　　シャープペンシル

[名]【(和)sharp＋pencil】自動鉛筆

シャープペンシルで書く／用自動鉛
筆寫。

□ 社会科学　しゃかいかがく

[名] 社會科學

社会科学を学ぶ／學習社會科學。

□ じゃが芋　　じゃがいも

[名] 馬鈴薯

じゃが芋を茹でる／用水煮馬鈴薯。

□ しゃがむ　　しゃがむ

[自五] 蹲下

しゃがんで小石を拾う／蹲下撿小石
頭。

□ 蛇口　　　　　じゃぐち
じゃぐち
[名] 水龍頭
じゃぐち
蛇口をひねる／轉開水龍頭。

□ 弱点　　　　　じゃくてん
じゃくてん
[名] 弱點，痛處；缺點
じゃくてん
弱点をつかむ／抓住弱點。

□ 車庫　　　　　しゃこ
しゃこ
[名] 車庫
しゃこ　い
車庫入れ／開車入庫

□ 写生　　　　　しゃせい
しゃせい
[名・他サ] 寫生，速寫；短篇作品，散記
はな　　しゃせい
花を写生する／花卉寫生。

□ 社説　　　　　しゃせつ
しゃせつ
[名] 社論
しゃせつ　よ
社説を読む／閱讀社論。

□ 借金　　　　　しゃっきん
しゃっきん
[名・自サ] 借款，欠款，舉債
しゃっきん　かか
借金を抱える／負債。

□ シャッター　　シャッター
[名]【shutter】鐵捲門；照相機快門
お
シャッターを下ろす／放下鐵捲門。

□ 車道　　　　　しゃどう
しゃどう
[名] 車道
しゃどう　と　だ
車道に飛び出す／衝到車道上。

□ しゃぶる　　　しゃぶる
[他五]（放入口中）含，吸吮
あめ
飴をしゃぶる／吃糖果。

□ 車輪　　　　　しゃりん
しゃりん
[名] 車輪；（演員）拼命，努力表
現；拼命於，盡力於
しゃりん　した
車輪の下／車輪下

□ 洒落　　　　　しゃれ
しゃれ
[名] 俏皮話，雙關語；（服裝）亮
麗，華麗，好打扮
しゃれ
洒落をとばす／說俏皮話。

□ じゃん拳　　　じゃんけん
けん
[名] 猜拳，划拳
じゃんけんをする／猜拳。

□ 週　　　　　　しゅう
しゅう
[名・漢造] 星期；一圈
せんしゅう　　ようつう　ひど
先週から腰痛が酷い／上禮拜開始腰
疼痛不已。

□ 州　　　　　　しゅう
しゅう
[漢造] 大陸，州
せかい　ごだいしゅう　わ
世界は五大州に分かれている／世界
分五大洲。

□ 集　　　　　　しゅう
しゅう
[漢造]（詩歌等的）集；聚集
ぶんがくぜんしゅう
文学全集／文學全集

311

□ 銃　　　　　　　じゅう

[名・漢造] 槍，槍形物；有槍作用的物品

銃を撃つ／開槍。

□ 重　　　　　　　じゅう

[接尾]（助數詞用法）層，重

五重の塔／五重塔

□ 中　　　　　　　じゅう

[接尾]（舊）期間；表示整個期間或區域

熱帯地方は一年中暑い／熱帶地區整

年都熱。

□ 周囲　　　　　　しゅうい

[名] 周圍，四周；周圍的人，環境

周囲の森／周圍的森林

□ 集会　　　　　　しゅうかい

[名・自サ] 集會

集会を開く／舉行集會。

□ 収穫　　　　　　しゅうかく

[名・他サ] 收獲（農作物）；成果，收

穫；獵獲物

収穫が多い／收穫很多。

□ 住居　　　　　　じゅうきょ

[名] 住所，住宅

住居を移転する／移居。

□ 集金　　　　　　しゅうきん

[名・自他サ]（水電、瓦斯等）收款，

催收的錢

集金に回る／到各處去收款。

□ 集合　　　　　　しゅうごう

[名・自他サ] 集合；群體，集群；（數）

集合

九時に集合する／九點集合。

□ 習字　　　　　　しゅうじ

[名] 習字，練毛筆字

習字をならう／學書法。

□ 重視　　　　　　じゅうし

[名・他サ] 重視，認為重要

実績を重視する／重視實際成績。

□ 重傷　　　　　　じゅうしょう

[名] 重傷

重傷を負う／受重傷。

□ 修正　　　　　　しゅうせい

[名・他サ] 修改，修正，改正

原稿に修正を加える／修改原稿。

□ 修繕　　　　　　しゅうぜん

[名・他サ] 修繕，修理

家屋の修繕／整修房屋

□ 重体／重態　　　じゅうたい

[名] 病危，病篤

重態に陥る／病危。

312

□ **重大** じゅうだい

[名・形動] 重要的，嚴重的，重大的
重大な誤り／嚴重的錯誤。

□ **住宅** じゅうたく

[名] 住宅
住宅が密集する地域／住宅密集地區。

□ **住宅地** じゅうたくち

[名] 住宅區
閑静な住宅地／安靜的住宅區

□ **集団** しゅうだん

[名] 集體，集團
集団生活／集體生活

□ **集中** しゅうちゅう

[名・自他サ] 集中；作品集
精神を集中する／集中精神。

□ **終点** しゅうてん

[名] 終點
終点で降りる／在終點站下車。

□ **重点** じゅうてん

[名] 重點（物）作用點
福祉に重点を置いた政策／以福利為
重點的政策。

□ **収入** しゅうにゅう

[名] 收入，所得
収入が安定する／收入穩定。

□ **就任** しゅうにん

[名・自サ] 就職，就任
社長に就任する／就任社長。

□ **収納** しゅうのう

[名・他サ] 收納，收藏
収納スペースが足りない／收納空間
不夠用。

□ **周辺** しゅうへん

[名] 周邊，四周，外圍
都市の周辺／城市的四周

□ **住民** じゅうみん

[名] 居民
都市の住民／城市的居民

□ **重役** じゅうやく

[名] 擔任重要職務的人；重要職位，重任
者；（公司的）董事與監事的通稱
会社の重役／公司董事

□ **終了** しゅうりょう

[名・自他サ] 終了，結束；作完；期滿，
屆滿
試合が終了する／比賽終了。

□ **重量** じゅうりょう

[名] 重量，分量；沈重，有份量
重量を測る／秤重。

□ 重力　　　　じゅうりょく

[名]（理）重力

重力が加わる／加上重力。

□ 主義　　　　しゅぎ

[名] 主義，信條；作風，行動方針

社会主義の国／社會主義的國家

□ 熟語　　　　じゅくご

[名] 成語，慣用語；（由兩個以上單詞組成）複合詞；（由兩個以上漢字構成的）漢語詞

熟語を使う／引用成語。

□ 祝日　　　　しゅくじつ

[名]（政府規定的）節日

祝日を祝う／慶祝國定假日。

□ 縮小　　　　しゅくしょう

[名・他サ] 縮小

軍備を縮小する／裁減軍備。

□ 宿泊　　　　しゅくはく

[名・自サ] 投宿，住宿

ホテルに宿泊する／投宿旅館。

□ 受験　　　　じゅけん

[名・他サ] 參加考試，應試，投考

大学を受験する／參加大學考試。

□ 主語　　　　しゅご

[名] 主語；（邏）主詞

主語と述語／主語跟述語

□ 首相　　　　しゅしょう

[名] 首相，內閣總理大臣

首相に指名される／被指名為首相。

□ 主張　　　　しゅちょう

[名・他サ] 主張，主見，論點

自説を主張する／堅持己見。

□ 出勤　　　　しゅっきん

[名・自サ] 上班，出勤

九時に出勤する／九點上班。

□ 述語　　　　じゅつご

[名] 謂語

主語の動作、性質を表わす部分を述語という／敘述主語的動作或性質部份叫述語。

□ 出張　　　　しゅっちょう

[名・自サ] 因公前往，出差

米国に出張する／到美國出差。

□ 出版　　　　しゅっぱん

[名・他サ] 出版

本を出版する／出版書籍。

□ 首都　　　　しゅと

[名] 首都

首都が変わる／改首都。

□ 首都圏　　しゅとけん
しゅ と けん

[名] 首都圏
しゅ と けん じんこう
首都圏の人口／首都圏人口

□ 主婦　　しゅふ
しゅ ふ

[名] 主婦，女主人
せんぎょうしゅ ふ
専業主婦／專業的家庭主婦

□ 寿命　　じゅみょう
じゅみょう

[名] 壽命；（物）耐用期限
じゅみょう つ
寿命が尽きる／壽命已盡。

□ 主役　　しゅやく
しゅやく

[名]（戲劇）主角；（事件或工作的）
中心人物
しゅやく き
主役が決まる／決定主角。

□ 主要　　しゅよう
しゅよう

[名・形動] 主要的
しゅよう ぎ だい
主要な議題／主要的議題

□ 需要　　じゅよう
じゅよう

[名] 需要，要求；需求
じゅよう たか
需要が高まる／需求大增。

□ 受話器　　じゅわき
じゅ わ き

[名] 聽筒
じゅ わ き つか
受話器を使う／使用聽筒。

□ 順　　じゅん
じゅん

[名・漢造] 順序，次序；輪班，輪到；正
當，必然，理所當然；順利
ご じゅうおんじゅん なら
五十音順に並べる／以五十音順排列。

□ 準〜　　じゅん
じゅん

[接頭] 準，次
じゅんゆうしょう
準優勝／亞軍

□ 瞬間　　しゅんかん
しゅんかん

[名] 瞬間，剎那間，剎那；當時，
…的同時
けっていてきしゅんかん
決定的瞬間／關鍵時刻

□ 循環　　じゅんかん
じゅんかん

[名・自サ] 循環
けつえき じゅんかん
血液が循環する／血液循環。

□ 順々　　じゅんじゅん
じゅんじゅん

[副] 按順序，依次；一點點，漸漸
地，逐漸
じゅんじゅん せき た
順々に席を立つ／依序離開座位。

□ 順序　　じゅんじょ
じゅんじょ

[名] 順序，次序，先後；手續，過
程，經過
じゅんじょ ちが
順序が違う／次序不對。

□ 純情　　じゅんじょう
じゅんじょう

[名・形動] 純真，天真
じゅんじょう せいねん
純情な青年／純真的少年

□ 純粋　　じゅんすい
じゅんすい

[名・形動] 純粹的，道地；純真，純
潔，無雜念的
じゅんすい どう き
純粋な動機／純正的動機

315

□ 順調　　　じゅんちょう

[名・形動] 順利，順暢；（天氣、病情等）良好

順調に回復する／（病情）恢復良好。

□ 使用　　　しよう

[名・他サ] 使用，利用，用（人）

会議室を使用する／使用會議室。

□ 小　　　　しょう

[名] 小（型），（尺寸，體積）小的；小月；謙稱

大は小を兼ねる／大能兼小。

□ 章　　　　しょう

[名]（文章，樂章的）章節；紀念章，徽章

章を改める／換章節。

□ 賞　　　　しょう

[名・漢造] 獎賞，獎品，獎金；欣賞

賞を受ける／獲獎。

□ 上　　　　じょう

[名・漢造] 上等；（書籍的）上卷；上部，上面；上好的，上等的

中の上の生活／中上的生活

□ 消化　　　しょうか

[名・他サ] 消化（食物）；掌握，理解，記牢（知識等）；容納，吸收，處理

消化に良い食べ物／有益消化的食物。

□ 障害　　　しょうがい

[名] 障礙，妨礙；（醫）損害，毛病；（障礙賽中的）欄，障礙物

障害を乗り越える／跨過障礙。

□ 奨学金　　しょうがくきん

[名] 獎學金，助學金

奨学金をもらう／得到獎學金。

□ 仕様がない　しようがない

[慣] 沒辦法

負けても仕様がない／輸了也沒轍。

□ 将棋　　　しょうぎ

[名] 日本象棋，將棋

将棋を指す／下日本象棋。

□ 蒸気　　　じょうき

[名] 蒸汽

蒸気が立ち上る／蒸氣冉冉升起。

□ 乗客　　　じょうきゃく

[名] 乘客，旅客

乗客を降ろす／讓乘客下車。

□ 上級　　　じょうきゅう

[名]（層次、水平高的）上級，高級

上級になる／升上高級。

01
–
75

□ 商業　　　しょうぎょう

[名] 商業

商業振興をはかる／計畫振興商業。

316

□ **上京** じょうきょう
[名・自サ] 進京，到東京去
18歳で上京する／十八歳到東京。

□ **状況** じょうきょう
[名] 狀況，情況
状況が変わる／狀況有所改變。

□ **上下** じょうげ
[名・自他サ]（身分、地位的）高低，上下，低賤
上下関係にうるさい／非常注重上下關係。

□ **障子** しょうじ
[名] 日本式紙拉門，隔扇
壁に耳あり、障子に目あり／隔牆有耳，隔牆有眼。

□ **少子化** しょうしか
[名] 少子化
少子化が進んでいる／少子化日趨嚴重。

□ **常識** じょうしき
[名] 常識
常識がない／沒有常識。

□ **商社** しょうしゃ
[名] 商社，貿易商行，貿易公司
商社に勤める／在貿易公司上班。

□ **乗車** じょうしゃ
[名・自サ] 乘車，上車；乘坐的車
乗車の手配をする／安排乘車。

□ **乗車券** じょうしゃけん
[名] 車票
乗車券を拝見する／檢查車票。

□ **少々** しょうしょう
[名・副] 少許，一點，稍稍，片刻
少々お待ちください／請稍等一下。

□ **生じる** しょうじる
[自他サ] 生，長；出生，產生；發生；出現
義務が生じる／具有義務。

□ **上達** じょうたつ
[名・自他サ]（學術、技藝等）進步，長進；上呈，向上傳達
上達が見られる／看出進步。

□ **承知** しょうち
[名・他サ] 同意，贊成，答應；知道；許可，允許
ご承知の通り／誠如您所知。

□ **商店** しょうてん
[名] 商店
商店が立ち並ぶ／商店林立。

317

□ **焦点** しょうてん

[名] 焦點；（問題的）中心，目標

焦点が合う／對準目標。

□ **上等** じょうとう

[名・形動] 上等，優質；很好，令人滿意

上等な品／高級品

□ **消毒** しょうどく

[名・他サ] 消毒，殺菌

傷口を消毒する／消毒傷口。

□ **承認** しょうにん

[名・他サ] 批准，認可，通過；同意；承認

承認を求める／請求批准。

□ **商人** しょうにん

[名] 商人

大阪商人は商売が上手い／大阪商人很會做生意。

□ **勝敗** しょうはい

[名] 勝負，勝敗

勝敗が決まる／決定勝負。

□ **蒸発** じょうはつ

[名・自サ] 蒸發，汽化；（俗）失蹤，出走，去向不明，逃之夭夭

水分が蒸発する／水分蒸發。

□ **賞品** しょうひん

[名] 獎品

賞品が当たる／中獎。

□ **上品** じょうひん

[名・形動] 高級品，上等貨；莊重，高雅，優雅

上品な味／口感高雅

□ **勝負** しょうぶ

[名・自サ] 勝敗，輸贏；比賽，競賽

勝負をする／比賽。

□ **小便** しょうべん

[名・自サ] 小便，尿；（俗）終止合同，食言，毀約

立ち小便／站著小便

□ **消防** しょうぼう

[名] 消防；消防隊員，消防車

消防士になる／成為消防隊員。

□ **正味** しょうみ

[名] 實質，內容，淨剩部分；淨重；實數；實價，不折不扣的價格，批發價

正味 1 時間かかった／實際花了整整一小時。

□ **照明** しょうめい

[名・他サ] 照明，照亮，光亮，燈光；舞台燈光

照明の明るい部屋／燈光明亮的房間。

□ **消耗** しょうもう

[名・自他サ] 消費，消耗；（體力）耗盡，疲勞；磨損

体力を消耗する／消耗體力。

□ **乗用車**　じょうようしゃ

[名] 自小客車

乗用車を買う／買汽車。

□ **将来**　しょうらい

[名・副・他サ] 將來，未來，前途；（從外國）傳入；帶來，拿來；招致，引起

将来を考える／思考將來要做什麼。

□ **女王**　じょおう

[名] 女王，王后；皇女，王女

社交界の女王／社交界的女王

□ **初級**　しょきゅう

[名] 初級

初級コース／初級課程

□ **助教授**　じょきょうじゅ

[名]（大學的）副教授

助教授になる／升等成為副教授。

□ **職**　しょく

[名・漢造] 職業，工作；職務；手藝，技能；官署名

職に就く／就職。

□ **食塩**　しょくえん

[名] 食鹽

食塩と砂糖で味付けする／以鹽巴和砂糖調味。

□ **職業**　しょくぎょう

[名] 職業

教師を職業とする／以教師為職業。

□ **食生活**　しょくせいかつ

[名] 飲食生活

食生活が豊かになった／飲食生活變得豐富。

□ **食卓**　しょくたく

[名] 餐桌

食卓を囲む／圍著餐桌。

□ **職場**　しょくば

[名] 工作岡位，工作單位

職場を守る／堅守工作崗位。

□ **食品**　しょくひん

[名] 食品

食品売り場／食品販賣部

□ **植物**　しょくぶつ

[名] 植物

植物を育てる／種植植物。

□ **食物**　しょくもつ

[名] 食物

食物アレルギー／食物過敏

□ **食欲**　しょくよく

[名] 食慾

食欲がない／沒有食慾。

319

□ 諸国　　　　　　しょこく

[名] 各國

アフリカ諸国／非洲各國

□ 書斎　　　　　　しょさい

[名]（個人家中的）書房，書齋

書斎に閉じこもる／關在書房裡。

□ 女子　　　　　　じょし

[名] 女孩子，女子，女人

女子従業員／女作業員

□ 助手　　　　　　じょしゅ

[名] 助手，幫手；（大學）助教

助手を雇う／雇用助手。

□ 初旬　　　　　　しょじゅん

[名] 初旬，上旬

10月の初旬／十月上旬。

□ 徐々に　　　　　じょじょに

[副] 徐徐地，慢慢地，一點點；逐
漸，漸漸

徐々に移行する／慢慢地轉移。

□ 書籍　　　　　　しょせき

[名] 書籍

書籍を検索する／檢索書籍。

□ 食器　　　　　　しょっき

[名] 餐具

食器を洗う／洗餐具。

□ ショップ　　　　ショップ

[接尾]【shop】（一般不單獨使用）店
舖，商店

ショップを開店する／店舖開張。

□ 書店　　　　　　しょてん

[名] 書店；出版社，書局

書店を回る／尋遍書店。

□ 書道　　　　　　しょどう

[名] 書法

書道を習う／學習書法。

□ 初歩　　　　　　しょほ

[名] 初學，初步，入門

初歩から学ぶ／從入門開始學起。

□ 署名　　　　　　しょめい

[名・自サ] 署名，簽名；簽的名字

契約書に署名する／在契約書上簽名。

□ 処理　　　　　　しょり

[名・他サ] 處理，處置，辦理

処理を頼む／委託處理。

□ 白髪　　　　　　しらが

[名] 白頭髮

白髪が増える／白髮增多。

02
1
01

□ シリーズ　　　シリーズ

[名]【series】(書籍等的) 彙編，叢書，套；(影片、電影等) 系列；(棒球) 聯賽
全シリーズを揃える／全集一次收集齊全。

□ 自力　　　　　じりき

[名] 憑自己的力量
自力で逃げ出す／自行逃脱。

□ 私立　　　　　しりつ

[名] 私立，私營
私立 (学校) に進学する／到私立學校讀書。

□ 資料　　　　　しりょう

[名] 資料，材料
資料を集める／收集資料。

□ 汁　　　　　　しる

[名] 汁液，漿；湯；味噌湯
みそ汁を作る／做味噌湯。

□ 城　　　　　　しろ

[名] 城，城堡；(自己的) 權力範圍，勢力範圍
城が落ちる／城池陷落。

□ 素人　　　　　しろうと

[名] 外行，門外漢，新手；業餘愛好者，非專業人員
素人向きの本／給非專業人士看的書

□ しわ　　　　　しわ

[名] (皮膚的) 皺紋；(紙或布的) 縐折，摺子
しわが増える／皺紋増加。

□ 芯　　　　　　しん

[名] 蕊；核；枝條的頂芽
鉛筆の芯が折れる／鉛筆芯斷了。

□ 真空　　　　　しんくう

[名] 真空；(作用、勢力達不到的) 空白，真空狀態
真空パック／真空包裝

□ 神経　　　　　しんけい

[名] 神經；察覺力，感覺，神經作用
神経が太い／神經大條，感覺遲鈍。

□ 真剣　　　　　しんけん

[名・形動] 真刀，真劍；認真，正經
真剣に考える／認真的思考。

□ 信仰　　　　　しんこう

[名・他サ] 信仰，信奉
信仰を持つ／有信仰。

□ 人工　　　　　じんこう

[名] 人工，人造
人工衛星／人造衛星

321

□ 深刻　しんこく　しんこく
しんこく
[形動] 嚴重的，重大的，莊重的；意味
深長的，發人省思的，尖銳的
しんこく　もんだい
深刻な問題／嚴重的問題

□ 診察　しんさつ　しんさつ
しんさつ
[名・他サ]（醫）診察，診斷
しんさつ　う
診察を受ける／接受診斷。

□ 人事　じんじ　じんじ
じんじ
[名] 人事，人力能做的事；人事（工
作）；世間的事，人情世故
じんじいどう
人事異動／人事異動

□ 人種　じんしゅ　じんしゅ
じんしゅ
[名] 人種，種族；（某）一類人；（俗）
（生活環境、愛好等不同的）階層
じんしゅ　へんけん
人種による偏見をなくす／消除種族
歧視。

□ 心中　しんじゅう　しんじゅう
しんじゅう
[名・自サ]（古）守信義；（相愛男女因
不能在一起而感到悲哀）一同自殺，
殉情；（轉）兩人以上同時自殺
む　り　しんじゅう
無理心中／一方強迫另一方殉情

□ 心身　しんしん　しんしん
しんしん
[名] 身和心；精神和肉體
しんしん　きた
心身を鍛える／鍛鍊身心。

□ 人生　じんせい　じんせい
じんせい
[名] 人的一生；生涯，人的生活
じんせい　か
人生が変わる／改變人生。

□ 親戚　しんせき　しんせき
しんせき
[名] 親戚，親屬
しんせき
親戚のおじさん／我叔叔

□ 心臓　しんぞう　しんぞう
しんぞう
[名] 心臟；厚臉皮，勇氣
しんぞう　つよ
心臓が強い／心臟很強。

□ 人造　じんぞう　じんぞう
じんぞう
[名] 人造，人工合成
じんぞうにんげん
人造人間／人造人

□ 身体　しんたい　しんたい
しんたい
[名] 身體，人體
しんたいけんさ　う
身体検査を受ける／接受身體檢查。

□ 寝台　しんだい　しんだい
しんだい
[名] 床，床鋪，（火車）臥鋪
しんだいれっしゃ
寝台列車／臥鋪列車

□ 診断　しんだん　しんだん
しんだん
[名・他サ]（醫）診斷；判斷
しんだん　で
診断が出る／診斷書出來了。

□ 慎重　しんちょう　しんちょう
しんちょう
[名・形動] 慎重，穩重，小心謹慎
しんちょう　たいど
慎重な態度／慎重的態度

□ 侵入　　　　しんにゅう

[名・自サ] 浸入，侵略；（非法）闖入

賊が侵入する／盜賊入侵。

□ 新年　　　　しんねん

[名] 新年

新年を迎える／迎接新年。

□ 審判　　　　しんぱん

[名・他サ] 審判，審理，判決；（體育比賽等的）裁判；（上帝的）審判

審判が下る／作出判決。

□ 人物　　　　じんぶつ

[名] 人物；人品，為人；人才；人物（繪畫的），人物（畫）

危険人物／危險人物

□ 人文科学　　じんぶんかがく

[名] 人文科學，文化科學（哲學、語言學、文藝學、歷史學領域）

人文科学研究所／人文科學研究所

□ 人命　　　　じんめい

[名] 人命

人命にかかわる／攸關人命。

□ 親友　　　　しんゆう

[名] 知心朋友

無二の親友／唯一的知心好友

□ 信用　　　　しんよう

[名・他サ] 堅信，確信；信任，相信；信用，信譽；信用交易，非現款交易

彼の話は信用できる／他說的可以信任。

□ 信頼　　　　しんらい

[名・他サ] 信賴，相信

信頼が厚い／深受信賴。

□ 心理　　　　しんり

[名] 心理

顧客の心理をつかむ／抓住顧客心理。

□ 森林　　　　しんりん

[名] 森林

森林を守る／守護森林。

□ 親類　　　　しんるい

[名] 親戚，親屬；同類，類似

親類づきあい／像親戚一樣往來

□ 人類　　　　じんるい

[名] 人類

人類の進化／人類進化

□ 進路　　　　しんろ

[名] 前進的道路

進路が決まる／決定出路問題。

□ 神話　　　　　　しんわ

[名] 神話。

神話になる／成為神話。

□ 巣　　　　　　　す

[名] 巣，窩，穴；賊窩，老巢；家庭；
蜘蛛網

巣離れをする／離巢，出窩。

□ 図　　　　　　　ず

[名] 圖，圖表；地圖；設計圖；圖畫

図で説明する／用圖説明。

□ 西瓜　　　　　　すいか

[名] 西瓜

西瓜を冷やす／冰鎮西瓜。

□ 水産　　　　　　すいさん

[名] 水產（品），漁業

水産業／水產業，漁業

□ 炊事　　　　　　すいじ

[名・自サ] 烹調，煮飯

彼は炊事当番になった／輪到他做飯。

□ 水車　　　　　　すいしゃ

[名] 水車

水車が回る／水車轉動。

□ 水準　　　　　　すいじゅん

[名] 水準，水平面；水平器；（地
位、質量、價值等的）水平；（標
示）高度

水準が高まる／水準提高。

□ 水蒸気　　　　　すいじょうき

[名] 水蒸氣；霧氣，水霧

水蒸気がふき出す／噴出水蒸汽。

□ 推薦　　　　　　すいせん

[名・他サ] 推薦，舉薦，介紹

代表に推薦する／推薦為代表。

□ 水素　　　　　　すいそ

[名] 氫

水素を含む／含氫。

□ 垂直　　　　　　すいちょく

[名・形動]（數）垂直；（與地心）垂直

垂直に立てる／垂直站立。

□ スイッチ　　　　スイッチ

[名・他サ]【switch】開關；接通電路；
（喻）轉換（為另一種事物或方法）

スイッチを入れる／打開開關。

□ 推定　　　　　　すいてい

[名・他サ] 推斷，判定；（法）（無反證
之前的）推定，假定

原因を推定する／推測原因。

02
-
02

324

□ **水分**　　　　　**すいぶん**

[名] 物體中的含水量；（蔬菜水果中的）液體，含水量，汁

水分をとる／攝取水分。

□ **水平**　　　　　**すいへい**

[名・形動] 水平；平衡，穩定，不升也不降

水平に置く／水平放置。

□ **水平線**　　　　**すいへいせん**

[名] 水平線；地平線

太陽が水平線から昇る／太陽從地平線升起。

□ **睡眠**　　　　　**すいみん**

[名・自サ] 睡眠，休眠，停止活動

睡眠をとる／睡覺。

□ **水面**　　　　　**すいめん**

[名] 水面

水面に浮かべる／浮出水面。

□ **数**　　　　　　**すう**

[名・接尾] 數，數目，數量；定數，天命；（數學中泛指的）數；數量

端数を切り捨てる／去掉尾數。

□ **図々しい**　　**ずうずうしい**

[副] 厚顏，厚皮臉，無恥

ずうずうしい人／厚臉皮的人

□ **末**　　　　　　**すえ**

[名] 結尾，末了；末端，盡頭；將來，未來，前途；不重要的，瑣事；（排行）最小

末が案じられる／前途堪憂。

□ **末っ子**　　　　**すえっこ**

[名] 最小的孩子

末っ子に生まれる／我是么兒。

□ **姿**　　　　　　**すがた**

[名・接尾] 身姿，身段；裝束，風采；形跡，身影；面貌，狀態；姿勢，形象

姿が消える／消失蹤跡。

□ **図鑑**　　　　　**ずかん**

[名] 圖鑑

植物図鑑／植物圖鑑

□ **隙**　　　　　　**すき**

[名] 空隙，縫；空暇，功夫，餘地；漏洞，可乘之機

隙に付け込む／鑽漏洞。

□ **杉**　　　　　　**すぎ**

[名] 杉樹，杉木

杉の花粉／杉樹的花粉。

□ **好き嫌い**　　**すききらい**

[名・自サ] 好惡，喜好和厭惡；挑肥揀瘦，挑剔

好き嫌いの激しい性格／好惡分明的激烈性格

325

□ 好き好き　　　すきずき

[名・副・自サ]（各人）喜好不同，不同的喜好

蓼食う虫も好き好き／人各有所好。

□ 透き通る　　　すきとおる

[自五] 通明，透亮，透過去；清澈；清脆（的聲音）

透き通った声／清脆的聲音

□ 隙間　　　　　すきま

[名] 空隙，隙縫；空閒，閒暇

隙間ができる／產生縫隙。

□ 救う　　　　　すくう

[他五] 拯救，搭救，救援，解救；救濟，賑災；挽救

信仰に救われる／因信仰得到救贖。

□ スクール　　　スクール

[名・造]【school】學校；學派

英会話スクールに通う／上英語會話課。

□ 優れる　　　　すぐれる

[自下一]（才能、價值等）出色，優越，傑出，精湛；（身體、精神、天氣）好，爽朗，舒暢

優れた人材／傑出人才

□ 図形　　　　　ずけい

[名] 圖形，圖樣；（數）圖形

図形を描く／描繪圖形。

□ スケート　　　スケート

[名]【skate】冰鞋，冰刀；溜冰，滑冰

アイススケート／溜冰

□ 筋　　　　　　すじ

[名・接尾] 筋；血管；線，條；紋絡，條紋；素質，血統；條理，道理

筋がいい／有天分，有才能。

□ 鈴　　　　　　すず

[名] 鈴鐺，鈴

鈴が鳴る／鈴響。

□ 涼む　　　　　すずむ

[自五] 乘涼，納涼

縁側で涼む／在走廊乘涼。

□ スタート　　　スタート

[名・自サ]【start】起動，出發，開端；開始（新事業等）

新生活がスタートする／開始新生活。

□ スタイル　　　スタイル

[名]【style】文體；（服裝、美術、工藝、建築等）樣式；風格，姿態，體態

流行のスタイル／流行的款式

□ スタンド　　　スタンド

[名・接尾]【stand】站立；台，托，架；檯燈，桌燈；看台，觀眾席；（攤販式）小酒吧

スタンドを埋める観衆／觀眾席坐滿了人。

□ 頭痛　　　　　　　　ずつう

[名] 頭痛

頭痛が治まる／頭痛止住。

□ すっきり　　　　　すっきり

[副・自サ] 舒暢，暢快，輕鬆；流暢，通
暢；乾淨整潔，俐落

頭がすっきりする／神清氣爽。

□ すっと　　　　　　　すっと

[副・自サ] 動作迅速地，飛快，輕快；
（心中）輕鬆，痛快，輕鬆

すっと手を出す／敏捷地伸出手。

□ ステージ　　　　　ステージ

[名]【stage】舞台，講台；階段，等
級，步驟

ステージに立つ／站在舞台上。

□ 素敵　　　　　　　　すてき

[形動] 絕妙的，極好的，極漂亮；很多

素敵な服装／美麗的服裝

□ 既に　　　　　　　　すでに

[副] 已經，業已；即將，正值，恰好

既に述べた事柄／已陳述過的事情。

□ ストップ　　　　　ストップ

[名・自他サ]【stop】停止，中止；停止
信號；（口令）站住，不得前進，止
住；停車站

ストップを掛ける／命令停止。

□ 素直　　　　　　　　すなお

[形動] 純真，天真的，誠摯的，坦率
的；大方，工整，不矯飾的；（沒有
毛病）完美的，無暇的

素直な性格／純真的性格

□ 即ち　　　　　　　すなわち

[接] 即，換言之；即是，正是；
則，彼時；乃，於是

戦えば即ち勝つ／戰則勝。

□ 頭脳　　　　　　　　ずのう

[名] 頭腦，判斷力，智力；（團體的）
決策部門，首腦機構，領導人

日本の頭脳／日本的人才

□ スピーカー　　　スピーカー

[名]【speaker】談話者，發言人；揚
聲器；喇叭；散播流言的人

スピーカーから音声が流れる／從擴
音器中傳出聲音。

□ スピーチ　　　　スピーチ

[名・自サ]【speech】（正式場合的）簡
短演說，致詞，講話

スピーチをする／致詞，演講。

□ 全て　　　　　　　　すべて

[名・副] 全部，一切，通通；總計，共計

全てを語る／說出一切詳情。

□ スマート　　　スマート
[形動]【smart】瀟灑，時髦，漂亮；苗條
スマートな体型／苗條的身材

□ 住まい　　　すまい
[名] 居住；住處，寓所；地址
一人住まい／獨居

□ 墨　　　すみ
[名] 墨；墨汁，墨水；墨狀物；（章魚、烏賊體內的）墨狀物
タコが墨を吐く／章魚吐出墨汁。

□ 済み　　　ずみ
[接尾] 完了，完結；付清，付訖
使用済みの紙コップ／使用過的紙杯

□ 澄む　　　すむ
[自五] 清澈；澄清，晶瑩，光亮；（聲音）清脆悅耳；清靜，寧靜
心が澄む／心情平靜。

□ 相撲　　　すもう
[名] 相撲
相撲にならない／力量懸殊。

□ スライド　　　スライド
[名・自サ]【slide】滑動；幻燈機，放映裝置；（棒球）滑進（壘）；按物價指數調整工資
スライドに映す／映在幻燈片上。

□ ずらす　　　ずらす
[他五] 挪開，錯開，差開
時期をずらす／錯開時期。

□ ずらり　　　ずらり
[副]（高矮胖瘦適中）身材曲條；順利的，無阻礙的
すらりとした美人／身材苗條的美人

□ 刷る　　　する
[他五] 印刷
ポスターを刷る／印刷宣傳海報。

□ ずるい　　　ずるい
[形] 狡猾，奸詐，耍滑頭，花言巧語
ずるい手を使う／使用奸詐手段。

□ 鋭い　　　するどい
[形] 尖的；（刀子）鋒利的；（視線）尖銳的；激烈，強烈；（頭腦）敏銳，聰明
鋭い目つき／銳利的目光，炯炯眼神。

□ ずれる　　　ずれる
[自下一]（從原來或正確的位置）錯位，移動；離題，背離（主題、正路等）
タイミングがずれる／錯失時機。

02-03

□ 寸法　　　すんぼう
[名] 長短，尺寸；（預定的）計畫，順序，步驟；情況
寸法を測る／量尺寸。

□ 正　　　　　　　　　　せい

[名・漢造] 正直；（數）正號；正確，正
當；更正，糾正；主要的，正的
正三角形／正三角形

□ 生　　　　　　　　　　せい

[名・漢造] 生命，生活；生業，營生；出
生，生長；活著，生存
生は死の始め／生為死的開始

□ 姓　　　　　　　　　　せい

[名・漢造] 姓氏；族，血族；（日本古代
的）氏族姓，稱號
姓が変わる／改姓。

□ 精　　　　　　　　　　せい

[名] 精，精靈；精力
森の精／森林的精靈

□ 所為　　　　　　　　　せい

[名] 原因，緣故，由於；歸咎
人のせいにする／歸咎於別人。

□ 税　　　　　　　　　　ぜい

[名・漢造] 税，税金
税がかかる／課税。

□ 政界　　　　　　　せいかい

[名] 政界，政治舞台
政界の大物／政界的大人物。

□ 生活習慣病
　　　　せいかつしゅうかんびょう

[名] 文明病
糖尿病は生活習慣病の一つだ／糖尿
病是文明病之一。

□ 税関　　　　　　　ぜいかん

[名] 海關
税関の検査／海關的檢查

□ 請求　　　　　　せいきゅう

[名・他サ] 請求，要求，索取
請求に応じる／答應要求。

□ 整形　　　　　　　せいけい

[名] 整形
整形外科で診てもらう／看整形外
科。

□ 制限　　　　　　　せいげん

[名・他サ] 限制，限度，極限
制限を越える／超過限度。

□ 制作　　　　　　　せいさく

[名・他サ] 創作（藝術品等），製作；作品
芸術作品を制作する／創作藝術品。

□ 製作　　　　　　　せいさく

[名・他サ]（物品等）製造，製作，生產
精密機械を製作する／製作造精密儀
器。

329

□ 正式　　　　せいしき

[名・形動] 正式的，正規的

正式に願い出る／正式提出申請。

□ 清書　　　　せいしょ

[名・他サ] 謄寫清楚，抄寫清楚

ノートを清書する／抄寫筆記。

□ 青少年　　せいしょうねん

[名] 青少年

青少年の犯罪／青少年的犯罪

□ 精神　　　　せいしん

[名]（人的）精神，心；心神，精力，意志；思想，心意；（事物的）根本精神

精神が強い／意志堅強。

□ 精々　　　　せいぜい

[副] 盡量，盡可能；最大限度，充其量

精々頑張る／盡最大努力。

□ 成績　　　　せいせき

[名] 成績，效果，成果

成績が上がる／成績進步。

□ 清掃　　　　せいそう

[名・他サ] 清掃，打掃

公園を清掃する／打掃公園。

□ 製造　　　　せいぞう

[名・他サ] 製造，加工

紙を製造する／造紙。

□ 生存　　　　せいぞん

[名・自サ] 生存，倖存

事故の生存者／事故的倖存者

□ 贅沢　　　　ぜいたく

[名・形動] 奢侈，奢華，浪費，鋪張；過份要求，奢望

ぜいたくな暮らし／奢侈的生活

□ 生長　　　　せいちょう

[名・自サ]（植物、草木等）生長，發育

生長が早い／長得快，發育得快。

□ 制度　　　　せいど

[名] 制度；規定

社会保障制度が完備する／完善的社會保障制度。

□ 政党　　　　せいとう

[名] 政黨

政党政治／政黨政治

□ 整備　　　　せいび

[名・自他サ] 配備，整備；整理，修配；擴充，加強；組裝，保養

車のエンジンを整備する／保養車子的引擎。

□ 政府　　　　せいふ

[名] 政府；內閣，中央政府

ひき逃げ事故の被害者に政府が保障する／政府會保障肇事逃逸事故的被害者。

□ 成分　　　　　せいぶん

[名]（物質）成分，元素；（句子）成分；（數）成分

せいぶん ぶんせき
成分を分析する／分析成分。

□ 性別　　　　　せいべつ

[名] 性別

せいべつ き にゅう
性別を記入する／填寫性別。

□ 正方形　　　せいほうけい

[名] 正方形

せいほうけい ようし
正方形の用紙／正方形的紙張

□ 生命　　　　　せいめい

[名] 生命，壽命；重要的東西，關鍵，命根子

せいめい いじ
生命を維持する／維持生命。

□ 正門　　　　　せいもん

[名] 大門，正門

せいもん はい
正門から入る／從正門進去。

□ 成立　　　　　せいりつ

[名・自サ] 產生，完成，實現；成立，組成；達成

よさんあん せいりつ
予算案が成立する／成立預算案。

□ 西暦　　　　　せいれき

[名] 西曆，西元

せいれき ねん
西暦2012年／西元2012年

□ 背負う　　　　せおう

[他五] 背；擔負，承擔，肩負

しゃっきん せ お
借金を背負う／肩負債務。

□ ～隻　　　　　せき

[接尾]（助數詞用法）計算船

ふね に せきていはく
船が二隻停泊している／兩艘船停靠著。

□ 石炭　　　　　せきたん

[名] 煤炭

せきたん も
石炭を燃やす／燒煤炭。

□ 赤道　　　　　せきどう

[名] 赤道

せきどう よこぎ
赤道を横切る／穿過赤道。

□ 責任感　　　せきにんかん

[名] 責任感

せきにんかん つよ
責任感が強い／責任感很強。

□ 石油　　　　　せきゆ

[名] 石油

せき ゆ さいくつ
石油を採掘する／開採石油。

□ 説　　　　　　せつ

[名・漢造] 意見，論點，見解；學說；述說

げんいん ふた せつ
その原因には二つの説があります／原因有兩種說法。

□ 折角　　　　　せっかく

[名・副] 特意地；好不容易；盡力，努力，拼命的

せっかくの努力が水の泡になる／辛苦努力都成泡影。

□ 接近　　　　　せっきん

[名・自サ] 接近，靠近；親密，親近，密切

台風が接近する／颱風靠近。

□ 設計　　　　　せっけい

[名・他サ]（機械、建築、工程的）設計；計畫，規則

ビルを設計する／設計高樓。

□ 接する　　　　せっする

[自他サ] 接觸；連接，靠近；接待，應酬；連結，接上；遇上，碰上

多くの人に接する／認識許多人。

□ せっせと　　　せっせと

[副] 拼命地，不停的，一個勁兒地，孜孜不倦的

せっせと運ぶ／拼命地搬運。

□ 接続　　　　　せつぞく

[名・自他サ] 連續，連接；（交通工具）連軌，接運

文と文を接続する／把句子跟句子連接起來。

□ 設備　　　　　せつび

[名・他サ] 設備，裝設

設備が整う／設備完善。

□ 絶滅　　　　　ぜつめつ

[名・自他サ] 滅絕，消滅，根除

絶滅の危機に瀕する野生動物／瀕臨絕種的動物

□ 瀬戸物　　　　せともの

[名] 陶瓷品

瀬戸物を紹介する／介紹瓷器。

□ 是非とも　　　ぜひとも

[副]（是非的強調說法）一定，無論如何，務必

是非ともお願いしたい／務必請您(幫忙)。

□ 迫る　　　　　せまる

[自五・他五] 強迫，逼迫；臨近，迫近；變狹窄，縮短；陷於困境，窘困

危険が迫る／危険迫近。

□ ゼミ　　　　　ゼミ

[名]【seminar】（跟著大學裡教授的指導）課堂討論；研究小組，研究班

ゼミの論文／研究小組的論文。

02
-
04

□ せめて　　　　せめて

[副]（雖然不夠滿意，但）那怕是，至少也，最少

せめて一つだけでも／至少一個也好…

□ 攻める　　　　　せめる

[他下一] 攻，攻打
城を攻める／攻打城池。

□ 責める　　　　　せめる

[他下一] 責備，責問；苛責，折磨，摧
残；嚴加催討；馴服馬匹
失敗を責める／責備失敗。

□ セメント　　　　セメント

[名]【cement】水泥
セメントを塗る／抹水泥。

□ 台詞／科白　　　せりふ

[名] 台詞，念白；（貶）使人不快的
說法，說辭
せりふをとちる／念錯台詞。

□ 世論　　　　　　せろん

[名] 世間一般人的意見，民意，輿論
世論を反映させる／反應民意。

□ 栓　　　　　　　せん

[名] 栓，塞子；閥門，龍頭，開關；阻
塞物
栓を抜く／拔起塞子。

□ 船　　　　　　　せん

[漢造] 船
旅客船／客船

□ 善　　　　　　　ぜん

[名・漢造] 好事，善行；善良；優秀，卓
越；妥善，擅長；關係良好
善は急げ／好事不宜遲。

□ 全員　　　　　　ぜんいん

[名] 全體人員
全員参加する／全體人員都參加。

□ 戦後　　　　　　せんご

[名] 戰後
戦後の発展／戰後的發展。

□ 前後　　　　　　ぜんご

[名・自サ・接尾]（空間與時間）前和後，
前後；相繼，先後；前因後果
前後を見回す／環顧前後。

□ 専攻　　　　　　せんこう

[名・他サ] 專門研究，專修，專門
社会学を専攻する／專修社會學。

□ 全国　　　　　　ぜんこく

[名] 全國
全国を巡る／巡迴全國。

□ 全国的　　　　　ぜんこくてき

[形動] 全國性的
全国的に晴れ／全國各處放晴。

□ 前者　　　　　　ぜんしゃ

[名] 前者
前者を選ぶ／選擇前者。

333

□ 選手　　　　　せんしゅ

[名] 選拔出來的人；選手，運動員

代表選手に選ばれる／被選為代表選手。

□ 全集　　　　　ぜんしゅう

[名] 全集

世界美術全集を揃える／搜集全世界美術史全套。

□ 全身　　　　　ぜんしん

[名] 全身

症状が全身に広がる／症狀擴散到全身。

□ 前進　　　　　ぜんしん

[名・他サ] 前進

解決に向けて一歩前進する／朝解決方向前進一步。

□ 扇子　　　　　せんす

[名] 扇子

扇子であおぐ／用扇子搧風。

□ 潜水　　　　　せんすい

[名・自サ] 潛水

潜水艦／潛水艇

□ 専制　　　　　せんせい

[名] 專制，獨裁；獨斷，專斷獨行

専制政治／獨裁政治

□ 先々月　　　　せんせんげつ

[接頭] 上上個月，前兩個月

先々月の行事／上上個月的行事排程

□ 先々週　　　　せんせんしゅう

[接頭] 上上週

先々週のニュース／上上週的新聞

□ 先祖　　　　　せんぞ

[名] 始祖；祖先，先人

先祖の墓／祖先的墳墓

□ センター　　　センター

[名] 【center】中心機構；中心地，中心區；（棒球）中場

国際交流センター／國際交流中心

□ 全体　　　　　ぜんたい

[名・副] 全身，整個身體；全體，總體；根本，本來；究竟，到底

全体に関わる問題／和全體有關的問題

□ 選択　　　　　せんたく

[名・他サ] 選擇，挑選

選択に迷う／不知選哪個好。

□ 先端　　　　　せんたん

[名] 頂端，尖端；時代的尖端，時髦，流行，前衛

流行の先端／走在流行尖端

□ 先頭　　　　せんとう

[名] 前頭，排頭，最前列
先頭に立つ／站在先鋒。

□ 全般　　　　ぜんぱん

[名] 全面，全盤，通盤
全般にわたる課題／遍及所有方面的課題

□ 洗面　　　　せんめん

[名・他サ] 洗臉
洗面台／洗臉台

□ 全力　　　　ぜんりょく

[名] 全部力量，全力；（機器等）最大出力，全力
全力を挙げる／不遺餘力。

□ 洗練　　　　せんれん

[名・他サ] 精錬，講究
あの人の服装は洗練されている／那個人的衣著很講究。

□ 線路　　　　せんろ

[名]（火車、電車、公車等）線路；（火車、有軌電車的）軌道
線路を敷く／鋪軌道。

□ 沿い　　　　ぞい

[造語] 順，沿
線路沿いに歩く／沿著鐵路走路。

□ 象　　　　ぞう

[名] 大象
アフリカ象／非洲象

□ 相違　　　　そうい

[名・自サ] 不同，懸殊，互不相符
事実と相違がある／與事實不符。

□ そう言えば　　そういえば

[連語] 這麼說來，這樣一說
そう言えばあの件はどうなった／這樣一說，那件事怎麼樣了？

□ 騒音　　　　そうおん

[名] 噪音；吵雜的聲音，吵鬧聲
騒音がひどい／噪音干擾嚴重。

□ 増加　　　　ぞうか

[名・自他サ] 增加，增多，增進
人口が増加する／人口增加。

□ 雑巾　　　　ぞうきん

[名] 抹布
雑巾で拭く／用抹布擦拭。

□ 増減　　　　ぞうげん

[名・自他サ] 增減，增加
売り上げは月によって増減がある／銷售因月份有所增減。

□ 倉庫　　　　　　そうこ

[名] 倉庫，貨棧

倉庫にしまう／存入倉庫。

□ 相互　　　　　　そうご

[名] 相互，彼此；輪流，輪班；交替，交互

相互に依存する／互相依賴。

□ 操作　　　　　　そうさ

[名・他サ] 操作（機器等），駕駛；（設法）安排，（背後）操縱

ハンドルを操作する／操作方向盤。

□ 創作　　　　　　そうさく

[名・他サ]（文學作品）創作；捏造（謊言）；創新，創造

創作に専念する／專心從事創作。

□ 増刷　　　　　　ぞうさつ

[名・他サ] 加印，增印

本が増刷になった／書籍加印。

□ 葬式　　　　　　そうしき

[名] 葬禮

葬式を出す／舉行葬禮。

□ 増水　　　　　　ぞうすい

[名・自サ] 氾濫，漲水

川が増水して危ない／河川暴漲十分危險。

□ 造船　　　　　　ぞうせん

[名・自サ] 造船

タンカーを造船する／造油輪。

□ 創造　　　　　　そうぞう

[名・他サ] 創造

創造力がある／很有創意。

□ 騒々しい　　　そうぞうしい

[形] 吵鬧的，喧囂的，宣嚷的；（社會上）動盪不安的

世間が騒々しい／世上騷亂。

□ 相続　　　　　　そうぞく

[名・他サ] 承繼（財產等）

財産を相続する／繼承財產。

□ 増大　　　　　　ぞうだい

[名・自他サ] 增多，增大

予算が増大する／預算大幅增加。

□ 装置　　　　　　そうち

[名・他サ] 裝置，配備，安裝；舞台裝置

暖房を装置する／安裝暖氣。

□ そうっと　　　　そうっと

[副] 悄悄地（同「そっと」）

秘密をそうっと打ち明ける／把秘密悄悄地傳出去。

02
-
05

□ 相当　　　　そうとう

[名・自サ・形動] 相當，適合，相稱；相當
於，相等於；值得，應該；過得去，
相當好；很，頗

能力相当の地位／和能力相稱的地
位。

□ 送別　　　　そうべつ

[名・自サ] 送行，送別

同僚の送別会を開く／幫同事舉辦送
別派對。

□ 総理大臣　そうりだいじん

[名] 總理大臣，首相

内閣総理大臣に任命される／任命為
首相。

□ 属する　　　　ぞくする

[自サ] 屬於，歸於，從屬於；隸屬，附屬

虎はネコ科に属する／老虎屬於貓科。

□ 続々　　　　ぞくぞく

[副] 連續，紛紛，連續不斷地

続々と入場する／紛紛入場。

□ 測定　　　　そくてい

[名・他サ] 測定，測量

体力を測定する／測量體力。

□ 測量　　　　そくりょう

[名・他サ] 測量，測繪

土地を測量する／測量土地。

□ 速力　　　　そくりょく

[名] 速率，速度

速力を上げる／加快速度。

□ 組織　　　　そしき

[名・他サ] 組織，組成；構造，構成；
（生）組織；系統，體系

労働組合を組織する／組織勞動公
會。

□ 素質　　　　そしつ

[名] 素質，本質，天分，天資

素質に恵まれる／具備天分。

□ 祖先　　　　そせん

[名] 祖先

祖先から伝わる／從祖先代代流傳下
來。

□ 注ぐ　　　　そそぐ

[自五・他五]（水不斷地）注入，流入；
（雨、雪等）落下；（把液體等）注
入，倒入；澆，灑

水を注ぐ／灌入水。

□ そそっかしい
　　　　　　　　そそっかしい

[形] 冒失的，輕率的，毛手毛腳的，
粗心大意的

そそっかしい人／冒失鬼

337

□ 卒業証書　　そつぎょうしょうしょ

そつぎょうしょうしょ

[名] 畢業證書

卒業証書を受け取る／領取畢業證
書。

□ 率直　　そっちょく

[形動] 坦率，直率

率直な意見／坦然直率的意見

□ 備える　　そなえる

[他下一] 準備，防備；配置，裝置；天
生具備

地震に備える／地震災害防範。

□ その頃　　そのころ

[接] 當時，那時

そのころはちょうど移動中でした／
那時正好在移動中。

□ そのため　　そのため

[接]（表原因）正是因為這樣…

そのため電話に出られませんでした
／因為這樣所以沒辦法接電話。

□ そのまま　　そのまま

[副] 照樣的，按照原樣；（不經過一
般順序、步驟）就那樣，馬上，立
刻；非常相像

そのまま食べる／就那樣直接吃。

□ 蕎麦屋　　そばや

[名] 蕎麥麵店

蕎麦屋で昼食を取る／在蕎麥麵店吃
中餐。

□ 粗末　　そまつ

[名・形動] 粗糙，不精緻；疏忽，簡
慢；糟蹋

粗末な食事／粗茶淡飯。

□ 剃る　　そる

[他五] 剃（頭），刮（臉）

ひげを剃る／刮鬍子。

□ それでも　　それでも

[接] 儘管如此，雖然如此，即使這樣

それでもまだ続ける／即使這樣，還
是持續下去。

□ それなのに　　それなのに

[接] 雖然那樣，儘管如此

それなのにこの対応はひどい／儘
管如此，這樣的應對真是太差勁了。

□ それなら　　それなら

[連語] 要是那樣，那樣的話，如果那樣

それならこうすればいい／那樣的
話，這樣做就可以了。

□ それなり　　それなり

[名・副] 恰如其分；就那樣

良い物はそれなりに高い／一分錢一
分貨。

□ 逸れる　　　　　　それる

[自下一] 偏離正軌，歪向一旁；不合
調，走調；走向一邊，轉過去
話がそれる／話離題了。

□ 算盤　　　　　　そろばん

[名] 算盤，珠算
そろばんを弾く／打算盤；計較個人
利益。

□ 損　　　　　　　　そん

[名・自サ・形動・漢造] 虧損，賠錢；吃虧，
不划算；減少；損失
損をする／吃虧。

□ 損害　　　　　　そんがい

[名・他サ] 損失，損害，損耗
損害を与える／造成損失。

□ 存在　　　　　　そんざい

[名・自サ] 存在，有；人物，存在的事
物；存在的理由，存在的意義
級友から存在を無視された／同學無
視他的存在。

□ 損失　　　　　　そんしつ

[名・自サ] 損害，損失
損失を被る／蒙受損失。

□ 存じる／存ずる
　　　　　　ぞんじる／ぞんずる

[自他サ] 有，存，生存；在於
よく存じております／完全了解。

□ 存続　　　　　　そんぞく

[名・自他サ] 繼續存在，永存，長存
存続を図る／謀求永存。

□ 尊重　　　　　　そんちょう

[名・他サ] 尊重，重視
人権を尊重する／尊重人権。

□ 損得　　　　　　そんとく

[名] 損益，得失，利害
損得勘定／權衡得失

□ 他　　　　　　　　た

[名・漢造] 其他，他人，別處，別的事
物；他心二意；另外
他に例を見ない／未見他例。

□ 田　　　　　　　　た

[名] 田地；水稻，水田
田を耕す／耕種稻田。

□ 大　　　　　　　だい

[名・漢造]（事物、體積）大的；量多
的；優越，好；宏大，大量；宏偉，
超群
一月は大の月だ／一月是大月。

□ 題　　　　　　　だい

[名・自サ・漢造] 題目，標題；問題；題辭
題が決まる／訂題。

□ 第　　　　　　　だい

[漢造] 順序；考試及格，錄取；住宅，宅邸

第五回大会／第五次大會

□ 代　　　　　　　だい

[名・漢造] 代，輩；一生，一世；代價

代が変わる／換代。

□ 体育　　　　　たいいく

[名] 體育；體育課

体育の日／十月第二個星期一（日本體育節）

□ 第一　　　　　だいいち

[名・副] 第一，第一位，首先；首屈一指的，首要，最重要

安全第一／安全第一

□ 体温　　　　　たいおん

[名] 體溫

体温を測る／測量體溫。

□ 大会　　　　　たいかい

[名] 大會；全體會議

大会で優勝する／在大會上取得冠軍。

□ 対角線　　　たいかくせん

[名] 對角線

対角線を引く／畫對角線。

□ 大気　　　　　たいき

[名] 大氣；空氣

大気が地球を包んでいる／大氣將地球包圍。

□ 大金　　　　　たいきん

[名] 巨額金錢，巨款

大金をつかむ／獲得巨款。

□ 代金　　　　　だいきん

[名] 貸款，借款

代金を請求する／索取貨款。

□ 体系　　　　　たいけい

[名] 體系，系統

体系をたてる／建立體系。

□ 太鼓　　　　　たいこ

[名]（大）鼓

太鼓を叩く／打鼓。

□ 滞在　　　　　たいざい

[名・自サ] 旅居，逗留，停留

ホテルに滞在する／住在旅館。

□ 対策　　　　　たいさく

[名] 對策，應付方法

対策をたてる／制定對策。

□ 大使　　　　　たいし

[名] 大使

大使に任命する／任命為大使。

02
-
06

□ **大した**　　　　　　**たいした**

[連體] 非常的，了不起的；（下接否定詞）沒什麼了不起，不怎麼樣

たいしたことはない／沒什麼大不了的事。

□ **大して**　　　　　　**たいして**

[副]（一般下接否定語）並不太，並不怎麼

たいして面白くない／並不太有趣。

□ **対象**　　　　　　　**たいしょう**

[名] 對象

子供を対象とした本／以小孩為閱讀對象的書

□ **対照**　　　　　　　**たいしょう**

[名・他サ] 對照，對比

原文と対照する／跟原文比對。

□ **大小**　　　　　　　**だいしょう**

[名]（尺寸）大小；大和小

大小にかかわらず／不論大小。

□ **大臣**　　　　　　　**だいじん**

[名]（政府）部長，大臣

大臣に任命される／任命為大臣。

□ **対する**　　　　　　**たいする**

[自サ] 面對，面向；對於，關於；對立，相對，對比；對待，招待

政治に対する関心／對政治的關心

□ **体制**　　　　　　　**たいせい**

[名] 體制，結構；（統治者行使權力的）方式

厳戒体制をとる／實施嚴加戒備的體制。

□ **体積**　　　　　　　**たいせき**

[名]（數）體積，容積

体積を測る／測量體積。

□ **大戦**　　　　　　　**たいせん**

[名・自サ] 大戰，大規模戰爭；世界大戰

第二次世界大戦／第二次世界大戰

□ **大層**　　　　　　　**たいそう**

[形動・副] 很，非常，了不起；過份的，誇張的

たいそうな口をきく／誇大其詞。

□ **体操**　　　　　　　**たいそう**

[名] 體操；體育課

体操をする／做操。

□ **大統領**　　　　**だいとうりょう**

[名] 總統

大統領に就任する／就任總統。

□ **大半**　　　　　　　**たいはん**

[名] 大半，多半，大部分

大半を占める／佔大半。

□ 大部分　　だいぶぶん

[名・副] 大部分，多半

出席者の大部分／大部分的出席者

□ タイプライター

タイプライター

[名]【typewriter】打字機

タイプライターで印字する／用打字
機打字。

□ 逮捕　　たいほ

[名・他サ] 逮捕，拘捕，捉拿

現行犯で逮捕する／以現行犯加以逮捕。

□ 大木　　たいぼく

[名] 大樹，巨樹

百年を超える大木／百年以上的大樹。

□ 代名詞　　だいめいし

[名] 代名詞，代詞；（以某詞指某
物、某事）代名詞

代名詞となる／成為代名詞。

□ タイヤ　　タイヤ

[名]【tire】輪胎

タイヤがパンクする／輪胎爆胎。

□ ダイヤル　　ダイヤモンド

[名・自他サ]【dial】（鐘表的）表盤；（收
音機、儀表等的）刻度盤；電話機的
撥號盤；撥電話號碼

フリーダイヤル／免付費電話

□ 平ら　　たいら

[名・形動] 平，平坦；（山區的）平原，
平地；（非正坐的）隨意坐，盤腿
作；平靜，坦然

平らな土地／平坦的大地

□ 代理　　だいり

[名・他サ] 代理，代替；代理人，代表

代理で出席する／以代理身份出席。

□ 大陸　　たいりく

[名] 大陸，大洲；（日本指）中國；
（英國指）歐洲大陸

コロンブスの新大陸発見／哥倫布發
現新大陸

□ 対立　　たいりつ

[名・他サ] 對立，對峙

意見が対立する／意見相對立。

□ 田植え　　たうえ

[名・他サ]（農）插秧

田植えをする／插秧。

□ 楕円　　だえん

[名] 橢圓

楕円形／橢圓形

□ だが　　だが

[接] 但是，可是，然而

その日はひどい雨だった。だが、
我々は出発した／那天雖然下大雨，
但我們仍然出發前往。

□ 耕す　　　　　　たがやす

[他五] 耕作，耕田
荒れ地を耕す／開墾荒地。

□ 宝　　　　　　　たから

[名] 財寶，珍寶；寶貝，金錢
国の宝／國寶

□ 滝　　　　　　　たき

[名] 瀑布
滝のように汗が流れる／汗流如注。

□ 宅　　　　　　　たく

[名・漢造] 住所，自己家，宅邸；（加接頭詞「お」成為敬稱）尊處
先生のお宅／老師的尊府

□ 貯える／蓄える
　　　　　　　　　たくわえる

[他下一] 儲蓄，積蓄；保存，儲備；留，留存
知識を蓄える／累積知識。

□ 竹　　　　　　　たけ

[名] 竹子；慣用句「竹を割ったような性格」（直性子）
竹が茂る／竹林繁茂。

□ だけど　　　　　だけど

[接續] 然而，可是，但是
美人だけど、好きになれない／她人雖漂亮，但我不喜歡。

□ 多少　　　　　　たしょう

[名・副] 多少，多寡；一點，稍微
多少の貯金はある／有一點積蓄。

□ ただ　　　　　　ただ

[名・副・接] 免費；普通，平凡；只是，僅僅；（對前面的話做出否定）但是，不過
ただで働く／白幹活。

□ 戦い　　　　　　たたかい

[名] 戰鬥；鬥爭；競賽，比賽
戦いに勝つ／打勝仗。

□ 戦う／闘う　　　たたかう

[自五]（進行）作戰；鬥爭；競賽
病気と闘う／和病魔抗戰。

□ 但し　　　　　　ただし

[接續] 但是，可是
ただし条件がある／可是有條件。

□ 直ちに　　　　　ただちに

[副] 立即，立刻；直接，親自
直ちに出動する／立刻出動。

□ 立ち上がる　　　たちあがる

[自五] 站起，起來；升起，冒起；重振，恢復；著手，開始行動
コンピューターが立ち上がる／電腦開機。

343

□ 立ち止まる　　たちどまる

［自五］站住，停步，停下

呼ばれて立ち止まる／被叫住而停下腳步。

□ 立場　　たちば

［名］立腳點，站立的場所；處境；立場，觀點

立場が変わる／立場改變。

□ たちまち　　たちまち

［副］轉眼間，一瞬間，很快，立刻；忽然，突然

たちまち売り切れる／一瞬間賣個精光。

□ 絶つ　　たつ

［他五］切，斷；絕；斷絕，消滅；切斷

命を絶つ／自殺。

□ 達する　　たっする

［他サ・自サ］到達，精通，通過；完成，達成；實現；下達（指示、通知等）

義援金が200億円に達する／捐款達二百億日圓。

□ 脱線　　だっせん

［名・他サ］（火車、電車等）脫軌，出軌；（言語、行動）脫離常規，偏離本題

列車が脱線する／火車脫軌。

□ たった今　　たったいま

［副］剛才；馬上

たった今／剛才；馬上

□ だって　　だって

［接・提助］可是，但是，因為；即使是，就算是

あやまる必要はない。だってきみはわるくないんだから／沒有道歉的必要，再說錯不在你。

□ たっぷり　　たっぷり

［副・自サ］足夠，充份，多；寬綽，綽綽有餘；（接名詞後）充滿（某表情、語氣等）

自信たっぷり／充滿自信

□ 縦書き　　たてがき

［名］直寫

縦書きのほうが読みやすい／直寫較好閱讀。

□ 妥当　　だとう

［名・形動・自サ］妥當，穩當，妥善

妥当な方法を取る／採取適當的方法。

□ たとえ　　たとえ

［副］縱然，即使，那怕

たとえそうだとしても／即使是那樣

□ 例える　　たとえる

［他下一］比喩，比方

人生を旅に例える／把人生比喻為旅途。

02
07

□ **谷** <ruby>谷<rt>たに</rt></ruby>　　　　　た<ruby>に</ruby>

[名] 山谷，山澗，山洞

<ruby>人生<rt>じんせいやま</rt></ruby>山あり<ruby>谷<rt>たに</rt></ruby>あり／人生有高有低，
有起有落。

□ **谷底** <ruby>谷底<rt>たにぞこ</rt></ruby>　　　　た<ruby>にぞこ</ruby>

[名] 谷底

<ruby>谷底<rt>たにぞこ</rt></ruby>に<ruby>転落<rt>てんらく</rt></ruby>する／跌到谷底。

□ **他人** <ruby>他人<rt>た にん</rt></ruby>　　　　た<ruby>にん</ruby>

[名] 別人，他人；（無血緣的）陌生
人，外人；局外人

<ruby>赤<rt>あか</rt></ruby>の<ruby>他人<rt>た にん</rt></ruby>／毫無關係的人

□ **種** <ruby>種<rt>たね</rt></ruby>　　　　　た<ruby>ね</ruby>

[名]（植物的）種子，果核；（動物
的）品種；原因，起因；素材，原料

<ruby>種<rt>たね</rt></ruby>を<ruby>吐<rt>は</rt></ruby>き<ruby>出<rt>だ</rt></ruby>す／吐出種子。

□ **頼もしい** <ruby>頼<rt>たの</rt></ruby>もしい　た<ruby>のもしい</ruby>

[形] 靠得住的；前途有為的，有出息的

<ruby>頼<rt>たの</rt></ruby>もしい<ruby>人<rt>ひと</rt></ruby>が<ruby>好<rt>す</rt></ruby>きだ／我喜歡可靠的
人。

□ **束** <ruby>束<rt>たば</rt></ruby>　　　　　た<ruby>ば</ruby>

[名] 把，捆

<ruby>束<rt>たば</rt></ruby>を<ruby>作<rt>つく</rt></ruby>る／打成一捆。

□ **足袋** <ruby>足袋<rt>た び</rt></ruby>　　　　　た<ruby>び</ruby>

[名] 日式白布襪

<ruby>足袋<rt>た び</rt></ruby>を<ruby>履<rt>は</rt></ruby>く／穿日式白布襪。

□ **度** <ruby>度<rt>たび</rt></ruby>　　　　　た<ruby>び</ruby>

[名・接尾] 次，回，度；（反覆）每當，
每次；（接數詞後）回，次

この<ruby>度<rt>たび</rt></ruby>はおめでとう／這次向你祝賀。

□ **旅** <ruby>旅<rt>たび</rt></ruby>　　　　　た<ruby>び</ruby>

[名・他サ] 旅行，遠行

<ruby>旅<rt>たび</rt></ruby>をする／去旅行。

□ **度々** <ruby>度々<rt>たびたび</rt></ruby>　　　　たび<ruby>たび</ruby>

[副] 屢次，常常，再三

たびたびの<ruby>警告<rt>けいこく</rt></ruby>も<ruby>無視<rt>む し</rt></ruby>された／多次
的警告都被忽視。

□ **ダブる**　　　　　　ダ<ruby>ブ</ruby>る

[自五] 重複；撞期

おもかげがダブる／雙影。

□ **玉** <ruby>玉<rt>たま</rt></ruby>　　　　　た<ruby>ま</ruby>

[名] 玉，寶石，珍珠；球，珠；眼鏡
鏡片；燈泡；子彈

<ruby>玉<rt>たま</rt></ruby>にきず／美中不足

□ **偶** <ruby>偶<rt>たま</rt></ruby>　　　　　た<ruby>ま</ruby>

[名] 偶爾，偶然；難得，少有

たまの<ruby>休<rt>やす</rt></ruby>み／難得少有的休息日

□ **弾** <ruby>弾<rt>たま</rt></ruby>　　　　　た<ruby>ま</ruby>

[名] 子彈

<ruby>弾<rt>たま</rt></ruby>が<ruby>当<rt>あ</rt></ruby>たる／中彈。

□ 偶々　　　　　　　たまたま

[副] 偶然，碰巧，無意間；偶爾，有時

たまたま出会う／偶然遇見。

□ 堪らない　　　　たまらない

[感] 難堪，忍受不了；難以形容，…
的不得了；按耐不住

たまらなく好きだ／喜歡得不得了。

□ ダム　　　　　　　　ダム

[名]【dam】水壩，水庫，攔河壩，堰堤

ダムを造る／建造水庫。

□ ため息　　　　　　ためいき

[名] 嘆氣，長吁短嘆

ため息をつく／嘆氣。

□ 試し　　　　　　　ためし

[名] 嘗試，試驗；驗算

試しに使ってみる／試用看看。

□ 試す　　　　　　　ためす

[他五] 試，試驗，試試

能力を試す／考驗一下能力。

□ 躊躇う　　　　　　ためらう

[自五] 猶豫，躊躇，遲疑，踟躕不前

ためらわずに実行する／毫不猶豫地
實行。

□ 便り　　　　　　　たより

[名] 音信，消息，信

便りが絶える／音信中斷。

□ 頼る　　　　　　　たよる

[自他五] 依靠，依賴，仰仗；拄著；投
靠，找門路

兄を頼りにする／依靠哥哥。

□ だらけ　　　　　　だらけ

[接尾]（接名詞後）滿，淨，全；多，
很多

借金だらけ／一身債務

□ だらしない　　　だらしない

[形] 散慢的，邋遢的，不檢點的；不
爭氣的，沒出息的，沒志氣

金にだらしない／用錢沒計畫。

□ 垂らす　　　　　　たらす

[名] 滴；垂

よだれを垂らす／流口水。

□ ～足らず　　　　　たらず

[接尾] 不足…

五歳足らずの子供／不足五歳的小
孩。

□ だらり（と）　　だらりと

[副] 無力地（下垂著）

だらりとぶら下がる／無力地垂吊。

□ 多量　　　　　　　たりょう

[名・形動] 大量

多量の出血／大量出血

□ 足る　　　　　　　た<u>る</u>

[自五] 足夠，充足；值得，滿足
読むに足りない本／不值得看的書

□ 垂れ下がる　　　た<u>れさがる</u>

[自五] 下垂
ひもが垂れ下がる／帶子垂下。

□ 短　　　　　　　た<u>ん</u>

[名・漢造] 短；不足，缺點
長をのばし、短を補う／取長補短。

□ 段　　　　　　　だ<u>ん</u>

[名・接尾・漢造] 層，格，節；（印刷品
的）排，段；樓梯；文章的段落
段差がある／有高低落差。

□ 単位　　　　　　た<u>んい</u>

[名] 學分；單位
単位を取る／取得學分。

□ 段階　　　　　　だ<u>んかい</u>

[名] 梯子，台階，樓梯；階段，時
期，步驟；等級，級別
〜の段階に来る／到…的階段。

□ 短期　　　　　　た<u>んき</u>

[名] 短期
短期の留学生／短期留學生。

□ 単語　　　　　　た<u>んご</u>

[名] 單詞
単語がわかる／看懂單詞。

□ 炭鉱　　　　　　た<u>んこう</u>

[名] 煤礦，煤井
炭鉱を発見する／發現煤礦。

□ 男子　　　　　　だ<u>んし</u>

[名] 男子，男孩，男人，男子漢
男子のクラス／男生班級。

□ 単純　　　　　　た<u>んじゅん</u>

[名・形動] 單純，簡單；無條件
単純な計算／簡單的計算。

□ 短所　　　　　　た<u>んしょ</u>

[名] 缺點，短處
短所を直す／改正缺點。

□ ダンス　　　　　ダ<u>ンス</u>

[名・自サ]【dance】跳舞，交際舞
ダンスを習う／學習跳舞。

□ 淡水　　　　　　た<u>んすい</u>

[名] 淡水
淡水魚／淡水魚

□ 断水　　　　　　だ<u>んすい</u>

[名・他サ・自サ] 斷水，停水
夜間断水する／夜間限時停水。

□ 単数　　　　　　た<u>んすう</u>

[名]（數）單數，（語）單數
単数形の単語／單數的單字。

□ 団地　　　　　　　　だんち
[名]（為發展產業而成片劃出的）工業
區；（有計畫的集中建立住房的）住
宅區
団地に住む／住在住宅區。

□ 断定　　　　　　　　だんてい
[名・他サ] 斷定，判斷
断定を下す／做出判斷。

□ 担当　　　　　　　　たんとう
[名・他サ] 擔任，擔當，擔負
担当が決まる／決定由…負責。

□ 単なる　　　　　　　たんなる
[連體] 僅僅，只不過
単なる好奇心にすぎない／只不過是
好奇心罷了。

□ 単に　　　　　　　　たんに
[副] 單，只，僅
単に忘れただけだ／只是忘記了而
已。

□ 短編　　　　　　　　たんぺん
[名] 短篇，短篇小說
短編小説を書く／寫短篇小說。

□ 田んぼ／田圃　　　　たんぼ
[名] 田地
田んぼに水を張る／放水至田。

□ 地　　　　　　　　　　ち
[名] 大地，地球，地面；土壤，土
地；地表；場所；立場，地位
地に落ちる／落到地上。

□ 地位　　　　　　　　ちい
[名] 地位，職位，身份，級別
地位に就く／擔任職位。

□ 地域　　　　　　　　ちいき
[名] 地位，職位，身份，級別
周辺の地域／周圍地區

□ 知恵　　　　　　　　ちえ
[名] 智慧，智能；腦筋，主意
知恵がつく／有了主意。

□ 違いない　　　　ちがいない
[形] 一定是，肯定，沒錯，的確是
雨が降るに違いない／一定會下雨。

□ 誓う　　　　　　　　ちかう
[他五] 發誓，起誓，宣誓
神に誓う／對神發誓。

□ 近頃　　　　　　　　ちかごろ
[名・副] 最近，近來，這些日子來；萬
分，非常
近頃の若者／最近的年輕人。

□ 地下水　　　　　ちかすい
[名] 地下水
地下水を蓄える／儲存地下水。

□ 近々　　　　　ちかぢか
[副] 不久，近日，過幾天；靠的很近
近々訪れる／近日將去拜訪您。

□ 近寄る　　　　　ちかよる
[自五] 走進，靠近，接近
近寄ってよく見る／靠近仔細看。

□ 力強い　　　　ちからづよい
[形] 有信心；強而有力
力強い演説／有力的演說。

□ ちぎる　　　　　ちぎる
[他五・接尾] 撕碎（成小段）；摘取，揪下；
（接動詞連用形後加強語氣）非常，極力
花びらをちぎる／摘下花瓣。

□ 知事　　　　　　ちじ
[名] 日本都、道、府、縣的首長
知事に報告する／向知事報告。

□ 知識人　　　　ちしきじん
[名] 知識份子
知識人の意見／知識分子的意見

□ 地質　　　　　　ちしつ
[名]（地）地質
地質を調べる／調查地質。

□ 知人　　　　　　ちじん
[名] 熟人，認識的人
知人を訪れる／拜訪熟人。

□ 地帯　　　　　　ちたい
[名] 地帶，地區
安全地帯／安全地帶

□ 父親　　　　　ちちおや
[名] 父親
父親に似る／和父親相像。

□ 縮む　　　　　　ちぢむ
[自五] 縮，縮小，抽縮；起皺紋，出摺；
畏縮，退縮，惶恐；縮回去，縮進去
背が縮む／縮著身體。

□ 縮める　　　　ちぢめる
[他下一] 縮小，縮短，縮減；縮回，捲
縮，起皺紋
命を縮める／縮短壽命。

□ 縮れる　　　　ちぢれる
[自下一] 捲曲；起皺，出摺
毛が縮れる／毛卷曲。

□ チップ　　　　　チップ
[名]【chip】（削木所留下的）片削；洋
芋片

ポテト・チップ／洋芋片

□ 地点　　　　　ちてん

[名] 地點

落下地点／墜落地點

□ 知能　　　　　ちのう

[名] 智能，智力，智慧

知能を持つ／具有…的智力。

□ 地平線　　　ちへいせん

[名]（地）地平線

地平線が見える／看得見地平線。

□ 地名　　　　　ちめい

[名] 地名

地名を調べる／調查地名。

□ 茶　　　　　　ちゃ

[名・漢造] 茶；茶樹；茶葉；茶水

茶を入れる／泡茶。

□ 着々　　　ちゃくちゃく

[副] 逐步地，一步步地

着々と進んでいる／逐步地進行。

□ チャンス　　チャンス

[名]【chance】機會，時機，良機

チャンスが来る／機會到來。

□ ちゃんと　　ちゃんと

[副] 端正地，規矩地；按期，如期；整潔，整齊；完全，老早；的確，確鑿

ちゃんとした職業／正當職業

□ 中　　　　　　ちゅう

[名・接尾・漢造] 中央，當中；中間；中等；之中；正在…當中

中ジョッキ／中杯

□ 注／註　　　　ちゅう

[名・漢造] 註解，注釋；注入；注目；註釋

注をつける／加入註解。

□ 中央　　　ちゅうおう

[名] 中心，正中；中心，中樞；中央，首都

中央に置く／放在中間。

□ 中間　　　ちゅうかん

[名] 中間，兩者之間；（事物進行的）中途，半路

中間を取る／折衷。

□ 中古　　　ちゅうこ

[名]（歷史）中古（日本一般是指平安時代，或包含鎌倉時代）；半新不舊

中古のカメラ／半新的照相機

□ 駐車　　　ちゅうしゃ

[名・自サ] 停車

路上に駐車する／在路邊停車。

□ 抽象　　　ちゅうしょう

[名・他サ] 抽象

抽象的な概念／抽象的概念

□ 昼食　　　ちゅうしょく

[名] 午飯，午餐，中飯，中餐
昼食をとる／吃中餐。

□ 中世　　　ちゅうせい

[名]（歴史）中世，古代與近代之間
（在日本指鎌倉、室町時代）
中世のヨーロッパ／中世的歐洲

□ 中性　　　ちゅうせい

[名]（化學）非鹼非酸，中性；（特徵）
不男不女，中性；（語法）中性詞
中性洗剤／中性洗滌劑

□ 中退　　　ちゅうたい

[名・自サ] 中途退學
大学を中退する／大學中輟。

□ 中途　　　ちゅうと

[名] 中途，半路
中途でやめる／中途放棄。

□ 中肉中背
　　　　　ちゅうにくちゅうぜい

[名] 中等身材
中肉中背の男／體型中等的男人

□ 長　　　　ちょう

[名・漢造] 長，首領；長輩；長處
長幼の別をわきまえる／懂得長幼有
序。

□ 超過　　　ちょうか

[名・自サ] 超過
時間を超過する／超過時間。

□ 長期　　　ちょうき

[名] 長期，長時間
長期にわたる／經過很長一段時間。

□ 彫刻　　　ちょうこく

[名・他サ] 雕刻
仏像を彫刻する／雕刻佛像。

□ 長所　　　ちょうしょ

[名] 長處，優點
長所を生かす／發揮長處。

□ 頂上　　　ちょうじょう

[名] 山頂，峰頂；極點，頂點
頂上を目指す／以山頂為目標。

□ 朝食　　　ちょうしょく

[名] 早餐
朝食はパンとコーヒーで済ませる／
早餐吃麵包和咖啡解決。

□ 調整　　　ちょうせい

[名・他サ] 調整，調節
調整を行う／進行調整。

351

□ 調節　　　　　ちょうせつ

[名・他サ] 調節，調整

調節ができる／可以調節。

□ 頂戴　　　　　ちょうだい

[名・他サ]（「もらう、食べる」的謙虛説法）領受，得到，吃；（女性、兒童請求別人做事）請

結構なものを頂戴した／收到了好東西。

□ 長短　　　　　ちょうたん

[名] 長和短；長度；優缺點，長處和短處；多和不足

長短を計る／測量長短。

□ 頂点　　　　　ちょうてん

[名]（數）頂點；頂峰，最高處；極點，絕頂

頂点に立つ／立於頂峰。

□ 長方形　　　ちょうほうけい

[名] 長方形，矩形

長方形の箱／長方形的箱子

□ 調味料　　　ちょうみりょう

[名] 調味料，佐料

調味料を加える／加入調味料。

□ ～丁目　　　　ちょうめ

[接尾]（街巷區劃單位）段，巷，條

田中町三丁目／田中町三段

□ 直線　　　　　ちょくせん

[名] 直線

一直線に進む／直線前進。

□ 直通　　　　　ちょくつう

[名・自サ] 直達（中途不停）；直通

直通の電話番号／直通的電話號碼

□ 直流　　　　　ちょくりゅう

[名・自サ] 直流電；（河水）直流，沒有彎曲的河流；嫡系

直流に変換する／變換成直流電。

□ 著者　　　　　ちょしゃ

[名] 作者

著者の素顔／作者的真面目

□ 貯蔵　　　　　ちょぞう

[名・他サ] 儲藏

地下室に貯蔵する／儲放在地下室。

□ 貯蓄　　　　　ちょちく

[名・他サ] 儲蓄

貯蓄を始める／開始儲蓄。

□ 直角　　　　　ちょっかく

[名・形動]（數）直角

直角に曲がる／彎成直角。

□ 直径　　　　　ちょっけい

[名]（數）直徑

円の直径／圓形直徑

02
|
09

□ 散らかす　　　**ちらかす**

[他五] 弄得亂七八糟；到處亂放，亂扔
部屋を散らかす／把房間弄得亂七八
糟。

□ 散らかる　　　**ちらかる**

[自五] 凌亂，亂七八糟，到處都是
部屋が散らかる／房間凌亂。

□ 散らばる　　　**ちらばる**

[自五] 分散；散亂
花びらが散らばる／花瓣散落。

□ ちり紙　　　**ちりがみ**

[名] 衛生紙；粗草紙
ちり紙で拭く／用衛生紙擦拭。

□ 追加　　　**ついか**

[名・他サ] 追加，添付，補上
料理を追加する／追加料理。

□ ついで　　　**ついで**

[名] 順便，就便；順序，次序
ついでの折に立ち寄る／順便過來拜
訪。

□ 通貨　　　**つうか**

[名] 通貨，（法定）貨幣
通貨が流通する／貨幣流通。

□ 通過　　　**つうか**

[名・自サ] 通過，經過；（電車等）駛
過；（議案、考試等）通過，過關，
合格
列車が通過する／列車通過。

□ 通学　　　**つうがく**

[名・自サ] 上學
電車で通学する／搭電車上學。

□ 通行　　　**つうこう**

[名・自サ] 通行，交通，往來；廣泛使
用，一般通用
通行止めになる／停止通行。

□ 通信　　　**つうしん**

[名・自サ] 通信，通音信；通訊，聯絡；
報導消息的稿件，通訊稿
無線で通信する／以無線電聯絡。

□ 通知　　　**つうち**

[名・他サ] 通知，告知
通知が届く／接到通知。

□ 通帳　　　**つうちょう**

[名]（存款、賒帳等的）折子，帳簿
通帳を記入する／計入帳本。

□ 通用　　　**つうよう**

[名・自サ] 通用，通行；兼用，兩用；
（在一定期間內）通用，有效；通常
使用
世界に通用する／在世界通用。

353

□ 通路　　　　　　つうろ

[名]（人們通行的）通路，人行道；
（出入通行的）空間，通道

通路を通る／過人行道。

□ 使い　　　　　　つかい

[名] 使用；派去的人；派人出去（買
東西、辦事），跑腿；（迷）（神仙
的）侍者；（前接某些名詞）使用的
方法，使用的人

母親の使いで出かける／被母親派出
去辦事。

□ 付き　　　　　　つき

[接尾]（前接某些名詞）樣子；附屬

顔つきが変わる／神情變了。

□ 付き合い　　　つきあい

[名・自サ] 交際，交往，打交道；應酬，
作陪

付き合いがある／有交往。

□ 突き当たる　　つきあたる

[自五] 撞上，碰上；走到道路的盡頭；
（轉）遇上，碰到（問題）

厚い壁に突き当たる／撞上厚牆。

□ 月日　　　　　　つきひ

[名] 日與月；歲月，時光；日月，日期

月日が経つ／時光流逝。

□ 突く　　　　　　つく

[他五] 扎，刺，戳；撞，頂；支撐；冒
著，不顧；沖，撲（鼻）；攻擊，打中

鐘を突く／敲鐘。

□ 就く　　　　　　つく

[自五] 就位；登上；就職；跟…學習；
起程

王位に就く／登上王位。

□ 次ぐ　　　　　　つぐ

[自五] 緊接著，繼…之後；次於，並於

不幸に次ぐ不幸／接二連三的不幸。

□ 注ぐ　　　　　　つぐ

[他五] 注入，斟，倒入（茶、酒等）

お茶を注ぐ／倒茶。

□ 付け加える　つけくわえる

[他下一] 添加，附帶

説明を付け加える／附帶說明。

□ 着ける　　　　　つける

[他下一] 佩帶，穿上

服を身につける／穿上衣服。

□ 土　　　　　　　つち

[名] 土地，大地；土壤，土質；地
面，地表；地面土，泥土

土が乾く／土地乾旱。

□ 突っ込む　　　**つっこむ**

[他五・自五] 衝入，闖入；深入；塞進，
插入；沒入；深入追究
首を突っ込む／一頭栽入。

□ 包み　　　**つつみ**

[名] 包袱，包裹
包みが届く／包裹送到。

□ 務め　　　**つとめ**

[名] 本分，義務，責任
親の務め／父母的義務。

□ 勤め　　　**つとめ**

[名] 工作，職務，差事
勤めに出かける／出門上班。

□ 努める　　　**つとめる**

[他下一] 努力，為…奮鬥，盡力；勉強
忍住
サービスに努める／努力服務。

□ 務める　　　**つとめる**

[他下一] 任職，工作；擔任（職務）；
扮演（角色）
司会役を務める／擔任司儀。

□ 綱　　　**つな**

[名] 粗繩，繩索，纜繩；命脈，依
靠，保障
命綱／救命繩。

□ 繋がり　　　**つながり**

[名] 相連，相關；系列；關係，聯繫
繋がりを調べる／調查關係。

□ 常に　　　**つねに**

[副] 時常，經常，總是
常に一貫している／總是貫徹到底。

□ 翼　　　**つばさ**

[名] 翼，翅膀；（飛機）機翼；（風
車）翼板；使者，使節
想像の翼／想像的翅膀

□ 粒　　　**つぶ**

[名・接尾]（穀物的）穀粒；粒，丸，
珠；（數小而圓的東西）粒，滴，丸
麦の粒／麥粒

□ 潰す　　　**つぶす**

[他五] 毀壞，弄碎；熔毀，熔化；消
磨，消耗；宰殺；堵死，填滿
時間を潰す／消磨時間。

□ 潰れる　　　**つぶれる**

[自下一] 壓壞，壓碎；坍塌，倒塌；倒
產，破產；磨損，磨鈍；（耳）聾，
（眼）瞎
会社が潰れる／公司破產。

□ 躓く　　　**つまずく**

[自五] 跌倒，絆倒；（中途遇障礙而）
失敗，受挫
事業に躓く／在事業上受挫折。

355

02
-
10

□ 罪　　　　　　　　　つみ

[名‧形動]（法律上的）犯罪；（宗教上
的）罪惡，罪孽；（道德上的）罪
責，罪過
罪を償う／償罪。

□ 艶　　　　　　　　　つや

[名] 光澤，潤澤；興趣，精彩；豔
事，風流事
艶が出る／顯出光澤。

□ 強気　　　　　　　　つよき

[名‧形動]（態度）強硬，（意志）堅
決；（行情）看漲
強気で談判する／以強硬的態度進行
談判。

□ 辛い　　　　　　　　つらい

[形‧接尾] 痛苦的，難受的，吃不消；刻
薄的，殘酷的；難…，不便…
言い辛い話／難以啟齒的話。

□ 釣り　　　　　　　　つり

[名] 釣，釣魚；找錢，找的錢
お釣りを渡す／找零。

□ 釣り合う　　　　　つりあう

[自五] 平衡，均衡；勻稱，相稱
左右が釣り合う／左右勻稱。

□ 釣り橋／吊り橋　つりばし

[名] 吊橋
吊り橋を渡る／過吊橋。

□ 吊る　　　　　　　　つる

[他五] 吊，掛；捏出
首を吊る／上吊。

□ 吊るす　　　　　　つるす

[他五] 懸起，吊起，掛著
洋服を吊るす／吊起西裝。

□ 連れ　　　　　　　　つれ

[名‧接尾] 同伴，伙伴；（能劇，狂言
的）配角
連れの客／同行的客人

□ で　　　　　　　　　で

[接續] 那麼；（表示原因）所以
で、結果はどうだった／那麼，結果
如何。

□ 出会い　　　　　　であい

[名] 相遇，不期而遇，會合；幽會；
河流會合處
別れと出会い／分離及相遇。

□ 手洗い　　　　　　てあらい

[名] 洗手；洗手盆，洗手用的水；洗
手間
手洗いに行く／去洗手間。

□ 定員　　　　　　　ていいん

[名]（機關，團體的）編制的名額；
（車輛的）定員，規定的人數
定員に達する／達到規定人數。

□ **低下**　　　　　　　　ていか

[名・自サ] 降低，低落；（力量、技術等）下降

機能が急に低下する／機能急遽下降。

□ **定価**　　　　　　　　ていか

[名] 定價

定価で購入する／以定價買入。

□ **定期的**　　　　　　ていきてき

[形動] 定期，一定的期間

定期的に送る／定期運送。

□ **定休日**　　　　　ていきゅうび

[名]（商店、機關等）定期公休日

定休日が変わる／改變公休日。

□ **抵抗**　　　　　　　ていこう

[名・自サ] 抵抗，抗拒，反抗；（物理）電阻，阻力；（產生）抗拒心理，不願接受

命令に抵抗する／違抗命令。

□ **停止**　　　　　　　ていし

[名・他サ・自サ] 禁止，停止；停住，停下；（事物、動作等）停頓

作業を停止する／停止作業。

□ **停車**　　　　　　　ていしゃ

[名・他サ・自サ] 停車，剎車

各駅に停車する／各站皆停。

□ **提出**　　　　　ていしゅつ

[名・他サ] 提出，交出，提供

証拠物件を提出する／提出證物。

□ **程度**　　　　　　　ていど

[名・接尾]（高低大小）程度，水平；（適當的）程度，適度，限度

軽い程度／程度輕

□ **出入り**　　　　　　でいり

[名・自サ] 出入，進出；（因有買賣關係而）常往來；收支；（數量的）出入；糾紛，爭吵

出入りがはげしい／進出頻繁。

□ **出入り口**　　　　でいりぐち

[名] 出入口

出入り口に立つ／站在出入口。

□ **手入れ**　　　　　　ていれ

[名・他サ] 收拾，修整，檢舉，搜捕

肌の手入れをする／保養肌膚。

□ **出かける**　　　　　でかける

[自下一] 出門，出去，到…去；剛要走，要出去；剛要…

家を出かけた時に電話が鳴った／正要出門時，電話響起。

□ **的**　　　　　　　　てき

[造語] …的

科学的に実証される／在科學上得到證實。

357

□ 敵　　　　　　てき

[名・漢造] 敵人，仇敵；（競爭的）對手；障礙，大敵；敵對，敵方
敵に回す／與…為敵。

□ 出来上がり　　できあがり

[名] 做好，做完；完成的結果（手藝，質量）
出来上がりを待つ／等待成果。

□ 出来上がる　　できあがる

[自五] 完成，做好
ようやく出来上がった／好不容易才完成。

□ 的確　　　　　てきかく

[形動] 正確，準確，恰當
的確な数字／正確的數字。

□ 適する　　　　てきする

[自サ]（天氣、飲食、水土等）宜，適合；適當，適宜於（某情況）；具有做某事的資格與能力
子供に適した映画／適合兒童觀賞的電影。

□ 適切　　　　　てきせつ

[名・形動] 適當，恰當，妥切
適切な処置をする／適當的處理。

□ 適度　　　　　てきど

[名・形動] 適度，適當的程度
適度な運動をする／適度的運動。

□ 適用　　　　　てきよう

[名・他サ] 適用，應用
法律に適用しない／不適用於法律。

□ できれば　　　できれば

[連語] 可以的話，可能的話
できればもっと早く来てほしい／希望能盡早來。

□ 凸凹　　　　　でこぼこ

[名・自サ] 凹凸不平，坑坑窪窪；不平衡，不均勻
でこぼこな地面をならす／坑坑洞洞的地面整平。

□ 手頃　　　　　てごろ

[名・形動]（大小輕重）合手，合適，相當；適合（自己的經濟能力、身份）
手頃なお値段／合理的價錢

□ 弟子　　　　　でし

[名] 弟子，徒弟，門生，學徒
弟子を取る／收徒弟。

□ 手品　　　　　てじな

[名] 戲法，魔術；騙術，奸計
手品を使う／變魔術。

□ ですから　　　ですから

[接續] 所以
ですから先ほど話したとおりです／所以，正如我剛剛說的那樣。

□ **でたらめ** **で**たらめ

［名・形動］荒唐，胡扯，胡說八道，信口開河

でたらめを言うな／別胡說八道。

□ **鉄** **て**つ

［名］鐵

鉄の意志／如鐵般的意志

□ **哲学** **て**つがく

［名］哲學；人生觀，世界觀

それは僕の哲学だ／那是我的人生觀。

□ **鉄橋** **て**っきょう

［名］鐵橋，鐵路橋

鉄橋をかける／架設鐵橋。

□ **てっきり** **て**っきり

［副］一定，必然；果然

てっきり晴れると思った／以為一定會放晴。

□ **鉄鋼** **て**っこう

［名］鋼鐵

鉄鋼製品を販売する／販賣鋼鐵製品。

□ **徹する** **て**っする

［自サ］貫徹，貫穿；通宵，徹夜；徹底，貫徹始終

金儲けに徹する／努力賺錢。

□ **手続き** **て**つづき

［名］手續，程序

手続きをする／辦理手續。

□ **鉄道** **て**つどう

［名］鐵道，鐵路

鉄道を利用する／乘坐鐵路。

□ **鉄砲** **て**っぽう

［名］槍，步槍

鉄砲を向ける／舉槍瞄準。

□ **手ぬぐい** **て**ぬぐい

［名］布手巾

手ぬぐいを絞る／扭（乾）毛巾。

□ **手間** **て**ま

［名］（工作所需的）勞力、時間與功夫；（手藝人的）計件工作，工錢

手間がかかる／費工夫，費事。

□ **出迎え** **で**むかえ

［名］迎接；迎接的人

出迎えに上がる／去迎接。

□ **出迎える** **で**むかえる

［他下一］迎接

客を駅に出迎える／到車站接客人。

□ **デモ** **デ**モ

［名］【demonstration】抗議行動

デモに参加する／參加抗議活動。

359

□ 照らす　　　　てらす

[他五] 照耀，曬，晴天；對照，按照，
參照

先例に照らす／參照先例。

□ 照る　　　　　てる

[自五] 照耀，曬，晴天

日が照る／太陽照射。

□ 店　　　　　　てん

[漢造] 店家，店

店員になる／成為店員。

□ 展開　　　　てんかい

[名・他サ・自サ] 開展，打開；展現；進
展；（隊形）散開

思わぬ方向に展開した／向意想不到
的方向發展。

□ 典型　　　　てんけい

[名] 典型，模範

典型とされる作品／典型作品。

□ 天候　　　　てんこう

[名] 天氣，天候

天候が変わる／天氣轉變。

□ 電子　　　　　でんし

[名]（理）電子

電子オルガン／電子琴

□ 展示会　　　てんじかい

[名] 展示會

着物の展示会／和服展示會

□ 伝染　　　　でんせん

[名・自サ]（病菌的）傳染；（惡習的）
傳染，感染

麻疹が伝染する／傳染麻疹。

□ 電線　　　　でんせん

[名] 電線，電纜

電線を張る／架設電線。

□ 電柱　　　　でんちゅう

[名] 電線桿

電柱を立てる／立電線桿。

□ 点々　　　　てんてん

[副] 點點，分散在；（液體）點點
地，滴滴地往下落

点々と滴る／滴滴答答地滴落下來。

□ 転々　　　　てんてん

[副・自サ] 轉來轉去，輾轉，不斷移動；
滾轉貌，嘰哩咕嚕

各地を転々とする／輾轉各地。

□ 伝統　　　　でんとう

[名] 傳統

伝統を守る／遵守傳統。

02
-
11

□ 天然　　　　　てんねん

[名] 天然，自然
天然の材料／天然的材料

□ 天皇　　　　　てんのう

[名] 日本天皇
天皇陛下／天皇陛下

□ 電波　　　　　でんぱ

[名]（理）電波
電波を出す／發出電波。

□ テンポ　　　　テンポ

[名]【tempo】（樂曲的）速度，拍
子；（局勢、對話或動作的）速度
テンポが落ちる／節奏變慢。

□ 展望台　　　　てんぼうだい

[名] 瞭望台
展望台からの眺め／從瞭望台看到的
風景

□ 電流　　　　　でんりゅう

[名]（理）電流
電流が通じる／通電。

□ 電力　　　　　でんりょく

[名] 電力
電力を供給する／供電。

□ 都　　　　　　と

[名・漢造] 首都；「都道府縣」之一的行
政單位，都市；東京都
東京都水道局／東京都水利局

□ 問い　　　　　とい

[名] 問，詢問，提問；問題
問いに答える／回答問題。

□ 問い合わせ　　といあわせ

[名] 詢問，打聽，查詢
問い合わせが殺到する／詢問人潮不
斷湧來。

□ トイレットペーパー
　　　　トイレットペーパー

[名]【toilet paper】衛生紙
トイレットペーパーがない／沒有衛
生紙。

□ 党　　　　　　とう

[名・漢造] 鄉里；黨羽，同夥；黨，政黨
党の決定に従う／服從黨的決定。

□ 塔　　　　　　とう

[名・漢造] 塔
宝塔に登る／登上寶塔。

□ 島　　　　　　とう

[漢造] 島嶼
離島／離島

□ 銅　　　　　　　　どう

[名] 銅

銅を含む／含銅。

□ 答案　　　　　とうあん

[名] 試卷，卷子

答案を出す／交卷。

□ どう致しまして

どういたしまして

[寒暄] 不客氣，不敢當

「ありがとう。」「どういたしまして。」／「謝謝。」「不客氣。」

□ 統一　　　　　とういつ

[名・他サ] 統一，一致，一律

意見を統一する／統一意見。

□ 同一　　　　　どういつ

[名・形動] 同樣，相同；相等，同等

同一歩調を取る／採取同一步調。

□ どうか　　　　　どうか

[副] （請求他人時）請；設法，想辦法

どうか見逃してください／請原諒我。

□ 同格　　　　　どうかく

[名] 同級，同等資格，等級相同；同級的（品牌）；（語法）同格語

課長職と同格に扱う／以課長同等地位看待。

□ 峠　　　　　　　とうげ

[名・日造漢字] 山頂，山巔；頂部，危險期，關頭

峠に着く／到達山頂。

□ 統計　　　　　とうけい

[名・他サ] 統計

統計を出す／做出統計數字。

□ 動作　　　　　　どうさ

[名・自サ] 動作

動作が速い／動作迅速。

□ 東西　　　　　とうざい

[名] （方向）東和西；（國家）東方和西方；方向；事理，道理

東西に分ける／分為東西。

□ 当時　　　　　　とうじ

[名・副] 現在，目前；當時，那時

当時を思い出す／憶起當時。

□ 動詞　　　　　　どうし

[名] 動詞

動詞の活用／動詞的活用。

□ 同時　　　　　　どうじ

[名・副・接] 同時，時間相同；同時代；同時，立刻；也，又，並且

同時に出発する／同時出發。

362

□ **当日**　　とうじつ

[名・副] 當天，當日，那一天

大会の当日／大會當天

□ **投書**　　とうしょ

[名・他サ・自サ] 投書，信訪，匿名投書；
（向報紙、雜誌）投稿

役所に投書する／向政府機關投書。

□ **登場**　　とうじょう

[名・自サ]（劇）出場，登台，上場演
出；（新的作品、人物、產品）登
場，出現

新製品が登場する／新商品登場。

□ **どうせ**　　どうせ

[副]（表示沒有選擇餘地）反正，總歸
就是，無論如何

どうせ勝つんだ／反正怎樣都會贏。

□ **灯台**　　とうだい

[名] 燈塔

灯台守／燈塔守衛

□ **到着**　　とうちゃく

[名・自サ] 到達，抵達

目的地に到着する／到達目的地。

□ **道徳**　　どうとく

[名] 道德

道徳に反する／違反道德。

□ **盗難**　　とうなん

[名] 失竊，被盜

盗難に遭う／遭竊。

□ **当番**　　とうばん

[名・自サ] 值班（的人）

当番が回ってくる／輪到值班。

□ **投票**　　とうひょう

[名・自サ] 投票

投票に行く／去投票。

□ **豆腐**　　とうふ

[名] 豆腐

豆腐は安い／豆腐很便宜。

□ **等分**　　とうぶん

[名・他サ] 等分，均分；相等的份量

3等分する／分成三等分。

□ **透明**　　とうめい

[名・形動] 透明；純潔，單純

透明なガラス／透明的玻璃

□ **どうも**　　どうも

[副]（後接否定詞）怎麼也；總覺得，
似乎；實在是，真是

どうも調子がおかしい／總覺得怪怪的。

□ **灯油**　　とうゆ

[名] 燈油；煤油

灯油販売車／賣燈油的車

□ 同様　　　　　どうよう

[形動] 同樣的，一樣的
同様の値段／同樣的價錢

□ 童謡　　　　　どうよう

[名] 童謠；兒童詩歌
童謡を作曲する／創作童謠歌曲。

□ 同僚　　　　　どうりょう

[名] 同事，同僚
昔の同僚／以前的同事。

□ 童話　　　　　どうわ

[名] 童話
童話に引かれる／被童話吸引住。

□ 通り　　　　　とおり

[接尾] 種類；套，組
方法は二通りある／辦法有兩種。

□ 通りかかる　とおりかかる

[自五] 碰巧路過
通りかかった船に救助された／被經
過的船隻救了。

□ 通り過ぎる　とおりすぎる

[自上一] 走過，越過
うっかりして駅を通り過ぎてしまっ
た／一不小心車站就走過頭了。

□ 都会　　　　　とかい

[名] 都會，城市，都市
彼は都会育ちだ／他在城市長大的。

□ 尖る　　　　　とがる

[自五] 尖；發怒；神經過敏，神經緊張
神経が尖る／神經緊張。

□ 時　　　　　　とき

[名] 時間；（某個）時候；時期，時
節，季節；情況，時候；時機，機會
その時がやって来る／時候已到。

□ 退く　　　　　どく

[自五] 讓開，離開，躲開
早く退いてくれ／快點讓開。

□ 毒　　　　　　どく

[名・自サ・漢造] 毒，毒藥；毒害，有害；
惡毒，毒辣
毒にあたる／中毒。

□ 特殊　　　　　とくしゅ

[名・形動] 特殊，特別
特殊なケース／特殊的案子。

□ 特色　　　　　とくしょく

[名] 特色，特徵，特點，特長
特色を生かす／發揮特長。

□ 独身　　　　　どくしん

[名] 單身
独身で暮らしている／獨自一人過生活。

□ **特長**　とくちょう

[名] 專長
特長を生かす／活用專長。

□ **特定**　とくてい

[名・他サ] 特定；明確指定，特別指定
特定の店／特定的店家。

□ **独特**　どくとく

[名・形動] 獨特
独特なやり方／獨特的做法。

□ **特売**　とくばい

[名・他サ] 特賣，賤價出售；（公家機關不經標投）賣給特定的人
夏物を**特売**する／特價賣出夏季商品。

□ **独立**　どくりつ

[名・自サ] 孤立，單獨存在；自立，獨立，不受他人援助
親から**独立**する／脫離父母獨立。

□ **溶け込む**　とけこむ

[自五]（理、化）融化，溶解，熔化；融合，融
チームに**溶け込む**／融入團隊。

□ **退ける**　どける

[他下一] 移開
石を**退ける**／移開石頭。

□ **どこか**　どこか

[連語] 某處，某個地方
どこか遠くへ行きたい／想要去某個遙遠的地方。

□ **床の間**　とこのま

[名] 壁龕
床の間に飾る／裝飾壁龕。

□ **ところ**　ところ

[接尾]（前接動詞連用形）值得…的地方，應該…的地方；…的地方
彼の話はつかみ**どころ**がない／他的話沒辦法抓到重點。

□ **ところが**　ところが

[接・接助] 然而，可是，不過，一…，剛要
ところがそううまくはいかない／可是，沒那麼好的事。

□ **ところで**　ところで

[接・接助]（用於轉變話題）可是，不過；即使，縱使，無論
ところであの話はどうなりましたか／不過，那件事結果怎麼樣？

□ **登山**　とざん

[名・自サ] 登山；到山上寺廟修行
家族を連れて**登山**する／帶著家族一同爬山。

□ 年下　　　　としした

[名] 年幼，年紀小

年下なのに生意気だ／明明年紀小還那麼囂張。

□ 年月　　　　としつき

[名] 年和月，歲月，光陰；長期，長年累月；多年來

年月が流れる／歲月流逝。

□ 土砂崩れ　　どしゃくずれ

[名] 土石流

土砂崩れで通行止めだ／因土石流而禁止通行。

□ 図書室　　　としょしつ

[名] 閱覽室

図書室で宿題をする／在閱覽室做功課。

□ 都心　　　　としん

[名] 市中心

都心から５キロ離れている／離市中心五公里。

□ 戸棚　　　　とだな

[名] 壁櫥，櫃櫥

戸棚から取り出す／從櫃櫥中拿出。

□ 途端　　　　ととたん

[名・他サ・自サ] 正當…的時候；剛…的時候，一…就…

買った途端に後悔した／才剛買下就後悔了。

□ 土地　　　　とち

[名] 土地，耕地；土壤，土質；某地區，當地；地面；地區

土地が肥える／土地肥沃。

□ とっくに　　とっくに

[連語] 早就，好久以前

とっくに帰った／早就回去了。

□ どっと　　　どっと

[副] （許多人）一齊（突然發聲），哄堂；（人、物）湧來，雲集；（突然）病重，病倒

人がどっと押し寄せる／人群湧至。

□ 突風　　　　とっぷう

[名] 突然颳起的暴風

突風に帽子を飛ばされる／帽子被突然颳起的風給吹走了。

□ 整う　　　　ととのう

[自五] 齊備，完整；整齊端正，協調；（協議等）達成，談妥

条件が整う／條件齊備。

366

□ 留まる　　　　とどまる

[自五] 停留，停頓；留下，停留；止
於，限於
現職に留まる／留職。

□ 怒鳴る　　　　どなる

[自五] 大聲喊叫，大聲申訴
上司に怒鳴られた／被上司罵。

□ とにかく　　　とにかく

[副] 總之，無論如何，反正
とにかく待ってみよう／總之先等看
看。

□ 飛び込む　　　とびこむ

[自五] 跳進；飛入；突然闖入；（主
動）投入，加入
川に飛び込む／跳進河裡。

□ 飛び出す　　　とびだす

[自五] 飛出，飛起來，起飛；跑出；
（猛然）跳出；突然出現
子供がとび出す／小孩突然跑出來。

□ 飛び跳ねる　　とびはねる

[自下一] 跳躍
飛び跳ねて喜ぶ／欣喜而跳躍。

□ 泊める　　　　とめる

[他下一]（讓…）住，過夜；（讓旅
客）投宿；（讓船隻）停泊
観光客を泊める／讓觀光客投宿。

□ 友　　　　　　とも

[名] 友人，朋友；良師益友
友となる／成為朋友。

□ ともかく　　　ともかく

[副・接] 暫且不論，姑且不談；總之，
反正；不管怎樣
ともかく先を急ごう／總之，趕快先
走吧！

□ 共に　　　　　ともに

[副] 共同，一起，都；隨著，隨同；
全，都，均
一生を共にする／終生在一起。

□ 虎　　　　　　とら

[名] 老虎
虎の尾を踏む／若蹈虎尾。

□ 捕らえる　　　とらえる

[他下一] 捕捉，逮捕；緊緊抓住；捕
捉，掌握；令陷入…狀態
犯人を捕らえる／抓住犯人。

□ トラック　　　トラック

[名]【track】（操場、運動場、賽馬
場的）跑道
トラックを一周する／繞跑道一圈。

□ 取り上げる　　とりあげる

[他下一] 拿起，舉起；採納，受理；奪取，
剝奪；沒收（財產），徵收（稅金）
受話器を取り上げる／拿起話筒。

□ 取り入れる　　とりいれる

［他下一］收穫，收割；收進，拿入；採
用，引進，採納
提案を取り入れる／採用提案。

□ 取り消す　　　とりけす

［他五］取消，撤銷，作廢
発言を取り消す／撤銷發言。

□ 取り壊す　　とりこわす

［他五］拆除
古い家を取り壊す／拆除舊屋。

□ 取り出す　　　とりだす

［他五］（用手從裡面）取出，拿出；（從
許多東西中）挑出，抽出
かばんからノートを取り出す／從包
包裡拿出筆記本。

□ 捕る　　　　　　とる

［他五］抓，捕捉，逮捕
鼠を捕る／捉老鼠。

□ 採る　　　　　　とる

［他五］採取，採用，錄取；採集；採光
新卒者を採る／錄取畢業生。

02-13 □ ドレス　　　　ドレス

［名］【dress】女西服，洋裝，女禮服
ドレスを脱ぐ／脱下洋裝。

□ 取れる　　　　とれる

［自下一］（附著物）脱落，掉下；需要，
花費（時間等）；去掉，刪除；協
調，均衡
疲れが取れる／去除疲勞。

□ 泥　　　　　　　どろ

［名・造語］泥土；小偷
泥がつく／沾上泥土。

□ とんでもない

　　　　　とんでもない

［感］出乎意料，不合情理；豈有此理，
不可想像；（用在堅決的反駁或表示
客套）哪裡的話
とんでもない要求／無理的要求

□ トンネル　　　トンネル

［名］【tunnel】隧道
トンネルを掘る／挖隧道。

□ 名　　　　　　　な

［名］名字，姓名；名稱；名分；名
譽，名聲；名義，藉口
名を売る／提高聲望。

□ 内科　　　　　ないか

［名］（醫）内科
内科医になる／成為内科醫生。

□ 内線　　　　ないせん

［名］内線；（電話）内線分機
内線番号／内線分機號碼

□ 尚／猶　　なお

[副・接] 仍然，還，尚；更，還，再；
猶如，如；尚且，而且，再者
なお議論の余地がある／還有議論的
餘地。

□ 永い　　ながい

[形]（時間）長，長久
永い眠りにつく／長眠。

□ 長袖　　ながそで

[名] 長袖
長袖の服を着る／穿長袖衣物。

□ 仲直り　　なかなおり

[名・自サ] 和好，言歸於好
弟と仲直りする／與弟弟和好。

□ 半ば　　なかば

[名・副] 一半，半數；中間，中央；半
途；（大約）一半，一半（左右）
半ばの月／半圓形的月亮；月半之月，仲
秋之月。

□ 長引く　　ながびく

[自五] 拖長，延長
病気が長引く／疾病久久不癒。

□ 仲間　　なかま

[名] 伙伴，同事，朋友；同類
仲間に入る／加入夥伴。

□ 眺め　　ながめ

[名] 眺望，瞭望；（眺望的）視野，
景致，景色
眺めが良い／視野好。

□ 眺める　　ながめる

[他下一] 眺望；凝視，注意看；（商）
觀望
星を眺める／眺望星星。

□ 仲良し　　なかよし

[名] 好朋友；友好，相好
仲良しになる／成為好友。

□ 流れ　　ながれ

[名] 水流，流動；河流，流水；潮流，
趨勢；血統；派系，（藝術的）風格
流れを下る／順流而下。

□ 慰める　　なぐさめる

[他下一] 安慰，慰問；使舒暢，慰勞，
撫慰
心を慰める／安撫情緒。

□ 無し　　なし

[名] 無，沒有
何も言うことなし／無話可說。

□ 為す　　なす

[他五]（文）做，為
善を為す／為善。

369

□ 謎　　　　　　　　なぞ

[名] 謎語；暗示，口風；神秘，詭

異，莫名其妙

謎を解く／解謎。

□ 謎々　　　　　　なぞなぞ

[名] 謎語

謎々遊びをする／玩猜謎遊戲。

□ なだらか　　　　なだらか

[形動] 平緩，坡度小，平滑；平穩；順

利，流暢

なだらかな坂／平緩的斜坡

□ 懐かしい　　　　なつかしい

[形] 懷念的，思慕的，令人懷念的；

眷戀，親近的

故郷が懐かしい／懷念故鄉。

□ 撫でる　　　　　なでる

[他下一] 摸，撫摸；梳理（頭髮）；撫

慰，安撫

犬の頭を撫でる／撫摸狗的頭。

□ 何しろ　　　　　なにしろ

[副] 不管怎樣，總之，到底；因為，

由於

なにしろ話してごらん／不管怎樣，你

就說說看。

□ 何々　　　　　　なになに

[代・感] 什麼什麼，某某

何々会社の人／某公司的社員

□ 何分　　　　　　なにぶん

[名・副] 多少；無奈…

何分経験不足なのでできない／無奈

經驗不足故辦不到。

□ 何も　　　　　　なにも

[連語・副]（後面常接否定）什麼也…，

全都…；並（不），（不）必

なにも知らない／什麼也不知道。

□ 生意気　　　　　なまいき

[名・形動] 驕傲，狂妄；自大，逞能，臭

美，神氣活現

生意気を言う／說大話。

□ 怠ける　　　　　なまける

[自他下一] 懶惰，怠惰

仕事を怠ける／工作怠惰。

□ 波　　　　　　　なみ

[名] 波浪，波濤；波瀾，風波；聲

波；電波；潮流，浪潮；起伏，波動

波に乗る／趁著浪頭，趁勢。

□ 並木　　　　　　なみき

[名] 街樹，路樹；並排的樹木

並木道／蔭林大道

□ 倣う　　　　　　ならう

[自五] 仿效，學

先例に倣う／仿照前例。

□ 生る　　　　　　なる

[自五]（植物）結果；生，產出

柿が生る／長出柿子。

□ 成る　　　　　　なる

[自五] 成功，完成；組成，構成；
允許，能忍受

氷が水に成る／冰變成水。

□ 馴れる　　　　　なれる

[自下一] 馴熟

この馬は人に馴れている／這匹馬很
親人。

□ 縄　　　　　　　なわ

[名] 繩子，繩索

縄にかかる／（犯人）被捕，落網。

□ 南極　　　　　なんきょく

[名]（地）南極；（理）南極（磁針指
南的一端）

南極海／南極海

□ なんて　　　　　なんて

[副助] 什麼的，…之類的話；說是…；
（輕視）叫什麼…來的；等等，之
類；表示意外，輕視或不以為然

勉強なんて大嫌いだ／我最討厭讀書了。

□ 何で　　　　　　なんで

[副] 為什麼，何故

何で文句ばかりいうんだ／為什麼老
愛發牢騷？

□ 何でも　　　　なんでも

[副] 什麼都，不管什麼；不管怎樣，
無論怎樣；據說是，多半是

何でも出来る／什麼都會。

□ 何とか　　　　なんとか

[副] 設法，想盡辦法；好不容易，勉
強；（不明確的事情、模糊概念）什
麼，某事

何とか間に合った／勉強趕上時間了。

□ 何となく　　　なんとなく

[副]（不知為何）總覺得，不由得；無
意中

何となく心が引かれる／不由自主地
被吸引。

□ なんとも　　　　なんとも

[副・連] 真的，實在；（下接否定，表
無關緊要）沒關係，沒什麼；（下接
否定）怎麼也不…

結果はなんとも言えない／結果還不
能確定。

□ 何百　　　　　なんびゃく

[名]（數量）上百

蚊が何百匹もいる／有上百隻的蚊子。

□ 南米　　　　　なんべい

[名] 南美洲

南米大陸／南美洲

371

□ 南北　　　　なんぼく

[名]（方向）南與北；南北

南北に縦断する／縱貫南北。

□ 匂う　　　　におう

[自五] 散發香味，有香味；（顏色）鮮
豔美麗；隱約發出，使人感到似乎…

花が匂う／花散發出香味。

□ 逃がす　　　　にがす

[他五] 放掉，放跑；使跑掉，沒抓住；
錯過，丟失

チャンスを逃がす／錯失機會。

□ 憎い　　　　にくい

[形] 可憎，可惡；（說反話）漂亮，
令人佩服

冷酷な犯人が憎い／冷酷的犯人真可
恨。

□ 憎む　　　　にくむ

[他五] 憎恨，厭惡；嫉妒

戦争を憎む／憎恨戰爭。

□ 逃げ切る　　　　にげきる

[自五]（成功地）逃跑

危なかったが、逃げ切った／雖然危
險但脫逃成功。

□ にこにこ　　　　にこにこ

[副・自サ] 笑嘻嘻，笑容滿面

にこにこする／笑嘻嘻。

□ 濁る　　　　にごる

[自五] 混濁，不清晰；（聲音）嘶啞；
（顏色）不鮮明；（心靈）污濁，起
邪念

空気が濁る／空氣混濁。

□ 虹　　　　にじ

[名] 虹，彩虹

七色の虹／七色彩虹

□ 日　　　　にち

[名・漢造] 日本；星期天；日子，天，晝
間；太陽

対日貿易／對日貿易

□ 日時　　　　にちじ

[名]（集會和出發的）日期時間

出発の日時／出發的時日

□ 日常　　　　にちじょう

[名] 日常，平常

日常会話／日常會話

□ 日夜　　　　にちや

[名・副] 日夜；總是，經常不斷地

日夜研究に励む／不分晝夜努力研
究。

□ 日用品　　　　にちようひん

[名] 日用品

日用品を揃える／備齊了日用品。

□ **日課**　　　　　　　　にっか

[名]（規定好）每天要做的事情，每天
習慣的活動；日課
日課を書きつける／寫上每天要做的
事情。

□ **日光**　　　　　　　　にっこう

[名] 日光，陽光；日光市
洗濯物を日光で乾かす／陽光把衣服
曬乾。

□ **にっこり**　　　　　　にっこり

[副・自サ] 微笑貌，莞爾，嫣然一笑，微
微一笑
にっこりと笑う／莞爾一笑。

□ **日中**　　　　　　　　にっちゅう

[名] 白天，晝間（指上午十點到下午
三、四點間）；日本與中國
日中の一番暑い時に／白天最熱之時

□ **日程**　　　　　　　　にってい

[名]（旅行、會議的）日程；每天的計
畫（安排）
日程を変える／改變日程。

□ **鈍い**　　　　　　　　にぶい

[形]（刀劍等）鈍，不鋒利；（理解、
反應）慢，遲鈍，動作緩慢；（光）
朦朧，（聲音）渾濁
動作が鈍い／動作遲鈍。

□ **日本**　　　　　　　　にほん

[名] 日本
日本語で話す／用日語交談。

□ **入社**　　　　　　　　にゅうしゃ

[名・自サ] 進公司工作，入社
企業に入社する／進企業上班。

□ **入場**　　　　　　　　にゅうじょう

[名・自サ] 入場
関係者以外の入場を禁ず／相關人員
以外，請勿入場。

□ **入場券**　　　　　にゅうじょうけん

[名] 門票，入場券
入場券売場／門票販售處

□ **女房**　　　　　　　　にょうぼう

[名]（自己的）太太，老婆
世話女房／對丈夫照顧周到的妻子

□ **睨む**　　　　　　　　にらむ

[他五] 瞪著眼看，怒目而視；盯著，注
視，仔細觀察；估計，揣測，意料；
盯上
情勢を睨む／觀察情勢。

□ **にわか**　　　　　　　にわか

[名・形動] 突然，驟然；立刻，馬上；一
陣子，臨時，暫時
天候がにわかに変化する／天候忽然
起變化。

□ 鶏　　　　　　　にわとり

[名] 雞

鶏を飼う／養雞。

□ 人間　　　　　にんげん

[名] 人，人類；人品，為人；（文）人間，社會，世上

人間味に欠ける／缺乏人情味。

□ 布　　　　　　　　ぬの

[名] 布匹；棉布；麻布

布を織る／織布。

□ 根　　　　　　　　　ね

[名]（植物的）根；根底；根源，根據；天性，根本

根がつく／生根。

□ 値　　　　　　　　　ね

[名] 錢，價格，價值

値をつける／訂價。

□ 願い　　　　　　ねがい

[名] 願望，心願；請求，請願；申請書，請願書

願いを聞き入れる／如願所償。

□ 願う　　　　　　ねがう

[他五] 請求，請願，懇求；願望，希望；祈禱，許願

復興を願う／祈禱能復興。

□ ねじ　　　　　　　ねじ

[名] 螺絲，螺釘

ねじが緩む／螺絲鬆動；精神鬆懈。

□ 捩る／捻る　　　ねじる

[他五] 扭，扭傷，扭轉；不斷翻來覆去的責備

腕を捩る／扭傷手腕。

□ ねずみ　　　　　ねずみ

[名] 老鼠

ねずみが出る／有老鼠。

□ 熱する　　　　ねっする

[他サ・自サ] 加熱，變熱，發熱；熱中於，興奮，激動

火で熱する／用火加熱。

□ 熱帯　　　　　　ねったい

[名]（地）熱帶

熱帯気候／熱帶氣候

□ 寝間着　　　　　ねまき

[名] 睡衣

寝間着に着替える／換穿睡衣。

□ 狙う　　　　　　ねらう

[他五] 看準，把…當做目標；把…弄到手；伺機而動

優勝を狙う／想取得優勝。

374

□ 年賀状　　ねんがじょう

[名] 賀年卡
年賀状を書く／寫賀年卡。

□ 年間　　ねんかん

[名・漢造] 一年間；（年號使用）期間，年間
年間所得／年收入

□ 年月　　ねんげつ

[名] 年月，光陰，時間
長い年月がたつ／經年累月。

□ 年中　　ねんじゅう

[名・副] 全年，整年；一年到頭，總是，始終
年中無休／全年無休

□ 年代　　ねんだい

[名] 年代；年齡層；時代
1990年代／1990年代（90年代）

□ 年度　　ねんど

[名]（工作或學業）年度
年度が変わる／換年度。

□ 年齢　　ねんれい

[名] 年齡，歲數
年齢が高い／年紀大。

□ 野　　の

[名・漢造] 原野；田地，田野；野生的
野の花／野花

□ 能　　のう

[名・漢造] 能力，才能，本領；功效；（日本古典戲劇）能樂
野球しか能がない／除了棒球以外沒別的本事。

□ 農産物　　のうさんぶつ

[名] 農產品
農産物に富む地方／農產品豐富地區。

□ 農村　　のうそん

[名] 農村，鄉村
農村の生活／農村的生活

□ 農民　　のうみん

[名] 農民
農民人口／農民人口

□ 農薬　　のうやく

[名] 農藥
農薬汚染／農藥汚染

□ 能率　　のうりつ

[名] 效率
能率を高める／提高效率。

□ ノー　　ノー

[名・感・造]【no】表否定；沒有，不；（表示禁止）不必要，禁止
ノースモーキング／禁止吸菸

□ 軒　　　　　　　のき

[名] 屋簷

軒を並べる／房屋鱗次櫛比。

□ 残らず　　　　のこらず

[副] 全部，通通，一個不剩

残らず食べる／一個不剩全部吃完。

□ 残り　　　　　のこり

[名] 剩餘，殘留

売れ残りの商品／賣剩的商品。

□ 載せる　　　　のせる

[他下一] 刊登；載運；放到高處；和著音樂拍子

雑誌に記事を載せる／在雜誌上刊登報導。

□ 除く　　　　　のぞく

[他五] 消除，刪除，除外，剷除；除了…，…除外；殺死

不安を除く／消除不安。

□ 覗く　　　　　のぞく

[自五・他五] 露出（物體的一部份）；窺視，探視；往下看；晃一眼；窺探他人秘密

隙間から覗く／從縫隙窺看。

□ 望み　　　　　のぞみ

[名] 希望，願望，期望；抱負，志向；眾望

望みが叶う／實現願望。

□ 後程　　　　　のちほど

[副] 過一會兒

後程またご相談しましょう／回頭再來和你談談。

□ 野原　　　　　のはら

[名] 原野

野原で遊ぶ／在原野玩耍。

□ 延び延び　　　のびのび

[名] 拖延，延緩

運動会が雨で延び延びになる／運動會因雨勢而拖延。

□ 伸び伸び（と）　のびのびと

[副・自サ] 生長茂盛；輕鬆愉快

子供が伸び伸びと育つ／讓小孩在自由開放的環境下成長。

□ 述べる　　　　のべる

[他下一] 敘述，陳述，說明，談論

意見を述べる／陳述意見。

□ 飲み会　　　　のみかい

[名] 喝酒的聚會

飲み会に誘われる／被邀去參加聚會。

□ 糊　　　　　　のり

[名] 膠水，漿糊

糊をつける／塗上膠水。

□ 載る　　　　　　　　のる
[他五] 登上，放上；乘，坐，騎；參
與；上當，受騙；刊載，刊登
新聞に載る／登在報上，上報。

□ 鈍い　　　　　　　　のろい
[形]（行動）緩慢的，慢吞吞的；
（頭）遲鈍的，笨的；對女人軟弱，
唯命是從的人
足が鈍い／走路慢。

□ のろのろ　　　　　のろのろ
[副・自サ] 遲緩，慢吞吞地
のろのろ（と）歩く／慢吞吞地走。

□ 呑気　　　　　　　　のんき
[名・形動] 悠閒，無憂無慮；不拘小節，不
慌不忙；蠻不在乎，漫不經心
呑気に暮らす／悠閒度日。

□ 場　　　　　　　　　　ば
[名] 場所，地方；座位；（戲劇）場
次；場合
その場で断った／當場推絕了。

□ はあ　　　　　　　　はあ
[感]（應答聲）是，唉；（驚訝聲）嘿
はあ、かしこまりました／是，我知
道了。

□ 梅雨　　　　　　　　ばいう
[名] 梅雨
梅雨前線／梅雨前線

□ バイキング　　バイキング
[名]【Viking】（史）自助式吃到飽
朝食のバイキング／自助式吃到飽的
早餐

□ 俳句　　　　　　　　はいく
[名] 俳句
俳句を読む／吟詠俳句。

□ 配達　　　　　　　はいたつ
[名・他サ] 送，投遞
新聞を配達する／送報紙。

□ 売買　　　　　　　ばいばい
[名・他サ] 買賣，交易
土地を売買する／土地買賣。

□ パイプ　　　　　　　パイプ
[名]【pipe】管，導管；煙斗；煙嘴；
管樂器
パイプが詰まる／管子堵塞。

□ 這う　　　　　　　　はう
[自五] 爬，爬行；（植物）攀纏，緊
貼；（趴）下
蛇が這う／蛇在爬行。

□ 墓　　　　　　　　　はか
[名] 墓地，墳墓
墓まいりする／上墳祭拜。

377

□ 馬鹿 　　　　　ばか

[名・形動] 愚蠢，糊塗

馬鹿にする／輕視，瞧不起。

□ 剥がす 　　　　はがす

[他五] 剝下

ポスターをはがす／拿下海報。

□ 博士 　　　　　はかせ

[名] 博士；博學之人

物知り博士／知識淵博的人

□ 馬鹿らしい 　　ばからしい

[形] 愚蠢的，無聊的；划不來，不值得

馬鹿らしくて話にならない／荒唐得
不成體統。

□ 計り 　　　　　はかり

[名] 秤，量，計量；份量；限度。

計りをごまかす／偷斤減兩。

□ 秤 　　　　　　はかり

[名] 秤，天平

秤で量る／秤重。

□ 計る 　　　　　はかる

[他五] 計，秤，測量；計量；推測，揣
測；徵詢，諮詢。

心拍数をはかる／計算心跳次數。

□ 吐き気 　　　　はきけ

[名] 噁心，作嘔

吐き気がする／令人作嘔，想要嘔吐。

□ はきはき 　　　はきはき

[副・自サ] 活潑伶俐的樣子；乾脆，爽
快；（動作）俐落

はきはきと答える／乾脆地回答。

□ 吐く 　　　　　はく

[他五] 吐，吐出；說出，吐露出；冒
出，噴出

息を吐く／呼氣，吐氣。

□ 掃く 　　　　　はく

[他五] 掃，打掃；（拿刷子）輕塗

道路を掃く／清掃道路。

□ 莫大 　　　　　ばくだい

[名・形動] 莫大，無尚，龐大

莫大な損失／莫大的損失

□ 爆発 　　　　　ばくはつ

[名・自サ] 爆炸，爆發

火薬が爆発する／火藥爆炸。

□ 歯車 　　　　　はぐるま

[名] 齒輪

歯車がかみ合う／齒輪咬合；協調。

□ バケツ 　　　　バケツ

[名]【bucket】木桶

バケツに水を入れる／把水裝入木桶
裡。

378

□ 挟まる　　　　　　　はさまる

[自五] 夾，（物體）夾在中間；夾在
（對立雙方中間）

歯に挟まる／卡牙縫，塞牙縫。

□ 挟む　　　　　　　　はさむ

[他五] 夾，夾住；隔；夾進，夾入；插

本にしおりを挟む／把書籤夾在書裡。

□ 破産　　　　　　　　はさん

[名・自サ] 破產

破産を宣告する／宣告破產。

□ はしご　　　　　　　はしご

[形] 梯子；挨家挨戶

はしごを上る／爬梯子。

□ 初めまして　　はじめまして

[寒暄] 初次見面

初めまして、山田太郎と申します／
初次見面，我叫山田太郎。

□ 柱　　　　　　　　　はしら

[名・接尾]（建）柱子；支柱；（轉）靠山

柱が倒れる／柱子倒下。

□ 斜　　　　　　　　　　はす

[名]（方向）斜的，歪斜

道を斜に横切る／斜行走過馬路。

□ パス　　　　　　　　　パス

[名・自サ]【pass】免票，免費；定期
票，月票；合格，通過

試験にパスする／通過測驗。

□ 肌　　　　　　　　　　はだ

[名] 肌膚，皮膚；物體表面；氣質，
風度；木紋

肌が白い／皮膚很白。

□ パターン　　　　　パターン

[名]【pattern】形式，樣式，模型；
紙樣；圖案，花樣

行動のパターン／行動模式。

□ 裸　　　　　　　　　はだか

[名] 裸體；沒有外皮的東西；精光，身無
分文；不存先入之見，不裝飾門面

裸になる／裸體。

□ 肌着　　　　　　　　はだぎ

[名]（貼身）襯衣，汗衫

婦人の肌着／女性的汗衫

□ 畑　　　　　　　　　はたけ

[名] 田地，旱田；專業的領域

畑で働いている／在田地工作。

□ 果たして　　　　　はたして

[副] 果然，果真。

果たして成功するのだろうか／到底
真的能夠成功嗎？

□ 鉢　　　　　　はち

[名] 鉢盆；大碗；花盆；頭蓋骨

バラを鉢に植える／玫瑰花種在花盆裡。

□ 鉢植え　　　　はちうえ

[名] 盆栽

鉢植えの手入れをする／照顧盆栽。

□ 発　　　　　　はつ

[名・接尾]（交通工具等）開出，出發；（信、電報等）發出；（助數詞用法）（計算子彈數量）發，顆

六時発の列車／六點發車的列車

□ ばつ　　　　　ばつ

[名]（表否定的）叉號

ばつを付ける／打叉。

02
-
16

□ 罰　　　　　　ばつ

[名・漢造] 懲罰，處罰

罰を受ける／遭受報應。

□ 発育　　　　　はついく

[名・自サ] 發育，成長

発育を妨げる／阻擾發育。

□ 発揮　　　　　はっき

[名・他サ] 發揮，施展

才能を発揮する／發揮才能。

□ バック　　　　バック

[名・自サ]【back】後面，背後；背景；後退，倒車；金錢的後備，援助；靠山

綺麗な景色をバックにする／以美麗的風景為背景。

□ 発行　　　　　はっこう

[名・自サ]（圖書、報紙、紙幣等）發行；發放，發售

雑誌を発行する／發行雜誌。

□ 発車　　　　　はっしゃ

[名・自サ] 發車，開車

発車が遅れる／逾時發車。

□ 発射　　　　　はっしゃ

[名・他サ] 發射（火箭、子彈等）

ロケットを発射する／發射火箭。

□ 罰する　　　　ばっする

[他サ] 處罰，處分，責罰；（法）定罪，判罪

違反者を罰する／處分違反者。

□ 発想　　　　　はっそう

[名・自他サ] 構想，主意；表達，表現；（音樂）表現

アメリカ人的な発想だね／很有美國人的思維邏輯嘛。

□ **ばったり**　　　ばったり

[副] 物體突然倒下（跌落）貌；突然

相遇貌；突然終止貌

ばったり（と）会う／突然遇到。

□ **ぱっちり**　　　ぱっちり

[副・自サ] 眼大而水汪汪；睜大眼睛

目がぱっちりとしている／眼兒水汪汪。

□ **発展**　　　はってん

[名・自サ] 擴展，發展；活躍，活動

発展が目覚ましい／發展顯著。

□ **発電**　　　はつでん

[名・他サ] 發電

川を発電に利用する／利用河川發電。

□ **発売**　　　はつばい

[名・他サ] 賣，出售

好評発売中／暢銷中

□ **発表**　　　はっぴょう

[名・他サ] 發表，宣布，聲明；揭曉

発表を行う／進行發表。

□ **話し合う**　　　はなしあう

[自五] 對話，談話；商量，協商，談判

楽しく話し合う／相談甚歡。

□ **話しかける**　　　はなしかける

[自下一]（主動）跟人說話，攀談；開

始談，開始說

子どもに話しかける／跟小孩說話。

□ **話し中**　　　はなしちゅう

[名] 通話中

お話し中失礼ですが…／不好意思打

擾您了…。

□ **甚だしい**　　　はなはだしい

[形]（不好的狀態）非常，很，甚

甚だしい誤解／很大的誤會

□ **華々しい**　　　はなばなしい

[形] 華麗，豪華；輝煌；壯烈

華々しい結婚式／豪華的婚禮。

□ **花火**　　　はなび

[名] 煙火。

花火を打ち上げる／放煙火。

□ **華やか**　　　はなやか

[形動] 華麗；輝煌；活躍；引人注目

華やかな服装／華麗的服裝

□ **花嫁**　　　はなよめ

[名] 新娘

花嫁の姿／新娘的打扮。

□ **羽**　　　はね

[名] 羽毛；（鳥與昆蟲等的）翅膀；

（機器等）翼，葉片；箭翎

羽を伸ばす／無所顧慮，無拘無束。

□ ばね　　　　　　　ばね

[名] 彈簧，發條；（腰、腿的）彈

力，彈跳力

ばねがきく／有彈性。

□ 跳ねる　　　　　　はねる

[自下一] 跳，蹦起；飛濺；散開，散

場；爆，裂開

馬がはねる／馬騰躍。

□ 母親　　　　　　　ははおや

[名] 母親

母親のいない子／無母之子

□ 省く　　　　　　　はぶく

[他五] 省，省略，精簡，簡化；節省

経費を省く／節省經費。

□ 破片　　　　　　　はへん

[名] 破片，碎片

ガラスの破片／玻璃碎片。

□ ハム　　　　　　　ハム

[名]【ham】火腿

ハムサンドをください／請給我火腿

三明治。

□ 嵌める　　　　　　はめる

[他下一] 嵌上，鑲上；使陷入，欺騙；

擲入，使沈入

指輪にダイヤをはめる／在戒指上鑲

入鑽石。

□ 早起き　　　　　　はやおき

[名] 早起

早起きは苦手だ／不擅長早起。

□ 早口　　　　　　　はやくち

[名] 說話快

早口でしゃべる／說話速度快。

□ 原　　　　　　　　はら

[名] 平原，平地；荒原，荒地

野原の花／野地的小花

□ 払い込む　　　　　はらいこむ

[他五] 繳納

税金を払い込む／繳納稅金。

□ 払い戻す　　　　　はらいもどす

[他五] 退還（多餘的錢），退費；（銀

行）付還（存戶存款）

税金を払い戻す／退稅。

□ 針　　　　　　　　はり

[名] 縫衣針；針狀物；（動植物的）針，刺

針に糸を通す／把線穿過針頭。

□ 針金　　　　　　　はりがね

[名] 金屬絲，（鉛、銅、鋼）線；電線

針金細工／金屬絲工藝品

□ 張り切る　　　　　はりきる

[自五] 拉緊，緊張，幹勁十足，精神百倍

張り切って働く／幹勁十足地工作。

□ 晴れ　　　　　は れ

[名] 晴天；隆重；消除嫌疑
さわやかな晴れの日／舒爽的晴天。

□ 反　　　　　　はん

[名·漢造] 反，反對；（哲）反對命題；
犯規；反覆
靴を反対に履く／鞋子穿反了。

□ 反映　　　　　はんえい

[名·自サ·他サ]（光）反射；反映
湖面に反映する／反射在湖面。

□ パンク　　　　パンク

[名·自サ]【puncture】爆胎；脹破，爆
破
タイヤがパンクする／爆胎。

□ 半径　　　　　はんけい

[名] 半徑
半径5センチの円／半徑五公分的圓

□ はんこ　　　　は んこ

[名] 印章，印鑑
はんこを押す／蓋章。

□ 反抗　　　　　はんこう

[名·自サ] 反抗，違抗，反擊
命令に反抗する／違抗命令。

□ 犯罪　　　　　はんざい

[名] 犯罪
犯罪を犯す／犯罪。

□ 万歳　　　　　ばんざい

[名·感] 萬歲；（表示高興）太好了，
好極了
万歳を三唱する／三呼萬歲。

□ ハンサム　　　ハンサム

[名·形動]【handsome】帥，英俊，美
男子
ハンサムな少年／英俊的少年

□ 判事　　　　　はんじ

[名] 審判員，法官
裁判所の判事／法院的審判員

□ 判断　　　　　はんだん

[名·他サ] 判斷；推斷，推測；占卜
判断がつく／做出判斷。

□ 番地　　　　　ばんち

[名] 門牌號；住址
番地を記入する／填寫地址。

□ 半月　　　　　はんつき

[名] 半個月；半月形；上（下）弦月
半月かかる／花上半個月。

□ バンド　　　　バンド

[名]【band】帶狀物；皮帶，腰帶；
樂團
バンドを締める／繫皮帶。

□ 半島　はんとう
<ruby>半島<rt>はんとう</rt></ruby>

[名] 半島
<ruby>伊豆半島<rt>いずはんとう</rt></ruby>／伊豆半島

□ ハンドル　ハンドル

[名]【handle】（門等）把手；（汽車、輪船）方向盤
ハンドルを<ruby>回す<rt>まわ</rt></ruby>／轉動方向盤。

□ 半日　はんにち
<ruby>半日<rt>はんにち</rt></ruby>

[名] 半天
<ruby>半日<rt>はんにち</rt></ruby>で<ruby>終わる<rt>お</rt></ruby>／半天就結束。

□ 販売　はんばい
<ruby>販売<rt>はんばい</rt></ruby>

[名·他サ] 販賣，出售
<ruby>古本<rt>ふるほん</rt></ruby>を<ruby>販売<rt>はんばい</rt></ruby>する／販賣舊書。

□ 反発　はんぱつ
<ruby>反発<rt>はんぱつ</rt></ruby>

[名·他サ·自サ] 回彈，排斥；拒絕，不接受；反攻，反抗
<ruby>反発<rt>はんぱつ</rt></ruby>を<ruby>買う<rt>か</rt></ruby>／遭到反對。

02
-
17

□ ～番目　ばんめ
<ruby>～番目<rt>ばんめ</rt></ruby>

[接尾]（助數詞用法，計算事物順序的單位）第
<ruby>四番目<rt>よんばんめ</rt></ruby>／第四（個）

□ 非　ひ
<ruby>非<rt>ひ</rt></ruby>

[名·漢造] 非，不是
<ruby>非<rt>ひ</rt></ruby>を<ruby>認める<rt>みと</rt></ruby>／認錯。

□ 灯　ひ
<ruby>灯<rt>ひ</rt></ruby>

[名] 燈光，燈火
<ruby>灯<rt>ひ</rt></ruby>をともす／點燈。

□ 日当たり／日当り　ひあたり
<ruby>日当たり<rt>ひあ</rt></ruby>／<ruby>日当り<rt>ひあた</rt></ruby>

[名] 採光，向陽處
<ruby>日当り<rt>ひあ</rt></ruby>がいい／採光佳。

□ 日帰り　ひがえり
<ruby>日帰り<rt>ひがえ</rt></ruby>

[名·自サ] 當天回來
<ruby>日帰り<rt>ひがえ</rt></ruby>の<ruby>旅行<rt>りょこう</rt></ruby>／一日遊

□ 比較　ひかく
<ruby>比較<rt>ひかく</rt></ruby>

[名·他サ] 比，比較
<ruby>比較<rt>ひかく</rt></ruby>にならない／比不上。

□ 比較的　ひかくてき
<ruby>比較的<rt>ひかくてき</rt></ruby>

[副·形動] 比較地
<ruby>比較的<rt>ひかくてき</rt></ruby>やさしい<ruby>問題<rt>もんだい</rt></ruby>／相較來說簡單的問題

□ 日陰　ひかげ
<ruby>日陰<rt>ひかげ</rt></ruby>

[名] 陰涼處，背陽處；埋沒人間；見不得人
<ruby>日陰<rt>ひかげ</rt></ruby>で<ruby>休む<rt>やす</rt></ruby>／在陰涼處休息。

□ ぴかぴか　ぴかぴか

[副·自サ] 雪亮地；閃閃發亮的
ピカピカ<ruby>光る<rt>ひか</rt></ruby>／閃閃發光。

□ 引き返す　　ひきかえす
[自五] 返回，折回
途中で引き返す／半路上折回。

□ 引き出す　　ひきだす
[他五] 抽出，拉出；引誘出，誘騙；
（從銀行）提取，提出
生徒の能力を引き出す／引導出學生
的能力。

□ 引き止める　　ひきとめる
[他下一] 留，挽留；制止，拉住
客を引き止める／挽留客人。

□ 卑怯　　ひきょう
[名・形動] 怯懦，卑怯；卑鄙，無恥
卑怯なやり方／卑鄙的作法

□ 引き分け　　ひきわけ
[名]（比賽）平局，不分勝負
引き分けになる／打成平局。

□ 轢く　　ひく
[他五]（車）壓，軋（人等）
自動車が人を轢いた／汽車壓了人。

□ 悲劇　　ひげき
[名] 悲劇
悲劇が重なる／悲劇接連發生。

□ 飛行　　ひこう
[名・自サ] 飛行，航空
宇宙飛行士／太空人

□ 日差し　　ひざし
[名] 陽光照射，光線
日差しを浴びる／曬太陽。

□ 肘　　ひじ
[名] 肘，手肘
肘を伸ばす／手肘伸直。

□ ピストル　　ピストル
[名]【pistol】手槍
ピストルで撃つ／用手槍打。

□ ビタミン　　ビタミン
[名]【vitamin】（醫）維他命，維生
素
ビタミンCに富む／富含維他命C。

□ ぴたり　　ぴたり
[副] 突然停止；緊貼地，緊緊地；正
好，正合適，正對
計算がぴたりと合う／計算的數字正確。

□ 左側　　ひだりがわ
[名] 左邊，左側
左側に並ぶ／排在左側。

□ 引っ掛かる　　ひっかかる
[自五] 掛起來，掛上，卡住；連累，牽
累；受騙，上當；心裡不痛快
甘い言葉に引っ掛かる／被花言巧語
騙過去。

□ 筆記　　　　　　ひっき

[名・他サ] 筆記；記筆記

講義を筆記する／做講義的筆記。

□ 筆記試験　　ひっきしけん

[名] 筆試

筆記試験を受ける／參加筆試。

□ 引っ繰り返す

　　　　　　ひっくりかえす

[他五] 推倒，弄倒，碰倒；顛倒過來；
推翻，否決

順序を引っ繰り返す／順序弄反了。

□ 引っくり返る

　　　　　　ひっくりかえる

[自五] 翻倒，顛倒，翻過來；逆轉，顛
倒過來

コップが引っくり返る／翻倒杯子。

□ 日付　　　　　　ひづけ

[名]（報紙、新聞上的）日期

日付を入れる／填上日期。

□ 引っ込む　　　ひっこむ

[自五・他五] 引退，隱居；縮進，縮入；拉
入，拉進；拉攏

部屋の隅に引っ込む／退往房間角
落。

□ 必死　　　　　　ひっし

[名・形動] 必死；拼命，殊死

必死に逃げる／拼命逃走。

□ 筆者　　　　　　ひっしゃ

[名] 作者，筆者

本文の筆者／本文的作者

□ 必需品　　　ひつじゅひん

[名] 必需品，日常必須用品

生活必需品／生活必需品

□ 引っ張る　　　ひっぱる

[他五]（用力）拉；拉上，拉緊；強拉走；
引誘；拖長；拖延；拉（電線等）；（棒
球向左面或右面）打球

綱を引っ張る／拉緊繩索。

□ 否定　　　　　　ひてい

[名・他サ] 否定，否認

うわさを否定する／否認謠言。

□ ビデオ　　　　　ビデオ

[名]【video】影像，錄影；錄影機；
錄影帶

ビデオ化する／影像化。

□ 一　　　　　　　ひと

[接頭] 一個；一回；稍微；以前

一勝負／比賽一回

□ 一言　　　ひとこと

[名] 一句話；三言兩語

一言も言わない／一言不發。

□ 一先ず　　　ひとまず

[副]（不管怎樣）暫且，姑且

ひとまず閉店する／暫且停止營業。

□ 人込み／人混み　ひとごみ

[名] 人潮擁擠（的地方），人山人海

人込みを避ける／避開人群。

□ 瞳　　　ひとみ

[名] 瞳孔，眼睛

瞳を輝かせる／目光炯炯。

□ 等しい　　　ひとしい

[形]（性質、數量、狀態、條件等）相等的，一樣的；相似的

AはBに等しい／A等於B。

□ 人目　　　ひとめ

[名] 世人的眼光；旁人看見；一眼望盡，一眼看穿

人目に立つ／顯眼。

□ 一筋　　　ひとすじ

[名] 一條，一根；（常用「一筋に」）一心一意，一個勁兒

一筋の光／一道曙光。

□ 一休み　　　ひとやすみ

[名・自サ] 休息一會兒

そろそろ一休みしよう／休息一下吧！

□ 人使い　　　ひとづかい

[名] 使用人（的方法）

人使いが荒い／胡亂使喚人。

□ 独り言　　　ひとりごと

[名] 自言自語（的話）

独り言を言う／自言自語。

□ 一通り　　　ひととおり

[副] 大概，大略；（下接否定）普通，一般；一套；全部

一通り読む／略讀。

□ 独りでに　　　ひとりでに

[副] 自行地，自動地，自然而然也

窓が独りでに開いた／窗戶自動打開了。

□ 人通り　　　ひとどおり

[名] 人來人往，通行；來往行人

人通りが激しい／來往行人頻繁。

□ 一人一人　　　ひとりひとり

[名] 逐個地，依次地；人人，每個人，各自

一人一人診察する／一一診察。

387

□ 皮肉　　　　　　ひにく

[名・形動] 皮和肉；挖苦，諷刺，冷嘲熱
諷；令人啼笑皆非
皮肉に聞こえる／聽起來帶諷刺味。

□ 日にち　　　　　ひにち

[名] 日子，時日；日期
同窓会の日にちを決める／決定同學
會的日期。

□ 捻る　　　　　　ひねる

[他五]（用手）扭，擰；（俗）打敗，
擊敗；別有風趣
頭を捻る／轉頭；左思右想。

□ 日の入り　　　ひのいり

[名] 日暮時分，日落，黃昏
夏の日の入りは午後6時30分／夏天
的日落時刻是下午6點30分。

□ 日の出　　　　ひので

[名] 日出（時分）
初日の出／元旦的日出

□ 批判　　　　　　ひはん

02
-
18

[名・他サ] 批評，批判，評論
批判を受ける／受到批評。

□ 罅　　　　　　　ひび

[名]（陶器、玻璃等）裂紋，裂痕；
（人和人之間）發生裂痕；（身體、
精神）發生毛病
罅が入る／出現裂痕。

□ 響き　　　　　　ひびき

[名] 聲響，餘音；回音，迴響，震
動；傳播振動；影響，波及
鐘の響き／鐘聲的餘音

□ 響く　　　　　　ひびく

[自五] 響，發出聲音；發出回音，震
響；傳播震動；波及；出名
天下に名が響く／名震天下。

□ 批評　　　　　　ひひょう

[名・他サ] 批評，批論
批評を受け止める／接受批評。

□ 微妙　　　　　　びみょう

[形動] 微妙的
微妙な言い回し／微妙的說法。

□ 紐　　　　　　　ひも

[名]（布、皮革等的）細繩，帶
紐がつく／帶附加條件。

□ 百科事典　ひゃっかじてん

[名] 百科全書
百科事典で調べる／查閱百科全書。

□ 費用　　　　　　ひよう

[名] 費用，開銷
費用を納める／繳納費用。

388

□ 表　　　　　ひょう
[名・漢造] 表，表格；奏章；表面，外表；表現；代表；表率
表で示す／用表格標明。

□ 美容　　　　びよう
[名] 美容
美容整形した／做了整形美容。

□ 病　　　　　びょう
[漢造] 病，患病；毛病，缺點
仮病をつかう／裝病。

□ 美容院　　　びよういん
[名] 美容院，美髮沙龍
美容院に行く／去美容院。

□ 評価　　　　ひょうか
[名・他サ] 定價，估價；評價
評価が上がる／評價提高。

□ 表現　　　　ひょうげん
[名・他サ] 表現，表達，表示
言葉の表現／語言的表現

□ 表紙　　　　ひょうし
[名] 封面，封皮，書皮
表紙を付ける／裝封面。

□ 標識　　　　ひょうしき
[名] 標誌，標記，記號，信號
交通標識／交通標誌

□ 標準　　　　ひょうじゅん
[名] 標準，水準，基準
標準的なサイズ／一般的尺寸

□ 平等　　　　びょうどう
[名・形動] 平等，同等
男女平等／男女平等

□ 評判　　　　ひょうばん
[名]（社會上的）評價，評論；名聲，名譽；受到注目，聞名；傳說，風聞
評判が広がる／風聲傳開。

□ 日除け　　　ひよけ
[名] 遮日；遮陽光的遮棚
日除けに帽子をかぶる／戴上帽子遮陽。

□ 昼過ぎ　　　ひるすぎ
[名] 過午
もう昼過ぎなの／已經過中午了。

□ ビルディング
　　　　　　　ビルディング
[名]【building】建築物
朝日ビルディング／朝日大樓

□ 昼寝　　　　ひるね
[名・自サ] 午睡
昼寝（を）する／睡午覺。

□ 昼前　　　　　ひるまえ

[名] 上午；接近中午時分

昼前なのにもうお腹がすいた／還不到中午肚子已經餓了。

□ 広場　　　　　ひろば

[名] 廣場；場所

広場で行う／於廣場進行。

□ 広々　　　　　ひろびろ

[副・自サ] 寬闊的，遼闊的

広々とした庭／寬敞的院子

□ 火を通す　　ひをとおす

[慣] 加熱；烹煮

さっと火を通す／很快地加熱一下。

□ 品　　　　　　ひん

[名・漢造]（東西的）品味，風度；辨別好壞；品質；種類

品がない／沒有風度。

□ 便　　　　　　びん

[名・漢造] 書信；郵寄，郵遞；（交通設施等）班機，班車；機會，方便

定期便／定期班車（機）

□ 瓶　　　　　　びん

[名] 瓶，瓶子

花瓶に花を挿す／把花插入花瓶。

□ ピン　　　　　ピン

[名]【pin】大頭針，別針；（機）拴，樞

ピンで止める／用大頭針釘住。

□ 瓶詰　　　　びんづめ

[名] 瓶裝；瓶裝罐頭

瓶詰で売る／用瓶裝銷售。

□ 不　　　　　　ふ

[漢造] 不；壞；醜；笨

飲食不可／不可食用

□ 分　　　　　　ぶ

[名・接尾]（優劣的）形勢，（有利的）程度；厚度；十分之一；百分之一

1割3分の手数料／13%的手續費。

□ 部　　　　　　ぶ

[名・漢造] 部分；部門；冊

五つの部に分ける／分成五個部門。

□ 無　　　　　　ぶ

[漢造] 無，沒有，缺乏

無愛想な返事をする／冷淡的回應。

□ 風　　　　　　ふう

[名・漢造] 樣子，態度；風度；習慣；情況；傾向；打扮；風；風教；風景；因風得病；諷刺

和風に染まる／沾染上日本風味。

□ 風景　　　　　ふうけい

[名] 風景，景致；情景，光景，狀況；（美術）風景

風景を楽しむ／觀賞風景。

□ 風船　　　　　ふうせん

[名] 氣球，氫氣球

風船を飛ばす／放氣球。

□ 不運　　　　　ふうん

[名・形動] 運氣不好的，倒楣的，不幸的

不運に見舞われる／遭到不幸，倒楣。

□ 笛　　　　　　ふえ

[名] 橫笛；哨子

笛が鳴る／笛聲響起。

□ 不可　　　　　ふか

[名] 不可，不行；（成績評定等級）不及格

可もなく不可もなし／不好不壞，普普通通。

□ 武器　　　　　ぶき

[名] 武器，兵器；（有利的）手段，武器

武器を捨てる／放下武器。

□ 不規則　　　　ふきそく

[名・形動] 不規則，無規律；不整齊，凌亂

不規則な生活をする／生活不規律。

□ 吹き飛ばす　　ふきとばす

[他五] 吹跑；吹牛；趕走

迷いを吹き飛ばす／拋開迷惘。

□ 付近　　　　　ふきん

[名] 附近，一帶

付近の商店街／附近的店家

□ 吹く　　　　　ふく

[他五・自五] （風）刮，吹；（用嘴）吹；吹（笛等）；吹牛，說大話

ほらを吹く／吹牛。

□ 副　　　　　　ふく

[名・漢造] 副本，抄件；副；附帶

正副両通の書類／正副一式兩份的文件

□ 副詞　　　　　ふくし

[名] 副詞

様態の副詞／樣態副詞

□ 複写　　　　　ふくしゃ

[名・他サ] 複印，複制；抄寫，繕寫

原稿を複写する／抄寫原稿。

□ 複数　　　　　ふくすう

[名] 複數

複数形／複數形

□ 服装　　　　　ふくそう

[名] 服裝，服飾

服装に凝る／講究服裝。

391

□ 膨らます　　　　ふくらます

[他五]（使）弄鼓，吹鼓

胸を膨らます／鼓起胸膛；充滿希望。

□ 膨らむ　　　　　ふくらむ

[自五] 鼓起，膨脹；（因為不開心而）
噘嘴

ポケットが膨んだ／口袋鼓起來。

□ 不潔　　　　　　ふけつ

[名・形動] 不乾淨，骯髒；（思想）不純潔

不潔な心／骯髒的心

□ 老ける　　　　　ふける

[自下一] 上年紀，老

年の割には老けてみえる／顯得比實
際年齡還老。

□ 夫妻　　　　　　ふさい

[名] 夫妻

林氏夫妻／林姓夫婦

□ 塞がる　　　　　ふさがる

[自五] 阻塞；關閉；佔用，佔滿

手が塞がっている／騰不出手來。

□ 塞ぐ　　　　　　ふさぐ

[他五・自五] 塞閉；阻塞，堵；佔用；不
舒服，鬱悶

瓶の口を塞ぐ／塞住瓶口。

□ 巫山戯る　　　　ふざける

[自下一] 開玩笑，戲謔；愚弄人，戲弄
人；（男女）調情，調戲；（小孩）
吵鬧

謝罪しないだと、ふざけるな／說不
謝罪，開什麼玩笑。

□ 無沙汰　　　　　ぶさた

[名・自サ] 久未通信，久違，久疏問候

大変ご無沙汰いたしました／久違了。

□ 節　　　　　　　ふし

[名]（竹、葦的）節；關節，骨節；
（線、繩的）繩結；曲調。

指の節を鳴らす／折手指關節。

□ 武士　　　　　　ぶし

[名] 武士

武士に二言なし／武士言必有信。

□ 無事　　　　　　ぶじ

[名・形動] 平安無事，無變故；健康；最
好，沒毛病；沒有過失

無事を知らせる／報平安。

□ 部首　　　　　　ぶしゅ

[名]（漢字的）部首

部首索引／部首索引

□ 夫人　　　　　　ふじん

[名] 夫人

夫人同伴で出席する／與夫人一同出
席。

□ 婦人　　　　　ふじん
[名] 婦女，女子
婦人警官／女警

□ 襖　　　　　　ふすま
[名] 隔扇，拉門
襖を開ける／拉開隔扇。

□ 不正　　　　　ふせい
[名・形動] 不正當，不正派，非法；壞行
為，壞事
不正を働く／做壞事；犯規；違法。

□ 防ぐ　　　　　ふせぐ
[他五] 防禦，防守，防止；預防，防備
火を防ぐ／防火。

□ 附属／付属　　ふぞく
[名・自サ] 附屬
大学付属小学校／大學附屬小學

□ 双子　　　　　ふたご
[名] 雙胞胎，孿生；雙
双子を生んだ／生了雙胞胎。

□ 普段　　　　　ふだん
[名・副] 平常，平日
普段の状態に戻る／回到平常的狀態。

□ 縁　　　　　　ふち
[名] 邊緣，框，檐，旁側
眼鏡の縁／鏡框

□ 打つ　　　　　ぶつ
[他五]（「うつ」的強調說法）打，敲
平手で打つ／打一巴掌。

□ 不通　　　　　ふつう
[名]（聯絡、交通等）不通，斷絕；沒
有音信
音信不通／音訊不通

□ ぶつかる　　　ぶつかる
[自五] 碰，撞；偶然遇上；起衝突
自転車にぶつかる／撞上腳踏車。

□ 物質　　　　　ぶっしつ
[名] 物質；（哲）物體，實體
物質文明／物質文明

□ 物騒　　　　　ぶっそう
[名・形動] 騷亂不安，不安定；危險
物騒な世の中／騷亂的世間

□ ぶつぶつ　　　ぶつぶつ
[名・副] 嘮叨，抱怨，嘟囔；煮沸貌；
粒狀物，小疙瘩
ぶつぶつ文句を言う／嘟囔抱怨。

□ 筆　　　　　　ふで
[名・接尾] 毛筆；（用毛筆）寫的字，
畫的畫；（接數詞）表蘸筆次數
筆が立つ／文章寫得好。

□ ふと　　　　　　　　ふと

[副] 忽然，偶然，突然；立即，馬上

ふと見ると／猛然一看

□ 太い　　　　　　　　ふとい

[形] 粗的；肥胖；膽子大；無恥，不要臉；聲音粗

神経が太い／粗枝大葉。

□ 不当　　　　　　　　ふとう

[形動] 不正當，非法，無理

不当な取引／非法交易。

□ 部品　　　　　　　　ぶひん

[名]（機械等）零件

部品が揃う／零件齊備。

□ 吹雪　　　　　　　　ふぶき

[名] 暴風雪

吹雪に遭う／遇到暴風雪。

□ 部分　　　　　　　　ぶぶん

[名] 部分

部分的には優れている／一部份還不錯。

□ 不平　　　　　　　　ふへい

[名・形動] 不平，不滿意，牢騷

不平を言う／發牢騷。

□ 父母　　　　　　　　ふぼ

[名] 父母，雙親

父母の膝下を離れる／離開父母。

□ 踏切　　　　　　　　ふみきり

[名]（鐵路的）平交道，道口；（轉）決心

踏切を渡る／過平交道。

□ 冬休み　　　　　　　ふゆやすみ

[名] 寒假

冬休みは短い／寒假很短。

□ ぶら下げる　　　　ぶらさげる

[他下一] 佩帶，懸掛；手提，拎

バケツをぶら下げる／提水桶。

□ ブラシ　　　　　　　　ブラシ

[名]【brush】刷子

ブラシを掛ける／用刷子刷。

□ プラン　　　　　　　　プラン

[名]【plan】計畫，方案；設計圖，平面圖；方式

プランを立てる／訂計畫。

□ 不利　　　　　　　　ふり

[名・形動] 不利

不利に陥る／陷入不利。

□ フリー　　　　　　　　フリー

[名・形動]【free】自由，無拘束，不受限制；免費；無所屬

検査はフリーパスだった／不用檢査。

□ 振り仮名　　　　**ふりがな**

[名]（在漢字旁邊）標註假名

振り仮名をつける／標上假名。

□ 振り向く　　　　**ふりむく**

[自五]（向後）回頭過去看；回顧，理睬

彼女は自分の方を振り向いた／她往
我這裡看。

□ 不良　　　　　　**ふりょう**

[名・形動] 壞，不良；（道德、品質）
敗壞；流氓，小混混

不良少年／不良少年

□ プリント　　　　**プリント**

[名・他サ]【print】印刷（品）；油印
（講義）；印花，印染

楽譜をプリントする／印刷樂譜。

□ 古　　　　　　　**ふる**

[名・漢造] 舊東西；舊，舊的

古新聞をリサイクルする／舊報紙資
源回收。

□ 震える　　　　　**ふるえる**

[自下一] 顫抖，發抖，震動

手が震える／手顫抖。

□ 故郷　　　　　　**ふるさと**

[名] 老家，故鄉

故郷に帰る／回故鄉。

□ 振舞う　　　　　**ふるまう**

[自五・他五]（在人面前的）行為，動
作；請客，招待，款待

愛想よく振舞う／舉止和藹可親。

□ 触れる　　　　　**ふれる**

[他下一・自下一] 接觸，觸摸（身體）；涉
及，提到；感觸到；抵觸，觸犯；通知

電気に触れる／觸電。

□ ブローチ　　　　**ブローチ**

[名]【brooch】胸針

ブローチをつける／別上胸針。

□ プログラム　　　**プログラム**

[名]【program】節目（單），說明
書；計畫（表），程序（表）；編制
（電腦）程式

プログラムを組む／編制程序。

□ 風呂敷　　　　　**ふろしき**

[名] 包巾

風呂敷を広げる／打開包袱。

□ ふわっと　　　　**ふわっと**

[副] 輕軟蓬鬆貌；輕飄貌

ふわっとしたセーター／蓬鬆的毛
衣。

□ ふわふわ　　　　**ふわふわ**

[副・自サ] 輕飄飄地；浮躁，不沉著；軟
綿綿的

ふわふわの掛け布団／軟綿綿的棉被。

□ 文　　　　　ぶん

[名・漢造] 文學，文章；花紋；修飾外
表，華麗；文字，字體；學問和藝術
文に書く／寫成文章。

□ 分　　　　　ぶん

[名・漢造] 部分；份；本分；地位
これはあなたの分です／這是你的
份。

02 -
20
□ 雰囲気　　　ふんいき

[名] 氣氛，空氣
雰囲気が明るい／愉快的氣氛。

□ 噴火　　　　ふんか

[名・自サ] 噴火
噴火口／火山口

□ 分解　　　　ぶんかい

[名・他サ・自サ] 拆開，拆卸；（化）分
解；解剖；分析（事物）
時計を分解する／拆開時鐘。

□ 文芸　　　　ぶんげい

[名] 文藝，學術和藝術；（詩、小
說、戲劇等）語言藝術
文芸映画／文藝電影

□ 文献　　　　ぶんけん

[名] 文獻，參考資料
文献が残る／留下文獻。

□ 噴水　　　　ふんすい

[名] 噴水；（人工）噴泉
噴水を設ける／架設噴泉。

□ 分析　　　　ぶんせき

[名・他サ]（化）分解，化驗；分析，解剖
分析を行う／進行分析。

□ 文体　　　　ぶんたい

[名]（某時代特有的）文體；（某作家
特有的）風格
夏目漱石の文体／夏目漱石的文體。

□ 分担　　　　ぶんたん

[名・他サ] 分擔
費用を分担する／分擔費用。

□ 分布　　　　ぶんぷ

[名・自サ] 分布，散布
分布区域／分布區域

□ 文脈　　　　ぶんみゃく

[名] 文章的脈絡，上下文的一貫性，
前後文的邏輯；（句子、文章的）表
現手法
文脈がはっきりする／文章脈絡清
楚。

□ 文明　　　　ぶんめい

[名] 文明；物質文化
文明が進む／文明進步。

□ 分野　　　　ぶんや

[名] 範圍，領域，崗位，戰線
分野が違う／不同領域。

□ 分量　　　　ぶんりょう

[名] 分量，重量，數量
分量が足りない／份量不足。

□ 分類　　　　ぶんるい

[名・他サ] 分類，分門別類
分類表／分類表

□ 塀　　　　　へい

[名] 圍牆，牆院，柵欄
塀が傾く／圍牆傾斜。

□ 閉会　　　　へいかい

[名・自サ・他サ] 閉幕，會議結束
閉会式／閉幕式

□ 平行　　　　へいこう

[名・自サ]（數）平行；並行
平行線／平行線

□ 平成　　　　へいせい

[名] 平成（日本年號）
今年は平成何年ですか／今年是平成
幾年？

□ 閉店　　　　へいてん

[名・自サ]（商店）關門；倒閉
あの店は7時閉店だ／那間店七點打
烊。

□ 平凡　　　　へいぼん

[名・形動] 平凡的
平凡な顔／平凡的臉

□ 平野　　　　へいや

[名] 平原
関東平野／關東平原

□ 凹む　　　　へこむ

[自五] 凹下，潰下；屈服，認輸；虧
空，赤字
道が凹む／路面凹下。

□ 隔てる　　　へだてる

[他下一] 隔開，分開；（時間）相隔；
遮擋；離間；不同，有差別
友達の仲を隔てる／離間朋友之間的
關係。

□ 別　　　　　べつ

[名・形動・漢造] 分別，區分；分別
正邪の別を明らかにする／明白的區
分正邪。

□ 別荘　　　　べっそう

[名] 別墅
別荘を建てる／蓋別墅。

□ ペラペラ　　ペラペラ

[副・自サ] 說話流利貌（特指外語）；單
薄不結實貌；連續翻紙頁貌
英語がペラペラだ／英語流利。

□ ヘリコプター

ヘリコプター

[名]【helicopter】直昇機

ヘリコプター発着場（はっちゃくじょう）／直升飛機起降
場。

□ 経（へ）る 　　　　　　　へる

[自下一]（時間、空間、事物）經過、通過

手を経（へ）る／經手。

□ 偏（へん）　　　　　　　　へん

[名・漢造] 漢字的（左）偏旁；偏，偏頗

偏見（へんけん）を持（も）っている／有偏見。

□ 便（べん）　　　　　　　　べん

[名・漢造] 便利，方便；大小便；信息，
音信；郵遞；隨便，平常

便（べん）がいい／很方便。

□ 編集（へんしゅう）　　　へんしゅう

[名・他サ] 編集；（電腦）編輯

雑誌（ざっし）を編集（へんしゅう）する／編輯雜誌。

□ 便所（べんじょ）　　　　べんじょ

[名] 廁所，便所

便所（べんじょ）へ行（い）く／上廁所。

□ ペンチ　　　　　　　　ペンチ

[名]【pinchers】鉗子

ペンチを使（つか）う／使用鉗子。

□ 歩（ほ）　　　　　　　　　ほ

[名・漢造] 步，步行；（距離單位）步

歩（ほ）を進（すす）める／邁步向前。

□ ぽい　　　　　　　　　　ぽい

[接尾・形型]（前接名詞、動詞連用形，
構成形容詞）表示有某種成分或傾向

忘（わす）れっぽい／健忘

□ 法（ほう）　　　　　　　　ほう

[名・漢造] 法律；佛法；方法，作法；禮
節；道理

法（ほう）に従（したが）う／依法。

□ 棒（ぼう）　　　　　　　　ぼう

[名・漢造] 棒，棍子；（音樂）指揮；
（畫的）直線，粗線

足（あし）を棒（ぼう）にする／腳酸得硬邦邦的。

□ 望遠鏡（ぼうえんきょう）　ぼうえんきょう

[名] 望遠鏡

望遠鏡（ぼうえんきょう）で月（つき）を見（み）る／用望遠鏡賞月。

□ 方角（ほうがく）　　　　ほうがく

[名] 方向，方位

方角（ほうがく）を表（あらわ）す／表示方向。

□ 箒（ほうき）　　　　　　ほうき

[名] 掃帚

箒（ほうき）で掃（は）く／用掃帚打掃。

398

□ **方言** ほうげん　　ほうげん

[名] 方言，地方話，土話
方言で話す／說方言。

□ **冒険** ぼうけん　　ぼうけん

[名・自サ] 冒險
冒険をする／冒險。

□ **方向** ほうこう　　ほうこう

[名] 方向；方針
方向が変わる／方向改變。

□ **坊さん** ぼう　　ぼうさん

[名] 和尚
坊さんがお経を上げる／和尚念經。

□ **防止** ぼうし　　ぼうし

[名・他サ] 防止
火災を**防止**する／防止火災。

□ **方針** ほうしん　　ほうしん

[名] 方針；（羅盤的）磁針
方針が定まる／定下方針。

□ **宝石** ほうせき　　ほうせき

[名] 寶石
宝石で飾る／用寶石裝飾。

□ **包装** ほうそう　　ほうそう

[名・他サ] 包裝，包捆
包装紙／包裝紙

□ **放送** ほうそう　　ほうそう

[名・他サ] 廣播；（用擴音器）傳播，散佈（小道消息、流言蜚語等）
放送が中断する／廣播中斷。

□ **法則** ほうそく　　ほうそく

[名] 規律，定律；規定，規則
法則に合う／合乎規律。

□ **膨大** ぼうだい　　ぼうだい

[名・形動] 龐大的，臃腫的，膨脹
膨大な予算／龐大的預算

□ **方程式** ほうていしき　　ほうていしき

[名]（數學）方程式
方程式を解く／解方程式。

□ **防犯** ぼうはん　　ぼうはん

[名] 防止犯罪
防犯に協力する／齊心協力防止犯罪。

□ **豊富** ほうふ　　ほうふ

[形動] 豐富
天然資源が**豊富**な国だ／擁有豐富天然資源的國家。

□ **方々** ほうぼう　　ほうぼう

[名・副] 各處，到處
方々でもてはやされる／到處受歡迎。

□ 方面　　　　　ほうめん

[名] 方面，方向；領域

大阪方面へ出張する／到大阪方向出差。

□ 訪問　　　　　ほうもん

[名・他サ] 訪問，拜訪

お宅を訪問する／到貴宅拜訪。

02
–
21

□ 坊や　　　　　ぼうや

[名] 對男孩的親切稱呼；未見過世面的男青年；對別人男孩的敬稱

坊やは今年いくつ／小弟弟，你今年幾歲？

□ 放る　　　　　ほうる

[他五] 拋，扔；中途放棄，棄置不顧，不加理睬

仕事を放っておく／放下工作不做。

□ 吠える　　　　ほえる

[自下一]（狗、犬獸等）吠，吼；（人）大聲哭喊，喊叫

犬が吠える／狗吠叫。

□ ボーイ　　　　ボーイ

[名]【boy】少年，男孩；男服務員

ホテルのボーイ／旅館的男服務員

□ ボーイフレンド

ボーイフレンド

[名]【boy friend】男朋友

ボーイフレンドと映画を見る／和男朋友看電影。

□ ボート　　　　ボート

[名]【boat】小船，小艇

ボートに乗る／搭乘小船。

□ 捕獲　　　　　ほかく

[名・他サ]（文）捕獲

鯨を捕獲する／捕獲鯨魚。

□ 朗らか　　　　ほがらか

[形動]（天氣）晴朗，萬里無雲；明朗，開朗；（聲音）嘹亮；（心情）快活

朗らかな顔／愉快的神色

□ 牧場　　　　　ぼくじょう

[名] 牧場

牧場を経営する／經營牧場。

□ 牧畜　　　　　ぼくちく

[名] 畜牧

牧畜を営む／經營畜牧業。

□ 保健　　　　　ほけん

[名] 保健，保護健康

保健体育／保健體育

□ 保険　　　　　ほけん

[名] 保険；（對於損害的）保證
保険をかける／投保。

□ 埃　　　　　　ほこり

[名] 灰塵，塵埃
埃を払う／擦灰塵。

□ 誇り　　　　　ほこり

[名] 自豪，自尊心；驕傲，引以為榮
誇りを持つ／有自尊心。

□ 誇る　　　　　ほこる

[自五] 誇耀，自豪
成功を誇る／以成功自豪。

□ 綻びる　　　ほころびる

[自上一] 脱線；使微微地張開，綻放
袖口が綻びる／袖口綻開。

□ 募集　　　　　ぼしゅう

[名・他サ] 募集，征募
募集を行う／進行招募。

□ 保証　　　　　ほしょう

[名・他サ] 保証，擔保
生活が保証されている／生活有了保
證。

□ 干す　　　　　ほす

[他五] 曬乾；把池水弄乾；乾杯
洗濯物を干す／曬衣服。

□ ポスター　　　ポスター

[名]【poster】海報
ポスターを張る／張貼海報。

□ 舗装　　　　　ほそう

[名・他サ]（用柏油等）鋪路
舗装した道路／鋪過的路。

□ 北極　　　　　ほっきょく

[名] 北極
北極星を見る／看見北極星。

□ ほっそり　　　ほっそり

[副・自サ] 纖細，苗條
体つきがほっそりしている／身材苗
條。

□ ぽっちゃり　　ぽっちゃり

[副・自サ] 豐滿，胖
ぽっちゃりしてかわいい／胖嘟嘟的
很可愛。

□ 坊ちゃん　　　ぼっちゃん

[名]（對別人男孩的稱呼）公子，令
郎；少爺，不通世故的人，少爺作風
的人
坊ちゃん育ち／嬌生慣養

□ 歩道　　　　　ほどう

[名] 人行道
歩道を歩く／走人行道。

401

□ 解く　　　　　　ほどく

[他五] 解開（繩結等）；拆解（縫的東西）

結び目を解く／把扣解開。

□ 仏　　　　　　　ほとけ

[名] 佛，佛像；（佛一般）溫厚，仁

慈的人；死者，亡魂

仏に祈る／向佛祈禱。

□ 炎　　　　　　　ほのお

[名] 火焰，火苗

炎に包まれる／被火焰包圍。

□ 略／粗　　　　　ほぼ

[副] 大約，大致，大概

仕事がほぼ完成した／工作大略完成了。

□ 微笑む　　　　ほほえむ

[自五] 微笑，含笑；（花）微開，乍開

にっこりと微笑む／嫣然一笑。

□ 堀　　　　　　　ほり

[名] 溝渠，壕溝；護城河

堀で囲む／以城壕圍著。

□ 彫り　　　　　　ほり

[名] 雕刻

彫りの深い顔立ち／五官深邃。

□ 掘る　　　　　　ほる

[他五] 掘，挖，刨；挖出，掘出

穴を掘る／挖洞。

□ 彫る　　　　　　ほる

[他五] 雕刻；紋身

像を彫る／雕刻像。

□ 襤褸　　　　　　ぼろ

[名] 破布，破爛衣服；破爛的狀態；

破綻，缺點

ぼろが出る／露出破綻。

□ 盆　　　　　　　ぼん

[名・漢造] 拖盤，盆子；中元節略語

盆が来る／盂蘭盆會要到來。

□ 盆地　　　　　　ぼんち

[名] （地）盆地

山の間が盆地になっている／山中間

形成盆地。

□ 本当　　　　　　ほんと

[名・形動] 真實，真心；實在，的確；真

正；本來，正常

ほんとに悪いと思う／實在是感到很

抱歉。

□ 本箱　　　　　　ほんばこ

[名] 書箱

本箱がもういっぱいだ／書箱已滿

了。

□ 本部　　　　　　ほんぶ

[名] 本部，總部

本部の指令に従う／遵照總部的指令。

402

□ **本物** ‍ ほんもの
[名] 真貨，真的東西
本物と偽物とを見分ける／辨別真貨假貨。

□ **ぼんやり** ‍ ぼんやり
[名・副・自サ] 模糊，不清楚；迷糊，傻楞楞；心不在焉；笨蛋，呆子
ぼんやりと見える／模糊的看見。

□ **本来** ‍ ほんらい
[名] 本來，天生，原本；按道理，本應
本来の使命／本來的使命。

□ **間** ‍ ま
[名・接尾] 間隔，空隙；間歇；機會，時機；（音樂）節拍間歇；房間；（數量）間
間に合う／趕得上。

□ **まあ** ‍ まあ
[副・感]（安撫、勸阻）暫且先，一會；躊躇貌；還算，勉強；制止貌；（女性表示驚訝）哎唷，哎呀
まあ、かわいそうに／哎呀！多麼可憐。

□ **マーケット** ‍ ‍ ‍ ‍ ‍ ‍ ‍ ‍ ‍ ‍ ‍ ‍ ‍ ‍ ‍ ‍ マーケット
[名]【market】商場，市場；（商品）銷售地區
マーケットを開拓する／開闢市場。

□ **まあまあ** ‍ まあまあ
[副・感]（催促、撫慰）得了，好了好了，哎哎；（表示程度中等）還算，還過得去；（女性表示驚訝）哎唷，哎呀
まあまあそう言うなよ／好啦好啦！別再說氣話了！

□ **迷子** ‍ まいご
[名] 迷路的孩子，走失的孩子
迷子になる／迷路。

□ **枚数** ‍ まいすう
[名]（紙、衣、版等薄物）張數，件數
枚数を数える／數張數。

□ **毎度** ‍ まいど
[名] 曾經，常常，屢次；每次
毎度ありがとうございます／屢蒙關照，萬分感謝。

□ **参る** ‍ まいる
[自五]（敬）去，來；參拜（神佛）；認輸；受不了，吃不消
お墓に参る／去墓地參拜。

□ **舞う** ‍ まう
[自五] 飛舞；舞蹈
雪が舞う／雪花飛舞。

□ **前髪** ‍ まえがみ
[名] 瀏海
前髪を切る／剪瀏海。

□ 賄う　　　　　　　まかなう

[他五] 供給飯食；供給，供應；維持

食事を賄う／供餐。

□ 曲がり角　　　　　まがりかど

[名] 街角；轉折點

曲がり角で別れる／在街角道別。

□ 蒔く　　　　　　　まく

[他五] 播種；（在漆器上）畫泥金畫

種を蒔く／播種。

□ 撒く　　　　　　　まく

[他五] 撒；灑；甩掉

水を撒く／灑水。

02
22
□ 幕　　　　　　　　まく

[名・漢造] 幕，布幕；（戲劇）幕；場合，場面；螢幕

幕を開ける／揭幕。

□ まごまご　　　　　まごまご

[名・自サ] 不知如何是好，惶張失措，手忙腳亂；閒蕩，遊蕩，懶散

出口が分からずまごまごしている／找不到出口，不知如何是好。

□ 摩擦　　　　　　　まさつ

[名・自他サ] 摩擦；不和睦，意見紛歧，不合

摩擦が起こる／產生分歧。

□ まさに　　　　　　まさに

[副] 真的，的確，確實

まさに君の言った通りだった／您說得一點都沒錯。

□ 増　　　　　　　　まし

[名・形動] 增，增加；勝過，強

一割増になる／增加一成。

□ 真四角　　　　　　ましかく

[名] 正方形

真四角の机／正方形的桌子。

□ 増す　　　　　　　ます

[自五・他五]（數量）增加，增長，增多；（程度）增進，增高；勝過，變的更甚

不安が増す／更為不安。

□ マスク　　　　　　マスク

[名]【mask】面罩，假面；防護面具；口罩；防毒面具；面相，面貌

マスクを掛ける／戴口罩。

□ 貧しい　　　　　　まずしい

[形]（生活）貧窮的，窮困的；（經驗、才能的）貧乏，淺薄

貧しい家に生まれた／生於貧窮人家。

□ 跨ぐ　　　　　　　またぐ

[他五] 跨立，叉開腿站立；跨過，跨越

敷居をまたぐ／跨過門檻。

404

□ **待合室**　まちあいしつ

[名] 候車室，候診室，等候室
駅の待合室で待つ／在候車室等候。

□ **待ち合わせる**　まちあわせる

[自他下一]（事先約定的時間、地點）等
候，會面，碰頭
駅で四時に待ち合わせる／四點在車
站見面。

□ **街角**　まちかど

[名] 街角，街口，拐角
街角に佇む／佇立於街角。

□ **松**　まつ

[名] 松樹，松木；新年裝飾正門的
松枝，裝飾松枝的期間
松を植える／種植松樹。

□ **真っ赤**　まっか

[名・形動] 鮮紅；完全
真っ赤になる／變紅。

□ **真っ先**　まっさき

[名] 最前面，首先，最先
真っ先に駆けつける／最先趕到。

□ **祭る**　まつる

[他五] 祭祀，祭奠；供奉
先祖をまつる／祭祀先祖。

□ **窓口**　まどぐち

[名]（銀行，郵局，機關等）窗口；
（與外界交涉的）管道，窗口
三番の窓口へどうぞ／請至三號窗口。

□ **学ぶ**　まなぶ

[他五] 學習；掌握，體會
日本語を学ぶ／學日語。

□ **真似**　まね

[名・他サ・自サ] 模仿，裝，仿效；（愚蠢
糊塗的）舉止，動作
まねがうまい／模仿的很好。

□ **招く**　まねく

[他五]（搖手、點頭）招呼；招待，宴
請；招聘，聘請；招惹，招致
災いを招く／惹禍。

□ **真冬**　まふゆ

[名] 隆冬，正冬天
真冬に冷水浴をして鍛える／在嚴冬
裡沖冷水澡鍛練體魄。

□ **ママ**　ママ

[名]【mama】（兒童對母親的愛稱）
媽媽；（酒店的）老闆娘
スナックのママ／小酒館的老闆娘

□ **豆**　まめ

[名・接尾]（總稱）豆；大豆；小的，小
型；（手腳上磨出的）水泡
豆を撒く／撒豆子。

405

□ 間も無く　　　まもなく

[副] 馬上，一會兒，不久

間もなく試験が始まる／快考試了。

□ マラソン　　　マラソン

[名]【marathon】馬拉松長跑。

マラソンに出る／參加馬拉松大賽。

□ 丸　　　まる

[名・接尾] 圓形，球狀；句點；完全

丸を書く／畫圈圈。

□ 稀　　　まれ

[形動] 稀少，稀奇，希罕

稀なでき事／罕見的事

□ 回す　　　まわす

[他五・接尾] 轉，轉動；（依次）傳遞；
傳送；調職；各處活動奔走；想辦
法；運用；投資；（前接某些動詞連
用形）表示遍布四周

目を回す／吃驚。

□ 回り道　　　まわりみち

[名] 繞道，繞遠路

回り道をしてくる／繞道而來。

□ 万一　　　まんいち

[名・副] 萬一

万一に備える／以備萬一。

□ 満員　　　まんいん

[名]（規定的名額）額滿；（車、船
等）擠滿乘客，滿座：（會場等）塞
滿觀眾

満員の電車／滿載乘客的電車

□ 満点　　　まんてん

[名] 滿分；最好，完美無缺，登峰造極

満点を取る／取得滿分。

□ 真ん前　　　まんまえ

[名] 正前方

銀行は駅の真ん前にある／車站正前
方有銀行。

□ 真ん丸い　　　まんまるい

[形] 溜圓，圓溜溜

真ん丸い月が出る／圓月出來了。

□ 身　　　み

[名] 身體；自身，自己；身份，處
境；心，精神；肉；力量，能力

身に付く／掌握要領。

□ 実　　　み

[名]（植物的）果實；（植物的）種
子；成功，成果；內容，實質

実がなる／結果。

□ 未　　　み

[漢造] 未，沒；（地支的第八位）末

未知の人／未知的人

406

□ 見上げる　　みあげる
[他下一] 仰視，仰望；欽佩，尊敬，景仰
空を見上げる／仰望天空。

□ 見送る　　みおくる
[他五] 目送；送別；（把人）送到（某地方）；觀望，擱置，暫緩考慮；送葬
友達を見送る／送朋友。

□ 見下ろす　　みおろす
[他五] 俯視，往下看；輕視，藐視，看不起；視線從上往下移動
下を見下ろす／往下看。

□ 見掛け　　みかけ
[名] 外貌，外觀，外表
人は見掛けによらない／人不可貌相。

□ 味方　　みかた
[名・自サ] 我方，自己的這一方；夥伴
味方に引き込む／拉入自己一夥。

□ 見方　　みかた
[名] 看法，看的方法；見解，想法
見方が違う／看法不同。

□ 三日月　　みかづき
[名] 新月，月牙；新月形
三日月のパン／月牙形的麵包

□ 右側　　みぎがわ
[名] 右側，右方
右側に郵便局が見える／右手邊能看到郵局。

□ 見事　　みごと
[形動] 漂亮，好看；卓越，出色，巧妙；整個，完全
見事に成功する／成功得漂亮。

□ 岬　　みさき
[名]（地）海角，岬
岬には燈台がある／海角上有燈塔。

□ 惨め　　みじめ
[形動] 悽慘，慘痛
惨めな生活／悲慘的生活

□ 自ら　　みずから
[代・名・副] 我；自己，自身；親身，親自
自らを省みる／反省自己。

□ 水着　　みずぎ
[名] 泳裝
水着に着替える／換上泳裝。

□ 店屋　　みせや
[名] 店鋪，商店
店屋が並ぶ／商店林立。

□ 未然　　みぜん
[名] 尚未發生
未然に防ぐ／防患未然。

□ 溝　　　　　　　　　み ぞ

[名] 水溝；（拉門門框上的）溝槽，
切口；（感情的）隔閡
溝をさらう／疏通溝渠。

02
-
23

□ みたい　　　　　　　み たい

[助動・形動型]（表示和其他事物相像）像
…一樣；（表示具體的例子）像…這
樣；表示推斷或委婉的斷定
子供みたい／像小孩般

□ 見出し　　　　　　　み だし

[名]（報紙等的）標題；目錄，索引；
選拔，拔擢；（字典的）詞目，條目
見出しを読む／讀標題。

□ 道順　　　　　　　み ちじゅん

[名] 順路，路線；步驟，程序
道順を聞く／問路。

□ 満ちる　　　　　　　み ちる

[自上一] 充滿；月盈，月圓；（期限）
滿，到期；潮漲
月が満ちる／滿月。

□ 蜜　　　　　　　　　　み つ

[名] 蜂蜜
花の蜜を吸う／吸花蜜。

□ 見っとも無い

　　　　　　　み っともない

[形] 難看的，不像樣的，不體面的，
不成體統；醜
みっともない服装／難看的服裝

□ 見詰める　　　　　み つめる

[他下一] 凝視，注視，盯著
顔を見つめる／凝視對方的臉孔。

□ 認める　　　　　　み とめる

[他下一] 看出，看到；認識，賞識，器
重；承認；斷定，認為；許可，同意
彼の犯行と認める／確認他的犯罪行
為。

□ 見直す　　　　　　み なおす

[自他五]（見）起色，（病情）轉好；
重看，重新看；重新評估，重新認識
答案を見直す／把答案複查一次。

□ 見慣れる　　　　　み なれる

[自下一] 看慣，眼熟，熟識
景色が見慣れる／看慣景色。

□ 醜い　　　　　　　み にくい

[形] 難看的，醜的；醜陋，醜惡
醜いアヒルの子／醜小鴨

□ 身に付く　　　　　み につく

[慣] 學到手，掌握
技術が身に付く／學技術。

□ **身に付ける**　　み に つける

[慣]（知識、技術等）學到，掌握到

一芸を身に付ける／學得一技之長。

□ **実る**　　み のる

[自五]（植物）成熟，結果；取得成績，獲得成果，結果實

柿が実る／結柿子。

□ **身分**　　み ぶん

[名]身份，社會地位；（諷刺）生活狀況，境遇

身分が高い／地位高。

□ **見本**　　み ほん

[名]樣品，貨樣；榜樣，典型。

見本を提供する／提供樣品。

□ **見舞い**　　み まい

[名]探望，慰問；蒙受，挨（打），遭受（不幸）

見舞いにいく／去探望。

□ **見舞う**　　み まう

[他五]訪問，看望；問候，探望；遭受，蒙受（災害等）

病人を見舞う／探望病人。

□ **未満**　　み まん

[接尾]未滿，不足

20歳未満の少年／未滿二十歲的少年

□ **土産**　　み やげ

[名]（贈送他人的）禮品，禮物；（出門帶回的）土產

お土産をもらう／收到禮品。

□ **都**　　み やこ

[名]京城，首都；大都市，繁華的都市

音楽の都ウィーン／音樂之都維也納。

□ **妙**　　み ょう

[名・形動・漢造]奇怪的，異常的，不可思議；格外，分外；妙處，奧妙；巧妙

妙な話／不可思議的事

□ **魅力**　　み りょく

[名]魅力，吸引力

魅力がある／有魅力。

□ **民謡**　　み んよう

[名]民謠，民歌。

民謡を歌う／唱民謠。

□ **無**　　む

[名・接頭・漢造]無，沒有；徒勞，白費；無…，不…；欠缺，無

無から有を生ずる／無中生有。

□ **向かう**　　む かう

[自五]向著，朝著；面向；往…去，向…去；趨向，轉向

鏡に向かう／對著鏡子。

□ 向き　　　　　　　　**む**き

[名] 方向；適合，合乎；認真，慎重
其事；傾向，趨向；（該方面的）
人，人們
向きが変わる／轉變方向。

□ 向け　　　　　　　　**む**け

[造語] 向，對
子供向けの番組／以小孩為對象的節
目。

□ 無限　　　　　　　**む**げん

[名・形動] 無限，無止境
無限の空間／無限的空間

□ 向こう側　　　**む**こうがわ

[名] 對面；對方
川の向こう側／河川的另一側

□ 無視　　　　　　　　**む**し

[名・他サ] 忽視，無視，不顧
事実を無視する／忽視事實。

□ 虫歯　　　　　　　**む**しば

[名] 齲齒，蛀牙
虫歯が痛む／蛀牙疼。

□ 矛盾　　　　　　　**む**じゅん

[名・自サ] 矛盾
矛盾が起こる／產生矛盾。

□ 寧ろ　　　　　　　**む**しろ

[剛] 與其說…倒不如，寧可，莫如，
索性
**あの人は作家というよりむしろ評論
家だ**／那個人與其說是作家不如說是評論
家。

□ 無料　　　　　　**む**りょう

[名] 免費；無須報酬
無料で提供する／免費提供。

□ 群れ　　　　　　　　**む**れ

[名] 群，伙，幫；伙伴
群れになる／結成群。

□ 芽　　　　　　　　　　**め**

[名]（植）芽
芽が出る／發芽。

□ 明確　　　　　　**め**いかく

[名・形動] 明確，準確
明確に答える／明確回答。

□ 名作　　　　　　**め**いさく

[名] 名作，傑作
不朽の名作／不朽的名作

□ 名詞　　　　　　　**め**いし

[名]（語法）名詞
名詞は変化が無い／名詞沒有變化。

□ 名所　　　　　めいしょ

[名] 名勝地，古蹟

名所を見物する／參觀名勝。

□ 命じる／命ずる

めいじる／めいずる

[他上一・他サ] 命令，吩咐；任命，委派；命名

局長を命じられる／被任命為局長。

□ 迷信　　　　　めいしん

[名] 迷信

迷信を信じる／相信迷信。

□ 名人　　　　　めいじん

[名] 名人，名家，大師，專家

料理の名人／料理專家

□ 名物　　　　　めいぶつ

[名] 名產，特產；（因形動奇特而）有名的人

青森名物のリンゴ／青森名產的蘋果。

□ 銘々　　　　　めいめい

[名・副] 各自，每個人

銘々に部屋がある／每人都有各自的房間。

□ メーター　　　メーター

[名]【meter】米，公尺；儀表，測量器

水道のメーター／自來水錶

□ 恵まれる　　めぐまれる

[自下一] 得天獨厚，被賦予，受益，受到恩惠

恵まれた生活をする／過著富裕的生活。

□ 巡る　　　　　めぐる

[自五] 循環，轉回，旋轉；巡遊；環繞，圍繞

湖を巡る／沿湖巡行。

□ 目指す　　　　めざす

[他五] 指向，以…為努力目標，瞄準

優勝を目指す／以優勝為目標。

□ 目覚まし　　めざまし

[名] 叫醒，喚醒；小孩睡醒後的點心；醒後為打起精神吃東西；鬧鐘

目覚ましをセットする／設定鬧鐘。

□ 目覚まし時計

めざましどけい

[名] 鬧鐘

目覚まし時計を掛ける／設定鬧鐘。

□ 飯　　　　　　めし

[名] 米飯；吃飯，用餐；生活，生計

飯を炊く／煮飯。

□ 目下　　　　　めした

[名] 部下，下屬，晚輩

目下の者をかわいがる／愛護晚輩。

□ 目印　　　　　めじるし

[名] 目標，標記，記號

目印をつける／留記號。

□ 目立つ　　　　めだつ

[自五] 顯眼，引人注目，明顯

ニキビが目立ってきた／痘痘越來越多了。

□ 滅茶苦茶　　めちゃくちゃ

[名・形動] 亂七八糟，胡亂，荒謬絕倫

めちゃくちゃなことを言う／胡說八道。

02
-
24

□ めっきり　　　めっきり

[副] 變化明顯，顯著的，突然，劇烈

めっきり寒くなる／明顯地變冷。

□ 滅多に　　　めったに

[副]（後接否定語）不常，很少

めったに怒らない／很少生氣。

□ 目出度い　　めでたい

[形] 可喜可賀，喜慶的；順利，幸運，圓滿；頭腦簡單，傻氣；表恭喜慶祝

めでたく入学する／順利地入學。

□ 目眩／眩暈　　めまい

[名] 頭暈眼花

めまいを感じる／感到頭暈。

□ メモ　　　　　メモ

[名・他サ]【memo】筆記；備忘錄，便條；紀錄

メモに書く／寫在便條上。

□ 目安　　　　　めやす

[名]（大致的）目標，大致的推測，基準；標示

目安を立てる／確定標準。

□ 面　　　　　　めん

[名・接尾・漢造] 臉，面；面具，假面；防護面具；用以計算平面的東西；會面

面をかぶる／戴上面具。

□ 免許証　　めんきょしょう

[名]（政府機關）批准；許可證，執照

運転免許証／駕照

□ 免税　　　　めんぜい

[名・他サ・自サ] 免税

空港の免税店／機場免税店

□ 面積　　　　めんせき

[名] 面積

面積を測る／測量面積。

□ 面倒臭い　めんどうくさい

[形] 非常麻煩，極其費事的

面倒くさい問題／棘手的問題

□ メンバー　　　　メンバー
[名]【member】成員，一份子；（體育）隊員
メンバーを揃える／湊齊成員。

□ 儲かる　　　　もうかる
[自五] 賺到，得利；賺得到便宜，撿便宜
一万円儲かった／賺了一萬日圓。

□ 設ける　　　　もうける
[他下一] 預備，準備；設立，制定；生，得（子女）
席を設ける／準備酒宴。

□ 儲ける　　　　もうける
[他下一] 賺錢，得利；（轉）撿便宜，賺到
一割儲ける／賺一成。

□ 申し訳　　　　もうしわけ
[名] 申辯；道歉
申し訳が立たない／沒辦法辯解。

□ モーター　　　　モーター
[名]【motor】發動機；電動機；馬達
モーターを動かす／開動電動機。

□ 木材　　　　もくざい
[名] 木材，木料
建築用の木材／建築用木材

□ 目次　　　　もくじ
[名]（書籍）目錄，目次；（條目、項目）目次
目次を作る／編目次。

□ 目標　　　　もくひょう
[名] 目標，指標
目標とする／作為目標。

□ 潜る　　　　もぐる
[自五] 潛入（水中）；鑽進，藏入，躲入；潛伏活動，違法從事活動
水中に潜る／潛入水中。

□ 文字　　　　もじ
[名] 字跡，文字，漢字；文章，學問
文字を書く／寫字。

□ もしも　　　　もしも
[副]（強調）如果，萬一，倘若
もしもの事／意外之事

□ 凭れる／靠れる　もたれる
[自下一] 依靠，憑靠；消化不良
ドアに凭れる／靠在門上。

□ モダン　　　　モダン
[名・形動]【modern】現代的，流行的，時髦的
モダンな服装／時髦的服裝

□ 餅　　　　　　　　　　もち

[名] 年糕

餅をつく／搗年糕。

□ 持ち上げる　　もちあげる

[他下一]（用手）舉起，抬起；阿諛奉承，吹捧；抬頭

荷物を持ち上げる／舉起行李。

□ 用いる　　　　　もちいる

[自他上一] 使用；採用，採納；任用，錄用

意見を用いる／採納意見。

□ 以て　　　　　　もって

[連語・接續]（…をもって形式，格助詞用法）以，用，拿；因為；根據；（時間或數量）到；（加強を的語感）把；而且；因此；對此

身をもって経験する／親身經驗。

□ 最も　　　　　もっとも

[副] 最，頂

世界で最も高い山／世界最高的山。

□ 尤も　　　　　もっとも

[副・形動・接續] 合理，正當，理所當有的；話雖如此，不過

もっともな意見／合理的意見。

□ モデル　　　　　モデル

[名]【model】模型；榜樣，典型，模範；（文學作品中）典型人物，原型；模特兒

モデルにする／作為原型。

□ 元／基　　　　　　もと

[名・接尾] 本源，根源；根本，基礎；原因，起因；顆，根

うわさの元をただす／追究流言的起原。

□ 元／旧／故　　　　もと

[名・副] 原，從前，原來

元首相／前首相

□ 戻す　　　　　　もどす

[他五] 退還，歸還；送回，退回；使倒退；（經）市場價格急遽回升

本を戻す／歸還書。

□ 基づく　　　　　もとづく

[自五] 根據，按照；由…而來，因為，起因

規則に基づく／根據規則。

□ 求める　　　　　もとめる

[他下一] 想要，渴望，需要；謀求，探求；征求，要求；購買

協力を求める／尋求協助。

□ もともと　　　　も|ともと

[名・副] 與原來一樣，不增不減；從來，本來，根本

彼は元々親切な人だ／他原本就是熱心的人。

□ 者　　　　　　　も|の

[名]（特定情況之下的）人，者

家の者／家裡人

□ 物置　　　　　も|のおき

[名] 庫房，倉房

物置に入れる／放入倉庫。

□ 物音　　　　　も|のおと

[名] 響聲，響動，聲音

物音がする／發出聲響。

□ 物語　　　　　も|のがたり

[名] 談話，事件；傳說；故事，傳奇；（平安時代後散文式的文學作品）物語

物語を語る／說故事。

□ 物語る　　　　も|のがたる

[他五] 談，講述；說明，表明

経験を物語る／談經驗。

□ 物事　　　　　も|のごと

[名] 事情，事物；一切事情，凡事

物事が分る／懂事。

□ 物差し　　　　も|のさし

[名] 尺；尺度，基準

物差しにする／作為尺度。

□ 物凄い　　　　も|のすごい

[形] 可怕的，恐怖的，令人恐懼的；猛烈的，驚人的

ものすごく寒い／冷得要命。

□ モノレール　　モ|ノレール

[名]【monorail】單軌電車，單軌鐵路

モノレールが走る／單軌電車行駛著。

□ 紅葉　　　　　も|みじ

[名] 紅葉；楓樹

紅葉を楽しむ／觀賞紅葉。

□ 揉む　　　　　も|む

[他五] 搓，揉；捏，按摩；（很多人）互相推擠；爭辯；（被動式型態）錘鍊，受磨練

肩を揉む／按摩肩膀。

□ 桃　　　　　　も|も

[名] 桃子

桃のおいしい季節／桃子盛產期

□ 模様　　　　　も|よう

[名] 花紋，圖案；情形，狀況；徵兆，趨勢

模様をつける／描繪圖案。

□ 催し　　　　　もよおし

[名] 舉辦，主辦；集會，文化娛樂活動；預兆，兆頭

歓迎の催しを開く／舉行歡迎派對。

□ 盛る　　　　　もる

[他五] 盛滿，裝滿；堆滿，堆高；配藥，下毒；刻劃，標刻度

ご飯を盛る／盛飯。

□ 問答　　　　　もんどう

[名・自サ] 問答；商量，交談，爭論

人生について問答する／談論人生的問題。

□ ～屋　　　　　や

[接尾]（前接名詞，表示經營某店或從事某種工作的人）店，舖；（前接表示個性、特質）帶點輕蔑的稱呼；（寫作「舍」）表示堂號，房舍的雅號

ケーキ屋がある／有蛋糕店。

□ やがて　　　　やがて

[副] 不久，馬上；幾乎，大約；歸根就底，亦即，就是

やがて夜になった／不久天就黑了。

□ 喧しい　　　　やかましい

[形]（聲音）吵鬧的，喧擾的；囉唆的，嘮叨的；難以取悅；嚴格的，嚴厲的

工事の音が喧しい／施工噪音很吵雜。

□ 薬缶　　　　　やかん

[名]（銅、鋁製的）壺，水壺

やかんで湯を沸かす／用壺燒水。

□ 役　　　　　やく

[名・漢造] 職務，官職；責任，任務，（負責的）職位；角色；使用，作用

役に就く／就職。

□ 約　　　　　やく

[名・副・漢造] 約定，商定；縮寫，略語；大約，大概；簡約，節約

約10km走った／跑了大約十公里。

□ 訳　　　　　やく

[名・他サ・漢造] 譯，翻譯；漢字的訓讀

訳文を付ける／加上譯文。

□ 役者　　　　やくしゃ

[名] 演員；善於做戲的人，手段高明的人，人才

役者が揃う／人才聚集。

□ 役所　　　　やくしょ

[名] 官署，政府機關

役所に勤める／在政府機關工作。

□ 役人　　　　やくにん

[名] 官員，公務員

役人になる／成為公務員。

□ 薬品　　　　やくひん

[名] 藥品；化學試劑
化学薬品／化學藥品

□ 役目　　　　やくめ

[名] 責任，任務，使命，職務
役目を果たす／完成任務。

□ 役割　　　　やくわり

[名] 分配任務（的人）；（分配的）
任務，角色，作用
役割を決める／決定角色。

□ 火傷　　　　やけど

[名・自サ] 燙傷，燒傷；（轉）遭殃，吃
虧
手に火傷をする／手燙傷。

□ 夜行　　　　やこう

[名] 夜行；夜間列車；夜間活動
夜行列車が出る／夜間列車發車。

□ 矢印　　　　やじるし

[名]（標示去向、方向的）箭頭，箭形
符號
矢印の方向に進む／沿箭頭方向前進。

□ やたらに　　やたらに

[形動・副] 胡亂的，隨便的，任意的，馬
虎的；過份，非常，大膽
やたらに金を使う／胡亂花錢。

□ 厄介　　　　やっかい

[名・形動] 麻煩，難為，難應付的；照
料，照顧，幫助；寄食，寄宿（的
人）
厄介な仕事／麻煩的工作

□ 薬局　　　　やっきょく

[名]（醫院的）藥局；藥鋪，藥店。
薬局に処方箋を出す／在藥局開立了
處方籤。

□ 遣っ付ける　やっつける

[他下一]（俗）幹完（工作等，「や
る」的強調表現）；教訓一頓；幹
掉；打敗，擊敗
一撃で遣っ付ける／一拳就把對方擊
敗了。

□ 宿　　　　　やど

[名] 家，住處，房屋；旅館，旅店；
下榻處，過夜
宿に泊まる／住旅店。

□ 雇う　　　　やとう

[他五] 雇用
船を雇う／租船。

□ 破く　　　　やぶく

[他五] 撕破，弄破
障子を破く／把紙拉門弄破。

□ 病む　　　　　　　　やむ

[自他五] 得病，患病；煩惱，憂慮

肺を病む／得了肺病。

□ やむを得ない

　　　　　　　　やむをえない

[連語] 不得已的，沒辦法的

やむをえない事情／不得已的情由

□ 唯一　　　　　　　　ゆいいつ

[名] 唯一，獨一

唯一無二の友／唯一無二的朋友

□ 遊園地　　　　　　ゆうえんち

[名] 遊樂場

遊園地で遊ぶ／在遊樂園玩

□ 友好　　　　　　　　ゆうこう

[名] 友好

友好を深める／加深友好關係。

□ 有効　　　　　　　　ゆうこう

[形動] 有效的

有効に使う／有效地使用。

□ 優柔不断

　　　　　　　ゆうじゅうふだん

[名・形動] 優柔寡斷

優柔不断な性格／優柔寡斷的個性。

□ 優勝　　　　　　　ゆうしょう

[名・自サ] 優勝，取得冠軍

優勝を狙う／以冠軍為目標。

□ 友情　　　　　　　ゆうじょう

[名] 友情

友情を結ぶ／結交朋友。

□ 夕食　　　　　　　ゆうしょく

[名] 晩餐

夕食はハンバーグだ／晩餐吃漢堡排。

□ 夕立　　　　　　　　ゆうだち

[名] 雷陣雨

夕立が上がる／驟雨停了。

□ 有能　　　　　　　　ゆうのう

[名・形動] 有才能的，能幹的。

有能な部下／能幹的部屬

□ 夕日　　　　　　　　ゆうひ

[名] 夕陽

夕日が沈む／夕陽西下。

□ 悠々　　　　　　　　ゆうゆう

[副・形動] 悠然，不慌不忙；綽綽有餘，充分；（時間）悠久，久遠；（空間）浩瀚無垠

悠々と歩く／不慌不忙地走。

□ 遊覧船　　　　**ゆうらんせん**

[名] 渡輪
遊覧船に乗る／搭乘渡輪。

□ 有料　　　　**ゆうりょう**

[名] 收費
有料駐車場／收費停車場

□ 浴衣　　　　**ゆかた**

[名] 夏季穿的單衣，浴衣
浴衣を着る／穿浴衣。

□ 行方　　　　**ゆくえ**

[名] 去向，目的地；下落，行蹤；前
途，將來
行方を探す／搜尋行蹤。

□ 行方不明　　**ゆくえふめい**

[名] 下落不明
行方不明になる／下落不明。

□ 湯気　　　　**ゆげ**

[名] 蒸氣，熱氣；（蒸汽凝結的）水
珠，水滴
湯気が立つ／冒熱氣。

□ 輸血　　　　**ゆけつ**

[名・自サ]（醫）輸血
輸血を受ける／接受輸血。

□ 輸送　　　　**ゆそう**

[名・他サ] 輸送，傳送
貨物を輸送する／輸送貨物。

□ 油断　　　　**ゆだん**

[名・自サ] 缺乏警惕，疏忽大意
油断してしくじる／因大意而失敗了。

□ ゆっくり　　**ゆっくり**

[副・自サ] 慢慢地，不著急的，從容地；
安適的，舒適的；充分的，充裕的
ゆっくり歩く／慢慢地走。

□ ゆったり　　**ゆったり**

[副・自サ] 寬敞舒適
ゆったりした服／寬鬆的服裝

□ 緩い　　　　**ゆるい**

[形] 鬆，不緊；徐緩，不陡；不急；
不嚴格；稀薄
緩いカーブ／慢彎

□ 夜　　　　　**よ**

[名] 夜，晚上，夜間
夜が明ける／天亮。

□ 夜明け　　　**よあけ**

[名] 拂曉，黎明
夜明けになる／天亮。

□ 様　　　　　**よう**

[名・形動] 樣子，方式；風格；形狀
話し様が悪い／說的方式不好。

419

□ 酔う　　　　　　　よう

[自五] 醉，酒醉；暈（車、船）；（吃
魚等）中毒；陶醉
酒に酔う／喝酒醉。

□ 容易　　　　　　　ようい

[形動] 容易，簡單
容易にできる／容易完成。

□ 溶岩　　　　　　　ようがん

[名]（地）溶岩
溶岩が流れる／熔岩流動。

02
-
26

□ 容器　　　　　　　ようき

[名] 容器
容器に納める／收進容器。

□ 陽気　　　　　　　ようき

[名・形動] 季節，氣候；陽氣（萬物發育
之氣）；爽朗，快活；熱鬧，活躍
陽気になる／變得爽朗快活。

□ 要求　　　　　　ようきゅう

[名・他サ] 要求，需求。
要求に応じる／回應要求。

□ 用語　　　　　　　ようご

[名] 用語，措辭；術語，專業用語。
ＩＴ用語を解説する／解說資訊科技
專門術語。

□ 要旨　　　　　　　ようし

[名] 大意，要旨，要點
要旨をまとめる／彙整重點。

□ 用心　　　　　　ようじん

[名・自サ] 注意，留神，警惕，小心
用心深い／非常謹慎自保

□ 様子　　　　　　　ようす

[名] 情況，狀態；容貌，樣子；緣
故；光景，徵兆
様子を窺う／暗中觀察狀況。

□ 要するに　　　ようするに

[連語] 總而言之，總之
要するにこの話は信用できない／總
而言之，此話不可信。

□ 容積　　　　　　ようせき

[名] 容積，容量，體積
容積が小さい／容量很小。

□ 要素　　　　　　　ようそ

[名] 要素，因素；（理、化）要素，因子
犯罪要素を構成する／構成犯罪的要
素。

□ 幼稚　　　　　　　ようち

[名・形動] 年幼的；不成熟的，幼稚的
幼稚な議論／幼稚的爭論

□ **幼稚園** ようちえん

［名］幼稚園

幼稚園に入る／上幼稚園。

□ **要点** ようてん

［名］要點，要領

要点をつかむ／抓住要點。

□ **用途** ようと

［名］用途，用處

用途が広い／用途廣泛。

□ **洋品店** ようひんてん

［名］舶來品店，精品店，西裝店。

洋品店を開く／開精品店。

□ **養分** ようぶん

［名］養分

養分を吸収する／吸收養分。

□ **羊毛** ようもう

［名］羊毛

羊毛を刈る／剪羊毛。

□ **要約** ようやく

［名・他サ］摘要，歸納

論文を要約する／做論文摘要。

□ **漸く** ようやく

［副］好不容易，勉勉強強，終於；漸漸

ようやく完成した／終於完成了。

□ **要領** ようりょう

［名］要領，要點；訣竅，竅門

要領を得る／很得要領。

□ **ヨーロッパ** ヨーロッパ

［名］【Europe】歐洲

ヨーロッパへ行く／去歐洲。

□ **予期** よき

［名・他サ］預期，預料，料想

予期せぬ出来事／意料之外的事件

□ **欲張り** よくばり

［名・形動］貪婪，貪得無厭（的人）

欲張りな人／貪得無厭的人

□ **欲張る** よくばる

［自五］貪婪，貪心，貪得無厭

欲張って食べ過ぎる／貪心結果吃太多了。

□ **余計** よけい

［形動・副］多餘的，無用的，用不著的；過多的；更多，格外，更加，越發

余計な事をするな／別多管閒事。

□ **横書き** よこがき

［名］橫寫

横書きの雑誌／橫寫編排的雜誌。

□ **横切る** よこぎる

［他五］橫越，橫跨

通りを横切る／穿越馬路。

□ 遣す／寄越す　　よこす

[他五] 寄來，送來；交給，轉給

手紙を遣す／寄信來。

□ 横長　　　　　よこなが

[名・形動] 長方形的，橫寬的

横長の鞄／橫長的包包。

□ 予算　　　　　よさん

[名] 預算

予算を立てる／訂立預算。

□ 止す　　　　　よす

[他五] 停止，做罷；戒掉；辭掉

行くのは止そう／不要去了吧。

□ 他所　　　　　よそ

[名] 別處，他處；遠方；別的，
他的；不顧，無視，漠不關心

よそを向く／看別的地方。

□ 予測　　　　　よそく

[名・他サ] 預測，預料

予測がつく／可以預料。

□ 四つ角　　　　よつかど

[名] 十字路口

四つ角に交番がある／十字路口有派
出所。

□ ヨット　　　　ヨット

[名]【yacht】遊艇，快艇

ヨットに乗る／乘遊艇。

□ 酔っ払い　　　よっぱらい

[名] 醉鬼，喝醉酒的人

酔っぱらい運転／酒醉駕駛

□ 夜中　　　　　よなか

[名] 半夜，深夜，午夜

夜中まで起きている／直到半夜都還
醒著。

□ 予備　　　　　よび

[名] 預備，準備

予備の電池を買う／買預備電池。

□ 呼び掛ける　　よびかける

[他下一] 招呼，呼喚；號召，呼籲

人に呼びかける／呼喚他人。

□ 呼び出す　　　よびだす

[他五] 喚出，叫出；叫來，喚來，邀
請；傳訊

電話で呼び出す／用電話叫人來。

□ 余分　　　　　よぶん

[名・形動] 剩餘，多餘的；超量的，額外
的

人より余分に働く／比別人格外辛勤。

□ 予報　　　　　よほう

[名・他サ] 預報

予報が当たる／預報說中。

□ 読み　　　　　　　よみ

[名] 唸，讀；訓讀；判斷，盤算；理解

この字の読みがわからない／不知道
這個字的讀法。

□ 蘇る　　　　　よみがえる

[自五] 甦醒，復活；復興，復甦，回
復；重新想起

記憶が蘇る／重新憶起。

□ 嫁　　　　　　　　　よめ

[名] 兒媳婦，妻，新娘

嫁にいく／嫁人。

□ 余裕　　　　　　　よゆう

[名] 富餘，剩餘；寬裕，充裕

余裕がある／綽綽有餘。

□ より　　　　　　　　より

[副] 更，更加

より深く理解する／更加深入地理解。

□ 因る　　　　　　　よる

[自五] 由於，因為；任憑，取決於；依
靠，依賴；按照，根據

不注意によって怪我する／由於疏忽
受傷。

□ 来　　　　　　　　らい

[連體]（時間）下個，下一個

来年3月に卒業する／明年三月畢業。

□ 来日　　　　　らいにち

[名・自サ]（外國人）來日本，到日本來

米大統領が来日する／美國總統來訪
日本。

□ 楽天的　　　らくてんてき

[形動] 樂觀的

楽天的な性格／樂天派。

□ 落雷　　　　　　らくらい

[名・自サ] 打雷，雷擊

落雷で火事になる／打雷引起火災。

□ 螺旋　　　　　　らせん

[名] 螺旋狀物；螺旋

螺旋階段／螺旋梯

□ 欄　　　　　　　　らん

[名・漢造]（表格等）欄目；欄杆；（書
籍、刊物、版報等的）專欄

欄に記入する／寫入欄內。

□ ランニング　　ランニング

[名]【running】賽跑，跑步

公園でランニングする／在公園跑
步。

□ リード　　　　　　リード

[名・自他サ]【lead】領導，帶領；（比
賽）領先，贏；（新聞報導文章的）內
容提要

人をリードする／帶領人。

□ 利益　　　　　　り えき

[名] 利益，好處；利潤，盈利
利益になる／有利潤。

□ 利害　　　　　　り がい

[名] 利害，得失，利弊，損益
利害が相反する／與利益相反。

□ 陸　　　　　　　り く

[名・漢造] 陸地，旱地；陸軍的通稱
陸が見える／看見陸地。

02
⎮
27

□ 利口　　　　　　り こう

[名・形動] 聰明，伶利機靈；巧妙，周
到，能言善道
利口な子／機靈的小孩

□ 利己主義　　　り こ しゅ ぎ

[名] 利己主義
利己主義はよくない／利己主義是不
好的。

□ リズム　　　　　リズム

[名]【rhythm】節奏，旋律，格調，
格律
リズムを取る／打節拍。

□ 理想　　　　　　り そう

[名] 理想
理想を抱く／懷抱理想。

□ 率　　　　　　　り つ

[名・接尾] 率，比率，成數；
有力或報酬等的程度
能率を上げる／提高效率。

□ リットル　　　リットル

[名・接尾]【(法) litre】升，公升
1リットルの牛乳／一公升的牛奶。

□ 略する　　　りゃくする

[他サ] 簡略；省略，略去；攻佔，奪取
マクドナルドを略してマック／麥當
勞簡稱麥克。

□ 流　　　　　　　りゅう

[名・接尾]（表特有的方式、派系）流，
流派
一流企業に就職する／在一流企業上
班。

□ 流域　　　　りゅういき

[名] 流域
長江流域／長江流域

□ 両　　　　　　　りょう

[漢造] 雙，兩
両者の合意が必要だ／需要雙方的同
意。

□ 量　　　　　　　りょう

[名・漢造] 數量，份量，重量；
推量；器量
量をはかる／測數量。

□ 寮　　　　　　　　**りょう**

[名・漢造] 宿舎（狹指學生、
公司宿舍）；茶室；別墅
寮生活をする／過著宿舍生活。

□ 料金　　　　　**りょうきん**

[名] 費用，使用費，手續費
料金がかかる／收費。

□ 領事　　　　　　**りょうじ**

[名] 領事
日本領事／日本領事

□ 領収　　　　　**りょうしゅう**

[名・他サ] 收到
代金を領収する／收取費用。

□ 両端　　　　　**りょうたん**

[名] 兩端
ケーブルの両端／電線兩端

□ 両面　　　　　**りょうめん**

[名]（表裡或內外）兩面；兩個方面
物事を両面から見る／從正反兩面來
看事情。

□ 緑黄色　**りょくおうしょく**

[名] 黃綠色
緑黄色野菜／黃綠色蔬菜

□ 臨時　　　　　　　**りんじ**

[名] 臨時，暫時，特別
臨時に雇われる／臨時雇用。

□ 冷静　　　　　　**れいせい**

[名・形動] 冷靜，鎮靜，沉著，清醒
冷静を保つ／保持冷靜。

□ 零点　　　　　　**れいてん**

[名] 零分；毫無價值，不夠格；零
度，冰點
零点を取る／得到零分。

□ 冷凍　　　　　　**れいとう**

[名・他サ] 冷凍
肉を冷凍する／將肉冷凍。

□ 冷凍食品

　　　　れいとうしょくひん

[名] 冷凍食品
冷凍食品は便利だ／冷凍食品很方
便。

□ レクリエーション

　　　　レクリエーション

[名]【recreation】（身心）休養；娛
樂，消遣
レクリエーションの施設／休閒設施

□ レジャー　　　　**レジャー**

[名]【leisure】空閒，閒暇，休閒時
間；休閒時間的娛樂
レジャーを楽しむ／享受休閒時光。

□ 列島　　　　　　**れっとう**

[名]（地）列島，群島
日本列島／日本列島

425

□ 煉瓦 （れんが）　れんが

[名] 磚，紅磚

煉瓦を積む／砌磚。

□ 連合 （れんごう）　れんごう

[名・他サ・自サ] 聯合，團結；（心）聯想

国際連合／聯合國

□ レンズ　レンズ

[名]【(荷) lens】（理）透鏡，凹凸鏡
片；照相機的鏡頭

レンズを磨く（みが）／磨鏡片。

□ 連想 （れんそう）　れんそう

[名・他サ] 聯想

雲を見て羊を連想する（くも・み・ひつじ・れんそう）／看見雲朵就
聯想到綿羊。

□ 蝋燭 （ろうそく）　ろうそく

[名] 蠟燭

蝋燭を吹き消す（ろうそく・ふ・け）／吹滅蠟燭。

□ 労働 （ろうどう）　ろうどう

[名・自サ] 勞動，體力勞動，工作；
（經）勞動力

労働を強制する（ろうどう・きょうせい）／強制勞動。

□ ロビー　ロビー

[名]【lobby】（飯店、電影院等人潮
出入頻繁的建築物的）大廳，門廳；
接待室，
休息室，走廊

ホテルのロビー／飯店的大廳

□ 論争 （ろんそう）　ろんそう

[名・自サ] 爭論，爭辯，論戰

論争が起こる（ろんそう・お）／引起爭論。

□ 論文 （ろんぶん）　ろんぶん

[名] 論文；學術論文

論文を提出する（ろんぶん・ていしゅつ）／提出論文。

□ 和 （わ）　わ

[名] 和，人和；停止戰爭，和好

和を保つ（わ・たも）／保持和協。

□ 輪 （わ）　わ

[名] 圈，環，箍；環節；車輪

輪を描く（わ・えが）／圍成圈子。

□ 和英 （わえい）　わえい

[名] 日本和英國；日語和英語；日英
辭典的簡稱

和英辞典（わえいじてん）／日英辭典

□ 若葉 （わかば）　わかば

[名] 嫩葉、新葉

若葉が萌える（わかば・も）／長出新葉。

□ 若々しい （わかわか）　わかわかしい

[形] 年輕有朝氣的，年紀輕的，富有
朝氣的

色つやが若々しい（いろ・わかわか）／色澤鮮艷。

□ 脇　　　　　　　わき

[名] 腋下，夾肢窩；（衣服的）旁側；旁邊，附近，身旁；旁處，別的地方；（演員）配角
脇に抱える／夾在腋下。

□ 湧く　　　　　　わく

[自五] 湧出；產生（某種感情）；大量湧現
清水が湧く／清水泉湧。

□ 僅か　　　　　わずか

[副・形動]（數量、程度、價值、時間等）很少，僅僅；一點也（後加否定）
わずかにずれる／稍稍偏離。

□ 綿　　　　　　　わた

[名]（植）棉；棉花；柳絮；絲棉
綿を入れる／（往衣被裡）塞棉花。

□ 話題　　　　　わだい

[名] 話題，談話的主題、材料；引起爭論的人事物
話題が変わる／改變話題。

□ 詫びる　　　　わびる

[自上一] 道歉，賠不是，謝罪
心から詫びる／由衷地道歉。

□ 和服　　　　　わふく

[名] 日本和服，和服
和服姿／和服打扮

□ 割と／割に　わりと／わりに

[副] 比較；分外，格外，出乎意料
柿が割に甘い／柿子分外香甜。

□ 割引　　　　わりびき

[名・他サ]（價錢）打折扣，減價；（對說話內容）打折；票據兌現
割引になる／可以減價。

□ 割る　　　　　わる

[他五] 打，劈開；用除法計算
六を二で割る／六除以二。

□ 悪口　　　　わるくち

[名] 壞話，誹謗人的話；罵人
悪口を言う／說壞話。

□ 我々　　　　われわれ

[代]（人稱代名詞）我們；（謙卑說法的）我；每個人
我々の仲間／我們的夥伴

□ ～椀／～碗　　わん

[名・接尾] 碗，木碗；（計算數量）碗
一椀の吸い物／一碗湯

□ ワンピース　ワンピース

[名]【one-piece】連身裙，洋裝
ワンピースを着る／穿洋裝。

N5 N4 N3 N2

N1

02 - 28

□ 亜　　　　　　　あ

[漢造] 亞，次；（化）亞（表示無機酸
中氧原子較少）；用在外語的音譯；
亞細亞，亞洲
亜熱帯／亞熱帶

□ （お）あいこ　　あいこ

[名] 不分勝負，不相上下

あいこになる／不分勝負。

□ 愛想／愛想　　あいそう

[名]（接待客人的態度、表情等）親切；接
待，款待；（在飲食店）算帳
愛想がいい／和藹可親。

□ 間柄　　　　　あいだがら

[名]（親屬、親戚等的）關係來往關
係，交情
親子の間柄／親子關係

□ 相次ぐ／相継ぐ　あいつぐ

[自五]（文）接二連三，連續不斷
相次ぐ災難／接二連三的天災人禍。

□ 合間　　　　　あいま

[名]（事物中間的）空隙，餘暇
仕事の合間／工作空檔

□ 敢えて　　　　あえて

[副] 敢；硬是，勉強；（下接否定）
毫（不），不見得
あえて危険を冒す／鋌而走險。

□ 仰ぐ　　　　　あおぐ

[他五] 仰，抬頭；尊敬；依靠；請求
空を仰ぐ／仰望天空。

□ 仰向け　　　　あおむけ

[名] 向上仰
仰向けに寝る／仰著睡。

□ 垢　　　　　　　あか

[名]（皮膚分泌的）污垢；水鏽，水
漬，污點
垢を落とす／除掉汙垢。

□ あがく　　　　　あがく

[自五] 掙扎；手腳亂動
水中であがく／在水裡掙扎。

□ 証　　　　　　　あかし

[名] 證據，證明
身の証を立てる／證明自身清白。

□ 赤字　　　　　あかじ

[名] 赤字，入不敷出；（校稿時寫的）
紅字，校正的字
赤字を埋める／彌補虧空。

□ 明かす　　　　あかす

[他五] 說出來；揭露；過夜；證明
秘密を明かす／揭露秘密。

□ **赤の他人** _{あか}_た_{にん} **あかのたにん**

[連語] 毫無關係的人；陌生人

_{あか}_た_{にん}
赤の他人になる／變為陌生人。

□ **赤らむ** _{あか} **あからむ**

[他五] 變紅，變紅了起來；臉紅

_{かお}_{あか}
顔が赤らむ／臉紅了起來。

□ **赤らめる** _{あか} **あからめる**

[他下一] 使…變紅

_{かお}_{あか}
顔を赤らめる／漲紅了臉。

□ **〜上がり** _あ **あがり**

[接尾] 〜出身；剛

_{かれ}_{やくにん}_あ
彼は役人上がりだ／他剛剛成為公務員。

□ **諦め** _{あきら} **あきらめ**

[名] 斷念，死心，達觀，想得開

あきらめがつかない／不死心。

□ **悪** _{あく} **あく**

[名・漢造] 惡，壞；壞人；（道德上的）惡，壞；（性質）惡劣，醜惡

_{あく}_こ
悪を懲らす／懲惡。

□ **アクセル** **アクセル**

[名]【accelerator】之略（汽車的）加速器

アクセルを踏む／踩油門。

□ **あくどい** **あくどい**

[形]（顔色）太濃艷；（味道）太膩；（行為）太過份讓人討厭，惡毒

あくどいやり方／惡毒的作法

□ **憧れ** _{あこが} **あこがれ**

[名] 憧憬，嚮往

_{あこが}_{ひと}_あ
憧れの人に会える／見到仰慕已久的人。

□ **痣** _{あざ} **あざ**

[名] 痣；（被打出來的）青斑，紫斑

_{ぜんしん}
全身あざだらけになる／全身上下青一塊紫一塊。

□ **浅ましい** _{あさ} **あさましい**

[形]（情形等悲慘而可憐的樣子）慘，悲慘；（作法或想法卑劣而下流）卑鄙，卑劣

_{あさ}_{こう}_い
浅ましい行為／卑鄙的行為

□ **欺く** _{あざむ} **あざむく**

[他五] 欺騙；混淆，勝似

_{かんげん}_{あざむ}
甘言をもって欺く／用甜言蜜語騙人。

□ **鮮やか** _{あざ} **あざやか**

[形動] 顔色或形象鮮明美麗，鮮艷；技術或動作精彩的樣子，出色

_{あざ}_{たいしょう}
鮮やかな対照をなす／形成鮮明的對比。

□ 嘲笑う　　あざわらう

[他五] 嘲笑

人の失敗を嘲笑う／嘲笑他人的失敗。

□ 悪しからず　　あしからず

[連語・副] 不要見怪；原諒

あしからずご了承ねがいます／請予原諒。

□ 味わい　　あじわい

[名] 味，味道；趣味，妙處

味わいのある言葉／富饒趣味的言語。

□ 焦る　　あせる

[自五] 急躁，著急，匆忙

焦って失敗する／因急躁而失敗。

□ 褪せる　　あせる

[自下一] 褪色，掉色

色が褪せる／褪色。

□ 値　　あたい

[名] 價值；價錢；（數）值

値がある／值得（做）…。

□ 値する　　あたいする

[自サ] 值，相當於；值得，有…的價值

議論に値しない／不值得討論下去。

□ アダルトサイト　アダルトサイト

[名]【adult site】成人網站

アダルトサイトを抜く／去除成人網站。

□ 悪化　　あっか

[名・自サ] 惡化，變壞

急速に悪化する／急速惡化。

□ 扱い　　あつかい

[名] 使用；接待；（當作…）對待；處理，調停

客の扱いが丁寧だ／待客周到。

□ 暑苦しい　　あつくるしい

[形] 悶熱的

暑苦しい部屋／悶熱的房間

□ 呆気ない　　あっけない

[形] 因為太簡單而不過癮；沒意思

あっけなく終わる／草草結束。

□ あっさり　　あっさり

[副・自サ]（口味）輕淡；（樣式）樸素；（個性）淡泊；簡單

お金にあっさりしている／對金錢淡泊。

□ 斡旋　　あっせん

[名・他サ] 幫助；關照；居中調解，斡旋；介紹

就職の斡旋を頼む／請求幫助找工作。

□ 圧倒　　あっとう

[名・他サ] 壓倒；勝過；超過

相手の勢いに圧倒される／被對方的氣勢壓倒。

432

□ アットホーム　アットホーム

[形動]【at home】舒適自在，無拘無束

アットホームな雰囲気／舒適的氣氛

□ 圧迫　　　　　あっぱく

[名・他サ] 壓力；壓迫

圧迫を受ける／受壓迫。

□ 誂える　　　あつらえる

[他下一] 點，訂做

スーツをあつらえる／訂作西裝。

□ 圧力　　　　　あつりょく

[名]（理）壓力；制伏力

圧力を感じる／備感壓力。

□ 当て　　　　　あて

[名] 目的，目標；期待，依賴；撞

当てのない旅／沒有目的地的旅行

□ ～宛　　　　　あて

[接尾]（寄、送）給…

社長あての手紙／寄給社長的信

□ 当て字　　　　あてじ

[名] 借用字，假借字；別字

当て字を書く／寫假借字。

□ 宛てる　　　あてる

[他下一] 寄給

兄にあてたはがき／寄給哥哥的明信片。

□ 跡継ぎ　　　　あとつぎ

[名] 後繼者，接班人；後代，後嗣

家業の跡継ぎになる／繼承家業。

□ アトピー性皮膚炎

　　アトピーせいひふえん

[名]【atopy】過敏性皮膚炎

アトピー性皮膚炎を改善する／改善過敏性皮膚炎。

□ 後回し　　　あとまわし

[名] 往後推，緩辦，推遲

それは後回しにしよう／那件事稍後再辦吧。

□ アフターケア　アフターケア

[名]【aftercare】病後調養

アフターケアを怠る／疏於病後調養。

□ アフターサービス

　　アフターサービス

[名]【(和)after＋service】售後服務

アフターサービスがいい／售後服務良好。

□ 油絵　　　　あぶらえ

[名] 油畫

油絵を描く／畫油畫。

□ アプローチ　アプローチ

[名・自サ]【approach】接近，靠近；探討，研究

科学的なアプローチ／科學的探討

433

02 - 29

□ あべこべ　　　　あ<u>べこべ</u>

[名・形動]（順序、位置、關係等）顛倒，相反

あべこべに着る／穿反。

□ 甘える　　　　あ<u>まえる</u>

[自下一] 撒嬌；利用…的機會，既然…就順從…

お母さんに甘える／跟媽媽撒嬌。

□ 雨具　　　　あ<u>まぐ</u>

[名] 防雨的用具（雨衣、雨傘、雨鞋等）

雨具の用意がない／沒有準備雨具。

□ 甘口　　　　あ<u>まくち</u>

[名] 帶甜味的；好吃甜食的人；（騙人的）花言巧語（甘言）

甘口の酒／帶甜味的酒

□ 網　　　　あ<u>み</u>

[名]（用繩、線、鐵絲等編的）網；法網

網にかかった魚／落網之魚

□ 操る　　　　あ<u>やつる</u>

[他五] 操控；駕馭，駕馭；精通（語言）

機械を操る／操作機器。

□ 危ぶむ　　　　あ<u>やぶむ</u>

[他五] 操心，擔心；認為靠不住，有風險

事業の成功を危ぶむ／擔心事業是否能成功。

□ あやふや　　　　あ<u>やふや</u>

[形動] 態度不明確的；含混的

あやふやな返事をする／含糊其詞的回答。

□ 過ち　　　　あ<u>やまち</u>

[名] 錯誤，失敗；過錯，過失

過ちを犯す／犯下過錯。

□ 歩み　　　　あ<u>ゆみ</u>

[名] 步行，走；腳步，步調；進度

歩みが止まる／停下腳步。

□ 歩む　　　　あ<u>ゆむ</u>

[自五] 行走；向前進，邁進

苦難の道を歩む／在艱難的道路上前進。

□ 予め　　　　あ<u>らかじめ</u>

[副] 預先，先

あらかじめアポをとる／事先預約。

□ 荒らす　　　　あ<u>らす</u>

[他五] 破壞；損傷，糟蹋；擾亂；偷竊

トラックが道を荒らす／卡車毀壞道路。

□ 争い　　　　あ<u>らそい</u>

[名] 爭吵，糾紛，不合；爭奪

争いが起こる／發生糾紛。

434

□ 改まる　　あらたまる

[自五] 改變；更新；革新，一本正經，鄭重其事

規則が改まる／改變規則。

□ 荒っぽい　　あらっぽい

[形] 性情、語言等粗暴、粗野；對工作等草率

行動が荒っぽい／行動粗野。

□ アラブ　　あらぶ

[名]【Arab】阿拉伯，阿拉伯人

アラブ人／阿拉伯人

□ 霰　　あられ

[名]（較冰雹小的）霰；切成小碎塊的年糕

あられが降る／下冰霰。

□ 有様　　ありさま

[名] 樣子，光景，情況，狀態

事件の有様を語る／敘述事情發生的情況。

□ ありのまま　　ありのまま

[名・副] 據實；事實上，實事求是

ありのままに言えば／說實在的…。

□ 有り触れる　　ありふれる

[自下一] 常有，不稀奇

ありふれた考え／普通的想法

□ アルカリ　　アルカリ

[名]【alkali】鹼；強鹼

純アルカリソーダ／純鹼蘇打

□ アルツハイマー病

アルツハイマーびょう

[名]【alzheimer びょう】阿茲海默症

アルツハイマー病を防ぐ／預防阿茲海默症。

□ アルミ　　アルミ

[名]【aluminium】鋁（「アルミニウム」的縮寫）

アルミ製品／鋁製品

□ アワー　　アワー

[名・造]【hour】時間；小時

ラッシュ・アワー／尖峰時刻

□ 淡い　　あわい

[形] 顏色或味道清淡；淡薄，微小；物體或光線隱約可見

淡いピンクのバラ／淺粉紅色的玫瑰

□ 合わす　　あわす

[他五] 合併；總加；混合；配合，使適應；核對

力を合わす／合力。

435

□ 〜合せ／合わせ　　あわせ

[名]（當造語成分用）合在一起；對照；比賽

刺身の盛り合わせ／生魚片拼盤

□ アンコール　　アンコール

[名・他サ]【encore】（要求）重演，再來（演，唱）一次

アンコールを求める／安可。

□ 暗殺　　あんさつ

[名・他サ]暗殺，行刺

暗殺を謀る／圖謀暗殺。

□ 暗算　　あんざん

[名・他サ]心算

暗算が苦手だ／不善於心算。

□ 暗示　　あんじ

[名・他サ]暗示，示意，提示

暗示をかける／得到暗示。

□ 案じる　　あんじる

[他上一]掛念，擔心；（文）思索

父の健康を案じる／擔心父親的身體健康。

□ 安静　　あんせい

[名]安靜；靜養

心身の安静を保つ／保持心身的平靜安穩。

□ 案の定　　あんのじょう

[副]果然，不出所料

案の定失敗した／果然失敗了。

□ 安否　　あんぴ

[名]平安與否；起居

安否を気遣う／擔心是否平安。

□ 異　　い

[名・漢造]差異，不同；奇異，奇怪；別處的

異を唱える／提出異議。

□ 意　　い

[名・漢造]心意，心情；想法；意思，意義

哀悼の意を表す／表達哀悼之意。

□ いい加減　　いいかげん

[形動・副]適當；敷衍；胡亂；不徹底；相當

いい加減にしろ／你給我差不多一點！

□ 言い張る　　いいはる

[他五]堅持主張，固執己見

知らないと言い張る／堅稱不知情。

□ 言い訳　　いいわけ

[名・自サ]辯解，分辯；道歉；語言用法上的分別

知らなかったと言い訳する／辯說不知情。

□ 医院　　　　　　いいん

[名]（私人經營，沒有住院設施的）醫
院，診療所
医院の院長／醫院的院長

□ 委員会　　　　いいんかい

[名] 委員會
学級委員会に出る／出席班聯會。

□ イエス　　　　　イエス

[感]【yes】是，對；同意
イエス・マン／唯唯諾諾的人

□ 家出　　　　　　いえで

[名・自サ] 逃出家門，逃家；出家為僧
娘が家出する／女兒逃家。

□ 生かす　　　　　いかす

[他五] 留活口；救活；活用；恢復；使
變生動
腕を生かす／發揮本領。

□ 如何なる　　　いかなる

[連體] 如何的，怎樣的，什麼樣的
いかなる危険も恐れない／不怕任何
危險。

□ 如何に　　　　　いかに

[副・感] 如何，怎麼樣；（後面多接「…
ても」）無論怎樣也
いかにすべきかわからない／不知如
何是好。

□ 如何にも　　　いかにも

[副] 的的確確，完全；實在；果然，
的確
いかにもそうだ／的確是那樣。

□ いかれる　　　いかれる

[自下一] 破舊，（機能）衰退
エンジンがいかれる／引擎破舊。

□ 粋　　　　　　　いき

[名・形動] 漂亮，瀟灑，俏皮，風流
粋な服装をしている／穿著漂亮。

□ 異議　　　　　　いぎ

[名] 異議，不同的意見
異議を申し立てる／提出異議。

□ 生き甲斐　　　いきがい

[名] 生存的意義，生活的價值，活得
起勁
生き甲斐を持つ／有生活目標。

□ 息苦しい　　いきぐるしい

[形] 呼吸困難；苦悶，令人窒息
息苦しく感じる／感到沈悶。

□ 意気込む　　　いきごむ

[自五] 振奮，幹勁十足，踴躍
意気込んで参加する／鼓足幹勁參
加。

□ 経緯　　　　　　いきさつ

[名] 原委，經過
事の<ruby>経緯<rt>いきさつ</rt></ruby>を<ruby>説明<rt>せつめい</rt></ruby>する／說明事情始末。

□ 意向　　　　　　いこう

[名] 打算，意圖，意向
<ruby>意向<rt>いこう</rt></ruby>を<ruby>確<rt>たし</rt></ruby>かめる／弄清（某人的）意圖。

02
-
30
□ 行き違い／行き違い　いきちがい

[名] 走岔開；（聯繫）弄錯感情失和，不睦
<ruby>行<rt>い</rt></ruby>き<ruby>違<rt>ちが</rt></ruby>いになる／走岔開，沒遇上。

□ いざ　　　　　　いざ

[感]（文）來吧，好啦（表示勸誘他人）；一旦（表示自己決心做某件事）
いざとなれば／一旦發生問題。

□ 戦　　　　　　　いくさ

[名] 戰爭
<ruby>長<rt>なが</rt></ruby>い<ruby>戦<rt>いくさ</rt></ruby>となる／演變為久戰。

□ 潔い　　　　　いさぎよい

[形] 勇敢，果斷，乾脆，毫不留戀，痛痛快快
<ruby>潔<rt>いさぎよ</rt></ruby>く<ruby>罪<rt>つみ</rt></ruby>を<ruby>認<rt>みと</rt></ruby>める／痛快地認罪。

□ 育成　　　　　いくせい

[名・他サ] 培養，培育，扶植，扶育
エンジニアを<ruby>育成<rt>いくせい</rt></ruby>する／培育工程師。

□ いざ知らず　　いざしらず

[慣用語] 姑且不談；還情有可原
そのことはいざ<ruby>知<rt>し</rt></ruby>らず／那件事先姑且不談。

□ 幾多　　　　　　いくた

[副] 許多，多數
<ruby>幾多<rt>いくた</rt></ruby>の<ruby>困難<rt>こんなん</rt></ruby>を<ruby>乗<rt>の</rt></ruby>り<ruby>越<rt>こ</rt></ruby>える／克服無數困難。

□ 意思　　　　　　いし

[名] 意思，想法，打算
<ruby>意思<rt>いし</rt></ruby>が<ruby>通<rt>つう</rt></ruby>じる／互相了解對方的意思。

□ 生ける　　　　　いける

[他下一] 把鮮花，樹枝等插到容器裡；種植物
<ruby>花<rt>はな</rt></ruby>を<ruby>生<rt>い</rt></ruby>ける／插花。

□ 意地　　　　　　いじ

[名]（不好的）心術；倔強，意氣用事；逞強心
<ruby>意地<rt>いじ</rt></ruby>を<ruby>張<rt>は</rt></ruby>る／堅持己見。

□ 移行　　　　　　いこう

[名・自サ] 轉變，移位，過渡
<ruby>新制度<rt>しんせいど</rt></ruby>に<ruby>移行<rt>いこう</rt></ruby>する／改行新制度。

□ 意識不明　　いしきふめい

[名] 失去意識，意識不清
<ruby>意識不明<rt>いしきふめい</rt></ruby>になる／昏迷不醒。

□ 移住　　　　　いじゅう

[名・自サ] 移居

外国に移住する／移居國外。

□ 衣装　　　　　いしょう

[名] 衣服，（外出或典禮用的）盛
裝；（戲）戲服，劇裝

衣装をつけた俳優／穿上戲服的演
員。

□ 弄る　　　　　いじる

[他五]（俗）（毫無目的地）擺弄；（做
為娛樂消遣）玩弄，玩賞

髪をいじる／玩弄頭髮。

□ 何れも　　　　いずれも

[連語] 無論哪一個都，全都

いずれも優れた短編を集める／集結
所有傑出的短篇。

□ 異性　　　　　いせい

[名] 異性；不同性質

異性関係を持つ／有男女關係。

□ 遺跡　　　　　いせき

[名] 故址，遺跡，古蹟；繼承人

遺跡を発見する／發現遺跡。

□ 依然　　　　　いぜん

[副・形動タルト] 依然，仍然，依舊

依然として不景気だ／依然不景氣。

□ 依存／依存　　いそん

[名・自サ] 依存，依靠，賴以生存

人民の力に依存する／依靠人民的力
量。

□ 痛い目　　　　いたいめ

[名] 痛苦的經驗

痛い目に遭う／難堪；倒楣。

□ 委託　　　　　いたく

[名・他サ] 委託，託付；（法）委託，代
理人

任務を代理人に委託する／把任務委
託給代理人。

□ 頂　　　　　　いただき

[名]（物體的）頂部；頂峰，樹尖

山の頂／山頂

□ 至って　　　　いたって

[副・連語]（文）很，極，甚；（用「に
至って」的形式）至，至於

至って健康だ／非常健康。

□ 炒める　　　　いためる

[他下一] 炒（菜、飯等）

にんにくを炒める／爆炒蒜瓣。

□ 労る　　　　　いたわる

[他五] 照顧，怜恤；功勞；慰勞，安慰

やさしい言葉で病人をいたわる／
用溫柔的話語安慰病人。

□ 市　　　　　　　いち

[名] 市場，集市；市街

蚤の市を開く／舉辦跳蚤市場。

□ 一員　　　　いちいん

[名] 一員；一份子

家族の一員／家族的一份子。

□ 一概に　　いちがいに

[副] 一概，一律，沒有例外地（常和否定詞相應）

一概に論じられない／無法一概而論。

□ 一字違い　いちじちがい

[名] 錯一個字

一字違いで大違い／錯一個字便大不同。

□ 著しい　　いちじるしい

[形] 非常明顯；顯著地突出；顯然

著しい差異がある／有很大差別。

□ 一同　　　　いちどう

[名・副] 大家，全體

一同が立ち上がる／全體都站起來。

□ 一部分　　いちぶぶん

[名] 一冊，一份，一套；一部份

一部分だけ切り取る／只切除一部分。

□ 一別　　　　いちべつ

[名] 一別，分別

一別以来／闊別以來。

□ 一面　　　　いちめん

[名] 一面；另一面；全體；（報紙的）頭版

一面の記事／頭版新聞

□ 一目　　　　いちもく

[名・自サ] 一隻眼睛；一看，一目；一項

一目してそれと分かる／一眼就看出。

□ 一様　　　　いちよう

[形動] 一樣；平常；平等

一様に取り扱う／同樣對待。

□ 一律　　　　いちりつ

[名] 同樣的音律；一樣，一律，千篇一律

すべてを一律に扱う／全部一視同仁。

□ 一連　　　　いちれん

[名] 一連串，一系列；（用細繩串著的）一串

一連の措置をとる／採一連串措施。

□ 一括　　　　いっかつ

[名・他サ] 總括起來，全部

一括して購入する／全部買下。

□ **一気に** いっきに

[副] 一口氣地
一気に飲み干す／一口氣喝乾。

□ **一挙に** いっきょに

[副] 一下子；一次
問題を一挙に解決する／一口氣解決問題。

□ **一見** いっけん

[名・副・他サ] 看一次，一看；一瞥；乍看
百聞は一見に如かず／百聞不如一見。

□ **一刻** いっこく

[名・形動] 一刻；片刻；頑固；愛生氣
一刻も早く会いたい／迫不及待想早點相見。

□ **一切** いっさい

[名・副] 一切，全部；（下接否定）完全，都
家財の一切を失う／失去所有財產。

□ **一新** いっしん

[名・自他サ] 刷新，革新
気分を一新する／轉換心情。

□ **一心に** いっしんに

[副] 專心，一心一意
一心に神に祈る／一心一意向上天祈求。

□ **いっそ** いっそ

[副] 索性，倒不如，乾脆就
いっそ歩いて行く／乾脆走路去。

□ **一掃** いっそう

[名・他サ] 掃盡，清除
暴力を一掃する／肅清暴力。

□ **一帯** いったい

[名・副] 一帶；一片；一條
付近一帯がお花畑になる／這附近將會變成一片花海。

□ **一変** いっぺん

[名・自他サ] 一變，完全改變；突然改變
病勢が一変する／病情急變。

□ **意図** いと

[名・他サ] 心意，主意，企圖，打算
意図を隠す／隱瞞企圖。

□ **異動** いどう

[名・自他サ] 異動，變動，調動
人事異動を行う／進行人事調動。

□ **営む** いとなむ

[他五] 舉辦，從事；經營；準備；建造
生活を営む／營生。

□ **挑む** いどむ

[自他五] 挑戰；找碴；征服；挑逗，調情
試合に挑む／挑戰比賽。

□ 稲光　　　　いなびかり

[名] 閃電，閃光
稲光がする／出現閃電。

□ 古　　　　　いにしえ

[名] 古代
古をしのぶ／思古幽情。

□ 祈り　　　　いのり

[名] 祈禱，禱告
祈りを捧げる／祈禱。

□ 鼾　　　　　いびき

[名] 鼾聲
いびきをかく／打呼。

□ 今更　　　　いまさら

[副] 現在才…；（後常接否定語）現
在開始，現在重新…，事到如今
いまさら言うもでもない／事到如今
也不用再提了。

□ 未だ　　　　いまだ

[副] 未，還（沒），尚未（後接否定）
いまだに終わらない／至今尚未結
束。

□ 移民　　　　いみん

[名・自サ] 移民；（移往外國的）僑民
ブラジルへ移民する／移民到巴西。

□ いやいや　　いやいや

[名・副]（小孩子搖頭表示不願意）搖
頭；勉勉強強，不得已而…
赤ん坊がいやいやをする／小嬰兒搖
頭（表示不願意）。

□ 卑しい　　　いやしい

[形] 地位低下；寒酸；下流，低級
卑しい身なりをする／寒酸的打扮。

□ 嫌（に）　　いやに

[形動・副] 不喜歡；厭煩；不愉快；
（俗）太；非常
今日はいやに暑い／今天真是熱。

□ 嫌らしい　　いやらしい

[形] 令人討厭；令人不愉快，不正
經，不規矩
いやらしい目つきで見る／用令人不
愉快的眼神看。

□ 意欲　　　　いよく

[名] 意志，熱情
意欲を燃やす／激起熱情。

□ 衣料　　　　いりょう

[名] 衣服；衣料
衣料品を購入する／購買衣物。

□ 威力　　　　いりょく

[名] 威力，威勢
威力を示す／顯示威力。

□ 衣類　　　　　　　　<u>い</u>るい

[名] 衣服，衣裳

衣類をまとめる／整理衣物。

□ 色違い　　　　　い<u>ろ</u><u>ち</u><u>が</u>い

[名] 一款多色

色違いのブラウス／一款多色的襯衫

□ 異論　　　　　　　　い<u>ろ</u>ん

[名] 異議，不同意見

異論を唱える／提出不同意見。

□ 印鑑　　　　　　　い<u>ん</u><u>か</u>ん

[名] 印鑑，圖章

印鑑が必要だ／需要印章。

□ 陰気　　　　　　　　い<u>ん</u>き

[名・形動] 鬱悶，不開心；陰暗；陰鬱之氣

陰気な顔つき／愁眉苦臉

□ 隠居　　　　　　　い<u>ん</u>きょ

[名・自サ] 隱居，退休；（閑居的）老人

郊外に隠居する／隱居郊外。

□ インターチェンジ

　　　　　<u>イ</u>ンターチェンジ

[名]【interchange】高速公路的出入口；交流道

インターチェンジが閉鎖される／交流道被封鎖。

□ インターナショナル

　　　　　<u>イ</u>ンターナ<u>シ</u>ョナル

[名・形動]【international】國際；國際歌；國際間的

インターナショナルフォーラムを開催する／舉辦國際論壇。

□ インターホン　　<u>イ</u>ン<u>タ</u>ーホン

[名]【interphone】（船飛機、建築物等）內部對講機

インターホンで確認する／用對講機確認一下。

□ インテリ　　　　　　<u>イ</u>ンテリ

[名]【(俄)intelligentsiya】知識份子，知識階層

インテリの集まり／人才濟濟

□ インフォメーション

　　　　　<u>イ</u>ンフォメ<u>ー</u>ション

[名]【information】通知，情報，消息；傳達室，服務台

インフォメーション・デスク／服務台

□ インフレ　　　　　　<u>イ</u>ンフレ

[名]【inflation】之略（經）通貨膨脹

インフレを引き起こす／引發通貨膨脹。

□ 受かる　　　　　　　う<u>か</u>る

[自五] 考上，及格，上榜

入学試験に受かる／入學考試及格。

□ 受け入れ　　　うけいれ

[名]（新成員或移民等的）接受，收容；（物品或材料等的）收進；答應
受け入れ計画／接收計畫

□ 受け入れる　　うけいれる

[他下一] 收下；收容，接納；採納，接受
要求を受け入れる／接受要求。

□ 受け継ぐ　　　うけつぐ

[他五] 繼承，後繼
事業を受け継ぐ／繼承事業。

□ 受け付ける　　うけつける

[他下一] 受理，接受；容納（特指吃藥、東西不嘔吐）
リクエストを受け付ける／受理要求。

□ 受け止める　　うけとめる

[他下一] 接住，擋下阻止，防止；理解，認識
忠告を受け止める／接受忠告。

□ 受け身　　　　うけみ

[名] 被動，守勢，招架；（語法）被動式
受け身にまわる／轉為被動。

□ 受け持ち　　　うけもち

[名] 擔任，主管；主管人，主管的事情
受け持ちの先生／負責的老師。

□ 動き　　　　　うごき

[名] 活動，動作；變化，動向；更動
動きを止める／停止動作。

□ うざい　　　　うざい

[俗語] 陰鬱，鬱悶（「うざったい」之略）
うざい天気／陰霾的天氣

□ 渦　　　　　　うず

[名] 漩渦，漩渦狀；混亂狀態，難以脫身的處境
渦を巻く／打轉；呈現混亂狀態。

□ 埋める　　　　うずめる

[他下一] 掩埋，填上；充滿，擠滿
彼の胸に顔をうずめて泣く／臉埋在他的胸前哭了。

□ 嘘つき　　　　うそつき

[名] 說謊；說謊的人；吹牛的廣告
嘘つきは泥棒の始まり／小錯不改，大錯難改

□ 転寝　　　　　うたたね

[名・自サ] 打瞌睡，假寐
ソファーでうたた寝する／在沙發上假寐。

□ 打ち明ける　　うちあげる

[他下一] 吐露，坦白，老實說
秘密を打ち明ける／吐露秘密。

□ **打ち上げる**　　うちあげる

[他下一]（往高處）打上去，發射

花火を打ち上げる／放煙火。

□ **打ち切る**　　うちきる

[他五]（「切る」的強調說法）砍，切；停止，中止

交渉を打ち切る／停止談判。

□ **打ち消し**　　うちけし

[名]消除，否認，否定；（語法）否定

打ち消し合う／相互否定。

□ **打ち込む**　　うちこむ

[他五]釘進；射進；用力扔到；猛撲；灌水泥

[自五]熱衷，埋頭努力

受験勉強に打ち込む／埋頭準備升學考試。

□ **団扇**　　うちわ

[名]團扇；（相撲）裁判扇

うちわで扇ぐ／用團扇搧風。

□ **内訳**　　うちわけ

[名]細目，明細，詳細內容

内訳を示す／出示明細。

□ **写し**　　うつし

[名]拍照，攝影；抄本，摹本，複製品

住民票の写し／影印戶籍謄本。

□ **訴え**　　うったえ

[名]訴訟，控告；訴苦，申訴

訴えを退ける／撤銷訴訟。

□ **鬱陶しい**　　うっとうしい

[形]天氣，心情等陰鬱；煩厭的，不痛快的

前髪がうっとうしい／瀏海很惱人。

□ **鬱病**　　うつびょう

[名]憂鬱症

うつ病を治す／治療憂鬱症。

□ **俯せ**　　うつぶせ

[名]臉朝下趴著，俯臥

うつぶせに倒れる／臉朝下跌倒，摔了個狗吃屎。

□ **俯く**　　うつむく

[自五]低頭，臉朝下；垂下來，向下彎

恥ずかしそうにうつむく／害羞地低下頭。

□ **空ろ／虚ろ**　　うつろ

[名・形動]空，空洞；空虛，發呆

うつろな目／空洞的眼神

□ **器**　　うつわ

[名]容器，器具；才能，人才；器量

器が大きい／器量大。

445

□ 腕前　　　　うでまえ

[名] 能力，本事，才幹，手藝

腕前を披露する／展現才能。

□ 雨天　　　　うてん

[名] 雨天

雨天決行／風雨無阻。

□ 促す　　　　うながす

[他五] 促使，促進

注意を促す／提醒注意。

02
｜
32

□ 自惚れ　　　うぬぼれ

[名] 自滿，自負，自大

うぬぼれが強い／過於自大。

□ 自惚れる　　うぬぼれる

[自下一] 驕傲，自負，自大

自分の才能にうぬぼれる／對自己的

才能感到自負。

□ 生まれつき　うまれつき

[名・副] 天性；天生，生來

生まれつきの才能／天生的才能

□ 埋め立てる　うめたてる

[他下一] 填拓（海，河），填海（河）

造地

海を埋め立てる／填海造地。

□ 梅干し　　　うめぼし

[名] 鹹梅，醃的梅子

梅干しを漬ける／醃製酸梅。

□ 裏返し　　　うらがえし

[名] 表裡相反，翻裡作面

裏返しにして使う／裡外顛倒使用。

□ 売り出し　　うりだし

[名] 開始出售；減價出售；出名，嶄

露頭角

売り出し中の歌手／開始嶄露頭角的

歌手

□ 売り出す　　うりだす

[他五] 上市，出售；出名，紅起來

新商品を売り出す／新品上市。

□ 潤う　　　　うるおう

[自五] 潤濕；手頭寬裕；受惠，沾光

肌が潤う／肌膚潤澤。

□ 上書き　　　うわがき

[名] 寫在（信件等）上（的文字）；

（電腦檔案）另存新檔

荷物の上書きを確かめる／核對貨物

上的收件人姓名及地址。

□ 浮気　　　　うわき

[名・自サ・形動] 見異思遷，心猿意馬；外遇

浮気がばれる／外遇被發現。

446

□ 上手　　　　　うわて

［名・形動］高處，上方；上風處；上
流；高明；採取威脅的態度
上手から登場する／從高處登場。

□ 上の空　　　うわのそら

［名・形動］心不在焉，漫不經心
上の空でいる／發呆，心不在焉。

□ 上回る　　　うわまわる

［自五］超過，超出；（能力）優越
記録を上回る／打破記録。

□ 上向く　　　うわむく

［自五］（臉）朝上，仰；（行市等）上漲
景気が上向く／景氣回升。

□ 運営　　　　　うんえい

［名・他サ］領導（組織或機構），經營，
管理
運営資金／營運資金

□ うんざり　　　うんざり

［名・自サ］厭膩，厭煩，（興趣）索性
うんざりする仕事／令人煩厭的工作

□ 運送　　　　　うんそう

［名・他サ］運送，運輸，搬運
救援物資を運送する／運送救援物
資。

□ 運命　　　　　うんめい

［名］命，命運；將來
運命に導かれる／受命運的牽引。

□ 運輸　　　　　うんゆ

［名］運輸，運送，搬運
海上運輸／海上運輸

□ 柄　　　　　　え

［名］柄，把
傘の柄／傘把

□ エアメール　　エアメール

［名］【airmail】航空郵件，航空信
エアメールを送る／寄送航空郵件。

□ ～営　　　　　えい

［漢造］經營；軍營
自営業／獨資事業

□ 英字　　　　　えいじ

［名］英語文字（羅馬字）；英國文學
英字新聞／英文報紙

□ 映写　　　　　えいしゃ

［名・他サ］放映（影片、幻燈片等）
映写機／放映器

□ 衛星　　　　　えいせい

［名］（天）衛星；人造衛星
人工衛星／人造衛星

447

□ 映像　　　　えいぞう

[名] 映像，影像；（留在腦海中的）形象，印象

映像を映し出す／放映出影像。

□ 英雄　　　　えいゆう

[名] 英雄

国民的英雄／人民的英雄

□ 液　　　　えき

[名・漢造] 汁液，液體

液状化現象／液態化現象

□ えぐる　　　　えぐる

[他五] 挖；深挖，追究；（喻）挖苦，刺痛；絞割

心をえぐる／心如刀絞。

□ エコ　　　　エコ

[接頭]【ecology】之略。環保～

エコグッズ／環保商品

□ エスカレート　エスカレート

[名・自他サ]【escalate】逐步上升，逐步升級

紛争がエスカレートする／衝突與日俱增。

□ 閲覧　　　　えつらん

[名・他サ] 閲覽；查閲

新聞を閲覧する／閲覽報紙。

□ 獲物　　　　えもの

[名] 獵物；掠奪物，戰利品

獲物を仕留める／射死獵物。

□ 襟　　　　えり

[名]（衣服的）領子；後頸；（西裝的）硬領

襟を正す／把領子翻好。

□ エリート　　　　エリート

[名]【(法)elite】菁英，傑出人物

エリート意識が強い／優越感特別強烈。

□ エレガント　　　　エレガント

[形動]【elegant】雅致（的），優美（的），漂亮（的）

エレガントな身のこなし／優雅的姿態。

□ 縁　　　　えん

[名・漢造] 廊子；關係；血緣，姻緣；邊緣；機緣

縁がある／有緣份。

□ 円滑　　　　えんかつ

[名・形動] 圓滑；順利

円滑な運営／順利經營

□ 縁側　　　　えんがわ

[名] 廊子，走廊

縁側に出る／到走廊。

□ 沿岸　　　えんがん

[名] 沿岸
地中海沿岸／地中海沿岸。

□ 婉曲　　　えんきょく

[形動] 婉轉，委婉
婉曲に断る／委婉拒絕。

□ 演出　　　えんしゅつ

[名・他サ]（劇）演出，上演；導演
演出家／舞台劇導演

□ 演じる　　　えんじる

[他上一] 扮演，演；做出
ヒロインを演じる／扮演主角。

□ 沿線　　　えんせん

[名] 沿線
鉄道沿線の住民／鐵路沿線的居民

□ 縁談　　　えんだん

[名] 親事，提親，說媒
縁談がまとまる／親事談成了。

□ 塩分　　　えんぶん

[名] 鹽分，鹽濃度
塩分を取り除く／除去鹽分。

□ 遠方　　　えんぼう

[名] 遠方，遠處
遠方へ赴く／遠行。

□ 円満　　　えんまん

[形動] 圓滿，美滿，完美
円満な夫婦／幸福美滿的夫妻

□ 尾　　　お

[名]（動物的）尾巴；（事物的）尾部；山腳
尾を引く／留下影響。

□ 追い込む　　　おいこむ

[他五] 趕進；逼到；最後關頭加把勁；緊排，縮排（文字）
窮地に追い込まれる／被逼到絕境。

□ 追い出す　　　おいだす

[他五] 趕出，驅逐；解雇
家を追い出す／趕出家門。

□ 老いる　　　おいる

[自上一] 老；衰老；（雅）（季節）將盡
老いた母／年邁的母親。

□ オイルショック　　　オイルショック

[名]【(和)oil＋shock】石油危機
オイルショックの与えた影響／石油危機帶來的影響。

□ 負う　　　おう

[他五] 背；負責；背負；多虧
責任を負う／負起責任。

449

□ 応急　　　　おうきゅう

[名] 應急，救急

おうきゅうしょ ち
応急処置／緊急處置

□ 黄金　　　　おうごん

[名] 黃金；金錢

おうごん ぶつぞう
黄金の仏像／黃金佛像

□ 往診　　　　おうしん

[名·自サ]（醫生的）出診

しゅういっかい おうしん
週一回の往診／一週一次出診

□ 応募　　　　おうぼ

[名·自サ] 報名參加；認購（公債，股票
等）；投稿應徵

きゅうじん おうぼ
求人に応募する／應徵求才職缺。

□ おい　　　　おい

[感]（在遠方要叫住他人）喂，嗨

おい、こっちだよ／喂，在這裡啦！

02
-
33
□ 大方　　　　おおかた

[名·副] 大部分，多半，大體；一般
人，大家

おおかた どくしゃ
大方の読者／大部分的讀者

□ 大柄　　　　おおがら

[名·形動] 身材大，骨架大；大花樣

おおがら おんな
大柄な女／身材高大的女人

□ オーケー　　　オーケー

[名·自サ·感]【OK】好，對，可以；同意

せんぽう と
先方のオーケーを取る／取得對方的
同意。

□ 大袈裟　　　おおげさ

[形動] 做得或說得比實際誇張的樣子；
誇張，誇大

い
おおげさに言う／誇大其詞。

□ 大事　　　　おおごと

[名] 重大事件，重要的事情

おおごと
それは大事だ／那事情很重要。

□ 大筋　　　　おおすじ

[名] 內容提要，主要內容，要點，梗概

じけん おおすじ
事件の大筋／事件的概要

□ 大空　　　　おおぞら

[名] 太空，天空

は わた おおぞら
晴れ渡る大空／萬里晴空。

□ オーダーメイド　オーダーメイド

[名]【(和)order＋made】訂做的貨，
訂做的西服

ふく
この服はオーダーメイドだ／這件西
服是訂做的。

□ オートマチック　　オートマチック

[名·形動·造]【automatic】自動裝置，
自動機械；自動裝置的，自動式的

し か
オートマチックな仕掛け／自動化設備。

□ オーバー　　　オーバー

[名・自他サ・形動ダ]【over】超過，超越；
外套
予算をオーバーする／超過預算。

□ 大幅　　　おおはば

[名・形動] 寬幅（的布）；大幅度，廣泛
支出を大幅に削減する／大幅減少支
出。

□ 大まか　　　おおまか

[形動] 不拘小節的樣子，大方；概略，
大略
大まかな見積もり／粗略估計。

□ 大水　　　おおみず

[名] 大水，洪水
大水が出る／發生大洪水。

□ 概ね　　　おおむね

[名・副] 大概，大致，大部分
おおむね分かった／大致上明白了。

□ 大目　　　おおめ

[名] 大眼睛；寬恕，饒恕，容忍
大目に見る／寬恕，不追究。

□ 公　　　おおやけ

[名] 政府機關，公家，集體組織；公
共；公開
公の場／公開的場合。

□ 大らか　　　おおらか

[形動] 落落大方，胸襟開闊，豁達
おおらかな性格／落落大方的個性

□ 犯す　　　おかす

[他五] 犯錯；冒犯；汙辱
犯罪を犯す／犯罪。

□ 侵す　　　おかす

[他五] 侵犯，侵害；侵襲；患，得（病）
病魔に侵される／遭病魔侵襲。

□ 冒す　　　おかす

[他五] 冒著，不顧；冒充
危険を冒す／冒著危險。

□ 臆病　　　おくびょう

[名・形動] 戰戰兢兢的；膽怯，怯懦
臆病者／膽小鬼

□ 遅らす　　　おくらす

[他五] 延遲，拖延；（時間）調慢，調回
予定を遅らす／延遲預定行程。

□ 厳か　　　おごそか

[形動] 威嚴而莊重的樣子；莊嚴，嚴肅
厳かに行われる／嚴肅的舉行。

□ 行い　　　おこない

[名] 行為，形動；舉止，品行
行いを改める／改正言行舉止。

451

□ 奢る　　　　　おごる

[自五・他五] 奢侈，過於講究；請客，作東

先輩におごってもらう／讓前輩請
客。

□ 収まる　　　　おさまる

[自五] 平息；裝進；繳納；心滿意足；
理解；同意

事態が収まる／事情平息。

□ 治まる　　　　おさまる

[自五] 安定，平息

嵐が治まる／暴風雨平息。

□ 納まる　　　　おさまる

[自五] 収納，容納；繳納

税金が納まる／納税。

□ お産　　　　　おさん

[名・他サ] 生孩子，分娩

お産の準備／分娩的準備。

□ 押し切る　　　おしきる

[他五] 切斷；排除（困難、反對）

押し切ってやる／大膽地做。

□ 押し込む　　　おしこむ

[自五] 闖入，硬擠；闖進去行搶
[他五] 塞進，硬往裡塞

トランクに押し込む／硬塞進行李箱
裡。

□ （お）仕舞い　おしまい

[名] 完了，終止，結束；完蛋，絕望

これでおしまいにする／就此為止，
到此結束。

□ 惜しむ　　　　おしむ

[他五] 吝惜，捨不得；惋惜，可惜

努力を惜しまない／努力不懈。

□ 押し寄せる　　おしよせる

[自下一] 湧進來；蜂擁而來　[他下一] 挪到
一旁

津波が押し寄せる／海嘯席捲而來。

□ 雄　　　　　　おす

[名]（動物的）雄性，公；牡

雄の闘争心／雄性的鬥爭心

□ お世辞　　　　おせじ

[名] 恭維（話），奉承（話），獻殷
勤的（話）

お世辞を言う／說客套話。

□ お節料理　おせちりょうり

[名] 年菜

お節料理を作る／煮年菜。

□ おせっかい　　おせっかい

[名・形動] 愛管閒事，多事

おせっかいを焼く／好管他人閒事。

452

□ 襲う　　　　おそう

[他五] 襲擊，侵襲；繼承；衝到，闖到
人を襲う／襲擊他人。

□ 遅くとも　　おそくとも

[副] 最晚，至遲
遅くとも9時には寝る／最晚九點就
寝。

□ 恐れ　　　　おそれ

[名] 害怕；擔心
失敗の恐れがある／恐怕會失敗。

□ 恐れ入る　　おそれいる

[自五] 真對不起；非常感激；佩服；感
到意外；為難
恐れ入ります／不好意思。

□ 煽てる　　　おだてる

[他下一] 慫恿，搧動；高捧，拍
おだてても無駄だ／拍馬屁也沒用。

□ 落ち込む　　おちこむ

[自五] 陷入；下陷；（成績、行情）下
跌；落到手裡
景気が落ち込む／景氣下滑。

□ 落ち着き　　おちつき

[名] 鎮靜安詳；（器物等）放的穩；
穩妥，協調
落ち着きを取り戻す／恢復鎮靜。

□ 落ち葉　　　おちば

[名] 落葉，淺咖啡色
落ち葉を掃く／打掃落葉。

□ 乙　　　　　おつ

[名]（天干第二位）乙；第二（位），
乙；別緻，有風味
甲乙つけがたい／難分軒輊。

□ お使い　　　おつかい

[名] 被打發出去辦事，跑腿
お使いを頼む／受指派外出辦事。

□ おっかない　おっかない

[形]（俗）令人害怕的，令人提心吊膽的
おっかない客／令人提心吊膽的顧客。

□ おっちょこちょい

おっちょこちょい

[名・形動] 輕浮，冒失，不穩重；輕浮的
人，輕佻的人

おっちょこちょいなところがある／
有冒失之處。

□ お手上げ　　おてあげ

[名] 束手無策，毫無辦法，沒轍
お手上げの状態／束手無策的狀況。

□ おどおど　　おどおど

[副・自サ] 提心吊膽，忐忑不安
人前ではいつもおどおどしている／
在人面前總是提心吊膽。

453

□ 脅す／威す　　　おどす

[他五] 威嚇，恐嚇，嚇唬

刃物で脅す／拿刀威嚇。

□ 訪れる　　　おとずれる

[自下一] 拜訪，訪問；來臨；通信問候

チャンスが訪れる／機會降臨。

□ お供　　　おとも

[名・自サ] 陪伴，陪同，跟隨；隨員

社長にお供する／陪同社長。

□ 衰える　　　おとろえる

[自下一] 衰落，衰退

体力が衰える／體力衰退。

□ 驚き　　　おどろき

[名] 驚恐，吃驚，驚愕，震驚

驚きを隠せない／掩不住心中的驚訝。

□ 同い年　　　おないどし

[名] 同年齡，同歲

同い年の子供／同齡的小孩

02-34

□ （お）似合い　　　おにあい

[名] 相稱，合適

お似合いのカップル／郎才女貌的一對情侶。

□ 自ずから　　　おのずから

[副] 自然而然地，自然就

おのずから明らかになる／真相自然得以大白。

□ 自ずと　　　おのずと

[副] 自然而然地

おのずと分かってくる／自然會明白。

□ お早う　　　おはよう

[寒暄] 早安

田中さん、お早う／田中先生，早安！

□ 怯える　　　おびえる

[自下一] 害怕，懼怕；做惡夢感到害怕

恐怖に怯える／恐懼害怕。

□ 夥しい　　　おびただしい

[形] 數量很多，極多；程度很大，激烈的

おびただしい量／極大的量

□ 脅かす　　　おびやかす

[他五] 威脅；威嚇，嚇唬；危及，威脅到

安全を脅かす／威脅到安全。

□ 帯びる　　　おびる

[他上一] 帶；承擔，負擔；帶有，帶著

重い任務を帯びる／身負重任。

□ オファー　　　オファー

[名・他サ]【offer】提出，提供；開價，報價

オファーが来る／報價單來了。

□ お袋　　　　　おふくろ

[名]（俗）母親，媽媽

お袋に孝行する／孝順媽媽。

□ オプション　　オプション

[名]【option】選擇，取捨

オプション機能を追加する／增加選項的功能。

□ 覚え　　　　　おぼえ

[名] 記憶；體驗；自信；信任；記事

覚えがない／不記得；想不起

□ お負け　　　　おまけ

[名・他サ]（作為贈品）另外贈送；另外附加；算便宜

100円おまけしてくれた／算我便宜一百日圓。

□ （お）見合い　おみあい

[名・他サ] 相親

お見合い結婚で幸せになる／透過相親結婚而得到幸福。

□ お宮　　　　　おみや

[名] 神社

お宮参りをする／去參拜神社；孩子出生後第一次參拜神社。

□ おむつ　　　　おむつ

[名] 尿布

おむつを変える／換尿布。

□ 重い　　　　　おもい

[形] 重；（心情）沈重，（腳步，行動等）遲鈍；（情況，程度等）嚴重

気が重い／心情沈重。

□ 思い切る　　　おもいきる

[他五] 斷念，死心

思い切ってやってみる／狠下心做看看。

□ 思い詰める　おもいつめる

[他下一] 想不開，鑽牛角尖

あまり思い詰めないで／別想不開。

□ 表向き　　　おもてむき

[名・副] 表面（上），外表（上）

表向きは知らんぷりをする／表面上裝作不知情。

□ 趣　　　　　おもむき

[名] 旨趣；風趣；風格，韻味，景象；局面

景色に趣がある／景色雅緻優美。

□ 赴く　　　　おもむく

[自五] 赴，往，前往；趨向，趨於

現場に赴く／前往現場。

455

□ 重んじる／重んずる　おもんじる

[他上一・他サ] 重視；尊重，器重，敬重

名誉を重んじる／注重名譽。

□ 親父　おやじ

[名] 父親，我爸爸；老頭子

厳格な親父／嚴格的父親

□ 及び　および

[接続] 和，與，以及

生徒及び父兄／學生與家長

□ 及ぶ　およぶ

[自五] 到，到達；趕上，及

被害が及ぶ／遭受災害。

□ 折　おり

[名] 折，折疊；折縫；紙盒小匣；機會，時機

折に詰める／裝進紙盒裡。

□ オリエンテーション

オリエンテーション

[名]【orientation】定向，定位，確定方針；新人教育，事前說明會

オリエンテーションに参加する／參加新人教育。

□ 折り返す　おりかえす

[他五] 折回；翻回；反覆；折回去

折り返し連絡する／再跟你聯絡。

□ 織物　おりもの

[名] 紡織品，織品

織物業／紡織業

□ 織る　おる

[他五] 織；編

機を織る／織布。

□ 俺　おれ

[代]（對平輩，晚輩的自稱）我，俺

俺様／本大爺；我本人

□ 愚か　おろか

[形動] 智力或思考能力不足的樣子；不聰明；愚蠢，愚昧，糊塗

愚かな行い／愚蠢的行為

□ 卸売／卸売り　おろしうり

[名] 批發

卸売業者から卸値で買う／向批發商以批發價購買。

□ 疎か　おろそか

[形動] 將該做得事放置不管的樣子；忽略；草率

仕事がおろそか／工作草率。

□ 負んぶ　おんぶ

[名・他サ]（幼兒語）背，背負；（俗）讓他人負擔費用，依靠別人

子供をおんぶする／背小孩。

456

□ オンライン　　オ|ン|ラ|イ|ン

[名]【on-line】（球）落在線上，壓線；（電・計）在線上

オンラインで検索（けんさく）**する**／在線上搜尋。

□ 温和（おん わ）　　お|ん|わ

[名・形動]（氣候等）溫和，溫暖；（性情、意見等）柔和，溫和

温和（おん わ）**な性格**（せいかく）／溫和的個性

□ 画（が）　　が|

[漢造]畫；電影，影片；（讀做「かく」）策劃，筆畫

洋画（よう が）**を見**（み）**る**／看西部片。

□ ガーゼ　　ガ|ー|ゼ

[名]【(德)Gaze】紗布，藥布

ガーゼを傷口（きずぐち）**に当**（あ）**てる**／把紗布蓋在傷口上。

□ カーペット　　カ|ー|ペ|ッ|ト

[名]【carpet】地毯

カーペットを敷（し）**く**／鋪地毯。

□ 下位（か い）　　か|い

[名]低的地位；次級的地位

下位分類（か い ぶんるい）／下層分類。

□ ～界（かい）　　か|い

[漢造]界限；各界；（地層的）界

芸能界（げいのうかい）／演藝圈

□ ～海（かい）　　か|い

[漢造]海；廣大

日本海（に ほんかい）／日本海

□ ～街（がい）　　が|い

[漢造]（有時唸「かい」）街道，大街

商店街（しょうてんがい）／商店街

□ 改悪（かいあく）　　か|い|あ|く

[名・他サ]危害，壞影響，毒害

憲法（けんぽう）**を改悪**（かいあく）**する**／把憲法改壞。

□ 海運（かいうん）　　か|い|う|ん

[名]海運，航運

海運業（かいうんぎょう）／航運業

□ 外貨（がい か）　　が|い|か

[名]外幣，外匯；進口貨，外國貨

外貨準備高（がい か じゅん び だか）／外匯存底

□ 貝殻（かいがら）　　か|い|が|ら

[名]貝殼

貝殻（かいがら）**を拾**（ひろ）**う**／撿拾貝殼。

□ 外観（がいかん）　　が|い|か|ん

[名]外觀，外表，外型

外観（がいかん）**を損**（そこ）**なう**／外觀破損。

□ 階級（かいきゅう）　　か|い|き|ゅ|う

[名]（軍隊）級別；階級；（身份的）等級；階層

階級制度（かいきゅうせい ど）／階級制度

457

□ 海峡　　　　かいきょう

[名] 海峡

海峡を越える／越過海峽。

□ 会見　　　　かいけん

[名・自サ] 會見，會面，接見

会見を開く／召開會面。

□ 介護　　　　かいご

[名・自サ] 照顧病人或老人

親を介護する／看護照顧父母。

□ 買い込む　　かいこむ

[他五]（大量）買進，購買

食糧を買い込む／大量購買食物。

□ 開催　　　　かいさい

[名・他サ] 開會，召開；舉辦

オリンピックを開催する／舉辦奧林匹克運動會。

□ 回収　　　　かいしゅう

[名・他サ] 回收，收回

資源回収／資源回收

□ 改修　　　　かいしゅう

[名・他サ] 修理，修復；修訂

改修工事／修復工程

□ 怪獣　　　　かいじゅう

[名] 怪獸

怪獣が火を噴く／怪獸噴火。

□ 解除　　　　かいじょ

[名・他サ] 解除；廢除

警報を解除する／解除警報。

□ 外相　　　　がいしょう

[名] 外交大臣，外交部長，外相

外相と会談する／與外交部長會談。

□ 害する　　　　がいする

[他サ] 損害，危害，傷害；殺害

環境を害する／破壞環境。

□ 概説　　　　がいせつ

[名・他サ] 概說，概述，概論

内容を概説する／概述內容。

□ 回送　　　　かいそう

[名・他サ]（接人、裝貨等）空車調回；轉送；運送

回送車／空車返回總站

□ 階層　　　　かいそう

[名]（社會）階層；（建築物的）樓層

富裕な階層／富裕階層

□ 解像度　　　　かいぞうど

[名] 解析度

解像度が高い／解析度很高。

□ 海賊　　　　かいぞく

[名] 海盜

海賊に襲われる／被海盜襲擊。

02
↓
35

□ 開拓　　　　かいたく
[名・他サ] 開墾，開荒；開闢
市場を開拓する／開拓市場。

□ 会談　　　　かいだん
[名・自サ] 面談，會談；（特指外交等）談判
会談を打ち切る／中止會談。

□ 改定　　　　かいてい
[名・他サ] 重新規定
運賃改定／重新訂定運費

□ 改訂　　　　かいてい
[名・他サ] 修訂
改訂版／修訂版

□ ガイド　　　　ガイド
[名・他サ]【guide】導遊；指南，入門書；引導，導航
ガイドを務める／擔任導遊。

□ 解凍　　　　かいとう
[名・他サ] 解凍
解凍してから焼く／先解凍後烤。

□ 街道　　　　かいどう
[名] 大道，大街
裏街道／小巷弄裡

□ 街頭　　　　がいとう
[名] 街頭，大街上
街頭演説／街頭演講

□ 該当　　　　がいとう
[名・自サ] 相當，適合，符合（某規定、條件等）
該当する項目／符合的項目。

□ ガイドブック　　ガイドブック
[名]【guidebook】指南，入門書
ガイドブックを見る／閱讀導覽書。

□ 介入　　　　かいにゅう
[名・自サ] 介入，干預，參與，染指
政府が介入する／政府介入。

□ 概念　　　　がいねん
[名]（哲）概念；概念的理解
概念をつかむ／掌握概念。

□ 開発　　　　かいはつ
[名・他サ] 開發，開墾；啟發；（經過研究而）實用化；開創，發展
新商品の開発／開發新商品

□ 海抜　　　　かいばつ
[名] 海抜
海抜3メートル／海抜三公尺

□ 介抱　　　　かいほう
[名・他サ] 護理，服侍，照顧（病人、老人等）
酔っ払いを介抱する／照顧醉酒人士。

459

□ 解剖　　　　　かいぼう

[名・他サ]（醫）解剖；（事物、語法等）分析

カエルを解剖する／解剖青蛙。

□ 解明　　　　　かいめい

[名・他サ] 解釋清楚

真実を解明する／解開真相。

□ 外来　　　　　がいらい

[名] 外來，舶來；（醫院的）門診

外来種／外來種

□ 回覧　　　　　かいらん

[名・他サ] 傳閱；巡視，巡覽

回覧板を回す／傳閱通知。

□ 概略　　　　　がいりゃく

[名・副] 概略，梗概，概要；大致，大體

概略を話す／講述概要。

□ 海流　　　　　かいりゅう

[名] 海流

海流に乗る／乘著海流。

□ 改良　　　　　かいりょう

[名・他サ] 改良，改善

品種改良／品種改良

□ 回路　　　　　かいろ

[名]（電）回路，線路

電気回路／電線迴路

□ 海路　　　　　かいろ

[名] 海路

帰りは海路をとる／回程走海路。

□ 省みる　　　　かえりみる

[他上一] 反省，反躬，自問

自らを省みる／自我反省。

□ 顧みる　　　　かえりみる

[他上一] 往回看；回顧；顧慮；關心，照顧

家庭を顧みる／照顧家庭。

□ 蛙　　　　　　かえる

[名] 青蛙

蛙が鳴く／蛙鳴。

□ 顔付き　　　　かおつき

[名] 相貌，臉龐；表情，神色

顔付きが変わる／改變相貌。

□ 課外　　　　　かがい

[名] 課外

課外活動／課外活動

□ 抱え込む　　　かかえこむ

[他五] 雙手抱

悩みを抱え込む／懷抱著煩惱。

□ 掲げる　　　　かかげる

[他下一] 懸，掛；舉起；掀起；刊登；指出

目標を掲げる／高舉目標。

□ **書き取る**　　かきとる

[他五]（把文章字句等）記下來，紀錄，抄錄

要点を書き取る／記錄下要點。

□ **掻き回す**　　かきまわす

[他五] 攪拌；亂翻，翻弄；擾亂，胡作非為

お湯をかき回す／攪拌熱水。

□ **家業**　　かぎょう

[名] 家業；祖業；（謀生的）職業，行業

家業を継ぐ／繼承家業。

□ **限りない**　　かぎりない

[形] 無限，無止盡；無窮無盡；無比，非常

限りない悲しみ／無盡的悲痛。

□ **欠く**　　かく

[他五] 缺乏，缺少；弄壞，少（一部分）；欠缺，怠慢

転んで前歯を欠く／跌倒弄壞了門牙。

□ **角**　　かく

[名・漢造] 角；隅角；四方形；稜角；競賽

大根を5cm角に切る／把白蘿蔔切成五公分左右的四方形。

□ **核**　　かく

[名・漢造]（生）（細胞）核；（植）核；要害；核（武器）

核戦争／核子戰爭

□ **格**　　かく

[名・漢造] 格調，等級；規則，格式，規格

格が違う／等級不同。

□ **～画**　　かく

[名]（漢字的）筆劃

11画の漢字／11劃的漢字

□ **学芸**　　がくげい

[名] 學術和藝術；文藝

学芸会を開く／舉辦發表會。

□ **格差**　　かくさ

[名]（商品的）級別差別，差價，質量差別；資格差別

格差をつける／劃定級別。

□ **拡散**　　かくさん

[名・自サ] 擴散；（理）漫射

核拡散防止条約／禁止擴張核武條約

□ **学士**　　がくし

[名] 學者；（大學）學士畢業生

学士の学位／學士學位

□ 各種　　　　かくしゅ

[名] 各種，各樣，每一種
各種取り揃える／各樣齊備。

□ 隔週　　　　かくしゅう

[名] 每隔一週，隔週
隔週発刊／隔週發行

□ 革新　　　　かくしん

[名・他サ] 革新
技術革新／技術革新

□ 確信　　　　かくしん

[名・他サ] 確信，堅信，有把握
確信を持つ／有信心。

□ 学説　　　　がくせつ

[名] 學說
学説を立てる／建立學說。

□ 確定　　　　かくてい

[名・自他サ] 確定，決定
当選確定／確定當選

□ カクテル　　カクテル

[名]【cocktail】雞尾酒
カクテルを飲む／喝雞尾酒。

□ 獲得　　　　かくとく

[名・他サ] 獲得，取得，爭得
賞金を獲得する／獲得獎金。

□ 楽譜　　　　がくふ

[名]（樂）譜，樂譜
楽譜を読む／看樂譜。

□ 確保　　　　かくほ

[名・他サ] 牢牢保住，確保
食料を確保する／確保糧食。

□ 革命　　　　かくめい

[名] 革命；（某制度等的）大革新，大變革
革命を起こす／掀起革命。

□ 確立　　　　かくりつ

[名・自他サ] 確立，確定
信頼関係を確立する／確立互信關係。

□ 掛け　　　　かけ

[名] 賒帳；帳款，欠賬；重量
掛けにする／記在帳上。

□ ～掛け　　　かけ

[接尾]（前接動詞連用形）表示動作已開始而還沒結束
食べかけの饅頭／吃到一半的豆沙包

□ 賭け　　　　かけ

[名] 打賭；賭（財物）
賭けに勝つ／賭贏。

□ 崖　　　　　がけ

[名] 斷崖，懸崖
崖から落ちる／從懸崖上落下。

□ 駆け足 　　　かけあし

[名・自サ] 快跑，快步；跑步似的，急急忙忙

駆け足で回る／走馬看花。

□ 家計 　　　かけい

[名] 家計，家庭經濟狀況

家計を支える／支援家庭經濟。

□ 駆けっこ 　　　かけっこ

[名・自サ] 賽跑

かけっこで勝つ／賽跑跑贏。

□ 賭ける 　　　かける

[他下一] 打賭，賭輸贏

お金を賭ける／賭錢。

□ 加工 　　　かこう

[名・他サ] 加工

食品を加工する／加工食品。

□ 化合 　　　かごう

[名・自サ]（化）化合

化合物／化合物

□ 風車 　　　かざぐるま

[名] 風車

風車を回す／轉動風車。

□ 嵩張る 　　　かさばる

[自五]（體積、數量等）增大，體積大，增多

荷物がかさばる／行李龐大。

□ 嵩む 　　　かさむ

[自五]（體積、數量等）增多

経費がかさむ／經費增加。

□ 箇条書き 　　　かじょうがき

[名] 逐條地寫，引舉，列舉

箇条書きで記す／逐條記錄。

□ 頭 　　　かしら

[名] 腦袋；頭髮；首領，首腦人物；頭一名，最初

尾頭つき／頭尾俱全的魚

□ 微か 　　　かすか

[形動] 微弱，些許；微暗，朦朧；貧窮，可憐

かすかなにおい／些微氣味

□ 霞む 　　　かすむ

[自五] 有霞，有薄霧，雲霧朦朧

霞んだ空／雲霧朦朧的天空

□ 掠る／擦る 　　　かする

[他五] 掠過；剝削；（書法）寫出飛白；（容器）見底

弾が耳をかする／砲彈擦過耳際。

□ 火星 　　　かせい

[名]（天）火星 [名] 火星

火星人／火星人

□ 化石　　　　　　かせき
[名・自サ]（地）化石；變成石頭
アンモナイトの化石／鸚鵡螺化石

□ 稼ぎ　　　　　　かせぎ
[名] 做工；工資；職業
稼ぎが少ない／賺得很少。

□ 化繊　　　　　　かせん
[名] 化學纖維
化繊の肌着／化學纖維材質的內衣

□ 河川　　　　　　かせん
[名] 河川
河川が氾濫する／河川氾濫。

□ 過疎　　　　　　かそ
[名]（人口）過稀，過少
過疎現象／人口過稀現象

□ 片〜　　　　　　かた
[漢造]（表示一對中的）一個；表示遠離中心而偏向一方；表示不完全
片足で立つ／單腳站立。

□ 〜難い　　　　　がたい
[接尾] 接動詞連用形表示「很難（做）…」
忘れ難い／難忘

□ 片思い　　　　　かたおもい
[名] 單戀，單相思
片思いをする／單相思。

□ 片言　　　　　　かたこと
[名]（幼兒，外國人的）不完全的詞語，隻字片語；一面之詞
片言の日本語／只會說隻字片語的日語

□ 片時　　　　　　かたとき
[名] 片刻
片時も忘れられない／片刻難忘。

□ 傾ける　　　　　かたむける
[他下一] 使…傾斜；飲（酒）等；傾注；敗（家），使（國家）滅亡
耳を傾ける／傾聽。

□ 固める　　　　　かためる
[他下一]（使物質等）凝固；堆集到一處；使鞏固；加強防守；使安定，使走上正軌
守備を固める／加強防守。

□ 傍ら　　　　　　かたわら
[名] 旁邊；在…同時還…，一邊…一邊…
家事の傍ら小説を書く／打理家務的同時還邊寫小說。

□ 花壇　　　　　　かだん
[名] 花壇，花圃
花壇に花を植える／在花圃上種花。

□ 家畜　　　　　　かちく
[名] 家畜
家畜を飼育する／飼養家畜。

□ **且つ**　　　　かつ

［接助］（文）且…且…，一邊…邊…；
並且，而且
誠実且つ真面目／誠實且認真。

□ **画期**　　　　かっき

［名］劃時代
画期的な発明／劃時代的發明。

□ **がっくり**　　　がっくり

［副・自サ］頹喪，突然無力地
がっくりと首を垂れる／沮喪地垂下
頭。

□ **がっしり**　　　がっしり

［副・自サ］健壯，堅實；嚴密，緊密
がっしりとした体格／健壯的體格。

□ **合致**　　　　がっち

［名・自サ］一致，符合，吻合
事実に合致する／與事實相符。

□ **がっちり**　　　がっちり

［副・自サ］嚴密吻合；堅固，堅實；用錢
仔細
がっちりと組む／牢牢裝在一起。

□ **曽て／嘗て**　　かつて

［副］曾經，昔日；（後接否定語）至
今（未曾），從來（沒有）
かつての名選手／昔日著名的選手

□ **カット**　　　　カット

［名・他サ］【cut】切，削掉，刪除；剪頭
髮；插圖
給料をカットする／減薪

□ **活発**　　　　かっぱつ

［形動］動作或言談充滿活力；活潑，活躍
取引が活発である／交易活絡。

□ **合併**　　　　がっぺい

［名・自他サ］合併
二社が合併する／兩家公司合併。

□ **カテゴリー**　　カテゴリー

［名］【(德)Kategorie】範疇
カテゴリー別に分ける／依類別區
分。

□ **叶う**　　　　かなう

［自五］（希望等）能如願以償
望みがかなう／實現願望。

□ **叶える**　　　かなえる

［他下一］使…達到（目的），滿足…的
願望
夢をかなえる／讓夢想成真。

□ **かなわない**　　かなわない

［形］（「かなう」的未然形）不是對
手，敵不過
暑くてかなわない／熱得受不了。

□ 加入　　　　　かにゅう

[名・自サ] 加上，參加

保険に加入する／加入保險。

□ 予て　　　　　かねて

[副] 事先，早先，原先

かねての望みを達する／達成宿願。

□ 庇う　　　　　かばう

[他五] 庇護，袒護，保護

子供をかばう／袒護孩子。

□ 華美　　　　　かび

[名・形動] 華美，華麗

華美な服装／華麗的衣服。

□ 株式　　　　　かぶしき

[名] （商）股份；股票；股權

株式会社／股份公司

□ 気触れる　　　かぶれる

[自下一] （因膏藥等的過敏與中毒而）發炎，起疹子；（受影響而）熱中，著迷

肌がかぶれる／皮膚起疹子。

□ 花粉　　　　　かふん

[名] （植）花粉

花粉症になる／得了花粉症。

□ 貨幣　　　　　かへい

[名] （經）貨幣

貨幣経済／貨幣經濟

□ 構え　　　　　かまえ

[名] （房屋等的）格局；（身體的）姿勢；（精神上的）準備

構えの大きな家／格局大的房子。

□ 構える　　　　かまえる

[自他下一] 修建，修築；（轉）自立門戶；擺出姿態；準備好；假造，假托

店を構える／開店。

□ 加味　　　　　かみ

[名・他サ] 調味，添加調味料；添加，採納

スパイスを加味する／添加辛香料。

□ 噛み切る　　　かみきる

[他五] 咬斷，咬破

肉を噛み切る／咬斷肉。

□ 過密　　　　　かみつ

[名・形動] 過密，過於集中

過密スケジュール／行程過於集中

□ カムバック　　カムバック

[名・自サ] 【comeback】（名聲、地位等）重新恢復，重回政壇；東山再起

芸能界にカムバックする／重回演藝圈。

□ 体付き　　　　からだつき

[名] 體格，體型，姿態

体付きがよい／體格很好。

02
-
37

□ 絡む　　　　　　　　か**らむ**

[自五] 纏在…上；糾纏，無理取鬧，找
碴；密切相關
糸が**絡む**／線纏繞在一起。

□ 借り　　　　　　　　**か**り

[名] 借，借入；借的東西；欠人情；
怨恨
借りを**返す**／報恩，報怨。

□ 狩り　　　　　　　　**かり**

[名] 打獵；採集；遊看；搜查
狩りに**出る**／去打獵。

□ 仮に　　　　　　　　か**り**に

[副] 暫時；姑且；假設；即使
仮に定める／暫定。

□ ～がる　　　　　　　　がる

[接尾] 覺得…；自以為…
面白がる／覺得好玩。

□ カルテ　　　　　　　　**カ**ルテ

[名]【(德)Karte】病歷
カルテに**記載する**／記載在病歷裡。

□ ガレージ　　　　　　が**レージ**

[名]【garage】車庫
車を**ガレージ**に**入れる**／把車停入車
庫。

□ 涸れる／枯れる　　　か**れる**

[自下一]（水分）乾涸；（能力、才能
等）涸竭；（機能等）衰萎，（木
材）乾燥；（修養、藝術等）圓熟；
（身體等）枯瘦，（草木）枯萎
涙が**涸れる**／淚水乾涸。

□ 過労　　　　　　　　か**ろう**

[名] 勞累過度
過労死する／過勞死。

□ 辛うじて　　　　か**ろうじて**

[副] 好不容易才…，勉勉強強地…
かろうじて間に合う／好不容易才趕上。

□ 交わす　　　　　　　か**わす**

[他五] 交，交換；交結，交叉，互相…
言葉を**交わす**／交談。

□ 代わる代わる　か**わるがわる**

[副] 輪流，輪換，輪班
代る代る看病する／輪流看護。

□ 官　　　　　　　　　　**か**ん

[名・漢造]（國家、政府）官吏；國家機
關，政府；官職
官職に**就く**／就任官職。

□ 管　　　　　　　　　　**か**ん

[名・漢造・接尾] 管子；（接數助詞）支；
圓管；筆管；管樂器
ガス管／瓦斯管

□ 癌　　　　　　　　がん

[名・漢造]（醫）癌；癥結
癌を患う／罹患癌症。

□ 簡易　　　　　　かんい

[名・形動] 簡易，簡單，簡便
簡易裁判所／簡便法庭

□ 眼科　　　　　　がんか

[名]（醫）眼科
眼科を受診する／看眼科。

□ 感慨　　　　　　かんがい

[名] 感慨
感慨深い／感觸很深。

□ 灌漑　　　　　　かんがい

[名・他サ] 灌漑
灌漑用水／灌漑用水

□ かんかん　　　　かんかん

[副・自サ] 硬物相撞聲；火、陽光等炙熱
強烈貌；大發脾氣
父はかんかんになって怒った／父親
批哩啪啦地大發雷霆。

□ がんがん　　　　がんがん

[副・自サ] 噹噹，震耳的鐘聲；強烈的頭
痛或耳鳴聲；喋喋不休的責備貌
風邪で頭ががんがんする／因感冒而
頭痛欲裂。

□ 寒気　　　　　　かんき

[名] 寒冷，寒氣
寒気がきびしい／酷冷。

□ 眼球　　　　　がんきゅう

[名] 眼球
眼球が痛い／眼球疼痛

□ 玩具　　　　　　がんぐ

[名] 玩具
玩具メーカー／玩具製造商

□ 簡潔　　　　　　かんけつ

[名・形動] 簡潔
簡潔に述べる／簡潔陳述。

□ 還元　　　　　　かんげん

[名・自他サ]（事物的）歸還，回復原
樣；（化）還原
利益の一部を社会に還元する／把一
部份的利益還原給社會。

□ 看護　　　　　　かんご

[名・他サ] 護理（病人），看護，看病
病人を看護する／看護病人。

□ 漢語　　　　　　かんご

[名] 中國話；音讀漢字
漢語を用いる／使用漢語。

□ 頑固　　　　**がんこ**

[名・形動] 頑固，固執；久治不癒的病，痼疾

頑固親父／頑固老爹

□ 刊行　　　　**かんこう**

[名・他サ] 刊行；出版，發行

雑誌を刊行する／發行雜誌。

□ 慣行　　　　**かんこう**

[名] 例行，習慣行為；慣例，習俗

慣行に従う／遵從慣例。

□ 勧告　　　　**かんこく**

[名・他サ] 勸告，說服

人に辞職を勧告する／勸他人辭職。

□ 換算　　　　**かんさん**

[名・他サ] 換算，折合

日本円に換算する／折合成日圓。

□ 監視　　　　**かんし**

[名・他サ] 監視；監視人

監視カメラ／監視攝影機

□ 慣習　　　　**かんしゅう**

[名] 習慣，慣例

慣習を破る／打破慣例。

□ 観衆　　　　**かんしゅう**

[名] 觀眾

観衆が沸く／觀眾情緒沸騰。

□ 願書　　　　**がんしょ**

[名] 申請書

願書を出す／提出申請書。

□ 干渉　　　　**かんしょう**

[名・自サ] 干預，參與，干涉；（理）（音波，光波的）干擾

他人に干渉する／干涉他人。

□ 頑丈　　　　**がんじょう**

[形動]（構造）堅固；（身體）健壯

頑丈な扉／堅固的門

□ 感触　　　　**かんしょく**

[名] 觸感，觸覺；（外界給予的）感觸，感受，印象

感触が伝わる／傳達出內心的感受。

□ 肝心／肝腎　　**かんじん**

[名・形動] 肝臟與心臟；首要，重要，要緊；感激

肝心要なとき／關鍵時刻

□ 歓声　　　　**かんせい**

[名] 歡呼聲

歓声を上げる／發出歡呼聲。

□ 関税　　　　**かんぜい**

[名] 關稅，海關稅

関税がかかる／課徵關稅。

□ 岩石　　　　　がんせき

[名] 岩石

岩石を採取する／採集岩石。

□ 幹線　　　　　かんせん

[名] 主要線路，幹線

幹線道路を走る／走主要幹線。

□ 感染　　　　　かんせん

[名・自サ] 感染；受影響

感染症にかかる／罹患傳染病。

□ 簡素　　　　　かんそ

[形動] 簡單樸素，簡樸

簡素な結婚式／簡單的婚禮。

□ 観点　　　　　かんてん

[名] 觀點，看法，見解

観点を変える／改變觀點。

□ 感度　　　　　かんど

[名] 敏感程度，靈敏性

感度がよい／敏銳度高。

□ 癇に障る　　かんにさわる

[慣用語] 觸怒，令人生氣

あの話し方が癇に障る／那種説話方式真令人生氣。

□ カンニング　　カンニング

[名・自サ]【cunning】（考試時的）作弊

カンニングペーパー／小抄

□ 元年　　　　　がんねん

[名] 天皇即位初年；改年號第一年；（某事物開始）第一年

平成元年／平成元年

□ カンパ　　　　カンパ

[名・他サ]【(俄)kampanija】（「カンパニア」之略）勸募，募集的款項募集金；應募捐款

救援資金をカンパする／募集救援資金。

□ 幹部　　　　　かんぶ

[名] 主要部分；幹部（特指領導幹部）

幹部候補／候補幹部

□ 完璧　　　　　かんぺき

[名・形動] 完善無缺，完美

完ぺき主義／完美主義

□ 勘弁　　　　　かんべん

[名・他サ] 饒恕，原諒，容忍；明辨是非

勘弁してください／請饒了我吧！

□ 感無量　　　かんむりょう

[名・形動]（同「感慨無量」）感慨無量

感無量な面持ち／感慨萬千的神情

□ 勧誘　　　　　かんゆう

[名・他サ] 勸誘，勸說；邀請

入会を勧誘する／勸人加入會員。

02
-
38

□ 関与　　　　**かんよ**

[名・自サ] 干與，參與
事件に関与する／參與事件。

□ 寛容　　　　**かんよう**

[名・形動・他サ] 容許，寬容，容忍
寛容な態度／寬宏的態度

□ 慣用　　　　**かんよう**

[名・他サ] 慣用，慣例
慣用的な表現／慣用表現方式

□ 元来　　　　**がんらい**

[副] 本來，原本
これは元来外国の物だ／這個原本是
國外的東西喔。

□ 観覧　　　　**かんらん**

[名・他サ] 觀覽，參觀
観覧車に乗る／坐摩天輪。

□ 官僚　　　　**かんりょう**

[名] 官僚，官吏
高級官僚／高級官員

□ 慣例　　　　**かんれい**

[名] 慣例，老規矩，老習慣
慣例に従う／遵照慣例。

□ 還暦　　　　**かんれき**

[名] 花甲，滿60周歲的別稱
還暦を迎える／迎接花甲之年。

□ 貫禄　　　　**かんろく**

[名] 尊嚴，威嚴；威信；身份
貫禄がある／有威嚴。

□ 緩和　　　　**かんわ**

[名・自他サ] 緩和，放寬
規制を緩和する／放寬限制。

□ 気合い　　　　**きあい**

[名] 運氣，運氣時的聲音，吶喊；（聚
精會神時的）氣勢；呼吸；情緒，性
情
気合いを入れる／施加危害。

□ 議案　　　　**ぎあん**

[名] 議案
議案を提出する／提出議案。

□ 危害　　　　**きがい**

[名] 危害，禍害；災害，災禍
危害を加える／施加危害。

□ 気が重い　　　　**きがおもい**

[慣] 心情沉重
試験のことで気が重い／因考試而
心情沉重。

□ 気が利く　　　　**きがきく**

[慣] 機伶，敏慧
新人なのに気が利く／雖是新人但做
事機敏。

□ 気が気でない　き|が|きでない

[慣] 焦慮，坐立不安
彼女のことを思うと気が気でない／
一想到她就坐立難安。

□ 企画　き|かく

[名・他サ] 規劃，計畫
旅行を企画する／計畫去旅行。

□ 規格　き|かく

[名] 規格，標準，規範
規格に合う／符合規定。

□ 着飾る　き|かざ|る

[他五] 盛裝，打扮
派手に着飾る／盛裝打扮。

□ 気が済む　き|が|すむ

[慣] 滿意，心情舒暢
謝られて気が済んだ／得到道歉後就
不氣了。

□ 気兼ね　き|がね

[名・自サ] 心，客氣，拘束
隣近所に気兼ねする／敦親睦鄰。

□ 気が向く　き|が|むく

[慣] 心血來潮；有心
気が向いたら来てください／等你有
意願時請過來。

□ 気軽　き|がる

[形動] 坦率，不受拘束；爽快；隨便
気軽に話しかける／隨性地搭話。

□ 季刊　き|かん

[名] 季刊
季刊誌／季刊

□ 器官　き|かん

[名] 器官
消化器官／消化器官

□ 気管支炎　き|かんしえん

[名] （醫）支氣管炎
気管支炎になる／得支氣管炎。

□ 危機　き|き

[名] 危機，險關
危機を脱する／解除危機。

□ 聞き取り　き|きとり

[名] 聽見，聽懂，聽後記住；（外語
的）聽力
聞き取りのテスト／聽力考試

□ 効き目　き|きめ

[名] 效力，效果，靈驗
効き目が速い／效果迅速。

□ 帰京　き|きょう

[名・自サ] 回首都，回東京
来月帰京する／下個月回東京。

472

□ 戯曲　　　　　ぎきょく

[名] 劇本，脚本；戯劇

シェイクスピアの戯曲／莎士比亞的劇本。

□ 基金　　　　　ききん

[名] 基金

基金を募る／募集基金。

□ 喜劇　　　　　きげき

[名] 喜劇，滑稽劇；滑稽的事情

吉本新喜劇／吉本新喜劇。

□ 議決　　　　　ぎけつ

[名・他サ] 議決，表決

満場一致で議決する／全場一致通過。

□ 棄権　　　　　きけん

[名・他サ] 棄権

試合を棄権する／比賽棄権。

□ 起源　　　　　きげん

[名] 起源

起源を探る／探究起源。

□ 機構　　　　　きこう

[名] 機構，組織；（人體、機械等）
結構，構造

機構を改革する／機構改革。

□ 気心　　　　　きごころ

[名] 性情，脾氣

気心の知れた友人／知心朋友。

□ 既婚　　　　　きこん

[名] 已婚

既婚者／已婚者

□ 気障　　　　　きざ

[形動] 裝模作樣，做作；令人生厭，刺眼

気障な男／裝模作樣的男人。

□ 記載　　　　　きさい

[名・他サ] 刊載，寫上，刊登

結果を記載する／記録結果。

□ 気さく　　　　きさく

[形動] 坦率，直爽，隨和

気さくな人柄／隨和的性格。

□ 兆し／萌し　　きざし

[名] 預兆，徴兆，跡象；萌芽，頭
緒，端倪

兆しが見える／看得到徴兆。

□ 気質　　　　　きしつ

[名] 氣質，脾氣，性情；風格

気質が優しい／性情溫柔。

□ 期日　　　　　きじつ

[名] 日期；期限

期日に遅れる／過期。

□ 議事堂　　　　ぎじどう

[名] 國會大廈；會議廳

国会議事堂／國會大廈

□ 軋む　　　　　　きしむ

[自五]（兩物相摩擦）吱吱嘎嘎響

床がきしむ／地板嘎吱作響。

□ 記述　　　　　　きじゅつ

[名・他サ] 描述，記述；闡明

記述式のテスト／申論題考試

□ 気象　　　　　　きしょう

[名] 氣象；天性，秉性，脾氣

気象情報／氣象資訊

□ 築く　　　　　　きずく

[他五] 建築，修建，構成，（逐步）累積

キャリアを築く／累積工作經驗。

□ 傷付く　　　　　きずつく

[自五] 受傷；弄出瑕疵；缺陷，毛病
（威信、名聲等）受損害，（精神）
受創傷

心が傷つく／精神受到創傷。

□ 傷付ける　　　きずつける

[他下一] 弄傷；弄出瑕疵，缺陷，傷
痕，損害

人を傷つける／傷害他人。

□ 規制　　　　　　きせい

[名・他サ] 規定（章則），規章；限制，
控制

規制を緩和する／放寬規定。

□ 犠牲　　　　　　ぎせい

[名] 犠牲；（為某事業付出的）代價

犠牲を出す／付出代價。

□ 汽船　　　　　　きせん

[名] 輪船，蒸汽船

汽船で行く／坐輪船前去。

□ 寄贈　　　　　　きぞう

[名・他サ] 捐贈，贈送

本を図書館に寄贈する／把書捐贈給
圖書館。

□ 偽造　　　　　　ぎぞう

[名・他サ] 偽造，假造

パスポートを偽造する／偽造護照。

□ 貴族　　　　　　きぞく

[名] 貴族

独身貴族／單身貴族

□ 議題　　　　　　ぎだい

[名] 議題，討論題目

議題にする／作為議題。

□ 鍛える　　　　　きたえる

[他下一] 鍛，錘鍊；鍛鍊

体を鍛える／鍛鍊身體。

□ 気立て　　　　　きだて

[名] 性情，性格，脾氣

気立てが優しい／性情溫和。

474

□ **来る**　　　　　**き̄た̄る**

［自五・連體］到來；引起，發生；下次的
来る1日に開く／下次的一號召開。

□ **きちっと**　　　**き̄ち̄っと**

［副］整潔，乾乾淨淨；恰當；準時；
好好地
きちっと入れる／整齊放入。

□ **几帳面**　　　**き̄ちょうめ̄ん**

［名・形動］（行動）規規矩矩，一絲不
苟；（自律）嚴格，（注意）周到
几帳面な性格／一絲不苟的個性

□ **きっかり**　　　**き̄っか̄り**

［副］正，洽
きっかり一時半／正好一點半

□ **きっちり**　　　**き̄っち̄り**

［副・自サ］正好，恰好
期限にきっちりと借金を返す／期限
到來前還清借款，一分也不少。

□ **きっぱり**　　　**き̄っぱ̄り**

［副・自サ］乾脆，斬釘截鐵；清楚，明確
きっぱり断る／斬釘截鐵地拒絕。

□ **規定**　　　　　**き̄て̄い**

［名・他サ］規則，規定
規定の書式／規定的格式

□ **起点**　　　　　**き̄て̄ん**

［名・自サ］起點，出發點
A点を起点とする／以A點為起點。

□ **軌道**　　　　　**き̄ど̄う**

［名］（鐵路、機械、人造衛星、天體等
的）軌道；正軌
軌道に乗る／步上正軌。

□ **気長**　　　　　**き̄な̄が**

［名・形動］緩慢，慢性；耐心，耐性
気長に待つ／耐心等待。

□ **気に食わない**　**き̄にくわ̄ない**

［慣］不稱心；看不順眼
気に食わない奴だ／我看他不順眼。

□ **技能**　　　　　**ぎ̄の̄う**

［名］技能，本領
技能を身に付ける／有一技之長。

□ **規範**　　　　　**き̄は̄ん**

［名］規範，模範
社会生活の規範／社會生活的規範

□ **気品**　　　　　**き̄ひ̄ん**

［名］（人的容貌、藝術作品的）品格，氣派，風度
気品が高い／風度高雅。

□ **気風**　　　　　**き̄ふ̄う**

［名］風氣，習氣；特性，氣質；風度，氣派
関西人の気風／關西人的習性

□ 起伏　　　き ふ く　　　　き｜ふく

[名・自サ] 起伏，凹凸；榮枯，盛衰，波
瀾，起落
起伏が激しい／起伏劇烈。

□ 規模　　　き ぼ　　　　　き｜ぼ

[名] 規模；範圍；榜樣，典型
規模が大きい／規模龐大。

□ 気紛れ　　　き ま ぐ れ　　　き｜まぐれ

[名・形動] 反覆無敘，忽三忽四；反復無
常，變化無常
気まぐれな性格／反復無常的個性

□ 生真面目　　き ま じ め　　き｜まじめ

[名・形動] 一本正經，非常認真；過於耿直
生真面目な性格／一本正經的性格

□ 期末　　　き ま つ　　　　き｜まつ

[名] 期末
期末テスト／期末考

□ 決まり悪い　き ま り わ る い　き｜まりわるい

[形] 不好意思，難為情，害羞，尷尬
きまり悪そうな顔／尷尬的表情。

□ 記名　　　き め い　　　　き｜めい

[名・自サ] 記名，簽名
無記名で提出する／以不記名方式提
出。

□ 規約　　　き やく　　　　き｜やく

[名] 規則，規章，章程
規約に違反する／違反規則。

□ 脚色　　　きゃくしょく　　きゃ｜くしょく

[名・他サ] （小說等）改編成電影或戲
劇；添枝加葉，誇大其詞
話を映画に脚色する／把故事改編成
電影。

□ 逆転　　　ぎゃくてん　　ぎゃ｜くてん

[名・自他サ] 倒轉，逆轉；反過來；惡
化，倒退
逆転勝利／逆轉獲勝

□ 脚本　　　きゃくほん　　きゃ｜くほん

[名] （戲劇、電影、廣播等）劇本；腳本
脚本を書く／寫劇本。

□ 華奢　　　きゃしゃ　　　きゃ｜しゃ

[形動] 身體或容姿纖細，柔弱；東西做
得不堅固；苗條；嬌嫩
華奢な体／纖瘦的體格

□ 客観　　　きゃっかん　　きゃ｜っかん

[名] 客觀
客観的に言う／客觀地說。

□ キャッチ　　　　　　　キャ｜ッチ

[名・他サ] 【catch】捕捉，抓住；（棒
球）接球
ボールをキャッチする／接住球。

□ キャップ　　　　　キャップ

[名]【cap】運動帽，棒球帽；筆蓋
<ruby>万年筆<rt>まんねんひつ</rt></ruby>のキャップ／鋼筆筆蓋

□ ギャラ　　　　　　ギャラ

[名]【guarantee】之略。（預約的）
演出費，契約費
ギャラを<ruby>支払<rt>しはら</rt></ruby>う／支付演出費。

□ キャリア　　　　　ギャリア

[名]【career】履歷，經歷；生涯；
（高級公務員考試及格的）公務員
キャリアを<ruby>積<rt>つ</rt></ruby>む／累積經歷。

□ <ruby>救援<rt>きゅうえん</rt></ruby>　　　　きゅうえん

[名・他サ] 救援；救濟
<ruby>救援活動<rt>きゅうえんかつどう</rt></ruby>／救援活動

□ <ruby>休学<rt>きゅうがく</rt></ruby>　　　　きゅうがく

[名・自サ] 休學
<ruby>大学<rt>だいがく</rt></ruby>を<ruby>休学<rt>きゅうがく</rt></ruby>する／大學休學。

□ <ruby>究極<rt>きゅうきょく</rt></ruby>　　　　きゅうきょく

[名・自サ] 畢竟，究竟，最終
<ruby>究極<rt>きゅうきょく</rt></ruby>の<ruby>選択<rt>せんたく</rt></ruby>／最終的選擇

□ <ruby>窮屈<rt>きゅうくつ</rt></ruby>　　　　きゅうくつ

[名・形動]（房屋等）窄小，（衣服）
緊；不自由；死板
<ruby>窮屈<rt>きゅうくつ</rt></ruby>な<ruby>部屋<rt>へや</rt></ruby>／狹窄的房間

□ <ruby>球根<rt>きゅうこん</rt></ruby>　　　　きゅうこん

[名]（植）球根，鱗莖
<ruby>球根<rt>きゅうこん</rt></ruby>を<ruby>植<rt>う</rt></ruby>える／種植球根。

□ <ruby>救済<rt>きゅうさい</rt></ruby>　　　　きゅうさい

[名・他サ] 救濟
<ruby>救済<rt>きゅうさい</rt></ruby>を<ruby>受<rt>う</rt></ruby>ける／接受救濟。

□ <ruby>給仕<rt>きゅうじ</rt></ruby>　　　　きゅうじ

[名・自サ] 伺候（吃飯）；（辦公室、學
校、公司等）工友；服務生
ホテルの<ruby>給仕<rt>きゅうじ</rt></ruby>／旅館的服務生

□ <ruby>給食<rt>きゅうしょく</rt></ruby>　　　　きゅうしょく

[名・自サ]（學校、工廠等）供餐，供給飲食
<ruby>給食<rt>きゅうしょく</rt></ruby>が<ruby>出<rt>で</rt></ruby>る／有供餐。

□ <ruby>休戦<rt>きゅうせん</rt></ruby>　　　　きゅうせん

[名・自サ] 休戰，停戰
<ruby>一時休戦<rt>いちじきゅうせん</rt></ruby>／暫時休兵

□ <ruby>旧知<rt>きゅうち</rt></ruby>　　　　きゅうち

[名] 故知，老友
<ruby>旧知<rt>きゅうち</rt></ruby>を<ruby>訪<rt>たず</rt></ruby>ねる／拜訪老友。

□ <ruby>宮殿<rt>きゅうでん</rt></ruby>　　　　きゅうでん

[名] 宮殿；祭神殿
バッキンガム<ruby>宮殿<rt>きゅうでん</rt></ruby>／白金漢宮

□ <ruby>窮乏<rt>きゅうぼう</rt></ruby>　　　　きゅうぼう

[名・自サ] 貧窮，貧困
<ruby>生活<rt>せいかつ</rt></ruby>が<ruby>窮乏<rt>きゅうぼう</rt></ruby>する／生活窮困。

□ 旧友　　きゅ|うゆう

[名] 老朋友
旧友と再会する／和老友重聚。

□ 寄与　　き|よ

[名・自サ] 貢獻，奉獻，有助於…
世界平和に寄与する／為世界和平奉

獻。

□ 共　　きょう

[漢造] 共同，一起
共犯／共犯。

□ 供　　きょう

[漢造] 供給，供應，提供
食事を供する／供膳。

□ 強　　きょ|う

[名・漢造] 強者；（接尾詞用法）有餘；

有力；加強；勉強
強弱をつける／區分強弱。

□ ～橋　　きょ|う

[名・漢造]（解）腦橋；橋
歩道橋／天橋

□ 驚異　　きょ|うい

[名] 驚異，奇事，驚人的事
大自然の驚異／大自然的奇觀

□ 教科　　きょ|うか

[名] 教科，學科，課程
教科書／教科書

□ 協会　　きょ|うかい

[名] 協會
協会を設立する／成立協會。

□ 共学　　きょ|うがく

[名・自サ]（男女或黑白人種）

同校，同班（學習）
男女共学／男女共學

□ 共感　　きょ|うかん

[名・自サ] 同感，同情，共鳴
共感を覚える／產生共鳴。

□ 協議　　きょ|うぎ

[名・他サ] 協議，協商，磋商
協議がまとまる／達成協議。

□ 境遇　　きょ|うぐう

[名] 境遇，處境，遭遇，環境
恵まれた境遇／得天獨厚的環境

□ 教訓　　きょ|うくん

[名・他サ] 教訓，規戒
教訓を得る／得到教訓。

□ 強行　　きょ|うこう

[名・他サ] 強行，硬幹
強行突破／強行突破

02
-
40

478

□ **教材** きょ|うざい

[名] 教材

教材を作る／編寫教材。

□ **凶作** きょ|うさく

[名] 災荒，欠收

作物が凶作だ／農作物欠收。

□ **業者** ぎょ|うしゃ

[名] 工商業者；同業者

業者を集める／召集同業者。

□ **享受** きょ|うじゅ

[名・他サ] 享受；享有

恩恵を享受する／享受恩惠。

□ **教習** きょ|うしゅう

[名・他サ] 訓練，教習

教習を受ける／接受訓練。

□ **郷愁** きょ|うしゅう

[名] 鄉愁，想念故鄉；懷念，思念

郷愁を覚える／思念故鄉。

□ **教職** きょ|うしょく

[名] 教師的職務；（宗）教導信徒的職務

教職に就く／擔任教師一職。

□ **興じる** きょ|うじる

[自上一]（同「興ずる」）感覺有趣，愉快，以…自娛，取樂，盡興，起勁

遊びに興じる／玩得很起勁。

□ **強制** きょ|うせい

[名・他サ] 強制，強迫

参加を強制する／強制參加。

□ **矯正** きょ|うせい

[名・他サ] 矯正，糾正

悪癖を矯正する／糾正惡習。

□ **行政** ぎょ|うせい

[名]（相對於立法、司法而言的）行政；（行政機關執行的）政務

行政改革／行政改革

□ **業績** ぎょ|うせき

[名]（工作、事業等）成就，業績

業績を伸ばす／提高業績。

□ **共存／共存** きょ|うそん

[名・自サ] 共處，共存

自然と共存する／與自然共存。

□ **協調** きょ|うちょう

[名・自サ] 協調；合作

協調性がある／具有協調性。

□ **協定** きょ|うてい

[名・他サ] 協定

協定を結ぶ／締結協定。

□ **郷土** きょ|うど

[名] 故鄉，鄉土；鄉間，地方

郷土料理を食べる／吃有鄉土風味的料理。

□ 脅迫　　　　きょうはく

[名・他サ] 脅迫，威脅，恐嚇
脅迫状を書く／寫恐嚇信。

□ 業務　　　　ぎょうむ

[名] 業務，工作
業務用／業務專用

□ 共鳴　　　　きょうめい

[名・自サ]（理）共鳴，共振；共鳴，同
感，同情
共鳴を呼ぶ／引起共鳴。

□ 郷里　　　　きょうり

[名] 故鄉，鄉里
郷里を離れる／離鄉背井。

□ 強烈　　　　きょうれつ

[形動] 強烈
強烈な光／刺眼的光線

□ 共和　　　　きょうわ

[名] 共和
共和国／共和國

□ 局限　　　　きょくげん

[名・他サ] 侷限，限定
一部に局限される／侷限於其中一部份。

□ 極端　　　　きょくたん

[名・形動] 極端；頂端
極端な例／極端的例子

□ 居住　　　　きょじゅう

[名・自サ] 居住；住址，住處
居住地域／居住地區

□ 拒絶　　　　きょぜつ

[名・他サ] 拒絕
拒絶反応／（醫）抗拒反應

□ 漁船　　　　ぎょせん

[名] 漁船
マグロ漁船／捕鮪船

□ 漁村　　　　ぎょそん

[名] 漁村
漁村の漁師／漁村的漁夫

□ 拒否　　　　きょひ

[名・他サ] 拒絕，否決
受け取り拒否／拒絕領取

□ 許容　　　　きょよう

[名・他サ] 容許，允許，寬容
許容範囲／允許範圍

□ 清らか　　　　きよらか

[形動] 沒有污垢；清澈秀麗；清澈
清らかな小川／清澈的小河

□ きらびやか　　　　きらびやか

[形動] 鮮豔美麗到耀眼的程度；華麗
きらびやかな装い／華麗的裝扮

□ 切り　　　　　　　　きり

[名]（常寫成「限」）限度；段落；尾，末
切りがない／無止盡。

□ ～きり　　　　　　　きり

[副助] 只，僅；一…（就…）；（結尾
詞用法）只，全然
それっきり／就只有那些

□ 義理　　　　　　　　ぎり

[名]（交往上應盡的）禮節，人情；緣
由，道理
義理の兄弟／大伯，小叔，姊夫，妹夫

□ 切替／切り替え　きりかえ

[名] 更換，切換；兌換；（農）開闢
森林成田地
運転免許の切替／更換駕照

□ 切り替える　　きりかえる

[他下一] 轉換，改換，掉換；兌換
レバーを切り替える／切換變速裝置。

□ 気流　　　　　　　きりゅう

[名] 氣流
気流に乗る／乘著氣流。

□ 切れ目　　　　　　きれめ

[名] 間斷處，裂縫；間斷，中斷；段
落；結束
文の切れ目をつける／標出文章的段
落來。

□ キレる　　　　　　キレる

[自下一] 突然生氣，發怒
キレる子供たち／暴怒的孩子們。

□ 疑惑　　　　　　　ぎわく

[名] 疑惑，疑心，疑慮
疑惑が晴れる／解除疑惑。

□ 極めて　　　　　きわめて

[副] 極，非常
極めて難しい／非常困難。

□ 極める　　　　　きわめる

[他下一] 查究；到達極限
山頂を極める／攻頂。

□ 菌　　　　　　　　　きん

[名・漢造] 細菌，病菌，霉菌；蘑菇
サルモネラ菌／沙門氏菌

□ 近眼　　　　　　きんがん

[名]（俗）近視眼；目光短淺
近眼のメガネ／近視眼鏡

□ 緊急　　　　　きんきゅう

[名・形動] 緊急，急迫，迫不及待
緊急地震速報／緊急地震快報

□ 均衡　　　　　きんこう

[名・自サ] 均衡，平衡，平均
均衡を保つ／保持平衡。

481

□ 近郊　　　　きんこう

きんこう

[名] 郊區，近郊

とうきょうきんこう　　す
東京近郊に住む／住在東京近郊。

□ 近視　　　　きんし

きんし

[名] 近視，近視眼

きんし　　きょうせい
近視を矯正する／矯正近視。

02
41

□ 禁じる　　　きんじる

きん

[他上一] 禁止，不准；禁忌；抑制，控制

しご
私語を禁じる／禁止竊竊私語。

□ 勤勉　　　　きんべん

きんべん

[名・形動] 勤勞，勤奮

きんべん　がくせい
勤勉な学生／勤勞的學生

□ 吟味　　　　ぎんみ

ぎんみ

[名・他サ]（吟頌詩歌）仔細體會，玩
味；（仔細）斟酌，考慮

しょくざい　ぎんみ
食材を吟味する／仔細斟酌食材。

□ 勤務　　　　きんむ

きんむ

[名・自サ] 工作，勤務，職務

きんむけいたい
勤務形態／職務型態

□ 禁物　　　　きんもつ

きんもつ

[名] 嚴禁的事物；忌諱的事物

ゆだん　きんもつ
油断は禁物／大意是禁忌。

□ 金利　　　　きんり

きんり

[名] 利息；利率

きんり　ひ　さ
金利を引き下げる／降低利息。

□ 勤労　　　　きんろう

きんろう

[名・自サ] 勤勞，勞動（狹意指體力勞動）

きんろうがくせい
勤労学生／勤勞的學生

□ 苦　　　　　く

く

[名・漢造] 苦（味）；痛苦；苦惱；辛苦

く
苦になる／為…而苦惱。

□ ～区　　　　く

く

[名] 地區，區域

とうきょう　く
東京23区／東京23區

□ 食い違う　　くいちがう

く　ちが

[自五] 不一致，有分歧；交錯，錯位

いけん　く　ちが
意見が食い違う／意見紛歧。

□ 空間　　　　くうかん

くうかん

[名] 空間，空隙

かいてき　くうかん
快適な空間／舒適的空間

□ 空前　　　　くうぜん

くうぜん

[名] 空前

くうぜん　だい
空前の大ブーム／空前盛況。

□ 空腹　　　　くうふく

くうふく

[名] 空腹，空肚子，餓

くうふく　み
空腹を満たす／填飽肚子。

□ 区画　　　　くかく

くかく

[名・他サ] 區劃，劃區；（劃分的）區
域，地區

とち　くかく
土地を区画する／劃分土地。

482

□ 区間　　　　　く|かん

[名] 區間，段
区間快速／區間快速列車

□ 茎　　　　　　く|き

[名] 莖；梗；柄；稈
茎が折れる／折斷花莖。

□ 区切り　　　　く|ぎり

[名] 句讀；文章的段落；工作的階段
区切りをつける／使（工作）告一段
落。

□ 潜る　　　　　く|ぐる

[他五] 潛水；穿過；鑽過；鑽漏洞
暖簾をくぐる／從門簾底下走過。

□ 籤引き　　　く|じびき

[名・自サ] 抽籤
くじ引きで当たる／抽籤抽中。

□ くすぐったい　く|すぐったい

[形] 被搔癢到想發笑的感覺；發癢，
癢癢的
首がくすぐったい／脖子發癢。

□ 愚痴　　　　　ぐ|ち

[名・形動] 愚蠢，無知；（無用的，於事
無補的）牢騷，抱怨
愚痴をこぼす／發牢騷。

□ 口遊む　　　く|ちずさむ

[他五]（隨興之所致）吟，詠，誦
歌を口ずさむ／哼著歌。

□ 嘴　　　　　く|ちばし

[名]（動）鳥嘴，嘴，喙
くちばしでつつく／用鳥嘴啄。

□ ぐちゃぐちゃ　ぐ|ちゃぐちゃ

[副]（因飽含水分）濕透；出聲咀嚼；
抱怨，發牢騷的樣子
ぐちゃぐちゃと文句を言う／不斷抱怨。

□ 朽ちる　　　　く|ちる

[自上一] 腐朽，腐爛，腐壞；默默無聞
而終，埋沒一生；（轉）衰敗，衰亡
朽ち果てる／默默無聞而終

□ 覆す　　　　く|つがえす

[他五] 打翻，弄翻，翻轉；（將政權、
國家）推翻，打倒；徹底改變，推翻
（學說等）
常識を覆す／顛覆常識。

□ くっきり　　　く|っきり

[副・自サ] 特別鮮明，清楚
富士山がくっきり見える／清楚看到
富士山。

□ 屈折　　　　く|っせつ

[名・自サ] 彎曲，曲折；歪曲，不正常，不自然
光が屈折する／光線折射。

□ ぐったり　　　　ぐったり

[副] 虛軟無力，虛脫

ぐったりと横たわる／虛脫躺平。

□ ぐっと　　　　　ぐっと

[副] 使勁；一口氣地；更加；啞口無言；（俗）深受感動

ぐっと飲む／一口氣喝完。

□ 首飾り　　　　くびかざり

[名] 項鍊

花の首飾り／花做的項鍊。

□ 首輪　　　　　　くびわ

[名] 項鍊；狗，貓等的脖圈

首輪をはめる／戴上項圈。

□ 組み合わせる　くみあわせる

[他下一] 編在一起，交叉在一起，搭在一起；配合，編組

色を組み合わせる／搭配顏色。

□ 組み込む　　　くみこむ

[他五] 編入；入伙；（印）排入

予定に組み込む／排入預定行程中。

□ くよくよ　　　　くよくよ

[副] 鬧彆扭；放在心上，想不開，煩惱

小さいことにくよくよするな／別為小事想不開。

□ 蔵　　　　　　　くら

[名] 倉庫，庫房；穀倉，糧倉；財源

蔵にしまう／收進倉庫裡。

□ グレー　　　　　グレー

[名]【gray】灰色；銀髮

グレーゾーン／灰色地帶

□ グレードアップ　グレードアップ

[名・自他サ]【grade-up】提高水準

商品のグレードアップを図る／訴求提高商品的水準。

□ クレーン　　　　クレーン

[名]【crane】吊車，起重機

クレーンで引き上げる／用起重機吊起。

□ 暮れる　　　　　くれる

[自下一] 天黑，日暮；過去；不知所措，束手無策

日が暮れる／夕陽西下。

□ 玄人　　　　　　くろうと

[名] 內行，專家

玄人の腕前／專家的本事

□ 黒字　　　　　　くろじ

[名] 黑色的字；（經）盈餘，賺錢

黒字に転じる／轉虧為盈。

484

□ **食わず嫌い** く わずぎ らい

[名] 沒嘗過就先說討厭，（有成見而）不喜歡；故意討厭
夫のジャズ嫌いは食わず嫌いだ／我丈夫對爵士樂抱有成見。

□ **群** ぐ ん

[名・漢造] 群，類；成群的；數量多的
群を抜く／出類拔萃。

□ **軍艦** ぐ んかん

[名] 軍艦
軍艦を派遣する／派遣軍艦。

□ **軍事** ぐ んじ

[名] 軍事，軍務
軍事機密／軍事機密

□ **君主** く んしゅ

[名] 君主，國王，皇帝
君主に背く／背叛國王。

□ **群集** ぐ んしゅう

[名・自サ] 群集，聚集；人群，群
アリの群集／螞蟻群

□ **群衆** ぐ んしゅう

[名] 群眾，人群
群衆が押し寄せる／人群一擁而上。

□ **軍備** ぐ んび

[名] 軍備，軍事設備；戰爭準備，備戰
軍備が整う／已做好備戰準備。

□ **軍服** ぐ んぷく

[名] 軍服，軍裝
軍服を着用する／穿軍服。

□ **刑** け い

[名・漢造] 徒刑，刑罰
刑に服す／服刑。

□ **～系** け い

[漢造] 系統；系列；系別；（地層的年代區分）系
ヴィジュアル系／視覺系

□ **芸** げ い

[名・漢造] 武藝，技能；演技；曲藝，雜技；藝術，遊藝
芸を磨く／磨練技能。

□ **経緯** け いい

[名]（事情的）經過，原委，細節；經度和緯度
経緯を話す／說明原委。

□ **経過** け いか

[名・自サ]（時間的）經過，流逝，度過；過程，經過
経過は良好／過程良好。

□ **軽快** け いかい

[名・形動・自サ] 輕快；輕鬆愉快；輕便；（病情）好轉
軽快な身のこなし／一身輕裝。

485

02
·
42

□ 警戒　　　　けいかい

[名·他サ] 警戒，預防，防範；警惕，小心

警戒態勢をとる／採取警戒狀態。

□ 契機　　　　けいき

[名] 契機；轉機，動機，起因

失敗を契機にする／把危機化為轉機。

□ 計器　　　　けいき

[名] 測量儀器，測量儀表

計器を取り付ける／裝設測量儀器。

□ 敬具　　　　けいぐ

[名]（文）敬啟，謹具

拝啓と敬具／敬啟與謹具

□ 軽減　　　　けいげん

[名·自他サ] 減輕

負担を軽減する／減輕負擔。

□ 掲載　　　　けいさい

[名·他サ] 刊登，登載

雑誌に掲載する／刊登在雜誌上。

□ 傾斜　　　　けいしゃ

[名·自サ] 傾斜，傾斜度；傾向

後方へ傾斜する／向後傾斜。

□ 形成　　　　けいせい

[名·他サ] 形成

人格を形成する／人格形成。

□ 形勢　　　　けいせい

[名] 形勢，局勢，趨勢

形勢が逆転する／形勢逆轉。

□ 形跡　　　　けいせき

[名] 形跡，痕跡

形跡を残す／留下痕跡。

□ 軽率　　　　けいそつ

[形動] 輕率，草率，馬虎

軽率な発言／發言草率

□ 形態　　　　けいたい

[名] 型態，形狀，樣子

政治形態／政治型態。

□ 刑罰　　　　けいばつ

[名] 刑罰

刑罰を与える／判刑。

□ 経費　　　　けいひ

[名] 經費，開銷，費用

経費を削減する／削減經費。

□ 警部　　　　けいぶ

[名] 警部（日本警察職稱之一）

警視庁警部／警視廳警部

□ 軽蔑　　　　けいべつ

[名·他サ] 輕視，藐視，看不起

軽蔑の眼差し／輕蔑的眼神

□ 経歴　　　　　　けいれき

[名] 經歷，履歷；經過，體驗；周遊

経歴を詐称する／經歷造假。

□ 経路　　　　　　けいろ

[名] 路徑，路線

経路を変える／改變路線。

□ 汚す　　　　　　けがす

[他五] 弄髒；拌和

名誉を汚す／敗壞名聲。

□ 汚らわしい　けがらわしい

[形] 像對方的污穢要感染到自己身上
一樣骯髒，討厭，卑鄙

汚らわしい金／不義之財

□ 汚れ　　　　　　けがれ

[名] 污垢

汚れを洗い流す／洗淨髒污。

□ 汚れる　　　　　けがれる

[自下一] 髒

汚れた金／髒錢。

□ 劇団　　　　　　げきだん

[名] 劇團

劇団に入る／加入劇團。

□ 激励　　　　　　げきれい

[名・他サ] 激勵，鼓勵，鞭策

叱咤激励／大大地激勵

□ 消し去る　　　けしさる

[他五] 消滅，消除

記憶を消し去る／消除記憶。

□ ゲスト　　　　　ゲスト

[名]【guest】客人，旅客；客串演員

ゲストに招く／邀請客人。

□ 獣　　　　　　けだもの

[名] 獸；畜生，野獸

この獣め／這個畜生！

□ 決　　　　　　　けつ

[名・漢造] 決定，表決；（提防）決堤；
決然，毅然；（最後）決心，決定

多数決で決める／以多數決來表決。

□ 決意　　　　　　けつい

[名・自他サ] 決心，決意；下決心

決意を表明する／表明決心。

□ 結核　　　　　　けっかく

[名] 結核，結核病

結核に罹る／罹患肺結核。

□ 血管　　　　　　けっかん

[名] 血管

血管が詰まる／血管栓塞。

□ 決議　　　　　　けつぎ

[名・他サ] 決議，決定；議決

決議案を採択する／採納決議案。

□ 決行　　　　けっこう

[名・他サ] 斷然實行，決定實行

雨天決行／風雨無阻

□ 結合　　　　けつごう

[名・自他サ] 結合；黏接

分子が結合する／結合分子。

□ 決算　　　　けっさん

[名・自他サ] 結帳；清算

決算セール／清倉大拍賣

□ 月謝　　　　げっしゃ

[名]（每月的）學費，月酬

月謝を支払う／支付每月費用。

□ 決勝　　　　けっしょう

[名]（比賽等）決賽，決勝負

決勝戦に出る／參加決賽。

□ 結晶　　　　けっしょう

[名・自サ] 結晶；（事物的）成果，結晶

雪の結晶／雪的結晶

□ 結成　　　　けっせい

[名・他サ] 結成，組成

劇団を結成する／組劇團。

□ 結束　　　　けっそく

[名・自他サ] 捆綁，捆束；團結；準備行

裝，穿戴（衣服或盔甲）

結束して戦う／團結抗戰。

□ げっそり　　　　げっそり

[副・自サ] 突然減少；突然消瘦很多；

（突然）灰心，無精打采

げっそりと痩せる／突然爆瘦。

□ ゲット　　　　ゲット

[名・他サ]【get】（籃球、兵上曲棍球等）

得分；（年輕人用語）取得，獲得

欲しいものをゲットする／取得想要

的東西。

□ 月賦　　　　げっぷ

[名] 月賦，按月分配；按月分期付款

月賦で支払う／按月支付。

□ 欠乏　　　　けつぼう

[名・自サ] 缺乏，不足

ビタミンが欠乏する／欠缺維他命。

□ 蹴飛ばす　　　　けとばす

[他五] 踢；踢開，踢散，踢倒；拒絕

布団を蹴飛ばす／踢被子。

□ 貶す　　　　けなす

[他五] 譏笑，貶低，排斥

他社商品をけなす／貶低其他公司的

商品。

□ 煙たい　　　　けむたい

[形] 煙氣嗆人，煙霧瀰漫；（因為自
己理虧覺得對方）難以親近，使人不
舒服
たき火が煙たい／篝火的火堆煙氣嗆
人。

□ 煙る　　　　　けむる

[他五] 冒煙；模糊不清，朦朧
部屋が煙る／房間煙霧瀰漫。

□ 獣　　　　　　けもの

[名] 獸；野獸
獣に遭遇する／遇到野獸。

□ 家来　　　　　けらい

[名]（效忠於君主或主人的）家臣，臣
下；僕人
家来になる／成為家臣。

□ 下痢　　　　　げり

[名·自サ]（醫）瀉肚子，腹瀉
下痢をする／腹瀉。

□ 件　　　　　　けん

[名·接尾·漢造] 事情，事件；（助數詞用
法）件
その件について／關於那件事

□ ～圏　　　　　けん

[漢造] 圓圈；區域，範圍
首都圏／首都圈

□ 権威　　　　　けんい

[名] 權勢，權威，勢力；（具說服力
的）權威，專家
親の権威／父母的權威

□ 幻覚　　　　　げんかく

[名] 幻覺，錯覺
幻覚を見る／產生幻覺。

□ 兼業　　　　　けんぎょう

[名·他サ] 兼營，兼業
兼業農家／兼著務農

□ 原形　　　　　げんけい

[名] 原形，舊觀，原來的形狀
原形を留めていない／沒有留下舊貌。

□ 原型　　　　　げんけい

[名] 原型，模型
原型を作る／製作模型。

□ 権限　　　　　けんげん

[名] 權限，職權範圍
権限がない／沒有權限。

□ 現行　　　　　げんこう

[名] 現行，正在實行
現行犯で捕まる／以現行犯逮捕。

□ 健在　　　　　けんざい

[名·形動] 健在
両親は健在です／雙親健在。

489

□ 原作　　　　　げんさく
げんさく

[名] 原作，原著，原文
原作者／原作者
げんさくしゃ

□ 検事　　　　　げんじ
けんじ

[名]（法）檢察官
検事長を務める／擔任檢察長。
けんじちょう　つと

□ 原子　　　　　げんし
げんし

[名]（理）原子；原子核
原子爆弾／原子彈
げんしばくだん

□ 元首　　　　　げんしゅ
げんしゅ

[名]（國家的）元首（總統、國王、國家主席等）
一国の元首／國家元首
いっこく　げんしゅ

□ 原住民　　　げんじゅうみん
げんじゅうみん

[名] 原住民
アメリカ原住民／美國原住民。
げんじゅうみん

□ 原書　　　　　げんしょ
げんしょ

[名] 原書，原版本；（外語的）原文書
英語の原書／英文原文書
えいご　げんしょ

□ 懸賞　　　　　けんしょう
けんしょう

[名] 懸賞；賞金，獎品
懸賞に当たる／得獎。
けんしょう　あ

□ 減少　　　　　げんしょう
げんしょう

[名・自他サ] 減少
減少傾向にある／有減少的傾向。
げんしょうけいこう

□ 健全　　　　　けんぜん
けんぜん

[形動]（身心）健康，健全；（運動、制度等）健全，穩固
健全に発達する／健全的發育。
けんぜん　はったつ

□ 元素　　　　　げんそ
げんそ

[名]（化）元素；要素
元素記号を覚える／背誦元素符號。
げんそきごう　おぼ

□ 現像　　　　　げんぞう
げんぞう

[名・他サ] 顯影，顯像，沖洗
フィルムを現像する／洗照片。
げんぞう

□ 原則　　　　　げんそく
げんそく

[名] 原則
原則から外れる／偏離原則。
げんそく　はず

□ 見地　　　　　けんち
けんち

[名] 觀點，立場；（到建築預定地等）勘查土地
教育的な見地に立つ／站在教育的立場上。
きょういくてき　けんち　た

□ 現地　　　　　げんち
げんち

[名] 現場，發生事故的地點；當地
現地に向かう／前往現場。
げんち　む

□ 限定　　　　　げんてい
げんてい

[名・他サ] 限定，限制（數量，範圍等）
100名限定で招待する／限定招待一百人。
めいげんてい　しょうたい

□ 原典　　　　　　げんてん

[名]（被引證，翻譯的）原著，原典，原來的文獻
原典を引用する／引用原著。

□ 原点　　　　　　げんてん

[名]（丈量土地等的）基準點，原點；出發點
原点に戻る／回到原點。

□ 減点　　　　　　げんてん

[名·他サ] 扣分；減少的分數
減点の対象となる／成為扣分的依據。

□ 原爆　　　　　　げんばく

[名] 原子彈
原爆を投下する／投下原子彈。

□ 原文　　　　　　げんぶん

[名]（未經刪文或翻譯的）原文
原文を翻訳する／翻譯原文。

□ 厳密　　　　　　げんみつ

[形動] 嚴密；嚴格
厳密に言う／嚴格來說。

□ 賢明　　　　　　けんめい

[形動] 賢明，英明，高明
賢明な行い／高明的作法。

□ 倹約　　　　　　けんやく

[名·他サ·形動] 節省，節約，儉省
倹約家／很節省的人

□ 原油　　　　　　げんゆ

[名] 原油
原油価格が高騰する／石油價格居高不下。

□ 兼用　　　　　　けんよう

[名·他サ] 兼用，兩用
晴雨兼用の傘／晴雨兩用傘

□ 権力　　　　　　けんりょく

[名] 權力
権力を誇示する／炫耀權力。

□ 言論　　　　　　げんろん

[名] 言論
言論の自由／言論自由

□ 〜戸　　　　　　こ

[接尾] 戶
この地区は約100戸ある／這地區約有一百戶。

□ 故〜　　　　　　こ

[漢造] 陳舊，故；本來；死去；有來由的事；特意
故人を弔う／追悼故人。

02
-
43

491

□ 語彙　　　　　　　ごい
[名] 詞彙，單字
語彙を増やす／增加單字量。

□ 恋する　　　　　こいする
[他サ] 戀愛，愛
恋する乙女／戀愛中的少女。

□ 甲　　　　　　　こう
[名・漢造] 甲冑，鎧甲；甲殼；手腳的表
面；（天干的第一位）甲；第一名
契約書の甲と乙／契約書上的甲乙雙
方

□ ～光　　　　　　　こう
[漢造] 光亮；光；風光；時光；榮譽；
（當作敬語）光
太陽光で発電する／以太陽能發電。

□ 好意　　　　　　　こうい
[名] 好意，善意，美意
好意を抱く／懷有好感。

□ 行為　　　　　　　こうい
[名] 行為，行動，舉止
親切な行為／舉止親切

□ 合意　　　　　　　ごうい
[名・自サ] 同意，達成協議，意見一致
合意に達する／達成協議。

□ 交易　　　　　こうえき
[名・自サ] 交易，貿易；交流
外国と交易する／國際貿易。

□ 公演　　　　　こうえん
[名・自他サ] 公演，演出
初公演／首演

□ 公開　　　　　こうかい
[名・他サ] 公開，開放
一般に公開する／全面公開。

□ 後悔　　　　　こうかい
[名・他サ] 後悔，懊悔
後悔先に立たず／後悔莫及。

□ 航海　　　　　こうかい
[名・自サ] 航海
航海に出る／出海航行。

□ 工学　　　　　こうがく
[名] 工學，工程學
工学製図／工程繪圖

□ 抗議　　　　　こうぎ
[名・自サ] 抗議
審判に抗議する／對判決提出抗議。

□ 合議　　　　　ごうぎ
[名・自他サ] 協議，協商，集議
合議のうえで決める／協商之後再決
定。

□ 皇居　　　　こうきょ

[名] 皇居

こうきょまえひろ ば
皇居前広場／皇居前廣場

□ 好況　　　　こうきょう

[名]（經）繁榮，景氣，興旺

けい き　　 こうきょう　　 む
景気が好況に向かう／景氣逐漸回
升。

□ 興業　　　　こうぎょう

[名] 振興工業，發展事業

しょくさんこうぎょう
殖産興業／振興產業

□ 鉱業　　　　こうぎょう

[名] 礦業

こうぎょうけん　 え
鉱業権を得る／取得採礦權。

□ 高原　　　　こうげん

[名]（地）高原

こうげん
チベット高原／西藏高原

□ 交互　　　　こうご

[名] 互相，交替

こう ご　 つか
交互に使う／交替使用。

□ 煌々（と）　こうこうと

[形動タルト]（文）光亮，通亮

こうこう　 かがや
煌々と輝く／光輝閃耀。

□ 考古学　　　こうこがく

[名] 考古學

こう こ がくはか せ
考古学博士／考古學博士

□ 工作　　　　こうさく

[名・他サ]（機器等）製作；（土木工程
等）修理工事；（小學生的）手工；
（暗中計畫性的）活動

こうさく　 じ かん
工作の時間／製作時間

□ 耕作　　　　こうさく

[名・他サ] 耕種

た はた　 こうさく
田畑を耕作する／下田耕種。

□ 鉱山　　　　こうざん

[名] 礦山

こうざん　 さいくつ
鉱山の採掘／採掘礦山

□ 公私　　　　こうし

[名] 公私，公與私

こう し こんどう
公私混同／公私混淆

□ 講習　　　　こうしゅう

[名・他サ] 講習，學習

こうしゅう　 う
講習を受ける／聽講。

□ 口述　　　　こうじゅつ

[名・他サ] 口述

こうじゅつ し けん　 う
口述試験を受ける／參加口試。

□ 控除　　　　こうじょ

[名・他サ] 扣除

ふ ようこうじょ
扶養控除／扶養扣除

□ 交渉　　　　こうしょう

[名・自サ] 交涉，談判；關係，聯繫

こうしょう　 せいりつ
交渉が成立する／交涉成立。

493

□ 高尚　　こうしょう

[形動] 高尚；（程度）高深

高尚な趣味／高雅的趣味

□ 向上　　こうじょう

[名・自サ] 向上，進步，提高

向上心が強い／很有上進心。

□ 高所恐怖症

　　こうしょきょうふしょう

[名] 懼高症

高所恐怖症なので観覧車には乗り
たくない／我有懼高症所以不想搭摩天
輪。

□ 行進　　こうしん

[名・自サ]（列隊）進行，前進

デモ行進／示威隊伍

□ 香辛料　こうしんりょう

[名] 香辣調味料（薑，胡椒等）

香辛料を入れる／加入香辣調味料。

□ 降水　　こうすい

[名]（氣）降水（指雪雨等的）

降水量が多い／降雨量很高。

□ 洪水　　こうずい

[名] 洪水，淹大水；洪流

洪水が起こる／引發洪水。

□ 合成　　ごうせい

[名・他サ]（由兩種以上的東西合成）合
成（一個東西）；（化）（元素或化
合物）合成（化合物）

合成着色料を用いる／使用化學色
素。

□ 抗生物質　こうせいぶっしつ

[名] 抗生素

抗生物質を投与する／投藥抗生素。

□ 公然　　こうぜん

[副・形動] 公然，公開

公然の秘密／公開的秘密

□ 抗争　　こうそう

[名・自サ] 抗爭，對抗，反抗，對立

内部抗争が起こる／引起内部的對
立。

□ 構想　　こうそう

[名・他サ]（方案、計畫等）設想；（作
品、文章等）構思

構想を練る／推敲構思。

□ 拘束　　こうそく

[名・他サ] 約束，束縛，限制；截止

身がらを拘束する／限制人身自由。

□ 後退　　こうたい

[名・自サ] 後退，倒退

景気が後退する／景氣衰退。

□ 光沢　　　　　こうたく

[名] 光澤

光沢がある／有光澤。

□ 公団　　　　　こうだん

[名] 公共企業機構（政府經營的特種

公用事業組織）

公団住宅に入居する／入住國宅。

□ 好調　　　　　こうちょう

[名・形動] 順利，情況良好

絶好調だ／非常順利。

□ 口頭　　　　　こうとう

[名] 口頭

口頭で説明する／口頭說明。

□ 講読　　　　　こうどく

[名・他サ] 講解（文章）

源氏物語を講読する／講解源氏物語。

□ 購読　　　　　こうどく

[名・他サ] 訂閱，購閱

雑誌を購読する／訂閱雜誌。

□ 購入　　　　　こうにゅう

[名・他サ] 購入，買進，購置，採購

日用品を購入する／採買日用品。

□ 公認　　　　　こうにん

[名・他サ] 公認，國家機關或政黨正式承認

公認会計士になる／成為有執照的會計師。

□ 荒廃　　　　　こうはい

[名・自サ] 荒廢，荒蕪；（房屋）失修；（精神）頹廢，散漫

荒廃した大地／荒廢了的土地。

□ 購買　　　　　こうばい

[名・他サ] 買，購買

購買意欲／購買欲

□ 好評　　　　　こうひょう

[名] 好評，稱讚

好評発売中！／好評發售中！

□ 交付　　　　　こうふ

[名・他サ] 交付，交給，發給

免許証を交付する／發給駕照。

□ 降伏　　　　　こうふく

[名・自サ] 降服，投降

無条件降伏する／無條件投降。

□ 公募　　　　　こうぼ

[名・他サ] 公開招聘，公開募集

作品を公募する／公開徵求作品。

□ 巧妙　　　　　こうみょう

[形動] 巧妙

巧妙な手口／巧妙的手法

□ 公用　　　　　こうよう

[名] 公用；公務，公事；國家或公共集團的費用

公用文の書き方／公務文書的寫法

02-44

495

□ 小売り　　　　こうり

[名・他サ] 零售，小賣

小売り店に卸す／供貨給零售店。

□ 公立　　　　こうりつ

[名] 公立

公立の学校に通う／上公立學校。

□ 効率　　　　こうりつ

[名] 效率

効率が悪い／效率差。

□ 護衛　　　　ごえい

[名・他サ] 護衛，保衛，警衛（員）

首相を護衛する／護衛首相。

□ コーナー　　　コーナー

[名]【corner】角，拐角；小賣店，專櫃；（棒、足球）角球

特産品コーナーを設ける／設置特産品專櫃。

□ ゴールイン　　ゴールイン

[名]【(和)goal＋in】抵達終點，跑到終點；（足球）射門；結婚

ゴールインして夫婦になる／抵達愛情的終點，而結婚了。

□ ゴールデンタイム ゴールデンタイム

[名]【(和)golden＋time】黃金時段（晚上7到9點）

ゴールデンタイムのドラマ／黃金時段的連續劇

□ 小柄　　　　こがら

[名] 身體短小；（布料、裝飾等的）小花樣，小碎花

小柄な女性／小個子的女性

□ 小切手　　　こぎって

[名] 支票

小切手を切る／開支票。

□ 顧客　　　　こきゃく

[名] 顧客

顧客名簿／顧客名冊

□ 語句　　　　ごく

[名] 語句，詞句

よく使う語句を登録する／收錄經常使用的語句。

□ 国産　　　　こくさん

[名] 國產

国産自動車／國產汽車

□ 告知　　　　こくち

[名] 通知，告訴

患者に病名を告知する／告知患者疾病名稱。

□ 国定　　　　こくてい

[名] 國家制訂，國家規定

国定公園／國家公園

□ 国土　　　　　　こくど

[名] 國土，領土，國家的土地；故鄉

国土計画／（日本）國土開發計畫

□ 告白　　　　　こくはく

[名・他サ] 坦白，自白；懺悔；坦白自己
的感情

好きな人に告白する／向喜歡的人告
白。

□ 国防　　　　　こくぼう

[名] 國防

国防会議を開く／召開國防會議。

□ 国有　　　　　こくゆう

[名] 國有

国有企業を民営化する／國營事業民
營化。

□ 極楽　　　　　ごくらく

[名] 極樂世界；安定的境界，天堂

極楽浄土に往生する／往生極樂世
界。

□ 国連　　　　　こくれん

[名] 聯合國

国連の大使／聯合國大使

□ 焦げ茶　　　　こげちゃ

[名] 濃茶色，深棕色，古銅色

焦げ茶色／深棕色

□ 語源　　　　　ごげん

[名] 語源，詞源

語源を調べる／查詢詞彙來源。

□ 個々　　　　　　ここ

[名] 每個，各個，各自

個々に相談する／個別談話。

□ 心地　　　　　ここち

[名] 心情，感覺

心地よい風／舒服的涼風

□ 心得　　　　　こころえ

[名] 知識，經驗，體會；規章制度，
須知；（下級代行上級職務）代理，
暫代

接客の心得を学ぶ／學習待人接客的
應對之道。

□ 心掛け　　　こころがけ

[名] 留心，注意；努力，用心；人品，
風格

心掛けがよい／心地善良。

□ 心掛ける　　こころがける

[他下一] 留心，注意，記在心裡

健康を心掛ける／注意健康。

□ 心苦しい　　こころぐるしい

[形] 感到不安，過意不去，擔心

辛い思いをさせて心苦しいんだ／讓
您吃苦了，真過意不去。

□ 志　　　　こころざし

[名] 志願，志向，意圖；厚意，盛
情；表達心意的禮物；略表寸意
志が高い／志向高。

□ 志す　　　こころざす

[自他五] 立志，志向，志願
医者を志す／立志成為醫生。

□ 心遣い　　こころづかい

[名] 關照，關心，照料
温かい心遣い／熱情關照

□ 心強い　　こころづよい

[形] 因為有可依靠的對象而感到安心；
有信心，有把握
心強い話／鼓舞人心的消息

□ 心細い　　こころぼそい

[形] 因為沒有依靠而感到不安；沒有
把握
心細い思いをする／感到不安害怕。

□ 試み　　　こころみ

[名] 試，嘗試
最初の試み／第一次嘗試

□ 試みる　　こころみる

[他上一] 試試，試驗一下
あれこれ試みる／多方嘗試。

□ 快い　　　こころよい

[形] 高興，愉快，爽快；（病情）良好
快い環境／愉快的環境

□ 誤差　　　ごさ

[名] 誤差；差錯
誤差が生じる／產生誤差。

□ ございます　ございます

[敬] 有；在；來；去
お探しの商品はこちらにございます
／您要的商品在這邊。

□ 孤児　　　こじ

[名] 孤兒；沒有伴兒的人，孤獨的人
震災孤児／地震孤兒

□ ごしごし　　ごしごし

[副] 使力的，使勁的
床をごしごし拭く／使勁地擦洗地
板。

□ 拗らせる　　こじらせる

[他下一] 搞壞，使複雜，使麻煩；使加
重，使惡化，弄糟
問題をこじらせる／使問題複雜化。

□ 拗れる　　こじれる

[自下一] 彆扭，執拗；（事物）複雜
化，惡化，（病）纏綿不癒
風邪がこじれる／感冒越來越嚴重。

498

□ 故人　　　　　こじん

[名] 故人，舊友；死者，亡人
故人を偲ぶ／緬懷故人。

□ 濾す／漉す　　　こす

[他五] 過濾，濾
濾紙で濾す／用濾紙過濾。

□ 梢　　　　　こずえ

[名] 樹梢，樹枝
梢を切り落とす／剪去樹枝。

□ 個性　　　　　こせい

[名] 個性，特性
個性を出す／凸出特色。

□ 戸籍　　　　　こせき

[名] 戶籍，戶口
戸籍に入れる／列入戶口。

□ 古代　　　　　こだい

[名] 古代
古代文明／古代文明

□ 炬燵　　　　　こたつ

[名]（架上蓋著被，用以取暖的）被
爐，暖爐
こたつに入る／坐進被爐。

□ 拘る　　　　　こだわる

[自五] 拘泥；妨礙，阻礙，抵觸
学歴にこだわる／拘泥於學歷。

□ 誇張　　　　　こちょう

[名・他サ] 誇張，誇大
誇張して表現する／表現誇張。

□ 骨　　　　　　こつ

[名・漢造] 骨；遺骨，骨灰；品質；身
體；要領，祕訣（一般用法假名「コ
ツ」）
コツをつかむ／掌握要領。

□ 滑稽　　　　　こっけい

[名・形動] 滑稽，可笑；詼諧
滑稽な姿／滑稽的姿態

□ 国交　　　　　こっこう

[名] 國交，邦交
国交を回復する／恢復邦交。

□ こつこつ　　　　こつこつ

[副・形動] 孜孜不倦，堅持不懈，勤
奮；（硬物相敲擊）咚咚聲
こつこつと勉強する／孜孜不倦的讀
書。

□ 骨董品　　　　こっとうひん

[名] 古董
骨董品を集める／收集古董。

□ 固定　　　　　こてい

02-45

[名・自他サ] 固定
足場を固定する／站穩腳步。

499

□ 事柄　　　　　ことがら

[名] 事情，情況，事態

重要な事柄／重要的事情

□ 孤独　　　　　こどく

[名] 孤獨，孤單

孤独な人生／孤獨的人生

□ 悉く/尽く　　ことごとく

[副] 所有，一切，全部

ことごとく否定する／全部否定。

□ 言付け/託け　ことづけ

[名] 託帶口信；藉口

言付けを頼む／拜託傳話。

□ 言伝　　　　　ことづて

[名] 傳聞；帶口信

言伝に聞く／傳聞。

□ 殊に　　　　　ことに

[副] 特別，格外

殊に重要である／格外重要。

□ ことによると　ことによると

[連語・副] 可能，說不定，或許

ことによると病気かもしれない／也
許是生病了也說不定。

□ 粉々　　　　　こなごな

[名] 粉碎，粉末

粉々に砕ける／磨成粉末狀。

□ コネ　　　　　コネ

[名]【connection】之略。關係，門路

コネを頼って就職する／利用關係找工作。

□ 好ましい　　　このましい

[形] 因為符合心中的愛好與期望而喜
歡；理想的，滿意的

好ましい状態／理想的狀態

□ 碁盤　　　　　ごばん

[名] 圍棋盤

道が碁盤の目のように走っている／
道路如棋盤般延伸。

□ 個別　　　　　こべつ

[名] 個別

個別に指導する／個別指導。

□ コマーシャル　コマーシャル

[名]【commercial】商業（的），商
務（的）；商業廣告

コマーシャルに出る／在廣告中出現。

□ 誤魔化す　　　ごまかす

[他五] 欺騙，欺瞞，蒙混，愚弄；蒙蔽，
掩蓋，搪塞，敷衍；作假，搞鬼，舞
弊，侵吞（金錢等）

年をごまかす／年齡作假。

□ 細やか　　　　こまやか

[形動] 深深關懷對方的樣子；深切，深厚

細やかな気配り／深切的關注

500

□ 込み上げる　　こみあげる

[自下一] 往上湧，油然而生

涙がこみあげる／涙水盈眶。

□ 込める　　　　こめる

[他下一] 裝填；包括在內，計算在內；集中（精力），貫注（全神）

気持ちを込める／用心。

□ コメント　　　コメント

[名・自サ]【comment】評語，解說，註釋

ノーコメント／無可奉告

□ 御尤も　　　　ごもっとも

[形動] 對，正確

おっしゃることはごもっともです／您說得沒錯。

□ 子守歌／子守唄　こもりうた

[名] 搖籃曲

子守唄を聞く／聽搖籃曲。

□ 籠もる　　　　こもる

[自五] 閉門不出；包含，含蓄；（煙氣等）停滯，充滿，（房間等）不通風

部屋にこもる／閉門不出。

□ 固有　　　　　こゆう

[名] 固有，特有，天生

固有の文化／特有文化

□ 雇用　　　　　こよう

[名・他サ] 雇用；就業

終身雇用制度／終身雇用制

□ 暦　　　　　　こよみ

[名] 暦，暦書

暦をめくる／翻閱日暦。

□ 凝らす　　　　こらす

[他五] 凝集，集中

目を凝らす／凝視。

□ 御覧なさい　ごらんなさい

[敬] 看，觀賞

お手本をよくご覧なさい／請仔細看範本。

□ 孤立　　　　　こりつ

[名・自サ] 孤立

周辺から孤立する／被周遭孤立。

□ 懲りる　　　　こりる

[自上一]（因為吃過苦頭）不敢再嘗試。

失敗して懲りた／一朝被蛇咬，十年怕草繩。

□ 根気　　　　　こんき

[名] 耐性，毅力，精力

根気のいる仕事／需要毅力的工作。

□ 根拠　　　　　こんきょ

[名] 根據

根拠にとぼしい／缺乏根據。

□ 混血　　　　こんけつ

[名・自サ] 混血

混血児が生まれる／生了混血兒。

□ コンタクト　　コンタクト

[名]【contactlens】之略。接觸，連絡；隱形眼鏡

相手とコンタクトをとる／與對方取得連繫。

□ 昆虫　　　　こんちゅう

[名] 昆蟲

昆虫類／昆蟲類

□ 根底　　　　こんてい

[名] 根底，基礎

常識を根底からくつがえす／徹底推翻常識。

□ コンテスト　　コンテスト

[名]【contest】比賽；比賽會

コンテストに参加する／參加競賽。

□ 混同　　　　こんどう

[名・自他サ] 混同，混淆，混為一談

公私を混同する／公私混淆。

□ コントラスト　コントラスト

[名]【contrast】對比，對照；（光）反差，對比度

画像のコントラストを上げる／提高影像的對比度。

□ コントロール　コントロール

[名・他サ]【control】支配，控制，節制，調節

感情をコントロールする／控制情感。

□ コンパス　　　コンパス

[名]【(荷)kompas】圓規；羅盤，指南針；腿（的長度），腳步（的幅度）

コンパスで円を描く／用圓規畫圓。

□ 根本　　　　こんぽん

[名] 根本，根源，基礎

根本的な問題／根本的問題

□ さ　　　　　さ

[終助] 向對方強調自己的主張，說法較隨便；（接疑問詞後）表示抗議、追問的語氣；（插在句中）表示輕微的叮嚀

僕だってできるさ／我也會做啊！

□ ざあざあ　　ざあざあ

[副]（大雨）嘩啦嘩啦聲；（電視等）雜音

雨がざあざあ降っている／雨嘩啦嘩啦地下。

□ 差異　　　　さい

[名] 差異，差別

差異がない／沒有差別。

□ **財**　　　　　　ざい

[名・漢造] 財產，錢財；財寶，商品，物資
巨額の財を築く／累積巨額的財富。

□ **再会**　　　　さいかい

[名・自サ] 重逢，再次見面
再会を約する／約定再會。

□ **災害**　　　　さいがい

[名] 災害，災難，天災
災害を予防する／防災。

□ **細菌**　　　　さいきん

[名] 細菌
細菌を培養する／培養細菌。

□ **細工**　　　　さいく

[名・他サ] 精細的手藝（品），工藝品；
耍花招，玩弄技巧，搞鬼
細工を施す／施展精巧的手藝。

□ **採掘**　　　　さいくつ

[名・他サ] 採掘，開採，採礦
金山を採掘する／開採金礦。

□ **サイクル**　　サイクル

[名・接尾]【cycle】周期，循環，一轉；
自行車
サイクル・レース／自行車競賽。

□ **採決**　　　　さいけつ

[名・自サ] 表決
採決に従う／遵守裁決。

□ **再建**　　　　さいけん

[名・他サ] 重新建築，重新建造；重新建設
焼けた校舎を再建する／重建燒毀的
校舍。

□ **再現**　　　　さいげん

[名・自他サ] 再現，再次出現，重新出現
事件の状況を再現する／重現案發現
場。

□ **財源**　　　　ざいげん

[名] 財源
財源を求める／尋求財源。

□ **在庫**　　　　ざいこ

[名] 庫存，存貨；儲存
在庫が切れる／沒有庫存。

□ **再婚**　　　　さいこん

[名] 再婚，改嫁
父は再婚した／父親再婚了。

□ **採算**　　　　さいさん

[名]（收支的）核算，核算盈虧
採算が合う／合算，有利潤。

02
-
46

503

□ 採集　　　　さいしゅう

[名・他サ] 採集，搜集

植物採集（しょくぶつさいしゅう）／採集植物標本

□ サイズ　　　　サイズ

[名]【size】尺寸，尺碼

サイズが大（おお）きい／尺寸很大。

□ 再生　　　　さいせい

[名・自他サ] 重生，再生，死而復生；新生，（得到）改造；（利用廢品加工，成為新產品）再生；（已錄下的聲音影像）重新播放

再生（さいせい）ボタンを押（お）す／按下播放鍵。

□ 財政　　　　ざいせい

[名] 財政；（個人）經濟情況

財政（ざいせい）が破綻（はたん）する／財政出現困難。

□ 最善　　　　さいぜん

[名] 最善，最好；全力

最善（さいぜん）を尽（つ）くす／盡最大努力。

□ 採択　　　　さいたく

[名・他サ] 採納，通過；選定，選擇

決議（けつぎ）が採択（さいたく）される／決議被採納。

□ サイドビジネス
　　　　サイドビジネス

[名]【(和)side+business】副業，兼職

サイドビジネスを始（はじ）める／開始兼職副業。

□ 栽培　　　　さいばい

[名・他サ] 栽培，種植

野菜（やさい）を栽培（さいばい）する／種植蔬菜。

□ 再発　　　　さいはつ

[名・他サ]（疾病）復發，（事故等）又發生；（毛髮）再生

再発（さいはつ）を防止（ぼうし）する／預防再次發生。

□ 細胞　　　　さいぼう

[名]（生）細胞；（黨的）基層組織，成員

細胞分裂（さいぼうぶんれつ）を繰（く）り返（かえ）す／不斷的進行細胞分裂。

□ 採用　　　　さいよう

[名・他サ] 採用（意見），採取；錄用（人員）

採用試験（さいようしけん）を受（う）ける／參加錄用考試。

□ 遮る　　　　さえぎる

[他五] 遮擋，遮住，遮蔽；遮段，遮攔，阻擋

日差（ひざ）しを遮（さえぎ）る／遮住陽光。

□ 囀る　　　　さえずる

[自五]（小鳥）婉轉地叫，嘰嘰喳喳地叫，歌唱

小鳥（ことり）がさえずる／小鳥歌唱。

□ 冴える　　　　さえる

[自下一] 寒冷，冷峭；清澈，鮮明；（心情、目光等）清醒，清爽；（頭腦、手腕等）靈敏，精巧，純熟

今日（きょう）は気分（きぶん）が冴（さ）えない／今天精神狀況不佳。

504

□ 竿　　　さお

[名・接尾] 竿子，竹竿；釣竿；船篙；
（助數詞用法）杆，根
物干し竿／晒衣杆。

□ 栄える　　さかえる

[自下一] 繁榮，興盛，昌盛；榮華，顯赫
町が栄える／城鎮繁榮。

□ 差額　　　さがく

[名] 差額
差額を返金する／退還差額。

□ 杯　　　さかずき

[名] 酒杯；推杯換盞，酒宴；飲酒為盟
杯を交わす／觥籌交錯。

□ 逆立ち　　さかだち

[名・自サ]（體操等）倒立，倒豎；顛倒
逆立ちで歩く／倒立行走。

□ 盛る　　　さかる

[自五] 旺盛；繁榮；（動物）發情
火が盛る／火勢旺盛。

□ 先　　　　さき

[名] 尖端，末梢；前面，前方；事
先，先；優先，首先；將來，未來；
後來（的情況）；以前，過去；目的
地；對方
目と鼻の先／極短的距離

□ 先に　　　さきに

[副] 以前，以往
先に述べたように／如同方才所述

□ 詐欺　　　さぎ

[名] 詐欺，欺騙，詐騙
詐欺に遭う／遭到詐騙。

□ 作　　　　さく

[名・漢造] 著作，作品；耕種，耕作；收
成；振作；動作
ピカソ作の絵画／畢卡索的畫作

□ 柵　　　　さく

[名] 柵欄；城寨
柵で囲う／用柵欄圍住。

□ 策　　　　さく

[名・漢造] 計策，策略，手段；鞭策；手杖
解決策を見出だす／找出解決的方
法。

□ 削減　　　さくげん

[名・自他サ] 削減，縮減；削弱，使減色
給料5パーセント削減／薪水縮減百分
之五。

□ 錯誤　　　さくご

[名] 錯誤；（主觀認識與客觀實際的）
不相符，謬誤
時代錯誤も甚だしい／極度不符合時
代精神。

505

□ 作戦　　　　　　さくせん

[名] 作戦，作戰策略；軍事行動，戰役
作戦を練る／反覆思考作戰策略。

□ 叫び　　　　　　さけび

[名] 喊叫，尖叫，呼喊
叫び声／尖叫聲。

□ 裂ける　　　　　さける

[自下一] 裂，裂開，破裂
袋が裂ける／袋子破了。

□ 捧げる　　　　　ささげる

[他下一] 雙手抱拳，捧拳；供，供奉，
敬獻；獻出，貢獻
神様に捧げる／供奉給神明。

□ 差し掛かる　　さしかかる

[自五] 來到，路過（某處），靠近；
（日期等）臨近，逼近，緊迫；垂
掛，籠罩在⋯之上
分岐点に差し掛かる／來到分歧點。

□ 指図　　　　　　さしず

[名・自サ] 指示，吩咐，派遣，發號施
令；指定，指明；圖面，設計圖
指図を受けない／不接受命令。

□ 差し出す　　　さしだす

[他五]（向前）伸出，探出；（把信件
等）寄出，發出；提出，交出，獻出，
派出，派遣，打發
ハンカチを差し出す／拿出手帕。

□ 差し支える　さしつかえる

[自下一]（對工作等）妨礙，妨害，有壞影
響；感到不方便，發生故障，出問題
仕事に差し支える／妨礙工作。

□ 差し引き　　　さしひき

[名・自他サ] 扣除，減去；（相抵的）餘
額，結算（的結果）；（潮水的）漲
落，（體溫的）升降
差し引き10000円です／餘額一萬日圓。

□ 指す　　　　　　さす

[他五]（用手）指，指示；點名指名；
指向；下棋；告密
指で指す／用手指指出。

□ 授ける　　　　　さずける

[他下一] 授予，賦予，賜給；教授，傳授
学位を授ける／授予學位。

□ 摩る　　　　　　さする

[他五] 摩，擦，搓，撫摸，摩挲
腰をさする／撫摸腰部。

□ さぞ　　　　　　さぞ

[副] 想必，一定是
さぞ疲れたことでしょう／想必一定
很累了吧。

□ さぞかし　　　さぞかし

[副]（「さぞ」的強調）想必，一定
さぞかし喜ぶでしょう／想必很開心吧。

□ 定まる　　　**さ**だま**る**

[自五] 決定，規定 ；安定，穩定，固定；確定，明確；（文）安靜

目標が定まる／確立目標。

□ 定める　　　**さ**だめ**る**

[他下一] 規定，決定，制定；平定，鎮定；奠定；評定，論定

憲法を定める／制定憲法。

□ 座談会　　　**ざ**だんかい

[名] 座談會

座談会を開く／召開座談會。

□ 雑　　　　　　**ざ**つ

[名・形動・漢造] 雜類；（不單純的）混雜；摻雜；（非主要的）雜項；粗雜；粗糙；粗枝大葉

雑に扱う／隨便處理。

□ 雑貨　　　　**ざ**っか

[名] 生活雜貨

アジアン雑貨の店／亞洲風雜貨店

□ 錯覚　　　　**さ**っかく

[名・自サ] 錯覺；錯誤的觀念；誤會，誤認為

錯覚を起こす／產生錯覺。

□ 早急／早急　**さ**っきゅう

[形動] 盡量快些，趕快，趕緊

早急に手配する／趕緊安排。

□ 殺人　　　　**さ**つじん

[名] 殺人，兇殺

殺人を犯す／犯下殺人罪。

□ 察する　　　**さ**っする

[他サ] 推測，觀察，判斷，想像；體諒，諒察，理解

気持ちを察する／理解對方的感受。

□ 雑談　　　　**ざ**つだん

[名・自サ] 閒談，說閒話，閒聊天

雑談にふける／聊得很起勁。

□ さっと　　　**さ**っと

[副]（形容風雨突然到來）倏然，忽然；（形容非常迅速）忽然，一下子

さっと顔色が変わる／臉色突然變了。

□ 悟る　　　　**さ**とる

[他五] 醒悟，覺悟，理解，認識；察覺，發覺，看破；（佛）悟道，了悟

真理を悟る／領悟真理。

□ 最中　　　　**さ**なか

[名] 最盛期，正當中，最高

忙しい最中／最忙的時候

□ 裁く　　　　**さ**ばく

[他五] 裁判，審判；排解，從中調停，評理

罪人を裁く／審判罪犯。

□ 座標　　　ざひょう

[名]（數）座標；標準，基準

座標で示す／用座標表示。

□ さほど　　　さほど

[副]（後多接否定語）並（不是），並（不像），也（不是）

さほど問題ではない／問題沒有多嚴重。

□ サボる　　　サボる

[他五]【(法) sabotage】する之略。（俗）怠工；偷懶，逃（學），曠（課）

授業をサボる／曉課。

□ 寒気　　　さむけ

[名]寒冷，風寒，發冷；憎惡，厭惡感，極不愉快感覺

寒気がする／發冷。

□ 侍　　　さむらい

[名]（古代公卿貴族的）近衛；古代的武士；有骨氣，行動果決的人

侍ジャパン／日本武士（日本棒球代表隊的暱稱）。

□ さも　　　さも

[副]（從一旁看來）非常，真是；那樣，好像

さもうれしそうな顔をする／神情看起來似乎非常開心。

□ 作用　　　さよう

[名・自サ]作用；起作用

薬の副作用／藥物的副作用

□ 左様なら　　　さようなら

[寒暄]再會，再見

さようなら、また明日／再會，明天見。

□ さらう　　　さらう

[他五]攫，奪取，拐走；（把當場所有的全部）拿走，取得，贏走

子供をさらう／誘拐小孩。

□ 更なる　　　さらなる

[連體]更

更なるご活躍をお祈りします／預祝您有更好的發展。

□ 障る　　　さわる

[自五]妨礙，阻礙，障礙；有壞影響，有害

気に障る／影響好心情。

□ ～さん　　　さん

[接尾]先生；小姐，女士

佐藤さん／佐藤先生（小姐）

□ 酸　　　さん

[名・漢造]酸味；辛酸，痛苦；（化）酸

アミノ酸飲料を飲む／喝氨基酸飲料。

□ 酸化　　　　さんか

[名・自サ]（化）氧化
鉄が酸化する／鐵氧化。

□ 山岳　　　　さんがく

[名] 山岳
山岳地帯に住む／住在山區。

□ 参議院　　　さんぎいん

[名] 参議院，参院（日本國會的上院）
参議院の選挙／參議院選舉。

□ サンキュー　　サンキュー

[感]【thank you】謝謝
サンキューカードを出す／寄出感謝卡。

□ 産休　　　　さんきゅう

[名] 產假
産休に入る／休產假。

□ 残金　　　　ざんきん

[名] 餘款，餘額；尾欠，差額
残金を支払う／支付尾款。

□ 産後　　　　さんご

[名]（婦女）分娩之後
産後の肥立ち／產後發福。

□ 残酷　　　　ざんこく

[名・形動] 殘酷，殘忍
残酷な仕打ちをする／殘酷對待。

□ 産出　　　　さんしゅつ

[名・他サ] 生產；出產
石油を産出する／產出石油。

□ 参照　　　　さんしょう

[名・他サ] 參照，參看，參閱
別紙を参照して下さい／請參閱其他文件。

□ 参上　　　　さんじょう

[名・自サ] 拜訪，造訪
参上いたします／登門拜訪。

□ 残高　　　　ざんだか

[名] 餘額
残高を確認する／確認餘額。

□ サンタクロース　サンタクロース

[名]【Santa Claus】聖誕老人
サンタクロースがやってくる／聖誕
老人來了。

□ 桟橋　　　　さんばし

[名] 碼頭；跳板
桟橋を渡る／走過碼頭。

□ 賛美　　　　さんび

[名・他サ] 讚美，讚揚，歌頌
口をそろえて賛美する／異口同聲稱讚。

□ 山腹　　　　さんぷく

[名] 山腰，山腹
山腹を歩く／行走山腰。

□ 産婦人科　　さんふじんか

[名]（醫）婦產科

産婦人科を受診する／到婦產科就診。

□ 産物　　さんぶつ

[名]（某地方的）產品，產物，物產；（某種行為的結果所產生的）產物

時代の産物／時代下的產物

□ 山脈　　さんみゃく

[名] 山脈

山脈を越える／越過山脈。

□ 師　　し

[名・漢造] 軍隊；（軍事編制單位）師；老師；從事專業技術的人

師を敬う／尊敬師長。

□ 死　　し

[名・自サ・漢造] 死亡；死罪；無生氣，無活力；殊死，拼命

死を恐れる／恐懼死亡。

□ ～士　　し

[名・漢造] 人（多指男性），人士；武士；士宦；軍人；（日本自衛隊中最低的一級）士；有某種資格的人；對男子的美稱

消防士になる／當消防員。

□ ～次　　じ

[名・接尾] 下一個；次序，順序；（化）次；（助數詞用法）次，次數

一次試験を突破する／通過了第一次考試。

□ ～児　　じ

[漢造] 幼兒；兒子；人；可愛的年輕人

新生児を抱く／抱新生兒。

□ 仕上がり　　しあがり

[名] 做完，完成；（迎接比賽）做好準備

仕上がりがいい／做得很好。

□ 仕上げ　　しあげ

[名・他サ] 做完，完成；做出的結果；最後加工，潤飾

みごとな仕上げだ／成果很棒。

□ 仕上げる　　しあげる

[他下一] 做完，完成，（最後）加工，潤飾，做出成就

作品を仕上げる／完成作品。

□ 飼育　　しいく

[名・他サ] 飼養（家畜）

家畜を飼育する／飼養家畜。

□ 強いて　　しいて

[副] 強迫；勉強；一定…

強いて言えば／要勉強說的話…

□ シート　　　　シート

[名]【seat】座位，議席

シートベルト／安全帶

□ ジーパン　　　ジーパン

[名]【(和) jeans+ pants】之略。牛仔褲

ジーパンを履く／穿牛仔褲。

□ 強いる　　　　しいる

[他上一] 強迫，強使

苦戦を強いられる／陷入苦戦。

□ 仕入れる　　　しいれる

[他下一] 購入，買進，採購（商品或原料）；（喻）由他處取得，獲得

商品を仕入れる／採購商品。

□ 死因　　　　　しいん

[名] 死因

死因は心臓発作だ／死因是心臟病發作。

□ 潮　　　　　　しお

[名] 海潮；海水，海流，時機，機會

潮の満ち引き／潮起潮落

□ 歯科　　　　　しか

[名]（醫）牙科，齒科

歯科検診を受ける／去牙醫檢查。

□ 自我　　　　　じが

[名] 我，自己，自我；（哲）意識主體

自我が芽生える／萌生主體意識。

□ 市街　　　　　しがい

[名] 城鎮，市街，繁華街道

市街地に住む／住在繁華地段。

□ 視覚　　　　　しかく

[名] 視覺

視覚に訴える／訴諸視覺。

□ 自覚　　　　　じかく

[名·他サ] 自覺，自知，認識；覺悟，覺悟；自我意識

自覚症状がある／有自覺症狀。

□ 仕掛け　　　　しかけ

[名] 開始做，著手；製作中，做到中途；找碴，挑釁，裝置，結構；規模；陷阱

自動的に閉まる仕掛け／自動開關裝置

□ 仕掛ける　　　しかける

[他下一] 開始做，著手；做到途中；主動地作；挑釁，尋釁；裝置，設置，布置；準備，預備

わなを仕掛ける／裝設陷阱。

□ しかしながら　しかしながら

[副·接續]（「しかし」的強調）可是，然而；完全

しかしながら彼はまだ若い／但是他還很年輕。

511

□ 指揮　　　　　しき
[名・他サ] 指揮
指揮をとる／指揮。

□ 磁気　　　　　じき
[名]（理）磁性，磁力
磁気で治療する／用磁力治療。

□ 磁器　　　　　じき
[名] 瓷器
磁器と陶器／瓷器與陶器

□ 色彩　　　　　しきさい
[名] 彩色，色彩；性質，傾向，特色
色彩感覚に優れる／色彩的敏感度非常好。

□ 式場　　　　　しきじょう
[名] 舉行儀式的場所，會場，禮堂
式場を予約する／預約禮堂。

□ じきに　　　　じきに
[副] 很接近，就快了
じきに追いつくよ／就快追上了喔！

□ 事業　　　　　じぎょう
[名] 事業；（經）企業；功業，業績
事業を始める／開創事業。

□ 仕切る　　　　しきる
[他五・自五] 隔開，區分開；結帳，清帳；完結
カーテンで部屋を仕切る／用窗簾把房間隔開。

□ 資金　　　　　しきん
[名] 資金，資本
資金が底をつく／資金見底。

□ 軸　　　　　　じく
[名・接尾・漢造] 車軸；畫軸；（助數詞用法）書，畫的軸；（理）運動的中心線
チームの軸となって活躍する／成為隊上的中心人物而大顯身手。

□ 仕組み　　　　しくみ
[名] 結構，構造；（戲劇，小說等）結構，劇情；企畫，計畫
仕組みを理解する／瞭解計畫。

□ 死刑　　　　　しけい
[名] 死刑，死罪
死刑を執行する／執行死刑。

□ 湿気る　　　　しける
[自五] 潮濕，帶潮氣，受潮
洗濯物が湿気る／換洗衣物受潮。

□ 自己　　　　　じこ
[名] 自己，自我
自己催眠をかける／自我催眠。

□ 志向　　　　　しこう
[名・他サ] 志向；意向
高い志向をもつ／有很大的志向。

□ 思考　　　　　　しこう

[名・自他サ] 思考，考慮；思維

思考を巡らせる／多方思考。

□ 施行／施行　しこう／せこう

[名] 施行，實施；實行

法律を施行する／施行法律。

□ 嗜好　　　　　　しこう

[名・他サ] 嗜好，愛好，興趣

酒やタバコなどの嗜好品／酒或香煙
等愛好品。

□ 事項　　　　　　じこう

[名] 事項，項目

注意事項を説明する／說明注意事
項。

□ 地獄　　　　　　じごく

[名] 地獄；苦難；受苦的地方；（火
山的）噴火口

地獄耳／順風耳

□ 時刻表　　　　じこくひょう

[名] 時刻表

電車の時刻表／電車時刻表

□ 時差　　　　　　じさ

[名]（各地標準時間的）時差；錯開
時間

時差ボケする／時差（而身體疲倦等）

□ 自在　　　　　　じざい

[名] 自在，自如

自在に操る／自由操縱。

□ 視察　　　　　　しさつ

[名・他サ] 視察，考察

工場を視察する／視察工廠。

□ 資産　　　　　　しさん

[名] 資產，財產；（法）資產

資産を運用する／運用財產。

□ 支持　　　　　　しじ

[名・他サ] 支撐；支持，擁護，贊成

内閣を支持する／擁護內閣。

□ 自主　　　　　　じしゅ

[名] 自由，自主，獨立

自主トレーニング／自由練習

□ 自首　　　　　　じしゅ

[名・自サ]（法）自首

警察に自首する／向警察自首。

□ 刺繍　　　　　　ししゅう

[名・他サ] 刺繡

刺繍を施す／刺繡加工。

□ 思春期　　　　ししゅんき

[名] 青春期

思春期の少女の心／青春期少女的心

□ 市場　　　　　しじょう

[名] 菜市場，集市；銷路，銷售範圍，市場；交易所

市場調査する／進行市場調查。

□ 辞職　　　　　じしょく

[名・自他サ] 辭職

辞職を余儀なくされる／不得不辭職。

□ 雫／滴　　　　しずく

[名] 水滴，水點

しずくが落ちる／水滴滴落。

□ システム　　　システム

[名]【system】組織；體系，系統；制度

システムを変える／改變體系。

□ 沈める　　　　しずめる

[他下一] 把…沈入水中，使沈沒

ソファに身を沈める／癱坐在沙發上。

□ 施設　　　　　しせつ

[名・他サ] 設施，設備；（兒童，老人的）福利設施，孤兒院

施設に入る／進入孤兒院。

□ 慈善　　　　　じぜん

[名] 慈善

慈善団体／慈善團體

□ 子息　　　　　しそく

[名] 兒子

ご子息が後を継ぐ／令郎將繼承衣缽。

□ 持続　　　　　じぞく

[名・自他サ] 持續，繼續，堅持

効果を持続させる／讓效果持續。

□ 自尊心　　　　じそんしん

[名] 自尊心

自尊心が強い／自尊心很強。

□ 下味　　　　　したあじ

[名] 預先調味，底味

下味をつける／事先調好底味。

□ 字体　　　　　じたい

[名] 字體；字形

字体を変える／變換字體。

□ 辞退　　　　　じたい

[名・他サ] 辭退，謝絕

彼はその賞を辞退した／他謝絕了那個獎。

□ 慕う　　　　　したう

[他五] 愛慕，懷念，思慕；敬慕，敬仰，景仰；追隨，跟隨

先生を慕う／仰慕老師。

□ 下心 　　したごころ

[名] 内心，本心；別有用心，企圖，
（特指）壞心腸
下心が見え見えだ／明顯的別有居心。

□ 下地 　　したじ

[名] 準備，基礎，底子；素質，資
質；真心；布等的底色
化粧下地を塗る／擦上粉底霜。

□ 親しまれる　　したしまれる

[自五]（「親しむ」的受身形）被喜歡
子供に親しまれる／被小孩所喜歡。

□ 親しむ 　　したしむ

[自五] 親近，親密，接近；愛好，喜愛
親しみやすい人／容易接近的人。

□ 下調べ 　　したしらべ

[名・他サ] 預先調查，事前考察；預習
下調べを怠る／預習偷懶。

□ 仕立てる 　　したてる

[他下一] 縫紉，製作（衣服）；培養，
訓練；準備，預備；喬裝，裝扮
洋服を仕立てる／縫製洋裝。

□ 下取り 　　したどり

[名・他サ]（把舊物）折價
貼錢換取新物
車を下取りに出す／車子舊換新。

□ 下火 　　したび

[名] 火勢漸弱，火將熄滅；（流行，
勢力的）衰退；底火
人気が下火になる／人氣減弱。

□ 下回る 　　したまわる

[自五] 低於，達不到
平年を下回る気温／低於常年的溫
度。

□ 自治体 　　じちたい

[名] 自治團體
自治体の権限／自治團體的權限

□ 実 　　じつ

[名・漢造] 實際，真實；忠實，誠意；實
質，實體；實的；籽
実の兄と再会する／與親哥哥重逢。

□ 実家 　　じっか

[名] 娘家；親生父母家
実家に戻る／回到娘家。

□ 失格 　　しっかく

[名・自サ] 失去資格
失格して退場する／失去參賽資格而
退場。

□ 質疑 　　しつぎ

[名・自サ] 質疑，疑問，提問
論文の質疑応答／回答對論文的質疑

515

□ 失脚　　　　しっきゃく

[名・自サ] 失足（落水、跌跤）；喪失立足地，下台

大統領が失脚する／總統下台。

□ 実業　　　　じつぎょう

[名] 產業，實業

実業に従事する／從事買賣。

□ 実業家　　　じつぎょうか

[名] 實業鉅子

青年実業家／年輕實業家

□ シック　　　　シック

[形動]【(法)chic】時髦，漂亮；精緻

シックに着こなす／衣著時髦。

□ じっくり　　　じっくり

[副] 慢慢地，仔細地，不慌不忙

じっくり考える／仔細考慮。

□ 躾　　　　　しつけ

[名]（對孩子在禮貌上的）教養，管教，訓練；習慣

しつけに厳しい母／管教嚴格的母親

□ 躾ける　　　しつける

[他下一] 教育，培養，管教，教養（子女）

子供をしつける／管教小孩。

□ 執行　　　　しっこう

[名・他サ] 執行

死刑を執行する／執行死刑。

□ 実質　　　　じっしつ

[名] 實質，本質，實際的內容

彼が実質的なリーダーだ／他才是真正的領導者。

□ 実情　　　　じつじょう

[名] 實情，真情；實際情況

実情を知る／明白實情。

□ 湿疹　　　　しっしん

[名] 濕疹

湿疹ができる／長濕疹。

□ 実践　　　　じっせん

[名・他サ] 實踐，自己實行

実践に移す／付諸實踐。

□ 質素　　　　しっそ

[名・形動] 素淡的，質樸的，簡陋的

質素な家／簡陋的房屋。

□ 実態　　　　じったい

[名] 實際狀態，實情

実態を調べる／調查實際情況。

□ 失調　　　　しっちょう

[名] 失衡，不調和；不平衡，失常

栄養失調／營養失調

□ 嫉妬　　　　しっと

[名・他サ] 嫉妒

嫉妬深い性格／善妒的性格

516

□ しっとり　　　　しっとり

[副] 寧靜，沈靜；濕潤，潤澤

しっとりした感じの女性／感覺文靜的女子。

□ じっとり　　　　じっとり

[副] 濕漉漉，濕淋淋

じっとりと汗をかく／汗流夾背。

□ 実費　　　　　　じっぴ

[名] 實際所需費用；成本

実費で売る／按成本出售。

□ 指摘　　　　　　してき

[名・他サ] 指出，指摘，揭示

弱点を指摘する／指出弱點。

□ 視点　　　　　　してん

[名]（畫）（遠近法的）視點；視線集中點；觀點

視点を変える／改變觀點。

□ 自転　　　　　　じてん

[名・自サ]（地球等的）自轉；自行轉動

地球の自転／地球的自轉

□ 自動詞　　　　　じどうし

[名]（語法）自動詞

自動詞の活用／自動詞的活用

□ 淑やか　　　　　しとやか

[形動] 說話與動作安靜文雅；文靜

しとやかな女性／文靜的女子

□ 萎びる　　　　　しなびる

[自上一] 枯萎，乾癟

野菜が萎びる／青菜枯萎了。

□ シナリオ　　　　シナリオ

[名]【scenario】電影劇本，腳本；劇情說明書；走向

シナリオを書く／寫電影劇本。

□ 屎尿　　　　　　しにょう

[名] 屎尿，大小便

し尿処理／處理大小便

□ 辞任　　　　　　じにん

[名・自サ] 辭職

大臣を辞任する／請辭大臣職務。

□ 地主　　　　　　じぬし

[名] 地主，領主

因業な地主／殘忍的地主。

□ 凌ぐ　　　　　　しのぐ

[他五] 忍耐，忍受，抵禦；躲避，排除；闖過，擺脫，應付，冒著；凌駕，超過

寒さをしのぐ／熬過寒冬。

□ 忍び寄る　　　　しのびよる

[自五] 偷偷接近，悄悄地靠近

すりが忍び寄る／扒手偷偷接近。

□ 芝　　　　　　しば

[名]（植）（鋪草坪用的）矮草，短草

芝を刈り込む／剪草坪。

□ 始発　　　　　しはつ

[名] 頭班車；（最先）出發

始発電車に乗る／搭乘首班車。

□ 耳鼻科　　　　じびか

[名] 耳鼻科

耳鼻科医／耳鼻喉科醫生

□ 渋い　　　　　しぶい

[形] 澀的；不高興或沒興致，悶悶不樂，陰沈；吝嗇的；厚重深沈，渾厚，雅致

好みが渋い／興趣很典雅。

□ 私物　　　　　しぶつ

[名] 個人私有物件

会社の品を私物化する／把公司的物品佔為己有。

□ しぶとい　　　しぶとい

[形] 對痛苦或逆境不屈服，倔強，頑強

しぶとい人間／頑強的人

□ 司法　　　　　しほう

[名] 司法

司法官／法官，檢察官

□ 志望　　　　　しぼう

[名・他サ] 志願，希望

進学を志望する／志願要升學。

□ 脂肪　　　　　しぼう

[名] 脂肪

脂肪を取る／去除脂肪。

□ 始末　　　　　しまつ

[名・他サ]（事情的）始末，原委；情況，狀況；處理，應付；儉省，節約

始末がつく／得以解決。

□ 染みる　　　　しみる

[自上一] 染上，沾染，感染；刺，殺，痛；銘刻（在心），痛（感）

身に染みる／感銘在心。

□ 滲みる　　　　しみる

[自上一] 滲透，浸透

水がしみる／水滲透進去。

□ 使命　　　　　しめい

[名] 使命，任務

使命を果たす／完成使命。

□ 地元　　　　　じもと

[名] 當地，本地；自己居住的地方

地元に帰る／回到家鄉。

□ 指紋　　　　　し**もん**

[名] 指紋
指紋押なつ／蓋指印。

□ 視野　　　　　**しや**

[名] 視野；（觀察事物的）見識，眼界，眼光
視野を広げる／擴大視野。

□ 弱　　　　　　**じゃく**

[名・接尾・漢造]（文）弱，弱者；不足；年輕
弱肉強食／弱肉強食

□ 社交　　　　しゃ**こう**

[名] 社交，交際
社交的な人／善於社交的人

□ 謝罪　　　　しゃ**ざい**

[名・自他サ] 謝罪；賠禮
失礼を謝罪する／為失禮而賠不是。

□ 謝絶　　　　しゃ**ぜつ**

[名・他サ] 謝絕，拒絕
面会謝絶／謝絕會客

□ 社宅　　　　しゃ**たく**

[名] 公司的員工住宅，職工宿舍
社宅から通勤する／從員工宿舍去上班。

□ 若干　　　　じゃ**っかん**

[名] 若干；少許，一些
若干不審な点がある／多少有些可疑的地方。

□ 三味線　　　しゃ**みせん**

[名] 三弦
三味線を弾く／彈三弦琴；說廢話來掩飾真心。

□ 斜面　　　　しゃ**めん**

[名] 斜面，傾斜面，斜坡
丘の斜面に畑を作る／在山坡的斜面種田。

□ 砂利　　　　じゃ**り**

[名] 沙礫，碎石子
道路に砂利を敷く／在路上鋪碎石子。

□ 洒落る　　　しゃ**れる**

[自下一] 漂亮打扮，打扮得漂亮；說俏皮話，詼諧；別緻，有風趣；狂妄，自傲
洒落た格好／漂亮的打扮。

□ ジャングル　**ジャングル**

[名]【jungle】叢林
ジャングルを探検する／進到叢林探險。

519

□ ジャンパー　　ジャンパー

［名］【jumper】工作服，運動服；夾克，短上衣

ジャンパー姿で散歩する／穿運動服散步。

□ ジャンプ　　ジャンプ

［名・自サ］【jump】（體）跳躍；（商）物價暴漲

ジャンプしてボールを取る／跳起來接球。

□ ジャンボ　　ジャンボ

［名・造］【jumbo】巨大的

ジャンボサイズ（jumbo size）／超大尺寸

□ ジャンル　　ジャンル

［名］【(法)genre】種類，部類；（文藝作品的）風格，體裁，流派

ジャンル別に探す／以類別來搜尋。

□ 主　　しゅ

［名・漢造］主人；主君；首領；主體，中心；居首者；東道主

主イエスキリスト／主耶穌基督

□ 種　　しゅ

［名・漢造］種類；（生物）種；種植；種子

種子植物／種子植物

□ 私有　　しゆう

［名・他サ］私有

私有財産／私有財產

□ 衆　　しゅう

［名・漢造］眾多，眾人；一夥人

烏合の衆／烏合之眾。

□ ～宗　　しゅう

［名］（宗）宗派；宗旨

日蓮宗の徒／日蓮宗的門徒

□ 住　　じゅう

［名・漢造］居住，住處；停住；住宿；住持

衣食住に事欠く／食衣住樣樣貧困。

□ 収益　　しゅうえき

［名］收益

収益が上がる／獲得利益。

□ 就学　　しゅうがく

［名・自サ］學習，求學，修學

就学年齢に達する／達到就學年齡。

□ 周期　　しゅうき

［名］周期

10年を周期として／十年為週期。

□ 衆議院　　しゅうぎいん

［名］（日本國會的）眾議院

衆議院議員／眾議院議員

□ 就業　しゅうぎょう

[名・自サ] 開始工作，上班；就業（有一定職業），有工作
就業人口／從業人口

□ 従業員　じゅうぎょういん

[名] 工作人員，員工，職工
従業員組合／工會

□ 集計　しゅうけい

[名・他サ] 合計，總計
売上げを集計する／合計營業額。

□ 襲撃　しゅうげき

[名・他サ] 襲擊
襲撃を受ける／受到攻擊。

□ 収支　しゅうし

[名] 收支
収支を合計する／統計收支。

□ 修士　しゅうし

[名] 碩士；修道士
修士の学位／碩士學位

□ 終始　しゅうし

[副・自サ] 末了和起首；從頭到尾，一貫
終始善戦した／始終頑強抗爭。

□ 従事　じゅうじ

[名・自サ] 作，從事
研究に従事する人／從事研究的人。

□ 終日　しゅうじつ

[名] 整天，終日
終日雨が降る／下一整天的雨。

□ 充実　じゅうじつ

[名・自サ] 充實，充沛
充実した内容／內容充實

□ 収集　しゅうしゅう

[名・他サ] 收集，蒐集
資料を収集する／收集資料。

□ 修飾　しゅうしょく

[名・他サ] 修飾，裝飾；（文法）修飾
名詞を修飾する／修飾名詞。

□ 十字路　じゅうじろ

[名] 十字路，岐路
十字路に立つ／站在十字路口；不知所向。

□ 執着　しゅうちゃく

[名・自サ] 迷戀，留戀，不肯捨棄，固執
生に執着する／貪生。

□ 習得　しゅうとく

[名・他サ] 學習，學會
日本語を習得する／學會日語。

□ 柔軟　じゅうなん

[形動] 柔軟；頭腦靈活
柔軟な考え方／靈活的思考。

521

□ 重箱　　じゅうばこ

[名] 多層方木盒，套盒

お節料理を重箱に詰める／將年菜裝入多層木盒中。

□ 周波数　　しゅうはすう

[名] 頻率

ラジオの周波数／無線電廣播頻率。

□ 重複／重複

じゅうふく／ちょうふく

[名・自サ] 重複

話が重複する／重複說話。

□ 重宝　　じゅうほう

[名] 貴重寶物

重宝を保管する／保管寶物。

□ 収容　　しゅうよう

[名・他サ] 收容，容納；拘留

被災者を収容する／收容災民。

□ 従来　　じゅうらい

[名・副] 以來，從來，直到現在

従来の考え／過去的想法

□ 修了　　しゅうりょう

[名・他サ] 學完（一定的課程）

課程を修了する／學完課程。

□ 守衛　　しゅえい

[名]（機關等的）警衛，守衛；（國會的）警備員

守衛を置く／設置守衛。

□ 主演　　しゅえん

[名・自サ] 主演，主角

映画に主演する／電影的主角。

□ 主観　　しゅかん

[名]（哲）主觀

主観に走る／過於主觀。

□ 修行　　しゅぎょう

[名・自サ] 修（學），練（武），學習（技藝）

剣道を修行する／修行劍道。

□ 塾　　じゅく

[名・漢造] 補習班；私塾

塾を開く／開私塾；開補習班。

□ 祝賀　　しゅくが

[名・他サ] 祝賀，慶祝

祝賀を受ける／接受祝賀。

□ 宿命　　しゅくめい

[名] 宿命，注定的命運

宿命のライバル／宿命的敵手

□ 手芸　　しゅげい

[名] 手工藝（刺繡、編織等）

手芸を習う／學習手工藝。

522

□ **主権** 　　しゅ|けん

[名]（法）主権

主権を**確立する**／確立主權。

□ **主催** 　　しゅ|さい

[名・他サ] 主辦，舉辦

新聞社が**主催する座談会**／由報社舉辦的座談會。

□ **取材** 　　しゅ|ざい

[名・自サ]（藝術作品等）取材；（記者）採訪

現場で**取材する**／在現場採訪。

□ **趣旨** 　　しゅ|し

[名] 宗旨，趣旨；（文章、說話的）主要內容，意思

趣旨に**沿う**／符合主旨。

□ **種々** 　　しゅ|じゅ

[名・副] 種種，各種，多種，多方

種々様々／各種各樣

□ **主食** 　　しゅ|しょく

[名] 主食（品）

米を**主食とする**／以米飯為主食。

□ **主人公** 　　しゅ|じんこう

[名]（敬）家長；（小說等的）主人公，主角

物語の**主人公**／故事的主人翁

□ **主体** 　　しゅ|たい

[名]（行為，作用的）主體；事物的主要部分，核心；有意識的人

主体的な行動／主要的行動

□ **主題** 　　しゅ|だい

[名]（文章、作品、樂曲的）主題，中心思想

映画の**主題歌**／電影的主題曲

□ **出演** 　　しゅ|つえん

[名・自サ] 演出，登台

芝居に**出演する**／登台演戲。

□ **出血** 　　しゅ|っけつ

[名・自サ] 出血；（戰時士兵的）傷亡，死亡；虧本，犧牲血本

出血大サービス／跳樓大拍賣。

□ **出現** 　　しゅ|つげん

[名・自サ] 出現

新しい問題が**出現した**／出現了新問題。

□ **出産** 　　しゅ|っさん

[名・自他サ] 生育，生產，分娩

男子を**出産した**／生了個男孩。

□ 出社　　しゅっしゃ

[名・自サ] 到公司上班

8時に出社する／八點到公司上班。

□ 出生　　しゅっしょう

[名・自サ] 出生，誕生；出生地

出生率が低下する／出生率降低。

□ 出世　　しゅっせ

[名・自サ] 下凡；出家，入佛門；出生；出息，成功，發跡

出世を願う／祈求出人頭地。

□ 出題　　しゅつだい

[名・自サ]（考試、詩歌）出題

試験に出題する／出試題。

□ 出動　　しゅつどう

[名・自サ]（消防隊、警察等）出動

警官が出動する／警察出動。

□ 出費　　しゅっぴ

[名・自サ] 費用，出支，開銷

出費を節約する／節省開銷。

□ 出品　　しゅっぴん

[名・自サ] 展出作品，展出產品

展覧会に出品する／在展覽會上展出。

□ 主導　　しゅどう

[名・他サ] 主導；主動

主導性を発揮する／發揮主導性。

□ 主任　　しゅにん

[名] 主任

会計主任／會計主任

□ 首脳　　しゅのう

[名] 首腦，領導人

首脳会談／首腦會議

□ 守備　　しゅび

[名・他サ] 守備，守衛；（棒球）防守

守備に就く／擔任防守。

□ 手法　　しゅほう

[名]（藝術或文學表現的）手法

新しい手法を取り入れる／採取新的手法。

□ 樹木　　じゅもく

[名] 樹木

樹木に囲まれる／四周被樹木環繞。

□ 樹立　　じゅりつ

[名・自他サ] 樹立，建立

新党を樹立する／建立新黨。

□ 準急　　じゅんきゅう

[名]（鐵）準快車，快速列車

準急に乗る／搭乗快速列車。

□ 準じる　　じゅんじる

[自上一] 以…為標準，按照；當作…看待

先例に準じる／參照先例（處理）。

□ 書　　　　　　　　**しょ**

[名·漢造] 書，書籍；書法；書信；書
寫；字述；五經之一
書を習う／學習書法。

□ 仕様　　　　　　**しよう**

[名] 方法，辦法，作法
仕様がない／沒有辦法。

□ 私用　　　　　　**しよう**

[名·他サ] 私事；私用，個人使用；私自
使用，盜用
私用に供する／提供給私人使用。

□ ～症　　　　　　**しょう**

[漢造] 病症
炎症／發炎

□ ～証　　　　　　**しょう**

[名·漢造] 證明；證據；證明書；證件
学生証／學生證

□ 情　　　　　　　**じょう**

[名·漢造] 情，情感；同情；心情；表
情；情慾
情に厚い／感情深厚。

□ ～条　　　　　　**じょう**

[名·接助·接尾] 項，款；由於，所以；
（計算細長物）行，條
条を追って討議する／逐條討論。

□ ～嬢　　　　　　**じょう**

[名·漢造] 姑娘，少女；（敬）小姐，女士
令嬢／小姐

□ 上位　　　　　　**じょうい**

[名] 上位，上座
上位を占める／居於上位。

□ 上演　　　　　　**じょうえん**

[名·他サ] 上演
桃太郎を上演する／上演《桃太
郎》。

□ 城下　　　　　　**じょうか**

[名] 城下；（以諸侯的居成為中心發
展起來的）城市，城邑
城下の盟をする／訂城下之盟。

□ 生涯　　　　　　**しょうがい**

[名] 一生，終生，畢生；（一生中
的）某一階段，生活
生涯にわたる／終其一生。

□ 消去　　　　　　**しょうきょ**

[名·自他サ] 消失，消去，塗掉；（數）
消去法
文字を消去する／刪除文字。

□ 上空　　　　　　**じょうくう**

[名] 高空，天空；（某地點的）上空
上空を横切る／横越上空。

525

□ 衝撃　　　　しょうげき

[名]（精神的）打擊，衝擊；（理）衝撞

衝撃を与える／給予打擊。

□ 証言　　　　しょうげん

[名·他サ] 證言，證詞，作證

法廷で証言する／出庭作證。

□ 証拠　　　　しょうこ

[名] 證據，證明

証拠が見つかる／找到證據。

□ 照合　　　　しょうごう

[名·他サ] 對照，校對，核對（帳目等）

書類を照合する／核對文件。

□ 詳細　　　　しょうさい

[名·形動] 詳細

詳細に述べる／詳細描述。

□ 上昇　　　　じょうしょう

[名·自サ] 上升，上漲，提高

気温が上昇する／氣溫上升。

□ 昇進　　　　しょうしん

[名] 升遷，晉升，高昇

昇進が早い／晉升快速。

□ 称する　　　　しょうする

[他サ] 稱做名字叫…；假稱，偽稱；稱讚

病気と称して会社を休む／謊稱生病
向公司請假。

□ 情勢　　　　じょうせい

[名] 形勢，情勢

情勢が悪化する／情勢惡化。

□ 消息　　　　しょうそく

[名] 消息，信息；動靜，情況

消息をつかむ／掌握消息。

□ 正体　　　　しょうたい

[名] 原形，真面目；意識，神志

正体をあらわす／現出原形。

□ 承諾　　　　しょうだく

[名·他サ] 承諾，應允，允許

承諾を得る／得到承諾。

□ 情緒　　　　じょうちょ

[名] 情緒，情趣，風趣

情緒不安定／情緒不穩定

□ 象徴　　　　しょうちょう

[名·他サ] 象徵

平和の象徴／和平的象徵

□ 小児科　　　　しょうにか

[名] 小兒科，兒科

小児科病院／小兒科醫院

□ 使用人　　　　しようにん

[名] 佣人，雇工

使用人を雇う／雇用傭人。

□ 証人　　　　しょうにん

しょうにん

[名]（法）證人；保人，保證人

しょうにん
〜を証人に立てる／以…為證人。

□ 情熱　　　　じょうねつ

じょうねつ

[名] 熱情，激情

じょうねつ
情熱にあふれる／熱情洋溢。

□ 譲歩　　　　じょうほ

じょうほ

[名・自サ] 讓步

いっぽ　じょうほ
一歩も譲歩しない／寸步不讓。

□ 条約　　　　じょうやく

じょうやく

[名]（法）條約

じょうやく　　ていけつ
条約を締結する／締結條約。

□ 勝利　　　　しょうり

しょうり

[名・自サ] 勝利

しょうり
勝利をあげる／獲勝。

□ 上陸　　　　じょうりく

じょうりく

[名・自サ] 登陸，上岸

ぶじ　じょうりく
無事に上陸する／平安登陸。

□ 蒸留　　　　じょうりゅう

じょうりゅう

[名・他サ] 蒸餾

かいすい　じょうりゅう
海水を蒸留する／蒸餾海水。

□ 奨励　　　　しょうれい

しょうれい

[名・他サ] 獎勵，鼓勵

ちょちく　しょうれい
貯蓄を奨励する／獎勵儲蓄。

□ ショー　　　　ショー

[名]【show】展覽，展覽會；（表演
藝術）演出，表演；展覽品

ショールーム／陳列室

□ 除外　　　　じょがい

じょがい

[名・他サ] 除外，免除，不在此例

じょがいれい
除外例／例外

□ 職員　　　　しょくいん

しょくいん

[名] 職員，員工

だいがく　しょくいん
大学の職員／大學的職員

□ 植民地　　　　しょくみんち

しょくみんち

[名] 殖民地

しょくみんち　　かいはつ
植民地を開発する／開發殖民地。

□ 職務　　　　しょくむ

しょくむ

[名] 職務，任務

しょくむ
職務に就く／就任…職務。

□ 諸君　　　　しょくん

しょくん

[名・代]（一般為男性用語，對長輩不
用）各位，諸君

しょくん
諸君によろしく／向大家問好。

□ 助言　　　　じょげん

じょげん

[名・自サ] 建議，忠告；從旁教導，出主意

じょげん　　　あた
助言を与える／給予勸告。

527

□ 徐行　　　じょこう

[名・自サ]（電車，汽車等）慢行，徐行
自動車が徐行する／汽車慢慢行駛。

□ 所在　　　しょざい

[名]（人的）住處，所在；（建築物
的）地址；（物品的）下落
所在がわかる／知道所在處。

□ 所持　　　じょじ

[名・他サ] 所持，所有；攜帶
証明書を所持する／持有證明文件。

□ 女史　　　じょし

[名・代・接尾]（敬語）女士，女史
山田女史／山田女士

□ 助詞　　　じょし

[名]（語法）助詞
助詞を間違える／弄錯助詞。

□ 女子高生　じょしこうせい

[名] 女高中生
今どきの女子高生／時下的女高中生。

□ 所属　　　しょぞく

[名・自サ] 所屬；附屬
サッカー部に所属する／隸屬於足球部。

□ 初対面　しょたいめん

[名] 初次見面，第一次見面
初対面の挨拶／初次見面的寒暄。

□ 処置　　　しょち

[名・他サ] 處理，處置，措施；（傷、病
的）治療
応急処置をする／緊急處置。

□ しょっちゅう　しょっちゅう

[副] 經常，總是
しょっちゅうけんかしている／總是
在吵架。

□ 所定　　　しょてい

[名] 所定，規定
所定の時間／規定的時間

□ 助動詞　　じょどうし

[名]（語法）助動詞
助動詞の役割／助動詞的作用

□ 所得　　　しょとく

[名] 所得，收入；（納稅時所報的）
純收入；所有物
所得税／所得稅

□ 処罰　　　しょばつ

[名・他サ] 處罰，懲罰，處分
厳重に処罰する／嚴重處罰。

□ 初版　　　しょはん

[名]（印刷物，書籍的）初版，第一版
初版を発行する／發行書籍。

□ **書評**　　しょひょう

[名] 書評（特指對新刊的評論）
書評を書く／撰寫書評。

□ **処分**　　しょぶん

[名・他サ] 處理，處置；賣掉，丟掉；懲
處，處罰
処分を与える／作出懲處。

□ **処方箋**　　しょほうせん

[名] 處方籤
処方箋をもらう／領取處方籤。

□ **庶民**　　しょみん

[名] 庶民，百姓，群眾
庶民階級／庶民階級

□ **庶務**　　しょむ

[名] 總務，庶務，雜物
庶務課／總務課

□ **所有**　　しょゆう

[名・他サ] 所有
土地を所有する／擁有土地。

□ **調べ**　　しらべ

[名] 調查；審問；檢查；（音樂的）
演奏；調音；（音樂、詩歌）音調
調べを受ける／接受調查。

□ **退く**　　しりぞく

[自五] 後退；離開；退位
第一線から退く／從第一線退下。

□ **退ける**　　しりぞける

[他五] 斥退；擊退；拒絕；撤銷
案を退ける／撤銷法案。

□ **自立**　　じりつ

[名・自サ] 自立，獨立
自立して働く／憑自己的力量工作。

□ **記す**　　しるす

[他五] 寫，書寫；記述，記載；記住，
銘記
氏名を記す／寫上姓名。

□ **指令**　　しれい

[名・他サ] 指令，指示，通知，命令
指令が下る／下達命令。

□ **四六時中**　　しろくじちゅう

[名] 一天到晚，一整天；經常，始終
四六時中気にしている／始終耿耿於
懷。

□ **～心**　　しん

[名・漢造] 心臟；內心；（燈、蠟燭的）
芯；（鉛筆的）芯；（水果的）果仁
周圍部分；中心，核心；（身心的）
深處；精神，意識；核心
義侠心にかられる／激發俠義精神。

□ 陣　　　　　　じん

[名・漢造] 陣勢；陣地；行列；戰鬥，戰役
背水の陣／背水一戰

□ 新入り　　　しんいり

[名] 新參加（的人），新手；新入獄（者）
新入りをいじめる／欺負新人。

□ 進化　　　　しんか

[名・自サ] 進化，進步
進化を妨げる／妨礙進步。

□ 人格　　　　じんかく

[名] 人格，人品；（獨立自主的）個人
人格が優れる／人品出眾。

□ 審議　　　　しんぎ

[名・他サ] 審議
審議を打ち切る／停止審議。

□ 振興　　　　しんこう

[名・自他サ] 振興（使事物更為興盛）
産業を振興する／振興產業。

□ 進行　　　　しんこう

[名・自他サ] 前進，行進；進展；（病情等）發展，惡化
進行が速い／進展迅速。

□ 新興　　　　しんこう

[名] 新興
新興宗教／新興宗教

□ 申告　　　　しんこく

[名・他サ] 申報，報告
税関に申告する／向海關申報。

□ 新婚　　　　しんこん

[名] 新婚（的人）
新婚生活／新婚生活

□ 審査　　　　しんさ

[名・他サ] 審查
応募者を審査する／審查應徵者。

□ 人材　　　　じんざい

[名] 人才
人材がそろう／人才濟濟。

□ 紳士　　　　しんし

[名] 紳士；（泛指）男人
紳士靴／男士鞋

□ 真実　　　　しんじつ

[名・形動・副] 真實，事實，實在
真実がわかる／明白事實。

□ 信者　　　　しんじゃ

[名] 信徒；…迷，崇拜者，愛好者
仏教信者／佛教徒

□ 真珠　　　　しんじゅ

[名] 珍珠
真珠を採取する／採集珍珠。

□ 進出　　　　しんしゅつ

[名・自サ] 進入，打入，擠進，參加；向

…發展

えいがかい　しんしゅつ
映画界に進出する／向電影界發展。

□ 心情　　　　しんじょう

[名] 心情

しんじょう　の
心情を述べる／描述心情。

□ 新人　　　　しんじん

[名] 新手，新人；新思想的人，新一代的人

しんじん　かつやく
新人が活躍する／新人大顯身手。

□ 神聖　　　　しんせい

[名・形動] 神聖

しんせい　やま
神聖な山／神聖的山

□ 親善　　　　しんぜん

[名] 親善，友好

しんぜんほうもん
親善訪問／友好訪問

□ 真相　　　　しんそう

[名]（事件的）真相

しんそう　かいめい
真相を解明する／弄清真相。

□ 腎臓　　　　じんぞう

[名] 腎臟

じんぞう　いしょく
腎臓移植／腎臟移植。

□ 心臓麻痺　　しんぞうまひ

[名] 心臟麻痺

しんぞうまひ　な
心臓麻痺で亡くなる／心臟麻痺死亡。

02
52

□ 迅速　　　　じんそく

[名・形動] 迅速

じんそく　しょり
迅速に処理する／迅速處理。

□ 人体　　　　じんたい

[名] 人體，人的身體

じんたい　がい
人体に害がある／對人體有害。

□ 新築　　　　しんちく

[名・他サ] 新建，新蓋；新建的房屋

じむしょ　しんちく
事務所を新築する／新建辦公室。

□ 進呈　　　　しんてい

[名・他サ] 贈送，奉送

みほん　しんてい
見本を進呈する／奉送樣本。

□ 進展　　　　しんてん

[名・自サ] 發展，進展

じぎょう　しんてん
事業を進展させる／發展事業。

□ 神殿　　　　しんでん

[名] 神殿，神社的正殿

しんでん　えいぞう
神殿を営造する／修建神殿。

□ 進度　　　　しんど

[名] 進度

しんど　はや
進度が速い／進度快。

□ 振動　　　　しんどう

[名・自他サ] 搖動，振動；擺動

まど　しんどう
窓ガラスが振動する／窗戶玻璃震動。

□ 新入　　　しんにゅう

[名] 新加入，新來（的人）

新入社員／新進員工

□ 新入生　　しんにゅうせい

[名] 新生

小学校の新入生／小學新生

□ 信任　　　しんにん

[名・他サ] 信任

信任が厚い／深受信任。

□ 神秘　　　しんぴ

[名・形動] 神秘，奧秘

生命の神秘／生命的奧秘

□ 辛抱　　　しんぼう

[名・自サ] 忍耐，忍受；（在同一處）

耐，耐心工作

辛抱が足りない／耐性不足。

□ 蕁麻疹　　じんましん

[名] 蕁麻疹

じんましんが出る／出蕁麻疹。

□ 人民　　　じんみん

[名] 人民

人民の福祉／人民的福利

□ 真理　　　しんり

[名] 道理；合理；真理，正確的道理

真理を探究する／探求真理。

□ 侵略　　　しんりゃく

[名・他サ] 侵略

侵略に抵抗する／抵禦侵略。

□ 診療　　　しんりょう

[名・他サ] 診療，診察治療

診療を受ける／接受治療。

□ 図案　　　ずあん

[名] 圖案，設計，設計圖

図案を募集する／徵求設計圖。

□ 粋　　　　すい

[名・漢造] 精粹，精華；通曉人情世故，

圓通；瀟灑，風流；純粹

技術の粋を集める／集中技術的精華。

□ 水源　　　すいげん

[名] 水源

水源を探す／尋找水源。

□ 推進　　　すいしん

[名・他サ] 推進，推動

積極的に推進する／大力推動。

□ 水洗　　　すいせん

[名・他サ] 水洗，水沖；用水沖洗

水洗式便所／沖水馬桶

□ 吹奏　　　すいそう

[名・他サ] 吹奏

行進曲を吹奏する／吹奏進行曲。

□ 推測　　　　**す**いそく

[名・他サ] 推測，猜測，估計
推測が当たる／猜對了。

□ 水田　　　　**す**いでん

[名] 水田，稻田
畑を水田にする／旱田改為水田。

□ 推理　　　　**す**いり

[名・他サ] 推理，推論，推斷
推理小説／推理小說

□ 数詞　　　　**す**うし

[名] 數詞
数詞をつける／加上數詞。

□ 崇拝　　　　**す**うはい

[名・他サ] 崇拜；信仰
個人崇拝／個人崇拜

□ 据え付ける　　**す**えつける

[他下一] 安裝，安放，安設；裝配，配
備；固定，連接
電話を据え付ける／裝配電話。

□ 据える　　　　**す**える

[他下一] 安放，設置；擺列，擺放；使
坐在…；使就…職位；沈著（不
動）；針灸治療；蓋章
社長に据える／安排（他）當經理。

□ 清清しい　　**す**がすがしい

[形] 清爽，心情舒暢；爽快
すがすがしい気持ちになる／感到神
清氣爽。

□ 過ぎ　　　　**す**ぎ

[接尾] 超過；過度
3時過ぎにお客さんが来た／三點過
後有來客。

□ 救い　　　　**す**くい

[名] 救，救援；挽救，彌補；（宗）
靈魂的拯救
救いの手をさしのべる／伸出援手。

□ 掬う　　　　**す**くう

[他五] 抄取，撈取，掬取，舀，捧；抄
起對方的腳使跌倒
匙ですくう／用湯匙舀。

□ 健やか　　　**す**こやか

[形動] 身心健康；健全，健壯
健やかな精神／健全的精神

□ 濯ぐ／漱ぐ　　**す**すぐ

[自他五]（用水）刷，洗滌；漱口
口をすすぐ／漱口。

□ 進み　　　　**す**すみ

[名] 進，進展，進度；前進，進步；
嚮往，心願
進みが遅い／進展速度緩慢。

533

□ 勧め　　　　　　すすめ

[名] 規勧，勸告，勸誡；鼓勵；推薦

医者の勧めに従う／聽從醫師的勸
告。

□ スタジオ　　　スタジオ

[名]【studio】藝術家工作室；攝影
棚，照相館；播音室，錄音室

スタジオで撮影する／在攝影棚錄
影。

□ 廃れる　　　　すたれる

[自下一] 成為廢物，變成無用，廢除；
過時，不再流行；衰微，衰弱，被淘汰

廃れた風習／已廢棄的風俗

□ スチーム　　　スチーム

[名]【steam】蒸汽，水蒸氣；暖氣
（設備）

部屋にスチームヒーターを設置する
／房間裡裝設暖氣。

□ スト　　　　　　スト

[名]【strike】之略。罷工

電車がストで参った／電車罷工，真
受不了。

□ ストライキ　　ストライキ

[名・自サ]【strike】罷工；（學生）罷課

ストライキを打つ／斷然舉行罷工。

□ ストロー　　　ストロー

[名]【straw】吸管

ストローで飲む／用吸管喝。

□ ストロボ　　　ストロボ

[名]【strobo】閃光燈

ストロボがまぶしい／閃光燈很刺
目。

□ 拗ねる　　　　すねる

[自下一] 乖戾，鬧彆扭，任性撒野

世をすねる／玩世不恭；憤世嫉俗

□ すばしっこい すばしっこい

[形] 動作精確迅速，敏捷，靈敏

すばしっく動き回る／靈活地四處
活動。

□ 素早い　　　　すばやい

[形] 身體的動作與頭腦的思考很快；
迅速，飛快

動作が素早い／動作迅速。

□ ずばり　　　　ずばり

[副] 鋒利貌，喀嚓；（說話）一語道
破，擊中要害，一針見血

ずばりと言い当てる／一語道破。

□ ずぶ濡れ　　　ずぶぬれ

[名] 全身濕透

ずぶぬれの着物／濕透了的衣服

□ スプリング　　スプリング

[名]【spring】春天；彈簧；跳躍，彈跳

スプリングベッド／彈簧床

□ スペース　　　　スペース

[名]【space】空間，空地；（特指）宇宙空間；紙面的空白，行間寬度

スペースを取る／留出空白。

□ 滑る　　　　　すべる

[自五] 滑行；滑溜，打滑；（俗）不及格，落榜；失去地位，讓位；說溜嘴，失言

言葉が滑る／說錯話。

□ スポーツカー　スポーツカー

[名]【sports car】跑車

スポーツカーを買う／買跑車。

□ 澄ます／清ます　　すます

[自五・他五・接尾] 澄清（液體）；使晶瑩，使清澈；洗淨；平心靜氣；集中注意力；裝模作樣，假正經，擺架子；裝作若無其事；（接在其他動詞連用形下面）表示完全成為…

耳を澄まして聞く／注意聆聽。

□ 速やか　　　　すみやか

[形動] 做事敏捷的樣子，迅速

速やかに行動する／迅速行動。

□ スムーズ　　　　スムーズ

[名・形動]【smooth】圓滑，順利；流暢

話がスムーズに進む／協商順利進行。

□ すらすら　　　　すらすら

[副] 痛快的，流利的，流暢的，順利的

日本語ですらすらと話す／用日文流利的說話。

□ スラックス　　スラックス

[名]【slacks】寬鬆長褲；女褲

スラックスをはく／穿長褲。

□ ずらっと　　　　ずらっと

[副]（俗）一大排，成排地

ずらっと並べる／排成一列。

□ スリーサイズ　スリーサイズ

[名]【(和)three＋size】（女性的）三圍

スリーサイズを計る／測量三圍。

□ ずるずる　　　　ずるずる

[副・自サ] 拖拉貌；滑溜；拖拖拉拉

ずるずると返事を延ばす／遲遲不回覆。

□ ずれ　　　　　　ずれ

[名]（位置，時間意見等）不一致，分歧；偏離；背離，不吻合

ずれが生じる／產生分歧。

□ 擦れ違い　　　すれちがい

[名] 交錯，錯過去，差開

擦れ違いの夫婦／沒有交集的夫妻

□ 擦れる　　　　すれる

[自下一] 摩擦；久經世故，（失去純真）
變得油滑；磨損，磨破

葉の擦れる音／樹葉沙沙作響

□ すんなり(と)　すんなりと

[副・自サ] 苗條，細長，柔軟又有彈力；
順利，容易，不費力

議案がすんなりと通る／議案順利通
過。

□ ～制　　　　　せい

[名・漢造] （古）封建帝王的命令；限
制；制度；支配；製造

4年制大学／四年制大學

□ 生育　　　　　せいいく

[名・自他サ] 生育，成長，發育，繁殖

作物が生育する／農作物生長。

□ 成育　　　　　せいいく

[名・自他サ] 成長，發育

稚魚が成育する／魚苗成長。

□ 精一杯　　　せいいっぱい

[形動・副] 竭盡全力

精一杯頑張る／拚了老命努力。

□ 成果　　　　　せいか

[名] 成果，結果，成績

成果を挙げる／取得成果。

□ 正解　　　　　せいかい

[名・他サ] 正確的理解，正確答案

この問題の正解／此問題的正確答案

□ 正規　　　　　せいき

[名] 正規，正式規定；（機）正常，
標準；道義；正確的意思

正規の教育／正規教育

□ 正義　　　　　せいぎ

[名] 正義，道義；正確的意思

正義の味方／正義的使者

□ 生計　　　　　せいけい

[名] 謀生，生計，生活

生計に困る／為生計所苦。

□ 政権　　　　　せいけん

[名] 政權；參政權

政権を失う／喪失政權。

□ 精巧　　　　　せいこう

[名・形動] 精巧，精密

精巧な細工／精巧的工藝品

□ 星座　　　　　せいざ

[名] （天）星座

星座占いを学ぶ／學占星術

□ **制裁**　　せいさい

[名・他サ] 制裁，懲治
制裁を加える／加以制裁。

□ **政策**　　せいさく

[名] 政策，策略
政策を実施する／實施政策。

□ **精算**　　せいさん

[名・他サ] 細算，精算
料金を精算する／細算費用。

□ **生死**　　せいし

[名] 生死；死活
生死にかかわる問題／攸關生死的問題。

□ **静止**　　せいし

[名・自サ] 靜止
静止状態／靜止狀態

□ **誠実**　　せいじつ

[名・形動] 誠實，真誠
誠実な人柄／老實人

□ **成熟**　　せいじゅく

[名・自サ]（果實的）成熟；（植）發育
成樹；（人的）發育成熟
心身ともに成熟する／身心都發育成熟。

□ **青春**　　せいしゅん

[名] 春季；青春，歲月
青春を楽しむ／享受青春。

□ **清純**　　せいじゅん

[名・形動] 清純，純真，清秀
清純な少女／清純的少女

□ **聖書**　　せいしょ

[名] 古聖人的著述，聖典；（基督教
的）聖經
新約聖書／新約聖經

□ **正常**　　せいじょう

[名・形動] 正常
正常な状態／正常的狀態

□ **制する**　　せいする

[他サ] 制止，壓制，控制；制定
はやる気持ちを制する／抑止焦急的
心情。

□ **整然**　　せいぜん

[形動タルト] 整齊，井然，有條不紊
整然と並ぶ／排得整整齊齊。

□ **盛装**　　せいそう

[名・自サ] 盛裝，華麗的裝束
盛装で出かける／盛裝外出。

□ **盛大**　　せいだい

[名・形動] 盛大，規模宏大；隆重
盛大に祝う／盛大慶祝。

537

□ 清濁　　　　せいだく

[名] 清濁；（人的）正邪，善惡；清
音和濁音

水の清濁／水的清濁

□ 制定　　　　せいてい

[名·他サ] 制定

法律を制定する／制訂法律。

□ 静的　　　　せいてき

[形動] 靜的，靜態的

静的に描写する／靜態描寫。

□ 製鉄　　　　せいてつ

[名] 煉鐵，製鐵

製鉄所／煉鐵廠

□ 晴天　　　　せいてん

[名] 晴天

晴天に恵まれる／遇上晴天。

□ 正当　　　　せいとう

[名·形動] 正當，合理，合法，公正

正当に評価する／公正的評價。

□ 正当化　　　せいとうか

[名·他サ] 使正當化，使合法化

自分の行動を正当化する／把自己的
行為合理化。

□ 成年　　　　せいねん

[名] 成年（日本現行法律為二十歲）

成年に達する／達到成年。

□ 征服　　　　せいふく

[名·他サ] 征服，克服，戰勝

敵国を征服する／征服敵國。

□ 製法　　　　せいほう

[名] 製法，作法

独特の製法／獨特的製法

□ 精密　　　　せいみつ

[名·形動] 精密，精確，細緻

精密な検査／詳細的檢查

□ 税務署　　　ぜいむしょ

[名] 稅捐處

税務署に連絡する／聯絡稅捐處。

□ 声明　　　　せいめい

[名·自サ] 聲明

声明を発表する／發表聲明。

□ 姓名　　　　せいめい

[名] 姓名

姓名を名乗る／自報姓名。

□ 制約　　　　せいやく

[名·他サ]（必要的）條件，規定；限
制，制約

制約を受ける／受制約。

538

□ 生理　　　　　せいり

[名] 生理；月經

生理的現象／生理現象

□ 勢力　　　　せいりょく

[名] 勢力，權勢，威力，實力；（理）力，能

勢力を伸ばす／擴大勢力。

□ 整列　　　　せいれつ

[名・自他サ] 整隊，排隊，排列

一列に整列する／排成一列。

□ セール　　　　セール

[名]【sale】拍賣

閉店セール／歇業大拍賣

□ 急かす　　　　せかす

[他五] 催促

仕事をせかす／催促工作。

□ 倅　　　　　せがれ

[名]（對人謙稱自己的兒子）犬子；（對他人兒子，晚輩的蔑稱）小傢伙，小子

私のせがれです／（這是）犬子。

02
54

□ 責務　　　　せきむ

[名] 職責，任務

国家に対する責務／對國家的責任。

□ セキュリティー　セキュリティー

[名]【security】安全，防盜；擔保

セキュリティーシステム／防盜裝置

□ セクション　　セクション

[名]【section】部分，區劃，段，區域；節，項，科；（報紙的）欄

セクション別に分ける／依據部門來劃分。

□ セクハラ　　　セクハラ

[名]【sexual harassment】之略。性騷擾

セクハラで訴える／以性騷擾提出告訴。

□ 世辞　　　　　せじ

[名] 奉承，恭維，巴結

（お）世辞がうまい／善於奉承。

□ 是正　　　　ぜせい

[名・他サ] 更正，糾正，訂正，矯正

格差を是正する／修正差價。

□ 世帯　　　　せたい

[名] 家庭，戶

世帯が苦しい／生計困苦。

□ 世代　　　　せだい

[名] 世代，一代；一帶人

若い世代／年輕一代

□ 節　　　　　せつ

[名・漢造] 季節，節令；時候，時期；節操；（物體的）節；（詩文歌等的）短句，段落

その節はよろしく／那時請多關照。

□ 切開　　　　せっかい

[名・他サ]（醫）切開，開刀

帝王切開／剖腹生產

□ 説教　　　せっきょう

[名・自サ] 說教；教誨

先生に説教される／被老師說教。

□ セックス　　　セックス

[名・自サ]【sex】性，性別；性慾；性交

セックスに目覚める／情竇初開。

□ 切実　　　　せつじつ

[形動] 切實，迫切

切実な願い／殷切的願望

□ 接触　　　せっしょく

[名・自サ] 接觸；交往，交際

接触を断つ／斷絕來往。

□ 接続詞　　　せつぞくし

[名] 接續詞，連接詞

接続詞を間違える／接續詞錯誤。

□ 設置　　　　せっち

[名・他サ] 設置，安裝；設立

クーラーを設置する／安裝冷氣。

□ 折衷　　　せっちゅう

[名・他サ] 折中，折衷

両案を折衷する／折衷兩個方案。

□ 設定　　　　せってい

[名・他サ] 制定，設立，確定

規則を設定する／訂定規則。

□ 説得　　　　せっとく

[名・他サ] 說服，勸導

説得に負ける／被說服。

□ 切ない　　　せつない

[形] 因傷心或眷戀而心中煩悶；難受；苦惱，苦悶

切ない思い／心裡煩悶

□ 絶版　　　　ぜっぱん

[名] 絕版

絶版にする／不再出版。

□ 絶望　　　　ぜつぼう

[名・自サ] 絕望，無望

絶望のどん底／絕望的深淵

540

□ 設立　　　　　せつりつ

[名・他サ] 設立，成立
学校を設立する／設立學校。

□ ゼネコン　　　ゼネコン

[名]【general contractor】之略。承包商
大手ゼネコン／規模大的承包商

□ 攻め　　　　　せめ

[名] 進攻，圍攻
攻めのチーム／進攻的隊伍

□ ゼリー　　　　ゼリー

[名]【jelly】果凍；膠狀物；果醬
ゼリー状／膠狀

□ セレブ　　　　セレブ

[名]【celeb】名人，名媛，著名人士
セレブな私生活／名人的私人生活

□ セレモニー　　セレモニー

[名]【ceremony】典禮，儀式
セレモニーに参加する／參加典禮。

□ 先　　　　　　せん

[名] 先前，以前；先走的一方
先住民／原住民

□ 膳　　　　　　ぜん

[名・接尾・漢造]（吃飯時放飯菜的）方盤，食案，小飯桌；擺在食案上的飯菜；（助 數詞用法）(飯等的）碗數；一雙（筷子）；飯菜等
お膳に椀を並べる／在飯桌上擺放碗筷。

□ 禅　　　　　　ぜん

[漢造] 禪位；（佛）禪，静坐默唸；佛教
座禅／坐禪

□ 善悪　　　　　ぜんあく

[名] 善惡，好壞，良否
善悪を判断する／判斷善惡。

□ 繊維　　　　　せんい

[名] 纖維
化学繊維／化學纖維。

□ 前科　　　　　ぜんか

[名]（法）前科，以前服過刑
前科一犯／有前科

□ 全快　　　　　ぜんかい

[名・自サ] 痊癒，病全好
全快祝い／痊癒慶祝

□ 宣教　　　　　せんきょう

[名・自サ] 傳教，佈道
宣教師／傳教士

□ 宣言　　　せんげん

[名・他サ] 宣言，宣布，宣告

独立を宣言する／宣佈獨立。

□ 先行　　　せんこう

[名・自サ] 先走，走在前頭；領先，佔
先；優先施行，領先施行

時代に先行する／走在時代的尖端。

□ 選考　　　せんこう

[名・他サ] 選拔，詮衡

作品を選考する／評選作品。

□ 戦災　　　せんさい

[名] 戰爭災害，戰禍

戦災孤児／戰爭孤兒

□ 専修　　　せんしゅう

[名・他サ] 主修，專攻

芸術を専修する／主修藝術。

□ 戦術　　　せんじゅつ

[名] （戰爭或鬥爭的）戰術；策略；方法

戦術を練る／在戰術上下功夫。

□ センス　　　センス

[名]【sense】感覺，官能，靈機；觀念；理
性，理智；判斷力，見識，品味

センスがない／沒品味。

□ 全盛　　　ぜんせい

[名] 全盛，極盛

全盛を極める／盛極一時。

□ 喘息　　　ぜんそく

[名]（醫）喘息，哮喘

喘息ワクチン／哮喘菌苗

□ 先代　　　せんだい

[名] 上一輩，上一代的主人；以前的
時代；前代（的藝人），前任

先代の社長／前任社長

□ 先だって　　　せんだって

[名] 前幾天，前些日子，那一天；事先

先だってはありがとう／前些日子謝
謝了。

□ 先着　　　せんちゃく

[名・自サ] 先到達，先來到

先着順／先後順序

□ 先手　　　せんて

[名]（圍棋）先下；先下手

先手を取る／先發制人。

□ 前提　　　ぜんてい

[名] 前提，前提條件

～を前提として／以…為前提

542

□ **先天的**　せんてんてき

[形動]先天（的），與生俱來（的）

先天的な病気／先天的疾病

□ **前途**　ぜんと

[名]前途，將來；（旅途的）前程

前途が開ける／前程似錦。

□ **戦闘**　せんとう

[名・自サ]戰鬥

戦闘に参加する／參加戰鬥。

□ **潜入**　せんにゅう

[名・自サ]潛入，溜進；打進

スパイの潜入を防ぐ／防間諜潛入。

□ **船舶**　せんぱく

[名]船舶，船隻

船舶無線局／船隻無線電台

□ **先方**　せんぽう

[名]對方；那方面，那裡，目的地

先方の言い分／對方的理由

□ **全滅**　ぜんめつ

[名・自他サ]全滅，徹底消滅

害虫を全滅させる／徹底消滅害蟲。

□ **専用**　せんよう

[名・他サ]專用，獨佔，壟斷，專門使用

婦人専用／女性專用

□ **占領**　せんりょう

[名・他サ]（軍）武力佔領；佔據

敵の占領下におかれる／在敵人的佔領之下。

□ **善良**　ぜんりょう

[名]善良，正直

善良な風俗／善良的風俗

□ **戦力**　せんりょく

[名]軍事力量，戰鬥力，戰爭潛力；工作能力強的人

戦力を増強する／加強戰鬥力。

□ **前例**　ぜんれい

[名]前例，先例；前面舉的例子

前例がない／沒有前例。

□ **相**　そう

[名・漢造]相看；外表，相貌；看相，面相；互相；相繼

人相を見る／看面相。

□ **沿う**　そう

[自五]沿著，順著；按照

方針に沿う／按照方針的指示。

□ **添う**　そう

[自五]滿足；增添，加上，添上；不離地跟隨；結成夫妻一起生活，結婚

ご要望に添いかねます／無法滿足您的願望。

02
-
55

543

□ 僧　　　　　　　　　そう

[漢造] 僧侶，出家人

僧侶／僧侶

□ 像　　　　　　　　　ぞう

[名・漢造] 相，像；形象，影像

像を建てる／立（銅）像。

□ 相応　　　　　　　そうおう

[名・自サ・形動] 適合，相稱，適宜

身分相応な暮らし／與身份相符的生活。

□ 爽快　　　　　　　そうかい

[名・形動] 爽快

気分が爽快になる／精神爽快。

□ 総会　　　　　　　そうかい

[名] 總會，全體大會

生徒総会／學生大會

□ 創刊　　　　　　　そうかん

[名・他サ] 創刊

創刊号／創刊號

□ 雑木　　　　　　　ぞうき

[名] 雜樹，不成材的樹木

雑木林／雜木林

□ 増強　　　　　　ぞうきょう

[名・他サ]（人員，設備的）增強，加強

兵力を増強する／增強兵力。

□ 送金　　　　　　そうきん

[名・自他サ] 匯款，寄錢

大学生の息子に送金する／寄錢給唸大學的兒子。

□ 走行　　　　　　そうこう

[名・自サ]（汽車等）行車，行駛

走行距離／行車距離

□ 総合　　　　　　そうごう

[名・他サ] 綜合，總合，集合

総合ビタミン／綜合維他命

□ 捜査　　　　　　そうさ

[名・他サ] 搜查（犯人、罪狀等）；查訪，查找

捜査を開始する／開始搜查。

□ 捜索　　　　　　そうさく

[名・他サ] 尋找，搜；（法）搜查（犯人、罪狀等）

家宅捜索／搜查住宅

□ 操縦　　　　　　そうじゅう

[名・他サ] 駕駛；操縱，駕馭，支配

飛行機を操縦する／駕駛飛機。

□ 蔵相　　　　　　ぞうしょう

[名] 財政部長，現在稱為「財務相」

蔵相になる／成為財政部長。

□ 装飾　　　　　そうしょく

[名・他サ] 裝飾

店内を装飾する／裝飾店內。

□ 増進　　　　　ぞうしん

[名・自他サ]（體力，能力）增進，增加

食欲を増進させる／增加食慾。

□ 相対　　　　　そうたい

[名] 對面，相對

相対関係／相對關係

□ 壮大　　　　　そうだい

[形動] 雄壯，宏大

壮大な建築物／雄偉的建築

□ 騒動　　　　　そうどう

[名・自サ] 騷動，風潮，鬧事，暴亂

騒動が起こる／掀起風波。

□ 遭難　　　　　そうなん

[名・自サ] 罹難，遇險

遭難現場／遇難地點

□ 雑煮　　　　　ぞうに

[名] 日式年糕湯

うちのお雑煮は醤油味だ／我們家的年糕湯是醬油風味。

□ 相場　　　　　そうば

[名] 行情，市價；投機買賣，買空賣空；常例，老規矩；評價

外国為替相場／國外匯兌行情

□ 装備　　　　　そうび

[名・他サ] 裝備，配備

装備を整える／準備齊全。

□ 創立　　　　　そうりつ

[名・他サ] 創立，創建，創辦

専門学校を創立する／創辦職業學校。

□ 添える　　　　そえる

[他下一] 添，加，附加，配上；伴隨

口を添える／替人美言。

□ ソーラーシステム　　ソーラーシステム

[名]【the solar system】太陽系；太陽能發電設備

ソーラーシステムをつける／裝設太陽能發電設備。

□ 即座に　　　　そくざに

[副] 立即，馬上

即座に返答する／立刻回答。

□ 促進　　　　　そくしん

[名・他サ] 促進

販売促進活動／特賣會

□ 即する　　　　そくする

[自サ] 就，適應，符合，結合

実情に即して考える／就實際情況來考量。

□ 束縛　　　　　そくばく

[名・他サ] 束縛，限制

時間に束縛される／受時間限制。

□ 側面　　　　　そくめん

[名] 側面，旁邊；（具有複雜內容事物的）一面，另一面

側面から援助する／從側面協助。

□ そこそこ　　　そこそこ

[副・接尾] 草草了事，慌慌張張；大約，左右

二十歳そこそこの青年／二十歳上下的青年。

□ 損なう　　　　そこなう

[他五・接尾] 損壞，破損；傷害妨害（健康、感情等）；損傷，死傷；（接在其他動詞連用形下）沒成功，失敗，錯誤；失掉時機，耽誤；差一點，險些

健康を損なう／有害健康。

□ 其処ら　　　　そこら

[代] 那一代，那裡；普通，一般；那樣，那種程度，大約

そこらにある／在那裡

□ 素材　　　　　そざい

[名] 素材，原材料；題材

素材の味を生かした料理／發揮食材原味的料理。

□ 阻止　　　　　そし

[名・他サ] 阻止，擋住，阻塞

反対の入場をを阻止する／阻止反對派的進場。

□ 訴訟　　　　　そしょう

[名・自サ] 訴訟，起訴

訴訟を起こす／起訴。

□ 育ち　　　　　そだち

[名] 發育，生長；長進，成長

育ちが早い／長得快。

□ 措置　　　　　そち

[名・他サ] 措施，處理，處理方法

万全の措置を取る／採取萬全措施。

□ 素っ気無い　　そっけない

[形] 不表示興趣與關心；冷淡的

素っ気なく断る／冷淡地拒絕。

□ 外方　　　　　そっぽ

[名] 一邊，外邊，別處

そっぽを向く／把頭轉向一邊；恍若未聞。

□ 備え付ける　そ**なえつける**

[他下一] 設置，備置，裝置，安置，配置
消火器を備え付ける／設置滅火器。

□ 具わる／備わる　そ**なわる**

[自五] 具有，設有，具備
生まれつき備わった才能／與生俱來的才能

□ 園　**その**

[名] 園，花園
エデンの園／伊甸園。

□ 聳える　そ**びえる**

[自下一] 聳立，峙立
雲に聳える塔／高聳入雲的高塔。

□ 染まる　そ**まる**

[自五] 染上；受（壞）影響
血に染まる／被血染紅。

□ 背く　そ**むく**

[自五] 背著，背向；違背，不遵守；背叛，辜負；拋棄，背離，離開（家）
命令に背く／違抗命令。

□ 染める　そ**める**

[他下一] 染顏色；塗上（映上）顏色；（轉）沾染，著手
黒に染める／染成黑色。

□ 反らす　そ**らす**

[他五] 向後仰，（把東西）弄彎
体をそらす／身體向後仰。

□ 逸らす　そ**らす**

[他五]（把視線、方向）移開，離開，轉向別方；逸失，錯過；岔開（話題、注意力）
視線をそらす／移開視線。

□ 橇　そ**り**

[名] 雪橇
そりを引く／拉雪橇。

□ 反る　そ**る**

[自五]（向後或向外）彎曲，捲曲，翹；身子向後彎，挺起胸膛
本の表紙が反る／書的封面翹起。

□ それ故　そ**れゆえ**

[連語·接續] 因為那個，所以，正因為如此
それ故申請を却下する／因此駁回申請。

□ ソロ　**ソロ**

[名]【solo】（樂）獨唱；獨奏；單獨表演
ソロで踊る／單獨跳舞。

□ 揃い　　　　　　　　そろい

[名・接尾] 成套，成組，一樣；（多數
人）聚在一起，齊全；（助數詞用
法）套，副，組
揃いの着物／成套的衣服

□ ぞんざい　　　　　　ぞんざい

[形動] 粗率，潦草，馬虎；不禮貌，粗魯
ぞんざいな口のきき方／說話粗魯。

□ ダース　　　　　　　ダース

[名・接尾]【dozen】（一）打，十二個
えんぴつ1ダース／一打鉛筆

□ 他意　　　　　　　　たい

[名] 其他的想法，惡意
他意はない／沒有惡意。

□ 隊　　　　　　　　　たい

[名・漢造] 隊，隊伍，集體組織；（有
共同目標的）幫派或及集團
隊を組んで進む／排隊前進。

□ ～帯　　　　　　　　たい

[漢造] 帶，帶子；佩帶；具有；地區；
地層
火山帯／火山帯

□ 対応　　　　　　　たいおう

[名・自サ] 對應，相對，對立；調和，
均衡；適應，應付
対応策／對策

□ 大家　　　　　　　たいか

[名・自サ] 大房子；專家，權威者；名
門，富豪，大戶人家
音楽の大家／音樂大師

□ 退化　　　　　　　たいか

[名・自サ]（生）退化；退步，倒退
文明の退化／文明的倒退

□ 大概　　　　　　　たいがい

[名・副] 大概，大略，大部分；差不
多，不過份　[名] 體格；（詩的）風格
ふざけるのも大概にしろ／開玩笑也
該適可而止。

□ 対外　　　　　　　たいがい

[名] 對外（國）；對外（部）
対外政策を討論する／討論外交政策。

□ 体格　　　　　　　たいかく

[名] 體格
体格がよい／體格很好。

□ 待遇　　　　　　　たいぐう

[名・他サ・接尾] 接待，對待，服務；工
資，報酬
待遇を改善する／改善待遇，提高工
資。

□ 対決　　　　　　　たいけつ

[名・自サ] 對證，對質；較量，對抗
対決を避ける／避免交鋒。

548

□ **体験** <ruby>体験<rt>たいけん</rt></ruby>　　　　　た<u>いけん</u>

[名・他サ] 體驗，體會，（親身）經驗

<ruby>体験<rt>たいけん</rt></ruby>を<ruby>生<rt>い</rt></ruby>かす／活用經驗。

□ **対抗** <ruby>対抗<rt>たいこう</rt></ruby>　　　　　た<u>いこう</u>

[名・自サ] 對抗，抵抗，相爭，對立

<ruby>侵略<rt>しんりゃく</rt></ruby>に<ruby>対抗<rt>たいこう</rt></ruby>する／抵抗侵略。

□ **退治** <ruby>退治<rt>たいじ</rt></ruby>　　　　　た<u>いじ</u>

[名・他サ] 打退，討伐，征服；消滅，
肅清；治療

<ruby>悪者<rt>わるもの</rt></ruby>を<ruby>退治<rt>たいじ</rt></ruby>する／懲治惡人。

□ **(に)対して** <ruby>対<rt>たい</rt></ruby>して　た<u>いして</u>

[自サ] 對於…，關於…

<ruby>対<rt>たい</rt></ruby>して<ruby>違<rt>ちが</rt></ruby>わない／沒多大差異。

□ **大衆** <ruby>大衆<rt>たいしゅう</rt></ruby>　　　　た<u>いしゅう</u>

[名] 大眾，群眾；眾生

<ruby>大衆<rt>たいしゅう</rt></ruby>に<ruby>訴<rt>うった</rt></ruby>える／訴諸民眾。

□ **対処** <ruby>対処<rt>たいしょ</rt></ruby>　　　　　た<u>いしょ</u>

[名・自サ] 妥善處置，應付，應對

<ruby>新情勢<rt>しんじょうせい</rt></ruby>に<ruby>対処<rt>たいしょ</rt></ruby>する／應付新情勢。

□ **題する** <ruby>題<rt>だい</rt></ruby>する　　　　だ<u>いする</u>

[他サ] 題名，標題，命名；題字，題詞

「<ruby>資本論<rt>しほんろん</rt></ruby>」と<ruby>題<rt>だい</rt></ruby>する<ruby>著作<rt>ちょさく</rt></ruby>／以「資本
論」為題的著作。

□ **態勢** <ruby>態勢<rt>たいせい</rt></ruby>　　　　　た<u>いせい</u>

[名] 姿態，樣子，陣式，狀態

<ruby>緊急態勢<rt>きんきゅうたいせい</rt></ruby>に<ruby>入<rt>はい</rt></ruby>る／進入緊急情勢。

□ **大体** <ruby>大体<rt>だいたい</rt></ruby>　　　　　だ<u>いたい</u>

[名・副] 大抵，概要，輪廓；大致，大
部分；本來，根本

<ruby>話<rt>はなし</rt></ruby>は<ruby>大体<rt>だいたい</rt></ruby>わかった／大概了解說話的
內容。

□ **大多数** <ruby>大多数<rt>だいたすう</rt></ruby>　　　だ<u>いたすう</u>

[名] 大多數，大部分

<ruby>大多数<rt>だいたすう</rt></ruby>の<ruby>意見<rt>いけん</rt></ruby>／多數的意見。

□ **対談** <ruby>対談<rt>たいだん</rt></ruby>　　　　　た<u>いだん</u>

[名・自サ] 對談，交談，對話

<ruby>対談中<rt>たいだんちゅう</rt></ruby>／面談中

□ **大胆** <ruby>大胆<rt>だいたん</rt></ruby>　　　　　だ<u>いたん</u>

[名・形動] 大膽，有勇氣，無畏；厚
顏，膽大妄為

<ruby>大胆<rt>だいたん</rt></ruby>な<ruby>行動<rt>こうどう</rt></ruby>／大膽的行動

□ **タイト**　　　　　　　　タ<u>イト</u>

[名・形動]【tight】緊，緊貼（身）；
緊身裙之略

タイトスケジュール／緊湊的行程

□ **対等** <ruby>対等<rt>たいとう</rt></ruby>　　　　　た<u>いとう</u>

[形動] 對等，同等，平等 [名]（文章的）
題目，（著述的）標題；稱號，職稱

<ruby>対等<rt>たいとう</rt></ruby>な<ruby>立場<rt>たちば</rt></ruby>／對等的立場

□ 台無し　　　　だいなし

[名] 弄壊，毀損，糟蹋，完蛋

計画が台無しになる／破壞了計畫。

□ 滞納　　　　たいのう

[名・他サ]（稅款，會費等）滯納，拖
欠，逾期未繳

会費を滞納する／拖欠會費。

□ 対比　　　　たいひ

[名・他サ] 對比，對照

両者を対比する／對照兩者。

□ タイピスト　　タイピスト

[名]【typist】打字員

タイピストになる／成為打字員。

□ 大便　　　　だいべん

[名] 大便，糞便

大便が臭い／大便很臭。

□ 代弁　　　　だいべん

[名・他サ] 替人辯解，代言

友人の代弁をする／替朋友辯解。

□ 待望　　　　たいぼう

[名・他サ] 期待，渴望，等待

待望の雨／天降甘霖

□ 台本　　　　だいほん

[名]（電影，戲劇，廣播等）腳本，劇本

台本どおりに物事が運ぶ／事情如劇
本般的進展。

□ タイマー　　タイマー

[名]【timer】秒錶，計時器；定時器

タイマーをセットする／設定計時器

□ 怠慢　　　　たいまん

[名・形動] 怠慢，玩忽職守，鬆懈；不注意

職務怠慢／疏忽職守

□ タイミング　　タイミング

[名]【timing】計時；調時，使同步；
時機，事實

タイミングが合う／合時宜。

□ タイム　　　　タイム

[名]【time】時，時間；時代，時機；
（體）比賽所需時間；（體）比賽暫停

タイムを計る／計時。

□ タイムリー　　タイムリー

[形動]【timely】及時，適合的時機

タイムリーな企画／切合時宜的企畫

□ 対面　　　　たいめん

[名・自サ] 會面，見面

初対面／初次見面

550

□ 代用　　　　　　だいよう

[名・他サ] 代用

ご飯粒を糊の代用にする／以飯粒代替糨糊使用。

□ タイル　　　　　タイル

[名]【tile】磁磚

タイル張りの床／磁磚材質的地板

□ 対話　　　　　　たいわ

[名・自サ] 談話，對話，會話

対話がうまい／善於交談。

□ ダウン　　　　　ダウン

[名・自他サ]【down】下，倒下，向下，落下；下降，減退；（棒）出局；（拳擊）擊倒

コストダウン／降低成本

□ 耐える　　　　　たえる

[自下一] 忍耐，忍受，容忍；擔負，禁得住；（堪える）（不）值得，（不）堪

苦痛に耐える／忍受痛苦。

□ 絶える　　　　　たえる

[自下一] 斷絕，終了，停止，滅絕，消失

消息が絶える／音信斷絕。

□ 打開　　　　　　だかい

[名・他サ] 打開，開闢（途徑），解決（問題）

現状を打開する／突破現狀。

□ 互い違い　　たがいちがい

[形動] 交互，交錯，交替

白黒互い違いに編む／黑白交錯編織。

□ 高が　　　　　　たかが

[副]（程度、數量等）不成問題，僅僅，不過是…罷了

たかが5,000円くらいにくよくよするな／不過是五千日幣而已不要放在心上啦。

□ 焚き火　　　　　たきび

[名] 爐火，灶火；（用火）燒落葉

焚き火をする／點篝火。

□ 妥協　　　　　　だきょう

[名・自サ] 妥協，和解

妥協をはかる／謀求妥協。

□ 逞しい　　　　たくましい

[形] 身體結實，健壯的樣子，強壯；充滿力量的樣子，茁壯，旺盛，迅猛

たくましく成長する／茁壯地成長。

02 57

□ 巧み　　　　　たくみ

[名·形動] 技巧，技術；取巧，矯揉造作；詭計，陰謀；巧妙，精巧

巧みな手口／巧妙的手法

□ 丈　　　　　　たけ

[名] 身高，高度；尺寸，長度；罄其所有，毫無保留

丈を3センチつめた／長度縮短三公分。

□ ～だけ　　　　だけ

[副助]（只限於某範圍）只，僅僅；（可能的程度或限度）盡量，儘可能；（以「…ば…だけ」等的形式，表示相應關係）越…越…；（以「…だけに」的形式）正因為…更加…；（以「…（のこと）あって」的形式）不愧，值得

できるだけ／盡力而為…

□ 打撃　　　　　だげき

[名] 打擊，衝擊

打撃を与える／給予打擊。

□ 妥結　　　　　だけつ

[名·自サ] 妥協，談妥

交渉が妥結する／談判達成協議。

□ 駄作　　　　　ださく

[名] 拙劣的作品，無價值的作品

駄作映画／拙劣的電影

□ 他者　　　　　たしゃ

[名] 別人，其他人

他者の言うことに惑わされる／被他人之言所迷惑。

□ 多数決　　　　たすうけつ

[名] 多數決定，多數表決

多数決で決める／以少數服從多數來決定。

□ 助け　　　　　たすけ

[名] 幫助，援助；救濟，救助；救命

なんの助けにもならない／一點幫助也沒有。

□ 携わる　　　たずさわる

[自五] 參與，參加，從事，有關係

農業に携わる／從事農業。

□ ただの人　　ただのひと

[名] 平凡人，平常人，普通人

一度別れてしまえば、ただの人になる／一旦分手之後，就變成了一介普通的人。

□ 漂う　　　　ただよう

[自五] 漂；飄；洋溢，充滿

水面に花びらが漂う／花瓣漂在水面上。

□ **立ち去る** **た**ちさる

[自五] 走開，離去
黙って立ち去る／默默離去。

□ **立ち寄る** **た**ちよる

[自五] 靠近，走進；順便到，中途落腳
本屋に立ち寄る／順便去書店。

□ **断つ** **た**つ

[他五] 切，斷；絕，斷絕；消滅；截斷
外交関係を断つ／斷絕外交關係。

□ **抱っこ** **だ**っこ

[名・他サ] 抱
赤ちゃんを抱っこする／抱起嬰兒。

□ **達者** **た**っしゃ

[名・形動] 精通，熟練；健康；精明，圓滑
達者で暮らす／健康地生活著。

□ **脱出** **だ**っしゅつ

[名・自サ] 逃出，逃脫，逃亡
危険から脱出する／逃離危險。

□ **脱水** **だ**っすい

[名・自サ] 脫水；（醫）脫水
脱水してから干す／脫水之後曬乾。

□ **脱する** **だ**っする

[自他サ] 逃出，逃脫；脫離，離開；脫落，漏掉；脫稿；去掉，除掉
危機を脱する／解除危機。

□ **達成** **た**っせい

[名・他サ] 達成，成就，完成
目標を達成する／達成目標。

□ **脱退** **だ**ったい

[名・自サ] 退出，脫離
グループを脱退する／退出團體。

□ **だったら** **だ**ったら

[接續] 這樣的話，那樣的話
だったら明日にしよう／這樣的話，明天再做吧。

□ **竜巻** **た**つまき

[名] 龍捲風
竜巻が起きる／發生龍捲風。

□ **盾** **た**て

[名] 盾，擋箭牌；後盾
～を盾に取る／把…當擋箭牌。

□ **立て替える** **た**てかえる

[他下一] 墊付，代付
電車賃を立て替える／代墊電車車資。

553

□ 建前　　　　　　たてまえ

[名] 主義，方針，主張；外表；（建）
上樑儀式
本音と建前／真心話與場面話。

□ 奉る　　　　　　たてまつる

[他五・補動・五型] 奉，獻上；恭維，捧；
（文）（接動詞連用型）
表示謙遜或恭敬
会長に奉る／抬舉（他）做會長。

□ だと　　　　　　だと

[格助]（表示假定條件或確定條件）如
果是…的話…
毎日が日曜日だといいな／如果每天
都是星期天就好了。

□ 他動詞　　　　　たどうし

[名] 他動詞，及物動詞
他動詞は目的語を取る／他動詞必須
有受詞。

□ 例え　　　　　　たとえ

[名・副] 比喻，譬喻；常言，寓言；
（相似的）例子
例えを引く／舉例。

□ 辿り着く　　　　たどりつく

[自五] 好不容易走到，摸索找到，掙扎
走到；到達（目的地）
頂上にたどり着く／終於到達山頂。

□ 辿る　　　　　　たどる

[他五] 沿路前進，邊走邊找；走難行的
路，走艱難的路；追尋，追朔，探
索；（事物向某方向）發展，走向
記憶をたどる／追尋記憶。

□ 束ねる　　　　　たばねる

[他下一] 包，捆，扎，束；管理，整
飭，整頓
札を束ねる／把紙鈔捆成一束。

□ だぶだぶ　　　　だぶだぶ

[副・自サ]（衣服等）寬大，肥大；（人）
肥胖，肌肉鬆弛；（液體）滿，盈
だぶだぶとしたズボン／寬大的褲子

□ ダブル　　　　　ダブル

[名]【double】雙重，雙人用；二
倍，加倍；雙人床；夫婦，一對
ダブルパンチ／雙重打擊；（拳擊）連
打

□ 他方　　　　　　たほう

[名・副] 另一方面；其他方面
他方から見ると、〜／從另一方面來
看…

□ 多忙　　　　　　たほう

[名・形動] 百忙，繁忙，忙碌
多忙を極める／繁忙至極。

□ 打撲 だぼく

[名・他サ] 打，碰撞
手を打撲した／手部挫傷。

□ 賜う／給う たまう

[他五・補動・五型]（敬）給，賜予；（接
在動詞連用形下）表示對長上動作的
敬意
お言葉を賜う／拜賜良言。

□ 魂 たましい

[名] 靈魂；魂魄；精神，精力，心魂
魂を入れる／注入靈魂。

□ 玉突き たまつき

[名] 撞球
玉突き事故／連環車禍。

□ 溜まり たまり

[名] 積存，積存處；休息室；聚集的地
方
溜まり場／聚會地

□ 黙り込む だまりこむ

[自五] 沉默，緘默
急に黙り込んだ／突然安靜下來。

□ 賜る たまわる

[他五] 蒙受賞賜；賜，賜予，賞賜
賞を賜る／給我賞賜。

□ 保つ たもつ

[自五・他五] 保持不變，保存住；保持，
維持；保，保住，支持
面目を保つ／保住面子。

□ たやすい たやすい

[形] 不難，容易做到，輕而易舉
たやすくできる／容易做到。

□ 多様 たよう

[名・形動] 各式各樣，多種多樣
多様な問題／各式各樣的問題

□ だらだら だらだら

[副・自サ] 滴滴答答地，冗長，磨磨蹭蹭
的；斜度小而長
汗がだらだらと流れる／汗流夾背。

□ 怠い だるい

[形] 因生病或疲勞而身子沈重不想
動；懶；酸
体がだるい／身體疲憊。

□ 弛み たるみ

[名] 鬆弛，鬆懈，遲緩
靴下のたるみ／襪子的鬆緊

□ 弛む たるむ

[自五] 鬆，鬆弛；彎曲，下沈；（精
神）不振，鬆懈
気持ちがたるむ／情緒鬆懈。

555

□ 垂れる 　　　　　た**れる**

[自下一・他下一] 懸垂，掛拉；滴，流，滴
答；垂，使下垂，懸掛；垂飾

しずくが垂れる／水滴滴落。

02
-
58

□ タレント 　　　　　タ**レント**

[名]【talent】（藝術，學術上的）才
能；演出者，播音員；藝人

テレビタレント／電視藝人

□ タワー 　　　　　タ**ワー**

[名]【tower】塔

コントロールタワー／塔台

□ 単～ 　　　　　た**ん**

[漢造] 單一；單調；單位；單薄；（網
球、乒乓球的）單打比賽

単位／單位；學分

□ 壇 　　　　　だ**ん**

[名・漢造] 台，壇

花壇の草取りをする／拔除花園裡的
雜草。

□ 単一 　　　　　た**んいつ**

[名] 單一，單獨；單純；（構造）簡單

単一の行動を取る／採取統一的行
動。

□ 担架 　　　　　た**んか**

[名] 擔架

担架で運ぶ／用擔架搬運。

□ 単価 　　　　　た**んか**

[名] 單價

単価は100円／單價為一百日圓。

□ 短歌 　　　　　た**んか**

[名] 短歌（日本傳統和歌的一種，由
五、七、五、七、七形式的五個句
子，即31音所組成）

短歌を嗜む／喜愛短歌。

□ 短気 　　　　　た**んき**

[名・形動] 性情急躁，沒耐性，性急

短気を起こす／犯急躁。

□ 団結 　　　　　だ**んけつ**

[名・自サ] 團結

団結を図る／謀求團結。

□ 探検 　　　　　た**んけん**

[名・他サ] 探險，探查

探検隊／探險隊

□ 断言 　　　　　だ**んげん**

[名・他サ] 斷言，斷定，肯定

失敗はないと断言する／斷言絕不失
敗。

□ 短縮 　　　　　た**んしゅく**

[名・他サ] 縮短，縮減

時間を短縮する／縮短時間。

□ 単身 　　たんしん

[名] 單身，隻身
単身赴任／隻身赴任

□ 断然 　　だんぜん

[副・形動タルト] 斷然；顯然，確實；
堅決；（後接否定語）絕（不）
断然認めない／絕不承認。

□ 炭素 　　たんそ

[名]（化）碳
二酸化炭素／二氧化碳

□ 単調 　　たんちょう

[名・形動] 單調，平庸，無變化
単調な生活／單調的生活。

□ 探偵 　　たんてい

[名・他サ] 偵探；偵查
探偵を雇う／雇用偵探。

□ 単刀直入 　たんとうちょくにゅう

[名・形動] 一人揮刀衝入敵陣；直截了
當
単刀直入に言う／開門見山地說。

□ 単独 　　たんどく

[名] 單獨行動，獨自
単独行動／單獨行動

□ 旦那 　　だんな

[名] 主人；特稱別人丈夫；老公；先
生，老爺
お宅の旦那／您的丈夫

□ 短波 　　たんぱ

[名] 短波
短波放送／短波播送

□ 蛋白質 　　たんぱくしつ

[名]（生化）蛋白質
タンパク質を取る／攝取蛋白質。

□ ダンプ 　　ダンプ

[名]【dump】傾卸卡車、翻斗車的簡
稱（ダンプカー之略）
ダンプを運転する／駕駛傾卸卡車。

□ 断面 　　だんめん

[名] 斷面，剖面；側面
社会の断面／社會的一個側面

□ 弾力 　　だんりょく

[名] 彈力，彈性
計画に弾力を持たせる／讓計劃保有
彈性空間。

□ 治安 　　ちあん

[名] 治安
治安を維持する／維持治安。

□ チームワーク　チームワーク

[名]【teamwork】（隊員間的）團隊精神，合作，配合，默契

チームワークがいい／團隊合作良好。

□ チェンジ　　　　チェンジ

[名・自他サ]【change】交換，兌換；變化；（網球，排球等）交換場地

イメージチェンジ／改變形象

□ 違える　　　　ちがえる

[他下一] 使不同，改變；弄錯，錯誤；扭到（筋骨）

順序を違える／順序錯誤。

□ 近寄りがたい　ちかよりがたい

[形] 難以接近

近寄りがたい人／難以親近的人

□ 畜産　　　　　ちくさん

[名]（農）家畜；畜產

畜産業／畜產業

□ 畜生　　　　　ちくしょう

[名] 牲畜，畜生，動物；（罵人）畜生，混帳

失敗した、畜生！／混帳！失敗了！

□ 蓄積　　　　　ちくせき

[名・他サ] 積累，儲蓄

これまでの蓄積／至今的積蓄。

□ 地形　　　　　ちけい

[名] 地形，地勢

地形が盆地だから夏暑い／盆地地形所以夏天很熱。

□ 知性　　　　　ちせい

[名] 智力，理智，才智，才能

知性にあふれる／才氣洋溢。

□ 乳　　　　　　ちち

[名] 奶水，乳汁；乳房

乳を与える／餵奶。

□ 縮まる　　　　ちぢまる

[自五] 縮短，縮小；慌恐，捲曲

命が縮まる／壽命縮短。

□ 秩序　　　　　ちつじょ

[名] 秩序，次序

秩序が乱れる／秩序混亂。

□ 窒息　　　　　ちっそく

[名・自サ] 窒息

酸欠で窒息する／缺乏氧氣而窒息。

□ ちっぽけ　　　ちっぽけ

[名]（俗）極小

ほんのちっぽけな悩み／小小的煩惱。

た

□ **知的**　　　　　　　　ちてき
[形動] 智慧的；理性的
知的財産権／智慧財產權

□ **知名度**　　　　　　ちめいど
[名] 知名度，名望
知名度が高い／知名度很高。

□ **チャーミング**　チャーミング
[形動]【charming】有魅力，迷人，可愛
チャーミングな目をする／有迷人的眼睛。

□ **着手**　　　　　　ちゃくしゅ
[名・自サ] 著手，開始
制作に着手する／開始進行製作。

□ **着色**　　　　　　ちゃくしょく
[名・自サ] 著色，塗顏色
人工着色料／人工染料

□ **着席**　　　　　　ちゃくせき
[名・自サ] 就坐，入座，入席
順番で着席する／依序入座。

□ **着目**　　　　　　ちゃくもく
[名・自サ] 著眼，注目；著眼點
未来に着目する／著眼於未來。

□ **着陸**　　　　　　ちゃくりく
[名・自サ]（空）降落，著陸
飛行機が着陸する／飛機降落。

□ **着工**　　　　　　ちゃっこう
[名・自サ] 開工，動工
工事は来月着工する／下個月動工。

□ **茶の間**　　　　　ちゃのま
[名] 茶室；（家裡的）餐廳
茶の間で食事をする／在餐廳吃飯。

□ **茶の湯**　　　　　ちゃのゆ
[名] 茶道，品茗會；沏茶用的開水
茶の湯を習う／學習茶道。

□ **ちやほや**　　　　ちやほや
[副・他サ] 溺愛，嬌寵；捧，奉承
ちやほやされていい気になる／一吹捧就翹屁股了。

□ **チャンネル**　　チャンネル
[名]【channel】頻道
チャンネルを合わせる／調整頻道。

□ **宙返り**　　　　ちゅうがえり
[名・自サ]（在空中）旋轉，翻筋斗
宙返り飛行／飛機的花式飛行

□ **中継**　　　　　ちゅうけい
[名・他サ] 中繼站，轉播站；轉播
生中継／現場轉播

559

□ 忠告　　ちゅうこく

[名・自サ] 忠告，勸告
忠告を聞き入れる／接受忠告。

□ 忠実　　ちゅうじつ

[名・形動] 忠實，忠誠；如實，照原樣
忠実に再現する／如實呈現。

□ 中傷　　ちゅうしょう

[代・名] 重傷，毀謗，污衊
人を中傷する／中傷別人。

02-59

□ 中枢　　ちゅうすう

[名] 中樞，中心；樞組，關鍵
神経中枢／神經中樞

□ 抽選　　ちゅうせん

[名・自サ] 抽籤
抽選に当たる／（抽籤）被抽中。

□ 中断　　ちゅうだん

[名・自他サ] 中斷，中輟
会議を中断する／使會議暫停。

□ 中毒　　ちゅうどく

[名・自サ] 中毒
ガス中毒／瓦斯中毒

□ 中途半端　ちゅうとはんぱ

[名・形動] 半途而廢，沒有完成，不夠徹底
中途半端なやり方／模稜兩可的做法

□ 中腹　　ちゅうふく

[名] 半山腰
山の中腹／半山腰

□ 中立　　ちゅうりつ

[名・自サ] 中立
中立を守る／保持中立。

□ 中和　　ちゅうわ

[名・自サ] 中正溫和；（理，化）中和，平衡
酸とアルカリが中和する／酸鹼中和。

□ 〜著　　ちょ

[名・漢造] 著作，寫作；顯著
名著／名著

□ 腸　　ちょう

[名・漢造] 腸，腸子
胃腸／胃與腸

□ 蝶　　ちょう

[名] 蝴蝶
蝶々／蝴蝶

□ 超　　ちょう

[漢造] 超過；超脫；最，極
超音速／超音速

□ **調印** ちょ|ういん

[名・自サ] 簽字，蓋章，簽署

<ruby>条<rt>じょう</rt></ruby><ruby>約<rt>やく</rt></ruby>に<ruby>調<rt>ちょう</rt></ruby><ruby>印<rt>いん</rt></ruby>する／在契約書上蓋章。

□ **聴覚** ちょ|うかく

[名] 聽覺

<ruby>聴<rt>ちょう</rt></ruby><ruby>覚<rt>かく</rt></ruby>が<ruby>鋭<rt>するど</rt></ruby>い／聽覺很敏銳。

□ **長官** ちょ|うかん

[名] 長官，機關首長；（都道府縣的）知事

<ruby>文<rt>ぶん</rt></ruby><ruby>化<rt>か</rt></ruby><ruby>庁<rt>ちょう</rt></ruby><ruby>長<rt>ちょう</rt></ruby><ruby>官<rt>かん</rt></ruby>／文化廳廳長

□ **聴講** ちょ|うこう

[名・他サ] 聽講，聽課；旁聽

<ruby>聴<rt>ちょう</rt></ruby><ruby>講<rt>こう</rt></ruby><ruby>生<rt>せい</rt></ruby>／旁聽生

□ **徴収** ちょ|うしゅう

[名・自サ] 徵收，收費

<ruby>税<rt>ぜい</rt></ruby><ruby>金<rt>きん</rt></ruby>を<ruby>徴<rt>ちょう</rt></ruby><ruby>収<rt>しゅう</rt></ruby>する／徵稅。

□ **聴診器** ちょ|うしんき

[名]（醫）聽診器

<ruby>聴<rt>ちょう</rt></ruby><ruby>診<rt>しん</rt></ruby><ruby>器<rt>き</rt></ruby>を<ruby>胸<rt>むね</rt></ruby>に<ruby>当<rt>あ</rt></ruby>てる／把聽診器貼在胸口上。

□ **長大** ちょ|うだい

[名・形動] 長大；高大

<ruby>長<rt>ちょう</rt></ruby><ruby>大<rt>だい</rt></ruby>なアマゾン<ruby>川<rt>かわ</rt></ruby>／壯闊的亞馬遜河。

□ **挑戦** ちょ|うせん

[名・自サ] 挑戰

<ruby>挑<rt>ちょう</rt></ruby><ruby>戦<rt>せん</rt></ruby>に<ruby>応<rt>おう</rt></ruby>じる／面對挑戰。

□ **調停** ちょ|うてい

[名・他サ] 調停

いさかいを<ruby>調<rt>ちょう</rt></ruby><ruby>停<rt>てい</rt></ruby>する／調停爭論。

□ **長編** ちょ|うへん

[名] 長篇；長篇小說

<ruby>長<rt>ちょう</rt></ruby><ruby>編<rt>へん</rt></ruby><ruby>小<rt>しょう</rt></ruby><ruby>説<rt>せつ</rt></ruby>／長篇小說

□ **重宝** ちょ|うほう

[名・形動・他サ] 珍寶，至寶；便利，方便；珍視，愛惜

<ruby>重<rt>ちょう</rt></ruby><ruby>宝<rt>ほう</rt></ruby>な<ruby>道<rt>どう</rt></ruby><ruby>具<rt>ぐ</rt></ruby>／珍愛的工具

□ **調理** ちょ|うり

[名・他サ] 烹調，作菜；調理，整理，管理

<ruby>魚<rt>さかな</rt></ruby>を<ruby>調<rt>ちょう</rt></ruby><ruby>理<rt>り</rt></ruby>する／烹調魚肉。

□ **調和** ちょ|うわ

[名・自サ] 調和，（顏色，聲音等）和諧，（關係）協調

<ruby>調<rt>ちょう</rt></ruby><ruby>和<rt>わ</rt></ruby>を<ruby>取<rt>と</rt></ruby>る／取得和諧。

□ **ちょくちょく** ちょ|くちょく

[副]（俗）往往，時常

ちょくちょく<ruby>遊<rt>あそ</rt></ruby>びにいく／時常去玩耍。

□ 直面　　　　ちょくめん

[名・自サ] 面對，面臨
危機に直面する／面臨危機。

□ 直訳　　　　ちょくやく

[名・他サ] 直譯
英語の文を直訳する／直譯英文的文章。

□ 直列　　　　ちょくれつ

[名] （電）串聯
直列に接続する／串聯。

□ 著書　　　　ちょしょ

[名] 著書，著作
著書を出す／發表著作。

□ 直感　　　　ちょっかん

[名・他サ] 直覺，直感；直接觀察到
直感が働く／依靠直覺。

□ 著名　　　　ちょめい

[名・形動] 著名，有名
著名な観光地／知名的觀光地區。

□ ちらっと　　　ちらっと

[副] 一閃，一晃；隱約，斷斷續續
ちらっと見る／稍微看了一下。

□ 塵　　　　　ちり

[名] 灰塵，垃圾；微小，微不足道；少許，絲毫；世俗，塵世；污點，骯髒
ちりも積もれば山となる／積少成多。

□ 塵取り　　　ちりとり

[名] 畚箕
ほうきとちり取りセット／掃把與畚斗組

□ 賃金　　　　ちんぎん

[名] 租金；工資
賃金を支払う／付租金。

□ 沈澱　　　　ちんでん

[名・自サ] 沈澱
沈殿物／沈澱物

□ 沈没　　　　ちんぼつ

[名・自サ] 沈沒；醉得不省人事；（東西）進了當鋪
船が沈没する／船沈沒。

□ 沈黙　　　　ちんもく

[名・自サ] 沈默，默不作聲，沈寂
沈黙を破る／打破沈默。

□ 陳列　　　　ちんれつ

[名・他サ] 陳列
棚に陳列する／陳列在架子上。

□ 対　　　　　　つい

[名・接尾] 成雙，成對；對句；（作助數詞用）一對，一雙
対の着物／成對的和服

□ 追及　　　ついきゅう

[名・他サ] 追上，趕上；追究
真相を追究する／探究真相。

□ 追跡　　　　ついせき

[名・他サ] 追蹤，追緝，追趕
追跡調査／跟蹤調查

□ 追放　　　　ついほう

[名・他サ] 流逐，驅逐（出境）；驅逐，肅清，流放；洗清，開除
国外に追放する／驅逐出境。

□ 費やす　　　　ついやす

[他五] 用掉，耗費，花費；白費，浪費
歳月を費やす／虛度光陰。

□ 墜落　　　　ついらく

[名・自サ] 墜落，掉下
飛行機が墜落する／飛機墜落。

□ 痛感　　　　つうかん

[名・他サ] 痛感；深切地感受到
力の差を痛感する／深切感到力量差距之大。

□ 通常　　　つうじょう

[名] 通常，平常，普通
通常どおり営業する／如往常般營業

□ 痛切　　　つうせつ

[名・形動] 痛切，深切，迫切
痛切に実感する／深切的感受到。

□ 通話　　　つうわ

[名・自サ]（電話）通話
通話時間が長い／通話時間很長。

□ 杖　　　　　つえ

[名] 手杖；靠山
杖を突く／拄拐杖。

□ 使いこなす　つかいこなす

[他五] 運用自如，掌握純熟
日本語を使いこなす／日語能運用自如。

□ 使い道　　つかいみち

[名] 用法；用途，用處
使い道を考える／思考如何使用。

□ 仕える　　つかえる

[自下一] 服侍，侍候，侍奉；（在官署等）當官
神に仕える／侍奉神佛。

□ 司る　　　　　　　つかさどる

[他五] 管理，掌管，擔任

会計を司る／擔任會計。

□ 束の間　　　　　　つかのま

[名] 一瞬間，轉眼間，轉瞬

束の間のできこと／瞬間發生的事

□ 漬かる　　　　　　つかる

[自五] 淹，泡；泡在（浴盆裡）洗澡

お風呂につかる／洗澡。

□ 付き添う　　　　　つきそう

[自五] 跟隨左右，照料，管照，服侍，護理

病人に付き添う／照料病人。

□ 突き飛ばす　　　つきとばす

[他五] 用力撞倒，撞出很遠

老人を突き飛ばす／撞飛老人。

02-60 □ 月並み　　　　　　つきなみ

[名] 每月，按月；平凡，平庸；每月的例會

月並みな考え／平凡的想法

□ 継ぎ目　　　　　　つぎめ

[名] 接頭，接縫；家業的繼承人；骨頭的關節

糸の継ぎ目／線的接頭

□ 尽きる　　　　　　つきる

[自上一] 盡，光，沒了；到頭，窮盡

力が尽きる／力量耗盡。

□ 接ぐ　　　　　　　つぐ

[他五] 逢補；接在一起

骨を接ぐ／接骨。

□ 継ぐ　　　　　　　つぐ

[他五] 繼承，承接，承襲；添，加，續

家業を継ぐ／繼承家業。

□ 尽くす　　　　　　つくす

[他五] 盡，竭盡；盡力

力を尽くす／盡力。

□ つくづく　　　　　つくづく

[副] 仔細；痛切，深切；（古）呆呆，呆然

つくづくと眺める／仔細地看。

□ 償い　　　　　　　つぐない

[名] 補償；賠償；贖罪

事故の償いをする／事故賠償。

□ 作り／造り　　　　つくり

[名]（建築物的）構造，樣式；製造（的樣式）；身材，體格；打扮，化妝

頑丈な作り／堅固的結構

564

□ 繕う　　　つくろう

[他五] 修補，修繕；修飾，裝飾，擺；掩飾，遮掩
屋根を繕う／修補屋頂。

□ 告げ口　　つげぐち

[名・他サ] 嚼舌根，告密，搬弄是非
先生に告げ口をする／向老師打小報告。

□ 告げる　　つげる

[他下一] 通知，告訴，宣布，宣告
別れを告げる／告別。

□ 辻褄　　　つじつま

[名] 邏輯，條理，道理；前後，首尾
つじつまを合わせる／使其順理成章。

□ 筒　　　　つつ

[名] 筒，管；炮筒，槍管
竹の筒／竹筒

□ 突く　　　つつく

[他五] 捅，叉，叼，啄；指責，挑毛病
人の欠点をつつく／挑人毛病。

□ 慎む／謹む　つつしむ

[他五] 謹慎，慎重；控制，節制；恭敬
お酒を慎む／節制飲酒。

□ 突っ張る　　つっぱる

[自他五] 堅持，固執；（用手）推頂；繃緊，板起
欲の皮が突っ張っている／得寸進尺。

□ 綴り　　　つづり

[名] 裝訂成冊；拼字，拼音
書類一綴り／一冊文件。

□ 綴る　　　つづる

[他五] 縫上，連綴；裝訂成冊；（文）寫，寫作；拼字，拼音
着物の破れを綴る／縫補和服的破洞。

□ 務まる　　つとまる

[自五] 勝任
議長の役が務まる／勝任議長的職務。

□ 勤まる　　つとまる

[自五] 勝任，能擔任
私には勤まりません／我無法勝任。

□ 勤め先　　つとめさき

[名] 工作地點，工作單位
勤め先を訪ねる／到工作地點拜訪。

□ 努めて　　つとめて

[副] 盡力，盡可能；努力，特別注意
努めて元気を出す／盡量打起精神。

□ 繋がる　　　　つながる

[自五] 連接，聯繫；（人）列隊，排列；牽連，有關係；（精神）連接在一起；被繫在…上，連成一排

事件につながる容疑者／與事件有關的嫌疑犯。

□ 津波　　　　つなみ

[名] 海嘯

津波が発生する／發生海嘯。

□ 抓る　　　　つねる

[他五] 掐，掐住

ほっぺたをつねる／掐臉頰。

□ 角　　　　つの

[名]（牛、羊等的）角，犄角；（蝸牛等的）觸角；角狀物

カタツムリの角／蝸牛的觸角。

□ 募る　　　　つのる

[自他五] 加重，加劇；募集，招募，徵集

思いが募る／心事重重。

□ 唾　　　　つば

[名] 唾液，口水

手に唾する／躍躍欲試。

□ 呟き　　　　つぶやき

[名] 牢騷，嘟囔；自言自語的聲音

呟きをもらす／發牢騷。

□ 呟く　　　　つぶやく

[自五] 喃喃自語，嘟囔

ぶつぶつと呟く／喃喃自語發牢騷。

□ 円ら　　　　つぶら

[形動] 圓而可愛的；圓圓的

つぶらな目／圓圓的眼睛

□ 瞑る　　　　つぶる

[他五]（把眼睛）閉上

目をつぶる／閉上眼睛；對於缺點、過失裝作沒看見。

□ 壺　　　　つぼ

[名] 罐，壺，甕；要點，關鍵所在

茶壺／茶葉罐

□ 蕾　　　　つぼみ

[名] 花蕾，花苞；（前途有為而）未成年的人

つぼみが付く／長花苞。

□ 摘む　　　　つまむ

[他五]（用手指尖）捏，撮；（用手指尖或筷子）夾，捏

キツネにつままれる／被狐狸迷住了。

□ 摘む　　　　つむ

[他五] 夾取，摘，採，掐；（用剪刀等）剪，剪齊

花を摘む／摘花。

□ つやつや　　つやつや

[副・自サ] 光潤，光亮，晶瑩剔透
肌がつやつやと光る／皮膚晶瑩剔透。

□ 露　　つゆ

[名・副] 露水；淚；短暫，無常；（下接否定）一點也不…
露にぬれる／被露水打濕。

□ 強い　　つよい

[形] 強，強勁；強壯，健壯；強烈，有害；堅強，堅決；對…強，有抵抗力；（在某方面）擅長
意志が強い／意志堅強。

□ 強がる　　つよがる

[自五] 逞強，裝硬漢
弱い者に限って強がる／唯有弱者愛逞強。

□ 連なる　　つらなる

[自五] 連，連接；列，參加
山が連なる／山脈連綿。

□ 貫く　　つらぬく

[他五] 穿，穿透，穿過，貫穿；貫徹，達到
一生を貫く／貫穿一生。

□ 連ねる　　つらねる

[他下一] 排列，連接；聯，列
名を連ねる／聯名。

□ 釣鐘　　つりがね

[名]（寺院等的）吊鐘
釣鐘をつき鳴らす／敲鐘。

□ 吊り革／吊皮　　つりかわ

[名]（電車等的）吊環，吊帶
つり革につかまる／抓住吊環。

□ 手当て　　てあて

[名・他サ] 準備，預備；津貼；生活福利；醫療，治療；小費
手当てがつく／有補助費。

□ 定義　　ていぎ

[名・他サ] 定義
敬語の用法を定義する／給敬語的用法下定義。

□ 提供　　ていきょう

[名・他サ] 提供，供給
情報を提供する／提供情報。

□ 提携　　ていけい

[名・自サ] 提攜，攜手；協力，合作
業務提携／業務合作

□ 体裁　　ていさい

[名] 樣子；體面；（應有的）局面；奉承話
体裁を繕う／裝飾門面。

567

□ 提示　　　　ていじ

[名・他サ] 提示，出示

証明書を提示する／提出證明。

□ 定食　　　　ていしょく

[名] 客飯，套餐

定食を注文する／點套餐。

□ 訂正　　　　ていせい

[名・他サ] 訂正，改正，修訂

内容を訂正する／修訂內容。

□ 停滞　　　　ていたい

[名・自サ] 停滯，停頓；（貨物的）滯銷

生産が停滞する／生產停滯。

02
-
61

□ 邸宅　　　　ていたく

[名] 宅邸，公館

大邸宅／大宅院

□ ティッシュペーパー

ティッシュペーパー

[名]【tissuepaper】衛生紙

ティッシュペーパーで拭き取る／用
衛生紙擦拭。

□ 定年　　　　ていねん

[名] 退休年齡

定年になる／到了退休年齡。

□ 堤防　　　　ていぼう

[名] 堤防

堤防が決壊する／提防決口。

□ 手遅れ　　　ておくれ

[名] 為時已晚，耽誤

措置が手遅れになる／處理延誤了。

□ でかい　　　でかい

[形]（俗）大的

態度がでかい／態度傲慢。

□ 手掛かり　　てがかり

[名] 下手處，著力處；線索

手掛かりをつかむ／掌握線索。

□ 手掛ける　　てがける

[他下一] 親自動手，親手

工事を手掛ける／親自施工。

□ 手軽　　　　てがる

[名・形動] 簡便；輕易；簡單

手軽にできる／容易做到。

□ 適応　　　　てきおう

[名・自サ] 適應，適合，順應

事態に適応した処置／順應事情的狀
態來處置。

□ 適宜　　　　てきぎ

[副・形動] 適當，適宜；斟酌；隨意

適宜に指示を与える／適當給予意見。

□ **適性**　　　　　てきせい

[名] 適合某人的性質，資質，才能；
適應性
適性がある／有…的條件。

□ **出来物**　　　　できもの

[名] 疙瘩，腫塊；出色的人
足に出来物ができた／腳上長了疙瘩。

□ **手際**　　　　　てぎわ

[名]（處理事情的）手法，技巧；手腕，本領；做出的結果
手際がいい／手腕高明。

□ **手口**　　　　　てぐち

[名]（做壞事等常用的）手段，手法
使い古した手口／故技，老招式。

□ **出会す**　　　　でくわす

[自五] 碰上，碰見
町で友人に出くわす／在街上巧遇朋友。

□ **デコレーション**　デコレーション

[名]【decoration】裝潢，裝飾
デコレーションケーキ／花式蛋糕

□ **手順**　　　　　てじゅん

[名]（工作的）次序，步驟，程序
手順に従う／按照順序。

□ **手錠**　　　　　てじょう

[名] 手銬
手錠をかける／帶手銬。

□ **手数**　　　　　てすう

[名] 手續；麻煩；週折；（將棋、圍棋）著數
手数をかける／費功夫。

□ **手近**　　　　　てぢか

[形動] 手邊，身旁，左近；近人皆知，常見
手近な問題／常見的問題

□ **デッサン**　　　　デッサン

[名]【(法)dessin】（繪畫、雕刻的）草圖，素描
木炭でデッサンする／用炭筆素描。

□ **出っ張る**　　　　でっぱる

[自五]（向外面）突出
腹が出っ張る／肚子突出。

□ **天辺**　　　　　てっぺん

[名] 頂，頂峰；頭頂上；（事物的）最高峰，頂點
幸福のてっぺんにある／在幸福的頂點。

□ **鉄棒**　　　　　てつぼう

[名] 鐵棒，鐵棍；（體）單槓
鉄棒運動／單槓運動

□ 手取り　　　　　てどり

[名]（相撲）技巧巧妙（的人；）（除去稅金與其他費用的）實收款，淨收入
手取りが少ない／實收款很少。

□ 出直し　　　　　でなおし

[名] 回去再來，重新再來
原点から出直しする／從原點重新再來。

□ 出直す　　　　　でなおす

[自五]（先回去一遍）再重來，再來；重新開始，重頭做起
出直して参ります／我會再來一趟。

□ 掌／手の平　　　てのひら

[名] 手掌
手のひらを返す／反掌；突然改變態度。

□ 手配　　　　　　てはい

[名・自他サ] 籌備，安排；（警察逮捕犯人的）部署，布置
犯人を指名手配する／指名通緝犯人。

□ 手筈　　　　　　てはず

[名] 程序，步驟；（事前的）準備
手はずを整える／準備好了。

□ 手引き　　　　　てびき

[名・他サ]（輔導）初學者，啟蒙；入門，初級；推薦，介紹；引路，導向
独学の手引き／自學輔導。

□ デブ　　　　　　デブ

[名]（俗）胖子，肥子
ずいぶんデブだな／好一個大胖子啊。

□ 手本　　　　　　てほん

[名] 字帖，畫帖；模範，榜樣；標準，示範
手本を示す／做出榜樣。

□ 手回し　　　　　てまわし

[名] 準備，安排，預先籌畫；用手搖動
手回しがいい／準備周到。

□ 出向く　　　　　でむく

[自五] 前往，前去
こちらから出向きます／由我到您那裡去。

□ 手元　　　　　　てもと

[名] 手邊，手頭；膝下，身邊；生計；手法，技巧
手元に置く／放在手邊。

570

□ デモンストレーション

デモンストレーション

[名]【demonstration】示威運動；展示；示範

デモンストレーションを見せる／示範表演。

□ 照り返す　　てりかえす

[他五] 反射
西日が照り返す／夕陽反射。

□ デリケート　デリケート

[形動]【delicate】精緻，精密；微妙；纖弱；纖細，敏感
デリケートな問題／敏感的問題

□ テレックス　テレックス

[名]【telex】電報，電傳
テレックスを使用する／使用電報。

□ 手分け　　　てわけ

[名・自サ] 分頭做，分工
手分けして作業する／分工作業。

□ 天　　　　　てん

[名・漢造] 天，天空；天國；天理；太空；上天；天然
天を仰ぐ／仰望天空。

□ 田園　　　　でんえん

[名] 田園；田地
田園風景／田園風光

□ 天下　　　　てんか

[名] 天底下，全國，世間，宇內；（幕府的）將軍
天下を取る／奪取政權。

□ 点火　　　　てんか

[名・自サ] 點火
ろうそくに点火する／點蠟燭。

□ 転回　　　　てんかい

[名・自他サ] 回轉，轉變
180度転回する／180度迴轉。

□ 転換　　　　てんかん

[名・自他サ] 轉換，轉變，調換
気分転換／轉換心情

□ 伝記　　　　でんき

[名] 傳記
伝記を書く／寫傳記。

□ 転居　　　　てんきょ

[名・自サ] 搬家，遷居
転居先／遷居地

□ 転勤　　　　てんきん

[名・自サ] 調職，調動工作
北京へ転勤する／調職到北京。

□ 点検　　　　てんけん

[名・他サ] 檢點，檢查
戸締まりを点検する／檢查門窗。

571

□ 電源　　　　でんげん

[名] 電力資源；（供電的）電源
電源を切る／切斷電源。

□ 転校　　　　てんこう

[名・自サ] 轉校，轉學
町の学校に転校する／轉學到鄉鎮的
學校。

□ 天国　　　　てんごく

[名] 天國，天堂；理想境界，樂園
歩行者天国／道路某時段只開放給行
人，禁止車輛通行的制度。

□ 点差　　　　てんさ

[名]（比賽時）分數之差
点差が縮まる／縮小比數的差距。

□ 天才　　　　てんさい

[名] 天才
天才的な技／天才般的手藝。

□ 天災　　　　てんさい

[名] 天災，自然災害
天災に見舞われる／遭受天災。

□ 展示　　　　てんじ

[名・他サ] 展示，展出，陳列
見本を展示する／展示樣品。

□ テンション　　テンション

[名]【tension】緊張
テンションがあがる／心情興奮。

□ 転じる　　　　てんじる

[自他上一] 轉變，轉換，改變；遷居，搬
家；[自他サ] 轉變
攻勢に転じる／轉為攻勢。

□ 転ずる　　　　てんずる

[自五・他下一] 改變（方向、狀態）；遷
居；調職
話題を転ずる／轉移話題。

□ 伝説　　　　でんせつ

[名] 傳說，口傳
伝説が伝わる／傳說流傳。

□ 点線　　　　てんせん

[名] 點線，虛線
点線のところから切り取る／從虛線
處剪下。

□ 転送　　　　てんそう

[名・他サ] 轉寄
Eメールを転送する／轉寄e-mail。

□ 天体　　　　てんたい

[名]（天）天象，天體
天体観測／觀察天象

02
‧
62

□ 伝達　　　　　でんたつ

[名・他サ] 傳達，轉達
伝達事項／轉達事項

□ 天地　　　　　てんち

[名・自他サ] 天和地；天地，世界；宇宙，上下
天地ほどの差がある／天壤之別。

□ てんで　　　　てんで

[副]（後接否定或消極語）絲毫，完全，根本；（俗）非常，很
てんで違う／完全不同。

□ 転任　　　　　てんにん

[名・自サ] 轉任，調職，調動工作
地方支店に転任する／調職到地方的分店。

□ 展望　　　　　てんぼう

[名・他サ] 展望；眺望，瞭望
展望が開ける／視野開闊。

□ 伝来　　　　　でんらい

[名・自サ]（從外國）傳來，傳入；祖傳，世傳
先祖伝来の土地／世代相傳的土地

□ 転落　　　　　てんらく

[名・自サ] 掉落，滾下；墜落，淪落；暴跌，突然下降
第五位に転落する／突然降到第五名。

□ と　　　　　　と

[格助]（接在助動詞「う、よう、まい」之後，表示逆接假定前題）不管…也，即使…也
なんと言われようと構わない／不管誰說什麼都不在乎。

□ 土　　　　　　ど

[名・漢造] 土地，地方；（五行之一）土；土壤；地區；（國）土
土に帰す／歸土；死亡。

□ 問い合わせる　といあわせる

[他下一] 詢問，打聽
発売元に問い合わせる／洽詢經銷商。

□ 問う　　　　　とう

[他五] 問，打聽；問候；徵詢；做為問題（多用否定形）；追究；問罪
選挙で民意を問う／以選舉徵詢民意。

□ 棟　　　　　　とう

[漢造] 棟梁；（建築物等）棟，一座房子
病棟／醫院大樓

□ 胴　　　　　　どう

[名]（去除頭部和四肢的）軀體；（物體的）中間部分；鎧甲
胴まわり／腰圍

□ 同意　　　　　どうい

[名・自サ] 同義；同一意見，意見相同；
同意，贊成
同意を求める／徵求同意。

□ 動員　　　　　どういん

[名・他サ] 動員，調動，發動
軍隊を動員する／動員軍隊。

□ 同感　　　　　どうかん

[名・自サ] 同感，同意，贊同，同一見解
全く同感です／完全同意。

□ 陶器　　　　　とうき

[名] 陶器；陶瓷器
陶器の花瓶／陶瓷器花瓶

□ 討議　　　　　とうぎ

[名・自他サ] 討論，共同研討
討議に入る／開始討論。

□ 動機　　　　　どうき

[名] 動機；直接原因
犯行の動機／犯罪的動機

□ 等級　　　　　とうきゅう

[名] 等級，等位
等級をつける／訂出等級。

□ 同級　　　　　どうきゅう

[名] 同等級，等級相同；同班，同年級
同級生／同年級生

□ 同居　　　　　どうきょ

[名・自サ] 同居；同住，住在一起
三世代が同居する／三代同堂。

□ 登校　　　　　とうこう

[名・自サ] （學生）上學校，到校
8時前に登校する／八點前上學。

□ 統合　　　　　とうごう

[名・他サ] 統一，綜合，合併，集中
力を統合する／匯集力量。

□ 動向　　　　　どうこう

[名] （社會、人心等）動向，趨勢
景気の動向／景氣動向

□ 投資　　　　　とうし

[名・他サ] 投資
新事業に投資する／投資新事業。

□ 同士　　　　　どうし

[名・接尾] （意見、目的、理想、愛好相
同者）同好；（彼此關係、性質相同
的人）彼此，伙伴，們
気の合う同士／志同道合的同好

□ 同志　　　　　どうし

[名] 同一政黨的人；同志，同夥，伙伴
同志を募る／招募同志。

□ 同上　　　どうじょう

[名] 同上，同上所述
同上の理由により／基於同上的理由

□ 同情　　　どうじょう

[名・自サ] 同情
同情を寄せる／寄予同情。

□ 道場　　　どうじょう

[名] 道場，修行的地方；教授武藝的
場所，練武場
柔道の道場／柔道的道場

□ 統制　　　とうせい

[名・他サ] 統治，統歸，統一管理；控制
能力
言論を統制する／限制言論自由。

□ 当選　　　とうせん

[名・自サ] 當選，中選
当選の見込みがある／有當選希望。

□ 逃走　　　とうそう

[名・自サ] 逃走，逃跑
逃走経路／逃走路線

□ 統率　　　とうそつ

[名・他サ] 統率
一軍を統率する／統帥一軍。

□ 到達　　　とうたつ

[名・自サ] 到達，達到
山頂に到達する／到達山頂。

□ 統治　　　とうち

[名・他サ] 統治
国を統治する／統治國家。

□ 同調　　　どうちょう

[名・他サ] 調整音調；同調，同一步
調，同意
相手に同調する／贊同對方。

□ 到底　　　とうてい

[副]（下接否定，語氣強）無論如何
也，怎麼也
到底できない／無論如何也做不到。

□ 動的　　　どうてき

[形動] 動的，變動的，動態的；生動
的，活潑的，積極的
動的な描写／生動描寫

□ 尊い　　　とうとい

[形] 價值高的，珍貴的，寶貴的，可
貴的
尊い犠牲を払う／付出極大犧牲。

□ 同等　　　どうとう

[名] 同等（級）；同樣資格，相等
男女を同等に扱う／男女平等對待。

□ 堂々　　　　どうどう

[形動・副]（儀表等）堂堂；威風凜凜；冠冕
堂皇，光明正大；無所顧忌，勇往直前
堂々と行進する／威風凜凜的前進。

□ 尊ぶ　　　　とうとぶ

[他五] 尊敬，尊重；重視，珍重
神仏を尊ぶ／敬奉神佛。

□ どうにか　　　どうにか

[副] 想點法子；（經過一些曲折）總
算，好歹，勉勉強強
どうにかなるだろう／總會有辦法的。

□ 投入　　　　とうにゅう

[名・他サ] 投入，扔進去；投入（資本、
勞力等）
資金を投入する／投入資金。

□ 導入　　　　どうにゅう

[名・他サ] 引進，引入，輸入；（為了解
決懸案）引用（材料、證據）
新技術の導入／引進新科技。

□ 当人　　　　とうにん

[名] 當事人，本人
当人を調べる／調查當事者。

□ 同封　　　　どうふう

[名・他サ] 隨信附寄，附在信中
同封のはがきで返事をする／用附在
信中的明信片回覆。

□ 逃亡　　　　とうぼう

[名・自他サ] 逃走，逃跑，逃遁；亡命
外国へ逃亡する／亡命於國外。

□ 冬眠　　　　とうみん

02
-
63

[名・自サ] 冬眠；停頓
冬眠する動物／冬眠動物。

□ 同盟　　　　どうめい

[名・自サ] 同盟，聯盟，聯合
軍事同盟／軍事同盟。

□ どうやら　　　どうやら

[副] 好歹，好不容易才…；彷彿，大概
どうやら明日も雨らしい／明天大概
會下雨。

□ 動揺　　　　どうよう

[名・自他サ] 動搖，搖動，搖擺；（心
神）不安，不平靜；異動
人心が動揺する／人心動搖。

□ 動力　　　　どうりょく

[名] 當動力，原動力
動力を供給する／供給動力。

□ 討論　　　　とうろん

[名・自サ] 討論
討論に加わる／參與討論。

□ **遠ざかる** とおざかる

[自五] 遠離；疏遠；不碰，節制，克制
危機が遠ざかる／遠離危機。

□ **遠回り** とおまわり

[名・自サ・形動] 使其繞道，繞遠路
遠回りして帰る／繞遠路回家。

□ **トーン** トーン

[名]【tone】調子，音調；色調
トーンを変える／變調。

□ **兎角** とかく

[名・副・自サ] 種種，這樣那樣（流言、風聞等）；動不動，總是；不知不覺就，沒一會兒

とかくするうちに／不久；不一會兒

□ **咎める** とがめる

[自下一・他下一] 責難；盤問；紅腫
罪を咎める／問罪。

□ **尖る** とがる

[自五] 尖；（神經）緊張；不高興，冒火

神経をとがらせる／神經過敏。

□ **時折** ときおり

[副] 有時，偶爾
時折思い出す／偶爾想起。

□ **度胸** どきょう

[名] 膽子，氣魄
度胸がある／有膽識。

□ **途切れる** とぎれる

[自下一] 中斷，間斷
連絡が途切れる／聯絡中斷。

□ **説く** とく

[他五] 說明；說服，勸；宣導，提倡
説法を説く／說明道理。

□ **研ぐ／磨ぐ** とぐ

[他五] 磨；擦亮，磨光；淘（米等）
包丁を研ぐ／研磨菜刀。

□ **特技** とくぎ

[名] 當特別技能（技術）
特技を活かす／發揮特殊技能。

□ **独裁** どくさい

[名・自サ] 獨斷，獨行；獨裁，專政
独裁政治をする／施行獨裁政治。

□ **特産** とくさん

[名] 當特產，土產
地方の特産品を買う／購買地方特產。

□ **独自** どくじ

[形動] 獨自，獨特，個人
独自に編み出す／獨創。

577

□ 読者　　　　　どくしゃ

[名] 讀者

読者アンケートに答える／回答讀者問卷。

□ 特集　　　　とくしゅう

[名・他サ] 特輯，專輯

核問題を特集する／專題介紹核能問題。

□ 独占　　　　どくせん

[名・他サ] 獨佔，獨斷；壟斷，專營

独占販売する／獨家販賣。

□ 独創　　　　どくそう

[名・他サ] 獨創

独創性にあふれる／充滿獨創性。

□ 得点　　　　とくてん

[名] 當（學藝、競賽等的）得分

得点を稼ぐ／爭取得分。

□ 特派　　　　とくは

[名・他サ] 特派，特別派遣

パリ駐在の特派員／駐巴黎特派記者。

□ 匿名　　　　とくめい

[名] 匿名

匿名の手紙／匿名信

□ 特有　　　　とくゆう

[名・形動] 特有

日本人特有の性質／日本人特有性格

□ 棘／刺　　　　とげ

[名] 當（植物的）刺；（扎在身上的）刺；（轉）講話尖酸，話中帶刺

とげが刺さる／被刺刺到。

□ 土下座　　　　どげざ

[名・自サ] 跪在地上；低姿態

土下座して謝る／下跪道歉。

□ 遂げる　　　　とげる

[他下一] 完成，實現，達到；終於

急成長を遂げる／實現快速成長的目標。

□ どころか　　　　どころか

[連語] 然而，可是，不過；（用「…たところが的形式」）一…，剛要…

他人どころか家族さえも～／不用說是旁人了，就連家人也…

□ 年頃　　　　としごろ

[名・副] 大約的年齡；妙齡，成人年齡

年頃の女の子／妙齡女子

□ 戸締り　　　　とじまり

[名] 關門窗，鎖門

戸締りを忘れる／忘記鎖門。

□ 土砂　　　　　どしゃ

[名] 土和沙，沙土
土砂災害／山崩，土石流

□ 綴じる　　　　とじる

[他上一] 訂起來，訂綴；（把衣的裡和
面）縫在一起
資料を綴じる／裝訂資料。

□ 土台　　　　　どだい

[名・副]（建）地基，底座；基礎；本
來，根本，壓根兒
土台を固める／穩固基礎。

□ 途絶える／跡絶える　とだえる

[自下一] 斷絕，杜絕，中斷
息が途絶える／呼吸中斷。

□ 特許　　　　　とっきょ

[名・他サ]（法）（政府的）特別許可；專
利特許，專利權
特許を申請する／申請專利。

□ 特権　　　　　とっけん

[名] 特權
特権を与える／給予特權。

□ とっさに　　　とっさに

[副] 瞬間，一轉眼，轉眼之間
とっさに思い出す／瞬間想了起來。

□ 突如　　　　　とつじょ

[副・形動] 突如其來，突然
突如爆発する／突然爆發。

□ とって　　　　とって

[連語] 常用「…」的形式（對於…來說）
私にとって一大事だ／對於我來說是
件大事。

□ 取っ手　　　　とって

[名] 把手
取っ手を握る／握把手。

□ 突破　　　　　とっぱ

[名・他サ] 突破；超過
難関を突破する／突破難關。

□ 土手　　　　　どて

[名]（防風、浪的）堤防
土手を築く／築提防。

□ 届け　　　　　とどけ

[名]（提交機關、工作單位、學校等）
申報書，申請書
届けを出す／提出申請書。

□ 滞る　　　　　とどこおる

[自五] 拖延，耽擱，遲延；拖欠
支払いが滞る／拖延付款。

□ 整える／調える　と<u>とのえ</u>る

[他下一] 整理，整頓；準備；達成協
議，談妥
支度を整える／準備就緒。

□ 止める／留める　と<u>ど</u>める

[他下一] 停住；阻止；留下，遺留；止
於（某限度）
心にとどめる／遺留在心中。

□ 唱える　と<u>なえ</u>る

[他下一] 唸，頌；高喊；提倡；提出，
聲明；喊價，報價
スローガンを唱える／高喊口號。

□ 殿様　と<u>のさま</u>

[名]（對貴族、主君的敬稱）老爺，
大人
殿様に謁見する／謁見大人。

□ 土俵　ど<u>ひょう</u>

[名] 土袋子；（相撲）比賽場，
摔角場；緊要關頭
土俵に上がる／（相撲選手）上場。

□ 扉　と<u>びら</u>

[名] 門，門扇；（印刷）扉頁
扉を開く／開門。

□ 飛ぶ　と<u>ぶ</u>

[自五] 飛翔，飛行；（被風）吹起；飛奔
鳥が飛ぶ／鳥兒飛翔。

□ 溝　ど<u>ぶ</u>

[名] 水溝，深坑，下水道，陰溝
金を溝に捨てる／把錢丟到水溝裡。

□ 徒歩　と<u>ほ</u>

[名・自サ] 步行，徒步
徒歩で行く／步行前往。

□ 土木　ど<u>ぼく</u>

[名] 土木；土木工程
土木工事をする／進行土木工程。

02
-
64

□ 惚ける／恍ける　と<u>ぼけ</u>る

[自下一]（腦筋）遲鈍，發呆；裝糊塗，
裝傻；出洋相，做滑稽愚蠢的言行
とぼけた顔をする／裝出一臉糊塗
樣。

□ 乏しい　と<u>ぼし</u>い

[形] 不充分，不夠，缺乏，缺少；生
活貧困，貧窮
知識が乏しい／缺乏知識。

□ 戸惑い　と<u>まどい</u>

[名・自サ] 困惑，不知所措
戸惑いを隠せない／掩不住困惑。

□ 戸惑う　と<u>まどう</u>

[自五]（夜裡醒來）迷迷糊糊，不辨方
向；找不到門；不知所措，困惑
急に質問されて戸惑う／突然被問不
知如何回答。

□ 富　　　　　　　とみ

［名］財富，資產，錢財；資源，富源；彩券

富を生む／生財致富。

□ 富む　　　　　　とむ

［自五］有錢，富裕；豐富

バラエティーに富む／有豐富的綜藝節目。

□ 供　　　　　　　とも

［名］（長輩、貴人等的）隨從，從者；伴侶；夥伴，同伴

共に分かち合う／與伙伴共同分享。

□ 共稼ぎ　　　　ともかせぎ

［名・自サ］夫妻都上班

共稼ぎで頑張る／夫妻共同努力工作。

□ 伴う　　　　　ともなう

［自他五］隨同，伴隨；隨著；相符

リスクを伴う／伴隨著危險。

□ 共働き　　　ともばたらき

［名・自サ］夫妻都工作

夫婦共働きの家／雙薪家庭

□ 点る／灯る　　　ともる

［自五］（燈火）亮，點著

明かりがともる／燈亮了。

□ ドライ　　　　　ドライ

［名・形動］【dry】乾燥，乾旱；乾巴巴，枯燥無味；（處事）理智，冷冰冰；禁酒，（宴會上）不提供酒

ドライな性格／鐵面無私的性格

□ ドライクリーニング

　　　　ドライクリーニング

［名］【drycleaning】乾洗

ドライクリーニングの洋服／乾洗的西裝

□ ドライバー　　ドライバー

［名］【driver】螺絲起子

ドライバー1本で組み立てられる／用一支螺絲起子組裝完成。

□ ドライバー　　ドライバー

［名］【driver】（汽車的）司機

ドライバーを雇う／雇用司機。

□ ドライブイン　ドライブイン

［名］【drive-in】免下車餐廳（銀行、郵局、加油站）；快餐車道

ドライブインに入る／開進快餐車道。

□ トラウマ　　　　トラウマ

［名］【trauma】精神性上的創傷，感情創傷，情緒創傷

トラウマを克服したい／想克服感情創傷。

□ トラブル　　　　トラブル

[名]【trouble】糾紛，糾葛，麻煩；故障

トラブルを解決する／解決麻煩。

□ トランジスター

トランジスター

[名]【transistor】電晶體；（俗）小型

コンピューターのトランジスタ／電腦的電晶體

□ 取り敢えず　　とりあえず

[副] 匆忙，急忙；（姑且）首先，暫且先

取るものもとりあえず／急急忙忙。

□ 取り扱い　　とりあつかい

[名] 對待，待遇；（物品的）處理，使用，（機器的）；（事務、工作的）處理，辦理

取り扱いに注意する／請小心處理。

□ 取り扱う　　とりあつかう

[他五] 對待，接待；（用手）操縱，使用；處理；管理，經辦

高級品を取り扱う／經辦高級商品。

□ 鳥居　　　　　とりい

[名]（神社入口處的）牌坊

鳥居をくぐる／穿過牌坊。

□ 取り急ぎ　　とりいそぎ

[副]（書信用語）急速，立即，趕緊

取り急ぎご返事申し上げます／謹此奉覆。

□ 取り替え　　とりかえ

[名] 調換，交換；退換，更換

取り替え時期が来る／換季的時期到來。

□ 取り組む　　とりくむ

[自五]（相撲）互相扭住；和…交手；開（匯票）；簽訂（合約）；埋頭研究

研究に取り組む／埋首於研究。

□ 取り込む　　とりこむ

[自他五]（因喪事或意外而）忙碌；拿進來；騙取，侵吞；拉攏，籠絡

突然の不幸で取り込んでいる／因突如其來的不幸而忙碌著。

□ 取り締まり　　とりしまり

[名] 管理，管束；控制，取締；監督

取り締まりを強化する／加強取締。

□ 取り締まる　　とりしまる

[他五] 管束，監督，取締

犯罪を取り締まる／取締犯罪。

□ 取り調べる　とりしらべる

[他下一] 調查，偵查

容疑者を取り調べる／對嫌疑犯進行調查。

582

□ 取り立てる　とりたてる

[他下一] 催繳，索取；提拔

借金を取り立てる／討債。

□ 取り次ぐ　とりつぐ

[他五] 傳達；（在門口）通報，傳遞；經銷，代購，代辦；轉交

電話を取り次ぐ／轉接電話。

□ 取り付ける　とりつける

[他下一] 安裝（機器等）；經常光顧；（商）擠兌；取得

アンテナを取り付ける／安裝天線。

□ 取り除く　とりのぞく

[他五] 除掉，清除；拆除

異物を取り除く／清除異物。

□ 取引　とりひき

[名・自サ] 交易，貿易

取引が成立する／交易成立。

□ 取り分　とりぶん

[名] 應得的份額

取り分のお金／應得的金額

□ 取り巻く　とりまく

[他五] 圍住，圍繞；奉承，奉迎

群集に取り巻かれる／被群眾包圍。

□ 取り混ぜる／取り交ぜる　とりまぜる

[他下一] 攪混，混在一起

大小取り混ぜる／（尺寸）大小混在一起。

□ 取り戻す　とりもどす

[他五] 拿回，取回；恢復，挽回

元気を取り戻す／恢復精神。

□ 取り寄せる　とりよせる

[他下一] 請（遠方）送來，寄來；訂貨；函購

品物を取り寄せる／訂購商品。

□ ドリル　ドリル

[名]【drill】鑽頭；訓練，練習

算数のドリルをやる／做算數的練習題。

□ 取り分け　とりわけ

[名・副] 分成份；（相撲）平局，平手；特別，格外，分外

今日はとりわけ暑い／今天特別地熱。

□ 蕩ける　とろける

[自下一] 溶化，溶解；心盪神馳

とろけるチーズ／入口即化的起司

□ トロフィー　トロフィー

[名]【trophy】獎盃

栄光のトロフィー／榮耀的獎盃。

□ 度忘れ　　　　ど**わ**すれ

[名・自サ] 一時記不起來，一時忘記

ど忘れが激しい／常常會一時記不起來。

□ 鈍感　　　　　どんかん

[名・形動] 對事情的感覺或反應遲鈍；反
應慢；遲鈍

鈍感な男／遲鈍的男人

□ とんだ　　　　と**ん**だ

[連體] 意想不到的（災難）；意外的
（事故）；無法挽回的

とんだ勘違いをする／意想不到地會
錯意了。

□ 問屋　　　　　と**ん**や

[名] 批發商

そうは問屋が卸さない／事情不會那
麼稱心如意。

□ 内閣　　　　　な**い**かく

[名] 内閣，政府

内閣総理大臣／首相

□ 乃至　　　　　な**い**し

[接] 至，乃至；或是，或者

5名ないし8名／5人至8人。

□ 内緒　　　　　な**い**しょ

[名] 瞞著別人，秘密廚房，生計；近
親，一家人；內部

内緒話をする／講秘密。

□ 内心　　　　　な**い**しん

[名・副] 內心，心中

内心ほっとする／心中放下一塊大石
頭。

□ 内蔵　　　　　な**い**ぞう

[名・他サ] 裡面包藏，內部裝有；內庫，
宮中的府庫

カメラが内蔵されている／內部裝有
攝影機。

□ 内臓　　　　　な**い**ぞう

[名] 內臟

内臓脂肪が増える／內臟脂肪增加。

□ ナイター　　　ナイター

[名]【(和)night＋er】棒球夜場賽

ナイター中継を観る／觀看棒球夜場
賽轉播。

□ 内部　　　　　な**い**ぶ

[名] 內部，裡面；內情，內幕

内部を窺う／詢問內情。

□ 内乱　　　　　な**い**らん

[名] 內亂，叛亂

内乱が起こる／起內亂。

□ 内陸　　　　　な**い**りく

[名] 內陸，內地

内陸性気候／大陸性氣候

□ 苗　　　　　　　　　　なえ

[名] 苗，秧子，稻秧

トマトの苗／番茄苗

□ 尚更　　　　　　　　なおさら

[副] 更加，越，更

なおさらよくない／更加不好了。

□ 流し　　　　　　　　　ながし

[名] 流，沖；流理台

流しに下げる／收拾到流理台裡。

□ 長々（と）　　　　ながながと

[副] 長長地；冗長；長久

長々と話す／說話冗長。

□ 中程　　　　　　　　なかほど

[名]（場所、距離的）中間；（程度）中等；（時間、事物進行的）途中，半途

来月の中程までに／到下個月中旬為止。

□ 渚　　　　　　　　　　なぎさ

[名] 水濱，岸邊，海濱

渚を駆ける／在海邊奔跑。

□ 殴る　　　　　　　　　なぐる

[他五] 毆打，揍；（接某些動詞下面成複合動詞）草草了事

横面を殴る／呼巴掌。

□ 嘆く　　　　　　　　　なげく

[自五] 嘆氣；悲嘆；嘆惋，慨嘆

悲運を嘆く／感嘆命運的悲哀。

□ 投げ出す　　　　　　なげだす

[他五] 拋出，扔下；拋棄，放棄；拿出，豁出，獻出

仕事を投げ出す／扔下工作。

□ 仲人　　　　　　　　なこうど

[名] 媒人，婚姻介紹人

仲人を立てる／當媒人。

□ 和む　　　　　　　　　なごむ

[自五] 平靜下來，溫和起來

心が和む／心情平靜下來。

□ 和やか　　　　　　　なごやか

[形動] 平靜，祥和

和やかな雰囲気／和諧的氣氛。

□ 名残　　　　　　　　　なごり

[名]（臨別時）難分難捨的心情，依戀；臨別紀念；殘餘，遺跡

名残を惜しむ／依依不捨。

□ 情け　　　　　　　　　なさけ

[名] 仁慈，同情；人情，情義；（男女）戀情，愛情

情けをかける／同情。

□ 情け無い　　なさけない

[形] 無情，沒有仁慈心；可憐，悲慘；可恥，令人遺憾

情け無いことだ／真可憐。

□ 情け深い　　なさけぶかい

[形] 對人熱情，有同情心的樣子；熱心腸；仁慈

情け深い人／很有同情心的人

□ 詰る　　なじる

[他五] 責備，責問

部下をなじる／責備部下。

□ 名高い　　なだかい

[形] 有名，著名；出名

○○で名高い／因為…而出名。

□ 雪崩　　なだれ

[名] 雪崩；傾斜，斜坡；雪崩一般，蜂擁

雪崩を打って敗走する／一群人落荒而逃。

□ 懐く　　なつく

[自五] 親近；喜歡；馴（服）

犬が懐く／狗和人親近。

□ 名付け親　　なづけおや

[名]（給小孩）取名的人；（某名稱）第一個使用的人

新製品の名付け親／新商品取名的命名者

□ 名付ける　　なづける

[他下一] 命名；叫做，稱呼為

子供に名付ける／給孩子取名字。

□ 何気ない　　なにげない

[形] 沒什麼明確目的或意圖而行動的樣子；漫不經心的；無意的

何気ない一言／無心的一句話

□ 何卒　　なにとぞ

[副]（文）請；設法，想辦法

何卒宜しくお願いします／務必請您多多指教。

□ 何より　　なにより

[連語] 沒有比這更…；最好

お元気で何よりです／您能身體健康比什麼都重要。

□ ナプキン　　ナプキン

[名]【napkin】餐巾

ナプキンを置く／擺放餐巾。

□ 名札　　なふだ

[名]（掛在門口的、行李上的）姓名牌，（掛在胸前的）名牌

名札をつける／戴名牌。

□ 生臭い　　なまぐさい

[形] 發出生魚或生肉的氣味；腥

生臭い匂いがする／發出腥臭味。

□ **生々しい**　　**な**まなま**しい**

[形] 生動的；鮮明的；非常新的

生々しい体験談／令人身歷其境的經驗談。

□ **生温い**　　**な**まぬる**い**

[形] 還沒熱到熟的程度，該冰的東西尚未冷卻；溫和；不嚴格，馬馬虎虎；姑息

生ぬるい考え／溫和不積極的想法。

□ **生身**　　**な**ま**み**

[名] 肉身，活人，活生生；生魚，生肉

生身の人間／活生生的人

□ **鉛**　　**な**まり

[名]（化）鉛

鉛を含む／含鉛。

□ **並**　　**な**み

[名‧造語] 普通，一般，平常；排列；同樣；每

並の人間／普通人

□ **滑らか**　　**な**めらか

[形動] 物體的表面滑溜溜的；光滑，光潤；流暢的像流水一樣；順利，流暢

滑らかな肌触り／光滑的觸感

□ **嘗める／舐める**　　**な**める

[他下一] 舐；嚐；經歷；小看，輕視；（比喻火）燒，吞沒

辛酸をなめる／飽嚐辛酸。

□ **悩ましい**　　**な**やま**しい**

[形] 因疾病或心中有苦處而難過，難受；特指性慾受刺激而情緒不安定；煩惱，苦惱

悩ましい日々を送る／過著苦難的日子。

□ **悩ます**　　**な**やま**す**

[他五] 使煩惱，煩擾，折磨；惱人，迷人

頭を悩ます／傷惱筋。

□ **悩み**　　**な**やみ

[名] 煩惱，苦惱，痛苦；病，患病

悩みを相談する／商談苦惱。

□ **慣らす**　　**な**らす

[他五] 使習慣，使適應

体を慣らす／使身體習慣。

□ **馴らす**　　**な**らす

[他五] 馴養，調馴

飼い馴らす／馴養；養熟。

□ **並びに**　　**な**らびに

[接續]（文）和，以及

氏名並びに電話番号／姓名與電話號碼

□ **成り立つ**　　**な**りたつ

[自五] 成立；談妥，達成協議；划得來，有利可圖；能維持；（古）成長

契約が成り立つ／契約成立。

□ なるたけ　　　**な**るたけ

［副］盡量，儘可能

なるたけ早く**来**てください／請盡可能早點前來。

□ 慣れ　　　　**な**れ

［名］習慣，熟習

慣れからくる**油断**／因習慣過頭而疏於防備。

□ 馴れ初め　　**な**れそめ

［名］（男女）相互親近的開端，產生戀愛的開端

なれそめのことを**懐**かしく**思**い**出**す／想起兩人相戀的契機。

□ 馴れ馴れしい　**な**れなれしい

［形］非常親近，完全不客氣的態度；親近，親密無間

馴れ馴れしい態度／毫不客氣的態度。

□ 難　　　　　**な**ん

［名・漢造］困難；災，苦難；責難，問難

食糧難に**陥**る／陷入糧荒。

□ なんか　　　**な**んか

［副助］（推一個例子意指其餘）之類，等等，什麼的

おまえなんか／像你這種人。

□ ナンセンス　　**ナ**ンセンス

［名・形動］【nonsense】無意義的，荒謬的，愚蠢的

ナンセンスなことを**言**う／廢話。

□ 何だか　　　**な**んだか

［連語］是什麼；（不知道為什麼）總覺得，不由得

何だかとても**眠**い／不知道為什麼很睏。

□ なんだかんだ　**な**んだかんだ

［連語］這樣那樣；這個那個

なんだかんだ言って／說東說西的。

□ 何でもかんでも

　　　　　なんでもかんでも

［連語］一切，什麼都…，全部…；無論如何，務必

何でもかんでもすぐに**欲**しがる／全部都想要。

□ なんと　　　**な**んと

［副］怎麼，怎樣

なんと立派な**庭**だ／多棒的庭院啊！

□ なんなり（と）**な**んなりと

［連語・副］無論什麼，不管什麼

なんなりとお**申**し**付**け**下**さい／無論什麼事您儘管吩咐。

588

□ 荷　　　　　　　　　に

[名]（攜帶、運輸的）行李，貨物；負
擔，累贅
肩の荷が下りる／如釋重負。

□ 似合い　　　　　　にあい

[名]相配
似合いのカップル／登對的情侶

□ 似通う　　　　　　にかよう

[自五]類似，相似
似通った感じ／類似的感覺。

□ 面皰　　　　　　　にきび

[名]青春痘，粉刺
ニキビを潰す／擠破青春痘。

□ 賑わう　　　　　　にぎわう

[自五]熱鬧，擁擠；繁榮，興盛
商店街が賑わう／商店街很繁榮。

□ 憎しみ　　　　　　にくしみ

[名]憎恨，憎惡
憎しみを消し去る／消除憎恨。

□ 肉親　　　　　　　にくしん

[名]親骨肉，親人
肉親を探す／尋找親人。

□ 肉体　　　　　　　にくたい

[名]肉體
肉体労働を強いる／強迫身體勞動。

□ 逃げ出す　　　　にげだす

[自五]逃出，溜掉；拔腿就跑，開始逃
跑
試練から逃げ出す／從考驗中逃脫。

□ 西日　　　　　　にしび

[名]夕陽；西照的陽光，午後的陽光
西日がまぶしい／夕陽炫目。

□ 滲む　　　　　　にじむ

[自五]（顏色等）滲出，滲入；（汗
水、眼淚、血等）慢慢滲出來
インクがにじむ／墨水滲出。

□ 偽物　　　　　　にせもの

[名]贗品，冒牌貨，假冒的東西
偽物にまんまとだまされた／不知道
是假貨就這樣乖乖的受騙。

□ 荷造り　　　　　にづくり

[名・自他サ]準備行李，捆行李，包裝
引っ越しの荷造り／搬家的行李。

□ 日当　　　　　　にっとう

[名]日薪
日当をもらう／領日薪。

□ 担う／荷う　　　になう

[他五]擔，挑；承擔，肩負
責任を担う／負責。

589

□ 鈍る　　　　　　　にぶる

[自五] 不利，變鈍；變遲鈍，減弱

腕が鈍る／技巧生疏。

□ にもかかわらず　にもかかわらず

[連語・接續] 雖然…可是；儘管…還是；
儘管…可是

休日にもかかわらず／儘管是休假也…

□ ニュアンス　　　ニュアンス

[名]【(法)nuance】神韻，語氣；色
調，音調；（意義、感情等）微妙差
別，（表達上的）細膩

言葉のニュアンス／對詞義的微妙感
覺。

□ ニュー　　　　　　ニュー

[名・造語]【new】新，新式

ニューカップルが誕生する／新情侶
誕生了。

□ 入手　　　　　　にゅうしゅ

[名・他サ] 得到，到手，取得

入手困難／很難取得

□ 入賞　　　　　にゅうしょう

[名・自サ] 得獎，受賞

入賞を果たす／完成得獎心願。

□ 入浴　　　　　にゅうよく

[名・自サ] 沐浴，入浴，洗澡

入浴剤を入れる／加入入浴劑。

□ 尿　　　　　　　　にょう

[名サ] 尿，小便

尿検査をする／進行尿液檢查。

□ 認識　　　　　　にんしき

[名・他サ] 認識，理解

認識を深める／加深理解。

□ 人情　　　　　　にんじょう

[名] 人情味，同情心；愛情

人情の厚い人／富有人情味的人。

□ 妊娠　　　　　　にんしん

[名・自サ] 懷孕

妊娠6ヶ月／懷孕六個月

□ 忍耐　　　　　　にんたい

[名・自他サ] 忍耐

忍耐強い／很會忍耐。

□ 認知症　　　　にんちしょう

[名] 老人癡呆症

アルツハイマー型認知症／阿茲海默
型老人癡呆症

□ 任務　　　　　　　にんむ

[名] 任務，職責

任務を果たす／達成任務。

□ 任命　　　　　　にんめい

[名・他サ] 任命

大臣に任命する／任命為大臣。

□ 抜かす　　　　ぬかす

[他五] 遺漏，跳過，省略

腰を抜かす／閃了腰；嚇呆了。

□ 抜け出す　　ぬけだす

[自五] 溜走，逃脫，擺脫；（髮、牙）開始脫落，掉落

迷路から抜け出す／從迷宮中找到出路（找到對的路）。

□ 主　　　　　　　ぬし

[名・代・接尾]（一家人的）主人，物主；丈夫；（敬稱）您；者，人

世帯主／戶主，家長

□ 盗み　　　　　ぬすみ

[名] 偷盜，竊盜

盗みを働く／行竊。

□ 沼　　　　　　　ぬま

[名] 池塘，池沼，沼澤

底無し沼／無底深淵。

□ 音　　　　　　　ね

[名] 聲音，音響，音色；哭聲

音を上げる／叫苦，發出哀鳴。

□ 音色　　　　　ねいろ

[名] 音色

きれいな音色を出す／發出優美的音色。

□ 値打ち　　　ねうち

[名] 估價，定價；價錢；價值；聲價，品格

値打ちがある／有價值。

□ ネガティブ／ネガ

　　　　ネガティブ／ネガ

[名]【negative】（照相）軟片，底片；負面的

ネガティブな思考に陥る／陷入負面思考。

□ 寝かす　　　ねかす

[他五] 使睡覺

赤ん坊を寝かす／哄嬰兒睡覺。

□ 寝かせる　ねかせる

[他下一] 使睡覺，使躺下；使平倒；存放著，賣不出去；發酵

子供を寝かせる／哄孩子睡覺。

□ 寝苦しい　ねぐるしい

[形] 難以入睡

暑くて寝苦しい／熱得難以入睡。

□ 螺子回し　ねじまわし

[名] 螺絲起子

ねじ回しでねじを締める／用螺絲起子拴螺絲。

□ 捻れる／拗れる　ねじれる

[自下一] 彎曲，歪扭；（個性）乖僻，彆扭

ネクタイがねじれる／領帶扭歪了。

□ ネタ　　　　　ネタ

[名]（俗）材料；證據
小説のネタを考える／思考小説的題材。

□ 妬む　　　　　ねたむ

[他五] 忌妒，吃醋；妒恨
他人の幸せを妬む／嫉妒他人幸福。

□ 強請る　　　　ねだる

[他五] 賴著要求；勒索，纏著，強求
小遣いをねだる／鬧著要零用錢

□ 熱意　　　　　ねつい

[名] 熱情，熱忱
熱意を示す／展現熱情

□ 熱中症　　ねっちゅうしょう

[名] 中暑
熱中症を予防する／預防中暑。

□ 熱湯　　　　　ねっとう

[名] 熱水，開水
熱湯を注ぐ／注入熱水。

□ 熱量　　　　　ねつりょう

[名] 熱量
熱量を測る／計算熱量。

□ 粘り　　　　　ねばり

[名] 黏性，黏度；堅韌頑強
粘りをみせる／展現韌性。

□ 粘る　　　　　ねばる

[自五] 黏；有耐性，堅持
最後まで粘る／堅持到底。

□ 値引き　　　　ねびき

[名・他サ] 打折，減價
在庫品を値引きする／庫存品打折販售。

□ 根回し　　　　ねまわし

[名]（為移栽或使果樹增產的）修根，砍掉一部份樹根；事先協調，打下基礎，醞釀
根回しが上手い／擅長事先協調。

□ 練る　　　　　ねる

[他五]（用灰汁、肥皂等）熬成熟絲，熟絹；推敲，錘鍊（詩文等）；修養，鍛鍊
[自五] 成隊遊行
策略を練る／推敲策略。

□ 念　　　　　　ねん

[名・漢造] 念頭，心情，觀念；宿願；用心；思念，考慮
念を押す／反覆確認。

□ 念入り　　　　ねんいり

[名] 精心、用心
念入りに掃除する／用心打掃。

□ 年賀　　　　　ねんが

[名] 賀年，拜年
年賀はがきを買う／買賀年明信片。

02
-
67

□ 年鑑　　ねんかん

[名] 年鑑
年鑑を発行する／發行年鑑。

□ 念願　　ねんがん

[名・他サ] 心願，願望
長年の念願が叶う／實現多年來的心願。

□ 年号　　ねんごう

[名] 年號
年号が変わる／改年號。

□ 捻挫　　ねんざ

[名・他サ] 扭傷、挫傷
足を捻挫する／扭傷腳。

□ 燃焼　　ねんしょう

[名・自サ] 燃燒；竭盡全力
石油が燃焼する／燃燒石油。

□ 年長　　ねんちょう

[名・形動] 年長，年歲大，年長的人
年長者／年長者

□ 燃料　　ねんりょう

[名] 燃料
燃料をくう／耗費燃料。

□ 年輪　　ねんりん

[名]（樹）年輪；技藝經驗；經年累月的歷史
年輪を重ねる／累積經驗。

□ ノイローゼ　　ノイローゼ

[名]【(德)Neurose】精神官能症，神經病；神經衰竭；神經崩潰
ノイローゼになる／精神崩潰。

□ 脳　　のう

[名・漢造] 腦；頭腦，腦筋，腦力，記憶力；主要的東西
脳を働かせる／讓腦活動。

□ 農耕　　のうこう

[名] 農耕，耕作，種田
農耕生活を送る／過著農耕生活。

□ 農場　　のうじょう

[名] 農場
農場を経営する／經營農場。

□ 農地　　のうち

[名] 農地，耕地
農地を開拓する／開發農耕地。

□ 納入　　のうにゅう

[名・他サ] 繳納，交納
納入期限を守る／遵守繳納期限。

□ 逃す　　のがす

[他五] 錯過，放過；（接尾詞用法）放過，漏掉
犯人を逃す／讓犯人跑掉。

□ 逃れる　　　　　のがれる

[自下一] 逃跑，逃脫；逃避，避免，躲避
責任を逃れる／逃避責任。

□ 軒並み　　　　　のきなみ

[名・副] 屋簷櫛比，成排的屋簷；家家
戶戶，每家；一律
軒並みの美しい町／屋簷櫛比的美麗
街道。

□ 望ましい　　　　のぞましい

[形] 所希望的；希望那樣；理想的；
最好的…
望ましい環境／理想的環境

□ 臨む　　　　　　のぞむ

[自五] 面臨，面對；瀕臨；遭逢；蒞
臨；君臨，統治
本番に臨む／正式上場。

□ 乗っ取る　　　　のっとる

[他五]（「のりとる」的音便）侵占，
奪取，劫持
会社を乗っ取られる／奪取公司。

□ 長閑　　　　　　のどか

[形動] 安靜悠閒；舒適，閒適；天氣晴
朗，氣溫適中；和煦
のどかな気分／舒適的心情

□ 罵る　　　　　　ののしる

[他五] 大聲吵鬧　　[他五] 罵，說壞話
人を罵る／罵人。

□ 延べ　　　　　　のべ

[名]（金銀等）金屬壓延（的東西）；
延長；共計
延べ人数／合計人數

□ 飲み込む　　　　のみこむ

[他五] 咽下，吞下；領會，熟悉
コツを飲み込む／掌握要領。

□ 乗り込む　　　　のりこむ

[自五] 坐進，乘上（車）；開進，進
入；（和大家）一起搭乘；（軍隊）
開入；（劇團、體育團體等）到達
船に乗り込む／上船。

□ ノルマ　　　　　ノルマ

[名]【(俄)norma】基準，定額
ノルマを果たす／完成銷售定額。

□ 刃　　　　　　　は

[名] 刀刃
刃を研ぐ／磨刀。

□ ～派　　　　　　は

[名・漢造] 派，派流；派生；派出
反対派と推進派／反對派與促進派

594

□ バー　　　　　　　バー

[名]【bar】（鐵、木的）條，桿，棒；小酒吧，酒館

バーで飲む／在酒吧喝酒。

□ 把握　　　　　　　はあく

[名・他サ]掌握，充分理解，抓住

状況を把握する／充分理解狀況。

□ バージョンアップ

　　　　　　　バージョンアップ

[名]【version up】版本升級

バージョンアップができる／版本可以升級。

□ パート　　　　　　パート

[名]【part】（按時計酬）打零工

パートで働く／打工。

□ 肺　　　　　　　　はい

[名・漢造]肺；肺腑

肺ガンになる／得到肺癌。

□ ～敗／～敗　　はい／ぱい

[名・漢造]輸；失敗；腐敗；戰敗

1勝1敗／一勝一敗

□ 肺炎　　　　　　　はいえん

[名]肺炎

肺炎を起こす／引起肺炎。

□ バイオ　　　　　　バイオ

[名]【biotechnology】之略。生物技術，生物工程學

バイオテクノロジーを用いる／運用生命科學。

□ 廃棄　　　　　　　はいき

[名・他サ]廢除

廃棄処分する／廢棄處理。

□ 配給　　　　　　　はいきゅう

[名・他サ]配給，配售，定量供應

配給制度／配給制度

□ 黴菌　　　　　　　ばいきん

[名]細菌，微生物

ばい菌を退治する／去除霉菌。

□ 配偶者　　　　　はいぐうしゃ

[名]配偶；夫婦當中的一方

配偶者の有無／有無配偶。

□ 拝啓　　　　　　　はいけい

[名]（寫在書信開頭的）敬啟者

「拝啓」と「敬具」／「敬啟者」與「謹具」

□ 背景　　　　　　　はいけい

[名]背景；（舞台上的）布景；後盾，靠山

背景を描く／描繪背景。

595

□ 背後　　　　　　　はいご

[名] 背後；暗地，背地，幕後
背後に立つ／站在背後。

□ 廃止　　　　　　　はいし

[名・他サ] 廢止，廢除，作廢
制度を廃止する／廢除制度。

□ 拝借　　　　　　はいしゃく

[名・他サ]（謙）拜借
お手を拝借／請求幫忙。

□ 排除　　　　　　　はいじょ

[名・他サ] 排除，消除
よそ者を排除する／排除外來者。

□ 賠償　　　　　　ばいしょう

[名・他サ] 賠償
賠償請求する／請求賠償。

□ 排水　　　　　　　はいすい

[名・自サ] 排水
排水工事をする／做排水工程。

□ 敗戦　　　　　　　はいせん

[名・自サ] 戰敗
日本が敗戦する／日本戰敗。

□ 配置　　　　　　　はいち

[名・他サ] 配置，安置，部署，配備；分
派點
配置を変更する／變更配置。

□ ハイテク　　　　ハイテク

[名]【high-tech】（ハイテクノロジー
之略）高科技
ハイテク産業／高科技產業

□ ハイネック　　　ハイネック

[名]【high-necked】高領
ハイネックのセーター／高領的毛
衣。

□ 這い這い　　　　はいはい

[名・自サ]（幼兒語）爬行
はいはいができるようになった／小
孩會爬行了。

□ 配布　　　　　　　はいふ

[名・他サ] 散發；分發
資料を配布する／分發資料。

□ 配分　　　　　　　はいぶん

[名・他サ] 分配
利益を配分する／分紅。

□ 敗北　　　　　　　はいぼく

[名・自サ] 打敗仗，失敗
敗北を喫する／吃敗仗。

□ 倍率　　　　　　　ばいりつ

[名] 倍率，放大率；（入學考試的）
競爭率
倍率が高い／放大倍率。

02
-
68

596

□ 配慮　　　　　　　　**は**いりょ

[名・他サ] 關懷，照料，照顧，關照
住民に配慮する／關懷居民。

□ 配列　　　　　　　　**は**いれつ

[名・他サ] 排列
五十音順に配列する／依照五十音順
排列。

□ 映える　　　　　　　**は**える

[自下一] 照，映照；（顯得）好看；顯
眼，奪目
スーツに映えるネクタイ／襯托西裝
的領帶

□ 破壊　　　　　　　　**は**かい

[名・自他サ] 破壞
環境を破壊する／破壞環境。

□ 捗る　　　　　　　　**は**かどる

[自五]（工作、工程等）有進展
仕事がはかどる／工作進展。

□ 儚い　　　　　　　　**は**かない

[形] 不確定，不可靠，渺茫；易變
的，無法長久的，無常
人の命ははかない／人的生命無常。

□ 馬鹿馬鹿しい　**ば**かばかしい

[形] 毫無意義與價值，十分無聊，非
常愚蠢
馬鹿馬鹿しいことをいう／說蠢話。

□ 諮る　　　　　　　　**は**かる

[他五] 商量，協商；諮詢
会議に諮る／在會議上商討。

□ 図る／謀る　　　　　**は**かる

[他五] 圖謀，策劃；謀算，欺騙；意
料；謀求
自殺を図る／意圖自殺。

□ 破棄　　　　　　　　**は**き

[名・他サ]（文件、契約、合同等）廢
棄，廢除，撕毀
婚約を破棄する／解除婚約。

□ 剥ぐ　　　　　　　　**は**ぐ

[他五] 剝下；強行扒下，揭掉；剝奪
皮を剥ぐ／剝皮。

□ 迫害　　　　　　　　**は**くがい

[名・他サ] 迫害，虐待
異民族を迫害する／迫害異族。

□ 薄弱　　　　　　　　**は**くじゃく

[形動]（身體）軟弱，孱弱；（意志）
不堅定，不強；不足
意思が薄弱だ／意志薄弱。

□ 白状　　　　　　　　**は**くじょう

[名・他サ] 坦白，招供，招認，認罪
犯人が白状する／嫌犯招供了。

□ 漠然　　　　　　　ばくぜん

[形動] 含糊，籠統，曖昧，不明確

漠然とした考え／籠統的想法

□ 爆弾　　　　　　　ばくだん

[名] 炸彈

爆弾を仕掛ける／裝設炸彈。

□ 爆破　　　　　　　ばくは

[名・他サ] 爆破，炸毀

建物を爆破する／炸毀建築物。

□ 暴露　　　　　　　ばくろ

[名・自他サ] 曝曬，風吹日曬；暴露，揭
露，洩漏

秘密を暴露する／洩漏秘密。

□ 励ます　　　　　　はげます

[他五] 鼓勵，勉勵；激發；提高嗓門，
聲音，厲聲

子供を励ます／鼓勵孩子。

□ 励む　　　　　　　はげむ

[自五] 努力，勤勉

勉学に励む／努力唸書。

□ 剥げる　　　　　　はげる

[自下一] 剝落；褪色

塗装が剥げる／噴漆剝落。

□ 化ける　　　　　　ばける

[自下一] 變成，化成；喬裝，扮裝；突
然變成

白蛇が美しい娘に化ける／白蛇變成
一個美麗的姑娘。

□ 派遣　　　　　　　はけん

[名・他サ] 派遣；派出

派遣社員として働く／以派遣員工的
身份工作。

□ 歯応え　　　　　　はごたえ

[名] 咬勁，嚼勁；有幹勁

この煎餅は歯応えがある／這個煎餅
咬起來很脆。

□ 恥　　　　　　　　はじ

[名] 恥辱，羞恥，丟臉

恥をかく／丟臉。

□ 弾く　　　　　　　はじく

[他五] 彈；打算盤；防抗，排斥

そろばんを弾く／打算盤。

□ パジャマ　　　　　パジャマ

[名]【pajamas】（分上下身的）西式睡
衣

パジャマを着る／穿睡衣。

□ 恥じらう　　　　　はじらう

[他五] 害羞，羞澀

恥じらう姿／害羞的樣子

□ 恥じる　　　　　はじる

[自上一] 害羞；慚愧

失態を恥じる／恥於自己的失態。

□ 橋渡し　　　　はしわたし

[名] 架橋；當中間人，當介紹人

橋渡し役になる／扮演介紹人的角色。

□ 蓮　　　　　　　　はす

[名] 蓮花

蓮の花が見頃だ／現在正是賞蓮的時節。

□ バス　　　　　　バス

[名] 【bath】浴室

ジャグジーバスに入る／進按摩浴缸泡澡。

□ 弾む　　　　　　はずむ

[自五] 跳，蹦；（情緒）高漲；提高（聲音）；（呼吸）急促

[他五] （狠下心來）花大筆錢買

心が弾む／心情雀躍。

□ 破損　　　　　　はそん

[名・自他サ] 破損，損壞

破損箇所を修復する／修補破損處。

□ 機　　　　　　　はた

[名] 織布機

機を織る／織布。

□ 叩く　　　　　　はたく

[他五] 撣；拍打；傾囊，花掉所有的金錢

布団をはたく／拍打棉被。

□ 裸足　　　　　　はだし

[名] 赤腳，赤足，光著腳；敵不過

裸足で歩く／赤腳走路。

□ 果たす　　　　　はたす

[他五] 完成，實現，履行；（接在動詞連用形後）表示完了，全部等；（宗）還願；（舊）結束生命

使い果たす／全部用完。

□ 蜂蜜　　　　　はちみつ

[名] 蜂蜜

蜂蜜を塗る／塗蜂蜜。

□ パチンコ　　　パチンコ

[名] 柏青哥，小鋼珠

パチンコで負ける／玩小鋼珠輸了。

□ 初　　　　　　　はつ

[名] 最初；首次

初の海外旅行／第一次出國旅行。

□ 罰　　　　　　　ばつ

[名] 懲罰，處罰

罰を与える／處罰。

□ バツイチ　　　バツイチ

[名] 離過一次婚

バツイチになった／離了一次婚。

□ 発芽^{はつが}　　　はつが

[名・自サ] 發芽

種^{たね}が発芽^{はつが}する／種子發芽。

□ 発掘^{はっくつ}　　　はっくつ

[名・他サ] 發掘，挖掘；發現

遺跡^{いせき}を発掘^{はっくつ}する／發掘了遺跡。

□ 発言^{はつげん}　　　はつげん

[名・自サ] 發言

発言^{はつげん}を求^{もと}める／要求發言。

□ バッジ　　　バッジ

[名]【badge】徽章

弁護士^{べんごし}バッジをつける／戴上律師徽章。

□ 発生^{はっせい}　　　はっせい

[名・自サ] 發生；（生物等）出現，發生，蔓延

問題^{もんだい}が発生^{はっせい}する／發生問題。

□ 発足^{はっそく}／発足^{ほっそく}　はっそく／ほっそく

[名・自サ] 開始（活動），成立

新^{しん}プロジェクトが発足^{ほっそく}する／開始進行新企畫。

□ ばっちり　　　ばっちり

[副] 完美地，充分地

準備^{じゅんび}はばっちりだ／準備很充分。

□ バッテリー　　　バッテリー

[名]【battery】電池，蓄電池

バッテリーがあがる／電池耗盡。

□ バット　　　バット

[名]【bat】球棒

バットを振^ふる／揮球棒。

□ 発病^{はつびょう}　　　はつびょう

[名・自サ] 病發，得病

ガンが発病^{はつびょう}する／癌症病發。

□ 初耳^{はつみみ}　　　はつみみ

[名] 初聞，初次聽到，前所未聞

その話^{はなし}は初耳^{はつみみ}だ／第一次聽到這件事。

□ 果^はて　　　はて

[名] 邊際，盡頭；最後，結局，下場；結果

旅路^{たびじ}の果^はて／旅途的終點

□ 果^はてしない　　　はてしない

[形] 無止境的，無邊無際的

果^はてしない大宇宙^{だいうちゅう}／無邊無際的大宇宙。

02
|
69

□ 果てる　　　　　は<u>てる</u>

［自下一］完畢，終，終；死

［接尾］（接在特定動詞連用形後）達到極點

力が朽ち果てる／力量用盡。

□ ばてる　　　　　ば<u>てる</u>

［自下一］（俗）精疲力倦，累到不行

暑さでばてる／熱到疲憊不堪。

□ パトカー　　　　パ<u>トカ</u>ー

［名］【patrolcar】警車（「パトロールカー之略」）

パトカーに追われる／被警車追逐。

□ バトンタッチ　　バ<u>トンタ</u>ッチ

［名・他サ］【(和) baton＋touch】（接力賽跑中）交接接力棒；（工作、職位）交接

次の選手にバトンタッチする／交給下一個選手。

□ 放し飼い　　　は<u>なしがい</u>

［名］放養，放牧

猫を放し飼いにする／將貓放養。

□ 甚だ　　　　　は<u>なはだ</u>

［副］很，甚，非常

成績が甚だ悪い／成績非常差。

□ 花弁　　　　　は<u>なびら</u>

［名］花瓣

花びらが舞う／花瓣飛舞。

□ パパ　　　　　パ<u>パ</u>

［名］【papa】（兒）爸爸

パパに懐く／很黏爸爸。

□ 阻む　　　　　は<u>ばむ</u>

［他五］阻礙，阻止

行く手を阻む／妨礙將來。

□ バブル　　　　バ<u>ブル</u>

［名］【bubble】泡泡，泡沫；泡沫經濟的簡稱

バブルの崩壊が始まる／泡沫經濟開始崩解了。

□ 浜　　　　　　は<u>ま</u>

［名］海濱，河岸

浜に打ち上げられる／被海水打上岸邊。

□ 浜辺　　　　　は<u>まべ</u>

［名］海濱，湖濱

浜辺を歩く／步行在海邊。

□ 嵌まる　　　　は<u>まる</u>

［他五］吻合，嵌入；剛好合適；中計，掉進；陷入；沉迷

ツボにはまる／正中下懷。

□ はみ出す　　　は<u>みだす</u>

［自五］溢出；超出範圍

引き出しからはみ出す／滿出抽屜外。

601

□ 早まる　　　　　　はやまる

[自五] 倉促，輕率，貿然；過早，提前
予定が早まる／預定提前。

□ 速める／早める　はやめる

[他下一] 加速，加快；提前，提早
時刻を早める／提早。

□ 流行　　　　　　りゅうこう

[名] 流行
流行を追う／趕流行。

□ ばらす　　　　　　ばらす

[名]（把完整的東西）弄得七零八落；
殺死，殺掉；賣掉，推銷出去；揭
穿，洩漏（秘密等）
機械をばらして修理する／把機器拆
得七零八落來修理。

□ 腹立ち　　　　　　はらだち

[名] 憤怒，生氣
腹立ちを抑える／壓抑憤怒。

□ 原っぱ　　　　　　はらっぱ

[名] 雜草叢生的曠野；空地
原っぱを駆ける／在曠野奔跑。

□ はらはら　　　　　ばらはら

[副・自サ]（樹葉、眼淚、水滴等）飄落
或是簌簌落下貌；非常擔心的樣子
はらはらドキドキする／心頭噗通噗
通地跳。

□ ばらばら　　　　　ばらばら

[副] 分散貌；凌亂的樣子，支離破碎
的樣子；（雨點，子彈等）帶著聲響
落下或飛過
意見がばらばらに割れる／意見紛歧。

□ ばら撒く　　　　　ばらまく

[他五] 撒播，撒；到處花錢，散財
お金をばら撒く／散財。

□ 張り　　　　　　　はり

[名・接尾] 當力，拉力；緊張而有力；勁
頭，信心
張りのある肌／有彈力的肌膚。

□ 張り紙　　　　　　はりがみ

[名] 貼紙；廣告，標語
張り紙をする／張貼廣告紙。

□ 張る　　　　　　　はる

[自他五] 伸展；覆蓋；膨脹，（負擔）
過重，（價格）過高；拉；設置；盛
滿（液體等）
湖に氷が張った／湖面結冰。

□ 遥か　　　　　　　はるか

[副・形動]（時間、空間、程度上）遠，
遙遠
遥か彼方／遙遠的彼方

□ 破裂　　　　　　は**れつ**

[名・自サ] 破裂

内臓が破裂する／內臟破裂。

□ 腫れる　　　　　は**れる**

[自下一] 腫，脹

顔が腫れる／臉腫脹。

□ ばれる　　　　　ば**れる**

[自下一]（俗）暴露，散露；破裂

うそがばれる／揭穿謊言。

□ 判　　　　　　　は**ん**

[名・漢造] 圖章，印鑑；判斷，判定；判讀，判明；審判

判をつく／蓋圖章。

□ 版／版　　　　　は**ん**／ば**ん**

[名・漢造] 版；版本，出版；版圖

保存版にする／作為保存版。

□ 班　　　　　　　は**ん**

[名・漢造] 班，組；集團，行列；分配；席位，班次

班に分かれる／分班。

□ 繁栄　　　　　　は**んえい**

[名・自サ] 繁榮，昌盛，興旺

子孫が繁栄する／子孫興旺。

□ 版画　　　　　　は**んが**

[名] 版畫，木刻

版画を彫る／雕刻版畫。

□ ハンガー　　　　ハ**ンガー**

[名]【hanger】衣架

ハンガーに掛ける／掛在衣架上。

□ 反感　　　　　　は**んかん**

[名] 反感

反感をかう／引起反感。

□ 反響　　　　　　は**んきょう**

[名・自サ] 迴響，回音；反應，反響

反響を呼ぶ／引起迴響。

□ 反撃　　　　　　は**んげき**

[名・自サ] 反擊，反攻，還擊

反撃をくらう／遭受反擊。

□ 判決　　　　　　は**んけつ**

[名・他サ]（是非直曲的）判斷，鑑定，評價；（法）判決

判決が出る／做出判決。

□ 反射　　　　　　は**んしゃ**

[名・自他サ]（光、電波等）折射，反射；（生理上的）反射（機能）

条件反射する／條件反射

□ 繁盛　　　　はんじょう

[名・自サ] 繁榮昌茂，興隆，興旺
商売が繁盛する／生意興隆。

□ 繁殖　　　　はんしょく

[名・自サ] 繁殖；滋生
細菌が繁殖する／滋生細菌。

□ 反する　　　はんする

[自サ] 違反；相反；造反
予期に反する／與預期相反。

□ 判定　　　　はんてい

[名・他サ] 判定，判決
判定で負ける／被判定輸了比賽。

□ ハンディ　　ハンディ

[名]【handicap】之略。讓步（給實
力強者的不利條件，以使勝負機會均
等的一種競賽）；障礙

ハンディがもらえる／取得讓步。

□ 万人　　　　ばんにん

[名] 萬人，眾人
万人受けする／老少咸宜，萬眾喜愛

□ 晩年　　　　ばんねん

[名] 晩年，暮年
晩年を迎える／邁入晩年。

□ 反応　　　　はんのう

[名・自サ] （化學）反應；（對刺激的）
反應；反響，效果
反応をうかがう／觀察反應。

□ 万能　　　　ばんのう

[名] 萬能，全能，全才
万能包丁／（一般家庭使用的）萬用菜
刀

□ 半端　　　　はんぱ

[名・形動] 零頭，零星；不徹底；模稜兩
可；無用的人
半端な意見／模稜兩可的意見

□ 反乱　　　　はんらん

[名] 叛亂，反亂，反叛
反乱を起こす／掀起叛亂。

□ 氾濫　　　　はんらん

[名・自サ] 氾濫；充斥，過多
川が氾濫する／河川氾濫。

□ 被　　　　　ひ

[漢造] 被…，蒙受；被動
被保険者／被保險人

□ 碑　　　　　ひ

[漢造] 碑
記念碑を建てる／建立紀念碑。

02
70

604

□ 美　　　　　　　**び**

[漢造] 美麗；美好；讚美
美を演出する／詮釋美麗。

□ 延いては　　**ひいては**

[副] 進而
国のため、ひいては世界のために
／為了國家，進而為了世界

□ 控え室　　**ひかえしつ**

[名] 等候室，等待室，休憩室
控え室で待機する／在休息室裡等候
出場。

□ 控える　　**ひかえる**

[自下一] 在旁等候，待命
[他下一] 拉住，勒住；控制，抑制；節
制；暫時不…；面臨，靠近；（備
忘）記下；（言行）保守，穩健
支出を控える／節制支出。

□ 悲観　　**ひかん**

[名・自他サ] 悲觀
将来を悲観する／對將來感到悲觀。

□ 引き上げる　**ひきあげる**

[他下一] 吊起；打撈；撤走；提拔；提
高（物價）；收回
税金を引き上げる／提高稅金。

□ 率いる　　**ひきいる**

[他上一] 帶領；率領
部下を率いる／率領部下。

□ 引き起こす　**ひきおこす**

[他五] 引起，引發；扶起，拉起
事件を引き起こす／引發事件。

□ 引き下げる　**ひきさげる**

[他下一] 降低；使後退；撤回
コストを引き下げる／降低成本。

□ 引きずる　　**ひきずる**

[自・他五] 拖，拉；硬拉著走；拖延
過去を引きずる／耽溺於過去。

□ 引き立てる　**ひきたてる**

[他下一] 提拔，關照；穀粒；使…顯眼；
（強行）拉走，帶走；關門（拉門）
後輩を引き立てる／提拔晚輩。

□ 引き取る　　**ひきとる**

[自五] 退出，退下；離開，回去 [他五]
取回，領取；收購；領來照顧
荷物を引き取る／領回行李。

□ 引く　　**ひく**

[自五] 後退；辭退；（潮）退，平息
身を引く／引退。

□ 否決　　　　ひけつ

[名・他サ] 否決

議会で否決される／在會議上被否決了。

□ 非行　　　　ひこう

[名] 不正當行為，違背道德規範的行為

非行に走る／鋌而走險。

□ 日頃　　　　ひごろ

[名・副] 平素，平日，平常

日頃の努力が実を結んだ／平素的努力結了果。

□ 久しい　　　ひさしい

[形] 過了很久的時間，長久，好久

卒業して久しい／畢業很久了。

□ 悲惨　　　　ひさん

[名・形動] 悲慘，悽慘

悲惨な情景／悲慘的情況。

□ ビジネス　　ビジネス

[名] 【business】事務，工作；商業，生意，實務

ビジネスマン／商人

□ 比重　　　　ひじゅう

[名] 比重，（所占的）比例

比重が増大する／增加比重。

□ 秘書　　　　ひしょ

[名] 秘書；秘藏的書籍

秘書を目指す／以秘書為終生職志。

□ 微笑　　　　びしょう

[名・自サ] 微笑

微笑を浮かべる／浮上微笑。

□ 歪み　　　　ひずみ

[名] 歪斜，曲翹；（喻）不良影響；（理）形變

政策のひずみを是正する／導正政策的失調。

□ 歪む　　　　ひずむ

[自五] 變形，歪斜

心が歪む／心態不正。

□ 密か　　　　ひそか

[形動] 悄悄地不讓人知道的樣子；祕密，暗中；悄悄，偷偷

密かに進める／暗中進行。

□ 浸す　　　　ひたす

[他五] 浸，泡

水に浸す／浸水。

□ 只管　　　　ひたすら

[副] 只願，一味

ひたすら描き続ける／一心一意作畫。

□ 左利き　　　**ひだりきき**

[名] 左撇子；愛好喝酒的人
左利きをなおす／改正左撇子。

□ ぴたり(と)　　**ぴたりと**

[副] 突然停止貌；緊貼的樣子；恰
合，正對
計算がぴたりと合う／計算恰好符
合。

□ 引っ掻く　　**ひっかく**

[他五] 搔
引っ掻き傷をつくる／被抓傷。

□ 引っ掛ける　**ひっかける**

[他下一] 掛起來；披上；欺騙
コートを洋服掛けに引っ掛ける／將
外套掛在衣架上。

□ 必修　　　**ひっしゅう**

[名] 必修
必修科目になる／變成必修科目。

□ びっしょり　**びっしょり**

[副] 溼透
汗びっしょりになる／汗溼。

□ 必然　　　**ひつぜん**

[名] 必然
必然帰結／必然的結果

□ 匹敵　　　**ひってき**

[名・自サ] 匹敵，比得上
彼に匹敵する者はない／沒有人比得上他。

□ 一息　　　**ひといき**

[名] 一口氣；喘口氣；一把勁
一息入れる／喘一口氣；稍事休息。

□ 人影　　　**ひとかげ**

[名] 人影；人
人影もまばらだ／連人影也少見。

□ 人柄　　　**ひとがら**

[名・形動] 人品，人格，品質；人品好
人柄がいい／人品好。

□ 一苦労　　**ひとくろう**

[名] 費一些力氣，費一些力氣，操一些心
説得するのに一苦労する／費了一番
功夫說服。

□ 人気　　　**ひとけ**

[名] 人的氣息
人気の無い場所／人跡罕至的地方

□ 一頃　　　**ひところ**

[名] 前些日子；曾有一時
一頃栄えた町／曾繁榮一時的城鎮

□ 人質　　　**ひとじち**

[名] 人質
人質になる／成為人質。

□ 人違い　　ひとちがい
[名・自他サ] 認錯人，弄錯人
後ろ姿がそっくりなので人違いする
／因為背影相似所以認錯人。

□ 人並み　　ひとなみ
[名・形動] 普通，一般
人並みの暮らしがしたい／想過普通
人的生活。

□ 一眠り　　ひとねむり
[名] 睡一會兒，打個盹
車中で一眠りする／在車上打了個盹。

□ 人任せ　　ひとまかせ
[名] 委託別人，託付他人
人任せにできない性分／事必躬親的
個性。

□ 一目惚れ　　ひとめぼれ
[名・自サ]（俗）一見鍾情
受付嬢に一目惚れする／對櫃臺小姐
一見鍾情。

□ 日取り　　ひどり
[名] 規定的日期；日程
日取りを決める／決定日程。

□ 雛　　ひな
[名・接頭] 雛鳥，雛雞；古裝偶人；
（冠於某名詞上）表小巧玲瓏
ヒナを育てる／飼養幼鳥。

□ 日向　　ひなた
[名] 向陽處，陽光照到的地方；處於
順境的人
日向ぼっこをする／曬太陽；做日光浴。

□ 雛祭り　　ひなまつり
[名] 女兒節，桃花節，偶人節
ひな祭りパーティーをする／開女兒
節慶祝派對。

□ 非難　　ひなん
[名・他サ] 責備，譴責，責難
非難を浴びる／遭到責備。

□ 避難　　ひなん
[名・自サ] 避難
避難訓練をする／執行避難訓練。

□ 日の丸　　ひのまる
[名] 太陽形；（日本國旗）太陽旗
日の丸を揚げる／升起太陽旗。

02
-
71

□ 火花　　ひばな
[名] 火星；（電）火花
火花が散る／迸出火星。

□ 日々　　ひび
[名] 天天，每天
日々の暮らし／日常生活

□ 皮膚炎　　　　ひふえん

[名] 皮炎

皮膚炎を治す／治好皮膚炎。

□ 悲鳴　　　　　ひめい

[名] 悲鳴，哀鳴；驚叫，叫喊聲；叫苦，感到束手無策

悲鳴を上げる／慘叫。

□ 冷やかす　　　ひやかす

[他五] 冰鎮，冷卻，使變涼；嘲笑，開玩笑；只問價錢不買

そう冷やかすなよ／不要那麼挖苦。

□ 日焼け　　　　ひやけ

[名・自サ]（皮膚）曬黑；（因為天旱田裡的水被）曬乾

日焼けした肌／曬黑的皮膚

□ 票　　　　　　ひょう

[名・漢造] 票，選票；（用作憑證的）票；表決的票

票を投じる／投票。

□ 描写　　　　びょうしゃ

[名・他サ] 描寫，描繪，描述

情景を描写する／描寫情境。

□ ひょっと　　　ひょっと

[副] 突然，偶然

ひょっと口に出す／不經意說出口。

□ ひょっとして　ひょっとして

[連語・副] 萬一，一旦，如果

ひょっとして道に迷ったら大変だ／萬一迷路就糟糕了。

□ ひょっとすると　ひょっとすると

[連語・副] 也許，或許，有可能

ひょっとするとあの人が犯人かもしれない／那個人也許就是犯人。

□ 平たい　　　　ひらたい

[形] 沒有多少深度或廣度，少凹凸而橫向擴展；平，扁，平坦；淺顯易懂

平たい顔／扁平的臉。

□ ひらひら　　　ひらひら

[副・自サ]（布、紙、葉子、花瓣）飄動，飄盪，飄揚

花びらがひらひら（と）舞い落ちる／落英飄舞。

□ びり　　　　　びり

[名] 最後，末尾，倒數第一名

びりになる／拿到最後一名。

□ 比率　　　　　ひりつ

[名] 比率，比

比率を変える／改變比率。

□ 肥料　　　　　ひりょう

[名] 肥料

肥料を与える／施肥。

609

□ 微量　　　　びりょう

[名] 微量，少量

微量の毒物が検出される／檢驗出少量毒物。

□ 昼飯　　　　ひるめし

[名] 午飯

昼飯を食う／吃午餐。

□ 比例　　　　ひれい

[名・自サ]（數）比例；均衡，相稱，成比例關係

比例して大きくなる／依照比例放大。

□ 披露　　　　ひろう

[名・他サ] 披露；公布；發表

腕前を披露する／大展身手。

□ 疲労　　　　ひろう

[名・自サ] 疲勞，疲乏

疲労感がぬけない／無法去除疲勞感。

□ 敏感　　　　びんかん

[名・形動] 敏感，感覺敏銳

敏感な肌／敏感的皮膚

□ 貧血　　　　ひんけつ

[名・自サ]（醫）貧血

貧血に効く／對改善貧血有效。

□ 貧困　　　　ひんこん

[名・形動] 貧困，貧窮；（知識、思想等的）貧乏，極度缺乏

貧困に耐える／忍受貧困。

□ 品質　　　　ひんしつ

[名] 品質，質量

品質を疑う／對品質有疑慮。

□ 貧弱　　　　ひんじゃく

[名・形動] 軟弱，瘦弱；貧乏，欠缺；遜色

貧弱な体／瘦弱的身體

□ 品種　　　　ひんしゅ

[名] 種類；（農）品種

品種改良する／改良品種。

□ ピンセット　　ピンセット

[名]【(荷)pincet】小鑷子，小鉗子

ピンセットでとげを抜く／用小鑷子挑出竹刺。

□ ヒント　　　　ヒント

[名]【hint】啟示，暗示，提示

ヒントを与える／給予提示。

□ 頻繁　　　　ひんぱん

[名・形動] 頻繁，屢次

頻繁に出入りする／出入頻繁。

□ ぴんぴん　　　ぴんぴん

[副・自サ] 用力跳躍的様子；健壯的様子

魚がぴんぴん（と）はねる／魚活蹦亂跳。

□ 貧乏　　　びんぼう

[名・形動・自サ] 貧窮，窮困

貧乏は厭だ／討厭貧窮。

□ ファイト　　　ファイト

[名]【fight】戰鬥，搏鬥，鬥爭；鬥志，戰鬥精神

ファイト！／大喊「加油！」

□ ファザコン　　　ファザコン

[名]【(和)father＋complex】之略。戀父情結

彼女はファザコンだ／她有戀父情結。

□ ファン　　　ファン

[名]【fan】電扇，風扇；（運動，戲劇，電影等）影歌迷，愛好者

ファンに感謝する／感謝影（歌）迷。

□ 不意　　　ふい

[名・形動] 意外，突然，想不到，出其不意

不意をつかれる／冷不防被襲擊。

□ フィルター　　　フィルター

[名]【filter】過濾網，濾紙；濾波器，濾光器

フィルターを取り替える／換濾紙。

□ 封　　　ふう

[名・漢造] 封口，封上；封條；封疆；封閉

手紙に封をする／封上信封。

□ 封鎖　　　ふうさ

[名・他サ] 封鎖；凍結

国境を封鎖する／封鎖國界。

□ 風車　　　ふうしゃ

[名] 風車

風車を回す／風車運轉。

□ 風習　　　ふうしゅう

[名] 風俗，習慣，風尚

風習に従う／遵從風俗習慣。

□ ブーツ　　　ブーツ

[名]【boots】長筒鞋，長筒靴，馬鞋

ブーツを履く／穿靴子。

□ 風土　　　ふうど

[名] 風土，水土

風土になれる／服水土。

□ ブーム　　　ブーム

[名]【boom】（經）突然出現的景氣，繁榮；高潮，熱潮

ブームが去る／熱潮消退。

□ フェリー　　　　フェリー

[名]【ferry】渡口，渡船（フェリーボート之略）

フェリーが出航する／渡船出航。

□ フォーム　　　　フォーム

[名]【form】形式，樣式；（體育運動的）姿勢；月台，站台

フォームが崩れる／動作姿勢不對。

□ 部下　　　　　　ぶか

[名] 部下，屬下

部下を褒める／稱讚屬下。

□ 不快　　　　　　ふかい

[名・形動] 不愉快；不舒服

のどの不快感／喉嚨的不適感

□ 不可欠　　　　ふかけつ

[名・形動] 不可缺，必需

必要不可欠だ／必須的不可欠缺的。

□ ぶかぶか　　　ぶかぶか

[副・自サ]（帽、褲）太大不合身；漂浮貌；（人）肥胖貌；（笛子、喇叭等）大吹特吹貌

ぶかぶかの靴を履く／穿著太大的鞋子。

□ 不吉　　　　　　ふきつ

[名・形動] 不吉利，不吉祥

不吉な予感がする／有不祥的預感。

□ 不気味　　　　ぶきみ

[形動]（不由得）令人毛骨悚然，令人害怕

不気味な笑い声／令人毛骨悚然的笑聲

□ 不況　　　　　ふきょう

[名]（經）不景氣，蕭條

世界同時不況／全世界同時不景氣

□ 布巾　　　　　ふきん

[名] 抹布

布巾を除菌する／將抹布做殺菌處理。

□ 福　　　　　　ふく

[名・漢造] 福，幸福，幸運

笑う門には福来る／笑口常開有福報。

□ 副業　　　　ふくぎょう

[名] 副業

民芸品作りを副業としている／以做手工藝品為副業。

□ 複合　　　　ふくごう

[名・自他サ] 複合，合成

複合施設を建設する／建設複合設施。

□ 福祉　　　　ふくし

[名] 福利，福祉

福祉が遅れている／福祉政策落後。

02
-
72

□ 覆面　　　　ふくめん

[名・自サ] 蒙上臉；不出面，不露面
覆面強盗／蒙面強盗。

□ 膨れる／脹れる　ふくれる

[自下一] 脹，腫，鼓起來
お腹が膨れる／肚子脹起來。

□ 不景気　　　　ふけいき

[名・形動] 不景氣，經濟停滯，蕭條；沒
精神，憂鬱
不景気な顔／灰溜溜的臉色

□ 耽る　　　　　ふける

[自五] 沉溺，耽於；埋頭，專心
読書に耽る／埋頭讀書。

□ 富豪　　　　　ふごう

[名] 富豪
大富豪の邸宅／大富豪的宅邸

□ 布告　　　　　ふこく

[名・他サ] 佈告，公告；宣告，宣布
宣戦を布告する／宣戰。

□ ブザー　　　　ブザー

[名]【buzzer】鈴；信號器；汽笛
ブザーを鳴らす／鳴汽笛。

□ 負債　　　　　ふさい

[名] 負債，欠債；飢荒
負債を背負う／背負債務。

□ 不在　　　　　ふざい

[名] 不在，不在家
不在通知を受け取る／收到郵件招領
通知。

□ 不細工　　　　ぶさいく

[名・形動]（技巧，動作）笨拙，不靈
巧；難看，醜
不細工な机／粗劣的桌子

□ 相応しい　　　ふさわしい

[形] 顯得均衡，使人感到相稱；適
合，合適；相稱，相配
ふさわしい服装／相稱的服装

□ 不純　　　　　ふじゅん

[名・形動] 不純，不純真
不純な動機／不單純的動機

□ 不順　　　　　ふじゅん

[名・形動] 不順，異常
天候不順／氣候異常。

□ 部署　　　　　ぶしょ

[名] 工作崗位，職守
部署に付く／各就各位。

□ 負傷　　　　　ふしょう

[名・自サ] 負傷，受傷
手足を負傷する／手腳受傷。

□ 侮辱　　　　　ぶじょく

[名・他サ]侮辱，凌辱

侮辱的な言動／屈辱人的言行

□ 不振　　　　　ふしん

[名・形動]（成績）不好，不興旺，蕭條，（形勢）不利

食欲不振／食慾不振

□ 不審　　　　　ふしん

[名・形動]懷疑，疑惑；不清楚，可疑

不審な人物を見掛ける／發現可疑人物。

□ 武装　　　　　ぶそう

[名・自サ]武裝，軍事裝備

武装兵が待機する／武裝兵整裝待發。

□ 札　　　　　　ふだ

[名]牌子；告示牌，揭示牌；（神社，寺院的）護身符；紙牌

札付きの悪党／聲名狼藉的惡人。

□ 部隊　　　　　ぶたい

[名]部隊；一群人

陸軍第一部隊／陸軍第一部隊

□ 負担　　　　　ふたん

[名・他サ]背負；負擔

負担を軽減する／減輕負擔。

□ 縁　　　　　　ふち

[名]邊；緣；框

ハンカチの縁取り／手帕的鑲邊

□ 不調　　　　　ふちょう

[名・形動]（談判等）破裂，失敗；不順利，萎靡

体の不調を訴える／訴說身體不適的狀況。

□ 復活　　　　　ふっかつ

[名・自他サ]復活，再生；恢復，復興，復辟

敗者復活戦／敗部復活戰

□ 物議　　　　　ぶつぎ

[名]群眾的批評

物議を醸す／引起群眾的批評。

□ 復旧　　　　　ふっきゅう

[名・自他サ]恢復原狀；修復

電力が復旧する／恢復電力。

□ 復興　　　　　ふっこう

[名・自他サ]復興，恢復原狀；重建

復興の目途が立たない／無法設立重建的目標。

□ 物資　　　　　ぶっし

[名]物資

救援物資を送る／運送救援物資。

□ **仏像** ぶつぞう

[名] 佛像
仏像を拝む／參拜佛像。

□ **物体** ぶったい

[名] 物體，物質
未確認飛行物体／未知飛行物體
(UFO)。

□ **仏壇** ぶつだん

[名] 佛龕
仏壇に手を合わせる／對著佛龕膜
拜。

□ **沸騰** ふっとう

[名・自サ] 沸騰；群情激昂，情緒高漲
お湯が沸騰する／熱水沸騰。

□ **不動産** ふどうさん

[名] 不動產
不動産を売買する／買賣不動產。

□ **不動産屋** ふどうさんや

[名] 房地產公司
不動産屋でアパートを探す／透過房
地產公司找公寓。

□ **無難** ぶなん

[名・形動] 無災無難，平安；無可非議，
說得過去
無難な日を送る／過著差強人意的日子。

□ **赴任** ふにん

[名・自サ] 赴任，上任
単身赴任する／隻身上任。

□ **腐敗** ふはい

[名・自サ] 腐敗，腐壞；墮落
腐敗が進む／腐敗日趨嚴重。

□ **不評** ふひょう

[名] 聲譽不佳，名譽壞，評價低
不評を買う／獲得不好的評價。

□ **不服** ふふく

[名・形動] 不服從；抗議，異議；不滿
意，不心服
不服を申し立てる／提出異議。

□ **普遍** ふへん

[名] 普遍；（哲）共性
普遍的な真理／普遍的真理

□ **踏まえる** ふまえる

[他下一] 踏，踩；根據，依據
要点を踏まえる／根據重點。

□ **踏み込む** ふみこむ

[自五] 陷入，走進，跨進；闖入，擅自
進入
一歩踏み込む勇気／向前跨進的勇氣

□ 不明　　　　　　ふめい

[名] 不詳，不清楚；見識少，無能；
盲目，沒有眼光
意識不明に陥る／陷入意識不明的狀態。

□ 部門　　　　　　ぶもん

[名] 部門，部類，方面
部門別に分ける／依部門分別。

□ 扶養　　　　　　ふよう

[名·他サ] 扶養，撫育
扶養控除の対象／受撫養減稅的對象

□ プラスアルファ
　　　　　　プラスアルファ

[名]【(和) plus＋alpha (希臘)】加上若
干，（工會與資方談判提高工資時）
資方在協定外可自由支配的部分；工
資附加部分，紅利
本給にプラスアルファの手当てがつ
く／在本薪外加發紅利。

□ ふらふら　　　　ふらふら

[名·自サ·形動] 蹣跚，搖晃；（心情）
遊蕩不定，悠悠蕩蕩；恍惚，神不守
己；蹓躂
体がふらふらする／身體搖搖晃晃。

□ ぶらぶら　　　　ぶらぶら

[副·自サ]（懸空的東西）晃動，搖晃；
蹓躂；沒工作；（病）拖長，纏綿
街をぶらぶらする／在街上溜達。

□ 振り返る　　　　ふりかえる

[他五] 回頭看，向後看；回顧
過去を振り返る／回顧過去。

□ 振り出し　　　　ふりだし

[名] 出發點；開始，開端；（經）開
出（支票、匯票等）
振り出しに戻る／回到出發點。

□ 浮力　　　　　　ふりょく

[名]（理）浮力
浮力が作用する／浮力起作用。

□ 武力　　　　　　ぶりょく

[名] 武力，兵力
武力を行使する／行使武力。

02
▮
73

□ ブルー　　　　　ブルー

[名]【blue】青，藍色；情緒低落
ブルーの瞳／藍色的眼睛

□ 震わす　　　　　ふるわす

[他下一] 使哆嗦，發抖，震動
肩を震わして泣く／哭得渾身顫抖。

□ 震わせる　　　　ふるわせる

[他下一] 使震驚（哆嗦、發抖）
怒りに声を震わせる／因憤怒而聲音
顫抖。

□ **触れ合う**　　ふ**れ**あう

[自五] 相互接觸，相互靠著

人ごみで、体が触れ合う／在人群中身體相互擦擠。

□ **無礼**　　ぶ**れい**

[名・形動] 沒禮貌，不恭敬，失禮

無礼な奴／沒禮貌的傢伙

□ **ブレイク**　　ブ**レ**イク

[名]【break】（拳擊）抱持後分開；休息；突破，爆紅

ティーブレイクにしましょう／稍事休息吧。

□ **プレゼン**　　プ**レ**ゼン

[名]【presentation】之略。簡報；（對音樂等的）詮釋

新企画のプレゼンをする／進行新企畫的簡報。

□ **プレッシャー**　プ**レ**ッシャー

[名]【pressure】壓強，壓力，強制，緊迫

プレッシャーがかかる／有壓力。

□ **ぶれる**　　ぶ**れ**る

[自下一]（攝）按快門時（照相機）彈動

カメラがぶれて撮れない／相機晃動無法拍照。

□ **付録**　　ふ**ろ**く

[名・他サ] 附録；臨時增刊

付録をつける／附加附録。

□ **フロント**　　フ**ロ**ント

[名]【front】正面，前面；（軍）前線，戰線；服務台

フロントに電話する／打電話給服務台。

□ **憤慨**　　ふ**んがい**

[名・自サ] 憤慨，氣憤

ひどく憤慨する／非常氣憤。

□ **文化財**　　ぶ**んか**ざい

[名] 文物，文化遺產，文化財富

文化財に指定する／指定為文化遺產。

□ **分業**　　ぶ**んぎょう**

[名・他サ] 分工；專業分工

仕事を分業する／分工作業。

□ **文語**　　ぶ**んご**

[名] 文言；文章語言，書寫語言

文語を使う／使用文言文。

□ **分散**　　ぶ**んさん**

[名・自サ] 分散，開散

負荷を分散する／分散負荷。

□ 分子　　　　　ぶんし

[名]（理・化）分子；…份子
分子を発見する／發現分子。

□ 紛失　　　　　ふんしつ

[名・自他サ] 遺失，丟失，失落
カードを紛失する／弄丟信用卡。

□ 噴出　　　　　ふんしゅつ

[名・自他サ] 噴出，射出
マグマが噴出する／炎漿噴出。

□ 文書　　　　　ぶんしょ

[名] 文書，公文，文件，公函
文書を校正する／校對文件。

□ 紛争　　　　　ふんそう

[名・自サ] 紛爭，糾紛
紛争が起こる／引起紛爭。

□ ふんだん　　　　ふんだん

[形動] 很多，大量
ふんだんに使う／大量使用。

□ 奮闘　　　　　ふんとう

[名・自サ] 奮鬥；奮戰
孤軍奮闘／孤軍奮鬥

□ 分配　　　　　ぶんぱい

[名・他サ] 分配，分給，配給
財産の分配／分配財産

□ 分別　　　　　ぶんべつ

[名・他サ] 分別，區別，分類
ごみの分別作業／垃圾的分類作業。

□ 分母　　　　　ぶんぼ

[名]（數）分母
分子を分母で割る／分子除以分母。

□ 粉末　　　　　ふんまつ

[名] 粉末
粉末状にする／弄成粉末狀。

□ 分離　　　　　ぶんり

[名・自他サ] 分離，分開
政教分離／政治宗教分離

□ 分裂　　　　　ぶんれつ

[名・自サ] 分裂，裂變，裂開
細胞分裂を繰り返す／細胞不斷地分裂。

□ ペア　　　　　ペア

[名]【pair】一雙，一對，兩個一組，一隊
2名様ペアでご招待／兩名一組給予招待。

□ ペアルック　　ペアルック

[名]【(和)pair＋look】情侶裝，夫妻裝
恋人とペアルック／與情人穿情侶裝。

618

□ 兵器　　　　へいき

[名] 兵器，武器，軍火
核兵器を保有する／持有核子武器。

□ 並行　　　　へいこう

[名・自サ] 並行；並進，同時舉行
並行線／平行線

□ 閉口　　　　へいこう

[名・自サ] 閉口（無言）；為難，受不了；認輸
彼の喋りには閉口する／他的喋喋不休叫人吃不消。

□ 閉鎖　　　　へいさ

[名・自他サ] 封閉，關閉，封鎖
学級閉鎖／年級隔離（防止疾病蔓延，該年級學生自行在家隔離）

□ 兵士　　　　へいし

[名] 兵士，戰士
兵士を率いる／率領士兵。

□ 弊社　　　　へいしゃ

[名] 敝公司
弊社の商品／敝公司的產品

□ 平常　　　　へいじょう

[名] 普通；平常，平素，往常
平常心を失う／失去平常心。

□ 平然　　　　へいぜん

[形動タルト] 沉著，冷靜；不在乎；坦然
平然としている／漫不在乎。

□ 平方　　　　へいほう

[名]（數）平方，自乘；（面積單位）平方
平方メートル／平方公尺

□ 並列　　　　へいれつ

[名・自他サ] 並列，並排
同じレベルの単語を並列する／把同一程度的單字並列在一起。

□ ベース　　　　ベース

[名]【base】基礎，基本；基地（特指軍事基地），根據地
二塁ベース／二壘

□ ペーパードライバー　　　ペーパードライバー

[名]【(和)paper＋driver】有駕照卻沒開過車的駕駛
ペーパードライバーから脱出する／脫離紙上駕駛身份。

□ 辟易　　　　へきえき

[名・自サ] 畏縮，退縮，屈服；感到為難，感到束手無策
彼のわがままに辟易する／對他的任性感到束手無策。

□ ぺこぺこ　　　　ぺこぺこ

[名・自サ・形動・副] 癟，不鼓；空腹；諂媚

ぺこぺこして謝る／叩頭作揖地道
歉。

□ ベスト　　　　　ベスト

[名]【best】最好，最上等，最善，全
力

ベストを尽くす／盡全力。

□ ベストセラー　ベストセラー

[名]【bestseller】（某一時期的）暢銷
書

ベストセラーになる／成為暢銷書。

□ 別居　　　　　べっきょ

[名・自サ] 分居

妻と別居する／和太太分居。

□ ベッドタウン　ベッドタウン

[名]【(和) bed＋town】衛星都市，郊
區都市

ベッドタウン計画／衛星都市計畫

□ 縁　　　　　　　へり

[名]（河岸、懸崖、桌子等）邊緣；帽
檐；鑲邊

縁を取る／鑲邊。

□ 遜る／謙る　　へりくだる

[自五] 謙虛，謙遜，謙卑

へりくだった表現／謙虛的表現

□ ヘルスメーター

　　　　　　ヘルスメーター

[名]【(和)health＋meter】（家庭用
的）體重計，磅秤

様々な機能のヘルスメーターが並
ぶ／整排都是多功能的體重計。

□ 弁解　　　　　べんかい

[名・自他サ] 辯解，分辯，辯明

弁解の余地が無い／沒有辯解的餘
地。

□ 変革　　　　　へんかく

[名・自他サ] 變革，改革

技術上の変革／技術上的改革

□ 返還　　　　　へんかん

[名・他サ] 退還，歸還（原主）

土地を返還する／歸還土地。

□ 便宜　　　　　べんぎ

[名・形動] 方便，便利；權宜

便宜を図る／謀求方便。

□ 返却　　　　　へんきゃく

[副・他サ] 還，歸還

本を返却する／還書。

□ 偏見　　　　　へんけん

[名] 偏見，偏執

偏見を持つ／持有偏見。

02
-
74

620

□ 弁護　　　　　　べんご

[名・他サ] 辯護，辯解；（法）辯護
弁護を依頼する／請求辯護。

□ 返済　　　　　　へんさい

[名・他サ] 償還，還債
返済を迫る／催促償還。

□ 弁償　　　　　　べんしょう

[名・他サ] 賠償
弁償させられる／被要求賠償。

□ 変遷　　　　　　へんせん

[名・自サ] 變遷
時代の変遷／時代變遷

□ 返答　　　　　　へんとう

[名・他サ] 回答，回信，回話
返答に困る／不知道如何回答。

□ 変動　　　　　　へんどう

[名・自サ] 變動，改變，變化
物価が変動する／物價變動。

□ 便秘　　　　　　べんぴ

[名・自サ] 便秘，大便不通
生活が不規則で便秘しがちだ／因為
生活不規律有點便秘的傾向。

□ 弁論　　　　　　べんろん

[名・自サ] 辯論；（法）辯護
弁論大会に出場する／參加辯論大會。

□ 穂　　　　　　　ほ

[名]（植）稻穗；（物的）尖端
稲穂が稔る／稻穗結實。

□ 保育　　　　　　ほいく

[名・他サ] 保育
保育園に通う／上幼稚園。

□ ボイコット　　　ボイコット

[名]【boycott】聯合抵制，拒絕交易
（某貨物），聯合排斥（某勢力）
ボイコットする／聯合抵制。

□ ポイント　　　　ポイント

[名]【point】點，句點；小數點；重
點；地點；（體）得分
ポイントを押さえる／抓住要點。

□ 法案　　　　　　ほうあん

[名] 法案，法律草案
法案が可決される／通過法案。

□ 防衛　　　　　　ぼうえい

[名・他サ] 防衛，保衛
防衛本能がはたらく／發揮防衛本
能。

□ 防火　　　　　　ぼうか

[名] 防火
防火訓練を行う／進行防火演練。

621

□ 崩壊　　　　　ほうかい

[名・自サ] 崩潰，垮台；(理) 衰變，蛻變

家庭が崩壊する／家庭瓦解。

□ 妨害　　　　　ぼうがい

[名・他サ] 妨礙，干擾

妨害電波を出す／發出干擾電波。

□ 法学　　　　　ほうがく

[名] 法學，法律學

法学を学ぶ／學法學。

□ 放棄　　　　　ほうき

[名・他サ] 放棄，喪失

権利を放棄する／放棄權利。

□ 封建　　　　　ほうけん

[名] 封建

封建的な社会／封建社會。

□ 方策　　　　　ほうさく

[名] 方策

方策を立てる／制訂對策。

□ 豊作　　　　　ほうさく

[名] 豐收

豊作を祝う／慶祝豐收。

□ 奉仕　　　　　ほうし

[名・自サ] (不計報酬而) 效勞，服務；
廉價賣貨

奉仕活動に専念する／專心於服務活動。

□ 方式　　　　　ほうしき

[名] 方式；手續；方法

方式を変える／改變方式。

□ 放射　　　　　ほうしゃ

[名・他サ] 放射，輻射

放射性物質を垂れ流す／流放出放射
性物質。

□ 放射線　　　　ほうしゃせん

[名] (理) 放射線

放射線を浴びる／暴露在放射線之下。

□ 放射能　　　　ほうしゃのう

[名] 輻射能

放射能は怖い／輻射很可怕。

□ 報酬　　　　　ほうしゅう

[名] 報酬；收益

報酬を支払う／支付報酬。

□ 放出　　　　　ほうしゅつ

[名・他サ] 放出，排出，噴出；(政府)
發放，投放

熱を放出する／放出熱能。

□ 報じる　　　　ほうじる

[他上一] 通知，告訴，告知，報導；報
答，報復

ニュースの報じるところによると
／根據電視新聞報導。

□ 報ずる　　　　**ほうずる**

[他サ] 通知，告訴，告知，報導；報答，報復

新聞が報ずる内容／報紙報導的内容

□ 紡績　　　　**ぼうせき**

[名] 紡織，紡紗

紡績工場で働く／在紡織工廠工作。

□ 呆然　　　　**ぼうぜん**

[形動] 茫然，呆然，呆呆地

呆然と立ち尽くす／茫然地呆站著。

□ 放置　　　　**ほうち**

[名・他サ] 放置不理，置之不顧

駅前の放置自転車／車站前放置被人丟棄的自行車。

□ 膨張　　　　**ぼうちょう**

[名・自サ] （理）膨脹；増大，增加，擴大發展

予算が膨張する／預算增大。

□ 法廷　　　　**ほうてい**

[名] （法）法庭

法廷で審理する／在法院審理。

□ 報道　　　　**ほうどう**

[名・他サ] 報導

報道機関／新聞媒體

□ 冒頭　　　　**ぼうとう**

[名] 起首，開頭

交渉が冒頭から難行する／交渉一開始就不順利。

□ 暴動　　　　**ぼうどう**

[名] 暴動

暴動を起こす／發生暴動。

□ 褒美　　　　**ほうび**

[名] 褒獎，獎勵；獎品，獎賞

褒美をいただく／領獎賞。

□ 暴風　　　　**ぼうふう**

[名] 暴風

暴風雨になる／變成暴風雨。

□ 訪米　　　　**ほうべい**

[名・自サ] 訪美

首相が訪米する／首相出訪美國。

□ 葬る　　　　**ほうむる**

[他五] 葬，埋葬；隱瞞，掩蓋；葬送，拋棄

世間から葬られる／被世人遺忘。

□ 放り込む　　**ほうりこむ**

[他五] 扔進，拋入

ごみをごみ箱に放り込む／把垃圾扔進垃圾桶。

□ 放り出す　　ほうりだす

[他五]（胡亂）扔出去，拋出去；擱
置，丟開，扔下；（把人）拋棄，開
除；慷慨拿出

仕事を途中で放り出す／把做到一半
工作丟開。

□ 暴力団　　ぼうりょくだん

[名] 暴力組織

暴力団の資金源／暴力組織的資金來
源。

□ 飽和　　ほうわ

[名・自サ]（理）飽和；最大限度，極限

飽和状態に陥る／陷入飽和狀態。

□ ホース　　ホース

[名]【(荷)hoos】(灑水用的)塑膠管，水管

ホースを巻く／捲起塑膠水管。

□ ポーズ　　ポーズ

[名]【pose】(人在繪畫、舞蹈等) 姿
勢；擺樣子，擺姿勢

ポーズをとる／擺姿勢。

□ 保温　　ほおん

[名・自サ] 保温

保温効果がある／有保温效果。

□ 保管　　ほかん

[名・他サ] 保管

金庫に保管する／放在保險櫃裡保管。

□ 補給　　ほきゅう

[名・他サ] 補給，補充，供應

カルシウムを補給する／補充鈣質。

□ 補強　　ほきょう

[名・他サ] 補強，增強，強化

補強工事を行う／進行強化工程。

□ 募金　　ぼきん

[名・自サ] 募捐

募金活動を行う／進行募款活動。

□ 牧師　　ぼくし

[名] 牧師

牧師から洗礼を受ける／請牧師為我
們受洗。

□ 捕鯨　　ほげい

[名] 掠捕鯨魚

捕鯨を非難する／批評掠捕鯨魚。

□ 惚ける　　ぼける

[自下一]（上了年紀）遲鈍；（形象或
顏色等）褪色，模糊

年とともにぼけてきた／年紀越長越
遲鈍了。

02
75

□ 保護　　ほご

[名・他サ] 保護

自然を保護する／保護自然。

□ 母校　　　　ぼこう

[名] 母校
母校を訪ねる／拜訪母校。

□ 母国　　　　ぼこく

[名] 祖國
母国に帰りたい／想回到祖國。

□ 綻びる　　ほころびる

[自上一]（逢接處線斷開）開線，開綻；
微笑，露出笑容
ズボンの裾が綻びる／褲子的下擺開
線了。

□ 干し　　　　ほし

[造語] 乾，晒乾
干しあわびを食べる／吃乾鮑魚。

□ ポジション　　ポジション

[名]【position】 地位，職位；（棒）
守備位置
ポジションに就く／就任…位置。

□ 干し物　　　ほしもの

[名] 曬乾物；（洗後）晾曬的衣服
干し物をする／曬衣服。

□ 保守　　　　ほしゅ

[名・他サ] 保守；保養
保守主義／保守主義

□ 補充　　　　ほじゅう

[名・他サ] 補充
調味料を補充する／補充調味料。

□ 補助　　　　ほじょ

[名・他サ] 補助
生活費を補助する／補助生活費。

□ 保障　　　　ほしょう

[名・他サ] 保障
自由が保障される／自由受到保障。

□ 補償　　　　ほしょう

[名・他サ] 補償，賠償
補償が受けられる／接受賠償。

□ 補足　　　　ほそく

[名・他サ] 補足，補充
資料を補足する／補足資料。

□ 墓地　　　　ぼち

[名] 墓地，墳地
墓地にお参りする／去墓地上香祭拜。

□ 発作　　　　ほっさ

[名・自サ]（醫）發作
発作を起こす／發作。

□ 没収　　　ぼっしゅう

[名・他サ]（法）（司法處分的）沒收，查
抄，充公
タバコを没収された／香菸被沒收了。

625

□ 発足　　　ほっそく

[名・自サ] 出發，動身；（團體、會議等）開始活動

新プロジェクトが発足する／新企畫開始進行。

□ ポット　　　ポット

[名]【pot】壺；熱水瓶

電動ポットでお湯を沸かす／用電熱水瓶燒開水。

□ 頰っぺた　　　ほっぺた

[名] 面頰，臉蛋

ほっぺたをたたく／甩耳光。

□ ぼつぼつ　　　ぼつぼつ

[名・副] 小斑點；漸漸，一點一點地

腕にぼつぼつができた／手臂長了一點一點的疹子。

□ 没落　　　ぼつらく

[名・自サ] 沒落，衰敗；破產

没落した貴族／沒落貴族

□ 解ける　　　ほどける

[自下一] 解開，鬆開

帯がほどける／鬆開和服腰帶。

□ 施す　　　ほどこす

[他五] 施，施捨，施予；施行，實施；添加；露，顯露

食糧を施す／周濟食糧。

□ 程程　　　ほどほど

[副] 適當的，恰如其分的；過得去

酒はほどほどに飲むのがよい／喝酒要適度。

□ 辺　　　ほとり

[名] 邊，畔，旁邊

池のほとりに佇む／在池畔駐足。

□ 保母　　　ほぼ

[名] 褓姆，保育員

保母になりたい／我想當褓姆。

□ ぼやく　　　ぼやく

[自他五] 發牢騷

安い給料をぼやく／抱怨薪水低。

□ ぼやける　　　ぼやける

[自下一] （物體的形狀或顏色）模糊，不清楚

視界がぼやける／視線模糊不清。

□ 保養　　　ほよう

[名・自サ] 保養，（病後）修養，療養；（身心的）修養；消遣

保養施設で過ごす／住在療養中心。

□ 捕虜　　　ほりょ

[名] 俘虜

捕虜を捕らえる／捕捉俘虜。

□ ボルト　　　　　ボルト

［名］【bolt】螺栓，螺絲

ボルトで締_しめる／拴上螺絲。

□ ほろ苦_{にが}い　　ほろにがい

［形］稍苦的

ほろ苦_{にが}い思_{おも}い出_で／略為苦澀的回憶

□ 滅_{ほろ}びる　　　ほろびる

［自上一］滅亡，淪亡，消亡

国_{くに}が滅_{ほろ}びる／國家滅亡。

□ 滅_{ほろ}ぶ　　　　ほろぶ

［自五］滅亡，滅絕

人類_{じんるい}もいつかは滅_{ほろ}ぶ／人類終究會滅亡。

□ 滅_{ほろ}ぼす　　　ほろぼす

［他五］消滅，毀滅

一族_{いちぞく}を滅_{ほろ}ぼす／全族滅亡。

□ 本格_{ほんかく}　　　ほんかく

［名］正式

本格的_{ほんかくてき}なフランス料理_{りょうり}／道地的法國料理。

□ 本館_{ほんかん}　　　ほんかん

［名］（對別館、新館而言）原本的建築物，主要的樓房；此樓，本樓，本館

本館_{ほんかん}と別館_{べっかん}に分_わかれる／分為本館與分館。

□ 本気_{ほんき}　　　ほんき

［名・形動］真的，真實；認真

本気_{ほんき}になって働_{はたら}く／認真工作。

□ 本国_{ほんごく}　　　ほんごく

［名］本國，祖國；老家，故鄉

本国_{ほんごく}に戻_{もど}る／回到祖國。

□ 本質_{ほんしつ}　　　ほんしつ

［名］本質

本質_{ほんしつ}を見抜_{みぬ}く／看破本質。

□ 本体_{ほんたい}　　　ほんたい

［名］真相，本來面目；（哲）實體，本質；本體，主要部份

計略_{けいりゃく}の本体_{ほんたい}を明_あかす／揭露陰謀的真相。

□ 本音_{ほんね}　　　ほんね

［名］真正的音色；真話，真心話

本音_{ほんね}で話_{はな}す／推心置腹的說話。

□ 本能_{ほんのう}　　　ほんのう

［名］本能

本能_{ほんのう}で動_{うご}く／依本能行動。

□ 本場_{ほんば}　　　ほんば

［名］原產地，正宗產地；發源地，本地

本場_{ほんば}の料理_{りょうり}を食_たべる／食用道地的菜餚。

□ ポンプ　　　ポンプ

[名]【(荷)pomp】抽水機，汲筒
ポンプで水を汲む／用抽水機汲水。

□ 本文　　　ほんぶん

[名] 本文，正文
本文を参照せよ／請参看正文。

□ 本名　　　ほんみょう

[名] 本名，真名
本名を名乗る／報上真名。

□ マーク　　　マーク

[名・他サ]【mark】（劃）記號，符號，
標記；商標；標籤，標示，徽章
マークを付ける／作上記號。

□ マイ　　　マイ

[造語]【my】我的
マイホームを購入する／買了自己的房
子。

□ 埋蔵　　　まいぞう

[名・他サ] 埋藏，蘊藏
埋蔵金を探す／尋找寶藏。

□ マイナス　　　マイナス

[名]【minus】（數）減，減號；（數）
負號；（電）負，陰極；（温度）零
下；虧損，不足；不利
彼の将来にとってマイナスだ／對他
的將來不利。

□ 真上　　　まうえ

[名] 正上方，正當頭
真上を仰ぐ／仰望頭頂上方。

□ 前売り　　　まえうり

[名・他サ] 預售
前売り券を買う／買預售券。

□ 前置き　　　まえおき

[名・自サ] 前言，引言，序語，開場白
前置きが長い／開場白冗長。

□ 前借り　　　まえがり

[名・他サ] 預借，預支
給料を前借りする／預支工錢。

□ 前払い　　　まえばらい

[名・他サ] 預付
工事費の一部を前払いする／預付一
部份的施工費。

□ 前向き　　　まえむき

[名] 面像前方，面向正面；向前看，積極
前向きに考える／積極檢討。

□ 任す　　　まかす

[他五] 委託，託付
仕事を任す／託付工作。

□ 負かす　　　まかす

[他五] 打敗，戰勝
議論で相手を負かす／憑辯論駁倒對方。

02
-
76

□ 紛らわしい　まぎらわしい

[形] 因為相像而容易混淆；以假亂真的

紛らわしいことをする／以假亂真。

□ 紛れる　　　まぎれる

[自下一] 混入，混進；（因受某事物吸引）注意力分散，暫時忘掉，消解

人混みに紛れて見失った／混入人群看不見了。

□ 膜　　　　　まく

[名・漢造] 膜；（表面）薄膜，薄皮

膜が張る／貼上薄膜。

□ 負けず嫌い　まけずぎらい

[名・形動] 不服輸，好強

負けず嫌いな人／不服輸的人

□ 真心　　　　まごころ

[名] 真心，誠心，誠意

真心を込めて働く／忠心耿耿地工作

□ まごつく　　まごつく

[自五] 慌張，驚慌失措，不知所措；徘徊，傍徨

初めてのことでまごついた／因為是第一次所以慌了手腳。

□ 誠／真／実　まこと

[名・副・感] 真實，事實；誠意，真誠，誠心；誠然，的確，非常

嘘か真か／是真？是假？

□ 誠に　　　　まことに

[副] 真，誠然，實在

誠に申し訳ございません／實在非常抱歉。

□ マザコン　　マザコン

[名] 【(和)mother＋complex】之略。戀母情結

あいつはマザコンなんだ／那傢伙有戀母情結。

□ まさしく　　まさしく

[副] 的確，沒錯；正是

これぞまさしく日本の夏だ／這才是正宗的日本夏天啊。

□ 勝る　　　　まさる

[自五] 勝於，優於，強於

勝るとも劣らない／有過之而無不及。

□ 交える　　　まじえる

[他下一] 夾雜，摻雜；（使細長的東西）交叉；互相接觸，交

私情を交える／參雜私人情感。

□ 真下　　　　ました

[名] 正下方，正下面

机の真下に潜る／躲在書桌正下方。

629

□ まして　　　　　　**ま**し**て**

[副] 何況，況且；（古）更加

ましてや私にできるわけがない／何況我不可能做得來的。

□ 交わる　　　　　**ま**じ**わる**

[自五]（線狀物）交，交叉；（與人）交往，交際

線が交わる／線條交叉。

□ 麻酔　　　　　　　**ま**す**い**

[名] 麻醉，昏迷，不省人事

麻酔をかける／施打麻醉。

□ 不味い　　　　　　**ま**ず**い**

[形] 難吃；笨拙，拙劣；難看；不妙

空腹にまずい物なし／餓肚子時沒有不好吃的東西。

□ 股　　　　　　　　**ま**た

[名] 跨股，跨襠

大股で歩く／大步走路。

□ 跨がる　　　　　**ま**た**がる**

[自五]（分開兩腿）騎，跨；跨越，横跨

馬にまたがる／騎馬。

□ 待ち合わせ　　**ま**ち**あわせ**

[名]（約定時間和地點）等候會見

待ち合わせに遅れる／約好了卻遲到。

□ 待ち遠しい　**ま**ち**ど**お**し**い

[形] 盼望能盡早實現而等待的樣子

会える日が待ち遠しい／期盼已久的會面日。

□ 待ち望む　　**ま**ち**のぞむ**

[他五] 期待，盼望

待ち望んだマイホーム／期盼已久的新家終於到手了

□ 区々　　　　　**ま**ち**まち**

[名・形動] 形形色色，各式各樣

噂がまちまちだ／傳說不一。

□ 末　　　　　　　　　**ま**つ

[接尾・漢造] 末，底；末尾；末期；末節

年末の行事／年底的行程

□ 末期　　　　　　**ま**っ**き**

[名] 末期，最後的時期，最後階段；臨終

末期癌の患者／癌症末期患者

□ マッサージ　　**マッサージ**

[名・他サ]【massage】按摩，指壓，推拿

マッサージをする／按摩。

□ 真っ二つ　　**ま**っ**ぷたつ**

[名] 兩半

真っ二つに裂ける／分裂成兩半。

□ 的　　　　　　　　　　ま<u>と</u>

[名・自他サ] 標的，靶子；目標，標的；
要害，要點

的を外す／沒中目標；沒中要害。

□ 纏まり　　　　　　ま<u>とまり</u>

[名] 解決，結束，歸結；一貫，連
貫；統一，一致

このクラスはまとまりがある／這個
班級很團結。

□ 纏め　　　　　　　　ま<u>とめ</u>

[名] 總結，歸納；匯集；解決，有結
果；達成協議；調解（動詞為「纏め
る」）

一年間の総まとめ／一年的總結

□ まとも　　　　　　　ま<u>とも</u>

[名・形動] 正面；正經，認真，規規矩矩

まともにぶつかった／正面碰撞。

□ マニア　　　　　　　マ<u>ニア</u>

[名・造語]【mania】狂熱，癖好；瘋
子，愛好者，…迷，…癖

カメラマニア／相機迷

□ 免れる　　　　　　ま<u>ぬがれる</u>

[他下一] 免，避免，擺脫

責任を免れようとする／想推卸責任。

□ 招き　　　　　　　ま<u>ねき</u>

[名] 招待，邀請，聘請；（招攬顧客
的）招牌，裝飾物

招き猫を飾る／用招財貓裝飾。

□ 瞬き／瞬き　ま<u>ばたき</u>／ま<u>たたき</u>

[名・自サ] 瞬，眨眼

瞬きもせずに見つめる／不眨眼地盯
著看。

□ 麻痺　　　　　　　　ま<u>ひ</u>

[名・自サ] 麻痺，麻木；癱瘓

交通マヒに陥る／交通陷入癱瘓。

□ ～塗れ　　　　　　　まみれ

[接尾] 沾污，沾滿

泥まみれで遊ぶ／玩得滿身是泥。

□ まめ　　　　　　　　ま<u>め</u>

[名・形動] 勤快，勤肯；忠實，認真，表
裡一致，誠懇

まめに働く／認真工作。

□ 麻薬　　　　　　　　ま<u>やく</u>

[名] 麻藥，毒品

麻薬中毒／毒癮

□ 眉　　　　　　　　　ま<u>ゆ</u>

[名] 眉毛，眼眉

眉をひそめる／皺眉。

□ 鞠　　　　　　　　まり

[名]（用橡膠、皮革、布等做的）球

蹴鞠／（平安末期以後貴族的）踢球遊
戲。

□ 丸ごと　　　　まるごと

[副] 完整，完全，全部地，整個（不切開）

丸ごと食べる／整個直接吃。

□ まるっきり　　まるっきり

[副]（「まるきり」的強調形式，後接
否定語）完全，簡直，根本

まるっきり知らない／完全不知道。

□ 丸々　　　　　まるまる

[名・副] 雙圈；（指隱密的事物）某
某；全部，完整，整個

丸々と太った豚／胖嘟嘟的豬

□ 丸める　　　　まるめる

[他下一] 弄圓，糅成團；籠絡，拉攏；
剃成光頭；出家

頭を丸める／剃光頭。

□ 満月　　　　　まんげつ

[名] 滿月，圓月

満月と新月／滿月與新月

□ 満場　　　　　まんじょう

[名] 全場，滿場，滿堂

満場一致で可決される／全場一致贊
成通過。

□ 慢性　　　　　まんせい

[名] 慢性

慢性的な症状／慢性症狀

□ 満タン　　　　まんタン

[名]【まんtank】（俗）油加滿

ガソリンを満タンにする／加滿了油。

□ マンネリ　　　マンネリ

[名]【mannerism】之略。因循守舊，
墨守成規，千篇一律，老套

マンネリに陥る／落入俗套。

□ ～味　　　　　　　み

[漢造]（舌的感覺）味道；事物的內
容；鑑賞，玩味；（助數詞用法）
（食品、藥品、調味料的）種類

旨味がある／（食物）好滋味。

□ 見合い　　　　みあい

[名] 相抵，平衡，相稱；（結婚前
的）相親

見合い結婚する／相親結婚。

□ 見合わせる　　みあわせる

[他下一]（面面）相視；暫緩，暫停，
暫不進行；對照

予定を見合わせる／預定計畫暫緩。

□ 実入り　　　　みいり

[名]（五穀）節食；收入

実入りがいい／收入好。

02
-
77

632

□ 身動き　　みうごき

[名]（下多接否定形）轉動（活動）身體；自由行動
満員で身動きもできない／人滿為患，擠得動彈不得。

□ 見失う　　みうしなう

[他五]迷失，看不見，看丟
目標を見失う／迷失目標。

□ 身内　　みうち

[名]身體內部，全身；親屬；（俠客、賭徒等的）自家人，師兄弟
身内だけの晩ご飯／只有親屬共用的晚餐

□ 見栄っ張り　　みえっぱり

[名]虛飾外表（的人）
見栄っ張りなやつ／追求虛榮的人

□ 見落とす　　みおとす

[他五]看漏，忽略，漏掉
間違いを見落とす／漏看錯誤之處。

□ 未開　　みかい

[名]不開化，未開化；未開墾；野蠻
未開の地に踏み入る／進入未開墾的土地。

□ 味覚　　みかく

[名]味覺
味覚が鋭い／味覺敏銳。

□ 身軽　　みがる

[名・形動]身體輕鬆，輕便；身體靈活，靈巧
身軽な動作／靈巧的動作

□ 幹　　みき

[名]樹幹；事物的主要部分
木の幹と枝／樹木的樹幹與樹枝。

□ 右手　　みぎて

[名]右手，右邊，右面
右手に見えるのが公園です／右邊可看到的是公園。

□ 見下す　　みくだす

[他五]輕視，藐視，看不起；往下看，俯視
人を見下した態度／輕視別人的態度

□ 見苦しい　　みぐるしい

[形]令人看不下去的；不好看，不體面；難看
見苦しい言い訳をする／丟人現眼的藉口。

□ 見込み　　みこみ

[名]希望；可能性；預料，估計，預定
見込みが薄い／希望不大。

□ 未婚　　みこん

[名]未婚
未婚の母になる／成為未婚媽媽。

□ 未熟　　　　みじゅく

[名・形動] 未熟，生；不成熟，不熟練
未熟児が生まれる／生下早產兒。

□ 見知らぬ　　みしらぬ

[連體] 未見過的
見知らぬ人／陌生人

□ 微塵　　　　みじん

[名] 微塵；微小（物），極小（物）；
一點，少許；切碎，碎末
反省の色が微塵もない／完全沒有反
省的樣子。

□ 水気　　　　みずけ

[名] 水分
水気をふき取る／拭去水分。

□ ミスプリント　ミスプリント

[名]【misprint】印刷錯誤，印錯的字
ミスプリントを訂正する／訂正印刷
錯誤。

□ みすぼらしい　みすぼらしい

[形] 難看的；破舊的
みすぼらしい格好／衣衫襤褸。

□ 瑞瑞しい　　みずみずしい

[形] 水嫩，嬌嫩；新鮮
みずみずしい果物／新鮮的水果

□ ミセス　　　　ミセス

[名]【Mrs.】女士，太太，夫人；已婚
婦女，主婦
ミセス向けの服／適合仕女的服裝

□ 見せびらかす　みせびらかす

[他五] 炫耀，賣弄，顯示
見せびらかして自慢する／驕傲的炫耀。

□ 見せ物　　　　みせもの

[名] 雜耍（指雜技團、馬戲團、魔術
等）；被眾人耍弄的對象
見せ物にされる／被當作耍弄的對象。

□ 満たす　　　　みたす

[他五] 裝滿，填滿，倒滿；滿足
需要を満たす／滿足需要。

□ 乱す　　　　　みだす

[他五] 弄亂，擾亂
秩序を乱す／弄亂秩序。

□ 乱れ　　　　　みだれ

[名] 亂；錯亂；混亂
食生活の乱れ／飲食不正常

□ 乱れる　　　　みだれる

[自下一] 亂，凌亂；紊亂，混亂
服装が乱れる／服裝凌亂。

634

□ 未知　　　　　　み**ち**

[名] 未定，不知道，未決定
未知の世界／未知的世界

□ 道　　　　　　み**ち**

[名] 道路；道義，道德；方法，手段；路程；專門，領域
道を譲る／讓路。

□ 身近　　　　　　み**ぢか**

[名・形動] 切身；身邊，身旁
危険が身近に迫る／危險臨到眼前

□ 見違える　　　　み**ちがえる**

[他下一] 看錯
見違えるほど変わった／變得都認不出來了。

□ 道端　　　　　　み**ちばた**

[名] 道旁，路邊
道端で喧嘩をする／在路邊吵架。

□ 導く　　　　　　み**ちびく**

[他五] 引路，導遊；指導，引導；導致
勝利に導く／引向勝利。

□ 密集　　　　　　み**っしゅう**

[名・自サ] 密集，雲集
住宅密集地帯／住宅密集地區

□ 密接　　　　　　み**っせつ**

[名・自サ・形動] 密接，緊連；密切
密接な関係にある／有密切的關係。

□ 密度　　　　　　み**つど**

[名] 密度
密度が高い／密度高。

□ 見積もり　　　　み**つもり**

[名] 估計，估量
見積もりを出す／提交估價單。

□ 見積もる　　　　み**つもる**

[他五] 估計
予算を見積もる／估計預算。

□ 未定　　　　　　み**てい**

[名・形動] 未定，未決定
日時は未定です／日期未定。

□ 見て見ぬ振りをする
　　　　　み**てみぬふりをする**

[慣用語] 假裝沒看到
乞食がいたが見て見ぬ振りをした／對乞丐視而不見。

□ 見通し　　　　　み**とおし**

[名] 一直看下去；眺望；（對前景等的）預料，推測
見通しが甘かった／預想得太樂觀。

□ 見届ける　　　　み**とどける**

[他下一] 看到，看清；看到最後；預見
成長を見届ける／見證其成長。

635

□ 見做す／看做す　　み なす

[他五] 視為，認為，看成；當作

正解と見なす／當作是正確答案。

□ 源　　　　　　　み なもと

[名] 水源，發源地；（事物的）起源，根源

命の源／生命的起源

□ 見習う　　　　み ならう

[他五] 學習，見習，熟習；模仿，學習

見習うべき手本／值得學習的範本。

□ 身形　　　　　　み なり

[名] 服飾，裝束，打扮

身なりに構わない／不修邊幅。

□ 峰　　　　　　　み ね

[名] 山峰；刀背；東西突起部分

峰打ちする／用刀背砍。

□ 身の上　　　み のうえ

[名] 境遇，身世，經歷；命運，運氣

身の上話をする／談論身世境遇。

□ 見逃す　　　み のがす

[他五] 看漏；饒過，放過；錯過；沒看成

決定的瞬間を見逃す／錯過決定性的瞬間。

□ 身の回り　　み のまわり

[名] 身邊衣物（指衣履、攜帶品等）；日常生活；（工作或交際上）應由自己處裡的事情

身の回りを整頓する／整頓日常生活。

□ 見計らう　　み はからう

[他五] 斟酌，看著辦，選擇

タイミングを見計らう／斟酌時機。

□ 見晴らし　　み はらし

[名] 眺望，遠望；景致

見晴らしのいい展望台／景致美麗的瞭望台

□ 身振り　　　み ぶり

[名]（表示意志、感情的）姿態；（身體的）動作

身振り手振りで示す／比手劃腳地示意。

□ 身元　　　　み もと

[名]（個人的）出身，來歷，經歷；身份，身世

身元保証人／保人

□ 脈　　　　　み ゃく

[名・漢造] 脈，血管；脈搏；（山脈、礦脈、葉脈等）脈；（表面上看不出的）關連

脈をとる／看脈。

02
⁞
78

636

□ ミュージック ミュージック

[名]【music】音樂，樂曲

ポップミュージックを聴きく／聽流行音樂。

□ 未練みれん みれん

[名] 不熟練，不成熟；依戀，戀戀不捨；不乾脆，怯懦

未練みれんが残のこる／留戀。

□ 見渡すみわた みわたす

[他五] 瞭望，遠望；看一遍，環視

見渡みわたす限かぎりの青空あおぞら／一望無際的藍天

□ 民宿みんしゅく みんしゅく

[名・自サ]（觀光地的）民宿，家庭旅店；（旅客）在民家投宿

民宿みんしゅくに泊とまる／住在民宿。

□ 民俗みんぞく みんぞく

[名] 民俗，民間風俗

民俗学みんぞくがくを研究けんきゅうする／研究民俗學。

□ 民族みんぞく みんぞく

[名] 民族

少数民族しょうすうみんぞく／少數民族

□ 無意味むいみ むいみ

[名・形動] 無意義，沒意思，沒價值，無聊

無意味むいみな行動こうどう／無意義的行動

□ ムード ムード

[名]【mood】心情，情緒；氣氛；（語）語氣；情趣；樣式，方式

ムードをぶち壊こわす／破壞氣氛。

□ むかつく むかつく

[自五] 噁心，反胃；生氣，發怒

彼かれをみるとむかつく／一看到他就生氣。

□ むかむか むかむか

[副・自サ] 噁心，作嘔；怒上心頭，火冒三丈

胸むねがむかむかする／感到噁心。

□ 無関心むかんしん むかんしん

[名・形動] 不關心；不感興趣

無関心むかんしんを装よそう／裝作沒興趣。

□ 無口むくち むくち

[名・形動] 沈默寡言，不愛說話

無口むくちな青年せいねん／沈默寡言的年輕人

□ むくむ むくむ

[自五] 浮腫，虛腫

むくんだ足あし／浮腫的腳

□ 婿むこ むこ

[名] 女婿；新郎

婿養子むこようしをもらう／招贅。

□ 無効　　　　　　　むこう

[名・形動] 無效，失效，作廢

割引券が無効になる／折價券失效。

□ 無言　　　　　　　むごん

[名] 無言，不說話，沈默

無言でうなずく／默默地點頭。

□ 無邪気　　　　　むじゃき

[名・形動] 天真爛漫，思想單純，幼稚

無邪気な子供／天真爛漫的孩子

□ 毟る　　　　　　　むしる

[他五] 揪，拔；撕，剔（骨頭）；也寫作「挘る」

草をむしる／拔草。

□ 結び　　　　　　　むすび

[名] 繋，連結，打結；結束，結尾；飯糰

話の結び／故事的結尾

□ 結び付き　　　むすびつき

[名] 聯繫，聯合，關係，結合

結び付きが強い／結合得很堅固。

□ 結び付く　　　むすびつく

[自五] 連接，結合，繋；密切相關，有聯繫，有關連

成功に結び付く／成功結合。

□ 結び付ける　むすびつける

[他下一] 繫上，拴上；結合，聯繫

運命が彼ら結び付ける／命運把他們結合在一起。

□ むせる　　　　　　むせる

[自下一] 噎，嗆

煙が立ってむせてしようがない／直冒煙，嗆得厲害

□ 無線　　　　　　　むせん

[名] 無線，不用電線；無線電

無線機で話す／用無線電說話。

□ 無駄遣い　　　むだづかい

[名・自サ] 浪費；亂花錢

税金の無駄遣い／稅金的浪費。

□ 無断　　　　　　　むだん

[名] 擅自，私自，事前未經允許，自作主張

無断欠勤する／擅自缺席。

□ 無知　　　　　　　むち

[名] 沒知識，無智慧，愚笨

相手の無知につけ込む／抓住對手的弱點。

□ 無茶　　　　　**む**ちゃ

[名・形動] 毫無道理，豈有此理；胡亂，亂來；格外，過分

それは**無茶**というものです／這簡直是胡來。

□ 無茶苦茶　　**む**ちゃくちゃ

[名・形動] 毫無道理，豈有此理；混亂，亂七八糟；亂哄哄

無茶苦茶忙しい／忙得亂哄哄。

□ 空しい／虚しい　**む**なしい

[形] 沒有內容，空的，空洞的；付出努力卻無成果，徒然的，無效的（名詞形為「空しさ」）

むなしい一生／虛度的一生

□ 無念　　　　　**む**ねん

[名] 什麼也不想，無所牽掛；懊悔，悔恨，遺憾

無念な死に方／遺憾的死法。

□ 無能　　　　　**む**のう

[名・形動] 無能，無才，無用

無能な連中／無能之輩

□ 無闇（に）　　**む**やみに

[名・形動]（不加思索的）胡亂，輕率；過度，不必要

むやみにお金を使う／胡亂花錢。

□ 無用　　　　　**む**よう

[名] 不起作用，無用處；無需，沒必要

心配無用です／無須擔心。

□ 斑　　　　　　**む**ら

[名]（顏色）不均勻，有斑點；（事物）不齊，不定；忽三忽四，（性情）易變

製品の出来に斑がある／成品參差不齊。

□ 群がる　　　　**む**らがる

[自五] 聚集，群集，密集，林立

アリが群がる／螞蟻群聚。

□ 無論　　　　　**む**ろん

[副] 當然，不用說

無論心配は要りません／當然無須擔心。

□ 名産　　　　　**め**いさん

[名] 名產

台湾の名産を買う／購買台灣名產。

□ 名称　　　　　**め**いしょう

[名] 名稱（一般指對事物的稱呼）

名称を変える／改變名稱。

□ 命中　　　　　**め**いちゅう

[名・自サ] 命中

彼女のハートに命中する／命中她的心，得到她的心。

639

□ 明白　　　　　めいはく

[名・形動] 明白，明顯

結果は明白だ／結果顯而易見。

□ 名簿　　　　　めいぼ

[名] 名簿，名冊

同窓会名簿／同學會名冊

□ 名誉　　　　　めいよ

[名・造語] 名譽，榮譽，光榮；體面；

名譽頭銜

名誉教授になる／當上榮譽教授。

□ 明瞭　　　　　めいりょう

[形動] 明白，明瞭，明確

明瞭な事実／明顯的事實

□ 明朗　　　　　めいろう

[名・形動] 明朗；清明，公正，光明正

大，不隱諱

健康で明朗な少年／健康開朗的少年

□ メーカー　　　メーカー

[名]【maker】製造商，製造廠，廠商

一流のメーカー／一流廠商

□ 目方　　　　　めかた

[名] 重量，分量

目方を量る／秤重。

□ 恵み　　　　　めぐみ

[名] 恩惠，恩澤；周濟，施捨

恵みの雨／恩澤之雨

□ 恵む　　　　　めぐむ

[他五] 同情，憐憫；施捨，周濟

恵まれた環境／得天獨厚的環境

□ 目先　　　　　めさき

[名] 目前，眼前；當前，現在；遇

見；外觀，外貌，當場的風趣

目先の利益にとらわれる／只著重眼

前利益。

□ 目覚ましい　　めざましい

[形] 好到令人吃驚的；驚人；突出

目覚しい発展を遂げる／取得了驚人

的發展。

□ 目覚める　　　めざめる

[自下一] 醒，睡醒；覺悟，覺醒，發現

才能に目覚める／激發出才能。

□ 召す　　　　　めす

[他五]（敬語）召見，召喚；吃；喝；

穿；乘；入浴；感冒；買

お召しになりますか／您要嚐一下

嗎？

□ 雌　　　　　　めす

[名] 雌，母；（罵）女人

雌に求愛する／向雌性求愛。

□ 目付き　　　　　めつき

[名] 眼神
目付きが悪い／眼神兇狠。

□ 滅亡　　　　　めつぼう

[名・自サ] 滅亡
滅亡に瀕する／瀕於滅亡。

□ メディア　　　　メディア

[名]【media】手段，媒體，媒介
マルチメディア／多媒體

□ 目途　　　　　　めど

[名] 目標；眉目，頭緒
目途が立たない／無法解決。

□ 目盛り　　　　めもり

[名]（量表上的）度數，刻度
目盛りを読む／看（計器的）刻度。

□ メロディー　　　メロディー

[名]【melody】（樂）旋律，曲調；美麗的音樂
メロディーを奏でる／演奏音樂。

□ 免疫　　　　　めんえき

[名] 免疫；習以為常
はしかの免疫／對麻疹免疫

□ 面会　　　　　めんかい

[名・自サ] 會見，會面
面会謝絶になる／謝絕會面。

□ 免除　　　　　めんじょ

[名・他サ] 免除（義務、責任等）
学費を免除する／免除學費。

□ 面する　　　　めんする

[自サ]（某物）面向，面對著，對著；（事件等）面對
道路に面する／面對著道路。

□ 面目／面目　めんぼく／めんもく

[名] 臉面，目目；名譽，威信，體面
面目が立たない／丟臉。

□ 喪　　　　　　　も

[名] 服喪；喪事，葬禮
喪に服す／服喪。

□ ～網　　　　　もう

[漢造] 網；網狀物；聯絡網
連絡網／聯絡網

□ 設ける　　　　もうける

[他下一] 預備，準備；設立，設置，制定
規則を設ける／訂立規則。

□ 申し入れる　もうしいれる

[他下一] 提議，（正式）提出
援助を申し入れる／申請援助。

□ 申し込み　　もうしこみ

[名] 提議，提出要求；申請，應徵，報名；預約

申し込みの締め切り／報名期限

□ 申し出　　もうしで

[名] 建議，提出，聲明，要求；（法）申訴

申し出の順に処理する／依申請順序處理。

□ 申し出る　　もうしでる

[他下一] 提出，申述，申請

申し出てください／請提出申請。

□ 申し分　　もうしぶん

[名] 可挑剔之處，缺點；申辯的理由，意見

申し分ない／無可挑剔。

□ 盲点　　もうてん

[名] （眼球中的）盲點；空白點，漏洞

敵の盲点をつく／乘敵之虛，攻其不備。

□ 猛烈　　もうれつ

[形動] 氣勢或程度非常大的樣子，猛烈；特別；厲害

猛烈に後悔する／非常後悔。

□ モーテル　　モーテル

[名]【motel】汽車旅館

モーテルに泊まる／留宿在汽車旅館。

□ もがく　　もがく

[自五]（痛苦時）掙扎，折騰；著急

水におぼれてもがく／溺水不斷掙扎著。

□ 目録　　もくろく

[名]（書籍目錄的）目次；（圖書、財產、商品的）目錄；（禮品的）清單

目録を進呈する／呈上目錄。

□ 目論見　　もくろみ

[名] 計畫，意圖，企圖

もくろみが外れる／計畫落空。

□ 目論む　　もくろむ

[他五] 計畫，籌畫，企圖，圖謀

大事業をもくろむ／籌畫一項大事業。

□ 模型　　もけい

[名]（用於展覽、實驗、研究的實物或抽象的）模型

模型を組み立てる／組裝模型。

□ 模索　　もさく

[名・自サ] 摸索；探尋

方法を模索する／探詢方法。

□ **若しくは**　　　　も**し**くは

[接續]（文）或，或者

火曜日もしくは木曜日に／在週二或
週四。

□ **齎す**　　　　　も**た**らす

[他五] 帶來；造成；帶來（好處）

幸福をもたらす／帶來幸福。

□ **持ち切り**　　　も**ち**きり

[名]（某一段時期）始終談論一件事

その話題で持ち切りだ／始終談論那
個話題。

□ **持ち込む**　　　も**ち**こむ

[他五] 攜入，帶入；提出（意見，建
議，問題）

飲食物をホテルに持ち込む／將外食
攜入飯店。

□ **目下**　　　　　も**っ**か

[名・副] 當前，當下，目前

目下検討中／目前正在研究

□ **専ら**　　　　も**っ**ぱら

[副] 專門，主要，淨；（文）專壇，獨攬

専ら練習に励む／專心致志努力練習。

□ **持て成す**　　も**て**なす

[他五] 接待，招待，款待；（請吃飯）
宴請，招待

お客様を持て成す／宴請客人。

□ **持てる**　　　　も**て**る

[自下一] 受歡迎；能維持；能有

持てる力を出し切る／發揮所有的力
量。

□ **モニター**　　　モニター

[名]【monitor】監聽器，監視器；監
聽員；評論員

モニターで監視する／以監視器監控
著。

□ **〜物**　　　　　も**の**

[名・接頭・造語]（有形或無形的）物品，
事情；所有物；加強語氣用；表回憶
或希望；不由得…；值得…的東西

忘れ物をする／遺失物品。

□ **物好き**　　　も**の**ずき

[名・形動] 從事或觀看古怪東西；也指喜
歡這樣的人；好奇

物好きな人／好奇的人

□ **物足りない**　も**の**たりない

[形] 感覺缺少什麼而不滿足；有缺
憾，不完美；美中不足

物足りない説明／說明不夠充分

□ **最早**　　　　　も**は**や

[副]（事到如今）已經

もはやこれまでだ／事到如今只能這
樣了。

□ 模範　　　　　もはん

[名] 模範，榜樣，典型
模範を示す／作為典範。

□ 模倣　　　　　もほう

[名・他サ] 模仿，仿照，效仿
模倣犯を防ぐ／防止模仿犯罪。

□ 揉める　　　　もめる

[自下一] 發生糾紛，擔心
兄弟間でもめる／兄弟鬩牆。

□ 催す　　　　　もよおす

[他五] 舉行，舉辦；產生，引起
イベントを催す／舉辦活動。

□ 漏らす　　　　もらす

[他五]（液體、氣體、光等）漏，漏
出；（秘密等）洩漏；遺漏；發洩；
尿褲子
秘密を漏らす／洩漏秘密。

□ 盛り上がる　　もりあがる

[自五]（向上或向外）鼓起，隆起；
（情緒、要求等）沸騰，高漲
話が盛り上がる／聊得很開心。

□ 漏る　　　　　もる

[自五]（液體、氣體、光等）漏，漏出
雨が漏る／漏雨。

□ 漏れる　　　　もれる

[自下一]（液體、氣體、光等）漏，
漏出；（秘密等）洩漏；
落選，被淘汰
声が漏れる／聲音傳出。

□ 脆い　　　　　もろい

[形] 易碎的，容易壞的，脆的；容易
動感情的，心軟，感情脆弱；容易屈
服，軟弱，窩囊
涙にもろい人／心軟愛掉淚的人

□ もろに　　　　もろに

[副] 直接
もろにぶつかる／直接撞上。

□ 矢　　　　　　や

[名] 箭；楔子；指針
白羽の矢が立つ／雀屏中選。

□ 野外　　　　　やがい

[名] 野外，郊外，原野；戶外，室外
野外活動をする／從事郊外活動。

□ ～薬　　　　　やく

[名・漢造] 藥；化學藥品
弾薬を詰める／裝彈藥。

□ 夜具　　　　　やぐ

[名] 寢具，臥具，被褥
夜具を揃える／寢具齊備。

□ 役職　　　　やくしょく

[名] 官職，職務；要職
役職に就く／就任要職。

□ 役場　　　　やくば

[名]（區、村）鄉公所，辦事處
役場に届けを出す／向區公所提出申請。

□ やけに　　　　やけに

[副]（俗）非常，很，特別
表がやけに騒がしい／外面非常吵鬧。

02
80

□ 屋敷　　　　やしき

[名]（房屋的）建築用地，宅地；宅邸，公館
お化け屋敷／鬼屋

□ 養う　　　　やしなう

[他五]（子女）養育，撫育；養活，扶養；餵養；培養；保養，休養
妻と子を養う／撫養妻子與小孩。

□ 野心　　　　やしん

[名] 野心，雄心；陰謀
野心に燃える／野心勃勃。

□ 安っぽい　　　やすっぽい

[形] 很像便宜貨，品質差的樣子，廉價，不值錢；沒有品味，低俗，俗氣；沒有價值，沒有內容，不足取
安っぽい服を着ている／穿著廉價的衣服。

□ 休める　　　やすめる

[他下一]（活動等）使休息，使停歇；（身心等）使休息，使安靜
体を休める／讓身體休息。

□ 野生　　　　やせい

[名・自サ・代] 野生；鄙人
野生動物を保護する／保護野生動物。

□ やせっぽち　　やせっぽち

[名]（俗）瘦小（的人），瘦皮猴
やせっぽちの少年／瘦小的少年

□ やたら（と）　　やたら

[副]（俗）胡亂，隨便，不分好歹，沒有差別；過份，非常，大量
やたらと長い映画／冗長的電影

□ 奴　　　　やつ

[名・代]（蔑）人，傢伙；（粗魯的）指某物，某事情或某狀況；（蔑）他，那小子
おまえみたいな奴はもう知らない／我再也不管你這傢伙了。

□ やっつける　　やっつける

[他下一]（俗）幹完；（狠狠的）教訓一頓，整一頓；打敗，擊敗
相手チームをやっつける／擊敗對方隊伍。

□ 野党　　　　やとう

[名] 在野黨

野党が不信任決議案を提出する／在野黨提出不信任案。

□ やばい　　　　やばい

[形]（俗）（對作案犯法的人警察將進行逮捕）不妙，危險

見つかったらやばいぞ／如果被發現就不好了啦。

□ 病　　　　やまい

[名] 病；毛病；怪癖

病に倒れる／病倒。

□ 闇　　　　やみ

[名]（夜間的）黑暗；（心中）辨別不清，不知所措；黑暗；黑市

闇をさまよう／在黑暗中迷失方向。

□ ややこしい　　ややこしい

[形] 錯綜複雜，弄不明白的樣子，費解，繁雜

ややこしい問題を解く／解開錯綜複雜的問題。

□ 遣り通す　　やりとおす

[他五] 做完，完成

最後までやり通す／做到最後。

□ 遣り遂げる　　やりとげる

[他下一] 徹底做完，進行到底，完成

目標を遣り遂げる／徹底完成目標。

□ 和らぐ　　　　やわらぐ

[自五] 變柔和，和緩起來

怒りが和らぐ／讓憤怒的心情平靜下來。

□ 和らげる　　やわらげる

[他下一] 緩和；使明白

痛みを和らげる薬／緩和疼痛的藥。

□ ヤング　　　　ヤング

[名・造語]【young】年輕人，年輕一代；年輕的

ヤングとアダルト／年輕人與成年人

□ ～油　　　　ゆ

[漢造] …油；形容雲氣上昇狀

ラー油をたらす／淋上辣油。

□ 優　　　　ゆう

[名・漢造]（成績五分四級制的）優秀；優美，雅致；優異，優厚；演員；悠然自得

優の成績を残す／留下優異成績。

□ 優位　　　　ゆうい

[名] 優勢；優越地位

優位に立つ／處於優勢。

□ 憂鬱　　　　ゆううつ

[名・形動] 憂鬱，鬱悶；愁悶

憂鬱な気分になる／心情憂鬱。

□ 有益　　　　ゆうえき

[名・形動] 有益，有意義，有好處

有益な情報を得る／獲得有益的情報。

□ 優越　　　　ゆうえつ

[名・自サ] 優越

優越感に浸る／沈浸在優越感中。

□ 誘拐　　　　ゆうかい

[名・他サ] 拐騙，誘拐，綁架

子供を誘拐する／拐騙兒童。

□ 勇敢　　　　ゆうかん

[名・形動] 勇敢

勇敢に立ち向かう／勇敢前行。

□ 有機　　　　ゆうき

[名]（化）有機；有生命力

有機栽培の野菜／有機蔬菜

□ 夕暮れ　　　ゆうぐれ

[名] 黃昏；傍晚

夕暮れ時／傍晚時分

□ 融資　　　　ゆうし

[名・自サ]（經）通融資金，貸款

融資を受ける／接受貸款。

□ 融通　　　　ゆうずう

[名・他サ] 暢通（錢款），通融；腦筋靈活，臨機應變

融通がきく／善於臨機應變。

□ 有する　　　ゆうする

[他サ] 有，擁有

広大な土地を有する／擁有莫大的土地。

□ 優勢　　　　ゆうせい

[名・形動] 優勢

優勢に立つ／處於優勢。

□ 優先　　　　ゆうせん

[名・自サ] 優先

優先席に座る／坐博愛座。

□ ユーターン　　ユーターン

[名・自サ]【U-turn】（汽車的）U字形轉彎，180度迴轉

この道路ではUターン禁止だ／這條路禁止迴轉。

□ 誘導　　　　ゆうどう

[名・他サ] 引導，誘導；導航

誘導尋問を受ける／接受誘導問話。

□ 優美　　　　ゆうび

[名・形動] 優美

優美な世界／美麗的世界

□ 郵便屋さん　ゆうびんやさん

[名] 郵差

郵便屋さんが配達に来る／郵差來送信。

□ 有望　　　　　　ゆうぼう

[形動] 有希望，有前途
将来有望な学生たち／有前途的學生們

□ 遊牧　　　　　　ゆうぼく

[名・自サ] 游牧
遊牧民の生活／游牧民族的生活

□ 夕焼け　　　　　ゆうやけ

[名] 晚霞
夕焼けを眺める／欣賞晚霞。

□ 有力　　　　　　ゆうりょく

[形動] 有勢力，有權威；有希望；有努力；有效力
有力者に近づく／接近有勢力者。

□ 幽霊　　　　　　ゆうれい

[名] 幽靈，鬼魂，亡魂；有名無實的事物
幽霊が出る屋敷／鬼魂出沒的屋子。

□ 誘惑　　　　　　ゆうわく

[名・他サ] 誘惑；引誘
甘い誘惑に克つ／戰勝甜美的誘惑。

□ 故（に）　　　　ゆえに

[名・接助・接續] 理由，緣故；（某）情況；（前皆體言表示原因）因為
ユダヤ人であるが故に迫害された／因為是猶太人因此遭到迫害。

□ 歪む　　　　　　ゆがむ

[自五] 歪斜，歪扭；（性格等）乖僻，扭曲
顔がゆがむ／臉扭曲。

□ 揺さ振る　　　　ゆさぶる

[他五] 搖晃；震撼
心が揺さぶられる／內心動搖。

□ 濯ぐ　　　　　　ゆすぐ

[他五] 洗滌，刷洗，洗濯
口をゆすぐ／漱口。

□ ゆとり　　　　　ゆとり

[名] 餘地，寬裕
ゆとりのある生活／寬裕的生活。

□ ユニーク　　　　ユニーク

[形動]【unique】獨特而與其他東西無雷同之處；獨到的，獨自的
ユニークな発想をする／獨到的想法。

□ ユニットバス　　ユニットバス

[名]【(和) unit＋bath】（包含浴缸、洗手台與馬桶的）衛浴設備
最新のユニットバスが取り付けられている／附有最新型的衛浴設備。

□ ユニフォーム　ユニフォーム

[名]【uniform】制服；（統一的）運動服，工作服

ユニフォームを着用する／穿制服。

□ 指差す　ゆびさす

[他五]（用手指）指

犯人を指差す／指出犯人。

□ 弓　ゆみ

[名] 弓；箭；弓形物

弓を引く／拉弓。

□ 揺らぐ　ゆらぐ

[自五] 搖動，搖晃；意志動搖；搖搖欲墜，岌岌可危

決心が揺らぐ／決心產生動搖。

□ 緩む　ゆるむ

[自五] 鬆散，緩和，鬆弛

緊張感が緩む／緩和緊張感。

□ 緩める　ゆるめる

[他下一] 放鬆，使鬆懈；鬆弛，放鬆；放慢速度

ベルトを緩める／放鬆皮帶。

□ 緩やか　ゆるやか

[形動] 坡度或彎度平緩；緩慢

緩やかな坂／陡度小的坡

□ 世　よ

[名] 世上，人世；一生，一世；時代，年代；世界

世も末だ／世界末日了。

□ 洋～　よう

[名・漢造] 東洋和西洋；西方，西式；大而寬廣km海洋

洋画を見る／欣賞西畫。

□ 要因　よういん

[名] 主要原因，主要因素

要因を探る／探詢主要原因。

□ 溶液　ようえき

[名]（理、化）溶液

溶液の濃度／溶液的濃度

□ 用件　ようけん

[名]（應辦的）事情；要緊的事情；事情的內容

用件を述べる／陳述事情內容。

□ 養護　ようご

[名・他サ] 護養；扶養；保育

特別養護老人ホーム／特殊老人照護中心

□ 用紙　ようし

[名]（特定用途的）紙張，規定用紙

コピー用紙を補充する／補充影印紙。

□ 養子 ^{ようし} **ようし**

[名] 養子；繼子
弟の子を養子にもらう／領養弟弟的小孩。

□ 洋式 ^{ようしき} **ようしき**

[名] 西式，洋式，西洋式
洋式トイレ／西式廁所

□ 様式 ^{ようしき} **ようしき**

[名] 樣式，方式；一定的形式，格式；（詩、建築等）風格
様式にこだわる／嚴格要求格式。

□ 用心深い ^{ようじんぶかい} **ようじんぶかい**

[形] 十分小心，十分謹慎
用心深く行動する／小心行事。

□ 要する ^{よう} **ようする**

[他サ] 需要；埋伏；摘要，歸納
長い時間を要する／需要很長的時間。

□ 要請 ^{ようせい} **ようせい**

[名・他サ] 要求，請求
救助を要請する／請求幫助。

□ 養成 ^{ようせい} **ようせい**

[名・他サ] 培養，培訓；造就
技術者を養成する／培訓技師。

□ 様相 ^{ようそう} **ようそう**

[名] 樣子，情況，形勢；模樣
田舎は様相を一変した／農村完全改變了面貌。

□ 用品 ^{ようひん} **ようひん**

[名] 用品，用具
スポーツ用品を買う／購買運動用品。

□ 洋風 ^{ようふう} **ようふう**

[名] 西式，洋式；西洋風格
洋風のたたずまい／西式外觀

□ 用法 ^{ようほう} **ようほう**

[名] 用法
用法を把握する／掌握用法。

□ 要望 ^{ようぼう} **ようぼう**

[名・他サ] 要求，迫切希望
要望がかなう／如願以償。

□ 余暇 ^{よか} **よか**

[名] 閒暇，業餘時間
余暇を生かす／利用餘暇。

□ 予感 ^{よかん} **よかん**

[名・他サ] 預感，先知，預兆
いやな予感がする／有不祥的預感。

□ 余興 ^{よきょう} **よきょう**

[名・自他サ] 餘興
宴会の余興／宴會的餘興節目

□ 預金　　　よきん

[名・自他サ] 存款
預金を下ろす／提領存款。

□ 欲　　　よく

[名・漢造] 欲望，貪心；希求，慾望
欲の皮が突っ張る／得寸進尺。

□ 抑圧　　　よくあつ

[名・他サ] 壓制，壓迫
抑圧を受ける／受壓迫。

□ 浴室　　　よくしつ

[名] 浴室
サウナを完備した浴室／三溫暖設備
齊全的浴室

□ 抑制　　　よくせい

[名・他サ] 抑制，制止
感情を抑制する／抑制情感。

□ 欲深い　　　よくぶかい

[形] 貪而無厭，貪心不足的樣子
欲深い頼み／貪而無厭的要求

□ 欲望　　　よくぼう

[名] 慾望；欲求
欲望を満たす／滿足慾望。

□ よける　　　よける

[他下一] 躲避；防備
雨をよける／避雨。

□ 予言　　　よげん

[名・他サ] 預言，預告
占い師の予言を信じる／相信占卜師
的預言。

□ 予告　　　よこく

[名・他サ] 預告，事先通知
テストを予告する／預告考期。

□ 横綱　　　よこづな

[名]（相撲排名最高的稱號）横綱
横綱に昇進する／晉級為横綱。

□ 汚れ　　　よごれ

[名] 污穢，污物，骯髒之處
汚れが目立つ／污漬顯眼。

□ 由　　　よし

[名]（文）緣故，理由；方法手段；線
索；（所講的事情的）內容，情況；
（以「…のよし」的形式）聽說
知る由もない／無從得知。

□ 良し　　　よし

[感]（「よい」的文語形式）好，行，
可以
終わりよければすべて良し／結果好
就是好的。

□ 善し悪し　　　よしあし

[名] 善惡，好壞；有利有弊，善惡難明
善し悪しを見分ける／分辨是非。

651

□ 余震　　　　　　よしん

[名] 餘震
余震が続く／餘震不斷。

□ 寄せ集める　よせあつめる

[他下一] 收集，匯集，聚集，拼湊
素人を寄せ集めたチーム／外行人組
成的隊伍

□ よその人　　よそのひと

[名] 旁人，閒雜人等
よその人に慣れさせる／讓…習慣旁人。

□ 余所見　　　　よそみ

[名・自サ] 往旁處看；給他人看見的樣子
よそみ運転する／左顧右盼的開車。

□ 余地　　　　　　よち

[名] 空地；容地，餘地
考える余地を与える／給人思考的空間。

□ よって　　　　　よって

[接續] 因此，所以
これによって無罪とする／因此獲判
無罪。

□ よっぽど　　よっぽど

[副] （俗）很，頗，大量；在很大程度
上；（以「よっぽど…ようと思っ
た」形式）很想…，差一點就…
よっぽど好きだね／你真的很喜歡
呢。

□ 与党　　　　　　よとう

[名] 執政黨；志同道合的伙伴
与党と野党／執政黨與在野黨

□ 呼び捨て　　　よびすて

[名] 光叫姓名（不加「さま」、「さん」、
「君」等敬稱）
人を呼び捨てにする／直呼別人的名
（姓）。

□ 呼び止める　よびとめる

[他下一] 叫住
警察に呼び止められる／被警察叫
住。

□ 夜更かし　　よふかし

[名・自サ] 熬夜
夜更かしをする／熬夜。

□ 夜更け　　　　よふけ

[名] 深夜，深更半夜
夜更けに尋ねる／三更半夜來訪。

□ 余程　　　　　　よほど

[副] 頗，很，相當，在很大程度上；
很想…，差一點就…
よほどの技術がないと無理だ／沒有
相當技術是辦不到的。

□ 読み上げる　よみあげる

[他下一] 朗讀；讀完
判決文を読み上げる／朗讀判決書。

□ 読み取る　　　　　よみとる

[自五] 領會，讀懂，看明白，理解

真意を読み取る／理解真正的涵意。

□ ～寄り　　　　　　より

[名] 偏，靠；聚會，集會

最寄りの駅／最近的車站

□ 寄り掛かる　　　よりかかる

[自五] 倚，靠；依賴，依靠

壁に寄り掛かる／倚靠著牆壁。

□ 寄り添う　　　　よりそう

[自五] 挨近，貼近，靠近

母に寄り添う／靠在母親身上。

02
‑
82

□ 世論／世論　よろん／せろん

[名] 輿論

世論を無視する／無視於輿論。

□ 弱る　　　　　　　よわる

[自五] 衰弱，軟弱；困窘，為難

体が弱る／身體虛弱。

□ 来場　　　　　　らいじょう

[名・自サ] 到場，出席

お車でのご来場はご遠慮下さい／請
勿開車前來會場。

□ ライス　　　　　　ライス

[名]【rice】米飯

ライスを注文する／點米飯。

□ ライバル　　　　　ライバル

[名]【rival】競爭對手；情敵

よきライバル／好的對手

□ 酪農　　　　　　らくのう

[名]（農）（飼養奶牛、奶羊生產乳製品
的）酪農業

酪農を経営する／經營酪農業。

□ 拉致　　　　　　　らち

[名・他サ] 擄人劫持，強行帶走

社長が拉致される／社長被綁架。

□ 落下　　　　　　　らっか

[名・自サ] 下降，落下；從高處落下

落下物に注意する／小心掉落物。

□ 楽観　　　　　　らっかん

[名・他サ] 樂觀

楽観的な性格／樂觀個性

□ ラフ　　　　　　　ラフ

[形動]【rough】粗略，大致；粗糙，
毛躁；輕毛紙；簡樸的大花案

仕事ぶりがラフだ／工作做得很粗
糙。

□ ランプ　　　　　　ランプ

[名]【(荷・英)lamp】燈，煤油燈；電燈

ランプに火を灯す／點煤油燈。

□ 濫用　　　　　　らんよう

［名・他サ］濫用，亂用

職権を濫用する／濫用職權。

□ 理屈　　　　　　りくつ

［名］理由，道理；（為堅持己見而捏造的）歪理，藉口

理屈をこねる／強詞奪理。

□ 利子　　　　　　りし

［名］（經）利息，利錢

利子が付く／有利息。

□ 利潤　　　　　　りじゅん

［名］利潤，紅利

利潤を追求する／追求利潤。

□ リストラ　　　　リストラ

［名］【restructuring】之略。重建，改組，調整

リストラで首になった／在重建之中遭到裁員了。

□ 理性　　　　　　りせい

［名］理性

理性を失う／失去理性。

□ 利息　　　　　　りそく

［名］利息

利息を支払う／支付利息。

□ 立体　　　　　　りったい

［名］（數）立體

立体的な画像／立體畫面

□ リップサービス

　　　　　リップサービス

［名］【lip service】口惠，口頭上說好聽的話

リップサービスが上手だ／擅於說好聽的話。

□ 立方　　　　　　りっぽう

［名］（數）立方

立方体の箱／立體的箱子

□ 立法　　　　　　りっぽう

［名］立法

立法府で審議する／經立法院審議。

□ 利点　　　　　　りてん

［名］優點，長處

利点を活かす／活用長處。

□ リハビリ　　　　リハビリ

［名］【rehabilitationする】之略。（為使身障人士與長期休養者能回到正常生活與工作能力的）醫療照護，心理指導，職業訓練

彼は今リハビリ中だ／他現在正復健中。

□ 略語　　　　　　りゃくご

［名］略語；簡語

略語を濫用する／濫用略語。

□ 略奪　　　　りゃくだつ

[名] 掠奪，搶奪，搶劫
資源を略奪する／掠奪資源。

□ 流通　　　　りゅうつう

[名・自サ]（貨幣、商品的）流通，物流
流通を促す／促進流通。

□ 領域　　　　りょういき

[名] 領域，範圍
領域が狭まる／範圍狹窄。

□ 了解　　　　りょうかい

[名・他サ] 了解，理解；領會，明白；諒解
了解しました／明白了。

□ 領海　　　　りょうかい

[名]（法）領海
領海侵犯に反発する／反抗侵犯領海。

□ 両極　　　　りょうきょく

[名] 兩極，南北極，陰陽極；兩端，
兩個極端
磁石の両極／磁鐵的兩極

□ 良好　　　　りょうこう

[名・形動] 良好，優秀
日当たり良好／日照良好。

□ 良識　　　　りょうしき

[名] 正確的見識，健全的判斷力
良識を疑う／懷疑是否有健全的判斷力。

□ 良質　　　　りょうしつ

[名・形動] 質量良好，上等
良質のタンパク質を摂る／攝取良好
的蛋白質。

□ 領収書　　　りょうしゅうしょ

[名] 收據
領収書をもらう／拿收據。

□ 了承　　　　りょうしょう

[名・自他サ] 知道，曉得，諒解，體察
ご了承下さい／請您見諒。

□ 良心　　　　りょうしん

[名] 良心
良心の呵責に耐えない／無法承受良
心的訶責。

□ 領地　　　　りょうち

[名] 領土；（封建主的）領土，領地
領地を保有する／保有領土。

□ 領土　　　　りょうど

[名] 領土
北方領土問題／北方領土問題

□ 両立　　　　りょうりつ

[名・自サ] 兩立，並存
家事と仕事を両立させる／家事與工
作相調和。

655

□ 旅客　　　　　りょかく
[名] 旅客，乘客
旅客機に乗る／搭乘民航機。

□ 旅券　　　　　りょけん
[名] 護照
旅券を申請する／申請護照。

□ 凛凛しい　　　りりしい
[形] 凛凛，威嚴可敬
りりしいすがた／威風凛凛的樣子

□ 履歴　　　　　りれき
[名] 履歴，經歷
履歴書を送る／寄送履歷。

□ 理論　　　　　りろん
[名] 理論
理論を述べる／闡述理論。

□ 林業　　　　　りんぎょう
[名] 林業
林業が盛んである／林業興盛。

□ 類　　　　　　るい
[名・接尾・漢造] 種類，類型，同類；類似
類は友を呼ぶ／物以類聚。

□ 類似　　　　　るいじ
[名・自サ] 類似，相似
類似点がある／有相似之處。

□ 類推　　　　　るいすい
[名・他サ] 類推；類比推理
類推して問題を解決する／以此類推解決問題。

□ ルーズ　　　　ルーズ
[名・形動] 【loose】鬆懈，鬆弛，散漫，吊兒郎噹
ルーズな生活／散漫的生活。

□ 冷酷　　　　　れいこく
[名・形動] 冷酷無情
冷酷な人／冷酷無情的人

□ 冷蔵　　　　　れいぞう
[名・他サ] 冷藏，冷凍
肉を冷蔵する／冷藏肉。

□ 冷淡　　　　　れいたん
[名・形動] 冷淡，冷漠，不熱心；不熱情，不親熱
冷淡な態度をとる／採冷淡態度。

□ レース　　　　レース
[名] 【lace】花邊，蕾絲
レース使いがかわいい／蕾絲花邊很可愛。

□ レース　　　　レース
[名] 【race】速度比賽，競速（賽車、游泳、遊艇及車輛比賽等）；競賽；競選
F1のレースを見る／看F1賽車比賽。

656

□ レギュラー　　レギュラー

[名・造語]【regular】正式成員；正規兵；正規的，正式的；有規律的

レギュラーで番組に出る／以正式成員出席電視節目。

□ レッスン　　レッスン

[名]【lesson】一課；課程，課業；學習

レッスンを受ける／上課。

□ レディー　　レディー

[名]【lady】貴婦人；淑女；婦女

レディーファースト／女士優先

□ 連休　　れんきゅう

[名] 連假

連休明けに連絡します／放完連假就聯絡。

□ レンジ　　レンジ

[名]【range】微波爐；範圍；射程；有效距離

おかずをレンジで温める／菜餚用微波爐加熱。

□ 連日　　れんじつ

[名] 連日，接連幾天

連日の猛練習／接連好幾天辛苦的練習。

□ 連帯　　れんたい

[名・自サ] 團結，協同合作；（法）連帶，共同負責

連帯責任を負う／負連帶責任。

□ レンタカー　　レンタカー

[名]【rent-a-car】出租汽車

レンタカーを運転する／開租來的車。

□ 連中　　れんちゅう

[名] 伙伴，一群人，同夥；（演藝團體的）成員們

とんでもない連中だ／亂七八糟的一群傢伙。

□ レントゲン　　レントゲン

[名]【roentgen】X光線

レントゲンを撮る／照X光。

□ 連邦　　れんぼう

[名] 聯邦，聯合國家

アラブ首長国連邦／阿拉伯聯合大公國

□ 連盟　　れんめい

[名] 聯盟；聯合會

連盟に加わる／加入聯盟。

□ 老衰　　ろうすい

[名・自サ] 衰老

老衰で亡くなる／衰老而死去。

02
-
83

□ 朗読　　　　ろうどく

[名・他サ] 朗讀，朗誦
詩を朗読する／朗讀詩句。

□ 浪費　　　　ろうひ

[名・他サ] 浪費；糟蹋
時間の浪費／浪費時間

□ 労力　　　　ろうりょく

[名]（經）勞動力，勞力；費力，出力
労力を費やす／耗費勞力。

□ ロープ　　　　ロープ

[名]【rope】繩索，纜繩
洗濯ロープをかける／掛起洗衣繩。

□ ロープウェー

　　　　　ロープウェー

[名]【ropeway】空中纜車，登山纜
車，登山鐵道
ロープウェーで山を登る／搭乘空中
纜車上山。

□ ろく　　　　ろく

[名・形動]（物體的形狀）端正，平正；
正常，普通，像樣的，令人滿意的；
好的；正經的，好好的，認真的
ろくな話をしない／不說正經話。

□ ろく（な／に）　　　ろく

[名・形動・副]（下接否定）很好地，令人
滿意地，正經地
ろくに食べていない／沒有好好吃
飯。

□ 露骨　　　　ろこつ

[名・形動] 露骨，坦率，明顯；
毫不客氣，毫無顧忌；赤裸裸
露骨に悪口を言う／毫不留情的罵。

□ ロマンチック　ロマンチック

[形動]【romantic】浪漫的，傳奇的，
風流的，神秘的
ロマンチックな考え／浪漫的想法

□ 論議　　　　ろんぎ

[名・他サ] 議論，討論，辯論，爭論
論議が盛んだ／激烈爭辯。

□ 論理　　　　ろんり

[名] 邏輯；道理，規律；情理
論理性を欠く／欠缺邏輯性。

□ 枠　　　　わく

[名] 框；（書的）邊線；範圍，界
線，框線
枠にはまった表現／拘泥於框框的表現。

□ 惑星　　　　わくせい

[名]（天）行星；前途不可限量的人
惑星探査機／行星探測器。

□ **技**　わ ざ　　　　わ**ざ**

[名] 技術，技能；本領，手藝；（柔道、劍術、拳擊、摔角等）招數
技を磨く／磨練技能。

□ **わざわざ**　　　わ**ざ**わ**ざ**

[副] 特意，特地；故意地
わざわざ出かける／特地出門。

□ **和式**　わ しき　　　わ**しき**

[名] 日本式
和式のトイレ／和式廁所

□ **煩わしい**　わずら　わ**ずらわしい**

[形] 複雜紛亂，非常麻煩；繁雜，繁複
煩わしい人間関係／複雜人際關係

□ **渡り鳥**　わた　どり　わ**たりどり**

[名] 候鳥；從外國引進的鳥；到處奔走謀生的人
渡り鳥が旅立つ／候鳥開始旅行了。

□ **ワット**　　　　　ワ**ット**

[名] 【watt】瓦特，瓦（電力單位）
100ワットの電球／一百瓦的燈泡

□ **和風**　わ ふう　　　わ**ふう**

[名] 日式風格，日本風俗；和風，微風
和風だしで料理する／用和風高湯烹調。

□ **和文**　わ ぶん　　　わ**ぶん**

[名] 日語文章，日文
和文英訳の仕事／日翻英的工作

□ **藁**　わら　　　　　わ**ら**

[名] 稻草，麥桿
藁を束ねる／綁稻草成束。

□ **割り当てる**　わ あ　わ**りあてる**

[名] 分配，分擔，分配額；分派，分擔（的任務）
費用を等分に割り当てる／費用均等分配。

□ **悪いけど**　わる　　わ**る**いけど

[慣用語] 不好意思，但…，抱歉，但是…
悪いけど、金貸して／不好意思，借錢給我。

□ **悪者**　わるもの　　わ**る**もの

[名] 壞人，壞傢伙，惡棍
悪者を懲らしめる／懲治惡人

□ **我**　われ　　　　　わ**れ**

[代] 自我，自己，本身；我，吾，我方
我を忘れる／忘我。

□ **ワンパターン**　ワ**ン**パターン

[名・形動] 【(和) one＋pattern】一成不變，同樣的
ワンパターンな人間／一成不變的人

659

重音版

新日檢 絕對合格

N1,N2,N3,N4,N5

（25K＋MP3）**單字大全**

吉松由美・田中陽子・西村惠子・千田晴夫	作者
林德勝	發行人
山田社文化事業有限公司 106台北市大安區安和路一段112巷17號7樓 Tel：02-2755-7622 02-2755-7628 Fax：02-2700-1887	出版發行
19867160 號　大原文化事業有限公司	郵政劃撥
聯合發行股份有限公司 新北市新店區寶橋路235巷6弄6號2樓 Tel：02-2917-8022 Fax：02-2915-6275	總經銷
上鎰數位科技印刷有限公司	印刷
林長振法律事務所　林長振律師	法律顧問
定價　549　元	平裝本＋MP3
定價　599　元	精裝本＋MP3

STS

山
田
社

STS

山田社

STS

山田社

STS

STS

山田社

STS

山田社